Louisa Young

Die Sommer, die wir hatten

Die Originalausgabe erschien 2016
unter dem Titel *Devotion*
bei The Borough Press, HarperCollins*Publishers*, London

Das Shakespeare-Zitat auf S. 97 ist zitiert nach: William Shakespeare: *Antonius und Kleopatra*. Aufbau Verlag 2009. Die Übersetzung stammt von August Schlegel, Dorothea Tieck und Wolf Graf Baudissin.

MIX
Papier aus verantwortungsvollen Quellen
FSC® C014496

List ist ein Verlag
der Ullstein Buchverlage GmbH

ISBN 978-3-471-35151-2

Gesetzt aus der Slimbach
Satz: Pinkuin Satz und Datentechnik, Berlin
Druck und Bindearbeiten: GGP Media GmbH, Pößneck
Printed in Germany

Louisa Young

DIE SOMMER, DIE WIR HATTEN

Roman

Aus dem Englischen von
Claudia Feldmann

List

Für Derek Johns: Agent Emeritus,
Consigliere und Freund

ERSTER TEIL

1928

1. KAPITEL

Eine englische Schule, Juli 1928

TOM LOCKE, ZWÖLF UND groß für sein Alter, hüpfte, nur mit seinem gestrickten Badeanzug bekleidet, frierend unter den Bäumen am Ende des Sees auf und ab. Sie sollten schwimmen, und Tom erwog ernsthaft, auf eine der Lärchen zu klettern, um diesem absurden Zwangsbad zu entgehen, dem letzten dieses Schuljahrs. Gestern hatten die Pauker ihn zusammengestaucht, weil er schwimmen gewesen war – ja, ohne Erlaubnis und obendrein im Dunkeln, aber er hatte nun mal die nächtliche Vogelwelt und Seewelt beobachten wollen; das hatte er ihnen auch genau erklärt – beziehungsweise, er hätte es getan, wenn sie ihn gelassen hätten –, und jetzt zwangen sie ihn, ins Wasser zu gehen, obwohl es kalt war und er keine Lust dazu hatte. An diesem Morgen sah der See aus, als könnte er sich darin eine Lungenentzündung holen.

Unter seinen Füßen lag eine Schicht aus weichen Nadeln, vor ihm schimmerte das grauschwarze Wasser. Die anderen Jungs schlugen kreischend mit ihren harten, verwaschenen Handtüchern aufeinander ein. Durch die Äste fiel ein wenig fahler Sonnenschein.

Tom hatte eine Schwimmbrille und eine phänomenale Lungenkapazität, dafür, dass er so ein magerer Junge war. Er tauchte geschmeidig unter und glitt durch das trübste Grün, wand sich zwischen glitschigen Algen hindurch, ohne die Wesen aufzuscheuchen, die in der Tiefe lauerten. Es war, als würde er durch das Wasser fliegen. Ab und zu kam er an die Oberfläche, Auge in Auge mit halb untergetauchten Schildkröten, holte kurz Luft und verschwand wieder. Er liebte die Unterwasserwelt. Aber heute war ihm nicht danach. Er hob rasch die Arme, griff zu und hangelte sich auf einen kratzigen Ast im Schatten der struppigen Lärche, wo Spinnweben und graue Geister einstigen Grüns hingen, die Überreste des letzten Winters.

Hier oben war es auch verdammt kalt. *Wahrscheinlich irgendeine Wetterfront,* dachte er und hielt Ausschau nach Vogelnestern, Insekten und Flechten.

Da es das dritte Mal in diesem Trimester war, in der dritten Schule innerhalb von vier Jahren, dass Tom beschlossen hatte, zu tun, was er wollte, anstatt den Anweisungen zu folgen, und da die üblichen Maßnahmen keine Wirkung zeigten, wurde sein Vater gebeten zu erscheinen. Tom wusste ganz genau, dass sein Vater nicht erscheinen würde. Sein Vater hatte erst vor kurzem begonnen, sein Arbeitszimmer zu verlassen, in dem er sich verschanzt hatte, seit er zehn Jahre zuvor aus dem Krieg zurückgekommen war. Warum sollte er also plötzlich vor dem Direktor erscheinen? Auf ihn war nie Verlass gewesen, warum sollte sich das jetzt ändern? Wie üblich würde Riley Purefoy seine Stelle einnehmen.

Das freute Tom. Disziplinarmaßnahmen kümmerten ihn nicht, aber ein Besuch von Riley war wie ein kostbares Juwel.

Als Riley kam, stand Tom vor dem Büro des Direktors und strahlte bei seinem Anblick über das ganze Gesicht. Riley lächelte ebenfalls, sein verzerrtes Harlekinlächeln. In dem Moment schlenderten zwei Schüler aus dem Jahr über ihm vorbei, was Tom kurz ablenkte. Einer von ihnen, Slater, hatte bei einer anderen Gelegenheit gesagt, Toms Mutter würde ihren Sohn vernachlässigen, weil sie nie zu den Sportveranstaltungen kam. »Oh nein«, hatte Tom erwidert, »ich habe keine Ma«, und Slater mit seinen großen blauen Augen angesehen – die denen seiner Mutter übrigens sehr ähnelten –, was Slater auf den Gedanken gebracht hatte, dass Lockes Mutter vielleicht abgehauen war. »Hat sie sich aus dem Staub gemacht?«, hatte er gefragt, Beute witternd. »So könnte man's auch nennen«, hatte Tom gesagt und die leicht amüsierte Miene aufgesetzt, die er stets wählte, wenn er über etwas nicht reden wollte. Seine Mutter – Julia. Julia. *Juuuulia* – war seit acht Jahren tot, gestorben bei der Geburt von Kitty, seiner jüngeren Schwester – *wahrscheinlich ein schlechter Tausch.* Natürlich sprach er nicht darüber. Ein Junge redete nicht mal über eine lebende Mutter, geschweige denn über eine tote. Außerdem war Nadine ein ausgezeichneter Ersatz.

Und wenn er anfing, über Mütter zu reden, müsste er auch anfangen, über sie nachzudenken, und über Väter auch. Während Toms letzter Beurlaubung hatte Nadine gesagt: »Findest du nicht auch, dass es Peter schon viel besser geht, seit er mit Riley in Frankreich war? Ich bin so froh, dass er jetzt an seinem Buch schreibt.«

In dem Buch ging es um Homer und den Großen Krieg. Tom hatte nur mit den Achseln gezuckt. Gut, seit Peter aus seinem Arbeitszimmer kam, war er nicht mehr ganz so seltsam und unangenehm wie früher, und er roch ein bisschen besser, aber Tom hatte ihm immer noch nichts zu sagen.

Aber all das ging Slater überhaupt nichts an. Und so war Slater verwirrt gewesen, und da er nicht sonderlich intelligent war, hatte er Locke als Feind und potentielles Opfer einsortiert.

Jetzt bemerkten Slater und sein Gefährte Rileys Gesicht, oder genauer gesagt dessen eigentümliche Form und die Narben, die es zusammenhielten. Sie blieben abrupt stehen, gingen weiter, kicherten, drehten sich noch einmal um und begannen hinter Rileys Rücken einen kleinen Spotttanz, verzogen mit den Fingern ihre jungen Gesichter zu Fratzen und rollten mit den Augen.

Tom starrte sie wütend an.

»Was ist?«, fragte Riley und drehte sich um. Das T misslang seiner Zunge, und die beiden Worte verschmolzen in seinem rekonstruierten Mund zu einem.

»Wassis?«, echote Slater spöttisch.

Tom stürzte sich auf ihn, verpasste ihm einen Faustschlag, trat den anderen in die Eier und rief zu seiner eigenen Bestürzung: »Wehe, ihr lacht ihn aus, ihr verdammten Snobs!«

Obwohl Riley wie immer sofort den instinktiven Drang verspürte, den Jungen da herauszuziehen, hielt er sich zurück. Der Grund dafür war schlicht der, dass es zu riskant war, denn wenn sein zusammengeflicktes Gesicht einen Schlag abbekam, konnte er die Überreste seines Kiefers verlieren und wieder zum Halbkopf werden, und nur Gott wusste, was dann aus ihm werden würde. Nach dem Zwischenfall während der Streiks in Wigan 1919 hatte er Nadine versprochen, vorsichtig zu sein. Natürlich hatte er gelernt, sich zusammenzureißen.

Und so wich er zurück und rief nur: »Tom!« Dann kam der Direktor aus seinem Büro, eine unschöne Szene folgte. Slater wurde gezwungen, sich zu entschuldigen, Riley musste es sich anhören, und Tom wurde der Schule verwiesen.

Sie beschlossen, dass sie genauso gut direkt nach London zurückfahren konnten, sobald die Hausmutter Toms Koffer gepackt hatte.

Tom, in dessen blassem Gesicht ein blaues Auge aufzublühen begann, war zugleich stolz auf seine wagemutige Verteidigung von Rileys Ehre und zutiefst beschämt, weil Riley wusste, worum es bei dem Kampf gegangen war.

»Tu das nicht wieder«, sagte Riley. »Es ist verständlich, aber wenig hilfreich.«

»Nie wieder?«, fragte Tom. Obwohl es anderen schwerfiel, verstand Tom Rileys undeutliche Sprache gut. Er wollte sie verstehen, das half.

»Nie wieder.«

»Soll das heißen, dass man nie Gewalt einsetzen darf?«

»Sie ist nur sehr selten eine sinnvolle Reaktion«, sagte Riley. »Leg mir keine Worte in den Mund«, fügte er mit leisem Lächeln hinzu. Er sah müde aus.

»Sollen wir schauen, ob wir eine Tasse Tee kriegen?«, schlug Tom vor. »Evans macht uns bestimmt eine.«

Sie gingen zum Krankenzimmer, wo Evans, die Unter-Unter-Hausmutter, sechzehn und hübsch wie ein Renoir, lachte und schaute und ihnen nicht nur Tee gab, sondern auch Kekse, begleitet von allerlei »Eigentlich darf ich ja nicht« und »Wenn Mrs Dale uns erwischt!« und »Er hat uns alle um den kleinen Finger gewickelt, Mr Locke, Sir.«

Riley war daran gewöhnt, dass er bei solchen Gelegenheiten Mr Locke war, und sagte nichts dazu. Evans fragte sich vermutlich, warum Tom Locke, blass und blond und hochgeschossen, seinem breitschultrigen, dunkelhaarigen Vater so gar nicht ähnlich sah, doch dann sagte Tom: »Das war's, Evans – ich bin mal wieder geflogen …« Ihr Gesicht fiel in sich zusammen, und sie stieß ein leises »Oh!« aus.

Riley bemerkte, dass Tom es nicht bemerkte.

Als sie nach draußen zum Auto gingen, sagte Riley: »Übrigens –«, doch Tom hatte es bereits gesehen. Eine große, hagere Gestalt lehnte an einem schmalen Baum und rauchte. Tom merkte, dass sein Gesicht sich ein wenig verhärtete und sah zu Boden. Nun würde er auf der Rückbank sitzen müssen. *Peter! Hier draußen!*

»Hallo, Tom«, sagte Peter. Er ließ seine Zigarette auf den harten Lehmweg fallen und kam auf sie zu.

Da kriegt jemand mächtig Ärger, dachte Tom. *Zigarettenstummel auf der Erde.* »Hallo«, sagte er, gerade höflich genug, um Riley nicht zu verärgern.

»Keine Lust zu schwimmen, hm?«, sagte Peter. »Ich dachte, du schwimmst gerne.«

Seit wann weißt du irgendwas über mich?, dachte Tom.

»Nicht immer, Sir«, sagte er. Als er den Kopf hob, sah er, dass Peter nicht traurig über seine Antwort wirkte und Riley sogar beinahe anerkennend blickte. *Bei den Erwachsenen weiß man nie, ob sie überhaupt irgendwas verletzt. Sie sind entweder gleichgültig oder glücklich oder wütend. Vielleicht ist Traurigkeit nur was für Kinder.*

Das dachte er nicht zum ersten Mal. Aber wenn man in die Traurigkeit hineingeboren wird und die Normalität darauf basiert, ist es schwer herauszufinden, was Traurigkeit eigentlich ist. Glück hingegen war ein Fremder, den man wiedererkannte, mit einer stürmischen Umarmung begrüßte und festhielt wie einen Vater, der fortgehen wollte. Tom hielt stets Ausschau nach dem Glück und packte es, wo er konnte. So hatte er sich beispielsweise sehr darauf gefreut, mit Riley zusammen zu sein und mit ihm zu reden, während sie nach London zurückfuhren. Er fand, das war den Rausschmiss allemal wert. Aber wenn Peter dabei war, wurde daraus nichts. Nicht nur, dass Peter ein Spielverderber war, es war auch viel schwieriger, Riley über das Dröhnen des Motors hinweg zu verstehen, wenn er, Tom, auf der Rückbank saß. Von dort konnte er Rileys Gesicht nicht sehen.

Riley sagte: »Wir müssen eine andere Schule für dich finden. Vorausgesetzt, es gibt überhaupt noch eine, die dich nimmt.«

Toms Blick glitt über die öden grünen Felder; schwerer, nasser englischer Sommer. Er wusste Rileys Bemühungen, ihn für eine normale Ausbildung und eine solide Arbeit zu interessieren, durchaus zu schätzen. Er hätte ihm auch gerne den Gefallen getan, aber Schule interessierte ihn einfach nicht – und wie konnte er irgendetwas Wesentliches sagen, solange Peter dabei war?

Einige Zeit, nachdem sie die Hauptstraße erreicht hatten, nickte Peter ein.

»Es hat einfach keinen Zweck«, flüsterte Tom vorgebeugt in Rileys Ohr. »Bei Büchern schlafe ich ein. Außerdem sind jetzt Ferien.« Ohne es zu bemerken, setzte er sich so hin, dass er Rileys Gesicht im Rückspiegel sehen konnte.

Riley warf ihm einen Blick zu und versuchte, nicht davon anzufangen, wie glücklich er als Junge über diese Ausbildungsmöglichkeiten gewesen wäre.

»Arbeiten finde ich todlangweilig«, sagte Tom.

Rileys Mund verzog sich ein wenig.

»Es ist Geldverschwendung«, setzte Tom nach.

»Peter hat nicht viel anderes, wofür er sein Geld ausgeben könnte«, murmelte Riley.

Tom warf einen Blick auf seinen Vater, sein müdes, blasses Gesicht, sein schütteres Haar, und wurde ein wenig bockig. »Er könnte mir eine anständige Schwimmbrille kaufen«, sagte er. »Oder ein Motorrad. Ich könnte tauchen lernen. Oder fliegen! Irgendwas Nützliches. In Italien gibt es Speerfischer, die sind die ganze Zeit im Meer. Ich könnte dorthin gehen und bei ihnen leben.«

»Du musst zurück in die Schule«, sagte Riley.

»Warum?«

»Um Nadine glücklich zu machen«, erwiderte Riley, woraufhin Tom mit gespielt finsterer Miene erwiderte: »Das war unter der Gürtellinie, alter Knabe. Voll unter der Gürtellinie.«

»Genau wie der Tritt, den du dem armen Kerl vorhin verpasst hast.«

»Das war was anderes!«, rief Tom.

»Warum?«

»Das war Notwehr!« Da er merkte, dass er sich auf dünnem Eis bewegte, korrigierte er seine Aussage. »Ich habe meine Familienehre verteidigt.«

Riley grinste ihm im Rückspiegel zu. Tom fing an zu lachen.

»Also gut«, sagte Riley. »Nehmen wir mal an, du machst mit deinem Doppeldecker eine Bruchlandung auf einer griechischen Insel, während du auf einer Tauchreise bist, um Atlantis zu entdecken. Ein wütender Bauer mit riesigem Schnurrbart und einer alten Donnerbüchse kommt auf dich zu. Würdest du dann gerne Griechisch können oder nicht?«

»Ich würde keine Bruchlandung machen«, sagte Tom. »Aber gut, sagen wir, ich habe irgendeinen zweitklassigen

Kerl ans Steuer gelassen, und wir krachen runter – wie alt ist denn der wütende Bauer? Wir lernen nämlich nur Altgriechisch.«

»Wenn du in der Sprache seiner Vorfahren mit ihm redest, der Sprache der weindunklen See und der rosenfingrigen Morgenröte, ist die Wahrscheinlichkeit größer oder geringer, dass er auf dich schießt?«

»Größer!«, sagte Tom.

»Dann zwingst du mich zu emotionaler Erpressung«, sagte Riley. »Ich hätte gerne die Ausbildung gehabt, die du bekommst. Ich möchte, dass du weitermachst, damit du mir, wenn du nach Hause kommst, alles beibringen kannst, was ich nicht weiß.«

»Das ist unfair«, sagte Tom. »Ich kann mich abrackern, so viel du willst, aber da bleibt einfach nichts hängen.«

»Na gut, dann ganz ordinäre Bestechung. Schwimmbrille?«

»Motorrad!«

»Du bist also zu Verhandlungen bereit. Gut. Wir können Nadine bitten, die letzte Schule in England ausfindig zu machen, aus der du noch nicht rausgeflogen bist. Ich schätze mal, sie hat die Liste noch.«

»Eine BSA! Das sind die besten Motorräder«, sagte Tom.

»Vielleicht, wenn du anschließend studierst und wenn dein Vater einverstanden ist.«

»Studieren?«, stieß der Junge entgeistert aus.

»Willst du denn nicht dein eigenes Flugzeug entwerfen?«

»Ich will kein Ingenieur werden!«

»Willst du dein Leben lang anderen gegenüber im Nachteil sein?«

»Das warst du doch auch nicht!«, rief Tom. »Und du hast nicht studiert!«

Riley lächelte sein schiefes Lächeln. »Danke, Tom«, sagte er, und erst da begriff Tom, was er gesagt hatte. Doch in dem Moment fuhr das Auto über ein Schlagloch, und Peter wachte auf. Er sagte nicht: »Habe ich irgendwas verpasst?«, sondern blickte nur mit leicht geschürzten Lippen aus dem Fenster. Tom verstummte. Nach einer Weile fragte er, was es zum Abendessen gab. Riley wusste es nicht.

Zu Hause war nicht Peters Haus, das elegante, ländliche Anwesen Locke Hill in der Nähe von Sidcup, wo Tom vor dem Tod seiner Mutter einige Monate gelebt hatte. Und ebenso wenig das gepflegte Cottage seiner Großmutter mütterlicherseits, Jane Orris, in das Tom während des Krieges regelrecht entführt worden war. (Mrs Orris gehörte zu der Sorte von Verwandten, zu denen man nur zum Tee ging, wenn man musste, und deren Stimme am Telefon einem den Mut nahm.) Nein, zu Hause war jetzt in London: Nadines und Rileys geräumige georgianische Villa an der Bayswater Road, in deren etwas verstaubter Pracht auch Nadines Vater lebte, dem das Haus ursprünglich gehört hatte.

Kitty empfing sie in der Eingangshalle, die Arme über ihrem Kittelkleid verschränkt. »Was machst du denn hier? Es sind doch noch gar keine Jungsferien.«

»Aber für mich sind Ferien!«, erwiderte Tom mit seiner aufreizendsten Stimme. »Und jetzt verschwinde.« Er warf einen Blick auf die ausländischen Briefmarken, die Nadine für ihn in der Halle beiseitegelegt hatte – *auch ein paar aus Italien, prima* – und begrüßte seine achtjährige Schwester im Vorbeigehen mit einer leichten Kopfnuss. Als sie sich das letzte Mal gesehen hatten, bei seinem Aufbruch in das Internat, hatte er aus Versehen »Daddy« zu Riley gesagt, woraufhin Kitty ihn getreten und mit gebleckten Zähnen angefaucht hatte. Nicht, dass es ihn auch nur im Mindesten kümmerte, was sie dachte. Aber die Ordnung musste aufrechterhalten werden.

Nadine kam die Treppe von ihrem Atelier im Dachboden herunter, voller Tintenflecke und mit zerzaustem Haar, und sah ihn überrascht an, *obwohl sie eigentlich nicht sonderlich überrascht sein kann,* dachte Tom. Sie würde ärgerlich sein, doch er wusste, das würde nicht lange anhalten. Sie machte sich Sorgen, und er scherte sich nicht darum; dazu waren Frauen schließlich da.

Kitty hüpfte um Nadines Rockzipfel herum und sagte: »Tom ist schon wieder von der Schule geflogen, er ist so ein böser Junge –«

»Sei still, Liebes«, sagte Nadine, und obwohl Tom sich ein wenig schuldbewusst fühlte, konnte er in ihrem offenen Gesicht lesen, dass heute nicht der Tag war, an dem sie aufhören würde, ihn unwiderstehlich zu finden.

»Tut mir leid, Mums«, sagte er und wollte fortfahren: »Es war ein Ehrenduell –«, doch Nadine unterbrach ihn. »Das wird es, wenn keine Schule dich mehr nimmt und du keinen Abschluss hast und keine Arbeit findest und dich dein Leben lang zu Tode langweilst und deine Kinder verhungern.«

Er sah, wie Kitty hinter ihr hervorlugte, ein »*Meine* Kinder werden nicht verhungern«-Feixen auf dem Gesicht.

»Ich hab doch gesagt, es tut mir leid«, grummelte er. In dem Moment kam Tante Rose, eine Verwandte von der angenehmeren Sorte – keine weinerliche Romantikerin und auch keine herrschsüchtige, tweedbusige Dickmadam, sondern eine Frau mit trockenem Humor, die einem, wenn man höflich fragte, den Inhalt ihrer ledernen Arzttasche zeigte (Skalpell, Opium, Spritzen) –, aus dem Wohnzimmer und warf ihm einen mitfühlenden Blick zu. Plötzlich fühlte sein Gesicht sich verräterisch unsicher an, und so stürmte er an allen vorbei zur Treppe.

Hinter ihm umarmte Rose Peter und klopfte ihm auf den Rücken, als würde sie sich ganz besonders freuen, ihn zu sehen. Grandpa kam herbei, um zu schauen, was die Aufregung zu bedeuten hatte, tätschelte Tom kurz, als der an ihm vorüberlief, und schlurfte wieder davon. Und Riley, Toms Tasche über dem Arm, rief ihm hinterher, er solle zurückkommen und ihm mit dem Koffer helfen.

Sobald er konnte, lief Tom hinauf in sein Zimmer. Er sah aus dem Fenster hinüber zu den Kensington Gardens, die jenseits der Straße lagen. Der Parkwächter schlurfte gerade vorbei. Das schwere Laub des Hochsommers reichte fast bis zum Rasen hinab, aber dazwischen blitzte der Round Pond hindurch, ein horizontales Schimmern in der Ferne.

Er fragte sich, ob die Household Cavalry wohl schon vorbeigeritten war, die auf ihren prächtigen Pferden in perfekter, klirrender Zweierreihe dort drüben Richtung Knightsbridge abbog. Er überlegte, ob er in die Küche hinuntergehen sollte, wo Mrs Kenton vielleicht ein Stück Kuchen für ihn hatte. Oder ob er ins Wohnzimmer gehen und sich in die Diskussion einmischen sollte, die dort bestimmt gerade über ihn geführt wurde. Er entschied sich dagegen. Was sie beschlossen, war ihm mehr oder weniger gleichgültig. Ganz egal, wohin sie ihn schickten, er würde weiter tun, was er wollte, die Bestrafungen über sich ergehen lassen, wenn sie kamen, und sich entschuldigen, wenn er musste. Und irgendwann würde er erwachsen sein und frei.

Am nächsten Morgen verkündete Nadine, die langen Locken nun ordentlich aufgesteckt, die bernsteinfarbenen Augen ruhig und wohlwollend auf die Frühstücksrunde gerichtet, sichtlich froh, alle am rechten Platz zu sehen – nämlich um einen Tisch und in ihrer Sichtweite –, dass die italienischen Verwandten sie eingeladen hatten, die Sommerferien bei ihnen zu verbringen.

Freude überkam Tom bei seinem Toast mit Milch. Ein fremdes Land! Weit weg! Und es bedeutete, dass er weniger Zeit mit Peter in Locke Hill verbringen musste.

Keiner von ihnen hatte diese Verwandten bisher kennengelernt. Viele Jahre lang hatten sie in London nicht einmal von ihrer Existenz gewusst, bis jemand namens Aldo Elia Fiore – Tom sah, wie Kitty sich an dem Namen versuchte und ihr Mund mit den ungewohnten Formen rang –, der Sohn der Schwester von Nadines Mutter, an seine verlorene Cousine Nadine geschrieben hatte. Und jetzt würden sie, Tom und Kitty ihn und seine Familie in Rom besuchen.

Riley würde nicht mitkommen. Darüber waren sie alle nicht glücklich, aber sie akzeptierten es. Er musste natürlich arbeiten. Die meisten Männer mussten auf die eine oder andere Weise arbeiten. Das war das wichtigste Zeichen, dass es Peter besser ging: Er arbeitete wieder. Schrieb an seinem Buch über Homer, das Riley dann veröffentlichen würde! Und es gab tatsächlich ein Manuskript. Peter hatte es Tom gezeigt, mit einem Gesichtsausdruck, wie Tom ihn selbst manchmal hatte, wenn er einen Lehrer gut genug leiden konnte, um ihn beeindrucken zu wollen. »Tja, das ist es«, hatte Peter gesagt, und Tom hatte es angesehen und darin geblättert und gesagt: »Das sind eine Menge Wörter«, und das hatte offenbar gereicht. Doch »Bücher veröffentlichen sich nicht von allein«, wie Riley jetzt sagte, und deshalb musste er arbeiten, statt in Urlaub zu fahren, und das dämpfte die Freude ein wenig. Wenn Tom aufmerksamer gewesen wäre, hätte er vielleicht verstanden, dass der starke, zähe, humorvolle, hart arbeitende Riley, der mit allem fertig werden konnte (und fertig geworden war), einfach keine Lust hatte, mit dem Zug quer durch Europa zu fahren, um neue Menschen kennenzulernen, mit denen er reden musste, in deren Haus er wohnen sollte, obwohl er sie nicht kannte, und die weder seine undeutlichen Worte verstehen würden (ob auf Englisch oder Italienisch, von dem er nur noch ein paar Brocken beherrschte) noch die Tatsache, dass er kaum feste Nahrung essen konnte, dass er manchmal mitten im Gespräch aufhören musste zu reden, und dass er die Möglichkeit brauchte zu schlafen, wenn ihm nach Schlafen zumute war, und zu gehen, wenn ihm nach Gehen zumute war.

Tom dachte, er wüsste alles über Riley. Alle möglichen Väter und Onkel hatten im Krieg Arme oder Beine verloren; Riley hatte eben einen Teil seines Gesichts verloren. Alle möglichen Männer hatten Holzbeine und Armprothesen. (Mr Tanley in der Schule hatte sogar eine mit verschiedenen Endstücken: Er hatte einen Göffel als Gabel und Löffel gleichzeitig, einen Stifthalter und lauter verschiedene Werkzeuge, die er einfach anschrauben konnte, und er ließ einen sogar damit spielen.) Rileys Gesicht war mit Haut vom oberen Teil seines Kopfes repariert worden. Sein schwarzes Haar war dicht und lockig; er strich es einfach mit den Fingern über den breiten Narbenstreifen, wenn er die Mütze abnehmen musste. Alles in allem sah er verdammt gut aus. Tom hatte diese Dinge schon immer gewusst, ohne sich daran erinnern zu können, dass es ihm gesagt worden war. Aber er erinnerte sich sehr wohl daran, wie ihm das mit Peter gesagt worden war – wie Tante Rose im Wohnzimmer in Locke Hill zu ihm gesagt hatte: »Tom, manche Männer sind an ihrem Körper verwundet und manche in ihrem Innern, in ihrer Seele, und dein armer Vater ist in seiner Seele verwundet ...« Er hatte mit Max, dem Irish Setter, auf dem Sofa gesessen und zuerst gedacht, sie würde ihn ausschimpfen, weil er den Hund hinaufgelassen hatte, aber sie hatte traurig ausgesehen, so traurig, dass er das Thema seither nie wieder angesprochen hatte.

Anfangs hatte er mit dem Wort »Seele« nichts anfangen können und gedacht, sie hätte »Sohle« gemeint. Wenn Riley mit einem verwundeten Gesicht fertig wurde und trotzdem freundlich war, dann konnte jemand, der wegen einer verwundeten Sohle so litt, doch wohl kein richtiger Mann sein, oder? Eines Nachmittags, als sein Vater in seinem Arbeitszimmer schlief, hatte Tom seine großen weißen Füße gesehen, die über den Rand des ledernen Liegesofas hingen. Sie sahen völlig normal aus.

Als Tom schließlich begriffen hatte, was wirklich gemeint war, war die Angst vor seinem jähzornigen, scharfzüngigen und einsiedlerischen Vater nur noch größer geworden.

»Fahrt ihr nur«, sagte Riley, »und macht euch eine schöne Zeit.«

»Aber du warst doch mit Nadine auf Hochzeitsreise in Rom!«, sagte Tom. »Willst du nicht noch mal dahin?«

»Das würde ich sehr gerne«, sagte Riley, und Nadine warf

ihm einen erwachsenen Blick zu, zärtlich. »Und das werde ich auch, eines Tages. Aber im Moment geht es nicht.«

»Das ist nicht fair«, sagte Tom. »Schließlich warst du mit Peter auf dem Schlachtfeld.«

Riley zog so etwas wie eine Grimasse.

»Aber sie wohnen auf einer Insel! Mitten im Tiber!«

»Das ist sehr verlockend«, sagte Riley. »Ein anderes Mal komme ich gerne mit.«

Tom verstummte. Wegen des Unterkiefers, den Riley in Frankreich verloren hatte, musste man seine Weigerung akzeptieren.

2. KAPITEL

Auf dem Weg nach Rom, Sommer 1928

WÄHREND SIE DURCH FRANKREICH fuhren, blickte Tom aufmerksam aus dem Fenster und hielt Ausschau nach Überresten aus dem Krieg: Panzer oder Flugzeugwracks wie seins in Locke Hill. Doch er hatte kein Glück, und so sah er einfach zu, wie sich vor seinen Augen der Norden in den Süden verwandelte, Kohlfelder in Weinberge, Apfelbaumwiesen in Olivenhaine, Grün in Gold. Irgendwo in den Alpen hielt der Zug für eine Stunde, und er sprang hinaus, sog die Luft ein, ließ seine Augen auf den kristallinen Fernen ruhen. Kitty und Nadine folgten ihm; zusammen wanderten sie einen Pfad hinunter und fanden eine Wiese mit wilden Erdbeeren, schneebedeckten Bergen dahinter und einem kalten Bach für ihre Füße. Über ihnen kreiste langsam ein kleiner schwarzer Strich. *Ein Adler,* dachte er. *Wie hoch? Höher als ein Flugzeug?* Er wünschte, Riley wäre hier.

Kitty sah ihn auch und rief, dass Peter der Adler gefallen würde.

»Sei nicht dumm«, sagte Tom automatisch. »Peter gefällt gar nichts.«

Kitty kreischte, als sie ihre Zehen in den Bach hielt, deshalb zog Tom sie erneut auf. Nadine sagte: »Sei nett zu ihr, Tom«, wie sie es immer tat, und bespritzte ihn mit dem eisigen Wasser, so dass er auch kreischte. Der Pfiff des Zugschaffners hallte zu ihnen hinunter, und sie schnappten sich ihre Schuhe und liefen wieder hinauf zum Bahnsteig, atemlos und fröhlich.

Sobald sie über die Grenze ins Piemont gefahren waren, verkündete Tom: »Hier ist etwas anders«, obwohl die Ziegen und die Berge genauso aussahen wie zuvor und unter demselben blauen Himmel lagen. »Es ist anders«, beharrte er.

Die Berge verschwanden hinter ihnen. In Mailand stiegen sie um und ratterten weiter, immer weiter, klebrig, metallisch, schmuddelig, nach Südwesten: die Küstenebene, das Meer hinter Pinienparaden, bleiche Kühe mit ausladenden, seltsam geformten Hörnern. Es dauerte den ganzen Tag.

Am sonnigen Abend kamen sie an. Nadine rutschte auf ihrem Sitz hin und her und zeigte auf Kirchen und Aquädukte, Ruinen und Piazzas, Orte, die sie von ihrer Hochzeitsreise neun Jahre zuvor kannte. Tom starrte hinaus, schlagartig erfüllt von einer brennenden Eifersucht; er wollte das Abenteuer, das sie und Riley erlebt und das Wissen, das sie erworben hatten. Und dann tauchte direkt vor dem Zugfenster wie ein riesiger Heißluftballon, der abrupt vor ihnen landete, die Kuppel des Petersdoms auf und verschwand wieder, so dass der Blick über Dächer und Brücken und die alte Welt glitt. Und die Hitze! Er schwitzte in seinem englischen Tweed. Er war verzaubert.

Ein Taxi fuhr sie vom Bahnhof am Fluss entlang, vorbei an halb verfallenen Bögen und dicken Säulen und hohen steinernen Durchgängen, die in schattige Innenhöfe führten, vorbei an Eseln und Bauern und Geistlichen und zahllosen kühnäugigen dunklen Leuten. Tom sog alles in sich auf. Er kurbelte die Scheibe hinunter. Es roch nach heißen, staubigen Eseln, nach siedender Brühe, nach in Öl gebratenem Knoblauch, obwohl er nicht wusste, was er da roch. Das Licht lag golden auf dem weißen Stein. Stimmen riefen, brüllten, plauderten in fremden und verlockenden Rhythmen: *Aoh!*, hörte er, *Aoh!* Als sie schließlich ankamen, fühlte er sich wie ein großer Hund, der es kaum erwarten konnte, aus dem Taxi zu kommen und in dieser Stadt zu sein.

Jeder der drei würde im Handumdrehen dem Zauber Roms verfallen, aber Tom erwischte es am heftigsten.

Sie befanden sich auf einer Piazza, auf einer Insel im Fluss, mitten in dieser Stadt, die wie ein lebendig gewordenes Gemälde wirkte, ganz anders als alle anderen Orte, die Tom bisher gesehen hatte. Er bebte förmlich.

Als sie hielten, blieb sein Blick an einem Mann hängen, der am anderen Ende der Piazza an der Flussmauer lehnte. Der Mann würde jedem auffallen. Er strahlte eine natürliche Extravaganz aus, als wäre er es gewohnt, mit seinen breiten Schultern und der massigen Brust die Aufmerksamkeit auf sich zu ziehen. Er hatte langes Haar und einen langen Mantel, seine Weste war blau gestreift, und er rauchte auf eine träge und zugleich attraktive Weise. Der untere Teil seiner Hosenbeine, bemerkte Tom, war klatschnass.

Der Fahrer fingerte an der Bremse herum; Nadine sagte: »Oh, schaut nur!«, und als sie die Autotür öffnen wollte, um auszusteigen, kam der Mann mit ausgestreckten Armen auf sie zu, die schwarzen Locken wie Widderhörner an der kraftvollen Stirn, die buschigen Brauen in alle Richtungen geringelt. In einer einzigen schwungvollen Bewegung öffnete er die Tür, zog Nadine aus dem Sitz und schloss sie in seine Arme. Dann schob er sie ein Stück von sich, um sie anzusehen, legte beide Hände um ihr Gesicht und rief: »Meine Schwester!«

Nadine war überrascht, ja – aber erfreut. Tom musste lächeln. *Er benimmt sich, als wäre die Piazza sein Zuhause*, dachte er. *Als würde er seine Gäste begrüßen.* Er stieg aus dem Wagen und richtete sich auf. Der Mann wandte sich zu ihm – große braune Augen, eine große Nase mit scharf gezeichnetem Rücken und markanten Nasenlöchern – und lächelte. Tom spürte, wie er Riley untreu wurde. Er wollte von diesem Mann gemocht werden. Und er wünschte, er wäre nicht so schrecklich blond. *Ein Mann sollte dunkel sein. So wie dieser Mann.*

Ein paar Kinder waren dazugekommen. Zwei magere Jungen, kleiner als er. Gut. Ein Mädchen, etwas jünger als er, dem Anschein nach ziemlich zäh, große Augen, eine Menge

Haare, die ihn an Taue erinnerten. Er fragte sich kurz, ob sie Kitty wählen würde oder ihn. Er dachte, es würde ihm nichts ausmachen, wenn die Mädchen sich zusammentaten, solange das nicht bedeutete, dass er sich mit den kleinen Jungen abgeben musste, doch tatsächlich wusste er auf den ersten Blick, dass er wollte, dass dieses Mädchen ihn wollte, und dass es seine Aufgabe war, das zu bewerkstelligen. Erste Eindrücke und so weiter.

Und so rief er: »Wenn du in Rom bist …« und zog das Mädchen in eine stürmische, ungelenke, langarmige Umarmung. Er ergriff ihren Kopf, küsste sie auf beide Wangen und rief, genau wie Aldo zuvor: »Meine Schwester!«

Es kam sehr gut an.

Kitty, rosig und blond, sah, wie der große, lockenmähnige Mann – der neue Cousin? – Nadine stürmisch umarmte. Sie wusste, dass eine Mutter einfach so verschwinden konnte und man dann irgendwie anders als andere Leute zurückblieb, deshalb beobachtete sie mit einer gewissen Beunruhigung, wie die einzige Mutter, die sie je gekannt hatte, von dem Fremden verschlungen wurde. Als sie sich aus dem Taxi gekämpft hatte, sah sie zu ihm hoch, voller Hoffnung und zugleich Furcht, dass er sie bemerken würde. Er tat es. Er beugte sich aus seiner großen Höhe herunter und hob sie hoch – was sie bei Fremden gar nicht leiden konnte – und warf sie tatsächlich in die Luft, als wäre sie zwei Jahre alt! Dann fing er sie ganz sicher in seinen starken Armen auf.

Er sagte: »Entschuldigung, Signorina. Du bist hübsch wie eine Puppe. Ich bitte um Verzeihung für Verlust der Würde.« Er setzte sie wieder auf den Boden, ging in die Hocke und hielt ihr seine Hand hin. Sie musste sie nehmen, wenn sie nicht unhöflich sein wollte, dabei war sie ganz außer Atem, aber er schaute sie so offen und nett an, dass sie lächeln musste, und dann küsste er ihre Hand, und sie lachte und sah zu Nadine, die ebenfalls lachte – und so folgte sie Toms Beispiel, nahm kühn die Hand des Mannes und küsste sie ihrerseits. Worauf ein sprudelnder Strom Italienisch folgte, wie ein Wasserfall an einem Berg. Es klang wunderschön. Ihre Augen weiteten sich.

Das Haus war sehr schlicht und sparsam eingerichtet, die Möbel dunkel vor den weißen Wänden. Es war heiß – unglaublich heiß! –, und Kitty hatte noch nie Fensterläden gesehen. Das Dämmerlicht überraschte sie, und sie blinzelte. Als Engländerin begrüßte sie sonst jeden Sonnenstrahl zu jeder Zeit und unter allen Umständen. Ihr ganzes Leben lang hatten die Erwachsenen ihr zugerufen: »Kinder, die Sonne scheint, raus mit euch in den Garten.« *Wie seltsam, sie auszusperren!*

Die Besucher mühten sich mit ihrem Gepäck ab, und Aldo forderte seine kleinen Jungen auf, ihnen zu helfen, obwohl die beiden erst ungefähr sechs Jahre alt waren und die Taschen und Koffer viel zu groß für sie. Kitty behielt Tom im Auge. Nachdem er beim Tragen geholfen hatte und vorgestellt worden war, hielt er sich ein wenig abseits von den anderen und ging wieder hinaus, um sich den Fluss anzusehen.

Kitty und das Mädchen, Fernanda, das offenbar von allen Nenna genannt wurde, beäugten sich. Aldo sagte etwas auf Italienisch, und das Mädchen bedeutete Kitty, ihr die schmale weiße, abgetretene Marmortreppe nach oben zu folgen. In einem kleinen Zimmer am Ende des Flurs, weiß gestrichen und mit gewölbter Decke, fragte das Mädchen mit ernster Miene und sorgfältiger Aussprache: »Magst du Bücher zu lesen?« Und Kitty sagte nur »Ja«, denn trotz des Italienischunterrichts, den sie alle zur Vorbereitung genommen hatten, war ihr vor lauter Aufregung das Wort *»sì«* entfallen. Nenna zeigte ihr eins: auf Italienisch, aber mit Bildern. Darauf holte Kitty eins aus ihrem kleinen Koffer: *Sagen und Geschichte der Stadt Rom*, für Kinder neu erzählt, das Nadine ihr aus der Bibliothek mitgebracht hatte. Nenna studierte es aufmerksam, lächelte über die Bilder, betrachtete die englischen Wörter und versuchte sie zu verstehen. Kitty beobachtete sie dabei und bewunderte ihr Gesicht, das ganz anders war als englische Gesichter: knochiger und goldener. Aber es ähnelte Nadines Gesicht mit den großen Augen. Während Kitty es ansah, breitete sich ein Lächeln darauf aus, und Nenna blickte auf, hielt ihr das Buch hin und zeigte auf einen Namen: Tarquinius.

Und so begann Kitty gehorsam, die Geschichte zu lesen, wie er gelebt hatte und gestorben war, dass man seinen Leichnam in den Tiber geworfen hatte und dass dann über seinem Skelett – *oh* – eine Insel gewachsen war – *diese Insel?* Kitty erschauerte. *Ist es womöglich diese Insel?*

Sie sah zu Nenna. War sie unfreundlich? Wollte sie sie erschrecken? Doch Nennas Miene war voller Eifer. Sie griff erneut nach dem Buch, blätterte darin, hielt erfreut auf einer Seite inne und gab es ihr zurück, diesmal mit dem Finger auf Aes – Aesku – Kitty konnte es nicht lesen.

»*Esculapio*«, sagte Nenna und sah sie aufmerksam an. Kitty las einfach weiter. Sie war daran gewöhnt, dass sie Namen nicht aussprechen konnte. Aesku-dings tat es auch. Diese Geschichte handelte von einem Medizingott, der mit einem Boot aus Griechenland kam, um die Römer von einer Seuche zu befreien. Um seinen Stab wand sich eine Schlange, denn Schlangen kennen die Geheimnisse der magischen Kräuter, weil sie immer auf dem Boden herumkriechen, und das Boot verwandelte sich in eine Insel im Fluss – *diese Insel. Es muss sie sein, schließlich gibt es nur eine Insel. Nadine hat sie uns auf der Karte gezeigt.*

Nenna wartete geduldig, während Kitty las, und als Kitty fertig war, nahm sie sie bei der Hand und führte sie nach unten, aus dem Haus, über die Piazza und über die Straße. Kitty staunte noch darüber, dass zwei Kinder einfach so allein das Haus verlassen konnten, als Nenna sie anstupste und nach oben zeigte: Über einem Hauseingang war ein Stab, um den sich eine Schlange wand. *Ospedale* stand auf dem Schild, und das konnte Kitty lesen. Ihre Haut kribbelte ein wenig. Skelett, Tyrann, Held, Gott, Schlange, Boot, Hospital.

Nenna stand vor ihr, groß, lässig, erwartungsvoll. Kitty kniff die Augen zu, blinzelte und sagte dreimal hintereinander *»sì«*. Dann sagte sie *»ospedale«*, wie zur Bestätigung.

Nenna deutete auf die Schlange. *»Serpente.«*

»Schlange«, sagte Kitty ruhig.

Nenna zeigte auf den Boden und sagte: *»Scheletro.«* Skeletro. In ihren Augen lag ein schelmisches Funkeln.

Kitty grinste. »Skelett!«

Nenna streckte die Hand aus und kniff Kitty sanft in die Wange.

»Carina«, sagte sie, und Kitty fühlte sich zugleich angenommen und beschützt, und beides fühlte sich vollkommen richtig an.

Später überlegte Nenna, was sie der kleinen rosigen Cousine als Nächstes zeigen könnte. Nicht den Fluss – dafür war sie zu klein. Das würde Nenna sich für den Jungen aufheben. Außerdem war es schon ein bisschen zu spät, um rauszugehen. Also etwas im Haus … die Treppe!

So zeigte sie Kitty, wie sie mit einem Kissen die glänzende Marmortreppe hinunterrutschen konnte. Als Kitty begeistert ausrief, das sei ja wie ein Boot, das durch Stromschnellen schoss, erkannte Nenna das Wort Boot und lächelte. Damit war ihre Loyalität besiegelt, denn genau das hatte sie bei diesem Spiel auch immer gedacht: dass sie ein Boot war, das Wehre und Wasserfälle hinuntertanzte, und niemand, nicht einmal Papà, hatte das je erkannt. Nenna und Kitty sagten zueinander: »*Barca* – Boot. Boot – *barca.*«

In dem Moment kam Tom zurück. Klatschnass, voller Algen und überglücklich tropfte er auf den gefliesten Boden in der Eingangshalle.

Nenna verstummte, trat zurück und beobachtete.

Ihre Mutter Susanna, die mit Nadine aus der Küche kam, hob ungläubig die Hände und schüttelte schnalzend den Kopf. Ihre beiden kleinen Jungen spähten neugierig hinter ihr hervor. Tom sah alle mit seinen großen blauen Augen an.

»Lass das, Tom«, sagte Nadine.

»Was denn?«, rief Tom. »Ich tue doch gar nichts.«

»Doch, du verdrehst ihnen den Kopf!«, sagte Nadine. »Kitty, hol ihm ein Handtuch. Tom, trockne dich ab und bleib künftig aus dem Fluss heraus, oder trockne dich dort ab. Ich will nicht, dass du Susannas Boden nass machst.«

Tom rubbelte sich über den Kopf, dass seine Haare in alle Richtungen standen. »Ich wusste nicht, ob ich mich ausziehen sollte oder nicht«, sagte er. »Also habe ich es gelassen. Ich dachte, das wäre das Beste. Deshalb ziehe ich mich jetzt aus –«

Nadine packte ihn am Ohr. »Du bist ein kleines Ungeheuer.« Dann küsste sie ihn auf die Wange. »Los, ab nach oben«, sagte sie und schob ihn zur Treppe.

Als Nenna an diesem Abend im Bett lag, lauschte sie auf das Wasser draußen vor dem Fenster, das über die Felsen rauschte, und spürte seine vertraute Kühle im weißen und fleckigen Putz der Wände. Kitty, die neben ihr lag, kam nicht zur Ruhe. »Nenna.« Sie zeigte auf das hohe Kopf- und Fußende des Bettes. *»Barca!«*, sagte sie leise und lächelte. Dann deutete sie hinauf zur gewölbten Decke, machte eine Handbewegung, als drehe sie etwas um und sagte erneut: *»Barca!«*, weil es ihr gefiel, und weil sie gefallen wollte. Nenna verstand, lächelte ihr zu und sagte: *»Buona notte, carina. Sogni d'oro.«* Aldo kam kurz herein, um ihnen einen Gutenachtkuss zu geben, und Kitty schlief mit dem Ausdruck eines Kindes ein, das gerade entdeckt hat, dass die Welt ein äußerst seltsamer, aber möglicherweise höchst erfreulicher Ort ist.

In manchen Nächten stellte Nenna sich vor, wie die Insel sich von der Befestigung aus Travertin löste, die sie zwischen Trastevere und Sant'Angelo am Platz hielt. Sie würde ihre Wurzeln aus Tarquinius' großem Skelett tief unten im Schlamm des Tiber ziehen, ihre Bande würden reißen, und sie würde langsam und majestätisch den Fluss hinunter und Richtung Meer gleiten, gefolgt von einer Schleppe aus Schaum … wohin, wusste sie nicht. Und sie wusste auch nicht, ob Kitty jemand war, mit dem sie über diese Dinge reden konnte.

Sie lag da und dachte an Tom, der ganz allein im Tiber gewesen war, bevor sie auch nur die Gelegenheit gehabt hatte, ihm den Fluss zu schenken.

An diesem ersten Abend schrieb Nadine an Riley.

Isola Tiberina
Rom
17. Juli 1928

Riley, mein Liebster – so herum klingt es wie ein irisches Lied, findest Du nicht? Ich möchte Dir absolut alles über alles erzählen – die Reise (unkompliziert), das Haus – ja, sie wohnen wirklich auf der Insel, mitten im Tiber! Erinnerst Du Dich? Mit dem kleinen Krankenhaus und der Brücke mit dem viergesichtigen Kopf, von dem Du meintest, dass er ein gutes Symbol für die Fehlbarkeit des Menschen sei: Jedes Gesicht schaut in eine andere Richtung und begreift dabei nicht, dass sie alle zu ein und demselben Wesen gehören. Die Rückseite des Hauses geht direkt in Felsen und Wasser über, als stünde es in Venedig. Du brauchst nur aus dem Fenster zu sehen, und da ist der Fluss. SO romantisch! Und dazu die ganze Zeit das Rauschen. Und natürlich die Feuchtigkeit.
Aldo ist unglaublich gutaussehend und charismatisch – ich glaube, Du würdest ihn mögen, aber vielleicht auch nicht, weil er sehr viel Raum einnimmt. Er redet ununterbrochen, Englisch und Italienisch bunt durcheinander, so dass wir alle die Sprache lernen – manche (die Kinder) schneller als andere (ich). Er ist irgendeine Art von Ingenieur und spielt Gitarre. Seine kleinen Jungen klettern

ständig auf ihm herum, während er spielt, und es stört ihn überhaupt nicht. Er hat eine richtige Mähne und große, weise Augen wie brauner Honig. Heute Abend hat er gesagt: »Wie sehe ich aus? Meine Feinde sagen, ist Aldo mehr römisch oder jüdisch? Natürlich ich sehe aus wie beides« – und das stimmt! Ich kann ihn mir genauso gut in einer Toga vorstellen wie in der Robe eines der marmornen Propheten von Bernini. Gott sei Dank scheinen sie alle nicht sehr religiös zu sein – kann man Gott für so etwas danken? Es klingt doch etwas absurd – wie auch immer, er trägt natürlich keine Robe, sondern etwas extravagante Stadtkleidung: schwarzer Anzug, weißes Hemd und eine hellblaue Weste, die bis zum Hals geknöpft ist. Sein Englisch ist ziemlich exzentrisch, aber ich habe natürlich kein Recht, mich zu beschweren, mit meinem (quasi nicht vorhandenen) Italienisch. Ich muss dauernd an den Satz von Milton über die Kindererziehung denken, wo er sagt »und sie erlernen zu jeder beliebigen Stunde mit Leichtigkeit die italienische Sprache«. Susanna, seine Frau, ist recht still, aber freundlich. Ich habe bisher kaum mit ihr gesprochen, aber das werde ich noch, obwohl sie so gut wie kein Englisch spricht –

Hier wollte Nadine eigentlich über das köstliche Essen schreiben, das Susanna und Aldo ihnen am ersten Abend serviert hatten. Selbst jetzt, nach all der Zeit – vielleicht weil sie weit weg von Zuhause und ihrem gemeinsamen Alltag war – hatte sie für einen Moment vergessen, wie herzlos es wäre, ihrem Mann, der seinen unbeschwerten Umgang mit Essen zusammen mit seinem Unterkiefer in Passchendaele verloren hatte, solche Dinge zu erzählen.

Ihre Kinder sind Fernanda, genannt Nenna, die wunderbares Haar hat und ein flächiges, blasses Gesicht wie ein Piero della Francesca, undurchschaubar – Tom und Kitty sind ganz versessen darauf, von ihr gemocht zu werden –, und zwei jüngere Söhne, die ich nicht auseinanderhalten kann – schwarzes Haar, schelmischer Blick und nichts als Unsinn im Kopf: Vittorio und Stefano. Beide sehen aus, als wären sie etwa sechs Jahre alt. Vielleicht ist der eine etwas größer als der andere. Nenna wird wohl ungefähr zehn sein, ein bisschen älter als Kitty und ein bisschen jünger als Tom, das passt also ganz gut, obwohl ich mich frage, was Tom den ganzen Tag machen will, denn die Mädchen sind schon zusammen nach oben verschwunden, und man hört sie singen. Das Wunderbare ist, dass die Piazza hier mehr oder weniger dasselbe ist wie der Park bei uns zu Hause, sie können also einfach rausgehen und spielen, ohne dass etwas passieren kann. Ich vermute, bis zum Ende der Woche sind sie alle zweisprachig. Die Leute kneifen Kitty in die Wange und nennen sie einen wunderschönen, gesegneten blonden Engel: *Bella bambina bionda, un angelo, bellissima bionda beata.*

Sie hielt einen Moment inne, und dann schrieb sie hastig:

Liebster, es tut mir leid, dass ich wieder davon anfange – vielleicht liegt es daran, dass ich hier bin, wo wir beide waren, als wir jung und verrückt waren und zum ersten Mal wirklich zusammengekommen sind, aber bitte sag mir noch mal, dass Du mich nicht hasst, weil ich Dir kein eigenes Kind schenken kann. Ich meine, ich weiß, dass Du mich nicht hasst, ich will damit einfach nur sagen, danke, dass Du meiner Enttäuschung nicht noch Deine hinzufügst. Vielleicht suche ich mir hier irgendeine Heilige der Fruchtbarkeit (es gibt bestimmt eine, wahrscheinlich sogar mehrere) und lasse mich von ihr segnen, oder ich bleibe einfach nur dankbar dafür, dass Tom und Kitty uns brauchten. Ach, das klingt jetzt auch schief – ich meine, dass wir da waren, als sie uns brauchten.

Sie hielt erneut inne und überlegte, ob sie den Absatz streichen sollte, aber dann würde sie noch mal ganz vorn beginnen müssen.

Nein. Er durfte ihre Gedankengänge kennen, wie fehlerhaft sie auch sein mochten. Eines Tages würde ihr Zyklus vielleicht wirklich ein Zyklus werden, und sie würde ein wenig zunehmen und ihr Körper würde »zur Ruhe kommen«, wie der letzte Arzt es ausgedrückt hatte.

Sie fuhr fort:

Ich schicke das jetzt ab und schreibe morgen ausführlicher. Wenn Du Rose siehst – und bitte sieh nach ihr, lade sie zu Euch nach Hause zum Essen ein; sie arbeitet so hart, und Ihr könnt in Ruhe über Politik und Soziales reden, ohne dass die Kinder maulen und Dich am Ärmel zupfen –, sag ihr, ich schreibe ihr. Und sorg dafür, dass sie nicht zu oft nach Locke Hill fährt. Ich habe immer noch Angst, dass sie beschließt, Peter braucht sie. Wie geht es ihm übrigens? Meine Güte, siehst Du, jetzt fange ich auch schon an! Ich mache mir keine Sorgen um Peter oder um die gute Rose und auch nicht um meinen lieben Papa oder Dich. Wie geht es meinem lieben Papa? Wie geht es Dir, mein Liebster? Ich liebe Dich, ich vermisse Dich, und ich werde mich nach Kräften bemühen, mich zu Deinen Ehren und in Erinnerung an 1919 aus der Sixtinischen Kapelle werfen zu lassen.

Nadine

Es war eine Familienlegende, wie Riley sich 1919 während ihrer Flitterwochen in Rom in der Sixtinischen Kapelle auf den Boden gelegt hatte, um die phantastische Decke besser betrachten zu können, und fünfmal hinausgeworfen worden war. Vor langer Zeit hatte er Maler werden wollen, aber der Krieg hatte diese Idee im Keim erstickt. Wie sich herausstellte, war Nadine die Künstlerin.

Sie wünschte sich wirklich, er wäre bei ihnen. Aber so war

es nun mal. Dass er nicht mit ihnen hier sein konnte, gehörte zu den Dingen, die sie beide nach neun Jahren Ehe mit einem Lächeln akzeptieren konnten. Sie konnte jetzt alle möglichen Dinge akzeptieren. Sie hatte Julias Tod akzeptiert – *weil das nun mal nicht zu ändern ist.* Und Rileys Verwundung – *denn sieh dir an, wie er damit zurechtkommt* –, obwohl sie nicht unbedingt das Wort »akzeptieren« verwenden würde, um zu beschreiben, wie er damit umging. Aber seine pragmatische Art, seine tägliche Beharrlichkeit ... Ja, es gab Zeiten, da dachte sie nicht daran, und sie nahm an, er auch nicht. Und sie hatte akzeptiert, dass sie keine große Künstlerin war – *denn ich bin eine Künstlerin, und überhaupt eine zu sein, ganz gleich welcher Art, und damit Geld zu verdienen, ist eine Freude und ein Abenteuer. Und für die Kinder von jemand anderem die Mutter zu sein, ebenfalls.*

Dennoch wühlte Rom sie auf.

Tom wachte früh auf und versuchte, sich unbemerkt hinauszuschleichen, doch Susanna sah ihn, zwang ihn, sich an den Tisch zu setzen, und gab ihm harte Zimtbrötchen und milchigen Kaffee. Dann tauchten Nadine und die Mädchen auf, und nach einer frustrierend langen Warterei – *Hinab nach Gehenna oder hinauf zum Schrein, am schnellsten reiset, der reiset allein,* murmelte Tom vor sich hin –, wurden sie alle zusammen losgeschickt, um Zwiebeln zu besorgen. Tom und Kitty sahen zum ersten Mal Orte, die später so vertraut werden würden: die buttergelbe Synagoge, den kleinen Markt im Viertel und den großen am Campo dei Fiori, die Piazzas und Gassen und Tempel entlang des Weges, die riesigen schirmförmigen Kiefern, die Reste alter Straßen und Mauern, auf denen sie herumklettern konnten. Schafe, die im Schatten mächtiger Torbögen dösten. Einen Karren mit Stapeln von Hühnerkäfigen. Nadine ging wie im Traum, lächelte und zeigte auf dies und das. Tom spürte ihre Liebe wie eine Hand in seinem Nacken.

Sie setzten sich in ein Café und tranken kalte, süße *spre-*

muta di limone, die aus dicken, unförmigen sizilianischen Zitronen gemacht wurde, an deren holzigen Stengeln noch die Blätter hingen. Da Kitty die Füße in ihren kleinen braunen Sandalen weh taten, weil sie geschwollen und von Mücken zerstochen waren, durften Tom und Nenna alleine weitergehen.

Er ging neben ihr und wusste plötzlich nicht mehr, was er sagen sollte. Sie war viel schweigsamer, als er sie mit Kitty gesehen hatte. Mit Mädchen kannte er sich nicht aus. Ein paar Freunde hatten Schwestern, und einige davon kicherten. So eine schien sie nicht zu sein.

»*Vuoi vedere le statue parlanti?*«, fragte sie unvermittelt.

Er sah sie verständnislos an.

»*Sì*«, sagte er und überlegte schnell: parlanti – *von* parlare, *sprechen, klingt wie ein Partizip, aber nicht das im Perfekt, wie heißt das andere noch? – na, egal, jedenfalls: sprechend. Und hat sie* vedere *gesagt? Sehen?*

»*Vedere parlanti?*«, fragte er.

»*Statue parlanti*«, sagte sie. »*Vuoi vederle?*«

Statue. Statuen?

Sie führte ihn Straßen hinauf, Gassen hinunter, um Karren herum, durch Menschenmengen, über einen großen Marktplatz, wo die Zwiebeln vergessen waren. Schließlich kamen sie zu einer großen Piazza, langgezogen wie eine Rennbahn, mit drei Brunnen in der Mitte, aus deren von Algen durchzogenem Wasser große Steinfiguren und Delphine ragten. Überall an den umstehenden Häusern stand etwas auf Latein. Tom erkannte den Platz von einem Druck, den Riley zu Hause hatte, darauf war er überflutet und voller Boote: Piazza Navona.

Sprechende Statuen sehen?

Er lächelte und stellte sich vor, wie die Statuen sich zu ihm hinunterbeugten, ihre steinernen Lippen bewegten und mit trockener, krächzender Stimme etwas auf Latein zu ihm sagten. Er drehte sich um, die Hände in den Taschen, um sich alles anzusehen.

Auf einer kleinen Piazza dahinter blieb Nenna stehen und sagte: »*Ecco.* Pasquino.«

Es war eine Statue, alt und ramponiert, ohne Arme und nur noch mit Resten von Beinen, die verdreht auf einem treppenähnlichen Sockel saß, der, ebenso wie die Mauer dahinter, mit lauter Zetteln beklebt war. Viele Leute liefen mit Fahrrädern und Einkaufskörben über den Platz, und ein paar Männer in Unterhemden und blauen Hosen hoben auf der Straße ein Loch aus.

»*La statua parlante*«, sagte sie.

Es muss eine Art Orakel sein, wie in Delphi oder so, dachte Tom. *Wahrscheinlich gibt es eine bestimmte Prozedur –*

»Stellt man ihm Fragen?«, wollte er wissen.

Nenna sah ihn mit hochgezogenen Augenbrauen an. »*Va be*«, sagte sie, setzte eine mutige Miene auf und straffte die Schultern. Dann trat sie mit demonstrativ respektvoller Haltung auf die Statue zu, blickte noch einmal über die Schulter zu Tom, stellte sich auf die Zehenspitzen und sprach leise hinauf zu Pasquinos fernem, flechtenbewachsenem Ohr.

Er antwortete nicht.

»Das ist alles?«, fragte Tom, und Nenna grinste und sagte: »Ja!«

»*Statua non parla*«, sagte Tom, der schon seit sieben Straßen an dem Satz gebastelt hatte.

»*Può darsi una risposta*«, sagte sie, offenbar vollkommen zufrieden, und ihm wurde klar, dass ihm die Statue und die Tradition oder der Aberglaube eigentlich ziemlich egal war, und auch die Antwort kümmerte ihn nicht. Er wollte wissen, was sie gefragt hatte.

»*Quale est domandum tuum?*«, fragte er, und sie sah ihn verständnislos an.

»*Domando tuo?*«, sagte er. »*Domanda tua?*« Er wusste, dass die Wörter im Italienischen auf Vokalen endeten, wo im Lateinischen -us oder -um stand. Aber er konnte sich nicht erinnern, ob das Wort für »Frage« männlich oder weiblich war.

Nenna warf ihm einen verschmitzten Blick zu. *»Segreto.«* Geheim.

Er überlegte, ob er sie aufziehen sollte, um es aus ihr herauszulocken. Aber in diesem Mix aus Latein und Italienisch? Er bezweifelte, dass er dem gewachsen war. Doch er wollte es wissen. Er konnte nicht zulassen, dass ein Mädchen ein Geheimnis vor ihm hatte. Das wäre eine ziemliche Schmach.

Sie gingen eine Weile schweigend durch die heißen, hellen Straßen und bogen dann in den dunklen Schatten unter hohen gelben Palazzi.

Welche Mittel hatte er noch, außer körperlicher Gewalt und Sprache? Er überlegte krampfhaft. Nenna sah ihn an.

Vielleicht will sie es mir ja sagen. Warum hätte sie mich sonst dorthin geführt?

Also muss ich ihr noch eine Gelegenheit geben.

Als sie wieder zum Fluss kamen, wandte er sich zu ihr und sagte: *»Io credo che tuo secretus dire a me volunta. Se non volunta, perche me ad statuam parlante portare?«* Was, wie er hoffte, hieß: »Ich glaube, du willst mir dein Geheimnis verraten. Wenn nicht, warum hast du mich zu der sprechenden Statue gebracht?«

Sie lachte natürlich. Und dann hörte sie auf zu lachen, blieb stehen und überlegte einen Moment. Sie nahm seine Hand, was ihn ein wenig beunruhigte, und zog ihn über die Straße und in eine Kirche: kühl, dunkel, leer. Dort blickte sie sich um, und als sie gefunden hatte, wonach sie suchte, führte sie ihn dorthin.

»La mia domanda«, sagte sie und sah ihn eindringlich an. Er nickte.

Sie zeigte auf ein Bild der Madonna mit dem Kind, hielt ihre Arme, als läge ein Baby darin, und machte eine wiegende Bewegung. *»Bambino Gesù«*, sagte sie.

Er verstand. »Der kleine Jesus.«

Sie zeigte auf sich. *»Io.«*

»Du«, sagte er.

Sie fuhr sich mit dem Finger über die Kehle. Das universelle Zeichen für Mord.

Das verwirrte ihn.

Dann hob sie die Hände und zuckte mit den Achseln, als Zeichen des Nichtwissens. Und sah ihn an, als warte sie auf eine Antwort.

»La mia domanda«, sagte sie langsam und deutlich, *»era se io ho ammazzato il bambino Gesù.«*

Was die Sprache anging, verstand er sie sehr gut. Ihre Frage war gewesen, ob sie den kleinen Jesus getötet hatte.

Alles andere verwirrte ihn, und zwar so sehr, dass er dachte, er müsse etwas falsch verstanden haben. Aber die einzige Alternative war, ob der kleine Jesus sie getötet hatte, und das erschien ihm noch merkwürdiger. Andererseits gab es viele merkwürdige Dinge.

Sie verließen die Kirche und schlüpften wieder hinaus in den Tag, der selbst während der paar Minuten, die sie in der Kirche gewesen waren, noch heller und heißer geworden war.

»Warum?«, fragte er. »Deine Frage. *Tua domanda.* Warum?«

Nenna schlurfte mit den Schuhen über die Straße und machte einen kleinen Tanzschritt. Sie sah ihn nicht an.

»L'ha detto un ragazzo a scuola«, murmelte sie, und mehr wollte sie nicht sagen.

Er klammerte sich an den Satz.

Liebes Herz,

oggi ti scrivo in Italiano! Ich weiß nicht, wie die italienische Form von Riley wäre. Rilino? Reelee? Nein, natürlich nicht – heute schreibe ich Dir auf Englisch, wie immer. Aber ich war mit Susanna hier im einstigen Ghetto einkaufen, und ich habe ganz oft *buongiorno* gesagt, zu allen möglichen Leuten, von denen die meisten offenbar Verwandte aus der Familie von Aldos Vater waren. Susanna hat mich allen als *cucina* vorgestellt – ich dachte immer, das heißt Küche, aber anscheinend nicht. Oder vielleicht auch. Hier ist alles SEHR jüdisch! Du weißt ja, in England sind die Leute nur Christen, wenn sie in einer Kirche sind, aber hier ist es überall präsent: im Essen, in der Musik, in den traditionellen Berufen, in allen möglichen Regeln und Bräuchen und natürlich in der Synagoge. Aldo und Susanna scheinen jede Menge von der Kultur übernommen zu haben, aber nicht den Glauben. Interessant – und niemand scheint es ihnen im Geringsten vorzuhalten. Aldo hat eine kleine Gruppe von Freunden, mit denen er Karten spielt – Signor Seta von nebenan ist sein bester Freund, glaube ich; er hat eine ziemlich aufreizende Frau, deren blumenbedrucktes Hauskleid sehr eng sitzt –, und alle Männer tragen Hüte und haben funkelnde Augen und rufen einander wie kleine Jungen, die miteinander spielen wollen …

Dieser Brief ist kurz und süß – so wie Du! Ehe Du Dich's versiehst, bin ich wieder zu Hause. *Ti adoro!* Du weißt bestimmt noch, was das heißt.

Sie hatte an dem Tag einen langen Spaziergang mit Aldo gemacht. An seiner Seite hatte sie sich gefühlt wie Kitty, wenn sie versuchte, mit Tom Schritt zu halten – schließlich hatte sie nie einen Bruder gehabt. Sie lächelte. Er blickte über die Schulter und ging langsamer.

»Weißt du, dass wir auf unserer Hochzeitsreise hier waren?«, sagte sie. »Ich sehe immer wieder mein jüngeres Ich, zum Beispiel in dem Torbogen da drüben.« Sie deutete auf den breiten, schattigen Durchgang zu einem Innenhof. »Oder wie ich vor einer Statue stehe oder das Licht auf dem Fluss betrachte.«

»Vielleicht wir sind auf der Straße aneinander vorbeigegangen«, sagte er.

»1919!«

»Seltsame Zeit …«, murmelte er.

»Ich war Krankenschwester«, sagte sie.

»Ich Soldat«, erwiderte er, und sie sahen sich an. Beide wussten, dass sie nicht auf jene Zeit zurückblicken wollten, als ihre Länder gegeneinander Krieg geführt hatten, und auch nicht auf sich selbst, noch unter dem Schock des Überlebens.

»Ah«, sagte er, »das Leben ist lang, wenn du hast Glück, und wer weiß - wer weiß, was kommt?« Worin sie ihm nur zustimmen konnte.

»Sieh mal«, sagte er, »der Arco di Tito. Komm. Ich gebe dir eine kleine Geschichtsstunde. Also. Die ersten Juden kamen nach Rom vor zweitausend Jahren, weil sie suchten Schutz vor dem syrischen König, und sie blieben. Später, als Jerusalem zerstört und der Tempel verbrannt war, Kaiser Titus brachte Juden als Sklaven hierher. Siehst du -«

Sie gingen auf den großen Bogen zu, der hoch in das Blau über ihnen aufragte.

»Er sieht aus wie der Arc de Triomphe in Paris«, sagte sie.

»Das hier ist das Original«, sagte er mit gewissem Stolz. »Schau mal hinein.«

Die Innenseite des Bogens war wie eine Scheibe aus einer großen Kirche oder einem Tempel mit kunstvoll verziertem Deckengewölbe - Kassetten und Blumen, fast wie im Tudor-Stil - und gemeißelten Steinbildern an den Seiten.

»Hier«, sagte er. »Siehst du die Menora? Die Trompeten?«

Sie schaute. »Oh.«

»Und die Gefangenen, die sie tragen - das sind Juden. Sie haben Lösegeld bezahlt und sie mitgenommen in ihre Gemeinde, wo wir immer noch leben. Unsere Ururureltern, vor viele Generationen. Gut, nicht?«

Sie wusste nicht, ob sie lächeln oder weinen sollte.

»Und Titus hatte eine jüdische *fidanzata*, Königin Berenike. Wir sind schon sehr, sehr lange hier.« Sie betrachteten den Bogen eine Weile, und Nadine ging durch den Kopf, wie wenig sie bisher darüber nachgedacht hatte, dass sie jüdischer Abstammung war.

Als sie weitergingen, sagte er: »Die meisten römischen Juden würden nicht gehen durch den Bogen. Aus Stolz und

Loyalität. Aber ich, ich bin modern. Nicht so religiös. Und du?«

»Nicht so religiös«, sagte sie.

Er nahm ihren Arm und schob ihn unter seinen. »Komm, meine kleine Schwester. Ich kaufe dir ein Eis.«

Die absolute Entspannung mit diesem neuen Mann in ihrer Familie gab ihr ein Gefühl von Geborgenheit in der Fremde. Ein gutes Gefühl.

Aldo kam in die Küche, wiederum bis zu den Knien nass. »Entschuldigt meine Hose!«, sagte er. »Ich habe Fische gefangen.« Er stellte einen Eimer auf den Boden. Tom sah hinein: dicke Taue aus schimmerndem Silber, die sich umeinander schlängelten. »Ich mache uns eine *marinata*. Susanna, *mi dai l'aceto?* Essig, für die Marinade. Tommaso, kochst du gern?« Er holte einen Zweig Kräuter aus seiner Tasche. »Oh – isst du koscher?«

Tom wusste zwar nicht, was koscher bedeutete, aber er war ziemlich sicher, dass er nicht so aß.

»*Bravo!*«, sagte Aldo. »Es ist kein Problem, weil Aale Schuppen haben – der Rabbi sagt nein, aber sie haben welche –, aber ich mag keine Religion. Deine Mutter ist nicht religiös, oder?«

»Nein, gar nicht«, sagte Tom und fragte sich, ob Aldo wusste, dass Nadine nicht ihre richtige Mutter war. Mit großen Augen sah er zu, wie Aldo, ein Tuch um die Hand gewickelt, einen dicken, glänzenden Aal aus dem Eimer zog.

»*Brava!*«, rief Aldo. »Religion ist nicht gut – Achtung!« Er schwang den Aal durch die Luft, ein großer silberner Bogen, und schlug seinen Kopf mit lautem Krachen auf die marmorne Tischplatte. Und noch einmal.

»Er lebt noch«, sagte Tom, entsetzt und begeistert zugleich.

»Nein. Das ist das Nervensystem.« Aldo band ein Stück Schnur um den Schwanz und hängte den Aal an einen Haken an der Wand.

»Aber er bewegt sich –«

Aldo schnitt mit dem Messer einmal um den Hals. »Jetzt häuten wir ihn. Du nimmst die Zange.«

»Aber er lebt noch –«

»Nein.« Aldo sah ihn an, dann nahm er den Aal wieder vom Haken, legte ihn auf Susannas Hackbrett und trennte mit zwei Schlägen den Kopf ab.

»Willst du mal was sehen?«

Tom war sich nicht sicher.

Aldo ließ den Aal wieder in den Eimer fallen. Tom spähte hinein.

Der Aal schwamm herum und schlängelte sich um sich selbst, wie zuvor, nur ohne Kopf.

Tom starrte darauf. Er brachte keinen Ton heraus.

»Keine Magie. Kein Wunder«, sagte Aldo grinsend. »Wissenschaft. Das Nervensystem arbeitet noch. Aber erzähl den Mädchen nicht davon, ja?« Er packte den Aal erneut, hängte ihn wieder an den Haken und rieb sich die Hände mit Salz ein. »Bei Salz bewegt er sich auch, pass auf –« Er legte die Hände um den Aal, und die Haut zuckte und zog sich zusammen, während er versuchte, sie zu fassen zu kriegen. »Zange!«, rief er, und Susanna reichte ihm eine. Er hielt die Haut damit fest und zog sie ab wie eine feste, ledrige Hülle. Dann rief er erneut »Achtung!« und grinste Tom an, während er dem Aal mit einem kraftvollen Schnitt den silbrigen Bauch aufschlitzte. Eine kleine, glitschige Masse aus Rot und Blau fiel zu Boden.

Tom schluckte.

Beim Mittagessen fragte Aldo, was sie den ganzen Vormittag über gemacht hatten, und Tom, den die Frage unvorbereitet traf, sagte, sie hätten sich Pasquino, die sprechende Statue, angesehen.

»Und, hat er gesprochen, Nenna?«, fragte Aldo. Tom machte sich Sorgen - warum, wusste er nicht –, dass er sie in irgendeiner Weise verraten hatte, doch sie lachte nur, stand auf und stellte sich hinter ihren Vater, die Ellbogen auf seine Schultern gestützt, ihren Kopf auf seinen, so dass sich ihre grün-goldenen Locken an seine zurückgestrichenen schwarzen schmiegten, während er erklärte, dass Pasquino und die anderen sprechenden Statuen nur Unsinn und Aberglauben waren. Früher hatten die Leute ihnen Fragen gestellt, jetzt klebten sie Zettel und Plakate daran. Das war alles.

»Aber überall in Rom hängen Plakate«, sagte Tom und dachte an die, die er gesehen hatte – die meisten stammten von der Regierung und richteten sich gegen die Kommunisten, die gefährlich waren und den anderen Arbeit, Lohn und Essen wegnahmen, oder von den Kommunisten und Anarchisten gegen die Regierung. Und dann natürlich noch all die alten auf Latein, die in Stein gemeißelt waren.

»Ehrbare Leute schreiben ihre Namen auf solche Zettel«, erklärte Aldo. »Die Leute, die Zettel bei Pasquino aufhängen, nicht. Da sagen die Leute, was sie wollen, und sie werden nicht bestraft.«

Tom war überrascht, dass die Erwachsenen nicht sagen durften, was sie wollten, ohne bestraft zu werden. Er kannte das nur von der Schule.

»Ich habe ein paar von den Zetteln gelesen«, sagte er. »Sie waren nicht besonders interessant.«

Oben in seinem Zimmer, während der Siesta, nahm Tom sein kleines Italienisch-Wörterbuch heraus und übersetzte Nennas Satz. *L'ha detto un ragazzo a scuola.* »Das hat ein Junge in der Schule gesagt.«

Er steckte das Wörterbuch in seine Tasche. Das würde er in diesen sprachlich herausfordernden Zeiten wohl brauchen, dachte er.

Tom und Nenna waren nur selten allein, und es fand sich keine Gelegenheit, weiter über den Jungen aus der Schule und den Tod von Jesus zu sprechen. Zusammen mit Kitty,

Nadine oder den beiden kleineren Jungen stromerten sie umher, und Nenna stellte ihnen sämtliche steinernen Tiere in der Nachbarschaft und anderswo vor. Auf der Piazza della Repubblica zeigte sie ihnen den Najaden-Brunnen. Jede Najade hatte ihr eigenes Tier: einen Schwan, ein Pferd, ein Ungeheuer, einen Drachen. Welches Tier würdet ihr nehmen?, wollte Nenna wissen. Kitty führte sie fast den ganzen Weg zurück nach Hause zu dem Schildkrötenbrunnen auf der Piazza Mattei, weil sie das italienische Wort für Schildkröte nicht wusste und Nenna aus ihren Darstellungsversuchen nicht schlau wurde, obwohl Kitty zur allgemeinen Erheiterung auf allen vieren herumkroch und ihren Kopf vor- und zurückzog. Tom überlegte, ob er ihnen sagen sollte, dass das ein albernes Spiel war, aber dann erkannte er staunend, dass es nicht nötig war. Er war nicht in der Schule. Er war nicht mal in England. Er war nur mit Mädchen hier, in einem fremden Land, und er konnte tun und lassen, was er wollte.

»Zentaur«, sagte er.

Immer wenn sie nach Sant'Angelo hinüberwollten, in das Ghetto oder auf die Piazza, wie Susanna sich ausdrückte, als gäbe es in Rom nur die eine – was natürlich nicht stimmte –, mussten sie im Vorübergehen die vier verwitterten Gesichter auf dem Brückenpfeiler grüßen und berühren. Sie wurde Brücke der vier Köpfe genannt, aber es gab nur einen Kopf mit vier Gesichtern. Nenna kannte die Stadt so gut, dass sie vollkommen selbstverständlich umherlaufen konnte, und darum beneidete Tom sie glühend, denn er wollte Rom, er wollte dorthin gehören, obwohl er es mit seinen blonden Haaren und blauen Augen so offensichtlich nicht tat. Sie hatte Namen für die mageren streunenden Katzen am Portico d'Ottavia und für den dicken, furchteinflößenden Löwen und den schlanken Windhund, die in die Fassade der Häuser unten an der Straße gemeißelt waren. Der Verrückte an der Ecke, der Opernarien sang, grüßte sie: *»Nenna la bella, bella Nenna!«*, und manchmal sangen sie zusammen kleine Stücke von Puccini oder Verdi, als Duett oder im Chor.

Eines Tages setzte Nenna sich morgens auf die Flussmauer und sang: Volkslieder, römische Lieder, venezianische Lieder, neapolitanische Lieder, Schifferlieder, Lieder in Dialekten, Lieder auf Italienisch. Lieder, die ihr Vater ihr beigebracht hatte.

Tom summte leise mit, schnappte Wörter auf, fragte, was sie bedeuteten. *Michelemmà* = *Michele mio* = mein Michael.

Roma divina! Die warme Luft, der Wind in seinem Nacken, die wunderbaren Düfte … Kitty wiederum sang *London's Burning*. Sie sangen es als Kanon und kicherten und überlegten, ob es nicht ein etwas anspruchsvolleres Lied über London gab. Tom stimmte *Ratcliffe Highway* an, das John Purefoy, Rileys Vater, ihm beigebracht hatte, mit seiner wehmütigen Melodie und der Geschichte von dem Mann, der vor einem Rekrutierungskommando flieht und am Galgen endet. Nenna sah ihn die ganze Zeit über mit trauriger Miene an und sang dann ein neapolitanisches Lied über vier *moccatoras*, das dem Klang nach genauso traurig war, was auch immer eine *moccatora* sein mochte. Nenna brachte ihnen ein melancholisches Wiegenlied bei: *Lucciola, lucciola, vien' da me, io ti darò il pan del re, il pan del re e della regina, lucciola, lucciola, vien' vicina.* Tom und Kitty wussten zwar nicht, dass eine *lucciola* ein Glühwürmchen war (und auch nicht, was ein Glühwürmchen war), aber sie verstanden durch Nennas summende Fliegebewegungen, dass es um ein Insekt ging, und das *pan del re* klärte sich durch einen schnellen Abstecher zur Bäckerei gegenüber und ein paar Fingerzeige ins Schaufenster. Darauf sangen die beiden *Old MacDonald Had a Farm* mit allen Tiergeräuschen, fürchteten dann aber, dass sie es zu weit getrieben hatten, und kamen sich töricht vor – bis Nenna lächelnd *Nella vecchia fattoria* anstimmte, zu derselben Melodie.

Danach schwiegen sie eine Weile, bis Nenna mit einiger Mühe fragte: »Wie iste London?« Tom antwortete: *»È bella. Tu vien vicina. Io ti darò il pan del re.«* Es ist schön. Komm her. Ich werde dir das Brot des Königs geben.

Stundenlang saßen sie am Ufer der Insel und spielten und verglichen Dinge, während der Fluss an ihnen vorbeiströmte. Sie breiteten ihre Meinungen und Gedanken und Vorlieben aus, um sie zu vergleichen, und je mehr Tests bestanden und Geständnisse anerkannt waren, desto eifriger wurden sie. Kitty versuchte, ihrem Bedauern Ausdruck zu geben, dass sie einander nicht früher kennengelernt hatten. Nenna gelang es zu übermitteln, dass sie sich schon immer eine Schwester gewünscht hatte. Tom entspannte sich in der weiblichen Gegenwart. Es war äußerst befriedigend.

Später entstanden Familienlegenden über diese ersten Begegnungen: dass Tom dort zum ersten Mal ein Mädchen umarmte und nie darüber hinwegkam; dass Kitty, die sich selbst für pummelig und blass hielt, eine mediterrane Nymphe sah, mit Haut wie Honig und Haar in der Farbe von Olivenöl; und dass Nenna, die sich selbst für langweilig hielt, eine Prinzessin sah, eine Rosenknospe, ein rosig-goldenes Wesen aus einem Märchen und einen silberhaarigen Prinzen wie König Arthur. Alle erkannten es als eine Art Liebe auf den ersten Blick, und als es Zeit war, nach Hause zurückzukehren, waren alle traurig.

3. KAPITEL

London, 1928

IN GEWISSER WEISE GEFIEL es Riley, wenn die Familie nicht da war. Er genoss die Ruhe im Haus; er und sein Schwiegervater ignorierten einander auf männlich-freundschaftliche Weise. Außer ihnen waren nur Mrs Kenton und die Putzfrau da, aber nur tagsüber, und die beiden nutzten die Gelegenheit, für sich zu bleiben. (Nach neun Jahren hatte sich Riley noch immer nicht an die Dienstboten gewöhnt – er fand es nach wie vor verrückt, dass er nicht selbst einer war.)

Er mochte die Gewohnheiten, die sich einspielten: Robert spielte im Wohnzimmer Klavier, während Riley sich mit der Zeitung oder einem Buch dazusetzte, oder mit einem neuen Manuskript, wenn er nach einem Tag im Büro oder beim Drucker noch Lust dazu hatte. Riley blieb als Verleger ein Handwerker, auch im wörtlichen Sinn. Wie gründlich er seine Hände auch mit Benzin reinigte, die Tinte ging nicht mehr ab, und seine Finger würden für den Rest seines Lebens grau bleiben. Manchmal ging ihm der Gedanke durch den Kopf: *Wenn ich meine Augen oder meine Hände verloren hätte … würde ich dann denken, lieber Gott, hätte ich doch nur meinen Unterkiefer, meine klare Sprechweise, meinen normalen Umgang mit Essen verloren?* Und dann wehte er davon wie ein Fetzen Spinnwebe im Wind, der nur hängenblieb, wenn man ihn berührte.

Sein Verlag war nicht edel wie Leonard und Virginia Woolfs Hogarth Press oder Fanfrolico oder Robert Graves' und Laura Ridings Seizin Press. Er bewunderte die schönen

Bücher, die diese Verleger herausbrachten, und er beneidete sie ein wenig um den Luxus, die kommerziellen Aspekte zugunsten der Ästhetik vernachlässigen zu können, sowohl in Bezug auf den Inhalt wie auch auf die Gestaltung. Es war natürlich schön, wenn man eine betuchte Ehefrau hatte und als Erster Ernest Hemingway verlegen oder sich ein hübsches kleines Unternehmen in Paris oder Florenz aufbauen konnte. Wie gerne wäre er in der Lage gewesen, etwas wie *Das wüste Land* herauszubringen (Peters neuestes Objekt der Besessenheit). Doch auch wenn Nancy Cunard bei jeder Gelegenheit von der Freude schwärmte, sich die Hände schmutzig zu machen – was er respektierte, jedenfalls im Prinzip –, das war nicht seine Art von Handwerk. Er wog nicht die Schönheit des Papiers ab und schrieb keine Oden auf die Textur und den Geruch von Tinte. Seine Hände waren schon seit Jahren schmutzig.

Nein, er baute ein Geschäft auf, mit dem er seine Familie ernähren konnte: seine Ma und seinen Pa und seine Schwestern und Nadine und, je nachdem, wie es mit Peter weiterging, auch Kitty und Tom und vielleicht auch Rose. Und seine Bücher waren nicht zum Bewundern da. Sie waren dazu da, in billigen Cafés gelesen zu werden, im Bus daraus zu lernen oder sie in der Tasche seiner einzigen schmuddeligen Jacke mit sich herumzutragen, während man auf Arbeitssuche war. Die Ratgeberbücher für Autodidakten verkauften sich weiterhin gut. Riley hatte einen jungen Mann eingestellt, der die Klassiker jährlich aktualisierte, und jedes Jahr kamen neue dazu (1928 unter anderem *Wie ich meine Kinder auf die Schule vorbereite* und *Grundlagen der häuslichen Gesundheitspflege*, verfasst von Rose). Auch einen Buchhalter hatte er eingestellt, und einen Lektor mit Kontakten zu Journalisten. Die Detektivgeschichten liefen so gut, dass Riley seinen Partner Hinchcliffe, der sie schrieb, überredet hatte, die verlegerische Arbeit aufzugeben und sich auf Vertragsbasis ganz dem Schreiben zu widmen. Wie sich zeigte, war Hinchcliffe sehr einfallsreich und hatte ein Händchen für den bissigen amerikanischen Stil. Die Sprache hatte er sich, wie er sagte, aus den Gangstergeschichten angeeignet, die er las, und die Plots klaute er aus der Bibel oder von den alten Griechen. Riley war stolz darauf, dass er ihn dazu gebracht hatte, sie zu schreiben.

Die Abwesenheit der Familie gab Riley die Gelegenheit, Peter zu besuchen, ohne dass Toms noch immer andauernde kühle Ablehnung die Stimmung störte, und mit ihm lange Spaziergänge in den Downs zu machen. Es war noch nicht einmal ein Jahr her, dass Riley Peter dazu gezwungen hatte, mit ihm über den Kanal nach Flandern zu reisen. Er hatte ihm mehr oder weniger die Pistole auf die Brust gesetzt und ihn fast mit Gewalt aus seiner zehn Jahre währenden Kriegsbetäubung, der Geborgenheit des Whiskeys, der Angst vor der Welt und dem Jahr 1916 gezerrt, in dem er seit damals feststeckte. Diese letzte Rettungsaktion – in Gestalt der Erklärung, dass Peter endlich aufwachen und in die Welt zurückkehren sollte, weil er, Riley, auch einsam und versehrt war und seinen Freund brauchte und es nicht länger mit ansehen konnte, wie der Alkohol und die Scham ihn Stück für Stück zugrunde richteten – war auf ihre Weise genauso dramatisch gewesen wie die Male, als Riley Peter aus dem Schlachtfeld und den Lasterhöhlen von Soho gerettet hatte. Es waren mittlerweile wirklich zehn Jahre, nicht nur seit der Krieg für sie zu Ende gewesen war, sondern seit er tatsächlich geendet hatte. Es waren Peters symbolische zehn Jahre gewesen, die zehn Jahre, die Odysseus gebraucht hatte, um von Troja nach Hause zu kommen. Beide, Peter und Riley, kannten die Idee nur zu gut, dass die Erfahrung, Seite an Seite zu kämpfen, eine Verbindung zwischen Männern schuf, die nichts jemals zerstören und die niemals jemand durchbrechen konnte. Sie fanden das schwülstig und nicht weiter erwähnenswert, aber gleichzeitig wussten sie, dass es stimmte. Dennoch wollten sie sich jetzt, zehn Jahre später, keinesfalls mehr als Soldaten sehen. Sie waren keine Soldaten mehr. Einstige Soldaten, ja. Das würden sie immer sein. Einstige Soldaten und Freunde.

Und sie hatten etwas Neues daraus erschaffen. Riley war Peters Verleger, und Peter war Rileys Autor. Riley hatte seinem Freund fast unter Tränen das Versprechen abgerungen, sein erstes Buch für ihn zu schreiben. Zumindest wäre es eine Beschäftigungstherapie, hatte er gedacht, und vielleicht sogar eine Katharsis, in jedem Fall aber heilsam für Peter. Doch Peters Buch war, nachdem es erst einmal von der Leine gelassen worden war, regelrecht aus ihm herausgestürmt, und wie sich zeigte, war es spannend, lesbar, intelligent und überraschenderweise sogar witzig. Peter war nicht der Einzige, der entdeckte, dass er Dinge zu Papier bringen konnte, die er niemals laut aussprechen würde. *Eine flandrische Ilias und englische Odyssee* würde im November herauskommen, ein Floß der Intellektualität in einem Meer aus Kriegserinnerungen, die größtenteils eine Aneinanderreihung von Anekdoten waren, eine Anhäufung von Elend, durch die Rückschau verklärt oder so fern von der Wirklichkeit, dass man die geistige Gesundheit aller Beteiligten in Zweifel ziehen musste. Schon seit einer ganzen Weile drehten sich Rileys und Peters Gespräche im Wesentlichen um Berufliches, um die verschiedenen Weisen, wie Kriegserfahrungen interpretiert wurden. Doch Peters Buch war kein Erfahrungsbericht. Für ihn war es ein Werk der Literaturkritik, ein Blick auf Homer aus der Perspektive des Krieges, den sie alle durchgemacht hatten. Riley ließ ihm den Glauben, obwohl er fand, dass es ein Blick auf den Krieg war, den sie alle durchgemacht hatten, aus der Perspektive Homers. Egal. Es ging um das Soldatsein und das Nachhausekommen. Und sie hatten es geschafft. Sie waren zu Hause.

Riley war stolz, dass er Peter zum Schreiben gebracht hatte. *Seltsam, wie eine Eingebung ins Schwarze treffen kann,* dachte er. *Wenn ich gezielt darüber nachgedacht und es geplant hätte, wäre ich sogar sehr stolz darauf. Aber so war es nicht. Es ist mir einfach so herausgerutscht.*

Rileys Gedanken gingen andere Wege, wenn seine Lieben nicht bei ihm waren. Ideen hatten Zeit, sich zu entwickeln und Ruhe, Form anzunehmen. Er dachte jetzt über englische Kriminalgeschichten nach, aber nicht die gepflegte Landhausvariante, sondern im amerikanischen Stil, angesiedelt in Soho und Clerkenwell, in Paddington und dem West End. Und er dachte an Corporal Burgess, alias Johnno der Dieb, der zuletzt als Pförtner im St Mary's Hospital gearbeitet hatte. Johnno und Hinchcliffe hatten sich getroffen. Vielleicht sollten sie sich noch einmal treffen …

Er genoss es – und wie! –, nicht reden zu müssen. Er konnte einfach rausgehen und durch den Park spazieren oder auch nicht. Ungestört in seiner alten Hose herumlaufen. Niemand wollte irgendetwas von ihm.

Aber wenn er hinauf ins Schlafzimmer ging und die glatt gezogenen Laken sah, alle Kissen ordentlich am Platz, kein Kleid und keine Strümpfe, die über der Stuhllehne hingen, verspürte er einen Stich der Einsamkeit, eine heftige Sehnsucht nach seiner bezaubernden Frau, eine gähnende Leere in seiner Brust und seinen Armen … Und dann zog er die Vorhänge auf und öffnete das Fenster, wie er es mochte und sie nicht, legte sich ins Bett und lag die ganze Nacht bequem auf dem Rücken und schnarchte, ohne dass sie ihn anstupste, damit er sich auf die Seite drehte.

Aber er freute sich sehr über ihre Briefe.

Isola Tiberina
23. Juli 1928

Liebes Herz,
hier scheint sich alles sehr schön einzuspielen. Kitty und Nenna sind ganz vernarrt ineinander, und um Tom brauche ich mir auch keine Sorgen zu machen. Er ist wie immer sehr selbstgenügsam und genießt es, der Älteste zu sein – in letzter Zeit stromert er oft allein durch die Stadt und kommt mit den seltsamsten Gemüsesorten, geheimnisvollen Geschichten und Gossenausdrücken zurück, über die Aldo sich köstlich amüsiert – ich will lieber

gar nicht wissen, was sie bedeuten. Aber es gibt auch schreckliche Missverständnisse. Beide Kinder fürchten sich sehr davor, losgeschickt zu werden, um Feigen zu kaufen, weil irgendetwas Entsetzliches passiert, wenn sie die falsche Endung verwenden. Und Tom hat große Verwirrung ausgelöst, weil er dachte, jemand mit dem Namen *la commare secca* – die trockene Patin –, der sich die Kätzchen geschnappt hatte, die in einem Nest unter der Brücke lagen, wäre tatsächlich die Patentante von jemandem, und losziehen wollte, um sie zu finden und die Kätzchen zurückzuholen. Wie sich dann herausstellte, ist das eine Umschreibung für den Tod … *Come-si-dice-in-italiano*, alles wie ein Wort gesprochen, höre ich hier den lieben langen Tag. Es ist kein richtiger Sprachkurs, aber die Kinder schnappen eine Menge auf, wenn sie da draußen herumlaufen.

Ich habe mittlerweile auch ein wenig Zeit mit Susanna verbracht, sie ist ziemlich ruhig und ernst. Aldo hat mir erzählt, dass sie, obwohl sie Jüdin ist, für die römischen Juden praktisch eine Ausländerin ist, weil sie aus Mantua stammt!

Aldo hat uns die ganze Geschichte der Juden in Rom erzählt – wusstest Du, dass sie schon vor Julius Caesar hier waren? Unglaublich, oder? Noch vor Ausbruch des Vesuvs, vor Jesus und damit auch vor den Päpsten. Ich hatte keine Ahnung. Ich habe ihn gefragt, ob sie Sephardim oder Aschkenasim sind – ich bin mir ziemlich sicher, dass Jacqueline, also meine Familie, Sephardim waren –, und er sagte mit sichtlichem Stolz, weder noch, weil sie Jerusalem bereits vor der Teilung verlassen haben. Aldos Vater stammt aus dieser Gemeinde, und sie haben alle in Sant'Angelo gelebt, drüben auf der anderen Seite des Flusses. Das Viertel war nur ein paar Jahrhunderte ein Ghetto, hat Aldo mit einem Achselzucken gesagt, als wäre es nichts. 1870, nach der Vereinigung Italiens, wurde das römische Ghetto geöffnet, und »all

die jungen Männer explodierten wie Samen aus einer Kapsel und landeten überall in Europa, um ihr Vermögen zu machen«, wie er sich ausdrückte. Daniele, sein Vater, landete in Paris und kam zehn Jahre später nach Rom zurück, »mit Taschen voller Goldstaub und einer jungen Ehefrau aus Paris« – das war Mariana, die Schwester meiner Mutter. Da sie Ausländerin war, galt die Heirat als nicht standesgemäß, aber sein Vater war nicht religiös und konnte es kaum erwarten, das Judentum und den Glauben und das Ghetto und all das loszuwerden. Und so kaufte er seiner Mutter – Aldos Großmutter – dieses Haus, damit sie nahe beim alten Ghetto und der neuen Synagoge war (erinnerst Du Dich? riesig und modern und gelb, direkt am Fluss, mit der viereckigen Kuppel?), und sich selbst eine kleine Wohnung nördlich der Villa Borghese, so weit weg wie nur möglich. Ich muss sagen, Aldo ist sehr leidenschaftlich, was das alles angeht, und ziemlich extrem – er nennt die orthodoxen Juden »diese zionistischen Trottel da unten beim Fischmarkt mit ihren Locken und ihrem Hebräisch«! Ich habe es noch nicht geschafft, dass er mir mehr über seine Mutter erzählt, aber ich vermute, sie hat schon damals, als er Kind war, kaum ein Wort dazwischengekriegt. Er ist ganz reizend, aber ich bin doch ziemlich erleichtert, wenn er zur Arbeit geht. Allerdings sieht er unglaublich gut aus, und er albert gerne mit den Kindern herum. Manchmal tut er so, als könnte er sie nicht sehen, was sie ganz verrückt macht – »Ich bin HIER, PAPÀ! ICH BIN HIER!!!!« – »Wo? Was ist das für eine Stimme? Ich kann niemanden sehen!« Beziehungsweise sie sagen: *»SONO QUI!!!«* oder *»SONO IO!«*, also »ich bin ich«, was fast ein wenig freudianisch klingt, nicht? Das Ego, das gegenüber dem Vater auf seine Existenz pocht …
Geht es Dir gut, mein Liebster? Bist Du einsam? Hast Du etwas von Rose gehört? Oder von Peter? Wie geht es meinem lieben Papa? Ich denke an Euch, wie Ihr Euer

friedliches Abendessen ohne uns genießt und ungestört Eure Zeitung lest …
Alles Liebe für Euch beide,
Deine Nadine

Die Kinder nicht hier zu haben war eine Wohltat. Er konnte sich mit Hinchcliffe auf ein Bier treffen oder mit Peter irgendwo in Ruhe essen gehen, ohne das nagende Gefühl, dass Kitty auf ihren Gutenachtkuss verzichten musste.

Es hatte ihn beunruhigt, als Nadine wieder von einem »eigenen« Baby angefangen hatte. Er war nicht … er wollte nicht … er wusste nicht, was er darauf sagen sollte, abgesehen von beruhigenden Floskeln. Er liebte Kitty und Tom. Alle Zweifel, die er gehabt hatte, als sie sie zu sich nahmen, waren angesichts ihrer Bedürftigkeit dahingeschmolzen. Und sie genügten ihm. Falls Nadine wie durch ein Wunder doch noch schwanger wurde – denn laut den Ärzten wäre es ein Wunder – und ja, er gab zu, dass er nicht mehr als unbedingt nötig mit Ärzten zu tun haben wollte –, falls sie also tatsächlich schwanger werden sollte, was würde er empfinden?

Keine Ahnung.

Wahrscheinlich Angst. Er sah immer noch die groteske Szene vor sich, wie Julia tot in ihrem Nachthemd draußen auf dem winterlichen Rasen lag, Peter daneben, rauchend und schier wahnsinnig vor Trauer und Schuldgefühlen. Und er erinnerte sich auch noch daran, wie er zu Hause in der Küche gehockt hatte, während seine Mutter ein paar Armlängen über ihm, direkt jenseits der Holzbretter, seine Schwestern und einen totgeborenen Bruder zur Welt gebracht hatte. Nein, er wollte nicht, dass Nadine auch nur einen Teil dieser Gefahren erdulden musste: die quälende, schreckliche Ungewissheit, den grausamen Wechsel von Hoffnung und Angst, ganz zu schweigen von den Drogen, dem Blut, dem Warten, den Anstrengungen – nichts davon wollte er in der Nähe seiner zarten, dünnen, wächsernen

Frau haben. Ihre Seele schien schon immer zu groß für ihr Skelett gewesen zu sein. Wie sollte sie einen weiteren ganzen Körper samt Seele in sich tragen und erschaffen?

Wenn es nach ihm gegangen wäre, hätten sie weiter Kondome benutzt oder Nadines Gummikappe, um ihnen beiden das alles zu ersparen. Aber das mit der Kappe war ihre Entscheidung, und als sie sie wegwarf, hatte er nichts dagegen tun können. Deshalb war er erleichtert gewesen, als der Arzt gesagt hatte, eine Schwangerschaft sei höchst unwahrscheinlich. Sie auch. Hatte sie zumindest gesagt.

Nach zwei Wochen wurde er verrückt vor Einsamkeit.

Eine Sache gab es jedoch, die er tun musste, während sie fort waren. Er hatte es lange genug vor sich hergeschoben.

In seiner eleganten, hellen Praxis in der Harley Street – hohe Spiegel, weiße Hortensien, Zeitschriften, eine Spieldose voller Süßigkeiten für die Kinder – war Harold Gillies ein anderer Chirurg als 1917 im Queen's Hospital in Sidcup, als sie Captain Purefoy und Major Gillies gewesen waren. Die alten verwundeten Soldaten wurden nicht vernachlässigt, aber Gillies hatte jetzt andere Patienten. Er machte Zivilisten neue Gesichter: dem verbrannten Industriearbeiter, dem Busfahrer, der einen schrecklichen Unfall gehabt hatte, den Krebskranken, den alternden Filmstars mit zu vielen Kinnen. Als Riley hineinging, kam ein kleines Mädchen mit verbundenem Auge heraus.

»Das ist Margaret«, sagte Gillies. »Reizendes Mädchen. Ich habe gerade ihr hängendes Lid mit einem Stück Kängurusehne korrigiert. Es heilt gut.«

Riley setzte sich ihm gegenüber, vor den mit Leder bezogenen Schreibtisch. Er beugte sich ein wenig vor und legte vorsichtig und respektvoll ein kleines, glänzendes blassrosa Objekt darauf, bogenförmig und mit elfenbeinfarbenen Zähnen bestückt. Ohne dieses Teil in seinem Unterkiefer konnte Riley kaum sprechen. Das lallende Durcheinander, das aus seinem zusammengefallenen Mund kam, wenn er es versuchte, war vollkommen unverständlich, und so zog er es vor zu schweigen. Das Ganze brachte die Erinnerung zurück, und so, wie ein Fünfunddreißigjähriger sich wieder wie vierzehn fühlt, wenn er in seinem alten Kinderzimmer schläft, spürte Riley, als er dort saß, ohne Unterkiefer, wie er wieder ein wenig zu dem wurde, was er damals gewesen war. *Hilflos*, dachte er. *Verbittert und verängstigt.*

»Tja«, sagte Gillies, nun ernster. »Alter Knabe.«

Als Riley die Worte und den Wechsel im Tonfall hörte, befürchtete er das Schlimmste. Er wusste es, hatte es schon eine ganze Weile gewusst. Der Schmerz. Es hatte vorher nie weh getan, nicht so, ohne jeden Anlass. *Was ist es also? Krebs?* Etwas, das zurückkam, um ihn zu holen, irgendein Keim aus dem Schlamm, irgendwelche Bakterien oder Veränderungen, die die ganze Zeit auf der Lauer gelegen hatten? Er wusste, was das bedeutete, und ihm schoss ein wilder, verrückter Gedanke durch den Kopf: *Ich werde mich umbringen müssen.*

Dann: *Komm, alter Junge. Jetzt mal langsam.*

»Die Schiene hat Ihnen gute Dienste geleistet«, sagte Gillies.

Riley versank im Nebel.

»Purefoy!« Erneut Gillies' Stimme, so hart und streng wie damals in Sidcup. *Die Stimme der Autorität und des Wissens, die Stimme des Mannes, der mich gerettet hat, der mich wieder über den Klippenrand gezogen hat, als ich bereits abgestürzt war. Die Stimme, die mich nicht gehen lassen wollte. Reiß dich zusammen, Riley.*

Ich will aber nicht. Den Mist mache ich nicht noch mal mit.

Reiß dich zusammen, Mann.

Nein.

Riley!

Verpiss dich.

Er kam wieder zu sich. Gott, anscheinend war er fast ohnmächtig geworden.

Ohnmächtig! Wie überaus männlich.

»Möchten Sie ein Glas Wasser?«, fragte Gillies. Er wusste Bescheid. *Er hat so viele von uns gesehen, er weiß, was mit uns los ist …*

Ja, Riley wollte ein Glas Wasser. Er nahm den verzierten Messingstrohhalm heraus, den er immer bei sich hatte, und drehte ihn zwischen den Fingern, und als das Mädchen in Weiß mit dem Glas hereinkam, hielt er den Strohhalm hinein und saugte langsam und vorsichtig. Er wollte vor Gillies nicht seine Würde verlieren. Außerdem hatte er mittlerweile reichlich Übung.

»Wie wir wissen«, sagte Gillies, »hält die Art von Schiene, die Sie benutzen, nicht ewig.«

Wissen wir das?, dachte Riley. *Den Teil muss ich verpasst haben. Ich glaube nicht, dass ich das gewusst habe.*

»Um ehrlich zu sein, haben Sie ziemliches Glück gehabt, dass sie so lange durchgehalten hat …«

Glück?

»Und Sie haben sie insgesamt gut gepflegt …«

Aber?

Er sah Gillies nur an.

»Aber sie ist trotzdem kaputtgegangen – hier.«

Gillies hob die Schiene hoch. »Sehen Sie?« Am unteren Rand befand sich ein feiner, kaum sichtbarer Riss. Riley musste die Augen zusammenkneifen, um ihn zu erkennen. »Die Kante hat gescheuert, und an der Stelle hat sich ein kleines Geschwür gebildet.«

Riley nickte und spähte.

»Wenn Sie eher gekommen wären …«

Riley blickte auf. *Ich bin doch hier, oder?*

Gillies grinste. »Die Schiene ist alt und kaputt, Sie haben ein Geschwür und erhöhte Infektionsgefahr. Die alte Schiene kommt nicht wieder rein, so viel ist klar. Die Form Ihres Kiefers hat sich ein wenig verändert, seit Sie zweiundzwanzig waren. Das ist die perfekte Gelegenheit für die Knochen-Knorpel-Transplantation, die ich schon 1919 bei Ihnen hätte machen sollen.«

Kommt nicht in Frage. Das mache ich nicht noch mal mit.

»Ich weiß, Sie wollen das nicht hören.« Er sah Riley freundlich an.

Aber ich bin schon mittendrin. Ich sitze vor Major Gillies, und er sagt mir, was mit mir gemacht wird, ohne dass ich eine Wahl habe.

Halt – nein, das ist Unsinn.

Das hier ist mein Leben. Ich gehöre nicht mehr der Armee wie damals. Ich bin nicht mehr dieser völlig hilflose Junge, traumatisiert, wie die Ärzte das nennen, mit Kriegsneurose – hatte ich die? Gott, ich weiß es nicht mehr –, jedenfalls bin ich nicht mehr dieser Junge, und ich bin nicht mehr dort, und es ist nicht mehr damals. Ich bin ein erwachsener Mann von dreißig Jahren. Mit einer Frau. Und Kindern. Und Eltern, die allmählich alt werden, und zwei Schwestern (eine unverheiratet, die andere mit einem Schwarzmarkthändler – gut versorgt? wohl eher nicht), und einem Schwiegervater, der, um ehrlich zu sein, allmählich ein bisschen gaga wird. Und mit einer eigenen Firma und Angestellten.

Na klar, du wirst dich wirklich umbringen, was, Riley?

»Riley?«

Ich kann das nicht noch mal durchmachen. Ich habe es kaum ertragen, als ich vom Krieg völlig durcheinander war – wie soll ich es jetzt ertragen, wo ich wieder bei klarem Verstand und glücklich und normal bin?

»Wir sind jetzt viel besser darin. Es wird viel einfacher sein. Wir können ein Stück von Ihrer Rippe nehmen, Ihrer eigenen Rippe, und es in Ihren Kiefer setzen, was eine gute Basis für ein solides Gebiss wäre … Riley?«

Riley sah auf.

»Hören Sie sich erst einmal alles an«, sagte Gillies. Ihm war gar nicht mehr anzumerken, dass er aus Neuseeland stammte, fiel Riley auf. Und er war kahler geworden, aber Haare waren noch nie seine Stärke gewesen. *Dinge verändern sich. Wie hat sich mein Unterkiefer verändert? Geschrumpft, aufgelöst, abgenutzt, auseinandergefallen, vergammelt?* Er dachte an Jarvis mit der kleinen Rosshaarnaht am Ansatz seiner neuen Nase, damit sie oben schmal blieb. *Himmel, natürlich würde sich Rosshaar im Lauf von fünfzehn Jahren abnutzen … Aber das ist nicht so schlimm, man braucht die Naht ja nicht mehr, wenn alles verheilt ist. Bei mir ist seit Jahren alles verheilt! Ich und mein* – er starrte auf das blassrosa Ding auf dem Schreibtisch, seinen Gefährten, sein *sine qua non*, Teil von ihm und auch wieder nicht. *Vulkanit? Das ist eine Art von Gummi …* Er dachte an Fahrradreifen und die Sohlen von zehn Jahre alten Schuhen. Er wollte seinen Unterkiefer vorsichtig, ganz vorsichtig von Seite zu Seite bewegen, doch ohne die Schiene hing das Fleisch einfach schlaff herunter. Niemand sah ihn je ohne. Er war nicht eitel. Ganz im Gegenteil. Er wollte keine Aufmerksamkeit.

»Die Haut sieht gut aus«, sagte Gillies. »Sie verkraftet eine weitere Operation. Diesmal wird es keine Hautlappen und -stiele geben. Wir haben jetzt viel bessere Techniken als damals. Auch die Schmerz-, Narkose- und Desinfektionsmittel sind ganz andere. Sie werden nicht mein Versuchskaninchen sein …«

Danach herrschte Schweigen.

Ohne diesen Mann hätte ich überhaupt kein Leben mehr gehabt.

Riley dachte an den Jungen – wie hieß er noch? –, der sich Paraffin ins Bein gespritzt hatte, um ein Geschwür zu bekommen und nach Hause geschickt zu werden, und der dann Krebs bekommen hatte. *Du versuchst zu retten, und dann zeigt sich, dass du genau damit zerstörst.*

Riley beugte sich vor, nahm die Schiene, öffnete den Mund und begann mit der Prozedur: Unterkiefer – oder vielmehr die Hülle davon – locker hängen lassen. Linke Seite zuerst hinein, dann mit dem Finger den rechten Mundwinkel aufziehen, damit genug Platz ist, um die rechte Seite hineinzuschieben. Nicht verschlucken, Vorsicht bei der entzündeten Stelle, den Stift am Überrest des linken Unterkieferknochens finden, die Schiene positionieren, dasselbe auf der rechten

Seite, dabei den Mund so hin und her ziehen, wie es nötig ist, um alles an Ort und Stelle zu bringen. Dann beide Zeigefinger gleichzeitig hinein, ganz nach hinten, und hinunterdrücken. Zubeißen. Etwas Speichel auftreiben, um das unangenehme Gefühl zu mildern. Aber nicht so viel, dass du sabberst.

»Nein«, sagte er, als sein Mund wieder funktionierte.

»Riley –«

»Behandeln Sie auf jeden Fall das Geschwür«, sagte Riley. »Und ich wäre Ihnen dankbar für eine neue Schiene. Aber sonst – nein. Nein.« Er lächelte höflich. »Nein, vielen Dank.«

Als er die Praxis verlassen hatte und die Oxford Street hinunterging, um den Bus zu nehmen, ging Riley ein Satz durch den Kopf, den er einmal in Sidcup gesehen hatte, in den Notizen von jemand anders: »Weigerung gilt als unvernünftig.« Er wusste, dass Gillies es hasste, wenn er seine Arbeit nicht beenden durfte. *Aber es ist mein Kopf. Es ist nicht unvernünftig, etwas dagegen zu haben, dass dein Kopf noch einmal auseinandergenommen wird.*

Er würde Nadine nichts davon erzählen. Natürlich erzählten sie einander alles, aber das bedeutete nicht, einander jede Einzelheit von allem zu erzählen, wenn es den anderen unnötig beunruhigte.

Du sorgst dich also, dass du sie beunruhigen könntest, und gleichzeitig denkst du darüber nach, dich umzubringen? Er musste lachen. Die gute alte Selbstverspottung.

Es fühlte sich sehr eigenartig an. Seine Gefühle waren denen vor zehn Jahren sehr ähnlich. Und doch ganz anders.

Er suchte sich einen Fensterplatz und sah hinaus auf die weichen, üppigen grünen Blätter im Hyde Park, riesige Pompoms aus Bäumen und darunter die Parklandschaft, weit und golden wie eine Savanne.

»Es war also alles ein großer Erfolg?«, fragte Riley, als sie nach Hause kamen, sonnenverbrannt und mit Beuteln voll Polenta im Gepäck.

»Hast du uns vermisst?«, rief Kitty und schlang die Arme um seine Mitte.

»Hallo, mein Schatz.« Nadine strahlte ihn an, schob Kitty beiseite und umarmte ihn unter seinem Jackett, als wären sie neunzehn. Tom grinste ihm von der Tür aus zu.

»Rose kommt zum Abendessen«, sagte Riley. »Ich war mir sicher, dass ihr nichts dagegen habt.«

Innerhalb weniger Tage war es so, als wären sie nie fort gewesen. Nur dass es natürlich nicht so war.

4. KAPITEL

Südlich von Rom, 1928

WÄHREND ALDO AM TAG nach der Abreise der Engländer mit dem Zug gen Süden ratterte, dachte er über die Verwandtschaft aus London und ihren Besuch nach. Sie einzuladen war natürlich ein Experiment gewesen. Halb hatte er damit gerechnet, dass die Einwohner des heimtückischen Albion ebenso heimtückisch waren wie ihre Herrscher, jene arroganten alten Männer, die Italien in Versailles Gerechtigkeit verweigert und Gebiete für sich behalten hatten, die Italien versprochen worden waren und für die er sein Blut vergossen und sich die Zehen abgefroren hatte. Aber er war ein moderner Mann. Er wusste nur zu gut, dass man jemanden nicht nach seiner Herkunft beurteilen durfte. Genau diese Art von *campanilismo*, diese Treue zum Glockenturm der eigenen Heimatstadt, hielt die Welt im Mittelalter fest. *Meine Glocke klingt weit und hell hinaus in die Welt*, dachte er mit einem kleinen Lächeln, und der Gedanke gefiel ihm. Überhaupt war er sehr zufrieden. Die Herzlichkeit und Schönheit der englischen Verwandten freute ihn, und allein ihre Bereitschaft zu kommen war eine Ehre und ein Zeichen, dass sie an ihn und Italien glaubten, doch es war noch mehr als das – er mochte sie, und sie mochten ihn und seine Familie.

Sah Nadine seiner Mutter ähnlich? *Nein. Wenn ich ehrlich bin, nicht. Höchstens das Haar* … Er lächelte. Seine englische Verwandtschaft! *Ihr Mann muss ganz hellblond sein. Die Kinder ähneln ihr überhaupt nicht. Sie sind so blond wie die, die der heilige Agostino sah, als er zum ersten Mal nach England kam und verkündete, sie seien* non Anglii, sed angeli – *keine Angeln, sondern Engel.*

Seit seine liebe Mutter gestorben war, musste er immer wieder an etwas denken, das sie einmal zu ihm gesagt hatte. Vor vielen Jahren hatte er Interesse an Synagoge und Shul gezeigt; andere Kinder gingen dorthin, andere Familien, warum nicht sie? Und sie hatte erwidert: »Für deine Großmutter und ihre Generation hält die Religion dich zusammen, für deinen Vater hält sie dich zurück.«

Nun, Aldo hatte kein Interesse an der Religion als solcher, aber er hatte Interesse an Zusammenhalt. Und an Religion als Kultur. Jetzt, als freier und wohlhabender Italiener des zwanzigsten Jahrhunderts, war er in einer Position, wo er – zu seinen eigenen Bedingungen – einige Aspekte davon in Betracht ziehen konnte, die sein Vater hatte abschütteln müssen, um aus dem Ghetto herauszukommen. Zum Beispiel konnte er seine Verwandten aus dem Ausland einladen. Er hatte Betten, in denen sie schlafen konnten, und genug zu essen für sie alle. Er hatte die Freiheit, sie so zu behandeln, wie es sich für einen Mann, Cousin und Gastgeber gehörte. *Sie wissen so viele Dinge nicht*, dachte er. Er hatte ihre Unwissenheit mit einer gewissen Faszination beobachtet. Das Essen zum Beispiel. Sie waren so überrascht, Aldo kochen zu sehen, und kannten viele ganz gewöhnliche Lebensmittel nicht.

»Bei uns zu Hause haben wir kein leckeres Essen«, hatte Kitty gesagt, doch als Nenna gefragt hatte, warum nicht, hatte Tom der Kleinen einen Blick zugeworfen, und sie war verstummt. Es sah so aus, als wäre sie daran gewöhnt.

»Das englische Essen ist nicht so aufwendig wie das italienische«, hatte Tom gesagt, und Aldo hatte es auf den englischen Stolz geschoben und amüsiert zugesehen, wie sie die Bekanntschaft von Pasta und gebratenen Artischocken und winzigen gebratenen Fischen und cremigem, schmelzendem Mozzarella machten. Tom stellte sich gerne neben Aldo, Susanna und Ilaria, die Hausangestellte, um zuzusehen und zu lernen. Er wollte Lasagne und Cannelloni und Polenta für seinen Vater machen, sagte er. Nenna erzählte Aldo, dass Tom vorhatte, seinen Koffer mit Pecorino Romano und Mozzarella und Tomatensamen zu füllen, damit er sie zu Hause im Gewächshaus ziehen konnte. Susanna erbot sich, ihm das Rezept für die kleinen gebratenen Küchlein aufzuschreiben, die sie Ohren nannten, knusprig und süß und lecker. *Die mögen alle Kinder*, dachte Aldo und wies Ilaria an, sie während ihres Besuchs jeden Tag zu backen. Doch offenbar schien der Junge der Ansicht zu sein, dass sein Vater sie nicht mögen würde, und lehnte das Rezept dankend ab.

Und dann hatte es gestern, an ihrem letzten Tag, noch ein wenig Aufregung gegeben. Wie sich herausstellte, hatte der Junge tatsächlich Mozzarella gekauft, um ihn mit nach Hause zu nehmen, und als Nadine ihm erklärt hatte, dass der sich nicht halten würde, war Tom zum Campo dei Fiori gegangen und hatte einen Mann gefunden, der bereit war, ihm ein Büffelkalb zu verkaufen. Er war gerade dabei, mit dem Mann zu verhandeln, als Aldo dazukam. Lachend und scherzend war es ihm schließlich gelungen, den Jungen von seinem Plan abzubringen.

Wie süß, diese Kinder – einerseits erstaunlich klug, und andererseits so völlig ahnungslos! Aber woher sollte ein Kind auch wissen, dass man ein Kalb nicht im Zug mit nach England nehmen kann?

Was für nette Verwandte, und was für ein schönes Zusammentreffen.

Es war nicht so, dass Aldo die Geschichten seines Vaters vergessen hätte. Ganz im Gegenteil. Die Vergangenheit weilte stets in den Tiefen seines Bewusstseins, und gelegentlich kam sie auch hinauf ans Licht. Obwohl es nun schon sechzig Jahre zurücklag, freute er sich immer noch jeden Tag über die Vereinigung der vielen Einzelstaaten auf der Halbinsel zu einem gemeinsamen Italien. Er schleppte seinen Koffer voll Leid und Chaos mit sich herum, wie jeder

Mann. Er erinnerte sich noch sehr genau daran, wie das Ghetto gewesen war, bevor die hübschen gelben Mietshäuser und die edle neue Synagoge gebaut worden waren, und genau aus diesem Grund war er jetzt Ingenieur und nicht Musiker, wie es dem »geringeren Aldo«, wie er ihn nannte, lieber gewesen wäre. Das neue Italien brauchte keine Gitarrenspieler. Es brauchte Straßen und Bewässerungssysteme, Eisenbahnen und solide Häuser. Er erinnerte sich noch sehr gut an zerlumpte Familien, die zu acht in einem Zimmer gehaust hatten, an die hohe Kindersterblichkeit und an Mütter, die mit fünfundvierzig gestorben waren. An den Geruch von Menschen, die versuchten, praktisch mit nichts anständig zu leben. An das Wimmern eines erwachsenen Mannes, der um ein paar Fischabfälle gekämpft und verloren hatte. Die Tore des Ghettos waren vor seiner Geburt geöffnet worden, aber längst nicht alle seine Einwohner hatten den Weg hinaus gefunden. Viele würden ihn niemals finden. Die Flucht seines Vaters bedeutete, dass er, Aldo, zur Freiheit geboren war. Andere aus seiner Generation und der seines Vaters steckten dort immer noch fest. Für sie bedeutete Freiheit Gefahr, und nur das Ghetto war sicher. Er bemitleidete sie. Und er verachtete sie auch ein wenig, weil sie die Gelegenheit, die ihnen geboten worden war, nicht ergriffen hatten; weil sie nicht hinaus in die Sonne getreten waren.

Gesegnet seid ihr alle, dachte er. *Meine Eltern, meine Großeltern, ihr alle, für das, was ihr erlitten und gefürchtet habt. Danke euch, Garibaldi und all den großen Seelen des* Risorgimento, *dafür, dass ihr Italien als Land vereint habt und dass ihr das Ghetto gerade so rechtzeitig geöffnet habt, dass ich in Freiheit geboren werden konnte.*

Es war noch gar nicht so lange her, erst zwölf Jahre, dass er sich, einundzwanzig Jahre alt, erschöpft und frierend in einer erschöpften und frierenden Truppe über einen gefrorenen Fluss geschleppt hatte, hinauf zu einem Pass; er wusste nicht mehr, welchem. 1916. Diesen Pass hatten im Winter davor schon viele benutzt, aber dieser Winter war härter. Seine nachdrücklichste Erinnerung war, wie er sich rutschend vorwärts gekämpft hatte, die Handschuhe zerlöchert, die Stiefel ursprünglich nicht seine, der Untergrund so uneben, dass er den Blick nicht vom Boden heben konnte. Er hatte an Essen gedacht und an seine Mutter. Was er beides in näherer Zukunft nicht zu Gesicht bekommen würde. Und dabei waren ihm in dem unebenen, zerfurchten Eis unter seinen Füßen nach und nach Formen und Schattierungen aufgefallen, die ihm seltsam vertraut vorkamen. Dann rutschte weiter vorne jemand aus, alle blieben kurz stehen, um Luft zu holen, und da sah Aldo ganz deutlich, was es war. Dort im Eis unter seinen Füßen lag ein Mann und schlief. Es musste unbequem sein, wie er da lag, aber es war offensichtlich, dass er sich schon länger nicht mehr bewegt hatte. Natürlich wusste Aldo, dass der Mann tot war; er musste tot sein, denn er war nicht unter dem Eis, er war im Eis. Er dachte: *Oh! Er ist alt, ein tätowierter Bergwanderer, ein Höhlenmann, ein Vagabund der Eisenzeit, der von einem dreitausend Jahre währenden strengen Winter überrascht wurde.* Aber Männer aus der Eisenzeit trugen keine Militäruniform, und zwischen den klaren und milchigen Streifen des Eises war die Uniform zu erkennen – ein Arm in einem Ärmel, eine verdrehte Schulter. Die Füße waren nackt; Socken und Stiefel hatte sich jemand genommen, der sie gebrauchen konnte. Seine eigenen Füße, die er vor Kälte kaum noch spürte, krümmten sich ein wenig zusammen. Aber er konnte seinen Blick nicht von dem Gesicht abwenden. Der Tote lag im Profil da. Er hätte – ja, er *hätte* schlafen können, aber er war zusammengedrückt, verzerrt, nur ein wenig, aber genug – Himmel, ja –, um in jener Nacht und noch einige Jahre danach Aldos Träume heimzusuchen: der Mann aus der Strenge des letzten Winters oder des Winters davor. Und dann, als Aldo einmal das Muster und die Form des gefrorenen menschlichen Körpers erkannt hatte, tauchten sie immer wieder auf, nachdem der Befehl gekommen war, weiter zu marschieren. Andere Schultern. Andere Füße.

Andere Gesichter in dem klaren, schimmernden Eis. Gefangen in einer Art Ewigkeit.

Nachdem er eine Weile über diese gefrorenen Brüder hinweggestapft war, sah er sie nicht mehr. Sie waren wie die bunten Kiesel am Strand, grau und elfenbein und weiß, Formen. Wenn sie wieder das zu werden drohten, was sie wirklich waren, blinzelte er und stellte den Blick unscharf. Er betete im Gehen für ihre Seelen. Obwohl er nicht religiös war, *war* er religiös. Das verwirrte ihn nicht. Emotional war er religiös, politisch nicht. Wenn die Tatsache, dass er diese Leiter von toten Männern hinaufstieg, seinen Einsatz für eine bessere Zukunft demonstrierte, dann würde er es tun. Wenn es half, das Trentino, das Alto Adige, Triest zu erlösen, dann würde er es tun. Wenn es für Italien nötig war, dass er Männer sterben sah, dass er schreiend auf Fremde losstürmte, dass er in Scheunen schlief, endlos marschierte, Woche um Woche hilflos auf den Isonzo starrte und immer wieder vergeblich darauf zusprang wie ein angeketteter Hund auf ein Fenster, dann würde er es tun. Um den Krieg zu beenden, musste man ihn kämpfen. Erst dann konnte man wieder aufbauen. Aber diese Berge. Diese Schluchten und Felswände und Zickzackpfade – er würde froh sein, wenn er nie wieder einen Berg sehen musste.

Verwirrung war seine vorherrschende Erinnerung; eine Verwirrung, die zwischen das sickerte, was geschehen war, und das, was er immer noch fühlte. Es war ihm nicht gelungen zu begreifen, was er getan hatte. In Caporetto im Oktober 1917 war er nicht weggelaufen, obwohl vierhunderttausend andere es getan hatten. Und dreihunderttausend waren gefangen genommen worden. Von jeder Division, die desertiert war, wurde später jeder fünfte Mann zur Strafe erschossen, Zug um Zug, und einige von ihnen erschossen ihre Offiziere, und jeder, der kein Gewehr mehr hatte, wurde ebenfalls erschossen, denn: *Wo ist Ihr Gewehr? Sie haben es weggeworfen, um schneller weglaufen zu können, stimmt's?*

Nein, Capitano –
STIMMT'S?
NEIN, CAPITANO.

Und niemand wusste, ob er sich aufstellen musste, um erschossen zu werden oder um die anderen zu erschießen. Das war das Ende des Krieges.

Es war keine Zeit für Klarheit. Es war nicht einmal wirklich festzustellen, ob man desertiert war oder nicht. Soweit er das Ganze in seiner Erinnerung zusammensetzen konnte, war er, nachdem er ehrlich sein Bestes getan hatte, in dem Feuersturm neben jemandem gelandet, der sich bemühte, einen geordneten Rückzug zu organisieren, und er hatte sich von dieser Strömung mitziehen lassen. Er wurde zu seinen eigenen Leuten zurückgetrieben und fand sich erneut im Veneto wieder, beschämt und wütend, und überall um ihn herum sprachen die Männer von Russland, wo die Bolschewiken sich unaussprechliche Freiheiten gegenüber den Autoritäten herausnahmen.

Und Deserteure – Männer, von denen er wusste, dass sie desertiert waren, dass sie ihre Gefährten, die auf sie angewiesen waren, im Stich gelassen hatten – spazierten herum, rauchten Zigaretten, tranken Kaffee und sprachen von der Zukunft.

Alles, was er zu beschützen glaubte, war zerstört. Der Papst sagte, der Krieg sei ein Skandal, eine sinnlose Schlachterei – man sollte sich den Papst schnappen und aufknüpfen. Und die Regierung – Schwätzer! Unbeteiligte! Alte Männer! Sie wussten nichts. Sie hatten nie wirklich hinter der Armee gestanden.

Als Aldo 1919 in Uniform zurückkam, verspotteten ihn die Leute auf der Straße. In Bologna stellten sich ihm ein paar junge Arbeiter in den Weg, magere, verzweifelte Männer, und brüllten, er sei ein Lakai und solle sich schämen. Er blieb stehen, ohne Angst, und verteidigte sich. »*Ragazzi*«, sagte er, »ich war im Krieg, was ist los mit euch? Ich habe dafür gekämpft, italienisches Land zurückzugewinnen, das uns gestohlen wurde – das ist kein Grund, sich zu schämen, das ist eine Ehre.«

Worauf der am wenigsten Unhöfliche von ihnen entgegnete, er, Aldo, habe für die Reichen und Mächtigen gekämpft, und die Arbeiter hätten gar nichts davon, solange die Kommunisten Italien nicht befreit hätten – und der Unhöflichste von ihnen spuckte auf Aldos abgetragene Stiefel. »Der Krieg fängt jetzt erst an, Bruder«, sagten sie, »hier, in Italien, jetzt.« Aldo starrte sie mit solchem Unverständnis an, dass sie lachten und riefen: »Komm mit!« und ihn einfach mitschleppten.

Und so fand sich der dreiundzwanzigjährige Aldo, der eigentlich nach Rom zurück wollte und von der Suppe seiner Mutter und einer besseren Welt träumte, in dieser Reihenfolge, mitten in einer Menge von lärmenden Demonstranten und Streikenden wieder, die mit Steinen warfen und skandierten. *Eine Fabrik besetzen? Revoltieren?* Er verstand nicht, was sie wollten, und es widerte ihn an. Diese Kinder mit ihren Aussperrungen und Streiks – und Männer, die alt genug waren, um es besser zu wissen. Kommunisten, Anarchisten, Marxisten: Italiens Schande, außer Rand und Band dank der Schwäche der Parlamentarier und Liberalen. Alles marode. Welche Zukunft sollte daraus entstehen? Kein Wunder, dass die Graubärte in Versailles Italien immer noch nicht ernst nahmen.

Aldo, der junge Mann, war voller Liebe, voller Verlangen. Er liebte seinen Retter, Italien; seine Heimat, Rom. Er sah, wie es litt – nichts zu essen, verlorene Ernten, auseinandergerissene Familien, alles vom Krieg zerrissen. Er hatte Dante gelesen, Mazzini, Crispi; er sah ein größeres Bild. So wie der Dichter Gabriele d'Annunzio, für dessen inspirierte und ruhmerfüllte Schriften er stets den größten Respekt gehabt hatte – *das nenne ich einen Mann der Zukunft! einen wahrhaften Italiener!* – und der mit seiner Bande von Freiheitskämpfern nach Fiume marschiert war und die umkämpfte Stadt einfach eingenommen hatte! Und sie mit einem so männlichen, kraftvollen Schwung der Inspiration regierte! *D'Annunzio! Das ist endlich mal ein Mann, der bereit ist, etwas zu tun!* Doch Aldo war zu lange von zu Hause weg gewesen. Dieses Chaos überall im Land machte ihm Angst, und er sehnte sich bis ins Mark nach seiner Stadt. Es jaulten so viele Stimmen rund um diesen schwankenden Turm zu Babel: nicht nur die Kommunisten und Anarchisten, sondern alle möglichen Rebellen und Verrückten, Nebulisten, Idealisten, Cliquen und Rezidivisten, die sich alle gegenseitig die Schuld gaben und vorschnelle Schlüsse zogen. *Italien gibt es noch nicht sehr lange. Wie soll es standhalten, wenn seine Kinder sich in einem solchen Zustand befinden?*

Aldo hatte eine ganz andere Vorstellung davon, wie seine Welt aussehen sollte. Er sehnte sich danach, zu reparieren und zu heilen und vorwärts zu gehen und zu bauen. Er trug eine ruhmreiche Idee in seinem Herzen: das Dritte Rom. Nach dem antiken Reich, als Rom über die gesamte bekannte Welt geherrscht hatte, und der Pracht der Renaissance, als der Reichtum und die künstlerische Schaffenskraft Roms unvergleichlich gewesen waren, warum sollte Rom da nicht ein drittes Mal aufsteigen? Schließlich war das Risorgimento nicht vollendet worden … *Stell dir mal vor, was wir aus diesem wunderbaren Land machen könnten, wenn wir nur unsere Fähigkeiten und Stärken nutzen und uns organisieren würden. Stell dir vor, wir könnten unsere malariaverpesteten Sümpfe trockenlegen und Ackerland daraus machen. Stell dir vor, wir könnten den Bauern helfen, einfacher und ertragreicher zu wirtschaften; wir könnten die Industrie im Norden stärken, unsere eigenen Mineralien schürfen und unsere Kinder ausbilden. Stell dir die Straßen und Brücken und Tunnel vor, die Aquädukte und Abwasserkanäle, sauberes Trinkwasser an jeder Ecke und Strom in jedem Haus. Stell dir vor, wir könnten Wasser nach Sizilien bringen …*

Es war ein aufbauender Gedanke, wenn man sich heimwärts schleppte, in den Stiefeln eines anderen.

Und so hatte er studiert, sich als Ingenieur qualifiziert,

mit dem Spezialgebiet Landvermessung und Hydraulik, geheiratet und begonnen, eine Familie zu gründen. Er krempelte die Ärmel hoch und arbeitete, baute, half.

Vor allem war Aldo dankbar dafür, dass Italien nach all der Schwäche und dem Durcheinander der Geburtswehen unmittelbar nach dem Krieg nun so eine wunderbare Zeit erlebte, in der der Kampf einen Sinn hatte, die Richtung klar war und der Führer stark. Es war eine großartige Zeit, um Italiener zu sein. Wenn es für ihn überhaupt einen Wermutstropfen gab, dann war es das leise, aber nagende Gefühl, dass er seine Dankbarkeit dafür, dass er aus dem Ghetto befreit und nicht weiter behelligt worden war, gegenüber den Autoritäten nicht hinreichend zum Ausdruck gebracht hatte. Doch dann brach stets sein Optimismus durch – *nicht weiter behelligt worden? Ha! Nein, du bist ein Teil davon … Du bist ein Teil davon!*

Er freute sich auf das kommende Jahr, 1929. Der Duce hatte dem Parlament die Pläne vorgelegt, das Agro Pontino, die großen Sümpfe südlich von Rom, trockenzulegen, und das Parlament hatte eingewilligt. Nächstes Jahr würden sie beginnen, das Land zu roden und einzuebnen. Nicht weiter behelligt! Ganz im Gegenteil – er würde dabei sein!

Der Zug ratterte weiter. Über dem metallischen Geruch des Zuges konnte er späte Stoppelbrände riechen. *Sie sollten schon längst pflügen*, dachte er und blickte hinaus auf das eingerahmte Land. *Wir werden so viel mehr urbares Land schaffen. Wir werden Gräben und Kanäle ausheben, Straßen bauen, und es wird schöne Felder und Häuser und kleine Städte geben …* Natürlich kannte er die Geschichten über das Agro Pontino – Schlangen, so lang wie ein Mann, der Treibsand, die Wegelagerer, der tückische Wald mit seinem Dickicht. Stehende Tümpel und Teiche, jahreszeitlich bedingte Wasserläufe, die nirgendwo ablaufen konnten, Gespenster und böse Geister, ausgetrocknete Bäche, außer Fröschen, Aalen und Mücken kann da niemand leben, Malaria, Malaria, Malaria … Und es blieb nicht gleich: Von einer

Senke zur nächsten veränderte es sich und führte einen an der Nase herum – und je nach Jahreszeit und Wetter war es in der einen Woche üppig grün, in der nächsten stand alles unter Wasser, und einen Monat darauf war es eine Schlammwüste. Stinkende, mit Lehm gefüllte Tümpel, die niemals austrockneten. Kleine Inseln und Landstreifen, die fest und sicher aussahen, doch nur ein Tor würde es wagen, sie zu betreten …

Dieses sumpfige Chaos würde vermessen und unterteilt und beherrscht werden. Im Nordosten waren die Monti Lepini. Im Südwesten lag das Tyrrhenische Meer. Dazwischen erstreckten sich zwei langgezogene, parallele, aber vollkommen unterschiedliche Sumpfabschnitte, getrennt durch den Geist der Küstenlinie von vor mehreren hunderttausend Jahren: eine endlos langen Düne, die mehr oder weniger parallel zur Küste und zu den Bergen dahinter verlief, eine sogenannte Quartärdüne. Diese Düne bildete eine Barriere, die gerade hoch genug war, um das ganze Wasser von den Bergen und Flüssen drum herum festzuhalten: Alles sammelte sich dort, ohne die Möglichkeit, ins Meer abzufließen. Stattdessen breitete es sich ziellos über die Ebene aus, die jeden Herbst überflutet war, hinterließ dort all den Sand und Schlamm, den es mitgeführt hatte, und wanderte dann träge bis zum vierzig Kilometer südöstlich gelegenen Terracina, wo es über den Sommer austrocknete, bevor im Herbst die nächste Flut kam. Das war die Ebene von Piscinara. Außerhalb davon, zwischen der Düne und der heutigen Küste, lag das zweite Sumpfgebiet. Nero hatte einen Kanal durch die Quartärdüne gegraben, um Piscinara trockenzulegen, doch der Kanal hatte sich mit Schlamm zugesetzt. Napoleon und Garibaldi und Leonardo und zahllose Päpste und Preußen und Spekulanten und Aristokraten hatten immer wieder versucht, diese Ebenen trockenzulegen. Alle waren gescheitert.

Aldo lächelte, als der Zug in den Bahnhof einfuhr. Er hatte auf die Sümpfe von Sezze und Cisterna hinuntergesehen.

Die Landvermesser waren bereit, Karten und Zeichnungen schon in Arbeit.

Wir werden einen verdammt großen Kanal vom höchsten Punkt der Ebene zum Meer bauen, und das ganze Wasser wird dort hineinlaufen, die Bergbäche und die Flüsse, der Fosso di Cisterna, der Teppia, der Fosso Moscarello … all der Regen, der geschmolzene Schnee, der Schlamm. Wir werden mit riesigen Kabeln Strom von Cisterna hierherbringen, alle Felsen in die Luft sprengen, die im Weg sind, und graben, graben, graben.

Nächstes Jahr, dachte Aldo mit einem leichten Kribbeln des Stolzes. Er hatte auch schon Ideen für das andere Ende des Projekts: Wie wäre es mit Moskitonetzen, einer hübschen kleinen, mit Netzen versehenen Veranda an der Vorderseite jedes Hauses, so dass die Leute draußen sitzen konnten, aber trotzdem geschützt waren? *Nur so lange, bis wir die verfluchten Insekten ausgelöscht haben …*

Was für eine Aufgabe! Was für eine wunderbare Aufgabe!

Nächstes Jahr, dachte er, *werde ich die Engländer wieder hierher einladen, damit sie sehen, was wir geschafft haben.*

Susanna Norsa hatte ihre jungen Jahre damit zugebracht zu beten, zu nähen und höflich ihren Tanten und deren Freundinnen dabei zuzuhören, wie sie beteten und nähten. Sie hatte damit gerechnet, ihr ganzes Leben in Variationen dieser Szene zu verbringen: erst als Nichte, dann als Tante und vielleicht als Großtante, oder als Mutter und Großmutter, wenn ihr Vater es so einrichtete. Viel weiter hatte sie nicht gedacht. Es gab keinen Grund dazu. Niemand hatte es je vorgeschlagen. Außerdem liebte sie Handarbeiten. Und draußen war es so schmutzig.

Eine der Tanten, die ewig unzufriedene Tante Rebecca, die unablässig seufzte und wünschte, dies oder jenes wäre anders, erzählte ihr eines Nachmittags hinter den Vorhängen aus weißem Leinen, in der schattigen Stille der Siesta, dass es in einer Kirche ein Bild von ihren Vorfahren gab. Susanna konnte es kaum glauben. Die Kirche hatte nichts mit ihnen zu tun. Warum sollten Christen ein Bild von Juden in ihrer Kirche haben?

»Unser Vorfahr Daniele hat etwas sehr Schlimmes getan«, flüsterte Tante Rebecca voll hämischer Freude. »Er und sein Sohn Isaac. Ich weiß nicht, was, also spar dir die Fragerei. Du wirst es nie erfahren. Das Thema ist tabu. Das Bild ist in der Kirche an der Via Monteverdi. Santa Maria della Vittoria.«

Susanna fragte ihren Vater. Sie hatte keine Angst vor ihm.

Er – bärtig, mit hoher Stirn, ein Mann nach dem Bild all der Generationen davor – sagte: »Es ist nun mal so, dass wir geduldet sind, nicht willkommen. So ist es schon immer gewesen. Solange wir still sind, ist alles gut.« Sie bohrte nicht weiter nach. Sie hatte nie das Bedürfnis nach eigener Weisheit verspürt, und sie mochte die Stille.

In dem Jahr, als Susanna vierzehn wurde, sprudelte unvermittelt und mit Macht etwas Unbegreifliches in ihr hoch, und sie fand ihr gewohntes Denken und ihren fraglosen Gehorsam auf einmal sehr unbefriedigend. Ohne jeden ersichtlichen Grund bog sie eines Nachmittags, als sie von der Schule nach Hause ging, vom Weg ab, löste ihr Kopftuch, versteckte ihren weißen Kragen und lief schuldbewusst zur Via Monteverdi. Da war tatsächlich eine Kirche: weiß verputzt, das Portal in der fröhlichen Form einer Frau in langem Kleid, die einen Knicks macht und dabei den Stoff anhebt. Aber das war nicht die richtige Kirche. Die andere war aus nackten Ziegeln, in die Ecke geduckt, klein und unerschütterlich. Am Eingang zögerte sie nur kurz. Es musste sein, sonst würde sie sich niemals trauen. Sie trat ein – und ging nicht in Flammen auf wie ein totes Blatt im Feuer. Da war ein Bild, und noch eins … Sie fand ihre Vorfahren. Zwei Männer und zwei Frauen, in einer Reihe, am unteren Rand eines Gemäldes, das den Ruhm eines anderen zeigte. Der jüngere Mann musste Isaac sein.

Susannas rebellischer Drang hielt nicht lange an, aber sie

behielt diesen kleinen Akt des Aufbegehrens im Gedächtnis: wie sie ohne Erlaubnis und in so unjüdischer Aufmachung wie nur möglich in die Kirche gegangen war, in der das Bild hing, um Isaacs Gesicht zu betrachten, das hübsch war und voller *ritegno*, würdevoller Zurückhaltung. Die Begegnung mit ihm weckte in ihr einen mächtigen, stolzen Zorn, der dem gefleckten Schatten der Scham, der in dieser Stadt seit Jahrhunderten auf ihrem Namen lag, einen Sinn und Wert gab. Als sie die ganze Geschichte erfuhr, wie Daniele ein Fresko der Jungfrau Maria an seiner Hauswand übermalt hatte und ein Dutzend Mal dafür bestraft worden war, verspürte sie nur noch mehr Stolz auf Isaac. Er hatte zu seinem Vater gehalten und zusammen mit ihm gelitten. Sie spürte, was für ein Segen es war, dass sie nicht zu jener Zeit vor vierhundert Jahren gelebt hatte, als ein Jude für etwas, das ihm zuvor erlaubt worden war, immer wieder zahlen und büßen musste. Wenn sie Isaac besuchte, sprach sie mit ihm, und nach einer Weile liebte sie ihn. Sie betete für ihn, wenn sie für die Toten beteten.

Als sie Aldo begegnete, dem gutaussehenden angehenden Ingenieur, sah er in ihren Augen aus wie Isaac Norsa – nur mit dem unbestreitbaren Vorzug, dass er lebendig war. Aldo kannte und liebte die Vergangenheit, aber er sprach nur von der Zukunft. Für ihn war Trient kein Ort uralter antisemitischer Skandale darüber, wer wen beschuldigt hatte, im Jahr 1475 Matzen mit dem Blut eines kleinen Jungen gemacht zu haben, sondern italienisches Land, das mit dem Blut italienischer Soldaten, auch seinem eigenen, endlich aus fremder Hand befreit worden war. Er hatte in der Isonzoschlacht gekämpft, war einer der Strohhalme gewesen, die auf den mächtigen, wilden Fluten von Caporetto umhergewirbelt worden waren.

Wenn Aldo von dem neuen Italien sprach, von den Opfern, die gebracht wurden, von der Notwendigkeit von Disziplin und Sauberkeit und Ordnung und gesundem Menschenverstand, weitete sich Susannas strapaziertes junges Herz. Ihre

Familie war nicht fein, reich und ehrgeizig. Alles, was sie sich wünschten, war ein respektables Dasein auf einem Niveau, das wohltätige Spenden und solide Heiratsaussichten gestattete. Hätten die anderen von Susannas Schwärmerei für das Porträt gewusst, hätten sie es nicht einmal im Ansatz verstanden. Und ihre Schwärmerei für Aldo löste zwischen den bestickten Leinentischdecken und den sorgsam polierten Gläsern ebensolches Unverständnis aus.

Doch für Susanna war er ein Mann mit genug Leidenschaft für zwei. Ja, er hielt Vorträge. Aber das sollte er auch! Er wusste so viel, und er teilte sein Wissen. Er wusste über Daniele und Isaac Bescheid – und er wusste auch über die Zukunft Bescheid. Sie hörte aufmerksam zu, mit gesenktem Kopf, die Ohren weit aufgesperrt. »Die Regimenter, die uns bei Caporetto im Stich gelassen haben – weißt du, was das für Männer waren? Die meisten von ihnen waren Arbeiter aus der Munitionsfabrik in Turin, diejenigen, die rebelliert hatten. Ja! Die haben sie zur Strafe mitten in unseren Feldzug geschickt. Keine besonders intelligente Planung. Und alle wussten, dass sie sich ergeben würden. Warum sollten Leute wie die ihrem Land die Treue halten?« Das konnte Susanna nicht beantworten. Sie wusste nichts. Aber das war nicht schlimm, denn es wurde keine Antwort erwartet. »Sie haben kein Geheimnis daraus gemacht. Ihre Offiziere haben sich nachts eingeschlossen, aus Angst vor den eigenen Männern. Sie sahen sich nicht mal als Mitglieder der Armee an! Einige von ihnen wollten keinen Tabak und keine gestrickten Socken annehmen – sie sagten, die wären nicht für sie gedacht. Sag mir, Susanna, wie können gute Italiener zu so einem Verrat gebracht werden? Schon vorab zu planen, sich zu ergeben, und niemand bemerkt etwas davon?«

Sie schüttelte in trauriger Zustimmung den Kopf und sah zu ihm auf. »Und unsere Generäle«, fuhr er fort, »schicken diese Aufrührer, diese Kommunisten, ausgerechnet in unsere wichtigste Schlacht – ach, meine Liebe, meinst du nicht, wir können das besser? Sind wir nicht die älteste Zivilisation der Welt? Können wir diese fehlgeleiteten Männer nicht vor dem verlockenden Unrat schützen, den die Kommunisten ihnen eintrichtern? Und ihnen ihren Stolz zurückgeben?«

Ihre Anbetung übertrug sich so leicht, wie ein Blatt zur Erde fällt. Als sie Mantua zusammen mit Aldo verließ, entschied sie sich, ihre respektablen Verwandten, die vergötterten Vorfahren und alles, was damit zusammenhing, zurückzulassen und sich ganz der Zukunft zu verschreiben, dem Glauben und dem Vertrauen und dem strahlenden Licht der Sonne und den schönen italienischen Kindern, die sie mit diesem wunderbaren, bedeutenden Mann haben würde.

Natürlich war es nicht ganz so gewesen. Aber er arbeitete hart und sorgte gut für die Familie. Und er war so bezaubernd. Wenn er Gitarre spielte und Nenna sich heranschlich und ihm die Mütze raubte, seine Schachtel mit Zigarillos und die Streichhölzer hineinlegte und sie ihm heimlich wieder auf den Kopf setzte, und er merkte nichts davon, weil er so in sein Spiel versunken war, bis er zehn Minuten später die Mütze abnahm und alles herunterfiel – ach, er brachte sie immer wieder zum Lachen.

Und was hatte er in ihr gesehen? Ein schönes junges Mädchen, das nicht viel sagte und ihn anbetete. Wie für so viele Männer war das genug gewesen.

Sowohl Aldo als auch Susanna betrachteten sich als sehr glückliche Juden. Einmal hatten sie einen ausländischen Juden kennengelernt, der gar nicht glauben wollte, dass sie Juden waren, weil sie so italienisch waren. Das amüsierte Aldo sehr. Er sagte, bei all seinen Reisen hätte er festgestellt, dass die meisten Italiener gar nicht wussten, was ein Jude war. Doch Susanna machte es ein wenig nervös. Darüber zu lachen, dass man für einen *gentile*, einen Nichtjuden, gehalten wurde! Die Dinge veränderten sich so schnell.

5. KAPITEL

Rom, 1929

KITTY, TOM UND NADINE fuhren auch im Jahr darauf nach Rom und in den beiden darauffolgenden ebenfalls. Dort erwarteten sie all die Freuden des ersten Mals, noch gesteigert durch die Tatsache, dass sie nun vertraut waren. Sie konnten denken, *das mache ich*, weil sie es schon einmal gemacht hatten und vermutlich wieder machen würden. Sie konnten denken: *Hier wohne ich, wenn ich in Rom bin. Das ist der Obststand, wo ich einkaufe. Die Signora grüßt mich.*

Kitty verkündete, sie sei Italienerin. Als Tom dagegenhielt, sagte sie: »Ich habe ganz viel italienisches Essen gegessen und ganz viel italienische Luft eingeatmet und ganz viel italienisches Wasser getrunken, und ich habe ganz viele Stunden gehabt, um Italienisch zu lernen, also bestehe ich aus lauter italienischen Sachen, und deshalb bin ich Italienerin. Jedenfalls zum Teil.« Für sie war es vollkommen logisch, und sie ärgerte sich, als alle lachten.

Aldo arbeitete südlich von Rom, »wo sich aus den Sümpfen neue Städte erheben«, wie Nenna sagte. Kitty stellte sich diese Städte wie Dinosaurier vor, die aus dem Schlamm aufsprangen, bis Nenna es ihr erklärte. »Jeder, der eine Nacht in den Sümpfen verbringt, wird krank und stirbt«, sagte sie. »Papà legt sie trocken, damit die armen Leute dort leben können. Die Sümpfe trockenlegen, die Moskitos vernichten, Städte bauen. Er muss jeden Tag eine Tablette nehmen, damit die Mücken ihn nicht mit Malaria anstecken.«

Eines Morgens, als sie zur Bäckerei in der Via del Portico

d'Ottavia gingen, fiel Kitty zum ersten Mal auf, wie viele Kirchen es in diesem jüdischen Stadtviertel gab. Darauf sagte Nenna: »Es gab an jedem Tor des Ghettos eine Kirche, damit die Juden es möglichst leicht hatten, zum anderen Glauben überzuwechseln.«

Tom fragte, warum sie das hätten tun sollen.

»Weil die Christen es wollen«, sagte Nenna. »Das wollen sie am allermeisten von uns. Wahrscheinlich, damit sie alle in den Himmel kommen.«

»Und warum hat ein Ghetto Tore?«, fragte Kitty.

»Weil ein Ghetto aus Mauern besteht«, erwiderte Tom mit diesem Blick, bei dem Kitty sich immer dumm vorkam.

»Oh. Ich dachte, es wäre einfach nur ein Ort.«

»Alle Juden mussten darin leben«, sagte Nenna. »Wusstest du das nicht?« Und sie führte Kitty und Tom dort entlang, wo die Mauern gestanden hatten. Sie zeigte ihnen zwei aneinandergrenzende Häuser: Das eine hatte im Ghetto gestanden und das andere außerhalb. Beide waren von der gleichen Höhe und miteinander verbunden, Teil einer langen Reihe von Häusern an einer schmalen Gasse. Doch das, was außerhalb stand, hatte große Fenster mit verziertem Rahmen, verputzte, gelb gestrichene Mauern und drei Geschosse, während das im Innern einfache, rahmenlose Fenster, eine unverputzte Backsteinmauer und sechs Geschosse hatte. »Genau hier verlief die Mauer«, sagte Nenna. »Große Häuser und schöne, hohe Räume da drüben auf der Piazza Mattei, niedrige Decken und Unmengen von Menschen hier drinnen.«

Kitty betrachtete die Häuser und stellte sich vor, dass die Mauer sich öffnete wie bei ihrem Puppenhaus. Auf der linken Seite niedrige Decken und darunter, gebeugt, die armen Familien, zerlumpt und dicht gedrängt; auf der rechten die reichen Familien, die auf hellen Teppichen unter funkelnden Kronleuchtern hindurchspazierten. Und nur eine Wand dazwischen. Auf der einen Seite Gemälde auf glatt verputzten Wänden. Auf der anderen Risse im nackten Stein.

»Das ist ungerecht«, sagte Kitty.

»Ja.«

»Tut mir leid«, sagte Kitty, ohne recht zu wissen, warum.

»Warum? Du kannst doch nichts dafür. Und du bist auch jüdisch. Deine Mutter ist Jüdin.«

Kitty wurde ein bisschen schwindelig, wie es jedes Mal geschah, wenn das Thema aufkam. Sie war froh, wenn sie nicht über die Sache mit ihren Eltern reden oder auch nur nachdenken musste. Sie lachte einfach, wenn jemand über ihre Haarfarbe oder die (nicht vorhandene) Ähnlichkeit sprach. Außerdem erwartete sowieso niemand, dass ein Kind viel sagte oder nachdachte.

Sie sah zu Tom. Dies waren ihre gemeinsamen Geheimnisse, Familiengeheimnisse, die sie nicht einfach von sich aus ansprechen konnte. Es stand ihr nicht zu, sie preiszugeben.

»Nadine ist nicht unsere Mutter«, sagte Tom. »Wir reden nicht viel darüber.«

Kitty dachte: *Vielleicht will Nenna jetzt nicht mehr meine Cousine sein.*

Nenna sagte: »Ich werde es nicht weitererzählen« und wartete.

»Unsere richtige Mutter ist weggelaufen und krank geworden und gestorben, und unser Vater ist immer noch ein bisschen angeschlagen vom Krieg«, sagte Tom zur Überraschung seiner Schwester unumwunden. Er sah sie an – ein Blitz. »Dir können wir es sagen«, fuhr er fort, »weil du sozusagen zur Familie gehörst und wir dir vertrauen.« Hier nickte Kitty. »Außerdem lebst du in einem anderen Land und wirst vermutlich niemandem bei uns zu Hause etwas davon erzählen. Zu Hause«, sagte er grimmig, »hat anscheinend nur unsere Familie eine Macke. Alle anderen scheinen prima zurechtzukommen. Oder sie tun alle bloß so, als ob.«

Nenna lächelte. »Die Leute hier denken, die Engländer sind sehr kühl und ruhig.«

»Ich wünschte, wir wären Juden«, sagte Tom. »Und Italiener. Das würde mehr Spaß machen, als so ein blöder, langweiliger, höflicher, kalter Engländer zu sein …«

»Dann lass uns doch einfach so tun«, sagte Kitty. Normalerweise hätte sie Tom so ein Kinderspiel nie vorgeschlagen, schließlich war er ja schon fast groß, aber es war seine Idee gewesen, also würde er vielleicht –

»Gute Idee«, sagte er. »Nenna, du zeigst uns, wie das geht.«

»Jüdisch sein? Man isst keine Salami. Man heiratet jemanden, der auch jüdisch ist.« Sie hielt inne und überlegte. »Wollt ihr wie wir sein? Oder wie die richtigen Juden?«

»Keine Salami?«, rief Kitty, die diese gerade erst entdeckt hatte und das ungerecht fand.

»Also wie wir. *Bene* – das ist leichter.« Nenna zeigte auf eine gelbliche Kirche hinter der Bäckerei. »Dann mache ich mal mit der Geschichtsstunde weiter. Da mussten die Juden hingehen, um sich christliche Predigten anzuhören.«

»Die sind schon schlimm genug, wenn man Christ ist«, sagte Tom, was sie zu einer Diskussion über Kirchenlieder führte, und Nenna sang ihnen ein Lieblingsstück aus dem Kiddusch vor, wie die Römer ihn sangen. Ja, sagte sie, manchmal ging sie auch in den Tempel, an Feiertagen wie Hanukka und Pessach und dem Neujahrstag, weil sie die Musik liebte und alle hingingen, und die Kleider waren so schön, all das Gold und Silber und Brokat und prächtige Stickereien –

»Aber die Leute sind doch nicht reich«, wandte Kitty ein, und Nenna erklärte ihr, dass die jüdischen Frauen die besten Näherinnen waren. Die reichen Römerinnen schenkten ihnen ihre alten Kleider, und die jüdischen Frauen änderten sie um, so dass sie der Thora entsprachen.

»Macht Susanna das auch?«, fragte Kitty.

»Nein«, sagte Nenna ein wenig zögernd. »Wie ich schon sagte, wir sind nicht sehr jüdisch.«

»Stört das die anderen Juden?«, fragte Kitty, aber Nenna hörte es nicht; sie führte sie zur Synagoge. Kitty traute sich nicht so recht hineinzugehen, einer anderen Religion auf die Zehen zu treten. Vielleicht würden sie denken, sie wäre schmutzig – manche Religionen schienen Mädchen nicht zu mögen, und Ausländer auch nicht, und das war sie hier ja. Aber Nenna nahm ihre Hand und führte sie hinein. Kitty hob den Blick: eine hohe, sternenübersäte Decke und Kronleuchter mit lauter Granatäpfeln und Glocken.

»Die Glocken sollen läuten wie der Saum von der Robe des obersten Rabbi in Jerusalem, damit die Unreinen ihm aus dem Weg gehen können«, sagte Nenna.

»Und warum die Granatäpfel?«, fragte Tom, und sie lachte und sagte: »Weil ein Granatapfel sechshundertdreizehn Samen hat.«

»Warum ist diese Zahl wichtig?«

»Weil es genau so viele verschiedene Arten von Juden gibt, und doch sind wir eine Frucht.«

»Dir gefällt das Jüdischsein besser als deinem Vater«, sagte Kitty.

»Ach, das stört ihn nicht«, sagte Nenna. »Und ich mag die Kuchen.« Und wieder lachte sie.

Im Verlauf ihrer Kindheit hatte Kitty immer wieder einmal nach ihrer Mutter gefragt. Doch wie es bei jüngsten Kindern stets der Fall ist, wurde sie in eine Familie geboren, die sich schon vor ihrer Ankunft geformt hatte. Selbst in einer so unorthodoxen Familie wie ihrer gab es eine Grundstimmung, zu der Kitty nichts hatte beitragen können. Die Tatsache ihres Daseins tat dies natürlich, aber darauf hatte sie keinen Einfluss. Julia und ihr Tod wurden nicht geheim gehalten oder geleugnet, aber es wurde auch nicht viel darüber gesprochen. Daher war Kittys erstes Gefühl das von Unsicherheit. Diese Eltern waren nicht ihre richtigen Eltern. Sie gehörten ihr nicht. Deshalb würde sie sich mehr Mühe geben müssen, um geliebt zu werden. Sie war ein herzliches kleines Mädchen; das lag in ihrer Natur. Aber sie konnte nie lockerlassen.

Als Erstes hatte sie Riley gefragt, mit sieben oder acht.

(Sie hatte keine Unruhe stiften wollen, indem sie Nadine fragte – natürlich wusste Nadine, dass sie nicht Kittys richtige Mutter war, aber es laut auszusprechen erschien Kitty geradezu unhöflich.) Es war Schlafenszeit gewesen, und er war nach oben gekommen, um ihr gute Nacht zu sagen. Kitty hatte hin und her überlegt, ob sie fragen sollte, was mit Julia passiert war, oder wie sie gewesen war, und hatte sich für Letzteres entschieden. Als sie ihre Frage vorsichtig äußerte, schwieg Riley eine Weile, rieb sich das Kinn, strich ihr übers Haar und sagte dann: »Sie war sehr hübsch, und sie hat deinen Vater sehr geliebt. Und dich auch.« (Später als Erwachsene dachte Kitty, dass es genauso klang wie die Briefe, die die Leute bekommen hatten und in denen beschrieben wurde, wie ihr Vater im Krieg gestorben war: tapfer und ohne zu leiden. Jeder Einzelne von ihnen.)

Ungefähr ein Jahr später hatte sie Mrs Joyce gefragt, die Köchin und Haushälterin in Locke Hill, was passiert war. Mrs Joyce hatte erwidert, warum sie denn auf einmal davon anfing, es sei sehr traurig gewesen, aber nun mal nicht zu ändern, und jetzt sei ein braves Mädchen und geh mir aus den Füßen. Und so hatte Kitty all ihren Mut zusammengenommen und Peter gefragt, eines Tages, als er in seinem kleinen Haus im Wald war. Sie erinnerte sich noch sehr genau daran: Er hatte in seinem großen alten Sessel gesessen, wo er immer saß, und sie war hereingestürmt und hatte gesagt: »Erzähl mir von Mummy.« Er hatte den Kopf ein wenig zu ihr gewandt und, ohne zu zögern, gesagt: »Sie war zu gut für mich.« Kitty hatte gebettelt: »Erzähl mir eine Geschichte über sie.« Und er hatte den Kopf geschüttelt, tief Luft geholt und nach einer Zigarette getastet. »Nein«, hatte er gesagt. »Oh nein.«

Eine Zeitlang war das alles gewesen, was sie hatte. Ihre Mutter war schön, sie liebte Peter, sie war zu gut für ihn. Es war traurig, und niemand wollte darüber reden. Und so hatte sie nach einer angemessenen Weile erneut ihren Mut zusammengenommen und war mit ihrer Frage zu Tom gegangen, dem Geliebten, dem Älteren, dem Allwissenden, dem Unzuverlässigen. Er hatte über ihre Frage gelächelt, da er seine Macht erkannte, dann hatte er sie mit großem Ernst aufgefordert, sich zu setzen, und sie schwören lassen, dass sie nichts weitererzählte. Das tat er immer, weil es alles bedeutsamer erscheinen ließ.

»Kitty«, begann er, »es tut mir leid, dir das sagen zu müssen, aber unsere Mutter taugte nichts. Ich erinnere mich noch gut an sie. Sie war sehr schön, mit goldenem Haar, aber sie taugte nichts. Sie hat Vater wahnsinnig gemacht, weil sie ihn nie in Ruhe ließ. Sie hat zugelassen, dass ihre Mutter mich ihr als Baby weggenommen hat. Sie ist von zu Hause weggelaufen, ohne irgendjemandem Bescheid zu sagen. Sie hat immerzu geweint und war furchtbar selbstsüchtig. Und dann hat sie etwas ganz Schreckliches getan, was du nie irgendjemandem erzählen darfst.« Kitty rutschte unruhig hin und her und versprach es. »Sie hat etwas Schlimmes mit ihrem Gesicht gemacht«, sagte Tom. »Sie hat es mit Chemikalien regelrecht weggeätzt, und danach sah sie aus wie ein unheimlicher, gruseliger Clown.«

Kitty hatte gezittert und die Lippen zusammengepresst, sie hatte geweint und sich dagegen gesträubt, und dann war sie weggelaufen. Noch Jahre später hatte sie von der bösen Mutter mit dem grellen weißen Clownsgesicht geträumt, die mit einem Koffer in der Hand einen Bahnsteig hinunterlief, von einem Flugzeug aus winkte und nachts in Kittys Zimmer kam. Sie hatte nie mit irgendjemandem darüber gesprochen.

Später, als sie oben in ihrem Zimmer waren, hörte Tom zu seiner Überraschung, wie Kitty fragte: »Wenn die Juden zum anderen Glauben übergewechselt wären, hätten sie dann aus dem Ghetto rausgekonnt? Und wenn ja, warum haben sie es nicht getan?«

Nenna zuckte mit den Achseln. »Wahrscheinlich, weil Gott dann böse geworden wäre.«

»Aber es ist doch derselbe Gott«, sagte Tom, der nicht an

Gott glaubte. »Oder nicht? Schließlich war Jesus Jude. Warum sollte es Gott also etwas ausmachen?«

Er wusste es nicht. Er konnte es sich nicht vorstellen. Es war wie Shakespeare oder die Bibel. Die Leute machten dauernd blödsinnige Sachen für Gott, obwohl niemand wusste, ob es ihn nun gab oder nicht. Er hatte im vergangenen Jahr das ganze Werk von Shakespeare gelesen, und vor allem *Maß für Maß* hatte ihn zum Grübeln gebracht. Würde ein Mädchen wirklich eher ihren Bruder sterben lassen, als bei einem Mann zu liegen? Nicht dass er wusste, was »bei jemandem liegen« genau bedeutete, und sein Englischlehrer hatte dazu auch nicht viel zu sagen gehabt – aber trotzdem: seinen Bruder sterben lassen? Er würde Kitty niemals sterben lassen. Oder Nenna. Jedenfalls nicht, wenn er sie retten konnte, indem er etwas tat, was vielleicht ein bisschen schlimm war. Schließlich war das kleinere Übel doch vertretbar, wenn man damit ein größeres verhindern konnte, oder? Wenn es Gott wirklich gab, und wenn er anständig war, würde er das ohnehin verstehen.

Tom ärgerte sich über Kittys Fragen. Er hatte das Gefühl, er müsste über diese jüdischen Dinge Bescheid wissen. Nadine war als Erstes seine Mutter gewesen – sie *war* seine Mutter. Also war er Jude.

Da Aldo nicht da war, fragten sie beim Abendessen vorsichtig Susanna nach der Sache mit dem Glaubenswechsel. Tom fragte. Er hatte sich vorgenommen, auf Italienisch kühn zu sein, sonst käme er nirgendwohin, aber so viele zarte Dinge wurden durch ein unglücklich gewähltes Wort zerstört. »Ich meine«, sagte er, »du bist nicht religiös, und Aldo ist es auch nicht. Warum haben die Leute dann nicht einfach damals schon aufgehört, religiös zu sein? Wenn es ihnen doch geholfen hätte?«

Susanna stand auf, um das Geschirr abzuräumen, was die Kinder zunächst als Zeichen nahmen, dass sie keine Antwort bekämen. Doch Susanna dachte nach.

»Die heutige Welt ist ganz anders«, sagte sie schließlich

und klapperte mit den Tellern. »Unsere Vorfahren im alten Italien hatten nichts außer ihrer Religion. Niemand hätte sie daraus entfliehen lassen. Heute haben wir das vereinte Italien, an das wir glauben können. Nicht jeder trifft dieselbe Wahl, aber immerhin haben wir jetzt eine Wahl.«

Das erschien genauso wenig Sinn zu ergeben. Wenn die Christen so versessen darauf waren, dass die Juden zu ihrem Glauben überwechselten, warum ließen sie sie dann nicht ihrer Religion entfliehen? Genau das wollten sie doch, oder?

»Riley sagt, es ist sowieso derselbe Gott«, sagte Tom. »Ob Jude oder Christ. Oder Muslim! Es sind alles Ableger vom jüdischen Gott, nur dass die Leute ihnen unterschiedliche Namen gegeben haben.«

An dem Abend beschlossen sie, wenn Tom und Kitty Italiener und Juden werden wollten, dann war die beste Lösung, dass sie alle Blutsbrüder wurden, was den zusätzlichen Vorteil hatte, dass Nenna dann auch Engländerin würde. Das war besonders wichtig, weil sie einander nur so selten sahen. Als alle eigentlich schon im Bett liegen sollten, wurde ein kleines Messer aus der Küche geholt, es wurde geritzt, und Fingerspitzen wurden in einem ziemlich blutigen Ritual aneinander gedrückt, vermutlich länger als nötig. Das aufgeregte Gekiekse angesichts dieses Massenmärtyrertums lockte Vittorio und Stefano herbei, die, als sie begriffen, was da vor sich ging, darauf bestanden, ebenfalls Blutsbrüder zu werden. Vittorio machte ein Riesentheater und ließ sich dann von Kitty den Finger mit einem schmuddeligen Taschentuch verbinden.

Kitty schlief ein, den schmerzenden Finger fest umfasst. Sie war glücklich.

Dies war das erste Jahr, in dem sie zum See fuhren. Nach Rom war der See eine Vision von einem anderen Paradies, wie etwas, das gleich hinter einer Mauer lag, das man durch einen Bogen in einem Renaissancebild sehen konnte, winzig in der Ferne dank des gerade entdeckten Gesetzes der Perspektive. Es war ein Ort, nach dem man durstig werden konnte, spürte Tom, als er zum ersten Mal darauf zuging: hinter ihm die Hügel, schwarz von Wald, unter seinen Füßen die saftige grüne Wiese, die sanft zum Ufer hin abfiel, und das klare blaue Rund des Sees selbst, der in der Sonne döste, entspannt in den Armen seiner baumbewachsenen Beschützer. Was für ein Anblick! Glatt, kühl, schimmernd, eine Oberfläche wie blauer Schiefer. An der einen Seite standen ein paar kastanienbraune Pferde im Wasser, langbeinige Wächter der kleinen Bucht. Sie hoben die Köpfe, als er sich ihnen näherte, bis zu den Fesseln in ihrem eigenen makellosen Spiegelbild. Ein sehr eigentümlicher Effekt.

Sie gingen alle gemeinsam hinunter.

»Zeig uns den anderen Strand und den Bach«, sagte Nadine zu Aldo, doch Tom hatte bereits Hemd und Schuhe ausgezogen und lief durch das warme flache Wasser, um in die perfekte Oberfläche einzutauchen und zu schwelgen. Nach etwa fünf, sechs Metern fiel der schlammig-sandige Boden unter ihm plötzlich ab, und das Wasser wurde tiefer und kälter. *Tektonische Platten!*, dachte er. *Unterwasserklippen. Vorsicht, Ungeheuer!* Der Bereich, wo das Ufer abfiel, war gesäumt von hohem Schilf, das wie ein innen liegender Heiligenschein rund um den See wuchs. (Später kannte er es gut. Man konnte einzelne Halme abbrechen und das spitze Ende als Zahnstocher verwenden. Wenn man nicht aufpasste, fing das Zahnfleisch an zu bluten. Innen waren die Halme mit einem zähen weißen Schaum gefüllt.) Direkt hinter dem Schilf war ein Gewirr von Algen, und um in den eigentlichen See zu gelangen, um jenseits dieser kleinen seichten Bucht im tiefen Wasser zu tauchen und herumzutollen, musste man durch diese Algen hindurchschwimmen. Ihre langen Unterwasserarme trugen Blätter wie aus venezianischem Glas, und türkisblaue und smaragdgrüne Libellen landeten auf den winzigen Schöpfen, die extra zu diesem Zweck aus dem Wasser zu ragen schienen. Darunter verschwanden die trüben, schleimbesetzten Stängel nach und nach in der dunklen Tiefe. Sie streiften Toms Beine, als wollten sie sich um seinen Knöchel schlingen und ihn hinunterziehen. Tom schwamm eilig hindurch, die Arme in Kraulbewegungen, die Beine in wildem Auf und Ab. Das Wasser war herrlich, eine unaussprechliche Freude.

Er kam heraus, schüttelte irisierende Ringe von Wassertropfen in das Sonnenlicht und legte sich hin. *Kann ich nicht eine Eidechse sein und reglos in der Hitze auf dem schwarzen Sand liegen? Ich werde alle Sonne in mich aufsaugen, bis nichts mehr übrig ist, und dann werde ich strahlen und mich nie wieder bewegen.* Über ihm flirrende Pappelblätter, winzige Klingen vor tiefblauem Himmel. Um ihn herum ein ganz leises Summen, das stillste, heißeste, trägste Geräusch: vielleicht ein einzelnes Insekt, das gerade einnickte. Unter ihm ein dünnes, verschlissenes Handtuch und die Hitze des schwarzen Sandes, die hindurchdrang. Zur einen Seite die leuchtend grüne Wiese, durchzogen von schlammigen Entwässerungskanälen und morgens übersät von kleinen blauen Wegwartenblüten, die, wie er später lernte, pünktlich um zwölf Uhr mittags ihre streifenförmigen Blütenblätter zusammenfalteten und bis zum nächsten Tag verschwanden. Und dort, nur Zentimeter von seinen blassen Zehen entfernt, der runde, zauberhafte See. Noch kein Wind – der kam später, wie er ebenfalls lernen würde, wenn die Wegwarte sich zur Ruhe begeben hatte. Keine Bewegung, keine Welle. Ein leichter Duft nach *mentuccia*, wie Nenna es genannt hatte – mentuuutscha. Wie sie sich über seinen Akzent lustig machte. Und er sich über ihren. Später Vormittag. Sommer. Seligkeit. Hoch oben tanzten leise zwitschernde Schwalben und Mauersegler. Wenn er nach dem Namen von irgendetwas fragte, bekam er ein Achselzucken und ein Wort, das so viel bedeutete wie »Breitgesicht« oder »Plappermaul« oder »das lässt sich nicht übersetzen«. Er schlug Dinge in seinem Lateinwörterbuch nach, um zu sehen, ob es eine Verbindung gab wie bei *lacerta* und *lucertola*: Eidechse. *Rondine, rondone, rondicchio*: Schwalbe, Mauersegler, Mauerschwalbe. Er zeichnete viel und schrieb alles auf: Größe und Farbe eines Tieres, wo er es gesehen hatte, zu welcher Tageszeit, was es getan hatte. Seine kleinen Zeichnungen waren nicht nur genau, sondern bezaubernd.

Nadine und Kitty kamen von einem Spaziergang zurück. Sie hatten einen riesigen Baumstumpf gesehen, halb unter der Wasseroberfläche, der wie ein Pferdekopf aussah. Von da drüben aus konnte man die Burg von Bracciano sehen, und sie hatten einen Felsen entdeckt, auf dem man sitzen konnte, draußen im See. Kitty und Nenna waren dorthin geschwommen; mit ihren langen Haaren sahen sie aus wie Meerjungfrauen.

Und jetzt hörten sie, wie Susanna sie zum Mittagessen rief; ihre Stimme klang leise von der Wiese oben jenseits der kleinen Straße herunter. Tom merkte, dass er Hunger hatte, und er rollte sich auf die Seite. Er konnte Nenna sehen, draußen im See. Sie hatte aus den smaragdgrünen Algen eine Krone geformt und setzte sie ihrem Vater auf den Kopf. Wie ein Triton tauchte er aus dem Wasser auf, mit behaarter Brust und triefend, Nenna wie eine Najade neben ihm, lachend. Sie schüttelten sich, dass die Tropfen aus ihren dichten Locken flogen, und schlüpften in ihre Sandalen, um zur Wiese hinaufzugehen. Tom erhob sich widerstrebend von seinem Handtuch und folgte ihnen, wobei er leise die Namen all der köstlichen Pastavarianten aufsagte, die Susanna vielleicht zubereitet hatte: *in bianco, con ragù, carbonara, all'amatriciana, all'arrabbiata, aglio e olio, alla puttanesca* …

»Komm schon, heimtückischer Albione!«, rief Aldo ihm über die Schulter zu. Tom begann zu laufen, überholte sie beim Tor und sprang mit einem Satz hinüber: eine Hand vorne auf die zweite Sprosse, die andere hinten auf die oberste, den Körper horizontal, ein eleganter Schwung – ja! Er landete mitten in einem Tuff Kamille. Eine Woge staubigen Dufts stieg auf, und Nenna lächelte. Er ging die heiße, helle Schotterstraße hinauf bis zu dem Schatten unter den Schirmkiefern und dem riesigen bleichen Eukalyptus.

Nadine schrieb an Riley.

Bracciano, August 1929

Liebster,
ich glaube, die Kinder sind schlicht und einfach im Himmel. Und es ist ein ganz neuer Himmel. Nenna hat uns erzählt, dass die Römer schon aus Prinzip keine Seen mögen, weil dort die Etrusker leben, das geht zurück bis zu Lars Porsenna von Clusium, der bei den neun Göttern schwor und so weiter … Aber Aldo ist es am Meer zu voll, außerdem hat er bei der Arbeit schon genug damit zu tun. Dieses Haus ist eine Art landwirtschaftliche Ruine, Teil eines Gehöfts, das irgendwelchen römischen Prinzen gehört, die aber nie hierherkommen. Einer von ihnen, Don Alessio (?), ist irgendein wichtiger Mann in der Entwässerungsbehörde, und er bewundert Aldos Arbeit im Agro Pontino, deshalb hatte er nichts dagegen, als Aldo fragte, ob er es mieten könnte. Es ist ein ehemaliger Stall, und die steinernen Futtertröge und eisernen Raufen sind auch noch da, aber von außen sieht es eher aus wie ein kleines Schloss, mit einem Turm voller Tauben, Böden aus Ziegelsteinen und einem Dach, das von Holzbalken getragen wird. Die Wände sind von grünen und goldenen Flechten überzogen, oben auf dem Turm hocken Krähen, und darüber der leuchtend blaue Himmel. Es ist ein bisschen wie Zelten – Wasser aus dem Brunnen, Milch frisch von der Kuh. Ein Stück den Weg hinauf leben ein paar reizende Männer in Unterhemden – Renzo, Roberto, Armando, Angelo – mit ihren Familien in kleinen Bauernhäusern. Die Männer kümmern sich um die Kühe, und die Frauen kochen fässerweise Tomatensauce in einem kleinen Steinhaus, das extra dafür gebaut wurde. Drum herum überall sonnenbeschienene Scheunen und Felder und Weinberge, und an der Seite fließt ein Bach, in dem die ganze Nacht ein Froschorchester quakt.

Oben unter der gewölbten Decke der sogenannten Küche (in der es weder einen Ofen noch eine Spüle gibt, nur ein steinernes Becken und einen riesigen Kamin) ist eine Eisenstange eingelassen, an der man Schinken aufhängen kann, damit die Ratten nicht drankommen. An unserem ersten Abend hing dort eine Fledermaus!
Entschuldige, ich habe ganz vergessen weiterzuschreiben! Jetzt ist es zwei Tage später. Der See liegt kreisrund in seinem Vulkankrater wie ein Ei in einem Mehlberg (so macht man Pasta – das erkläre ich Dir, wenn wir wieder zu Hause sind), umgeben von sumpfigen smaragdgrünen Wiesen und etruskischen Legenden. Auf dem Grund des Sees liegt ein Soldat aus massivem Gold und schläft, ganz allein dort unten in der Stille, nur die Aale leisten ihm Gesellschaft. Gestern Abend flogen immer wieder kleine Fledermäuse durch das Fenster des Kinderzimmers rein und raus, und die hellgrünen Grillen zirpen die ganze Nacht. Ich weiß nicht, ob es die gleichen Grashüpfer mit leuchtend roter Flügelunterseite sind, die den ganzen Tag über die Wiesen fliegen. Tom will es nachschlagen. Kitty sitzt stundenlang am Bach, den sie mit Steinen einzudämmen versucht. Dabei träumt und plappert sie vor sich hin, wickelt sich kleine rosa-weiß gestreifte Winden um das Handgelenk und merkt nicht, wenn Libellen auf ihr landen … Aldo ist natürlich begeistert und sagt ihr, dass er bei der Arbeit genau dasselbe macht. Manchmal setzt er sich zu ihr, zeigt ihr, wo das Gelände abfällt, und erklärt ihr, dass das Wasser immer den kürzesten Weg bergab nimmt. Die Arme ist übersät von Mückenstichen, und eine von den Frauen hier hat gesagt: *»Sei tutta rovinata!«* – »Du bist ganz verunstaltet!« Sie sieht wirklich schlimm aus, aber alle sagen, die Mücken hier übertragen keine Malaria, außerdem ist es die falsche Jahreszeit, also …
»The dragonfly hangs like a blue thread loosened from the sky« – aus welchem Lied ist das? Aus diesem schönen von

Vaughan Williams? Tom schwimmt den ganzen Tag, wenn man ihn lässt. Die Gummimaske mit dem Schnorchel zum Fischegucken ist sehr gut angekommen. Ich glaube, er überlegt ernsthaft, Naturwissenschaftler zu werden. Es gibt hier auch ein kleines Holzboot, und Aldo bringt den Kindern das Segeln bei. Tom und Nenna sind alt genug, um alleine rauszufahren, aber Kitty kann dafür zu ihrem Leidwesen noch nicht gut genug schwimmen. Und ja, wir nehmen unser Chinin!

Ich schicke den Brief irgendwann los, aber ich bin noch nicht in der Stadt gewesen, hatte also keine Gelegenheit dazu. Jetzt ist es Tag fünf oder sechs.

Angelo und Renzo haben den Kindern beigebracht, wie man eine Kuh melkt! Auf einem dreibeinigen Hocker, die Wange an den müffelnden Bauch des Tiers geschmiegt. Die Milch, die herauskommt, ist warm und unheimlich und schmeckt ganz anders als englische Milch. Die Kälber mit den kleinen Hornknubbeln auf der gewölbten Stirn kommen zu uns und lecken uns mit ihrer rauen Zunge die Hände ab. Zu Kittys Schrecken haben sie an ihren Fingern gesaugt, als wären es Euter, und zwar so fest, dass sie Angst hatte, sie würden sie ihr abreißen. Trotzdem will sie Milchmagd oder Cowgirl werden. Außerdem gibt es hier eine Schar hässlicher, knollenköpfiger Enten, die in einem riesigen steinernen Wassertrog herumschwimmen, der bestimmt mal ein etruskischer Sarkophag war (was Kitty auf die Idee brachte, dass Archäologin vielleicht interessanter wäre). Die Kinder machen ihre Hausaufgaben, spielen in der Scheune Cowboy, pflücken Pfirsiche, als wären es Äpfel, und tragen Krüge die staubige Straße hinauf zu einer großen Holztür, die mitten in den Hügel führt, und Angelos Frau füllt die Krüge mit Wein aus einem Fass, das doppelt so groß ist wie eine Kuh.

Alles Liebe, mein Schatz –

Nadine

Und so wurde Italien zu einer festen Gewohnheit. 1928, 1929 und dann die 1930er, so modern und neu. Jeder Sommerbesuch wurde Teil eines Ganzen und schmückte dieses zugleich mit seinen individuellen Juwelen. Das Jahr, als Kitty schwimmen konnte. Das Jahr, als Tom vom Baum fiel. Erinnerungen wuchsen auf Erinnerungen. Und es war alles zauberhaft. Und mit jedem Jahr veränderten sich die Kinder ein wenig, während sie heranwuchsen.

Kitty entwickelte sich von puppenhaft niedlich zu pummelig und ernst und, wie sie glaubte, unerwünscht – ganz im Gegensatz zu Nenna, die aus Kittys Sicht alle wunderbar fanden, vor allem Kitty selbst. Das führte zu einem unausgewogenen Verhältnis von Neid und Verlangen, einem grundsätzlichen Misstrauen und einem Gefühl von unansehnlicher Langweiligkeit, das nicht ganz gerechtfertigt war und vor allem das Ergebnis der lähmenden Schule, die sie in London besuchte und die mehr Wert auf Sport und Manieren legte als auf Intelligenz oder Freude.

Nenna wurde sich bewusst, dass sie nicht gerne ein Mädchen sein wollte. Nicht, dass sie ein Junge sein wollte, aber sie wollte frei bleiben, eine Art Kamerad der Jungen, der kommen und gehen konnte, wie er wollte, ohne Regeln und Einschränkungen. Sie mochte die Auflagen des Mädchendaseins nicht: Sauberkeit, weiße Söckchen, im Haushalt helfen, zu einer bestimmten Zeit zu Hause sein. Dass man sich um sie sorgte. Einmal gab es eine Parade, bei der die Jungs der Balilla mit *novantuno*-Gewehren vorbeizogen und die Mädchen mit Babypuppen. Sie hatte nichts gegen echte Babys, obwohl es davon ja weiß Gott schon genug gab, aber warum wollte irgendjemand so was als Spielzeug? Außerdem fühlte sie sich ziemlich unter Druck gesetzt. Da sie instinktiv spürte, dass niemand etwas davon hören wollte, sagte sie nichts. Tatsächlich wurde ihr das Schweigen mit der Zeit zur Gewohnheit, was sie geheimnisvoll wirken ließ und gerade dadurch, dass sie in Ruhe gelassen werden wollte, die Aufmerksamkeit auf sich zog.

Und Tom? Er wollte alles – schwimmen, fliegen, aus der Schule abhauen, kämpfen, ewige Treue schwören, für etwas da sein. Er wollte älter sein. Er wollte Ärger bekommen.

Im Sommer 1932 stellte Nadine fest, dass ihr etwas Schwierigkeiten bereitete, das eigentlich ganz einfach sein sollte, nämlich Riley einen Brief zu schreiben. In dem Jahr blieben sie ein wenig länger als sonst, und vielleicht verstärkte diese zusätzliche Zeit ihre Verwirrung.

Mein Schatz,
es ist wunderbar, wieder hier zu sein. Diese Schönheit! Ich weiß, es ist langweilig, wenn ich immer wieder davon anfange, und ich hatte mir ja fest vorgenommen, nicht eine von diesen Engländerinnen zu werden, die bei allem, was mit Italien zu tun hat, »Ist es nicht zauberhaft? Ist es nicht wunderschön?« flöten, als ob es außer ihnen noch nie jemand bemerkt hätte, und als ob es überhaupt jemanden interessieren würde – aber es fällt mir wirklich schwer. Weil es einfach wunderschön ist! Ich gestatte es mir nur am ersten Tag, und danach sage ich es nur noch zu mir selbst. Aldo hat uns beigebracht, wie man vom Boot aus angelt. Die Fische im See heißen *coregone* – sie haben gar keinen englischen Namen. Habe ich dir eigentlich schon von Ferragosto erzählt, der Feier anlässlich Mariä Himmelfahrt? Am Abend sind wir alle um den See herum nach Trevignano gegangen, eine gewundene Straße entlang, und als wir uns dem Ort näherten (Aldo musste Kitty leider einen Teil der Strecke tragen), konnten wir lauter kleine Fischerboote sehen, die von bunten Fackeln erleuchtet waren, und an Deck der *Il Batello*, der Seefähre, wurde ein Feuerwerk entzündet. Die Funken spiegelten sich im dunklen Wasser, und das sah ganz eigenartig aus, als wären alle Grenzen aufgelöst, zwischen Wasser und Himmel, oben und unten, einst und jetzt … Leben und Tod, Hoffnung und Angst … Ich hätte Dich so gerne bei

mir gehabt, um mich an Dich zu lehnen und die Schönheit gemeinsam zu erleben. Einen Moment lang war es geradezu spirituell, trotz der Kirmesmusik und dem Geschmack von warmem Nusskrokant. Offenbar fängt die alte Burgruine auf dem Hügel hinter der Stadt regelmäßig Feuer, durch die Fackeln, die im trockenen Gras stecken, um den Weg zu beleuchten. In einem Jahr ist das nicht passiert, hat Aldo uns erzählt, und weil alle enttäuscht waren, haben die jungen Männer sich die Fackeln geschnappt und absichtlich Feuer gelegt. Darauf mussten alle älteren Männer eine Eimerkette zum See bilden, um das Feuer zu löschen.
Wo war ich stehen geblieben? Entschuldige, Susanna hat uns zum Essen gerufen, und ich habe ihr bisher schändlich wenig geholfen – nun ja, wir gehen natürlich jeden Tag schwimmen, essen viel zu viel und werden rund wie kleine Oliven. Die Fledermäuse treiben Kitty fast in den Wahnsinn. Sie hat irgendwo gelesen, dass sie in den Haaren hängenbleiben … Außerdem liest sie gerade *Das Schloss von Otranto*, was jedem den Schlaf rauben würde. Gestern hat sie gesagt, dass sie an einer Geschichte über Fledermäuse schreibt, und ich hoffe, damit kriegt sie das Ganze aus dem Kopf. Tom macht sich prächtig, er taucht und segelt und schwimmt, und er zeichnet auch viel – natürlich nicht mit Tauchermaske und Schnorchel. Ich genieße es, sie alle zusammen zu sehen. Jedes Jahr mache ich mir Sorgen, dass das Alter und der Abstand dazu führt, dass sie nicht mehr so gut miteinander auskommen, aber so ist es nicht, zum Glück.
Alles Liebe,
Deine nicht in Flammen aufgegangene
Nadine

Ach herrje, ich habe ganz vergessen, den Brief abzuschicken, und nun sind schon wieder zwei Tage vergangen! Wer hätte gedacht, dass Faulsein so viel Zeit in Anspruch nimmt? Aber ich zeichne viel – Details von Blättern und alle möglichen kleinen Tierchen, wenn sie lange genug stillhalten. Prächtige Skorpione, Spinnen mit gekerbtem Körper und dergleichen. Ich kann mich gar nicht dazu aufraffen, in die Stadt zu gehen – das lockt mich überhaupt nicht! Obwohl ich auf dem Markt Ausschau nach frischer *burrata* und Eiscreme halten könnte, um die Kinder zu bestechen. Bitte verzeih mir. Wie geht es Papa? Wie geht es Dir, mein Liebster? Aber schreib nicht zurück, die italienische Post ist furchtbar – ich weiß nicht mal, ob Du schon geschrieben hast, hier ist jedenfalls nichts angekommen. Aber übermorgen reisen wir ja ab, das heißt, wir sind zu Hause, bevor Du das hier bekommst. Ich vermisse Dich mittlerweile wirklich sehr. Ich versuche schon die ganze Zeit, Aldo dazu zu überreden, dass er nächstes Jahr mit der ganzen Familie nach London kommt, aber ich weiß nicht, ob es klappt. Anscheinend denkt er, sie wären zu viele, aber ich bleibe dran. Er hat übrigens behauptet, Shakespeare wäre Italiener gewesen! Oder hätte zumindest seine besten Geschichten von den Italienern gestohlen: *Romeo e Giulietta* aus Verona, *I due gentiluomini di Verona* dito, *Giulio Cesare* aus Rom, ebenso *Antonio* (Rom) *e Cleopatra, Tito Andronico* …! Die Kinder haben ein Stück aus *Antonius und Kleopatra* für ihn übersetzt, weil Nenna fand, dass Kleopatras Boot in Enobarbus' Beschreibung wie ihre Insel klingt:

Die Bark', in der sie saß, ein Feuerthron,
Brannt' auf dem Strom: getriebnes Gold der Spiegel,
Die Purpursegel duftend, dass der Wind
Entzückt nachzog; die Ruder waren Silber,
Die nach der Flöten Ton Takt hielten, dass
Das Wasser, wie sie's trafen, schneller strömte,
Verliebt in ihren Schlag.

Ich schreibe es Dir im vollen Wortlaut auf, weil es auf Italienisch wirklich schön klingt. Für die Grammatik übernehme ich keine Garantie, aber hier ist es:

La galea dove sedeva lei, come trono brunito
splendeva sulle acque. La poppa d'oro;
viola le vele e profumato tanto che
i venti vi languivano d'amore. D'argento i remi,
in cadenza al tono dei flauti, e l'acqua
battuta di loro li seguiva rapida,
quasi amorosi di quei loro colpi.

Aldos Kommentar darauf? »Shakespeare hat die Geschichte von Plutarch gestohlen, und der war Römer …« Und als Nenna einwandte, er sei doch wohl Grieche gewesen, erwiderte Aldo: »Aber römischer Bürger« – wenn man ihn reden hört, könnte man meinen, jeder halbwegs talentierte Mensch auf der Welt wäre Römer gewesen. Darauf Nenna, mit Unschuldsmiene: »Und Shakespeare, war der auch Römer?« »Crollalanza«, sagte Aldo mit seinem diabolischen kleinen Lächeln. »Sizilianischer Name.«
Wie auch immer, wir sehen uns ja ganz bald. Ich muss den Brief jetzt zur Post bringen – es wäre wirklich zu peinlich, wenn ich ihn in meinem Koffer mit nach London bringen würde.
Deine Nadine

Sie betrachtete den Brief, als sie ihn zusammenfaltete. Er war wirklich ganz schön lang – fünf Seiten! Munter und lebendig, mit vielen Neuigkeiten, wie er es mochte. Ein guter Brief.

Und doch. Und doch.

Es war kein Zufall, dass sie es nicht geschafft hatte, ihn abzuschicken. Hier draußen war es so leicht, Dinge zu vergessen. Alles war so entspannt. Aber daran lag es nicht.

Etwas in mir wollte ihn nicht abschicken. Das war ihr bewusst. Weil der Brief nicht ganz ehrlich war. Es gab einiges, das sie nicht erwähnt hatte.

Samstags, wenn andere jüdische Kinder in der Synagoge waren, gingen Nenna und die Jungen in adretten kleinen Uniformen und weißen Söckchen zu den Kleinen Italienerinnen und den Kindern der Wölfin.

Es gab ein Lied, *Giovinezza*, das sie überhaupt nicht mochte. Es war ihr zu militärisch, und die Kinder marschierten, wenn sie es sangen, und ein- oder zweimal hatte sie sie barsch angefahren, sie sollten damit aufhören.

Ein paar Tage zuvor waren in Trevignano ein paar junge Männer in schwarzen Hemden in das größte Café an der Piazza gekommen, als würde es ihnen gehören. Sie hatten zu laut gelacht und Bier bestellt und es allem Anschein nach nicht bezahlt. Sie hatten sich aufgespielt und herumgeprahlt, und Nadine hatte mit den Kindern das Café früher verlassen, als sie es normalerweise getan hätte.

Und dann dieses Pfadfinderlager, das Nenna und ihre beiden Brüder besucht hatten. Sie wollte nicht, dass Tom und Kitty mitgingen, aber da sie in dem Club, der es organisierte, nicht Mitglied waren, hatte sich das ohnehin erledigt. Aldo hatte zwar gemeint, sie könnten bestimmt als Gäste dabei sein, doch sie hatte erwidert, sie hätten noch Texte für die Schule zu lesen – was nicht stimmte. Die Ausrede war das Schlimmste. *Wenn eins von den Kindern es Riley gegenüber erwähnt, muss ich alles erklären …*

Und bevor sie diesen Sommer an den See gefahren waren, hatte sie Aldo in seinem Büro besucht. Er hatte ihr in dem großen, kühlen Raum Zeichnungen gezeigt, groß und präzise. Darauf waren die riesigen Pumpen zu sehen, mit denen das Salzwasser aus den Marschen gesogen wurde, so dass prächtiges Ackerland entstand. »Julius Cäsar hatte das schon geplant«, sagte er. »Er wollte den Tiber durch die Marschen bis nach Terracina führen und unterwegs das ganze Wasser hineinleiten. Leonardo da Vinci hatte dasselbe vor – beide sind gescheitert. Aber wir schaffen es.«

Sie betrachtete die Zeichnungen höflich; sie waren schön, groß und mächtig. Doch sie war abgelenkt: An der Wand direkt über Aldos breitem, aufgeräumtem Schreibtisch hing eine gerahmte Fotografie des Duce.

»Hast du Lust, mal mit dorthin zu kommen?«, fragte Aldo mit strahlender Miene, wie ein kleiner Junge, der einem sein bestes Spielzeug anbietet. »Ich könnte es dir zeigen. Das würde mich sehr freuen.«

»Vielleicht nächstes Mal«, sagte sie, aber sie sah ihn dabei an und lächelte, um nicht unhöflich zu sein.

»Wir heben mehr als fünfzehntausend Kilometer Kanäle und Gräben aus«, sagte er, und sie lächelte immer noch. Fünfzehntausend Kilometer!

»Das ist ja eine Menge!«, sagte sie. *Aber Riley verachtet Mussolini. Er veröffentlicht im Herbst ein Traktat über ihn, und das wird keine Lobeshymne.*

»Es ist eine so wichtige Aufgabe«, sagte Aldo. »Für das Volk. Es sind schon viele Männer aus dem Norden dorthin gekommen, um sich ein neues Leben aufzubauen. Wir sehen das Ergebnis unserer Arbeit jedes Mal, wenn wir den Blick heben. Nadina, das ist eine solche Freude!«

Er sah so glücklich aus. *Der liebe Aldo!*

Aber, aber, aber.

Die Fotografie Mussolinis beunruhigte sie. Mit seiner Mütze und dem Uniformgurt und dieser Miene, als wüsste er alles. *Komisch, dass die Leute ihn gutaussehend finden. Er hat ein Knollengesicht. Und es hängen überall zu viele Fotos von ihm.*

Sie hasste es, Dinge ungesagt zu lassen. Da häufte sich immer eine schreckliche Ladung potentiellen Zündstoffs an.

Ein langer Brief also, aber leerer, als man meinen würde.

ZWEITER TEIL

1932

6. KAPITEL

Kent, Juni 1932

PETER UND RILEY WANDERTEN durch die Downs. Ein – wenn auch unausgesprochener – Grund für diese Wanderungen war, dass das Gehen in der Natur dank vorwärts gerichtetem Blick und stetigen kleineren Ablenkungen – »Ist das nicht ein Turmfalke?« »Oh, sieh mal, Johanniskraut!« – einen guten Rahmen für Gespräche über Vertrauliches bot, falls einer von ihnen Bedarf hatte. Man konnte nicht entfliehen, aber auch nicht gezwungen werden. Doch an diesem Tag, einem trägen, von Bienengesumm erfüllten Tag, an dem sogar der Fluss ein wenig langsamer floss und der bittersüße Duft der Kleeblüten über den üppigen Wiesen lag, funktionierte es nicht. Sie waren ein wenig zu spät aufgebrochen; es war zu warm für jedwede Anstrengung. Bald waren ihre Muskeln müde, und ihre Kleider juckten auf der Haut.

Die Verlockung des Flusses und der Wunsch, die Schuhe auszuziehen, war zu stark. Sie krempelten die Hosenbeine hoch, setzten sich ans Ufer zwischen Brunnenkresse, Blindschleichen und Butterblumen und spritzten mit den Füßen Fontänen ins Sonnenlicht, um Regenbogen zu erzeugen.

Nach einer Weile sagte Riley: »Ach, Himmel, was soll's«, zog Hemd und Hose aus, legte sie ordentlich zusammen (was Peter schmunzeln ließ) und sprang wie ein struppiger Hund ins Wasser. Er tauchte zwischen Algen und Elritzen hindurch, kam prustend wieder hoch und schüttelte den Kopf.

»Habt acht! Habt acht! Der Haare Wehn, des Blickes Macht!«, rief Peter scherzhaft, und Riley zog eine Grimasse.

Peter hatte ein Geheimnis.

Wie er dasaß, die Hemdsärmel bis über die Ellbogen hochgekrempelt – *Gott, bin ich bleich* – und mit offenem Kragen, hätte er es Riley gerne erzählt. Aber er würde es nicht tun. Dafür war alles noch nicht ruhig genug. Es ist immer schwer, gerettet zu werden – seine Würde zu bewahren und zu akzeptieren, dass man dankbar sein musste –, und Riley hatte ihn schon dreimal gerettet. Wenn er auf diese Rettungen zurückblickte, sah Peter, wie es ablief: Riley konnte ihn aus dem Chaos herausziehen, das ja, aber mehr nicht. Er konnte ihn nicht in einen sicheren, glücklichen Hafen bringen. Er konnte ihn nur am Rand seines einstigen Lebens absetzen, den Weg zurück musste Peter allein finden – und genau das versuchte er. An der Sache mit Julia war natürlich nichts zu ändern. Er konnte weiter dagegen antoben, oder er konnte den grausamen Scherz akzeptieren, dass Julia ausgerechnet, als sie gerade anfingen, einander wiederzufinden, sterben musste – und obendrein noch bei einer der gewöhnlichsten, alltäglichsten häuslichen Tragödien: bei der Geburt eines Kindes. Das weibliche Gegenstück zum Krieg, wie ihm klargeworden war, nachdem er mit Rose darüber gesprochen hatte, wie viele Frauen auf diese Weise starben. Auf tausend Geburten kamen fünfzig Frauen, die dabei ihr Leben ließen. Jede zwanzigste. Jede zwanzigste! Konnte das richtig sein? Rose, die zusammen mit Dr. Janet Campbell an ihrem Projekt für ein landesweites Netz von Geburtsvorbereitungskliniken arbeitete, hatte ihm von Pasteur und Semmelweis und Alexander Gordon erzählt, der als einer der Ersten erkannt hatte, dass es möglicherweise gerade die Ärzte waren, die die Infektion, die das Kindbettfieber auslöste, an die Frauen weitergaben – und der vom entsetzten medizinischen Establishment, das seine Erkenntnisse nicht glauben wollte, zur Navy zurückgejagt worden war. Rose hatte Julias Tod sehr schwergenommen. Sie meinte, sie hätte in der Lage sein müssen, ihr zu helfen. *Arme Rose*, dachte Peter. *Immer so hilfsbereit, und ausgerechnet in dem Moment, wo es wirklich nötig gewesen wäre, war sie einfach nicht da.* Arme Rose. Sie hatte ihm noch etwas erzählt: Vor dem Krieg war jedes vierte Baby, das in Armut geboren wurde, gestorben. *Nur jeder zehnte Mann, der im Krieg gekämpft hat, ist gestorben! »Nur« ist natürlich das falsche Wort – aber jedes vierte Baby!* Es war gar nicht so, dass es ihm um die Kinder leidtat. *Aber die Mütter! Was Frauen durchmachen! Die Leute reden immer nur über das Leid der Männer im Krieg – Trauma und Schock –, und die ganze Zeit über leiden die Frauen direkt vor unserer Nase. Was mir selbst aber auch nie aufgefallen ist.* Immer wieder musste er daran denken. *Bestimmt ist das eine Form der Trauer,* dachte er. *Trauer um Julia.*

Aber ich bin nicht tot.

Sein Buch war gut aufgenommen worden, hatte eine ausgezeichnete Besprechung in der *Times* bekommen und war zweimal nachgedruckt worden. Das hatte ihn selbst in seinen eigenen Augen zu einem Mann gemacht, der vielleicht doch nicht vollkommen wertlos war, und so arbeitete er jetzt an einem zweiten. Darin ging es um diese Schlacht, die Schlacht der Frauen. Beginnen würde er in Sparta, mit den Kindern, die auf den Hügeln ausgesetzt worden waren und so weiter, und den Inkas in Peru. Rose würde ihm dabei helfen, und eine Kollegin von ihr, die Kinderärztin war, würde ihn an die Hand nehmen, was das Medizinische anging. Er würde es Julia widmen, die nicht mehr zu retten war. Und ja, er hoffte, dass es irgendwie auch gut für seine Kinder sein würde.

Er setzte Hoffnung in seine Kinder. Was sie anging, dachte er, hatte er Zeit. Kitty war durchaus willens, aber Tom stellte sich nach wie vor stur und weigerte sich trotz Rileys optimistischer Äußerungen, seinen Vater zu lieben. Doch es hatte einen Augenblick gegeben, eine eigentümliche Fügung von Zeitpunkt und Wahrscheinlichkeit, die Peter gezeigt hatte, dass er und sein Sohn doch eines Tages zusammenfinden konnten. Sie waren alle zusammen – Riley, Robert, Nadine, Tom, Kitty und er – in ein Konzert mit

Werken von Schumann gegangen. Nach einer Passage von außergewöhnlicher Schönheit hatte Peter aufgeblickt und in das Gesicht seines Sohnes gesehen, der drei Plätze weiter saß und ihn aus der Reihe von Profilen heraus anschaute. Im ersten Moment hatte Peter sich peinlich berührt gefragt, welcher Ausdruck der Verzückung wohl auf seinem eigenen Gesicht gelegen hatte, doch dann erkannte er, dass Tom ihn nicht mit Spott oder Verachtung ansah, sondern mit einem Ausdruck des Erkennens. Kurz danach hatte Peter auf den Genuss verzichtet, sich einer weiteren berauschenden Passage hinzugeben, um Tom zu beobachten, und er hatte auf dem Gesicht seines Sohnes den ekstatisch entrückten Ausdruck eines Menschen gesehen, der in der Freude an der Musik aufgeht, wie er ihn selbst kurz zuvor gehabt haben musste, gefolgt von einem kurzen Schatten der Verlegenheit, als Tom merkte, dass er beobachtet wurde, und dann dem Begreifen, dass Peter seinerseits sich nicht über ihn lustig machte, sondern seine Gefühle teilte. Sie hatten sich angesehen und beide zögernd gelächelt.

Dieser Augenblick leuchtete in Peters Herz wie eine aufgehende Sonne. *Zeit*, dachte er, und der große Sieg war, dass er jetzt glaubte, dass er Zeit hatte, und dass er die Geduld und Hingabe aufbringen konnte, die nötig waren, um seinen Sohn zurückzugewinnen.

Doch sein neues Geheimnis würde wohl kaum zu einer Versöhnung mit Tom beitragen, das war Peter klar.

Und ein Geheimnis zu verraten, dachte Peter, *ist meist eine Bitte um Hilfe.*

Hoffe ich darauf, dass Riley mir hierbei hilft, wie bei so viel anderem?

Er war sich nicht sicher. Eigentlich wollte er seine Freude mit ihm teilen.

Peter beugte sich vor, die Sonne warm auf seinen Schultern, seine Füße wie blasse, zarte Fische im Wasser.

»Riley!«, rief er. Doch Riley war untergetaucht. Peter lärmte und spritzte und rief erneut seinen Namen, bis Riley wieder auftauchte und zu ihm herübersah. »Komm her. Ich muss dir was erzählen.«

Als Mabel Zachary Peter Locke zum dritten Mal begegnete – nun, es war natürlich nicht das dritte Mal. Es kam ihr vor wie das dritte Mal, weil es die dritte Episode war. Schon als sie ihn an jenem ungemütlichen Novembermorgen in das Geschäft kommen sah, wusste sie, dass es so sein würde.

Er kam herein, etwas verwirrt durch einen Austausch zwischen seinen Handschuhen und dem Türgriff, zog die Handschuhe aus (weiches Leder, schwarz, männlich-elegant) und blickte auf. Und als er aufblickte, sah er sie, und als er sie sah, erschien auf seinem Gesicht ein leichtes, überraschtes, bezauberndes Lächeln.

Und sofort dachte sie: *Will ich das? Bin ich bereit?* Doch da geschah es bereits.

Sie sah den Geist des Charmes, den er 1918 gehabt hatte, als sie sich im Turquoisine zum ersten Mal begegnet waren. Damals waren alle verrückt und betrunken gewesen, und er war nicht verrückter und betrunkener gewesen als alle anderen, nur eleganter und höflicher und mit mehr Verständnis für den tiefen Schmerz, der unter alldem lag. Sie sah auch den Hunger, den er 1919 gehabt hatte, als sie sich am Chelsea Embankment über den Weg gelaufen waren, und er war so lange so betrunken gewesen, dass sie sich nach ein paar Wochen aus seinem Chaos befreien, sich zurückziehen und ihn sich selbst überlassen musste.

Und jetzt wusste sie, weil es zehn Uhr morgens und zwölf Jahre später war und er sauber, nüchtern, rasiert und aufrecht, weil er jünger aussah, als sie ihn je erlebt hatte, und weil er lächelte, dass der Alkohol nicht mehr die fesselnde Macht von damals besaß, und erwiderte das Lächeln.

»Hallo«, sagte er. Seine blauen Augen waren klar: kein Elend, kein dumpfer Trotz, keine glitzernde Scham in ihren Tiefen.

»Hallo«, sagte sie. Und dann wurde sie beinahe verlegen,

weil etwas in ihrem wirklich ziemlich vorsichtigen Herzen einfach dahinschmolz, als sie sah, wie gut es ihm ging, und als er einfach da war und sie anlächelte und hallo sagte, mit dieser Stimme.

»Machst du Mittagspause?«, fragte er einfach.

»Eine halbe Stunde«, sagte sie. »Um halb eins.«

»Kannst du deine Stelle nicht einfach aufgeben?«, fragte er, und vielleicht meinte er es sogar ernst, aber sie lachte und sagte sanft und freundlich: »Nein.«

»Dann werde ich wohl warten müssen«, erwiderte er. »Bekommst du Ärger, wenn wir uns unterhalten?«

»Es ist nicht viel los. Aber wenn ein Kunde hereinkommt oder Mr Moores –«

»Oh, aber ich bin ein Kunde!«, sagte Peter. »Zeig mir alles, was ihr in letzter Zeit aus Amerika bekommen habt. Sag mir, was gut ist. Was hörst du gerne? Und mit wem trittst du auf? Was gibt es Neues von Monsieur Sidney Bechet? Oder von Florence Mills? Und warum arbeitest du hier? Du singst doch noch, oder? Sag, dass du noch singst ...«

Sie sagte, dass sie noch sang. Sie hatte gerade bei *Porgy und Bess* mitgemacht, im Theatre Royal, nur im Chor, aber sie hatte zusammen mit Paul Robeson auf der Bühne gestanden! Sie erzählte ihm, dass sie mit ein paar von den Jungs aus dem Orchester eine Platte aufgenommen hatte, und sie hatten eine Band gegründet. Natürlich wollte er die Platte haben. Sie holte sie ihm: Da war sie, auf der Hülle, mit ihrem strahlenden Lächeln, den funkelnden großen Augen und irgendeinem federbesetzten kleinen Ding auf dem Kopf. Sie sah zugleich cool und heiß aus. Auf der Rückseite wurde sie als »New Yorks neueste singende Sensation« angepriesen, was ziemlich lustig war, da sie seit ihrem vierzehnten Lebensjahr in London lebte. Sie lachten darüber. Sie erzählte ihm, dass sie an drei Tagen in der Woche in dem Geschäft arbeitete, und wie großartig es war, dass sie all die neuen Platten vorab hören konnte. (Sie erzählte ihm nicht, dass sie vor *Porgy und Bess* an sechs Tagen in der Woche in dem

Geschäft gearbeitet hatte und abends in verschiedenen Bars, wo sie auch aufgetreten war, und dass sie, bevor Mr Moores ihr die Stelle in dem Laden angeboten hatte, auch putzen gegangen war.)

Er bewunderte die Plattenhülle. »Ich habe nie ein Foto von dir gehabt«, sagte er, und sie sagte: »Na ja«, und darauf sagte er: »Du meinst, warum sollte ich? Du weißt, warum. Oder?« Und sie wollte gerade sagen: »Ich bin bloß eine Frau«, als ihr klarwurde, dass sie das besser nicht tun sollte, denn dann würde er etwas sagen, und dann würde sie etwas sagen, und plötzlich würden sie an einem Ort sein, auf den sie beide nicht vorbereitet waren.

Sie drehte sich wieder zu den Regalen um und sagte: »New Orleans? Chicago?«

»Eher Chicago.«

»Jazz oder Blues? Ich habe *Black Mountain Blues* von Bessie Smith hier«, sagte sie. »Hast du das schon gehört? Oder die Famous Hokum Boys? *Saturday Night Rub* heißt ihr neuestes Stück …« Sie gab sie ihm. »Hast du schon die neuen Sachen aus New York gehört? Hier –« Sie gab ihm noch eine Platte: *At the Jazz Band Ball* von Bix Beiderbecke. »Der spielt Horn«, sagte sie. »Mit Adrian Rollini auf dem Basssaxophon. Wusstest du, dass mittlerweile sogar Louis Armstrong nach New York gegangen ist?«

»Ich habe ziemlich lange gar nichts gehört«, sagte er. Sie fragte sich, ob er den Jazz gemieden hatte, um den Alkohol zu meiden, und sah ihn mit diesem Gedanken in den Augen an.

Er schluckte und sagte: »Aber du hättest mich gesehen, wenn ich in irgendwelchen Clubs gewesen wäre.«

Hinter dem Tresen stand ein Plattenspieler; er gab ihr *At the Jazz Band Ball* zurück, und sie legte es auf. Die Musik begann sofort, lebhaft und geisterhaft, etwas Trauriges in den Rhythmen und Klängen … Als sie sich wieder umdrehte, sah er sie an, als wollte er sie zum Tanzen auffordern.

Oh Gott. Oh lieber Gott, dachte sie. Peter war der einzige weiße Mann, mit dem sie je geschlafen hatte. Ihre Mutter hielt nichts von weißen Männern.

Er tat es wirklich, er breitete die Arme in einer »Tanz mit mir«-Haltung aus und hob die Augenbrauen.

Sie schüttelte lächelnd den Kopf. »Ich muss auf dieser Seite des Tresens bleiben«, sagte sie. Ihr Herz flatterte.

Wir haben in den vergangenen zwölf Jahren so manche Aufs und Abs erlebt, und du weißt es nicht mal, dachte sie. Aber die Musik brachte sie dazu, die Schultern zu bewegen und sich in den Hüften zu wiegen. Sie konnte einfach nicht anders. Und sie freute sich wirklich, ihn zu sehen.

Zwei Stunden lang spielten sie Platten und sprachen über Jazz und Blues: Duke Ellington, Fletcher Henderson, Coleman Hawkins, Lead Belly, Big Bill Broonzy. Sidney Bechet war jetzt in Berlin, hatte sie gehört – man hatte ihn deportiert! Schon zum zweiten Mal! Erst von London – wann war das, 1922? Und dann von Paris; im Bricktop's am Montmartre hatte es eine Schießerei gegeben – ja, sie war dabei gewesen – nein, nicht auf der Bühne, aber Henry Crowder hatte auf dem Rückweg von Venedig dort vorbeigeschaut, zusammen mit – wie auch immer, jedenfalls war Sidney angeblich in Berlin. Aber es gab keine neuen Aufnahmen. Hatte Peter die von 1923 gehört, mit Louis Armstrong? *Texas Moaner Blues*? Oh, die musste sie ihm raussuchen … Ab und zu unterbrach sie das Gespräch, um andere Kunden zu bedienen, und dann beobachtete er sie und lächelte leise über ihre geraden Schultern, ihre Sanftheit, ihre Höflichkeit und die stille Begeisterung.

»Deine Stimme hat sich überhaupt nicht verändert«, sagte er. »Sie klingt kein bisschen englischer. Wird sie noch amerikanischer, wenn du entspannt bist?«

»Mhm«, sagte sie. »Oder aufgeregt.«

»Oder auf der Bühne?«

Sie lächelte.

Dann kaufte er alle Platten, die sie ihm gezeigt hatte, und ging mit ihr in den Gay Hussar, auf das schnellste Gulasch der Geschichte. Sie bat ihn, nicht mit zurück zum Geschäft zu kommen, aber um halb sechs wartete er vor der Tür, und nur durch die Einwilligung, dass er sie abends begleiten durfte, gelang es ihr, ihn für ein paar Stunden loszuwerden, bevor sie mit ihrer zweiten Arbeit begann.

Mabel wohnte in einer Zwei-Zimmer-Wohnung in der obersten Etage eines schmalen, heruntergekommenen georgianischen Hauses in der Lexington Street in Soho. Den ganzen Nachmittag über hatte sie nachgedacht, und das tat sie auch jetzt, auf dem Heimweg, wie sie es im Grunde die letzten zwölf Jahre lang getan hatte. Doch jetzt ging es richtig auf und ab, und sie musste Entscheidungen treffen. Sie hatte die Anfänge eines Songs im Kopf, und wie sonst auch arbeitete sie im Gehen daran, denn nur der Himmel wusste, wann sie mal Zeit haben würde, sich ans Klavier zu setzen und ihn fertig zu schreiben. Die Melodie war bluesartig, aber rein, in e-Moll, und der Text war der Bibelvers *Gebt acht, seid wachsam, denn ihr wisst nicht, wann die Zeit da ist …* Sie hatte immer angenommen, dass es dabei um den Tod ging, und vielleicht war es auch so, aber eigentlich konnte alles Mögliche gemeint sein. *Ihr wisst nicht, wann die Zeit da ist.*

Die große schwarze Haustür stand offen, und Reginald, der jamaikanische Posaunist, der unter ihr wohnte, grüßte sie, als sie hinter ihm in den schattigen Flur trat. Sie lächelte und war dankbar, dass der Duft nach Gebratenem, der aus seiner Wohnung herüberwehte, keinen Hunger und Neid mehr in ihr auslöste. Die Gulaschportion war riesig gewesen – und sie hatten in einer dunklen Ecke gesessen, deshalb hatte sie, als Peter zwischendurch aufgestanden war, schamlos die größeren Fleischstücke aus ihrem Teller gefischt, in die weiche weiße Serviette gewickelt und das Päckchen in ihre Handtasche gestopft, obwohl die Gefahr bestand, dass die Soße auslief. Eigentlich musste sie so etwas nicht mehr tun, aber sie konnte keine Verschwendung ertragen. Es tat ihr leid, falls jemand von den Kellnern wegen der verschwundenen Serviette Ärger bekam. Sie würde sie zurückbringen. Das mit dem Fleisch galt nicht als Diebstahl, das wusste sie, denn es war ein Geschenk von Peter gewesen. Er würde es ihr sicher mit Freuden geben – *würde er?* –, wenn er wüsste, wer es bekam.

Aber genau das ist die große Frage, nicht wahr? Wird er sich freuen?

Sie war von Sünde durchdrungen, das wusste sie. Und alles kam von der einen, wiederkehrenden Sünde: dass sie die Männer nicht immer abwehrte. Tja, sei's drum. Es war ja nicht sie, die ihres Nächsten Weib begehrte, sondern die Nächsten begehrten sie. Sie hatte deswegen schon oft mit Gott gehadert. Es war ungerecht von Ihm, dass er die Männer so attraktiv gemacht hatte und sie so attraktiv für die Männer. Und dass Er sie in diese weiße Welt gesetzt hatte, wo so viele Männer es nicht wagten, auf ihre eigenen Frauen (die mit der gleichen Hautfarbe und gesellschaftlichen Stellung) zuzugehen, es sei denn, sie wollten sie heiraten, gleichzeitig aber eine Frau wie sie (andere Hautfarbe und keine klar zu definierende Stellung) für überaus zugänglich hielten – um bei ihr einen Drink zu bestellen oder ihr einen zu spendieren, wohlgemerkt. Um sich ihrer zu bedienen – in einer Bar oder zu Hause oder sexuell. Hausarbeit, Kirche, Ehe, eine Form von Prostitution. Und das als vorgegebener Rahmen hatte ihr nie zugesagt. Aber eine schwarze Frau hatte noch eine zusätzliche Verantwortung gegenüber den Männern. Da sie wusste, welche Härten ein schwarzer Mann erdulden musste, durfte gerade sie ihm nicht noch mehr davon zumuten. Das hatte sie von ihrer Mutter und allen anderen um sie herum gelernt. Eine Frau musste freundlich sein und ihn bedienen und durfte ihm keinen Ärger machen. Durch ihr Frausein musste sie ihn Mann sein lassen in dieser Welt, die ihm seine Männlichkeit so oft nahm. Sie musste ihn heiraten und seine Kinder austragen und sich um sie kümmern und für ihn kochen und ihn nicht um Geld angehen und Verständnis haben, wenn er sie sitzenließ. Sie durfte ihn nicht beschämen. Und vor allem durfte sie ihm nicht die Arbeit wegnehmen.

Singen war in Ordnung. Eine Sängerin war eine Sängerin, das war okay. Aber Instrumente? Nein. Jazz war eine männliche Sprache, die beherrschten Frauen nicht. Es passte ihnen nicht, wenn sie Klavier spielte. Sie hatte den anderen – ihren Freunden, der Band – gar nicht erst erzählt, dass sie Songs schrieb. Sie sang sie und spielte sie vor, nur damit die Jungs sie lernen konnten, damit der echte Pianist übernehmen konnte, und wenn jemand fragte: »Von wem ist der Song?«, sagte sie: »Von meinem Daddy.« *Mein Daddy ist ganz schön produktiv und auf dem Laufenden, dafür, dass er tot ist.*

Wenn dann ein Mann auftauchte, der etwas anderes als das in seinem Blick oder seinen Worten hatte, dann war es natürlich wie ein Regenbogen an einem grauen Tag. Der erste war Thornton Williams aus Charleston, Carolina, so durch und durch Musiker, dass er nur ihr Talent gesehen hatte und sie unterrichten wollte. Von ihm hatte sie gelernt, Musik zu lesen und zu schreiben und einen Song zu komponieren und Bach und Scott Joplin zu spielen. Thornton war Komponist und unterrichtete am Royal College of Music; er hatte ihr dabei geholfen zu verstehen, wie Musik überhaupt funktionierte, wie man ein Stück auseinandernehmen und wieder zusammensetzen konnte. Zuvor hatte sie es immer auf gut Glück gemacht. Indem er ihr das musikalische ABC beibrachte, hatte er im Grunde auch sie auseinandergenommen und wieder zusammengesetzt. Und er hatte Iris' frühkindliche Fähigkeiten am Klavier erkannt und gesagt, lass sie unterrichten. Nicht jeder schwarze Musiker muss Autodidakt sein. Nicht jeder schwarze Musiker muss Jazz spielen. Nicht jeder schwarze Musiker muss in Kirchen und Clubs spielen – das sagte er mit einem Lachen, denn beides hatten sie weiß Gott oft genug getan.

Und vor allem: Nicht jeder schwarze Musiker muss ein Mann sein. Es war nicht so, dass eine Frau kein Talent dazu hatte, die Leute wollten nur nicht, dass sie Musikerin wurde. Über diese Klarstellung war Mabel so froh gewesen, dass sie ironischerweise mit Freuden für ihn gekocht hätte und sogar mit ihm zurück in die Staaten gegangen wäre, wenn er es gewollt hätte … Aber die Dinge entwickelten sich anders, und er war 1925 gestorben. Thorntons Ausgabe der Goldberg-Variationen war immer noch in Iris' Musiktasche. Er hatte sie selbst unterrichtet, große Hände über kleinen Händen auf den Tasten: »Stell dir vor, du hast darin eine kleine Maus. Du willst sie nicht zerdrücken, aber du willst auch nicht, dass sie dir wegläuft …«

Und Peter war der zweite gewesen: ein Mann, der mit ihr sprach und zuhörte. Damals hatte sie ihm von ihrer Kindheit in der Truppe ihrer Mutter erzählt, wie sie mit zappelnden Armen und Beinen getanzt hatte, während Mama – Betty Zachary – *Why You Make Dem Goo Goo Eyes at Me* sang. Die kleinen Tänzer, bekannt als Betty's Pickaninnies, sollten eigentlich alle Jungen sein, aber Mabel war ein mageres Kind gewesen, mit kurzem Haar, und deshalb hatte Mama sie unterwegs bei sich behalten und auf sie aufpassen können. Mama war mit ihr kreuz und quer durch Amerika gereist, von Florida nach Chicago, von Los Angeles nach Harlem. Ihr Bett war oft genug ein Sitz im Zug gewesen oder ein Pelzmantel in einem Tubakasten. Und von da ans andere Ende der Welt, Sankt Petersburg, Paris und London; Salford, Birmingham und Skegness. Mabels Tanten waren Tänzerinnen und Sängerinnen, ihre Väter Saxophon- und Klavierspieler. Es war romantisch und unbequem und lustig und bitter und hart; es war ihre Welt gewesen, und sie hatte ihr den Rücken zugekehrt, als sie ihr Kind bekam.

Für Iris wollte sie nichts davon. Iris würde Klavierunterricht haben und ein Zuhause. Dafür würde sie, Mabel, sorgen. In dieser Welt konnte man sich auf niemanden verlassen.

Sie wollte sich nicht in dieses System von Männern und Frauen, Schwarz und Weiß, einfügen. Sie hoffte auf etwas

Einfacheres und Besseres, wo sie mehr Raum hatte zu tun, was sie wollte. Manchmal dachte sie, das Einfachste wäre, die Dinge einfach zu akzeptieren, wie sie waren, und den Mund zu halten. Jemanden zu heiraten und sich zu beugen. Aber nur manchmal.

»Hey, Ladys«, rief Mabel leise, als sie die Wohnungstür öffnete. Mama saß im Sessel und döste, einen Lichtstrahl auf den breiten Wangenknochen und dem goldenen Kruzifix an ihrem Hals, der Mund wie gemeißelter Stein. Mabel beugte sich hinunter und küsste sie auf die Wange – ein Hauch von Rosenhaaröl und Talkumpuder.

Iris, die am Tisch saß und ihre Hausaufgaben machte, blickte auf und sagte: »Hey, Mumma.« Sie stand auf, um sich umarmen zu lassen, groß und hellhäutig und, wie Mabel auffiel, ihrem Vater sehr ähnlich.

Jeden Abend kam Peter, um Mabel singen zu hören, sie zum Essen auszuführen, sie nach Hause zu bringen. Er küsste sie auf Plätzen, in Telefonkabinen, Seitenstraßen und Hauseingängen. Sie hatte das Gefühl, ihre Fußknöchel müssten mit breiten Bändern an einem Baumstamm oder Laternenpfahl festgebunden werden, sonst flöge sie davon. Die Plötzlichkeit und Unwahrscheinlichkeit und Vertrautheit machten es unwiderstehlich. Sie begann, auf der Straße laut zu lachen.

Peter wollte mit ihr nicht in ein billiges Hotel gehen, und sie wollte ihn nicht mit zu sich nach Hause nehmen. Da es ihnen jedoch unmöglich war, nicht zusammen zu sein, wurden sie während des Winters kurzzeitig Gäste des Savoy. Selbst Peter war nicht so naiv zu glauben, dass sie dort zusammen auftauchen konnten. Das erste Mal buchte und bezahlte Peter vorab, doch als sie vor ihm in das Hotel ging, wollte der elegante, ausdruckslose junge Mann am Empfang ihr den Schlüssel nicht geben. Beim nächsten Mal ging Peter als Erster hinauf, aber als sie ihm folgen wollte, versperrte man ihr den Weg. Er kam wieder herunter und holte sie demonstrativ und vor aller Augen ab. Als sie endlich oben waren, betrachtete er sie, wie sie auf der weichen cremeweißen Bettdecke aus gemustertem Satin saß, einen erbitterten Ausdruck von Groll und Resignation auf dem Gesicht.

»Tja«, sagte er, »wir werden uns wohl eine Wohnung suchen müssen. Wo ist es schön?«

Mit »schön« meinte er, obwohl es ihm nicht bewusst war, »möglich«. Wenn er darüber nachgedacht hätte, hätte er angenommen, dass er »möglich für eine schwarze Frau« meinte. Wenn er ein bisschen länger darüber nachgedacht hätte, wäre ihm vielleicht noch »möglich für zwei Menschen unterschiedlicher Hautfarbe« eingefallen. Er wäre nie auf den Gedanken gekommen, dass es für sie bedeutete »eine Gegend, wo uns niemand sieht, der meine Mutter kennt«.

»Ich bin wirklich überrascht über das Savoy«, sagte er. »Ich dachte, sie hätten mehr Klasse.« Er lächelte sie an, streckte die Hand aus. »Belgravia«, sagte er. »Von dort kannst du zu Fuß nach Soho gehen, und dann kannst du deine jetzige Wohnung aufgeben.«

Ihr Lächeln war rätselhaft, und er hatte das Gefühl, er müsste sich klarer ausdrücken.

»Ich werde dich nicht enttäuschen«, sagte er. Es war ihm außerordentlich wichtig, dass sie das wusste. Er hatte seit Jahren kein Interesse an Frauen gehabt. Nach Julias Tod war er mehrere Jahre in einer tiefen, alles überlagernden Trauer um den Verlust der gerade erst wiedergefundenen Verbindung gefangen gewesen. Davor Nutten und Halluzinationen und Gewalt und Schmutz und die beiden schrecklichen Male, als er, benommen von Alkohol, Lust und Missverständnissen, seine beiden Kinder gezeugt hatte, die ihm so teuer und so fern waren. Die Erinnerung an die ersten Nächte mit Julia, unter dem Kristalllüster in Venedig – nein, besser nicht so weit zurückblicken. Nein. Mabel war die einzige Frau, in deren Armen er je so etwas wie Frieden gefunden hatte, ganz zu schweigen von Verlangen und Freude – und nun waren sie alle wieder da, immer noch. All die winzigen

Möglichkeiten der Liebe, die Liebe sind, wie einem plötzlich klarwird, wenn man nur die Augen hat, es zu sehen.

»Ich werde dich nicht enttäuschen«, sagte er.

Jedes Mal, wenn er dieses Thema anschnitt, brachte sie ihn zum Schweigen – und auch sich selbst. Sie konnte nicht zu genau hinschauen, weil es unter jedem genaueren Blick dahinschmelzen würde. Es war einfach unglaublich! In ihrem Alter! Und mit ihm! Die Freude, die sie fühlten, war in dieser bösen Welt nicht möglich. Deshalb würde sie sie außerhalb davon lassen.

Die Wohnung war wunderschön: der erste Stock eines großen Hauses, das irgendeine aristokratische Familie nicht mehr unterhalten konnte, weißer Stuck wie eine Hochzeitstorte, die Fenster fast so hoch wie die hohe Decke, tiefe Strahlen der Februarsonne auf den schwarzen Ästen der Platane jenseits des Balkons. Abends stieg der feuchte Geruch des kleinen Gartens von unten auf und schlich sich in die Zimmer wie das Versprechen eines neuen Kontinents. Der Beginn des Frühlings. *Im Sommer werden da draußen die Blätter tanzen*, dachte sie, und dann dachte sie, dass es besser war, nicht so weit vorauszudenken.

Vier Zimmer und Parkettfußboden. Und eine Küche.

Beim Blumenstand am Sloane Square hatte er ihr einen großen Strauß von irgendetwas Exotischem, im Treibhaus gezogenen, angeboten – Orchideen? irgendeine glamouröse Lilienart? –, und dann hatte er ihr Gesicht gesehen und stattdessen Veilchen gekauft. Als sie unter sich waren, sagte sie: »Danke. Die anderen waren irgendwie –« Ihr lag »mätressenhaft« auf der Zunge, aber sie wollte das Wort nicht einmal denken, möge Gott ihr verzeihen. Er nahm ihren Arm, und als ein Passant zu ihnen herübersah, dachte sie: *Ich schätze, in der Öffentlichkeit werden wir nie wirklich unter uns sein.*

Er sagte: »So sehe ich dich nicht. Als etwas Teures, Exotisches, das ich herumzeigen kann. Das ist es nicht – überhaupt nicht.«

Wenn Iris nicht wäre, dachte sie, *was für einen wilden Spaß würde ich mir daraus machen. Ich würde mich einen feuchten Kehricht um alle scheren, würde ihn einfach lieben und überall mit ihm hingehen und mich mit jedem anlegen, der uns kritisiert oder komisch ansieht, und Regeln brechen und einen Riesenspaß haben – ich würde zu ihm nach Hause gehen und er zu mir, und es wäre alles egal, weil unsere Liebe rein ist, ganz gleich, was die anderen denken.*

Aber ich muss es ihm bald sagen. Ich muss das regeln.

Sie hatte Angst. Sie war es nicht gewohnt, Angst zu haben. Sie war nicht so erzogen worden.

Nun, was ist das Schlimmste, was passieren kann? Er verlässt mich, und das war's, als wäre nie etwas geschehen. Also sollte ich es besser bald tun. Aber die Vorstellung, dass er sie verlassen könnte – *Nein. Ich habe das verdient,* dachte sie. *Ich habe ihn schon zweimal verloren. Ich will nicht, dass es aufhört. Ich will ihn behalten. Ich will ihn.* Dieser Teil war erschreckend einfach.

»Du wirst ein Hausmädchen brauchen«, sagte er, als er die Tür aufschloss, und sie lächelte über seine Vorstellung von Notwendigkeit. Sie dachte an Reginalds älteste Tochter, Rebecca – aber wie könnte sie ein anderes Mädchen hierherbringen, wenn Iris nicht kommen konnte? Einen verrückten, kurzen Augenblick lang dachte sie: *Ich bringe Iris mit, tue so, als wäre sie mein Hausmädchen, dann kann sie hier leben, in diesem Sonnenlicht –*

Dann: *Ach, Mabel.*

»Ich denke darüber nach«, sagte sie, aber sie pflegte die Räume selbst. So war es ihr lieber; es war so wohltuend, allein zu sein. Außerdem würde sie mit einem anderen Menschen auch die Wirklichkeit hierherbringen.

Nachdem er gegangen war, betrachtete sie ihr Reich. Es gab kaum Möbel. *Wir könnten alle ein eigenes Zimmer haben,* dachte sie. *Mama das gemütliche, Iris das sonnige, sie könnte sich einen kleinen Schreibtisch dorthin stellen und ihre Kleider richtig aufhängen – und ich das hier …* »Das hier« war klein, aber an der Ecke gelegen, mit einem Fenster nach Süden und einem nach Westen, einem Kamin, der von gemeißelten Blätterranken und Säulen umrahmt war, und einem passenden Spiegel darüber. Und alles so sauber.

Sie stellte einen kleinen Tisch vor eines der Fenster und darauf eine Vase mit den Veilchen und legte sich aufs Bett und weinte.

»Ich wusste es!«, rief Riley.

Sie saßen am Ufer, rauchten und ließen ihre Schultern leuchten wie Elfenbein, während das Gras ihre Knie kitzelte. Eine kleine Libelle setzte sich immer wieder auf Rileys Zeh, wenn er ihn aus dem Wasser hob. Sie erinnerte ihn an Nadine und an das »Fädchen blau« aus dem Gedicht von Rossetti.

»Nein, das wusstest du nicht«, sagte Peter. »Wie könntest du das wissen? Was meinst du damit?«

»Ich wusste es schon 1918«, sagte Riley. »Sie war so – bezaubernd. Tolle Augen.« Sie hatte damals im Turquoisine an der Bar gearbeitet. Er hatte sie gebeten, Peter zu sagen, er sei gekommen, um ihn nach Hause zu bringen, und da hatte etwas in ihrem Blick gelegen – er sah es wieder vor sich, wie ein Schleier, der sich darüberlegte, ein Ausdruck von Verlust, erwartet und akzeptiert, ja sogar verdient, als wüsste sie, dass sie das, was sie sich wünschte, nicht haben durfte. Was hatte sie noch gesagt, über Peter oder zu Peter? Er konnte sich nicht mehr an ihre Worte erinnern. Etwas, das Vertrautheit erkennen ließ. Aber er wusste noch genau, was sie zu ihm gesagt hatte, damals, als seine Wunden noch frisch und seine Stimme noch auf Krücken gewesen war. Er hatte seinen Schal heruntergezogen, um zu sprechen – oder eher zu krächzen –, und diese wunderschöne Frau hatte ihm in die Augen gesehen und gesagt: »Du bist trotzdem süß.« So was vergaß ein Mann nicht.

»Ach, Unsinn«, sagte Peter, aber er strahlte ein wenig bei dieser Beschreibung von ihr.

»Nein, kein Unsinn.« Riley lächelte. »Und dann hast du mir später noch mal von ihr erzählt, 1919 oder so. Da warst du wieder mit ihr zusammen.«

»Ein paar Monate, nachdem … nachdem Julia weggegangen war«, sagte Peter. »Da habe ich sie enttäuscht. Der Alkohol, mal wieder. Ich weiß, du denkst jetzt, eine Frau wie sie sollte damit rechnen, enttäuscht zu werden, aber –«

»So eine Frau ist sie nicht«, sagte Riley.

»Nein, das ist sie nicht. Da hast du vollkommen recht.«

Schweigen breitete sich zwischen ihnen aus, vertraut und offen.

»Deshalb überlege ich jetzt«, sagte Peter.

Riley schnaubte.

»Nichts daran ist normal!«, rief Peter aus. »Es geht nicht um Tennis und Tanzen, wir sind keine zweiundzwanzig mehr, ich kenne ihre Familie nicht, ich weiß nicht mal, ob sie Familie hat. Wir leben praktisch zusammen, Riley! Nur dass sie nicht richtig will. Zwei Nächte pro Woche ist es, als wären wir verheiratet. Die restliche Zeit darf ich mich nach Locke Hill verziehen. Zu viel Arbeit, sagt sie – tagsüber im Geschäft, abends die Auftritte. Wenn es irgendeine andere Arbeit wäre, würde ich natürlich dafür sorgen, dass sie damit aufhört, aber es ist die Musik, ihre Leidenschaft. Ich würde jeden Abend hingehen und ihr zuhören, aber das will sie nicht. Sie sagt, die Leute hätten mich bemerkt und es würde schon geredet. Ich war noch nicht mal da, wo sie – wo sie wirklich wohnt.«

Riley ließ den Blick schweifen.

»Ehemann?«, sagte er. »Freund?« Er sah plötzlich vor sich, wie Peter von einem kräftigen eifersüchtigen Jazzmusiker zusammengeschlagen wurde. *Der gute Peter, trotz allem so unschuldig.* »Jemand, der sie aushält?«

»Nein«, sagte Peter. »Das glaube ich nicht. Sie ist – ehrlich, weißt du. Und stolz. Sie hat keinen Penny, aber sie will auch so gut wie nichts annehmen.«

Mit diesen Dingen kannte Riley sich nicht aus. Er war aus

dem Krieg direkt in Nadines Arme gegangen, hatte immer nur Nadine gehabt, die er und die ihn verstehen musste, und sie war verdammt gut im Verstehen … Kurz erwog er, Peter zu sagen, er solle mit Nadine darüber sprechen – nein, lieber nicht. Die Sache war ein wenig heikel. Aber wenn Nadine es wüsste, was würde sie dann sagen? Sie würde sagen, wenn du nicht weißt, was du tun sollst, besorg dir mehr Informationen. Was bedeutete, eine Stufe weiterzugehen.

Peter lehnte sich zurück, stützte den Ellbogen auf, ein Knie angewinkelt, die Zigarette lässig in einer Hand. Als Riley ihn so vor dem leuchtenden Grün der Wiese sah, musste er an den Morgen von Julias Tod denken, als Peter genau so neben Julias Leichnam gesessen hatte, unten auf dem gefrorenen Rasen, den Kragen seines Uniformmantels hochgeschlagen, ebenfalls eine Zigarette in der Hand.

Riley biss sich auf die rekonstruierte Unterlippe und stieß einen großen Seufzer aus. *Ich habe noch nie einen Mann gesehen, der es mehr verdient hätte, glücklich zu sein*, dachte er.

»Hast du irgendwem davon erzählt?«, fragte er. »Rose? Den Kindern?«

»Großer Gott, nein.«

»Dann lässt du am besten erst mal alles, wie es ist«, sagte Riley. »Warte ab, was passiert.«

»Aber …«, sagte Peter, und Riley sah ihn an.

»Aber was?«

»Ich will mehr«, sagte Peter schlicht.

»Dann musst du eine Stufe weitergehen.«

»Wie?«

»Besorg dir mehr Informationen«, sagte Riley. »Rede mit ihr.«

»Was, soll ich sie etwa fragen?«, sagte Peter entgeistert.

»Na ja, einen Detektiv würde ich nicht anheuern«, gab Riley mit einem Seitenblick zurück und sprang wieder ins Wasser.

7. KAPITEL

London, Juli 1932

EIN PAAR WOCHEN SPÄTER saßen Nadine und ihre Familie beim Essen im Garten in der Bayswater Road, beschienen vom klaren Licht der Abendsonne, London hinter der rußgeschwärzten Mauer. Es war Toms erster Ferientag. Rose hatte sich zu ihnen gesellt, mit strenger, aber fröhlicher Miene und mit einem leichten Geruch nach Karbolseife, und Kitty durfte länger aufbleiben, um beim Essen der Erwachsenen dabei sein zu können. Es gab Shepherd's Pie, eigentlich zu schwer für das Wetter, aber es war Rileys Lieblingsessen. Tom beschwerte sich über seine Badehose. Die Hausmutter hatte Nadine während des Schulhalbjahrs geschrieben, dass das Gummi – oder die ganze Badehose – ersetzt werden musste. Doch es war nichts unternommen worden, und nun war es Juli. Die alte fiel fast auseinander, und Tom wollte wissen, ob er etwa ohne anständige Badehose nach Italien fahren sollte? Und überhaupt, wann sollte es losgehen? Er hatte nämlich Pläne …

Nadine wappnete sich ein wenig und sagte, ohne von ihrem Teller aufzublicken: »Wir fahren dieses Jahr nicht nach Italien.«

»Nicht?« Riley sah sie überrascht an. »Warum das denn?«

»Aber warum?«, fragte Tom entgeistert.

»Es ist doch schön, zur Abwechslung mal in England Urlaub zu machen«, sagte Nadine leichthin. »Mit Riley.« Sie hoffte inständig, dass Tom nicht zu viel Theater machen würde.

»Was ist mit meinem Polenta-Nachschub?«, fragte Riley fröhlich. Nadine warf ihm einen Blick zu und sagte: »Würdest du nicht lieber einen richtigen Familienurlaub haben als Polenta? Ich dachte, wir könnten zur Abwechslung mal nach Locke Hill fahren.«

Tom schwieg. Nadine sah, was dieser Vorschlag für ihn bedeutete, und es tat ihr leid. Als sie seine Miene sah, dachte sie: *Er kann Peter immer noch nicht leiden* – und das machte sie wieder traurig. Sie erinnerte sich, wie Riley einmal zu Tom gesagt hatte: »Ich wünschte, du hättest deinen Vater gekannt, bevor der Krieg ihn zu dem gemacht hat, was er jetzt ist«, und Tom hatte pampig entgegnet: »Habe ich aber nicht.« Doch das war lange her. *Hat sich denn nichts geändert?*

Wenn sich etwas geändert hatte, dann nicht genug. Der trotzige Zug um Toms Mund sagte alles: Er hatte nach wie vor kein Interesse an seinem Vater. *Natürlich*, dachte sie, *erwartet niemand von einem Jungen in dem Alter, dass er sagt, er liebt seinen Vater, aber er sollte es zumindest empfinden.* Sie fragte sich, ob Tom das bewusst war und er sich deswegen vielleicht unbewusst ein wenig schämte. Auf jeden Fall sagte seine Miene klar und deutlich: »Warum um alles in der Welt sollten wir nach Locke Hill fahren, wo wir zu Weihnachten und Ostern sowieso immer hinmüssen, wenn wir in Rom und am See sein könnten?«

»Riley könnte doch mit nach Italien kommen«, sagte Tom und blickte mit seinen blauen Augen zum Himmel. »Sie würden sich freuen, wenn er mitkäme.«

»Du weißt doch, dass er nicht reisen mag«, sagte Nadine, und über Rileys Gesicht huschte ein trauriger Schatten. Tom sah ihn an, und einen Moment lang saß Einschränkung mit ihnen am Tisch. Was Rose natürlich bemerkte.

»Ich hoffe, ich werde eines Tages mitkommen«, sagte Riley fast entschuldigend, und Nadine war plötzlich zum Weinen zumute.

Kitty sagte: »Ist doch schön, bei Daddy zu sein. Locke Hill ist toll, und da können wir reiten.«

»Ich kümmere mich um deine Badehose, Tom«, sagte Nadine nach kurzem Schweigen. »Der Fluss führt dieses Jahr viel Wasser. Und du weißt ja, es ist dein Zuhause.«

»Ich komme auch mit«, sagte Rose. »Ich habe mir Urlaub genommen. Meine armen Patienten haben alle gesagt, dass sie zwei Wochen ohne mich auskommen. Sie haben mir versprochen, nicht zu sterben und keine kranken Kinder zu haben.«

»Ich liebe Tante Rose«, sagte Kitty verträumt. Rose warf ihr einen Seitenblick zu und grinste.

»Ich verstehe das nicht«, sagte Tom, der sich von allen im Stich gelassen fühlte. »Warum sollen wir auf einmal nicht nach Italien fahren? Das haben wir doch immer gemacht.«

»Vier Mal«, sagte Nadine. »Es ist keine lebenslange Tradition.«

»Sollte es aber sein«, entgegnete Tom. »Schließlich sind sie unsere –« Und da fiel ihm natürlich wieder ein, dass sie eben nicht »unsere Verwandten« waren, wie er eigentlich sagen wollte. Er runzelte die Stirn.

»Natürlich sind sie das«, sagte Nadine. »Wir fahren nur dieses Jahr nicht hin. Das ist alles.«

»Dann fahre ich eben allein«, sagte Tom. »Wenn keiner von euch mitkommen will. Ich bin alt genug. Wenn ich alt genug bin, um seit Jahren woanders zur Schule zu gehen, dann bin ich auch alt genug, um nach Italien zu fahren.«

Riley warf ihm einen Blick zu.

Wütend versank Tom in Grübelei.

Riley hatte noch zu arbeiten, und so blieben Nadine und Rose allein neben den schimmernden weißen Rosen in der Dämmerung sitzen, tranken ein wenig Wein und unterhielten sich.

»Was war denn da los?«, fragte Rose beiläufig.

Nadine warf ihr einen Blick zu. Rose konnte man nichts verheimlichen. Sie wusste, dass sie es erklären musste, sie überlegte nur noch, wie sie es formulieren sollte.

»Magst du sie nicht mehr?«, fragte Rose mit freundschaftlicher Neugier.

»Oh nein, das ist es nicht«, stieß Nadine aus. »Ich wollte nur, dass sie zur Abwechslung mal hierherkommen, aber das ging offenbar nicht, und jetzt ist es schon ziemlich spät, und ich finde, wir sollten die Ferien zusammen verbringen, als Familie, mit Riley. Es war egoistisch von uns, ohne ihn herumzureisen ...« Sie verstummte. Sie hatte zu viel erklärt und dadurch verraten, dass sie nicht den wahren Grund genannt hatte. Denn natürlich gab es da den anderen Grund, neben Freundlichkeit und selbstverständlicher Gastfreundschaft, warum Nadine versucht hatte, die Familie Fiore nach London zu locken. Doch Aldos Ablehnung – aus dem absolut nachvollziehbaren Grund, dass sie zu viele waren – und sein Beharren darauf, dass sie und die Kinder »wie immer« nach Rom kommen sollten, hatte bedeutet, dass sie eine andere Entscheidung treffen musste.

Der wahre Grund war die Fotografie vom Duce. Nadine war keine politische Frau – sie zeichnete, sie malte, sie kümmerte sich um die Kinder und um Riley. Wenn überhaupt, dann interessierten sie sozialpolitische Themen, wie sie Rose in ihrer Praxis begegneten; sie half ihr bei ihren Kampagnen für eine staatliche Gesundheitsversorgung, Ausbildung und Frauen und diskutierte mit ihr über alles Mögliche. Sie hatten in der Praxis einen wöchentlichen Malkurs für Kinder eingerichtet, den Nadine leitete, und hofften, das auch in anderen Praxen in ärmeren Gegenden einführen zu können. Das war Nadines »Politik« ... Aber sie erkannte, dass der Duce trotz all seiner sozialpolitischen Projekte nicht ihre Art von Politiker war. Sie wusste, dass Riley mit seiner sozialistischen Einstellung und seinem klarsichtigen, humorvollen Idealismus und Aldo sehr schnell in eine politische Diskussion geraten und unterschiedlicher Meinung sein würden. Doch wenn Aldo nach London käme, glaubte sie, wäre es nicht so dramatisch.

»Und ich glaube, Aldo und Riley würden nicht gut miteinander auskommen«, sagte sie.

Rose hob eine Augenbraue.

»Politisch, meine ich«, sagte Nadine.

»Aber Riley würde doch nicht mitkommen«, sagte Rose. »Warum fährst du nicht wie sonst auch, allein mit den Kindern?«

Weil ich kurz davor bin, Riley wegen Aldo anzulügen, dachte Nadine. *Schon jetzt verschweige ich ihm die Wahrheit.*

»Es ist ein bisschen komplizierter«, sagte sie. Sie wollte es Rose auch nicht erzählen. *Gerade darum solltest du es tun. Los! Spuck's aus!*

Sie holte tief Luft. »Aldo ist ganz begeistert von Mussolini«, sagte sie. »Ich habe Riley nichts davon erzählt, weil es ihm nicht gefallen würde.«

»Ah.« Rose überlegte einen Moment. »Ich verstehe. Hast du Angst, dass Riley nicht will, dass du mit ihm befreundet bist und die Kinder unter seinen Einfluss geraten?«

»Ich –«, begann Nadine und verstummte dann.

Nach allem, was sie und Riley bereits durchgemacht hatten, weil sie nicht ehrlich zueinander gewesen waren – damals während des Krieges, als er wegen seines Gesichts gelogen und sich von ihr getrennt hatte, um sie zu beschützen, was ihnen beiden fast das Herz gebrochen hatte –, war es für sie einfach unvorstellbar, ihm etwas zu verschweigen. Also blieb ihr nichts anderes übrig, als sich von ihrem Cousin fernzuhalten. Sie konnte Aldo weiter schreiben, und sie konnten wohlgesinnte Verwandte bleiben, auf Abstand. Sie musste niemandes Gefühle verletzen, weder die der Kinder noch Susannas noch die der Männer. Schließlich waren sie nur vier Sommer dort zu Besuch gewesen! Es war ja nicht so, als würde sie den Kindern eine lebenslange Freude wegnehmen. Was sie tat, war nur vernünftig.

Ich muss daraus ja keine große Sache machen, sagte sie sich. *Der Duce ist wahrscheinlich schrecklich, aber die Leute dort scheinen ihn wirklich zu mögen, und man will ja nicht immer gleich alles abwerten.*

»Nein«, sagte sie. »Es kommt mir so vor, als würde ich Riley anlügen, und das möchte ich einfach nicht mehr.«

Das verstand Rose sehr gut. Sie hatte ihr erstes großes Missverständnis aus nächster Nähe mitbekommen, als sie Rileys Krankenschwester gewesen war. Sie hatte Nadines Briefe lesen müssen und auch ein paar von seinen.

»Ist es nicht unehrlich, wenn du ihm nicht sagst, warum?«

»Ich will niemanden verletzen …«, sagte Nadine. »Und Tom sage ich ja auch nicht den wahren Grund.«

»Das ist etwas anderes«, sagte Rose. »Man sollte Kindern nicht alles erzählen. Sie sind dem nicht gewachsen.«

Nadine war verstimmt. Sie mochte ihre italienischen Verwandten so gerne! Aber natürlich konnte sie um Rileys willen auf Aldo verzichten. Es würde das Beste sein. *Lass es einfach einschlafen, dann brauchst du Riley nie wieder anzulügen.*

Riley anlügen! Sie lachte. Nie, nie wieder.

Riley lag im Bett und las irgendetwas von George Orwell. Nadine war froh, dass sie mit Rose gesprochen hatte, weil sie sich mit diesen Dingen im Kopf ihm gegenüber irgendwie nackt gefühlt hätte, so gut, wie er immer ihre Gedanken lesen konnte. Er blickte auf, als sie hereinkam.

»Geht's Rose gut?«, fragte er.

»Hmm«, sagte sie.

»Geht's dir gut?«

»Lieb dich«, sagte sie, zog ihren Morgenmantel aus und setzte sich. Manchmal übernahm sie, ohne es zu merken, die Kurzsprache, die er sich wegen seines beschädigten Mundes angewöhnt hatte.

»Was, immer noch?«, fragte er mit gespielter Überraschung.

»Immer noch«, sagte sie.

Am nächsten Nachmittag verkündete Tom Nadine, dass er Nenna geschrieben und sie eingeladen hatte, zu ihnen zu kommen. Er verzog dabei keine Miene.

»Sie kann mit uns nach Locke Hill fahren«, sagte er. »Und London wird ihr bestimmt gefallen. Wir können weiter unsere Sprachen üben. Es wäre ein Jammer, das Gelernte zu vernachlässigen.«

Wo um alles in der Welt hat er die Ausdrucksweise her?, dachte Nadine. Wahrscheinlich hatte er es bei einem Lehrer aufgeschnappt und sich gedacht, dass es gut ankommen würde. Sie sah ihn volle zwanzig Sekunden lang an.

Mit treuherzigem Blick sagte er: »Ich habe den Brief schon abgeschickt. Es wäre schrecklich unhöflich, eine Einladung zurückzunehmen.«

Sie klopfte mit den Fingerspitzen auf ihren Schreibtisch. »Du bist ein ganz schön ausgekochtes Früchtchen.«

Sie sah ihm an, dass er überlegte, in welche Richtung es nun gehen würde.

»Es ist eine gute Idee«, sagte sie. »Aber du hättest vorher fragen sollen.«

»Du sagst doch nicht nein, oder?«

»Nun, das hängt davon ab, ob du vorhast, weiter so manipulativ und anmaßend zu sein.«

»Das war ich nicht!«, rief er. »Ich war großzügig und gastfreundlich.«

»Ihr gegenüber, ja. Aber sonst nicht. Mir gegenüber warst du – was ich gesagt habe.« Sie wollte die Worte nicht wiederholen. Sie waren so stark.

»Das war nicht meine Absicht«, sagte er.

»Wenn du guten Glaubens gehandelt hättest, hättest du vorher gefragt. In dieser Familie gibt es keinen Grund, manipulativ zu sein.«

Er war ein wenig geknickt. Sie trat auf ihn zu, nahm sein Gesicht in ihre Hände und hob es an. Er war genauso groß wie sie – einsfünfundsechzig – und furchtbar dünn. Leuchtend blaue Augen – Julias Augen, Peters Körperbau. Sie musste die Kraft in ihm stärken, die weder seine Mutter noch sein Vater ihm hatten geben können. *Möge der Himmel verhindern, dass er jemals durchmachen muss, was sie durchmachen mussten. Und möge der Himmel ihn, selbst wenn alles gut läuft, vor der Schwäche seines Vaters und der Eitelkeit seiner Mutter bewahren.*

»Ich werde darüber nachdenken«, sagte sie, »und ich werde mit Riley und Peter darüber sprechen, schließlich können wir ihnen nicht einfach Gäste aufhalsen. Und während ich das tue, wirst du dich hinsetzen und einen Brief verfassen, der die Einladung zurücknimmt, für den Fall, dass wir ihn brauchen.«

Meine Güte, wie hart ich bin. Ist das richtig?

Ja. Obwohl ein Teil von ihr wünschte, sie hätte einfach gesagt: »Ach, du Dummkopf, natürlich kann sie kommen«, und ihm durch das weißblonde Haar gestrubbelt.

»Das würdest du nicht tun«, sagte er entgeistert. »Das kannst du nicht.«

»Ich ziehe alles in Erwägung«, sagte sie und bedachte ihn mit einem Blick, der ihm, wie sie hoffte, deutlich zu verstehen gab, dass er genau das auch hätte tun sollen.

Dabei dachte sie innerlich: *Was für eine großartige Idee!* Eine wunderbare Lösung. Und Kitty würde sich bestimmt auch darüber freuen.

Nadine war schwanger. Sie hatte es niemandem gesagt, nicht einmal Riley, nicht einmal Rose. Es hatte sie vollkommen überrascht, und sie wagte noch kaum, daran zu glauben. Sie hielt es in ihrem Herzen.

Die Schule brachte Kitty um, aber niemand bemerkte es. Schon wenige Wochen nach ihrer Ankunft dort war alles, was sie an sich mochte – ihre Fröhlichkeit, ihr Witz, ihre Warmherzigkeit und Intelligenz –, von großen Mädchen mit Hockeyröcken, Haaren voller Haarspray und einer Privatsprache verspottet und in den Dreck gezogen worden. Ihr wurde sehr schnell klar, dass sie in der Welt, in der sie jetzt lebte, nichts galt. Sie nahm dieses Urteil mit kleinlauter Gefügigkeit hin, was ihr das Gefühl gab, es wäre ihre eigene Schuld. Jeden Nachmittag auf dem Heimweg kaufte sie sich Apfeltaschen und aß sie im Park unter den ausladenden Platanen, der Zucker auf ihren Lippen ein Trost. Sie sehnte sich nach dem behüteten Dasein an ihrer kleinen Grundschule zurück, wo außer ihr nur acht Mädchen gewesen waren und dazu die gute Miss Jenkinson, deren Liebling sie gewesen war; ein Dasein voller Geschichten von Dickens, Museumsbesuchen und heiteren Scherzen, Tee und Zimttoast in dem kleinen Wohnzimmer, und alles wurde in dem Tempo durchgenommen, das ihnen entsprach, was eher gemütlich war. Jetzt war die Schule hart und schnell, von den gebohnerten Böden über die Sprache bis hin zu den Erwartungen. Kitty war zwar pummelig, aber gelenkig, sie konnte Spagat und Brücke, doch das bemerkte die Sportlehrerin nicht. Sie hatte keine Kondition. Einmal fing sie beim Lacrosse den Ball und freute sich so darüber, dass sie vergaß, ihn weiterzugeben. »Spiel ab, Mädchen, spiel ab!«, rief Miss Calthorpe, und Kitty wäre am liebsten gestorben. Keine Aussichten auf die bunten Stoffgürtel, die sportlichen Erfolg und gesellschaftliche Anerkennung bedeuteten. Keine Aussicht auf den Rang, den ihr eine schlanke Taille und eine unkomplizierte Art verschafft hätten. Sie landete in der Schublade »Bücherwurm«, und zwar in einer Welt, in der das eine Beleidigung war. Sie war kurz und hatte einen ebensolchen Hals. Ihre Freunde waren Sidney Carton, Jane Eyre und Apfeltaschen. Sie mochte die äußere Welt nicht mehr. Die Ferien würden eine wunderbare Erholung sein, und die Neuigkeit, dass Nenna kommen würde, war wie ein Lichtstrahl an einem dunklen Himmel.

Als sie sie alle zusammen vom Bahnhof abholten, sagte Kitty zu ihr etwas von der Art, wie es die Mädchen in der Schule sagten: »Du bist am wärmsten Tag des Jahres gekommen, ist das nicht toll?« Aber sie spürte, dass es trotzdem falsch war.

Außerdem trug Nenna einen Pullover. »Extra für hier gekauft«, sagte sie zu Tom, verdrehte die Augen und zitterte. »*Estate!* Euer wärmster Tag! *Dio mio …*«

Tom erwiderte mit ernster Miene: »Keine Sorge, ich habe Pluvius, den Regengott, gebeten, dir ein wahrhaft englisches Wetter zu bieten«, woraufhin Nenna den Kragen des Pullovers fest um ihren Hals zog, die Augen verdrehte und sagte: »Dann bring mir bitte einen großen englischen Schirm, damit ich Pluvius meine Aufwartung machen kann.«

Kitty verfolgte das Ganze und verstand nichts. Und das war erst der Anfang.

Es war Tom, der Nenna herumführte und ihr alles zeigte. Kitty war zu jung. *Das wird auf meinem Grabstein stehen*, dachte sie. *Selbst wenn ich erst mit hundert sterbe, werde ich immer noch jünger sein als Tom, und obendrein ein Mädchen.*

»Habt ihr einen schönen Tag gehabt?«, fragte Nadine abends beim Essen, und dann kicherten Tom und Nenna – sie kicherten!

»Heute«, sagte Nenna, »habe ich alle Londoner Sehenswürdigkeiten den römischen zugeordnet: St. Paul's ist der Petersdom. Trafalgar Square ist die Piazza Navona. Eure Themse ist natürlich mein Tiber, aber ihr habt leider keine Insel. Marble Arch ist der Arco di Tito, Buckingham Palace ist das Vittoriano …«

»Die Schreibmaschine«, sagte Tom grinsend, und Nenna bedachte ihn mit einem tadelnden Blick, dem jedoch anzusehen war, dass sie die Bemerkung lustig fand.

»Der Tower of London ist das Castel Sant'Angelo, nur der Engel ist zum Piccadilly Circus geflogen …«

Kitty begann sie zu hassen. Es war eine clevere und witzige Art, eine neue Stadt kennenzulernen. Aber sie war sicher, dass sie noch mehr Spaß hatten. Sie gierte nach dem, was sie ihrer Überzeugung nach hatten.

Und es war Tom, der Nenna Riley vorstellte. Kitty hatte gedacht, weil man dafür nicht rausgehen musste, würde das vielleicht ihr gestattet sein – aber nein. Sie brachte es nicht über sich, um Dinge zu kämpfen. Sie kannte die Antwort bereits – nein, du bist zu jung, du bist ein Mädchen, du bist zu dick –, und anstatt das Risiko einzugehen, die Worte zu hören oder den Blick in den Augen der anderen zu sehen, gewöhnte sie sich an, die Fragen selbst zu beantworten, ohne sie überhaupt zu stellen, und so blieb sie zurück.

Als die lang erwartete Begegnung dann endlich stattfand, wurde sie eine Enttäuschung. Riley war wegen der Arbeit ein paar Tage weg gewesen, und der Zeitpunkt war ungünstig. Er war erschöpft, als er nach Hause kam, Tom schob ihm Nenna regelrecht vor die Nase, und dann geriet das Ganze sehr förmlich. Riley sagte: »Sehr erfreut«, und Nenna konnte sich nicht erinnern, was man darauf erwiderte. Sie wirkte ungewohnt schüchtern und erschrak über sein Gesicht, obwohl sie vorgewarnt worden war. Kitty, die die Szene beobachtete, war überrascht. Nach den letzten Tagen hatte sie gedacht, Nenna hätte alles im Griff.

Und dann gab es eine peinliche Situation, als Riley nach einem kurzen Moment höflicher Aufmerksamkeit mit seiner Tasche vorbeiwollte und Nenna im Weg stand. Noch während Riley die Treppe hinaufging, fragte Tom bereits: »Wie findest du ihn? Wie findest du ihn?« Aber natürlich hatte Nenna keine Antwort darauf.

»Ich weiß nicht«, sagte sie. »Ich habe ihn ja gerade erst kennengelernt.«

Kitty sah, dass Tom frustriert war; er wollte, dass die beiden sich gernhatten. Oder einander bewunderten. Oder ihn bewunderten, weil der andere ihn gernhatte. Kitty wollte das auch, soweit sie sich überhaupt eingestehen konnte, dass sie etwas wollte. Warum konnte es nicht unmittelbar da sein, wie elektrischer Strom? Auf den Schalter drücken, und schon leuchtete es auf? Sie wollte, dass Tom bekam, was er wollte.

Tom ging mit Nenna zu Rose, und sie fand es seltsam und beängstigend, dass eine Frau Ärztin sein konnte, aber irgendwie auch wunderbar. Nach der Begegnung war sie sehr still, sehr in Gedanken. Es war auch Tom, der mit ihr in den Park ging, ihr die Statue von Peter Pan zeigte (»Er spricht nicht«) und die Enten auf dem Round Pond, die artenreicher und schlauer waren als die Bauernhofenten am See. Und er zeigte ihr auch die italienischen Bilder in der National Gallery und berichtete hinterher, dass sie gesagt hatte: »Wir haben euch erobert, also ist es vielleicht gerecht.«

Kitty büffelte während all dieser Ausflüge Französisch und Mathematik, um das Schuljahr nicht wiederholen zu müssen.

Nadine ging nach Soho, um spezielle italienische Lebensmittel zu kaufen, die Nenna schmecken würden. Abends saßen sie zusammen. Kitty beobachtete sie und dachte: *Nenna sieht aus wie Nadine.* Sie musterte sie genauer. Nadine war schlanker und spitzer, Nenna kräftiger und heller. Aber sie hatten dieselben ausgeprägten Wangenknochen, dieselben bernsteinfarbenen Augen und denselben südländischen Teint. Mit einem leichten Stich bemerkte sie, dass sogar ihre Augenbrauen dieselben waren. Ein paar Tage später unterhielt sich im Park eine Frau – offenbar eine Freundin – mit Nadine, und sie sagte: »Oh, ist das deine Tochter?« Kitty blickte erfreut auf, weil sie das immer gerne hörte, doch die Frau sah Nenna an, und alle strahlten und lachten. Wieder betrachtete Kitty Nenna und Nadine zusammen, und ein dünner Eisfilm schloss sich um ihr Herz. *Ich sehe nicht aus wie sie. Ich habe schweinchenrosa Wangen. Ich sehe aus wie eine blöde Tasse Milch mit roten Flecken darin. Ich sehe aus wie ein Grießpudding. Sie sehen aus wie Zypressen und Oliven und magere Katzen.*

Als sie nach Locke Hill fuhren, wurde es für Kitty leichter, etwas mit den anderen zusammen zu unternehmen. Sie brachte es nicht fertig, es nicht zu tun, obwohl ihre Position demütigend war. Trotzdem war es Tom, der Nenna ihren Vater vorstellte, *dabei kann er Daddy nicht mal leiden!* Peter war charmant zu Nenna, und Kitty sah an Nennas überraschtem kurzem Blick zu Tom, dass sie vorher über Peter gesprochen hatten, und dass Tom sich über ihn beschwert hatte, und dass Nenna gleich sagen würde: »Aber er ist doch sehr nett, dein Peter«. Und dann würden die beiden sich leise und vertraulich über ihren Vater unterhalten, und ihr würden sie sagen, dass sie weggehen sollte.

Und dann zeigte Tom Nenna sein Flugzeug, das deutsche Gespenst aus dem Krieg, dessen metallenes Skelett immer noch im Wald lag und lautlos auseinanderfiel. Sie kletterten in die rostigen Löcher, und er sagte, Nenna würde einen hervorragenden Heckschützen abgeben und erlaubte ihr, sich auf den Pilotensitz zu setzen. An dem Punkt lief Kitty durch den Wald nach Hause, und ihre Demütigung wurde noch gesteigert durch das Wissen, dass Weglaufen eine dumme, unreife Reaktion war.

Später an dem Nachmittag fing Nenna, die nett sein wollte, ein Gespräch mit Kitty an, setzte sich mit ihr aufs Sofa und fragte sie nach der Schule und ihren Freundinnen. Sie sagte viele reizende Sachen, aber sie sagte auch: »Wenn du dick bist, bewegst du dich weniger, glaube ich, und vielleicht auch im Kopf.« Kitty wusste, dass sie es nicht böse meinte. Nenna würde niemals mit Absicht etwas so Unfreundliches sagen. Es lag sicher an der fremden Sprache, an einer ungeschickten Übersetzung. Aber wer beachtete schon ein Mädchen, das immer nur las und weglief wie ein Baby und langweilig war? *Aber selbst wenn ich amüsant wäre, würde es niemand merken ...* Und wenn sich niemand für ein Mädchen interessierte, was konnte es dann schon anderes tun als lesen? Was Nenna sagte, fühlte sich wahr an, und das war das Härteste.

Nenna war nicht dick. Sie bewegte sich, mit ihrem Körper und in ihrem Kopf. Sie schlug Tom beim Tennis und lief schneller als er. Sie war eine regelrechte Amazone mit ihrem kräftigen Haar und den langen Beinen in kurzen Hosen. Sie sah aus wie diese flachen Frauenfiguren, die Nadine so mochte, von dem Bildhauer Eric Gill. Heldenhaft und jungfräulich, mit gleichen Rechten in der Welt wie die Jungen. Sie schwammen im Fluss, und unter Wasser waren Nennas Haare wie Algen. Sie und Riley vergaßen ihre erste etwas unglückliche Begegnung, und sie brachte ihn zum Lachen. Sie war hübsch und klug und in jeder Hinsicht besser als

Kitty. Natürlich würden sie sie viel lieber haben als ihre Tochter, ihre Schwester.

Kitty lag an ihrem Lieblingsplatz unter dem Flügel in Locke Hill, mit einem Agatha Christie und einer Tasche voll Rosinen und Nüssen, die sie aus dem Vorratsschrank gestohlen hatte, obwohl Mrs Joyce sie ihr vermutlich gegeben hätte, wenn sie gefragt hätte. Aber sie wollte nicht fragen.

Nadine war an dem Tag nicht aus dem Bett aufgestanden. *Passt gar nicht zu ihr*, dachte Kitty. Sie hörte Riley hin und her laufen; ab und zu kam er ins Wohnzimmer, um etwas zu Peter zu sagen. Offenbar war der Arzt auf dem Weg. Sie spähte aus ihrem Versteck: Sein Gesichtsausdruck war angespannt und fremd. Sie atmete langsamer. Sie wollte nicht lauschen.

»Denkst du manchmal noch an sie?«, fragte Riley unvermittelt, während er im Raum umherging. Die Terrassentüren standen offen, weil es ein milder Morgen war, aber er schien das Haus nicht verlassen oder auch nur über die Schwelle in den Garten treten zu wollen.

Peter starrte vom Sofa hinauf in die Ecke, wo die Wände auf die Decke trafen.

»Julia?«, sagte er, und Kitty erstarrte. Sie konnte sich nicht erinnern, den Namen ihrer Mutter je aus dem Mund ihres Vaters gehört zu haben.

»Ja«, sagte Riley.

»Nein«, sagte Peter nach kurzem Schweigen. »Oder nur ganz selten. Das ist alles eingeschlafen. Sie sind alle tot, Ende der Geschichte. Sie sind in einem anderen Land, und ich muss sie dort lassen.«

»Gut«, sagte Riley. »Und das hier weckt keine –« Er machte eine vage Handbewegung.

»Nein«, sagte Peter milde. »Überraschenderweise nicht.«

Kitty kniff die Augen zu. Sie wusste nicht, wovon sie sprachen.

»Und wie geht es Mabel?«

»Gut«, sagte Peter, doch Kitty hörte nicht zu. *Das ist alles eingeschlafen. Sie sind alle tot, Ende der Geschichte.* Sie wiederholte die Worte im Geist, um sie sich einzuprägen. *Sie sind alle tot, Ende der Geschichte. Julia. Nur ganz selten.*

Ich bin nicht tot, dachte sie.

Sie spähte hinüber und sah, wie Riley Peters Hand drückte. Zwei Daddys. Zwei Daddys. Bisher hatte ihr das nie etwas ausgemacht. So war es eben. Für sie war es normal. Sie fragte sich kurz, was Vera und Jennifer aus der Schule wohl dazu sagen würden, dann stoppte sie den Gedanken. Sie hatte sich vorgenommen, während der Ferien nicht an die Schule zu denken. *Aber wenn du zwei Daddys hast, hast du eigentlich gar keinen … Und du kannst nicht alle deine Gedanken stoppen. Außerdem ist es unterm Strich doch gar nicht so toll, oder? Zwei Daddys, aber keiner davon ein richtiger, eine tote Mutter und eine, die lieber Nenna hätte als mich …*

Kitty nahm eine Mandel aus ihrer Tasche und begann daran zu knabbern, winzige, schnelle Eichhörnchenbewegungen mit ihren sauberen kleinen Zähnen. *Vielleicht mag Peter mich ja von jetzt an mehr. Vielleicht merkt er, dass ich jemanden brauche.* Es klang nicht sehr wahrscheinlich.

Riley war nun doch in den Garten gegangen. Als sie sich vorbeugte, sah sie durch die Scheibe, wie er auf dem Rasen auf die Knie fiel, als hätte er Angst oder als wollte er beten. *Aber er glaubt doch nicht an Gott*, dachte sie. *Er geht nie in die Kirche.* Sie hatte es kaum zu Ende gedacht, da lachte er plötzlich wie über sich selbst. *Jetzt willst du auf einmal Gottes Hilfe*, dachte Kitty. Sie fragte sich, ob Gott ihr helfen würde. Sie glaubte es nicht. Gott war ja auch kein richtiger Vater.

Sie krabbelte unter dem Flügel hervor, stellte sich ans Fenster und sah zu Riley hinaus. Er blickte auf, sah sie und winkte zerstreut. Sie winkte ebenfalls, eine kleine Bewegung, und zog sich hinter den Vorhang zurück. *Sie bemerken mich gar nicht. Und es wird wohl kaum besser, oder?*

Aber so waren Eltern nun mal. Auf die eine oder andere

Weise verloren sie früher oder später das Interesse und gingen fort.

Nadine blieb mehrere Tage im Bett, und sie durften sie nicht besuchen, weil sie müde war. Das machte Kitty schreckliche Angst. Würde Nadine sterben? Würde es ihr überhaupt jemand sagen? Und weil sie Angst hatte, wurde sie wütend. Als Nadine schließlich wieder herunterkam, war sie sehr blass, und alle schwirrten um sie herum, aber Kitty war immer noch wütend auf sie. *Soll Nenna doch nett zu ihr sein*, dachte sie – und Nenna war nett zu ihr. Als Riley nach London zurück musste, um zu arbeiten, setzten sich Nadine und Nenna mit ihren passenden Wangenknochen und ihrer Weiblichkeit zusammen auf das Chintzsofa und lasen, und so kroch Kitty wieder unter den Flügel und fühlte sich ungeliebt.

An einem dieser etwas steifen Abende, als Nadine oben war und Riley und Peter sich Mühe gaben, sprang Kitty beim Essen vom Tisch auf und rief, sie hätte draußen vor dem Fenster ein Glühwürmchen gesehen. Bevor irgendjemand etwas sagen konnte, rannte sie aus dem Esszimmer, durch die Terrassentür im Wohnzimmer nach draußen und zurück ums Haus, doch sie sah es nur noch einmal aufleuchten, dann war es verschwunden.

Es war ein warmer Abend und noch nicht richtig dunkel; der Himmel schimmerte in tiefem Blau, und hoch oben war ein kleiner Mond zu sehen. Sie ließ den Blick über den Garten schweifen – hatte sie es sich nur eingebildet?

Die anderen folgten ihr, erst Tom und Nenna, dann die beiden Männer, langsamer, nachsichtig. »Als ich klein war, hatten wir hier Glühwürmchen«, sagte Peter. »Aber ich habe seit Jahren keine mehr gesehen.« Kitty konnte den Rauch seiner Zigarette riechen.

»Da!«, rief Nenna. Kitty sah, wie der dunkle Umriss ihres Arms sich hob und Richtung Fluss zeigte – und ja, da war das Glühwürmchen – sogar mehrere.

Sie lief zum Fluss. *Das sind meine Glühwürmchen*, dachte sie. *Nenna hat ihre eigenen in Italien. Ich habe sie gefunden, es sind meine.* Sie wollte als Erste dort sein.

Sie waren bezaubernd. Und so schwer zu finden! Sie leuchteten an einer Stelle auf und dann an einer anderen – man konnte gar nicht richtig sehen, wie viele es waren. Zehn? Zwanzig? Sie tanzten in der Dunkelheit, ein magischer Anblick. *Feen*, dachte sie. Sie stellte sich vor, dass sie leise summten, dass sie wie Fische in der Luft schwammen. Sie fragte sich, wie sie wohl richtig aussahen, bei Tageslicht.

»Erinnerst du dich an das Lied?«, rief Nenna. »*Lucciola, lucciola vien' da me, io ti darò il pan del re* –«

»*Pan del re e della regina, lucciola, lucciola vien' vicina* …«, murmelte Kitty leise.

»Das da bewegt sich nicht!«, rief Nenna. »Komm, wir schauen nach.« Es saß in einem Busch, im Dunkeln und blinkte. Während Tom zum Haus zurücklief, um seine Taschenlampe zu holen, beobachteten sie das winzige Licht: an, aus, an, aus. Kitty spürte, wie alle lächelten, und schmiegte sich zwischen Peter und Riley, als die sich vorbeugten, um ebenfalls hinzuschauen. Dann kam Tom zurück, außer Atem und triumphierend, und der Strahl der Taschenlampe leuchtete auf. Das Licht des Glühwürmchens verblasste, überflutet vom helleren Licht, doch man sah es immer noch flackern, an, aus, an, aus. Doch das war nicht das, worauf alle Blicke sich richteten. Die Blicke richteten sich auf die Spinne, die kauend in ihrem Netz saß und das Glühwürmchen säuberlich auffraß.

»Oh Gott«, sagte Peter, und Kitty reckte den Hals. Für einen kurzen, langen, ewigen Augenblick starrten sie darauf, dann wandte Tom den Strahl der Taschenlampe ab.

»Was ist?«, rief Kitty. »Was macht sie?«

»Nichts«, sagte Nenna. »Nichts« – aber das Wort kam voll Abscheu und aufsteigender Tränen heraus, und die Süße der Suche und der Zauber waren verschwunden.

»Seht mal, da sind noch mehr!«, sagte Riley und zeigte

wieder zum Flussufer. »Sollen wir hingehen?« Doch niemand hatte mehr Lust darauf.

»Komm, Kitty«, sagte Nenna und nahm ihre Hand. »Komm.« Und diese warme Freundlichkeit brachte Kitty zurück ins Haus, weg von der Verwirrung, und es gab noch Nachtisch, Sommerpudding mit ganz vielen Johannisbeeren und Himbeeren, den alle am liebsten mochten und den Nenna noch nie gegessen hatte.

Erst viel, viel später begriff Kitty, was sie gesehen hatte, und selbst da verstand sie es falsch. Nachdem sie das mit dem Sex herausgefunden hatte, dachte sie, die Insekten hätten sich begattet, und es wäre einfach allen peinlich gewesen.

Schon am Tag, als Nenna abreiste, wollte Tom die Bestätigung, dass er im darauffolgenden Sommer nach Italien fahren durfte. Riley fuhr ihn barsch an. »Nadine ist sehr krank gewesen, und jetzt ist nicht der richtige Zeitpunkt, sie mit Ferienplänen für nächstes Jahr zu belästigen.« Kitty hörte es und verstand: Nadine wird sterben. Von da an schlug sie jeden Abend Nadines Bett auf, stellte ihre Hausschuhe zum Wärmen ans Feuer und ging nach unten, um Mrs Joyce zu bitten, Nadines Lieblingskuchen zu backen, den mit dem Orangeat und den gemahlenen Mandeln.

»Ich glaube nicht, dass wir dieses Jahr hinfahren können«, sagte Nadine kurz vor Ostern.

»Riley sagt, wir können«, entgegnete Tom herzlos. »Er sagt, wir können es uns leisten. Er sagt, erstaunlicherweise geht es der Firma gut. Seine Worte.«

Nadine lächelte und sagte: »Nein.«

Nach Ostern sagte Tom: »Da ihr offensichtlich nicht nach Italien wollt, werde ich eben allein fahren. Wenn ich moderne Sprachen studieren soll, bietet es sich doch an, einen Kurs in Rom oder Florenz oder wo auch immer zu machen.«

Nadine sagte: »Das musst du mit deinem Vater besprechen«, und während Tom noch entgegnete: »Mit welchem? Riley oder Peter?«, sagte Kitty plötzlich laut: »Ich fahre auch.«

»Nein, Kitty«, sagte Nadine. »Du kannst nicht allein fahren. Und auch nicht mit Tom.«

»Warum nicht?«, fragte Kitty. »Weil er ein Junge ist?«

»Weil er älter ist«, sagte Nadine.

»Er ist immer älter. Es ist, weil er ein Junge ist, stimmt's?« Jetzt lief Kittys Mund mit ihr davon. »Er kann tun, was er will, weil er ein Junge ist. Miss McDonald sagt, das Leben der Frauen hat sich durch den Krieg verändert, und es gibt keinen Grund mehr, warum ein Mädchen nicht dasselbe tun sollte wie ein Junge.«

Sie wusste, dass Nadine Miss McDonald mochte, die grüne Tweedkostüme und leuchtend roten Lippenstift trug und glattes schwarzes Haar und einen Bostoner Akzent hatte.

»Es ist, weil Tom fast siebzehn ist«, sagte Nadine. »Und du bist erst dreizehn. Und weil er sein Italienisch verbessern will, bevor er mit dem Studium anfängt. Es ist nicht, weil er ein Junge ist.«

Kitty zog eine trotzige Miene. »Er ist sechzehn, und ich bin fast vierzehn«, sagte sie. »Es ist, weil du ihn mehr liebst als mich.«

Da fing Nadine an zu weinen. Kitty fühlte sich mies. Aber sie hatte niemanden. Wenn sie nicht nach Italien fahren durfte, würde dieses Gefühl noch viel schlimmer werden.

8. KAPITEL

London, 1932–1933

MANCHMAL BLICKTE MABEL VON dem auf, was sie gerade tat – einen Song schreiben, einen Tisch abwischen – und hatte das Gefühl, von einer verrückten Welle umgeworfen zu werden. Ihr bisheriges Leben war nicht perfekt gewesen, aber unter Kontrolle. Jetzt hatte sie die Orientierung verloren.

Warum?

Peter.

Warum Peter? Auch das fragte sie sich und gab sich die Antwort. Weil er so verdammt nett war. Er war ehrenhaft. Er war treu. Er war all das, was die schneidigen Helden in den Romanen nicht waren – diejenigen, vor denen im wahren Leben jede Frau Reißaus nehmen sollte. Die Art von Helden, für die junge Frauen schwärmten, die noch nicht gelernt hatten, dass das Leben ihnen genug Schmerz und Gefahren in den Weg werfen würde, ohne dass sie bei einem Mann danach suchen mussten.

Jedes Mal, wenn Peter etwas Nettes oder Ehrenhaftes tat, leuchtete ihr Herz ein wenig auf, und dann noch ein wenig und noch ein wenig, und die Last hob sich Stück für Stück. Und warum verlor sie deshalb die Orientierung? Weil sie seit vielen Jahren selbst für ihre Sicherheit gesorgt hatte, und wenn sie zuließ, dass jemand anders dazu beitrug, wurde diese Sicherheit bedroht. Das klang unlogisch, aber sie wusste, dass sie recht hatte. Ihre Antwort darauf war, es ganz, ganz langsam angehen zu lassen.

Sie wollten nur für sich sein. Sie verbrachten ihre gemeinsamen Stunden mit Ruhe, Lachen und Liebemachen und rührten das Leben des anderen nicht an. Für sie hatte es einen elektrisierenden Zauber, in zerwühlten Laken in der schönen Wohnung zu liegen und über nichts Weltbewegendes zu reden. Ihre Gespräche waren abstrakt, ihr gemeinsamer Alltag bestand aus: »Was sollen wir essen?« »Welche Musik wollen wir hören?« »Wie war dein Tag?« »Komm her.« So erholsam! In der Gegenwart des anderen schliefen sie gut, was ihnen allein nicht gelang. Und beiden war klar, obwohl sie nicht darüber sprachen, dass der Rest der Welt zum Problem werden oder ein Problem haben würde, wenn sie offiziell als Paar auftraten. Es gelang ihnen, dieses Leben über ein Jahr aufrechtzuerhalten.

Ein- oder zweimal sprachen sie über seine Abstinenz. Sie fragte sich, wie es dazu gekommen war, nachdem sie ihn 1919 zum letzten Mal gesehen hatte.

»Weißt du noch, was ich zu dir gesagt habe?«, fragte sie.

»Du hast gesagt, ich müsste ein bisschen mehr reden und ein bisschen weniger trinken. Und dass ich mich selbst ändern müsste, nicht meine Gesellschaft.«

»Und du hast gesagt, du wärst nicht gesellschaftsfähig.«

»Das war ich auch nicht«, sagte er, und ein Schauer überlief ihn, weil er sich nur zu gut an alles erinnerte.

»Und was ist dann passiert?«, fragte sie.

»Nach einer Weile – nach ein paar Jahren – hatte ich auf einmal das Gefühl, dass ich es nicht verdiente, betrunken zu sein. Nicht dass ich etwas Besseres verdiente, sondern dass ich die Erleichterung nicht verdiente, die es mir schenkte. Alkohol war eine Belohnung oder ein Trost für gute Männer, die gelitten hatten. Ich hatte das Gefühl, dass ich diesen Trost nicht verdiente. Deshalb habe ich ihn mir verboten. Ich weiß, das können nicht alle. Aber bei mir hat es funktioniert. Ich sprach mit mir, als wäre ich jemand anders. Ich betrachtete mich von außen, und als ich nicht mehr die ganze Zeit betrunken war, ging mir auf, dass ich nicht ganz so ein übler Kerl war. Ich musste akzeptieren, dass ich mein Bestes getan hatte und dass die Vorstellung, alles wäre meine Schuld, nur eine andere Form von Eitelkeit und Um-mich-selbst-Kreisen war, so als hätte ich alle Macht. Als hätte ich die Möglichkeit gehabt, die Geschichte aufzuhalten!«

»Oh!«, sagte sie. »Und dann?«

»Das Beste, was ich je getan habe. Die größte Belohnung, auf lange Sicht. Ich treffe mich jetzt mit ein paar von den Jungs …«

»Mmm«, sagte sie, denn sie hatte solche Jungs gesehen. »Aber du bist ein guter Mann.«

»Ich weiß nicht«, sagte er.

»Doch, bist du«, sagte sie. Dann: »Wir leben fast alle in Angst vor unserer eigenen Wahrheit.«

»Was meinst du damit?«

»Weiß ich nicht so genau. Das habe ich in einem Roman gelesen, *Home to Harlem*. Da ging es darum, was es bedeutet, schwarz zu sein –«

Sie brach ab, und er sah sie an.

»Aber was ich meine, ist: Ganz gleich, was wir sind, die Leute erwarten, dass wir so sind, wie sie denken …«

Er lächelte ein wenig. »Also, ein Säufer ist ein Säufer und ein Versager; ein englischer Gentleman ist ein englischer Gentleman; ein Schwarzer ist ein Schwarzer …«

»Dabei kann ein Gentleman ein Säufer sein.«

»Und ein Schwarzer ein Gentleman«, sagte er.

Sie lächelte halb, dann wandte sie sich ab und sagte, vielleicht sei es Zeit aufzustehen.

»Nein«, sagte er und zog sie mit seinem Blick zurück in seine Arme, und jeder von ihnen dachte auf seine Weise: *Wie unglaublich das ist, wir sollten das Glück, in das wir gestolpert sind, besser nicht zu genau untersuchen …*

Iris Zachary, zwölf, aufgeweckt und dünn, die Haare zu Zöpfen geflochten und die Augen von einem überraschenden

Blau, wurde allmählich ungeduldig. Warum blieb Mumma zweimal in der Woche die ganze Nacht weg?

Mabel sagte: »Die Arbeit dauert zu lange, um noch nach Hause zu gehen, deshalb übernachte ich bei einem Freund.«

Iris fragte: »Bei welchem?« Die Freunde ihrer Mutter waren witzig und interessant, mit Schokolade und Saxophonen und Geschichten.

Mabel sagte: »Du kommst doch hier mit Grandma gut zurecht, oder, Süße?«

Iris zuckte die Achseln. Sie mochte ihre Grandma. Wer würde das nicht? Aber sie sah trotzdem nicht gerade glücklich aus, und so sagte Mabel: »Herzchen, es tut mir leid, und es geht auch nicht ewig so weiter.«

Das war ja so weit ganz schön, aber als Mabel das sagte, spürte sie, dass Iris spürte, dass da etwas nicht stimmte. Ein Hauch von Kummer lag in der Luft. Iris legte den Kopf schräg. Und Mabel dachte: *Nun ja, in gewisser Weise will ich schon, dass es ewig so weitergeht. Denn Veränderung ist gefährlich. Spürt Iris das?*

Himmel, natürlich nicht. Du machst dir zu viele Gedanken, Schätzchen.

Mabel hatte eine Entscheidung getroffen. Peter würde ihr heimliches Vergnügen sein, ihr Privatleben und geheim. Nicht nur aus den offensichtlichen Gründen, sondern auch aus persönlichen. Es war nicht so, dass sie ihm nicht vertraute. Das tat sie, zumindest was sie selbst betraf. Aber Iris? Nein.

Ein Mann kann eine Frau lieben, das wusste sie, aber ob ein Mann ein Kind liebte, war eine andere Sache. Sie wusste, dass Peter Kinder hatte, und sie wusste, dass sie nicht bei ihm lebten. Er hatte sie nicht in sein vergangenes Leben eingeladen, sein Familienleben, aber er war in vielerlei Hinsicht sehr offen gewesen, was das anging, und versuchte, sie ebenfalls zu Offenheit zu bewegen. Sie wusste, dass er auf dem Land lebte, irgendwo in der Nähe von Sidcup, und seine Mutter in Schottland. Er hatte ihr vorsichtig von seiner Frau

Julia erzählt: wie sie ihn verlassen hatte, zurückgekommen war, gestorben war. Wenn sie ein wenig nachdachte, konnte Mabel erkennen, wie ihre eigenen Begegnungen mit Peter in die Zwischenräume dieser Geschichte passten, und für einen Moment fühlte sie sich so sehr als zweite Wahl, dass sie am liebsten laut geschrien hätte. Warum war sie immer die Außenseiterin? Warum war sie selbst jetzt, bei dem Mann, der sie liebte und der Iris' Vater war, die Außenseiterin, die Nummer zwei? *Warum muss jedes Glück, das mir gestattet ist, geheim bleiben und sich dem Leben der richtigen Ehefrau unterordnen?* Sie senkte den Kopf unter der Last ihres Zorns und wartete darauf, dass er verging. Er verging immer, er musste vergehen. Er verging.

Peter hatte ihr erzählt, wie nutzlos er nach dem Krieg gewesen war; dass er gedacht hatte, er würde nie wieder er selbst sein. Er hatte ihr erzählt, wie sehr Riley ihm geholfen hatte, und dass er nie wieder nutzlos sein wollte. Er hatte ihr erzählt, dass er kein guter Vater gewesen war und dass seine Kinder deshalb kein großes Interesse an ihm hatten, obwohl sich das ein wenig zu bessern schien. Er hatte ihr erzählt, dass sie bei Riley und Nadine lebten, und ihr Zorn wallte erneut auf, in einer plötzlichen, abscheulichen Woge von Ungerechtigkeit: Eine andere Frau zieht Peters mutterlose Kinder auf, obwohl ich diejenige bin, die ihn liebt, die ein Kind von ihm hat –

Was, willst du etwa auch seine anderen Kinder aufziehen? Obwohl du nicht mal bereit bist, ihm zu sagen, dass du auch ein Kind von ihm hast?

Ja, das will ich. Ich will –

Sie bremste sich. Diese Art von Zorn hielt kein Leben zusammen, sorgte nicht dafür, dass ein Kind zu essen und eine alte Frau es warm hatte. Als sie jünger war, hatte sie ihrem Zorn freien Lauf gelassen, und ihre Mutter hatte sich um sie gekümmert – aber eine erwachsene Frau mit Verantwortung konnte sich solche Launen nicht leisten. *Beiß in den sauren Apfel, Schätzchen. All das führt zum gleichen Punkt: Das ist sein Leben, und Iris ist meins. Iris darf nicht aufs Spiel gesetzt werden. Besser gar kein Daddy als einer, der spät aufkreuzt und den man nicht einschätzen kann …*

Und so erzählte sie ihm nichts. Weder von Iris noch von Betty, Pixy oder Thornton …

Warum nicht?

Aus Angst.

Wenn ich ihm von Iris erzähle, verlässt er mich vielleicht. Wenn ich ihm meine Geschichten erzähle, wird er ein Teil davon und ein Teil von mir, und ich werde mich nie wieder daraus befreien können, und wenn er mich verlässt, werde ich blutend und klaffend zurückbleiben, in Stücke gerissen von dem, was uns verbindet.

Mabel wusste bei der Hälfte ihrer Familie nicht, wer die Väter waren. Sie wusste nicht, wer Bettys Vater war. Sie wusste nicht, wann, wo oder wie oft das weiße Blut, das ihr die helle Haut gegeben hatte, oder das chinesische Blut, dem sie ihre ausgeprägten Wangenknochen verdankte, in die Familie gekommen war. Sie wusste von ihrer Grandma Pixy, und sie wusste, dass ihr Vater George geheißen hatte, damals in Georgia. George aus Georgia. Sie wusste, dass sie ältere Brüder hatte, in Chicago, San Francisco und Montgomery, Alabama. Den Nachnamen Zachary hatte Betty von Pixy übernommen – und somit von Pixys Besitzern.

Pixy hatte Betty ihre Geschichte erzählt und Betty hatte sie an Mabel weitergegeben: Pixy machte ihrem Besitzer, Mr Zachary, schöne Augen. (Mabel war sich nicht sicher, was das genau bedeutete.) Sie machte ihm schöne Augen und nutzte das für ihre Zwecke. (Hieß das, dass sie mit ihm ins Bett ging und ihn dann erpresste? Mabel wusste es nicht.) Sie überredete ihn, ihr jede Woche ein wenig freie Zeit zu geben. (*Wie?*, fragte sich Mabel. Vielleicht erzählte sie ihm, sie müsse in die Kirche und für ihre und seine Seele beten, nachdem sie Ehebruch begangen hatten. Vielleicht erzählte sie ihm, sie würde in die Hölle kommen, wolle ihn aber retten.) Sie nutzte die freie Zeit, um zu arbeiten – *Was war das für eine Arbeit? Sie musste geheim sein, sonst hätte er gewusst, dass sie nicht in der Kirche war* –, und sie arbeitete hart und sparte jeden Cent – *Aber wie viel konnte sie schon verdient haben, als junge Schwarze, dort, zu der Zeit und in den wenigen freien Stunden?* –, und mit dem Geld – *Wie lange musste sie dafür gebraucht haben!* – und Argumenten aus der Bibel gelang es ihr schließlich, sich von Mr Zachary freizukaufen. Ja, das tat sie, sie kaufte sich frei. *Warte mal einen Moment und denk darüber nach.*

Letzten Endes war er froh, dass er sie los war, denn sie redete so viel und war so hübsch. Und dann ging sie nach Norden, diesen langen, beschwerlichen Weg, allein, und begann von neuem, arbeitete wieder hart und sparte wieder jeden Cent, und dann ging sie dorthin zurück und kaufte ihren Vater von Mr Zachary frei. Zu der Zeit war sie fünfzig und ihr Vater siebzig. Und sie hätte das alles noch einmal getan und auch ihre Mutter freigekauft, wenn die nicht schon tot gewesen wäre.

Pixy hatte Navajo-Blut in ihren Adern, sie war klein und zäh und hatte langes Haar. In ihrem freien Leben verdiente sie sich ihren Lebensunterhalt damit, dass sie Tag und Nacht in einem Freudenhaus in Chicago Geige spielte. Jedes Mal, wenn ein Mann ihr zu nahe kam, weil er dachte, sie wäre ebenfalls im Angebot, schlug sie ihm mit dem Bogen ins Gesicht. Dafür war sie berühmt. Manche Männer kamen extra, um sich von Pixy den Bogen ins Gesicht schlagen zu lassen. Der Besitzer des Freudenhauses war halb in Pixy verliebt, und sie ließ ihn jedes Mal zahlen, wenn der Bogen kaputtging. Das garantierte ihr einen gewissen Schutz vor zwielichtigen Kerlen, denn so ein Schlag mit dem Geigenbogen war schmerzhaft und hinterließ manchmal sogar eine Narbe. Sie war beliebt. Ihr Spiel und ihr Gesang lockten alle weißen Männer an, und die Huren hatten die ganze Nacht zu tun. So ging die Geschichte.

Mabel fragte sich, ob Pixy in Wirklichkeit eine Hure gewesen war, und dann schämte sie sich, weil sie das auch nur gedacht hatte. Aber wenn sie es nicht gedacht hätte, fand sie, wäre sie naiv gewesen. Außerdem, was machte das jetzt noch aus? *Pixy hat getan, was sie tun musste. Sie hat unsere Familie verwandelt. Pixy hat uns die Freiheit geschenkt, uns von dem Fluch befreit und ihre Tochter mit einer Lebensweise in die Welt hinausgeschickt, die weder Freudenhaus noch Plantage war. Pixy hat uns gesegnet und befreit, mit dem Schweiß ihres Körpers und der Schlauheit ihres Kopfes und der Fülle ihres Herzens. Mit ihrem Stolz.*

Ich sorge für Iris. Ich werde ihr keine falschen Träume einpflanzen. Wir leben einfach, kleine Menschenwesen auf der Oberfläche dieses Planeten. Wir gehören uns selbst, und das ist alles. Und es war ein gewaltiger Segen. Auch wenn es das nicht sein sollte.

Mabel wusste, was Betty von Beziehungen zu weißen Männern hielt. »Mabel, verschenk dich nicht an einen von denen.«

Iris war kein Mädchen, das sich in die Karten schauen ließ. Sie hatte schon immer gewusst, wann sie den Mund halten und wann sie ihn aufmachen sollte und wie man loyal war, indem man etwas heimlich tat. Diese Dinge lernte man schnell in den Straßen, in denen sie spielte, oder wenn sie mit Mumma unterwegs war und sich Mühe gab, nicht nach Hause geschickt zu werden. Es war nicht so, dass die Leute böse waren, aber wenn nicht immer genug für alle da ist, lernt man, sich und die Seinen zu schützen. Wenn Mumma unglücklich war, dann würde Iris herausbekommen, warum.

Grandma konnte sie nicht einsperren, und sie versuchte es auch nicht. Iris machte ihre Hausaufgaben und benahm sich gut. Der Vikar gab ihr sogar den Schlüssel für den Gemeindesaal, wenn sie Klavier üben wollte. Man ließ ihr vieles durchgehen. Gewöhnlich holte sie ihre Mutter um halb sechs vom Geschäft ab und ging mit ihr zusammen nach Hause, wobei sie unterwegs noch schnell auf dem Markt an der Brewer Street einkauften. Zu Hause nahmen sie mit Grandma ihren Tee ein. Mumma sang neue Songs, die sie gerade schrieb oder auf der Bühne sang oder irgendwo gehört hatte. Sie bereitete sich auf ihren abendlichen Auftritt vor, Iris machte die Übungen gemeinsam mit ihr, und Grandma kommentierte das Ganze. Das waren ihre Gewohnheiten, ruhig und angenehm. Dann machte Iris sich bettfertig, während Mumma sich umzog und zu dem jeweiligen Club aufbrach. Es gefiel Iris nicht, dass Mumma dienstags und mittwochs nicht nach Hause kam.

Und so folgte sie ihr eines sonnigen Nachmittags. Sie stellte sich an die Ecke der Great Marlborough Street schräg gegenüber vom Geschäft und versteckte sich hinter einer Straßenlaterne und einem Mann mit einem großen Hund. Sie sah, wie ihre Mutter herauskam und Richtung Regent Street ging, anstatt die Poland Street hinunter, wo es nach Hause ging. Von da aus nach Mayfair – Mayfair! – und weiter nach Westen, die Absätze ihrer zierlichen Schuhe ein gleichmäßiges Klick-Klick auf dem Pflaster, um die Spitze des Hyde Parks herum und in das Märchenland dahinter, wo sich Häuser so strahlend und weiß wie Hochzeitstorten um üppige grüne Plätze reihten und Kinder wie Iris niemals hingingen.

Iris ging trotzdem, kraftvoll und entschlossen.

Ihre Mutter blieb vor einem der Häuser stehen, und während sie etwas in ihrer Handtasche suchte – den Schlüssel? –, kam ein hochgewachsener weißer Mann dazu, warf einen schnellen Blick um sich – der Iris nicht traf, da sie sich im Schatten eines üppig blühenden Flieders an ein Zaungitter drückte –, legte dann den Arm um ihre Mutter und küsste sie aufs Haar.

Iris hob das Kinn. Sie dachte, er würde – *was? Was macht er da?*

Sie gingen zusammen hinein.

Iris setzte sich auf die Bordsteinkante und betrachtete das

Haus, die hohen weißen Säulen, die das Portal stützten, die glatten, breiten Stufen, die schwarzweißen Fliesen, die Reihen großer, sauberer, von üppigem Stuck umrahmter Fenster, die sich höher und höher zogen, und darüber ein blauer Himmel, viel blauer als der, den sie zwischen Sohos eng aneinandergedrückten Häusern zu sehen bekam. Sie wusste nicht einmal, wie sie von hier aus nach Hause kam. Das hier war wohl der Ort, wo Mumma übernachtete. Sie starrte ihn voller Hass an.

Nach einer Weile kam der weiße Mann wieder heraus, allein. Sie stand auf, um ihn besser sehen zu können – und er drehte sich zu ihr um. Völlig unerwartet schenkte er ihr ein strahlendes Lächeln. »Guten Tag«, sagte er, und seine Stimme klang sanft.

»Guten Tag«, erwiderte sie.

Er nickte ihr zu und ging weiter.

Kurz danach kam Mabel heraus. Sie überquerte die Straße und steuerte direkt auf Iris zu. »Was hat er zu dir gesagt?«

»Er hat ›Guten Tag‹ gesagt«, sagte Iris. »Habe ich was angestellt?«

»Nein.« Mabel legte den Arm um Iris' Schulter. »Komm, lass uns nach Hause gehen.«

»Weil du was angestellt hast«, sagte Iris.

»Du hast kein Recht, so etwas zu mir zu sagen. Ich bin hier die Mutter.«

»Ich will da reingehen«, sagte Iris.

»Nein, Süße.«

»Warum nicht?«

»Später, Liebes.«

»Wer ist der Mann?«, fragte Iris.

»Später.« Mabel schluckte und beschleunigte ihren Schritt.

Als sie in der Lexington Street angekommen waren und beim Tee saßen, fragte Iris kühl: »Ist jetzt später?«

Mabel sah sie an und entdeckte Entschlossenheit in den Augen ihrer Tochter. Als sie den Blick zu ihrer Mutter wandte, die im Sessel saß und Tee trank, in ihrem rosa Morgenmantel und mit Haube, weil sie an dem Tag noch gar nicht richtig aufgestanden war, sah Mabel eine Frage und eine winzige Bewegung, die so viel bedeutete wie: Was ist los?

»Hast du ihr etwas für später versprochen, Kind?«, fragte Betty, und ein Lächeln breitete sich über ihre schimmernden Wangen aus.

Die zwei waren wie die Arme einer Zange, die sich ihr von beiden Seiten näherten. Sehr sanfte, liebevolle Zangenarme.

»Vielleicht etwas, das du ihr erzählen willst?«

»Nein«, sagte sie. *Wenn ich es ihnen erzähle, geht alles schief. Dann verändert sich alles – und da sei der Himmel vor! Wenn sich etwas verändert, dann immer zum Schlechteren.*

»Sie ist zu einem großen weißen Haus gegangen, meilenweit weg«, sagte Iris. »Mit einem weißen Mann. Und als er rauskam, hat er guten Tag zu mir gesagt.«

Betty wandte ihr Gesicht langsam zu Mabel.

»Er ist ihr Freund«, sagte Iris. »Er sieht aus wie Leslie Howard. Der, den Marion Davis in *Five and Ten* hätte heiraten sollen.«

»Geh zu Bett, Iris«, sagte Betty.

»Aber es ist doch noch nicht mal –«, protestierte Iris, doch sie gehorchte mit zusammengepressten Lippen und warf Mabel einen Blick zu – Unterstützung? Entschuldigung? Trotz? –, als sie ging.

»Mach die Tür hinter dir zu«, rief Betty.

Iris tat es.

Betty hatte sich nicht gerührt, sie saß nur in ihrem Sessel und schaute vor sich hin. Sie nahm eine Zigarette, musterte sie, klopfte damit auf den Beistelltisch, zündete sie an, nahm einen kleinen, eleganten Zug. Dann blickte sie auf.

»Er ist ihr Vater«, sagte Mabel.

Betty blinzelte, sah auf ihren Handrücken und zog erneut an ihrer Zigarette.

»Worauf hoffst du, mein Kind?«, fragte sie.

»Darauf, dass nichts kaputtgeht.«

»Weiß er von ihr?«

Mabel schwieg.

»Du hast ihm noch nichts gesagt? Du hängst am seidenen Faden, Schätzchen«, sagte Betty. »Und du wirst fallen, das weißt du.«

»Noch nicht«, sagte Mabel mit einem winzigen Lächeln.

»Am seidenen Faden«, wiederholte ihre Mutter. »Wie lange geht das schon?«

»Etwas über ein Jahr.«

»Du lügst alle an ...«

»Ich behalte Sachen für mich«, widersprach Mabel.

»Du lügst alle an«, sagte Betty barsch. »Ihn, mich und Iris.«

Das, dachte Mabel, *ist nicht das Problem. Das Problem ist, dass ich beide behalten will – was für eine Anmaßung, deinen Mann und dein Kind behalten zu wollen!* –, *und wenn ich dem einen vom anderen erzähle – oder gar beiden –, dann ... dann ...*

»Verzeih, Mama, aber die Lügen machen mir nicht so zu schaffen, sondern der mögliche Verlust. Ich liebe den Mann.«

Betty sah sie an. »Liebe!«, sagte sie und richtete sich ein wenig in ihrem Sessel auf. »Ich glaube, es ist Zeit, vernünftig zu werden, Mabel. Such dir einen neuen Mann. Reginald mag dich. Noch bist du jung genug, noch mögen sie dich alle. Und such dir einen soliden Job. Einen, an dem dein Herz nicht hängt.«

»Mama.«

»Krieg noch ein Baby, wenn dich das an ihn bindet. Aber dieser weiße Vater – nein.«

»Die Dinge haben sich geändert, Mama«, sagte sie.

»Nein, haben sie nicht. Er wird kein schwarzes Kind haben wollen. Halte Iris da raus. Lass sie nicht auf die Idee kommen, dass sie weiß sein kann. Stoß sie nicht in dieses Unglück.«

»Die Dinge haben sich geändert, Mama«, sagte Mabel erneut, obwohl die Wiederholung hohl klang.

»Warum lügst du dann?«

Volltreffer, Mama.

Weil ich alles will, dachte Mabel. *Ich glaube nicht, dass es falsch ist, alles zu wollen. Ich glaube auch nicht, dass es möglich ist, alles zu haben. Aber ich will alles.*

Ihre Mutter sah sie an. »Mabel«, sagte sie leise. »Du musst nicht alles allein machen.«

»Doch, muss ich!«, rief sie.

»Warum?«

»Weil du alles allein gemacht hast. Und Pixy auch.«

»Hast du nicht eben gesagt, die Dinge hätten sich geändert?«

Er hat diese Freundlichkeit, dachte Mabel. *Zwing mich nicht zu einem Entweder-Oder – er ist der, den ich will. Der Einzige.*

Sie fragte sich, ob sie Peter je von ihrer Familie erzählen würde. Konnte er überhaupt verstehen, woher sie kam? Nein, natürlich nicht. Selbst sie konnte es nicht. Sie wusste es, ja, und es war ein Teil von ihr, bis ins Mark – aber verstehen? Nein. Selbst jetzt, fünfundsechzig Jahre nach der Abschaffung der Sklaverei in Amerika, und obwohl sie in England lebte, mit ihrem in England geborenen und von einem Engländer gezeugten Kind, bestimmte immer noch das, was dreißig Jahre vor ihrer Geburt abgeschafft worden war, wie sie ihr Leben führen konnte. Nur dreißig Jahre davor. Und dann hatte es nur noch sie und Betty gegeben, immer unterwegs, von einem Ort zum anderen, ohne Familie, die Brüder Gott weiß wo, ihr Blut verloren – von Pixy nur noch die Erinnerung, denn da war sie bereits gestorben, vor Erschöpfung, sagte Betty, von dem ganzen Schuften und Sparen, und so gab es von ihr nur noch ein paar Geschichten und einen Blick in Mamas Augen.

Mabel wollte einfach nur ein eigenes Leben. *Ein Leben, in dem* ich *bestimme* … In dem sie ihre Songs schreiben, eine gute Mutter und eine gute Tochter sein und ein bisschen Geld verdienen konnte. Und in dem sie nicht über all das nachdenken musste, was mit ihren Vorfahren geschehen war und was immer noch geschah.

Es ist nicht so, dass ich nicht schwarz sein will. Schwarz zu sein hat mir nie größere Probleme bereitet. Aber ich bin nicht alle. Und ganz gleich, was ich für mich will, ich bin mit allen verbunden. Ein großer Fluss aus Blut fließt durch uns hindurch, und mit ihm all das Leid. Weiße haben so etwas nicht, das sie immer begleitet. Außer vielleicht die Juden. Und die Iren. Und Fremde auf unbekanntem Gebiet. Aber wir sind so verdammt sichtbar! Ein Jude kann sich die Haare schneiden und die Kappe ablegen. Ein Ire kann lernen, anders zu sprechen. Aber schwarz zu sein ist nicht nur nicht zu ändern, sondern auch so verdammt auffällig.

Sie fragte sich: *In Afrika, in den Ländern, wo alle schwarz sind, betrachten sie sich da selbst als schwarz? Denken sie überhaupt darüber nach, solange kein Weißer hereinspaziert und ihnen sagt, dass sie schwarz sind?*

Als sie jünger war, war sie manchmal zu Treffen und Veranstaltungen jenseits von Kirche und Jazz gegangen. Es gab eine Gruppe, die sich die Coterie of Friends nannte; sie bestand aus Schwarzen von überall her, die sich trafen, um sich über ihre Erfahrungen auszutauschen. Afrikaner, Westinder, Studenten, Akademiker, Musiker, alles Mögliche. Da war ein Medizinstudent vom St. Mary's Hospital in Paddington, Harry Leekham, der hatte ihr gefallen. Nicht nur sein Trinidad-Akzent – er war ein guter Mann. Und dann natürlich Thornton … Die Coterie of Friends hatte, genau betrachtet, eigentlich nur aus Männern bestanden, die Zeit hatten, über Verbesserungen und Rechte und Verantwortung und Gesetze und Gelegenheiten und den Aufstieg von Schwarzen zu reden. Sie bewunderte das alles, wirklich, und bei Gott, wenn sie nur die Zeit gehabt hätte … Aber sie hatte keine Zeit. Und nach Thorntons Tod war es nicht mehr dasselbe gewesen.

Doch Thornton hatte ihr einen großartigen Witz erzählt:

»Was willst du werden, wenn du erwachsen bist, mein Sohn?«

»Musiker!«

»Du musst dich schon entscheiden: entweder Musiker oder erwachsen.«

Ach Gott, es sind alles bloß Adjektive. Ein weiblicher, musikalischer schwarzer Mensch.

Weil der Abend so schön war, beschloss Peter, zu Fuß zum Bahnhof zu gehen, um den Zug nach Sidcup zu nehmen. Diese Stunde mit Mabel war wunderbar gewesen.

Sie hatten richtig feste Gewohnheiten entwickelt. Er hatte zu Riley gesagt, zwei Tage in der Woche sei es, als ob sie verheiratet wären. Jetzt dachte er an zu Hause, an Locke Hill, und diese Frau.

Wenn meine Mutter das Haus am Chester Square nicht verkauft hätte, dachte er, *hätte ich Mabel angeboten, dort zu wohnen.*

In Wirklichkeit probierte er den Gedanken erst mal aus. *Hätte ich das wirklich?*, fragte er sich.

Schritte auf dem Pflaster, die Bäume darüber voller Blüten. Einen Moment lang erinnerte es ihn an die Hochzeit von Riley und Nadine.

Ich hoffe, ich hätte es getan. Immerhin habe ich ihr diese Wohnung besorgt – die die Hälfte der Zeit leer steht. Wie ich. Bei dem Bild lachte er spöttisch auf. *Aber es stimmt. Es ist alles sehr schön. Es ist wunderbar – aber es ist nichts Halbes und nichts Ganzes.*

Konnte er sie nach Locke Hill mitnehmen?

Herrgott, alter Knabe, du bist ein Engländer der Oberschicht, wenn du nicht tun kannst, was du willst, wer dann? Ich könnte sie als meine Freundin, meine Mätresse oder meine Ehefrau nach Locke Hill mitnehmen, ich könnte die braven Bürger schockieren wie Baudelaire oder Oscar Wilde … Aber das wäre sicher nicht sehr angenehm für sie, oder? Ein Vollzeit-Bürgerschreck zu sein? Nein. Außerdem braucht sie das Singen … Und sie braucht London. Aber sie muss nicht unbedingt bei Moores arbeiten – sie braucht jemanden, der für sie sorgt …

Er wollte für sie sorgen.

Er wusste nicht, was sie wollte. Er wusste ja noch nicht mal – immer noch nicht –, wo sie wohnte. Es hatte sich herausgestellt, dass sie mit ihrer Mutter zusammenlebte und dachte, er würde ihre Mutter nicht mögen oder akzeptieren – oder andersherum! *Vielleicht denkt sie, ihre Mutter wird mich nicht mögen! Oder vielleicht lebt sie in einer Gegend, die ganz von Schwarzen bevölkert ist, und ich würde da nicht reinpassen … Vielleicht bin ich ihr peinlich.*

Aber wir sind keine Kinder mehr. Und es ist nicht 1830.

Er wollte mit ihr zusammen sein. Zusammen mit ihr aufwachen und einschlafen, seinen Kopf auf ihre Schulter legen oder ihren Kopf auf seine, ihren Arm um seine Taille spüren oder seinen Arm um ihre, seine kalten Füße im Bett unter ihre Beine schieben, und zwar jede Nacht und nicht nur zweimal in der Woche. Das war es. Das war alles. Sein Körper wollte sie, sein Geist wollte sie, sein Herz wollte sie.

Schließlich hatte diese Schottin auch den Sultan von Johor geheiratet. Und eine andere Schottin hatte einen Paschtunen-Prinzen geheiratet und lebte an der North-West Frontier. Was vielleicht einfacher war, als wenn eine schwarze Londonerin auf dem Land bei Sidcup lebte … Sie hatte ein Buch darüber geschrieben: *My Khyber Marriage.*

Meine Güte, Peter, hast du weniger Mut als eine Schottin?

Und wieder musste er über sich lachen.

Er lachte!

Er kaufte eine Fahrkarte, ging zu seinem Zug und setzte sich in ein Abteil. Seine Bücherbestellung bei der London Library müsste inzwischen angekommen sein. Zu Hause wartete Arbeit auf ihn.

Die Clubs, in denen sie sang, waren voller gemischter Paare. *Aber die waren nicht verheiratet.*

Und Paris? In Paris sieht man gemischte Paare.

Er dachte darüber nach. Aber es gefiel ihm ganz und gar nicht, darüber nachzudenken. Er sah nicht ein, warum er darüber nachdenken sollte – es ärgerte ihn regelrecht.

Würden die Leute wirklich einen Aufstand machen, wenn er sie einfach mitbrachte?

Er hatte mit Riley darüber gesprochen. Riley war zuversichtlich gewesen. »Ein paar Leute«, hatte er gesagt, »werden zurückhaltend und höflich und zutiefst schockiert sein und vor lauter Verlegenheit nie darüber hinwegkommen. Ein paar werden neugierig und sensationslüstern sein. Aber die, auf die es ankommt, werden sich für dich freuen.«

Je mehr echte Probleme die Leute haben, dachte Peter, *desto unwahrscheinlicher ist es, dass sie aus etwas ein Problem machen, das eigentlich keines ist.*

»Aber, ja, einige Leute werden unangenehm reagieren«, sagte Riley. »Du musst mit Gemeinheiten oder Verachtung rechnen.«

»Weißt du, was die Angestellten in den Hotels sagen? ›Nein, Sie können kein Zimmer haben – das liegt natürlich nicht an uns, aber wir haben so viele amerikanische Gäste, und wir müssen ihre Wünsche und Erwartungen respektieren.‹ Du kriegst also eine Ausrede serviert und dazu noch die unausgesprochene Annahme, dass sie eine Prostituierte ist –«

»Dabei ist sie eine vollkommen respektable Mätresse«, sagte Riley, und Peter entgegnete barsch: »Riley, ich liebe sie. Sie ist die Eine.«

Riley entschuldigte sich.

»Hinchcliffe liest die ganze Skandalpresse«, sagte er. »Anscheinend dreht sich im Moment alles um Nancy Cunard. Reiche Erbin und Herausgeberin. Weißt du, wer sie ist?«

Peter wusste es.

»Hinchcliffe sagt, sie sorgt wegen ihres schwarzen Freundes immer wieder für Aufruhr in diversen Nachtclubs. Anscheinend tut sie es, um ihre Mutter zu ärgern, obwohl sie von deren Geld lebt. Natürlich ist das etwas anderes, und wer weiß, was davon überhaupt stimmt. Tut mir leid, dass ich davon angefangen habe.«

»Ja, es ist natürlich naheliegend, unfair zu sein«, sagte Peter. »Aber im Grunde ist es doch nicht so viel anders. Geht es nicht fast immer um Geld und Sex und Liebe und darum, andere zu verteidigen? Was wissen wir denn schon von den Geheimnissen in Nancy Cunards Seele?«

»Ja, du hast recht, es ist Tratsch«, sagte Riley.

Tatsächlich wusste Peter einiges von den Geheimnissen in Nancy Cunards Seele. Sie hatte im vergangenen Jahr ein mehrseitiges Pamphlet an alle ihre Freunde geschickt, eine Art Weihnachtsgruß, von dem ein Exemplar im Turquoisine aufgetaucht war, und jemand hatte dafür gesorgt – das dachte er zumindest, obwohl – nun, jedenfalls hatte er das Pamphlet gesehen. Es trug den Titel *Schwarzer Mann, weiße Lady* und war eine atemberaubende Attacke auf ihre Mutter und eine Liebeserklärung an alles, was mit den Schwarzen zu tun hatte. Darin erzählte Miss Cunard unter anderem, wie Lady Oxford zu irgendeinem Lunch für die adelige Damenwelt gekommen war und Nancys Mutter mit den Worten begrüßt hatte: »Hallo, Maud, was ist es diesmal – Alkohol, Drogen oder Nigger?« Und dann stürzte sie sich in eine Jauchegrube aus Klatsch und Groll, berichtete, Sir Thomas Beecham hätte gesagt, man solle sie – Nancy Cunard – teeren und federn, und dass Lady Cunard überall herumlief und die Leute fragte, ob es stimmte, dass ihre Tochter »einen Neger kennt« … Und die zweite Hälfte war eine Zusammenfassung der Geschichte der Schwarzen in Afrika. *Gut geschrieben*, dachte Peter, *und starker Tobak.* Dazu ein Bericht von einem Prozess in Amerika, dem Fall Scottsboro, bei dem neun junge schwarze Männer zum Tode verurteilt worden waren, eine große Ungerechtigkeit. Und in den ersten sechs Monaten des Jahres 1931 waren dort dreißig Schwarze gelyncht worden. *Gelyncht! Widerwärtig.* Darunter stand ein Spendengesuch für die Unterstützung der Schwarzen. Peter hatte fünf Pfund geschickt.

Und die Leute finden es undenkbar, dass ein weißer und ein schwarzer Mensch sich lieben können. Ich finde das überhaupt nicht undenkbar. Es sind einfach zwei Menschen, die sie selbst sind, mit demjenigen, mit dem sie zusammen sein wollen. Ich finde es gut. Ich finde …

Es war alles so geschmacklos. Und warum musste das etwas mit ihm und Mabel zu tun haben?

Er stellte sich vor, mit seiner Mutter über diese Dinge zu sprechen, mit seinen Kollegen im Büro, vor dem Krieg, mit dem Erzbischof von Canterbury. Er begriff wirklich nicht, warum irgendjemand einen guten Grund haben sollte, darin ein Problem zu sehen. Die Sklaverei war abgeschafft, und es war ja nun nicht mehr so, dass die Hälfte der amerikanischen Wirtschaft davon abhing, einen bestimmten Teil der Menschheit als nicht menschlich zu betrachten. Waren es Scham und Schuldgefühle? *Wir haben euch so lange so schlecht behandelt, dass wir es einfach nicht schaffen, damit aufzuhören, uns euch gegenüber so unglaublich moralisch verwerflich zu verhalten?*

Wenn es keinen Grund für ein Problem gab, wie konnte es dann ein Problem geben?

Und was dachte Mabel darüber?

Peter hatte versucht, das Pamphlet vor ihr zu verstecken, und es war ihm auch gelungen, aber es hatte einen ganz ähnlichen Artikel in *Crisis* gegeben, einer amerikanischen Zeitschrift, die Mabel las. Nun war es Peter, der sich schämte. Er wollte nicht auf diese Weise über diese Menschen denken. Und er wollte sich auch nicht vorstellen, dass andere auf diese Weise über sie dachten. *Wenn selbst ich, ein Engländer der Oberschicht, wütend werde, wenn mich jemand in eine Schublade steckt, wie mag sich das für Mabel anfühlen? Oder für Schwarze allgemein? Es muss grauenvoll sein, beleidigend und ungerecht, und dazu noch der ganze alltägliche Ärger, dass man kein Hotelzimmer bekommt oder keine Arbeit. Ganz gleich, wohin du gehst, die Leute denken nicht, oh, da ist Mabel oder da ist Henry, sondern sie denken, da ist eine Schwarze oder ein Schwarzer. Selbst wenn er Paul Robeson heißt. Außer vermutlich in ihrer eigenen Welt …*

Sie hat eine andere Welt, dachte er, *und es ist nicht meine. Wie finde ich das?*

Obwohl die Frage, wie ich das finde, wohl kaum der springende Punkt ist.

Um Riley zu beruhigen, und weil Riley der Einzige war, der Bescheid wusste, und er ihn an seiner Seite brauchte, lud Peter ihn in den Club ein, um Mabel singen zu hören. Riley wollte nicht mitkommen. Nachtclubs, ausgehen – nein. Das war für ihn alles beklemmend. Er mochte den Lärm nicht, und er mochte es nicht, angestarrt zu werden, sich überlegen zu müssen, wie er sich am besten versteckte, angesprochen zu werden, nicht ohne weiteres antworten zu können und nicht verstanden zu werden; er mochte es nicht, so lange aufzubleiben und mehr trinken zu müssen, als er wollte, um das alles ertragen zu können.

Aber er ging trotzdem mit, denn es ging um Peter, und es war wichtig. Peter sorgte dafür, dass sie einen kleinen Tisch am Rand bekamen, vor Blicken geschützt; er bestellte den Wein vorab, und er setzte sich zwischen Riley und die Menge. Es war voll. Verraucht, lärmend, Gelächter und Parfüm, Chiffon und Cocktails. Für Riley war es wie eine andere Welt. Er lächelte still, setzte sich, nahm seinen Messingstrohhalm heraus und drehte ihn zwischen den Fingern. Es hielt ihn davon ab, zu viel zu rauchen. Vom Rauchen musste er husten, und husten war schwierig.

Mabel kam auf die Bühne, in einem goldenen Kleid voller Pailletten und Glasperlen und mit einem schillernden Fransensaum. Ihr Haar war glatt und glänzend, ihr Lächeln strahlend und rot. Sie winkte ihnen durch den Saal zu, flatternde Finger mit langen dunkelroten Nägeln. Sie machte ein paar Scherze, sang ein paar lustige Nummern und sagte dann: »Jetzt geht's einen Gang runter, Mädels und Jungs. Der nächste Song ist für einen Freund von mir da drüben am Rand. Schaut nicht zu ihm rüber, er ist schüchtern. Ich habe ihn eine Weile nicht gesehen, und ich hoffe, er stört sich nicht an dem Song und an der Widmung. Unser gemeinsamer Freund hat mir den Text zitiert. Das hier ist für die beiden.«

Sie trat ganz nah an ihr Mikrophon und begann, ein langsamer Blues, eine rauchige Stimme, eine geschmeidige Melodie:

Courage … courage … oh courage …
for the big … problems … in life …
Courage – (die Töne verstärkten sich zu einem Crescendo)
Oh Lord, courage, give it to me.

Courage (ein regelrechter Schrei)
for the big
problems
in life …

Oh Lord, courage, give it to me.

Riley saß wie hypnotisiert da, während sie weitersang, jetzt wieder leise, sanft und intim, ein flehentliches Gebet, ganz dicht am Mikrophon:

Oh Lord, and patience,
oh patience, for the small …
Patience, sweet Lord, patience, for the small …

Als sie zu *Be of good cheer, God is awake* kam, liefen ihm die Tränen über die Wangen. Wenn er das zehn Jahre zuvor gehört hätte, hätte er ihre Geister um sich herum gespürt, lärmend und klagend; doch nun hörte er nur, wie sie sich in ihren Gräbern umdrehten wie im Schlaf, eine leichte Bewegung, ein Seufzen. Ferdinand, Dowland, Dowlands Bruder, Burdock, Knightley, Atkins, Jones, Bloom, Bruce, Lovall, Hall, Green, Wester, Johnson, Taylor, Moles, Twyford. Merritt. Captain Harper. Captain Jessop. Baker. Und natürlich Jack Ainsworth, dessen Gebet dies war, dessen Stück Papier, abgegriffen und zerknittert, die Worte darauf kaum mehr zu erkennen, noch immer in Rileys Brieftasche steckte.

Hinterher kam sie zu ihnen an den Tisch, der seidige Umhang halb von den Schultern gerutscht, das Make-up ein wenig verwischt. Riley wollte höflich sein, kurz ihre letzte Begegnung vor all den Jahren erwähnen und mit einem Augenrollen anmerken, wie die Zeit doch vergeht, aber sie setzte sich einfach neben ihn und fragte: »War das in Ordnung? Dass ich die Worte Ihres Freundes für den Song genommen habe? Wenn Sie es nicht möchten, singe ich ihn nicht wieder.« Ihre Hand lag leicht auf Peters Schulter; locker, ein wenig beschützend, zärtlich. Stärkend.

»Das einzige Problem wird sein, Sybil Ainsworth nach London zu kriegen, damit Sie sie ebenfalls zu Tränen rühren können«, sagte Riley, und Mabel lächelte und sagte: »Ich fahre zu ihr, wo immer sie ist, und singe es für sie, wann immer sie will.« Und sie meinte es auch so; Riley sah, dass das Angebot ebenso ehrlich war wie ihre wortlose Verbundenheit mit Peter und ihr großes Herz, das sie öffnete, wenn sie sang.

»Wusstest du davon, Peter?«, fragte Riley und beugte sich vor, doch Peter hatte nichts gewusst. Er konnte sich nicht einmal daran erinnern, dass er ihr von dem Gebet erzählt hatte. »Wann war das noch, Liebling?«, fragte er – *so ein typischer Paarsatz*, dachte Riley. Peter trank Sodawasser und rauchte. Sie sahen schön aus zusammen. *Das scheint zu passen*, dachte Riley.

Mabel fing seinen Blick auf, während sie Peter fragte: »Willst du noch ein Glas?« – die Blickverbindung, die sagte, ich sehe es. Jeder von ihnen sah die Zuneigung zu Peter und die Sorge um sein Wohlergehen in den Augen des anderen, und beide waren froh darüber. Peter bemerkte natürlich nichts davon.

Am Ende hatte Riley bei diesem ersten Mal, als sie gemeinsam losgezogen waren, um Mabel singen zu hören, gesagt – oder zumindest dachte Peter, dass er das gesagt hatte, aber es war dunkel gewesen und ziemlich laut: »Ich finde, du solltest dir selbst einen Gefallen tun, Peter, und sie einfach heiraten.« Aber vielleicht hatte er auch etwas ganz anderes gesagt.

Als Peter in Sidcup aus dem Zug stieg, beschloss er, mit Rose darüber zu reden. Die besonnene, verständnisvolle Rose würde ihm helfen.

Als er zu Hause ankam, beschloss er, es doch nicht zu tun. Wenn er es Rose erzählte, würde er es auch Tom und Kitty erzählen müssen, und würden sie ihn nicht dafür hassen?

DRITTER TEIL

1933

9. KAPITEL

Rom und Bracciano, 1933–1934

IN DEN FOLGENDEN BEIDEN Sommern, 1933 und 1934, fuhr Tom ohne seine Familie nach Italien. Dort zu sein gab ihm ein Gefühl der Freiheit, und die Großartigkeit dieses Gefühls berauschte ihn. Er und Nenna spielten Tennis und fuhren mit Fahrrädern durch die Gegend. *Ich bin ein junger Student,* dachte er. *Ich studiere in Rom.* Er genoss es, das zu denken und zu wissen, dass es tatsächlich so war. Er war erfüllt von seiner eigenen Wichtigkeit und vom Glanz dieses neuen Lebens. Dann, als er sich daran gewöhnte und entspannte, wurde es Wirklichkeit.

Später fragte er sich: *Aber wann ist das passiert? Wie hat sich das entwickelt? Wie wurden die kleinen Dinge zu etwas Großem? Wann hätte ich es bemerken müssen? Warum habe ich es nicht bemerkt – lag es nur daran, dass ich mit den Gedanken anderswo war? Nicht so sehr bei den unregelmäßigen Verben, sondern bei* – und er musste sich für einen Moment seine jugendlichen Leidenschaften eingestehen und seine Torheit, die nur natürlich war: Nenna und die Schönheit und die Fremdheit – die fremd blieb?

1933 – was ist 1933 passiert? Mein Sommer zwischen der Schule und Cambridge.

In dem Frühjahr hatte er sein Bewerbungsgespräch für das Studium der Naturwissenschaften. Es schien gut gelaufen zu sein, aber vielleicht war es auch in die Hose gegangen; er wusste es nicht. Danach ging er ins Pub, in den Blue Boar, und fühlte sich ziemlich erwachsen und stolz und darunter ganz klein, als er die vielen älteren Studenten sah: der größte Junge in der Schule, dem klarwurde, dass er an der Universität der kleinste sein würde.

Außer ihm waren noch ein paar andere Jungen da, die sich ebenfalls um einen Studienplatz beworben hatten, und sie unterhielten sich. Irgendwie kam das Gespräch auf Oswald Mosley, den Gründer der britischen Faschisten-Partei BUF, und ein überheblicher Adligenspross sagte mit widerlich selbstgefälligem Lächeln zu Tom: »Ich weiß gar nicht, warum du dir Sorgen machst, wer immer du bist. Leuten wie uns geht's doch immer gut …«

Leuten wie uns! Tom hätte ihm erklären können, dass sie zwar beide blond, Menschen und männlichen Geschlechts waren und sich um einen Studienplatz in Cambridge beworben hatten, aber dass die Ähnlichkeit da auch aufhörte. Er hätte ihm erklären können, dass er sich nicht über seine Aussprache, seine blauen Augen, seine helle Haut und den Namen, den er Gott gab, definierte, sondern über seine Gedanken und Taten, seine Überzeugungen, sein Herz und seinen Mut und seine Moral. Er hätte den aufgeblasenen Kerl mit nach Hause nehmen und ihm Nadine (jüdisches Blut), Riley (einfacher Herkunft, entstellt) und John Purefoy (Feuerwehrmann! gütiger Himmel!) zeigen können. Er hätte milde darauf hinweisen können, dass er kein Interesse daran hatte, dass es ihm »gut ging«, wenn alle anderen litten – das war nicht das, was er unter »gut gehen« verstand. Er hätte vielleicht sagen sollen, dass man, wenn man die Menschheit schon in verschiedene Typen aufteilte und verallgemeinerte, sie nicht nach Rasse und Religion aufteilen sollte, sondern vielleicht eher in offenherzige, ehrliche und freundliche Leute, die an Gerechtigkeit glaubten und Sinn für Humor hatten, und in egoistische Bastarde, die ihre Macht und ihre Persönlichkeit auf Gier, Angst und Gewalt und einem nicht nachvollziehbaren Gefühl der eigenen Überlegenheit aufbauten.

Doch er wollte ihn einfach nur schlagen. Er wollte es mit aller Kraft, jetzt und hier, in diesem Pub, das nur wenige

Schritte von dem College entfernt war, an dem er eigentlich studieren wollte. Sein Instinkt sagte ihm, dass es das Risiko wert sei, diesem eingebildeten Affen das Maul zu stopfen. Was für eine Idee, dass man sich nicht um die anderen zu scheren brauchte, solange es einem selbst nur gut ging –

Doch er hatte Rileys Lektion gelernt, damals, als er Slater ein blaues Auge verpasst hatte. Gewalt war nur äußerst selten eine sinnvolle Reaktion. Das sah er genauso.

Der eingebildete Affe sah ihn mit hochgezogenen Augenbrauen an.

Tom schluckte und dachte an Riley. Der Augenblick ging vorüber.

Meine Güte, was ich beinahe weggeworfen hätte, dachte er, und dann sagte er ruhig: »Das hängt wohl davon ab, wie man ›Leute wie uns‹ definiert.«

Eine sehr Cambridge-mäßige Antwort, dachte er, als er zum Bahnhof ging, entschlossen, seine Wut stets im Zaum zu halten und nach seinen Werten zu handeln.

Und wie war es damals mit Nenna und mir?

Sie lachte oft über mich, und es machte mir nichts aus.

Er lachte auch über sie. Sie hatten ein gemeinsames Fundament des Vertrauens, über das keiner von ihnen je nachdachte. Sie waren tatsächlich wie Bruder und Schwester, nur dass die Zuneigung zwischen ihnen voll ausgekostet werden musste, weil sie sich so selten sahen. Das machte sie einander gegenüber unkritisch, und dadurch mochten sie sich noch mehr. Die natürliche Überlegenheit, die ihm sein Alter gab – zu Hause hätte er sich nie mit einem vierzehnjährigen Mädchen abgegeben –, wurde dadurch ausgeglichen, dass sie sich in ihrer Heimatstadt befanden und sich in ihrer Muttersprache unterhielten. Sie waren auf Augenhöhe.

Es war das Jahr, in dem eines Tages Hunderte von Flugblättern auf die Stadt niederregneten, aus einem Flugzeug abgeworfen. Sie starrten hinauf in den klaren Himmel. Das kleine glänzende Flugzeug schien so nah, als könnte man zu ihm hinaufklettern, und die Flugblätter flatterten und kreisten im Wind wie Tauben. Die älteren Leute riefen: *Anvedi oh che roba!*, und die jüngeren liefen umher, um die Blätter aufzulesen: Schrift, die vom Himmel fiel! Tom nahm eines davon für Aldo mit, der sagte, manche Leute wären nie zufrieden. Manche Leute wären sehr undankbar und wüssten gar nicht, was für ein Glück sie hätten.

In dem Jahr verbrachten Nenna und Tom den größten Teil der Zeit am See. Sie tauchten ein in die Natur – der schwarze Vulkanstrand, die Felder, mal strohig trocken, mal bewässert und üppig grün, dazwischen Ruinen. Sie hoben den Blick von ihren Büchern und bewunderten die Hügel und Felsen, die schillernden Blauracken und die bunten Bienenfresser, die von Afrika gen Norden geflogen waren, bunte Farbkleckse auf der staubigen Straße, dicke schwarz-gelbe Spinnen, kleine bernsteinfarbene Skorpione, gekringelte Tausendfüßer. Sie zeichneten viel und machten Picknicks.

Eines Tages, als sie sich zwischen den Überresten der kleinen römischen Villa im benachbarten Weinberg niedergelassen hatten, nach einem Mittagsimbiss aus hartem Brot und Salami, bemerkte Tom zum ersten Mal die goldenen Härchen auf Nennas Schienbeinen, die in der Sonne schimmerten. Da sie mit angezogenen Knien dasaß, den Rücken an einen Mauerrest gelehnt, und ihren Tennisrock trug, sah er auch die goldenen Härchen auf ihren Oberschenkeln, und im gleichen Moment begriff er, dass er ihre Oberschenkel nicht ansehen sollte. Also hob er den Blick und nahm sich vor, den Feigenbaum zu betrachten, der aus einem Riss in der Mauer wuchs und sehr groß und üppig geworden war, oder die hohe Kiefer zu bewundern, in deren duftendem Schatten sie saßen. Doch seine Augen schienen weder den Feigenbaum noch die Kiefer ansehen zu wollen. Sie wollten die goldenen Härchen auf ihren Schenkeln ansehen.

Er sah wieder zu ihr. *Nicht auf die Schenkel.* Ohne dass er es wollte, blieb sein Blick an ihrer Bluse hängen und an den Kurven darunter, die im vergangenen Jahr noch nicht da gewesen waren.

Also schloss er die Augen. Im rosigen Dämmer seiner Lider senkte er sie, und als er sie wieder öffnete, blickte er auf weißen Staub, trockenes Gras und die langen bräunlichen Pinzetten der herabgefallenen Kiefernnadeln vom letzten Jahr. Er hob eine davon auf und pikste damit in seinen Handrücken.

Er wusste, was Sex war. Pferde taten es und Hirsche in der Brunft, und er hatte einmal gesehen, wie ein Hund etwas ziemlich Merkwürdiges mit seinem eigenen Glied machte, woraufhin einige von den älteren Jungen auf beunruhigende Weise gelacht hatten. Er wusste, dass die feuchten Träume und die peinlicherweise klebrigen Laken, deretwegen er in der Schule Ärger bekommen hatte, etwas damit zu tun hatten. Aber er wusste nicht, warum er auf einmal diesen unwiderstehlichen Drang verspürte, seine Cousine zu umarmen und sein Gesicht in ihre Halsbeuge zu schmiegen.

»Sieh mal«, sagte er und stocherte weiter mit der spitzen Kiefernnadel auf seine Hand ein. »Wenn du das lange genug und fest genug machst, sieht es bestimmt aus wie ein Ausschlag, und dann musst du nicht in die Schule.«

Nenna sah ihn verständnislos an. »Wovon redest du?«, fragte sie, und darauf wusste er keine Antwort.

»Lass uns schwimmen gehen!«, sagte er, um den peinlichen Moment zu überbrücken, doch dann ging ihm auf, dass Schwimmen sein Problem nicht lösen, sondern noch verschlimmern würde. Er streckte die Hand aus, um ihr hoch zu helfen – eine Geste der Höflichkeit, die er seit Jahren automatisch machte –, und ihr Gesicht landete nur Zentimeter von seinem entfernt, lächelnd und sonnenwarm. Ein Flirren durchlief seinen Körper.

Innerhalb eines Augenblicks war sein Leben zu Chaos geworden. Aufreibend.

»Los, komm!«, rief er übertrieben munter.

Und von da an verbrachte er seine Tage in einem Gespinst aus Gefahren: eine Schulter, die zu nah kam, wenn sie gemeinsam lasen; ihr Atem an seinem Ohr, wenn sie sich vorbeugte; der Schwung ihres Gangs, halb jungenhaft, halb – etwas anderes. Ihre vollkommene Entspannung, wenn sie mit ihm zusammen war. Die Art, wie sie, wenn ihre Blicke sich trafen, »Was ist?« sagte, und er nichts darauf erwidern konnte. *Sie ist ein Kind. Sie ist vierzehn!* Nein, sie war kein richtiges Kind mehr. Aber sie war vierzehn.

Eines Morgens war er mit Aldo beim Fischhändler in Anguillara – Aalstadt! –, wo tatsächlich riesige Aale aus dem See verkauft wurden. Der Fischhändler bewahrte sie in Wasserbecken auf, die unterhalb seines Ladens direkt in den Felsen am Kai gehauen waren. Wenn Tom sich vorbeugte und hinunterspähte, konnte er sie sehen, wie sie sich, über einen Meter lang und dick wie ein Kinderarm, glänzend durch das dunkle Wasser schlängelten. Aldo kaufte sie in Stücken und würde sie später aufschneiden und mit Lorbeerblättern auf glühenden Kohlen grillen. Der Höhlenmann in ihm, der einen amüsanten Kontrast zu seiner Eitelkeit bildete.

»Aldo, was soll ich tun, wenn ich erwachsen bin?«, fragte Tom.

Aldo schnaubte. »Du bist erwachsen. Wie alt bist du, siebzehn? Tu *jetzt* was!«

»Was denn?«, fragte Tom entsetzt – *kann er meine Gedanken lesen?* Es wäre nicht überraschend. Er hatte allmählich das Gefühl, besessen zu sein, und das gefiel ihm gar nicht. *Es ist nicht richtig*, dachte er. *Das gehört sich nicht.*

Doch das war es nicht. Aldo sagte: »Komm mit auf die Jagd. Lern etwas wie ein Mann.«

Und Tom lächelte, weil Riley keine Gewehre mochte und Tom noch nie geschossen hatte. Und weil solche Männerdinge ihn vor seiner wachsenden Besessenheit schützen würden.

Oben in den dunkel bewaldeten Hügeln, zusammen mit Aldo und einer Handvoll Männern aus der Gegend, lernte Tom, ausgestattet mit einem alten Mantel und einem geliehenen Gewehr, den Unterschied zwischen einem Jagdgewehr und einer Schrotflinte, zwischen feinem und grobem Schrot, zwischen einer Wachtel und einer Amsel, einer alten Carcano *novant'uno* und einer nicht ganz so alten Winchester; er lernte die jeweiligen Vorzüge von Franchi und Beretta, Kaliber 20, 28 oder vielleicht sogar 12, *sovrapposti* und *paralleli*, und die Geschichte von dem Sizilianer, der irgendwann in der Gegend aufgetaucht war und versucht hatte, eine abgesägte Schrotflinte zu verkaufen, die er als *lupara* bezeichnete. Er lernte Ausdrücke im dortigen Dialekt, die er nie auf Englisch kennen würde. Er lernte, wann er über diese Dinge reden konnte und wann er still sein und achtgeben musste. Die Freude, wenn sich kurz vor der Morgendämmerung der Wind erhob und mit ihm das Rauschen des Flügelschlags. Es zeigte sich, dass er ein gutes Auge und Ohr hatte: eine Bewegung, ein Knacken, der Hund, der anzeigte, das Erspähen, die Entscheidung und der Schuss! Und der Triumph oder das Scheitern, das Lachen und wieder von vorn … Bei jedem Triumph wechselte er Blicke mit den anderen Männern, wenn er seine Beute aufsammelte, gefiedert und noch warm. Er lernte die raschen Bewegungen des Ausnehmens und Rupfens; er lernte, Feuer zu machen, ein Messer zu schärfen, einen jungen Zweig abzuziehen, um ihn als Spieß zu verwenden, und seinen Fang direkt dort im Wald zu braten. Ein Stück Brot, mit dem Jagdmesser auf die mit Wolle bekleidete Brust zu geschnitten, eine Prise Salz. Dazu einen Schluck selbstgemachten Rotwein oder Grappa aus der Trinkflasche eines der anderen Männer. An einen Baumstamm gelehnt sitzen und ihrem Gesang zuhören. Aldo kaufte ihm ein Jagdmesser auf dem Markt in Bracciano, genau so eines wie die der anderen, scharf und mit einer passenden Lederhülle, die er an seinem Gürtel befestigen konnte.

Ab und an wandte sich das Gespräch anderen Dingen zu als dem Wind, den Vögeln, den Gewehren und dem Mittagessen: leichter Spott über Aldo, weil er ein anständiger Kerl war, obwohl er Römer und ein *forestiero* war; stärkerer Spott über Tom, weil er dachte, ein *forestiero* sei jemand aus dem Wald, dabei war es jemand von *fuori*, von außerhalb. »Dann bin ich also auch ein *forestiero*?«, fragte er. Er erntete schallendes Gelächter und die Antwort: »Leute aus Trevignano oder Tolfa sind *forestieri*! Du bist ein kleines grünes Männchen aus dem All!«

Auf dem Heimweg, als sie beide von der weinseligen Siesta im Wald einen schweren Kopf hatten, erklärte Aldo ihm, was es mit dieser Einstellung auf sich hatte. »Dieser *campanilismo*, der Geist des *campanile*, des Glockenturms – das ist der allgegenwärtige Glaube, die sich selbst erfüllende Prophezeiung, dass die Leute von *da drüben*« – er schwenkte seinen Arm durch die Luft – »dämliche Fremde sind, die dich hassen. Das ist natürlich ein Überbleibsel all der winzigen Staaten und kleinen Städte. Hast du den Palio in Siena gesehen? Nein? Da musst du hin. Purer *campanilismo*, von einem Gebäude zum nächsten. Weißt du, was sie in Mailand sagen? *Dal Pò in giù l'Italia non c'é più* – südlich des Po ist es nicht mehr Italien. Und in Lucca? *Meglio avere un morto in casa che un Pisano alla porta.* Lieber einen Toten im Haus als einen Pisaner vor der Tür. Dabei ist Pisa nicht weit von Lucca! Eine halbe Stunde mit dem Auto. Aber genau darum geht es – diejenigen, die dir am nächsten sind, können dir den größten Ärger machen!« Er sah Tom mit einer Miene gespielter Verzweiflung an. »Sie brauchen ja nicht weit zu gehen, wenn sie deine Kuh stehlen, deine Frau beleidigen und deine Scheune in Brand setzen wollen. Unten in den Marschen nennen die ursprünglichen Einwohner aus den Bergen die Leute, die neu aus dem Norden zugezogen sind, Wikinger. Und die Wikinger nennen die aus dem Süden Kanaken. Deshalb liebt Italien den Duce. Er erinnert uns daran, dass wir Italiener in der modernen Welt sind, nicht verängstigte Bauern aus dem sechzehnten Jahrhundert.«

»Neulich habe ich gelesen«, sagte Tom, »dass er gesagt hat, der Faschismus sei nichts, was man exportieren könne.«

»Ja«, sagte Aldo. »Er ist für uns gemacht, für unsere Geschichte und unsere Bedürfnisse.«

»England braucht ihn also nicht?«

Aldo warf ihm einen Seitenblick zu. »Was denkst du?«

»Ich glaube nicht«, sagte Tom nach kurzem Schweigen.

»Du hast recht. England, Großbritannien, ihr seid ein viel älteres Land, ihr seid vereint, ihr habt euer großes Empire, ihr habt bewiesen, wie diszipliniert ihr seid. Ihr seid ein anderes Volk.«

Tja, das stimmte. Tom musste lachen. *Die guten alten Briten, so kühl und diszipliniert …* Der Gedanke brachte ein Bild von Nenna und die Erkenntnis, dass er keineswegs so kühl und diszipliniert war.

»Ich glaube nicht, dass der Faschismus in Großbritannien je Fuß fassen könnte. Wir haben natürlich Faschisten, und viele Leute bewundern den Duce und auch Hitler –«

»Oh, aber das ist ganz was anderes!«, rief Aldo. »Wir sind keine Deutschen, und ihr seid keine Italiener. Euer Mosley ist ein Spinner. Wir sind alle freie Menschen innerhalb unserer Länder, und wir leben in der wirklichen Welt …«

Sie gingen weiter. Tom überlegte, ob er die Gelegenheit nutzen sollte. Normalerweise sprach Aldo nicht über Politik, wenn Tom nicht davon anfing. Über Geschichte, ja. Aber über die aktuelle Politik, abgesehen von Bewunderung für den Duce, nein. Was die Ideale anging, waren sie einer Meinung: Frieden und Gerechtigkeit und Respekt und Familie und Wohlstand … *Nun, was das angeht, wäre wahrscheinlich sogar Hitler unserer Meinung*, dachte Tom. *Abgesehen davon, dass die Gerechtigkeit und der Respekt und die Familie und der Wohlstand nur für die Nazis gedacht sind.* Campanilismo *in Großbuchstaben? Das ist genau der Punkt bei der Sorte – alles für sie und nichts für die, die anders sind oder aus einem anderen Land.* Er hatte das am eigenen Leib erlebt: der blauäugige blonde Tom, über den manche Leute falsche Schlüsse zogen. *Dieser Lackaffe in Cambridge …*

»Aber, Zio Aldo«, sagte er, »was ist mit der Gewalt? Den

squadristi? Und der Duce hat doch Matteotti töten lassen, oder nicht?«

Aldo drehte sich zu ihm um, bremste ihn und legte ihm die Hände auf die Schultern. Einen Moment lang bekam Tom es mit der Angst zu tun – war er zu weit gegangen?

»Ah«, sagte Aldo. »Hör mir zu, mein Junge. Ein guter Rat: Verleumde die Mächtigen nicht. Wie alt warst du damals? Sechs? Du weißt nicht, was passiert ist. Und noch etwas: Der Duce hat sich wie ein Mann verhalten. Er hat die Verantwortung für das übernommen, was Männer seiner Partei getan haben, und zwar die volle Verantwortung, weil er der Anführer der Partei ist. Er hat getan, was die Ehre verlangte. Und obwohl er viele Feinde hatte und das Gesetz stark ist, wurde er nicht angeklagt. Wäre er nicht von seinen Feinden angeklagt worden, wenn es Beweise gegeben hätte? Es gibt keinerlei Beweise oder Indizien dafür, dass er den Befehl gegeben hat. Und noch etwas, etwas Wichtigeres: Selbst wenn er es getan hat, sei's drum. Ihr Engländer habt euer Land und euer Empire auch nicht ohne Blutvergießen aufgebaut. Macht ist schmutzig. Jetzt kann eure Regierung das Land nur mit Bitte und Danke und Entschuldigung führen; ihr braucht den Tower in London nicht mehr und müsst keine Köpfe mehr abhacken. Schön für euch. Aber man muss realistisch sein! Ein kluger Herrscher weiß, was sein Land sich leisten kann. Matteotti hat die Bemühungen des Duce, Italien aufzubauen, untergraben mit seinem ständigen Gejammer über dies und das, über die notwendige Disziplin und Härte und, ja, auch Gewalt. Als ob er geglaubt hätte, dass man siegen kann, ohne zu kämpfen!«

Aldo löste seine Hände und stieß einen Seufzer aus. »Matteotti war ein Feind«, sagte er. »Nicht vom Duce, sondern vom Fortschritt Italiens. Das ist die Wahrheit. Manchmal ist Gewalt notwendig. Außerdem« – und hier wandte er sich wieder zu Tom, mit einem wissenden Es-ist-nicht-unsere-Schuld-so-sind-die-Dinge-eben-Blick – »liegt es nun mal in der Natur des Menschen, nicht wahr?«

Tom dachte an den Lackaffen und lachte und verdrehte die Augen. Ja, es lag in der Natur des Menschen.

Kurz dachte er an Riley. *Nun ja, bei Riley ist es anders. Er hat genug Gewalt erlebt, und sie hat ihm mehr angetan als den meisten anderen Leuten. Natürlich hat er eine andere Einstellung dazu.*

Sie gingen weiter, und nach einer Weile wagte Tom es, ermutigt durch den Wein und die Freundlichkeit seines Beinahe-Onkels angesichts einer so schwierigen Frage, ihm eine weitere zu stellen: »Wie war dein Vater?«

Es lag nicht daran, dass Riley kein guter Ersatz war. Es lag daran, dass ein Junge, der einen Ersatz gebraucht hat, immer eine Art Leerstelle in sich herumträgt.

Später fiel ihm der Satz »es liegt in der Natur des Menschen« wieder ein.

In der Natur des Menschen oder in der Natur des Mannes? Sex und Gewalt.

Sein Mantra in dem Jahr: *Sie ist vierzehn.*

Kitty vermisste Tom schrecklich, als er zum Studium fortging. Und das, obwohl er ein Stoffel war und sich überhaupt nicht mehr für sie zu interessieren schien; er tat ganz erwachsen mit den Flicken auf seinen Jackenärmeln und all seinen großen Freunden, die sie vollkommen ignorierten, und redete nur noch von Kricket und Burschen und Philosophen und Biergelagen. Während der Osterferien in seinem ersten Jahr war es ihr einmal gelungen, sich in sein Zimmer zu schummeln, wo er mit seinen Freunden saß, und einer von ihnen hatte auf sie gezeigt und gesagt: »Locke, da in der Ecke hockt so ein kleines Pummelchen. Was will das hier?«

Es ist nicht richtig, es ist einfach nicht richtig. Warum so eine Beleidigung, nur weil ich ein Mädchen bin?

Ihre Kricketspiele waren jetzt wie die von den Erwachsenen: eins achtzig große Kerle in Weiß, Mädchen und Mütter, die zusahen, und Gurkensandwiches. Kein Gewimmel mehr von Kindern mit schmutzigen und grasbefleckten Knien. Sie ließen sie nicht mal mehr mit Schach spielen. Oder auch nur bei ihnen sitzen. Außerdem waren sie sowieso nie da, sondern irgendwo da draußen, an Orten, wo sie niemals hinkommen würde. Sie war wehrlos.

Sie wünschte, sie hätte eine Schwester. Oder ein Fahrrad, mit dem sie auf der Straße fahren durfte. Oder eine Krähe, die auf ihrer Schulter saß und davonflog und wiederkam und mit ihr sprach, nur mit ihr. Sie lag auf ihrem Bett und rollte ihre Augäpfel so weit hoch, dass sie andere Universen sahen und weh taten. Sie beschloss, die Bibel zu lesen, und schaffte es sogar durch ein ganzes Kapitel von Henochs und Mahalalels, die immer neue Söhne zeugten, doch von einem Mädchen, das gezeugt wurde, war erst die Rede, als die Gottessöhne sahen, wie schön die Menschentöchter waren, und sich zu Frauen nahmen, welche sie wollten, und da weinte sie, denn kein Gottessohn würde sie nehmen, so dick und dumm, wie sie war; außerdem wollte sie gar nicht ausgewählt werden und auch nicht heiraten, sie wollte –

Sie wollte –

Ich will –

Na, jedenfalls weiß ich, dass ich will, dachte sie und ging nach draußen, um die Wicken zu gießen. In dem Frühling, als sie zusah, wie die Blätter jeden Tag ein wenig weiter herausschauten, wie die zarten jungen Triebe sich mit erstaunlicher Kraft durch die schwarze Londoner Erde schoben, wie sich kleine Tropfen sammelten und an den scharf gefalteten Blättern hinunterrannen, wie die Pflanze ihre haarigen Stängel und wild rudernden Ranken in die Höhe schießen ließ, da dachte sie: *Ich wette, kein Mann wird je ein Buch darüber schreiben, warum es in der Bibel keine spannenden Frauen gibt – die dürfen bloß Kinder kriegen, auch wenn eins davon der Gottessohn ist, oder in fremdem Korn weinen oder einem Mann den Kopf abhacken und den Hunden vorgeworfen werden …*

Ich muss nicht wie Mummy sein. Ich muss keine Kinder kriegen und den Hunden vorgeworfen werden. Ich könnte auch wie Daddy sein und Bücher schreiben. Entweder das, oder ich muss von zu Hause weglaufen. Sie war nicht mutig genug, um von zu Hause wegzulaufen. Sie wollte es auch gar nicht.

Manchmal lauschte sie an der Tür von Nadines Atelier und hörte, wie sie glücklich vor sich hin summte, während sie arbeitete. Sie wusste, dass sie hineingehen durfte, und Nadine würde nett zu ihr sein, ihr Papier und einen Kohlestift geben. Aber sie wollte Nadines fremde, freudvolle Welt der Konzentration nicht stören, die sie zwar spüren, aber für sich selbst nicht erschaffen konnte. Sie erschien ihr als etwas Kostbares.

Sie räumte den kleinen Schreibtisch in ihrem Zimmer auf und dachte: Das ist nicht mehr mein Schlafzimmer. Das ist mein Arbeitszimmer.

Am Nachmittag, nachdem sie die Wicken gegossen hatte, begann sie mit ihrem ersten Roman, in einem nagelneuen blauen Notizbuch: *Die wahre Geschichte von Etheldedra Emmerham* von Katharine Locke. Dann verbrachte sie die nächsten drei Stunden hauptsächlich damit, sich verschiedene *noms de plume* für sich auszudenken.

Dann der Sommer 1934, dachte Tom. *Was war 1934? Die ersten großen Semesterferien – da habe ich den Kurs für italienische Sprache und Kultur belegt und Carmichael kennengelernt, mit dem ich dann ziemlich viel zusammengesteckt habe.*

Nenna zog mit Daniele herum, einem Neffen der Setas, die nebenan wohnten. Sie war total dämlich geworden. Sie krempelte die Ärmel auf merkwürdige Weise hoch und kicherte ständig, und er hatte sich ziemlich von ihr abgewandt, weil sie eine alberne Fünfzehnjährige war, und er war jetzt achtzehn und an der Universität, und er hatte wichtigere Dinge im Kopf, wie es sich für einen jungen Mann gehörte. Dante, zum Beispiel. Er und Johnny Carmichael schlenderten durch die Straßen, tranken Kaffee, fingen an zu rauchen.

Sie hatten ihren Boccaccio und ihren Dante immer dabei und lasen darin, wo es ihnen gefiel, im Forum, auf dem Kapitol, den Rücken an weißen Marmor gelehnt, die Füße im Fluss. Carmichael interessierte sich besonders für den Straßenslang und das Romanaccio und lag meist ein bisschen daneben. *»Anvedi oh!«*, rief er bei allem, was irgendwie ungewöhnlich war, und *»Nnamo a magnà?«*, wenn er Tom einladen wollte, etwas zu essen. Zusammen lernten sie die Namen der vielen Marmorsorten im Fußboden des Petersdoms, und sie neckten die Kinder auf der Piazza, spielten Fußball mit ihnen und machten Scherze.

Das mit Nenna und dem Seta-Jungen kümmerte Tom nicht sonderlich. Ihre Eltern aber offenbar schon, denn sie schlugen vor, dass Tom mitgehen sollte – als Gouvernante! –, wenn Nenna mit Daniele irgendwohin wollte.

Nenna hatte es ganz schön eilig, fand Tom. Zu Hause in Cambridge störte es ihn überhaupt nicht, wenn die Mädchen es eilig hatten. Ältere, interessantere Mädchen, die mehr zu bieten hatten. Aber bei Nenna gefiel es ihm nicht.

Davon abgesehen, las er viel und kehrte recht bald wieder nach London zurück. Wie sich zeigte, war so ein Studium doch ganz schön viel Arbeit.

10. KAPITEL

Rom, 1935

ALS ER NENNA IM Sommer 1935 wiedersah, war erneut alles anders. Er ergab sich förmlich mit erhobenen Händen. *Jesses, diese Schönheit. Was soll ein Mann da machen.*

Sie war nun anscheinend alt genug, um Ausflüge zu unternehmen. Tagesausflüge mit dem Rad oder mit dem Zug: »Pass nur auf, dass ihr nichts passiert«, sagte Susanna. Doch meistens fuhren sie für ein paar Stunden das Baby herum.

Das Baby! Da war es, voll ausgebildet, ein ruhiges, flaumiges Menschlein mit der Ausstrahlung einer Heiligen, einem wissenden Blick, Händen wie Seesternen und einem dreckigen Lachen, das alle um sie herum ebenfalls zum Lachen brachte. Die Kleine hieß Marinella, und sogar Tom erkannte ihre Vorzüge. Er spielte auf ihrem Bauch Trommel, worauf sie so bezaubernd kicherte, dass er seinen Finger in den Honigtopf steckte und sie daran saugen ließ, was sie glucksend und lächelnd tat.

»Es ist so ungerecht«, murmelte Nenna, nahm ihre klebrige kleine Schwester auf den Arm und drückte ihr einen Prustekuss auf die Wange. »Ich kann nie ein eigenes Baby haben ohne einen Ehemann oder einen Jungen, der der Vater ist –«

»Du hast bei den Jungs doch die freie Wahl«, sagte Tom. »Sie lieben dich alle. Solange du sie nicht anbrüllst, dass sie sich benehmen sollen.« Daniele Seta war verschwunden. Seine Tante, die schamlose Nachbarin, die allen Männern schöne Augen machte, schien ziemlich enttäuscht darüber. *Ha!*

Wenn sie mit Marinella loszogen, dachten Fremde, es wäre ihr Kind, und außer dem üblichen Wangenkniff und »*ma che bella*« und so weiter ernteten sie ausgesprochen beifällige Blicke. Auf dem Campo dei Fiori wurden sie an einem einzigen Tag dreiunddreißig Mal von Leuten angehalten, die das Baby bewundern wollten.

»*In Campo dei Fiori son già trentatre!*«, sang Nenna zu der Melodie von *Ma in Ispagna son già mille e tre*, Leporellos Lied darüber, mit wie vielen Frauen Don Giovanni in Spanien geschlafen hatte.

Es war, als würden sie beide ein wenig auf Abstand zu ihren früheren Begegnungen gehen, und eine Zeitlang stand etwas merkwürdig Entschuldigendes zwischen ihnen, beinahe so, als wüssten sie, was sie im Sommer davor auseinander getrieben hatte. Und dann löste sich das auf wie Morgennebel, und sie betrachteten einander neu. Neu, aber mit dem Wissen um das, was vorher gewesen war. Neues Spiel, neues Glück. Neunzehn und sechzehn. Und sechzehn war nicht zu jung.

Doch wenn das stimmte, dann eröffnete sich für Tom ein neues Gebiet, dessen zentrale Frage lautete: War es ihm ernst? Er konnte nichts tun. Er konnte es ihr nicht sagen oder sie küssen oder irgendetwas in der Art. Das hier war keine Einundzwanzigjährige vom Girton College mit kühnem Blick, eigenen Zigaretten und Plänen, nächstes Jahr eine Wohnung in London zu mieten. Das hier war Familie. Marinella, die sie anlächelte, zeigte ihnen genau, wohin das alles führte.

Trotzdem begann es wieder von vorne. Er sah sie an, und sie sah weg. Sie sah ihn an, aber er dachte an etwas anderes. Er dachte: *Sie ist noch nicht mal auf derselben Seite wie ich. Sie ist zu jung. Ich sollte so etwas nicht denken oder fühlen.*

Mist.

Sie saßen an ihren alten Plätzen auf den niedrigen Mauern der Insel, den gurgelnden Fluss unter sich; sie kehrten zum Haus zurück, zu Susannas kühlen, anständigen Zimmern, wo sie aufrecht auf anständigen Stühlen sitzen mussten. Und dann wollten sie nichts als raus, raus, raus. Draußen zu sein war das echte Leben. Im Haus zu sein war Einschränkung. Draußen zu sein bedeutete in Wirklichkeit, drinnen zu sein – in der Welt, in dem, was wirklich zählte. Im großen menschlichen Dasein.

Als die Familie Rom verließ und zum See fuhr, dehnten Tom und Nenna ihre Expeditionen aus: nach Tarquinia, um sich die Türme und die etruskischen Grabmalereien anzusehen, und hoch ins staubige Tolfa zum Eselrennen. Zwei Seen weiter nördlich, bei Bolsena, aßen sie ihren Mittagsimbiss in einem palladianischen Miniaturtempel auf einer Insel voller palladianischer Miniaturtempel und tauchten von einem kleinen Boot aus zu einem versunkenen Sarkophag. Als sie wieder am Ufer waren, schlichen sie sich in die Kirche eines alten Nonnenklosters, wo Nenna Arien und moderne Songs sang – Puccini und Verdi und *Stormy Weather* und *Indian Love Call* – und Tom war überrascht, wie kraftvoll und lebendig ihre Stimme geworden war, die von der Kuppel widerhallte. Sie aßen Eiscreme, lasen gegenseitig in ihren Tagebüchern und planten die Reisestrecke nach Florenz und Venedig, für die Zeit, wenn Tom sein Motorrad haben würde und sie überallhin fahren konnten. Sie schwammen in neuen Seen, dem Lago di Bolsena und dem Lago di Vico, und die betörende Knappheit ihres Badeanzugs widersprach ihm äußerst wirksam, als er sich weiter einzureden versuchte, sie sei zu jung.

Dann und wann fingen sich ihre Blicke. Er wollte sie küssen, die ganze Zeit. Die ganze verdammte Zeit. Na ja, die meiste Zeit. Er hatte nicht die leiseste Ahnung, was sie wollte.

Nenna erkannte Toms Verwirrung natürlich sofort. Sie hatte sich schon gefragt, wann – nicht ob – Tom anfangen würde, sich wie all die anderen kuhäugigen Idioten zu benehmen, deren Unfähigkeit, ihren *bella-alta-bionda*-Körper zu ignorieren und sich stattdessen für ihren wachen Verstand, ihren

Sarkasmus und ihr Talent zum Unsinnmachen zu begeistern, ihr zunehmend auf die Nerven ging. Nach der Sache mit Daniele Seta – wobei da überhaupt nichts gewesen war, gar nichts! – hatten Aldo und Susanna ihr verboten, überhaupt mit Jungs auszugehen. Nicht mal die langweiligen Cousins aus dem Ghetto waren erlaubt, und da war Toms Ankunft wahrlich ein Geschenk des Himmels. Doch wenn ihre Eltern mitbekamen, dass Tom nun auch anfing, kuhäugig zu schauen, würden sie ihn sicher ebenfalls verbannen – aber zum Glück war er Engländer und so verklemmt, dass niemand etwas merkte. Außer ihr.

Sie reagierte darauf, wie sie immer reagierte. *Mal schauen, was du damit meinst. Ist es nur, weil du ein Junge bist? Oder geht es wirklich um mich? Mal abwarten.* Derweil sickerte die Bewunderung ein und wurde durch die Alchemie der Jugend in ein Selbstvertrauen verwandelt, das wiederum nach außen strahlte wie die Sonne in ihrem Haar, ihrem Gang und ihrem Blick – und neue Bewunderung anzog.

Und dann passierte, als sie wieder in Rom waren, etwas vollkommen Absurdes und zugleich Beunruhigendes.

Sie verließen das Haus, um sich mit Carmichael zu treffen und ins Kino zu gehen. *La Moglie di Frankenstein!* Sie hatten Susanna nicht gesagt, dass sie diesen Film sehen wollten. Als sie über die gut besuchte Piazza schlenderten, tauchte auf der anderen Straßenseite ein Mädchen auf, das Nenna aus der Nachbarschaft kannte: Stella, blass, mit hoher Stirn und schwarzem Haar, die Augenbrauen gezupft wie ein Filmstar, die üppigen Lippen zu einem Schmollmund gespitzt.

»Stella!«, rief Nenna, und Stella blickte auf, wie ein Tier, das seinen Namen hört und ein wenig verschlafen nach dem Rufer Ausschau hält.

»Stella! Hier!«, rief Nenna, und als Stella sie erkannte, zeichnete sich auf ihrem ausdruckslosen Gesicht die Andeutung eines Lächelns ab, eine winzige Kräuselung ihrer prallen Lippen. Nenna war mittlerweile bei ihr angekommen und sagte: »*Ciao, amore*, was hast du vor?« Stellas Lächeln breitete sich bis auf ihre sahnigen Wangen aus. »Willst du mit uns kommen?« Da strahlte Stella, und ohne ein Wort schob sie ihre Hand unter Nennas Arm und drückte ihn leicht. Dann wandte sie den Kopf und blickte Tom scheu mit ihren großen Augen an.

»Salve, Stella«, sagte er. *»Sono Tommaso.«*

Stella antwortete nicht. Sie sah nur noch einmal zu ihm auf wie eine Zelluloidpuppe: gemalte Iris, Klapplider und lange, dichte Wimpern.

»Stella redet nicht viel«, sagte Nenna. »Stimmt's, Stella?« Stella lächelte weiter, den Blick nun wieder gesenkt.

So gingen sie bis zur Via del Portico d'Ottavia, wo es offenbar Zeit für ein kleines Ritual war.

»Willst du ein Brötchen, Stellina?«, fragte Nenna. Und Stellina wollte. Beide lächelten verschwörerisch und gingen zur Bäckerei an der Ecke, um sich eins von der ganz harten Sorte zu holen, an denen Tom sich beinahe seine zarten englischen Zähne abbrach, die alle anderen jedoch liebten.

Stella griff danach, lachte und machte eine Bewegung mit dem Kopf, die Freude, Dank und Zuneigung ausdrückte. Nenna verspürte das zufriedene Glühen eines Menschen, der an einem sonnigen Morgen jemandem eine einfache Freude gemacht hatte. Da legte Stella nach kurzem Zögern plötzlich den Arm um Nennas Hals und küsste sie auf den Mund.

Es war süß und sanft – leicht geöffnete Lippen, ein Hauch Atem. Nenna schrak zusammen und erkannte instinktiv, was es war: sexuell. Sie war elektrisiert. Stella trat einen Schritt zurück, lächelte sittsam und klimperte mit ihren langen Wimpern, als warte sie.

Nenna war wie gelähmt vor Schreck, Empörung und leiser Erregung, die in ihrem ganzen Körper vibrierte. Sie riss sich zusammen, schüttelte sich ein wenig und sagte: »Nein, Stella, das darfst du nicht tun. Das ist falsch.« Sie sah aus, als wollte sie lachen. Oder etwas anderes. Sie wischte sich über die Lippen.

»Nein, Stella«, sagte sie energisch.

Bei dem Wort »nein« und dem beleidigenden Lippenwischen trübte sich Stellas Gesicht. Augenbrauen und Mund zogen sich nach unten, das Kinn begann zu zittern. Verletzt schob sie die Unterlippe vor und fauchte Nenna an wie eine Katze. Einen Moment lang dachte Nenna, Stella würde ihr das Brötchen an den Kopf werfen, doch stattdessen drückte sie es fest an die Brust, drehte sich um und stolzierte davon.

»Oje«, sagte Nenna vollkommen durcheinander. Tom, der nicht wusste, was er mit einem Mädchen machen sollte, das gerade von einem anderen Mädchen geküsst und angefaucht worden war, streckte die Hand aus, um sie auf ihre Schulter zu legen, ließ es dann jedoch bleiben.

Nenna drehte sich atemlos zu ihm und sagte: »Mein erster Kuss! *Dio mio* – aber sie kann doch nicht einfach – herrje …«

»Vermutlich ist sie nicht ganz klar im Kopf«, sagte Tom mit beunruhigter Miene, als mache er sich Sorgen um Stellas moralische Verletzlichkeit – was er auch tat, und Nenna ebenso –, aber Nenna sagte: »Wechsel nicht das Thema! Das war mein erster Kuss. Das! Von wegen junge Liebe!«

Und sie fing tatsächlich an zu lachen, schüttelte den Kopf, und dann musste sie sich setzen.

Die Straße um sie herum war weder übermäßig bevölkert noch leer, aber niemand schien den Vorfall bemerkt zu haben, wofür sie dankbar war. »Was für ein Glück, dass niemand es gesehen hat, sonst müsste ich sie jetzt heiraten!«, sagte sie, und ihr Lachen wurde so heftig, dass ihr die Tränen übers Gesicht liefen und sie kaum noch Luft bekam, so dass Tom ihr auf den Rücken klopfte und den Arm tätschelte, bis sie sagte: »Lass das, Masino.«

»Sie wird Schwierigkeiten bekommen«, sagte er.

»Für ein Brötchen hat sie schon immer alles getan«, sagte Nenna. »Als sie ein kleines Kind war, hat es niemanden gestört.«

»Sie ist ein kleines Kind.«

»Sie ist vierzehn.«

»Ein Kind«, sagte Tom.

Nenna wischte sich erneut über den Mund. Es fühlte sich an, als würde sie den Kuss nicht ab-, sondern hineinreiben.

Tom dachte: *Ich könnte sie jetzt küssen.*

Vielleicht würde es helfen.

Gott, nein, das kann ich nicht machen.

Doch dann sah er sie an und dachte: *Es wird einen ersten Kuss für uns beide geben. Es wird passieren. Ich werde es tun.*

Aldo nahm Tom mit, um ihm die neuen Städte zu zeigen. Außerhalb von Cisterna, am Rand der Hügel, hielten sie an und blickten hinunter auf die weite Ebene, die durch Straßen und Kanäle in Rechtecke unterteilt war, glatt wie ein sorgfältig ausgebreitetes Tischtuch. Anmutige Eukalyptusbäume, klein und verschwommen durch die Entfernung, säumten das Ufer und die Gräben. Dahinter lag das blaue Meer, ebenso glatt wie das Land. Tom lächelte.

»Bevor wir mit unserer *bonifica* begonnen haben, unserer Wiedereroberungsarbeit, war das hier Dinosaurierland«, sagte Aldo. »Unkraut und Schilf, Tümpel und Sümpfe, so weit das Auge reichte. Man konnte sich richtig vorstellen, wie Diplodocus und Brontosaurus dort herumspazierten. Wir haben sogar ein Mammutskelett gefunden … Aber jetzt sind da nur noch Frösche. Hast du schon mal Frösche gegessen?«

»Nein«, sagte Tom.

»Solltest du mal versuchen. Die sind lecker. Wir gehen mal bei Olivieri vorbei und kaufen welche. Er fängt sie hier schon seit Jahren. Und Aale auch …«

Aldo zeigte ihm die Städte. Von hier oben sahen sie aus wie Sterne und Kreise, geometrische städtische Paradiese inmitten eines Schachbretts aus grünen und braunen Feldern. Littoria, 1932 eröffnet, Sabaudia, 1934, und Pontinia, das noch im Entstehen war. »Es wird nicht mehr lange dauern«, sagte Aldo. »Wir haben Sabaudia in zweihundertdreiundfünfzig Tagen erbaut. Littoria – sieh nur, wie schön es jetzt ist – war wenige Stunden vor der Eröffnung noch ein einziges Chaos. Es hatte einen schlimmen Sturm gegeben, und überall war Schlamm und Wasser.«

»Ich dachte, die *bonifica* hätte die Überflutungen gestoppt«, sagte Tom.

»Größtenteils. In jener Nacht jedoch nicht. Die Männer haben die ganze Nacht gearbeitet, und es geht die Geschichte, dass sich auf der Piazza der Boden geöffnet und einen ganzen Traktor verschlungen hat. Angeblich haben alle Arbeiter, die in der Stadt waren, versucht, ihn mit einem Seil festzuhalten, aber er war zu schwer, und sie mussten loslassen.«

»Stimmt das wirklich?«

Aldo zuckte die Achseln und schmunzelte nachsichtig. »Wer weiß. Als der Duce morgens kam, um seine Ansprache zu halten und ein paar Bäume zu pflanzen, war alles wieder hübsch hergerichtet. Aber es heißt, der Fahrer des Traktors hatte ein Kätzchen bei sich, das nicht gerettet werden konnte, und in stürmischen Nächten hört man es miauen …«

»Der Traktor ist also noch unter der Piazza?«

»Angeblich schon. Vielleicht hat ihn auch jemand verkauft. Es war nur ein einfacher Traktor, keiner von den großen mit den ganzen Eimern. Ach, die kennst du ja noch gar nicht – komm, ich zeige dir einen.«

Aldo grinste und strahlte, während er Tom zu dem riesigen Tischtuch hinunterfuhr, über eine nagelneue Straße, an einer nagelneuen Böschung entlang, bis zu der Stelle, wo ein mächtiger Dinosaurier aus Stahl und Strom seinen langen Hals in eine Mulde aus Wasser und Schlamm senkte. Er war mit einer Reihe großer Eimer geschmückt, die, aufgereiht wie Perlen an einer Kette, unablässig in Bewegung waren und schöpften, schöpften, schöpften und dann kippten, kippten, kippten. Ein Stück weiter standen kräftige, braungesichtige Männer in Hemdsärmeln und mit Kappe auf dem Kopf in einem Kanalbett aus zähem Schlamm und schaufelten und warfen und schaufelten und warfen. Noch weiter weg, so dass sie fast über der Ebene zu schweben schienen, sah Tom drei weitere Dinosaurier mit langem Hals, deren Eimer schöpften und kippten, schöpften und kippten, und überall waren Horden von Männern, die schaufelten und warfen, schaufelten und warfen. Der Gestank war widerwärtig und der Lärm ohrenbetäubend. Das Ganze war wie ein schwerfälliger Tanz, urzeitlich und industriell zugleich. Tom war wie gebannt.

Aldo sagte etwas über Explosionen, über Felsvorsprünge, die gesprengt werden mussten. Tom stellte sich Schlammfontänen vor, die gen Himmel spritzten.

»Die Arbeiter sind aus dem Norden«, sagte Aldo voller Begeisterung, weil alles so perfekt zusammenpasste. »Ehemalige Soldaten. Sie werden ein eigenes Haus und eigenes Land bekommen und jeden Tag Chinin gegen die Malaria. Sie bauen Italien auf, und Italien baut sie auf.«

Sie machten kehrt, wandten sich von der aufgerissenen Landschaft ab, wo die Männer und die Maschinen noch kämpften, um dem Wasser Boden abzuringen, und kamen zu dem geretteten Land, flach und perfekt, mit kleinen Obstbäumen, Feldern, die auf ihre erste Ernte warteten, neuen Häusern, blau mit roten Fliesen, hübsch und sauber, die in gleichmäßigen Abständen auf dem nackten Land verteilt waren. Aldo winkte den Leuten zu, an denen sie vorbeikamen: Frauen, die auf dem Feld arbeiteten, Kindern. Sie winkten zurück. »In jedem Haus sind Moskitonetze eingebaut«, sagte Aldo, und einen Moment lang sah er so aus, als würde er gleich weinen.

»Komm, ich zeige dir die Pumpen. Sie sind unten in Mazzocchio. Es sind sechs, jede davon so groß wie ein Flugzeug und genauso laut. Sie saugen über vierzigtausend Liter Wasser in der Sekunde auf und schicken sie durch die Kanäle ins Meer.«

»Was würde passieren, wenn sie kaputtgingen?«, fragte Tom.

Aldo sah sich um. »Dann stünde alles wieder unter Wasser. Innerhalb einer Woche oder so.«

»Es sieht alles so perfekt aus«, sagte Tom. »Wie eine Spielzeugstadt.«

Aldo lächelte.

»Haben hier vorher auch schon Menschen gelebt?«

»Kaum«, sagte Aldo. »Vielleicht ein paar.«

»Was ist aus ihnen geworden?«

Das wusste Aldo nicht.

Als sie über die Via Appia nach Rom zurückfuhren, fragte Tom: »Bist du dem Duce schon begegnet?«

Aldo sah ihn überrascht an. »Natürlich! Schon oft! Er kommt regelmäßig hier runter, um die Arbeit zu bewundern – und um mit anzupacken. Hemd aus, graben, bei der Ernte helfen. Außerdem« – er warf Tom einen Seitenblick zu – »hat er hier in der Gegend eine Freundin. Er kommt mit seiner Moto Guzzi, um sie zu besuchen. Dann tun wir so, als würden wir ihn nicht erkennen.«

»Hast du schon mit ihm gesprochen?«

»Natürlich!«, sagte Aldo. »Alle sprechen mit ihm. Und er hört allen zu. Vor allem aber gibt er dir eine klare Antwort, und er hält sein Wort.«

Wenn die Jungs auf der Straße den Mädchen *»Eh, bionda!«* und Ähnliches zuriefen, in einem ganz anderen Tonfall als dem, den ihre Großmütter früher Kitty gegenüber verwendet hatten, schoss Nenna ihnen eine Antwort entgegen, die so trocken und salzig war wie Anchovis. Sie riefen kein zweites Mal. Es sprach sich herum.

Es ist alles ein großer Tanz, dachte Tom. *Ja und nein, vor und zurück.*

»Das machen die, weil sie einen Scheck über siebenhundert Lire bekommen, wenn sie heiraten«, neckte er sie. »Die wollen euch nur wegen des Geldes.«

Tom rief den Mädchen auf der Straße nichts zu. Ob es ihm gefiel oder nicht, er war ein englischer Gentleman. Er war sich mittlerweile nicht mehr so sicher, dass es ihm gefiel. Er konnte Nenna aufziehen und sie dazu bringen, dass sie ihr Gesicht verzog, so wie jetzt, zusammengekniffene Augen, Schmollmund, dazu der Blick, der sagte: »Ja, ja, ich weiß, was du vorhast«, aber er konnte nicht – *was kann ich nicht?*, fragte er sich. *Wenn ich kein englischer Gentleman wäre* – doch da hörte der Gedanke auf. Er war ein englischer Gentleman, und daran konnte er nichts ändern.

Aber englische Gentlemen berührten Frauen. Sie zeugten Kinder. Sie drückten Mädchen beim Tanzen zu eng an sich. Sie gingen mit ihnen hinaus auf die Veranda, küssten sie in Autos und lungerten stundenlang auf dem Parkplatz vor dem Tennisclub herum. Sie machten sich an Kellnerinnen und Stadtmädchen heran, und – das hatte er zumindest gehört – sie gaben Mädchen, die sie auf Bahnhöfen oder in Pubs trafen, Geld, damit sie Dinge taten, wie sie einige von den Jungs in der Schule miteinander getan hatten …

Aber nichts von alldem hatte etwas mit Nenna zu tun. Nenna war – nun, sie hatte nichts damit zu tun.

»Sie wollen Blondinen wegen ihrer hübschen arischen Gene«, sagte Nenna. »Und Männer mit vielen Kindern kriegen bessere Stellen, deshalb müssen sie früh anfangen. Ich sollte wohl einen von ihnen heiraten, damit ich auch früh anfangen kann.«

»Du bist viel zu jung«, sagte Tom in seinem neckenden Tonfall, der seine ganzen schmutzigen Gedanken verscheuchen sollte. »Ein halbes Kind.«

»Noch jüngre wurden oft beglückte Mütter«, zitierte sie mit einem kleinen Lachen Shakespeare. »Aber keine Sorge, Tommaso, ich warte auf dich. Wir können heiraten, wenn wir alt genug sind und wissen, dass uns sonst keiner will. Wenn wir fünfundzwanzig sind.«

»Aber wenn wir so lange warten, wann sollen wir dann unsere sieben Söhne kriegen?«, fragte Tom fröhlich grinsend, während vor seinem inneren Auge plötzlich phantastische Bilder aufleuchteten, schockierende Bilder von ihm und Nenna, wie sie Söhne zeugten, Bilder von goldenen Schenkeln und wilden Locken und Brüsten und Lippen … »Fünftausend Lire für jeden Sohn, vergiss das nicht!«, rief er. *Großer Gott, ich werde verrückt.*

»Und dazu noch die Lebensversicherung!«, sagte Nenna. Das war eine weitere Großzügigkeit des Duce gegenüber seinem Volk: Falls der patriotischen Mutter etwas zustieß, gab es eine Versicherungssumme, damit ihre sieben prächtigen italienischen Söhne versorgt waren. »Kennst du die Signora mit den vierundzwanzig Kindern? Sie ist schon wieder schwanger!«

»Stell dir das mal vor«, rief Tom. »Fünfundzwanzig Kinder, angezogen wie Vittorio und Stefano mit ihren kurzen Shorts und ihren eichelförmigen Mützen, die durch die Wüste marschieren, um Abessinien zu erobern, und dabei singen« – und er sang – »*Ti saluto, vado in Abissinia, cara Virginia, ma tornerò.* Wenn sie ein anderes Land erobern wollen, müssen sie natürlich einen anderen Mädchennamen nehmen … *vado in America, cara Angelica* oder *vado in Albania, cara Tania …*«

Das ist besser. Na ja, wie man's nimmt. Immerhin sind wir bei einem anderen Thema.

»*Bulgaria, Maria*«, sagte Nenna.

»*Uganda, Amanda.*«

»*Bolivia, Olivia.*«

»*Tanganica, Veronica!*«, rief Tom.

»*Nigeria, Valeria!*«, rief Nenna.

»*Australia, Eulalia*«, trumpfte Tom auf und beide krümmten sich vor Lachen.

Am Ende saß Tom buchstäblich auf seinen Händen, mit hochrotem Kopf, und Marinella beobachtete sie mit großen Augen und einem Ausdruck unendlicher Weisheit.

Lag es daran, dass ich so vernarrt in sie war? War ich einfach blind?

Tom schrieb an Nadine und Riley.

Liebe Alte. Es geht allen gut. Das Baby ist sehr niedlich, aber überall liegen volle Windeln, was nicht so mein Bier ist. Apropos Bier: Ich sehne mich nach einem richtigen Pint. Das mit der *autarchia* wird hier immer extremer. Nenna hat einen absolut scheußlichen Mantel, der anscheinend aus Milch hergestellt ist. Das Zeug nennt sich Lanital. Klingt wie ein Medikament oder ein Putzmittel. Aldo findet das alles großartig und glaubt ernsthaft, dass Kaffee nicht gesund für uns ist und Zichorie genauso gut schmeckt. Auch Schuhe aus Leder sind nicht nötig, wir sollen lieber welche aus Kork oder Gummi tragen. Ich fühle mich ziemlich privilegiert, weil ich weiter meine englischen Schnürschuhe tragen darf. Aber die sind natürlich auch nicht unpatriotisch, weil sie englisch sind und ich auch. Ich habe es geschafft, eine ganze Woche am See zu verbringen, bevor das Semester losging, und konnte meine Tauchzeit weiter verbessern. Da ich allerdings noch keine Technik gefunden habe, wie ich unter Wasser eine Stoppuhr ablesen kann, und Nenna es nicht sonderlich spannend findet, meine Zeit zu messen, weiß ich immer noch nicht genau, wie lange ich unter Wasser bleiben kann. Eigentlich hatte ich vor, Stefano bei diesem Experiment zu meinem Assistenten auszubilden, aber leider musste er büffeln, und jetzt sind alle wieder in der Schule, so dass ich genauso schlau bin wie zuvor. Nachdem ich mir letzten Sommer das Wasser des Tiber unter dem Mikroskop angesehen habe, das geradezu wimmelte von (zumindest mir) unbekannten Lebensformen, werde ich meine Forschungen wohl nicht weiter betreiben, wenn wir wieder auf der Insel sind. Ich war bei ein paar Kundgebungen, alle ganz mitreißend, aber jemand meinte, die Panzer wären aus Holz – nun ja …
Schöne Grüße von Aldo und den anderen. Es ist Zeit fürs Abendessen, also *accubituri vos salutant* – die Futterge-

weihten grüßen euch. Ich sage jetzt nicht, ich schreibe bald wieder, weil ich das vermutlich nicht tun werde – Liebe Grüße, Tom

Ein Dirigent hatte das Land verlassen, weil er nicht bereit war, vor seinen Konzerten *Giovinezza* zu spielen.

»Wie dumm von ihm«, sagte Nenna. »Warum spielt er es nicht? Das ist seine Aufgabe, und es ist ein hübsches Lied.«

Tom sagte, er habe in der Zeitung gelesen, dass ein Senator den Dirigenten geohrfeigt hatte, weil er es nicht spielen wollte.

»Na ja, es bedeutete ihm bestimmt viel«, sagte Nenna. »Lieder können eine starke Bedeutung haben. Weißt du noch, wie wir auf und ab marschiert sind?« Sie erinnerten sich, wie Nenna und Kitty es gesungen hatten: *Giovinezza, giovinezza, primavera di bellezza* … Jugend, Jugend, Frühling der Schönheit … Man konnte es nicht singen, ohne zu marschieren.

Nenna ging wieder zur Schule. An einem Wochenende nahm ihre Turngruppe an einer Parade teil. Tom ging zusammen mit Susanna und Aldo und den beiden Jungen hin, um zuzuschauen. Johnny Carmichael, der wieder im gleichen Kurs war wie er, kam ebenfalls mit.

Der Duce stand sicher irgendwo dort oben, die Daumen in den Gürtel gesteckt, um seine breite Brust noch besser zu präsentieren, und ließ sich feiern. Sie reckten die Hälse, konnten ihn jedoch nicht sehen. So viele Menschen zogen vorbei! Junge Männer mit Mützen voller Abzeichen; Jungen von der Balilla, die so zackig marschierten und die Arme dazu schwangen, dass die Ellbogen auf die Schuhspitzen zeigten. So viel Gleichschritt. So viel Salutieren. Aldo und die Jungen jubelten und stampften mit den Füßen, und als Nennas Turngruppe radschlagend vorüberzog, wirbelnd und tanzend wie große weiße Blüten, hob sich Toms Laune – natürlich angeregt durch die allgemeine Begeisterung. Und ja, auch durch den Anblick ihrer langen, kraftvollen Beine, die durch die Luft flogen. Ihre Haare waren zu einem festen Knoten gebunden, und als er das sah, war er froh, dass sie sie nicht kurz trug und mit Spangen feststeckte wie die anderen Mädchen. Ihr Gesicht leuchtete vor Anstrengung und Stolz, als es an ihm vorüberwirbelte. An ihren gebräunten, beweglichen Armen zeichneten sich die Muskeln ab, und ihr Bauch unter dem weißen Oberteil war straff und glatt.

»Da ist sie! Da ist sie!«, riefen Stefano und Vittorio, und Susanna, die neben Tom stand, legte ihre Hand auf seinen Arm und lächelte ihm voll mütterlichem Stolz zu, was ihm die Schamesröte ins Gesicht trieb. Carmichael, der auf der anderen Seite stand, flüsterte: »Was hältst du von alldem? Ziemlich albern, findest du nicht? Aber eindrucksvoll.«

»Mussolini ist der perfekte Staatsmann für Italien!«, sagte Tom. »Jeder Italiener weiß, dass sie Disziplin und einen starken Führer brauchen. Sie sind nicht wie wir Engländer, die von Natur aus vernünftig sind und hart arbeiten.«

»Lass das«, sagte Carmichael kichernd.

»Was denn?«, fragte Tom.

»Das war doch ein Witz, oder?«

»Du klingst wie Papà«, sagte Stefano.

Carmichael verstummte.

Tom verstand nicht so recht, was da in Abessinien vor sich ging. Es gab irgendeine Unstimmigkeit, Mussolini hatte Soldaten hingeschickt, und dann hatte sich der Völkerbund eingemischt. Tom hielt nichts davon, in fremden Ländern einzumarschieren. Wie konnte das richtig sein?

Aldo, der gerade gut gelaunt und munter von einer weiteren Parade kam, lachte. »Und das von einem Sohn des hinterhältigen Albion! Hast du schon mal vom britischen Empire gehört? Mein lieber Junge, gestattest du, dass ich zitiere?« Er trat ans Regal und griff nach einem Aufsatz. Er brauchte einen Moment, bis er die Stelle fand.

»Hier«, sagte er und las vor: »Kaum dass die Briten gesättigt sind von ihren kolonialen Eroberungen, ziehen sie dreist einen Strich durch die Seite im Gedenkbuch des Herrn und verkünden: ›Was für uns bis gestern noch richtig war, ist für euch heute falsch.‹«

Tom überlegte kurz und sah ein, dass Aldo nicht ganz unrecht hatte.

»Aber Anthony Eden versucht, Frieden zu schaffen«, sagte er. »Frieden ist doch sicher besser, oder?«

»Ein Waffenembargo!« Aldo schnaubte. »Deine Leute versuchen uns vorzuschreiben, was wir zu tun haben. Pass auf: Der Duce will nur zurückholen, was von Rechts wegen uns gehört und was deine Leute – Albion! – uns in Versailles weggenommen haben. Außerdem ist es die Pflicht eines mächtigen Landes, die Zivilisation zu verbreiten. Haben wir nicht alle Reiche? Frankreich? Russland? Deutschland? Und wenn wir dort einmarschieren, werden die Neger von unserem Standard profitieren! Sie werden hocherfreut sein!«

Tom überlegte erneut einen Moment und kam zu dem Schluss, dass er schon ein wenig stolz auf das Empire war und dass es nicht so abwegig war, wenn Italien auch ein eigenes Reich haben wollte.

»In Abessinien herrscht noch Sklaverei!«, sagte Nenna. »Das ist schrecklich! Das muss abgeschafft werden.« Ihre Augen waren groß und schockiert. »Steht so etwas denn nicht in den englischen Zeitungen?«

Ihre Augen waren so schön, dass er kaum hörte, was sie sagte.

»Ihr solltet besser vorsichtig sein«, sagte Aldo. »*Inglese italianato, diavolo incarnato.* Der italianisierte Engländer ist der personifizierte Teufel.«

Tom bemühte sich wirklich, sich auf den Kurs zu konzentrieren. Mehrere Wochen lang redete er sich ein, dass er es genoss, konzentriert zu arbeiten und mehr Zeit mit den Jungs aus dem College zu verbringen. Im Oktober würde er zum Studium nach England zurückkehren, aber bis dahin wollte er so lange wie nur möglich hierbleiben. Er las die Zeitungen, vorzugsweise englische oder amerikanische, wenn er sie bekommen konnte: Joe Louis, der Braune Bomber, siegte über Max Baer, den früheren Weltmeister im Schwergewicht (was Aldo nicht gefallen würde: Im Juni hatte Joe Louis Mussolinis Jungen, Primo Carnera, den Wandelnden Alptraum, besiegt, obwohl er zweiundzwanzig Zentimeter kleiner und dreißig Kilo leichter war). Howard Hughes war mit dem Flugzeug, das er selbst entworfen hatte, 567 Kilometer pro Stunde geflogen. Hitler hatte die Nürnberger Gesetze erlassen, die den deutschen Juden die Reichsbürgerschaft aberkannten. Der Flieger Hubert Fauntleroy Julian, der Schwarze Adler von Harlem, hatte sich freiwillig zur äthiopischen Luftwaffe gemeldet und war auf dem Weg zu einem Treffen mit Haile Selassie – das versetzte Tom einen Stich. Er hatte Hubert Fauntleroy Julian verehrt, seit er zum ersten Mal über dessen Flüge und Fallschirmsprünge in New York gelesen hatte. Julian hatte dabei einen roten Anzug getragen und Saxophon gespielt, und die Menge war durch die Straßen von New York hin und her gerannt, weil der Wind ihn mal hierhin und mal dorthin wehte. Einmal war er auf der Polizeiwache in Harlem gelandet. Oder so etwas in der Art.

Aldos Stimmung war nicht die beste. Die letzte Phase der *bonifica* im Agro Pontino war abgeschlossen, und alle waren entlassen worden – Tausende von Männern. »Das ist gut«, sagte er. »Sie fingen schon an sich zu beschweren, wegen der Opfer, die sie bringen mussten. Als ob man irgendetwas erreichen könnte, ohne zu leiden.«

»Was haben die Männer denn beanstandet?«, fragte Tom.

»Ach, das Übliche. Die Lager sind überfüllt, der Lohn ist zu niedrig, das Essen ist schlecht, es ist schmutzig, es gibt nicht genug Ärzte –«

»Stimmt das denn?«

»Natürlich stimmt es! Das ist ja schließlich nicht die *Opera Nazionale Dopolavoro*, die sich um ihre Freizeit kümmert! Die können doch nicht erwarten, dass sie den ganzen Tag rumsitzen und *briscola* spielen! Aber jetzt sind sie alle entlassen, also ist auch Schluss mit dem Gemecker. Für die nächste Phase werden sie Männer einstellen, die mehr Enthusiasmus mitbringen. So wie ich!«

Eines Abends Anfang Oktober, als Tom in seinem Zimmer saß und las, kam Nenna herein, packte ihn am Arm und sagte: »Komm mit, am Palazzo Venezia ist eine große Ansprache.« Er ließ sich von ihr mitziehen. Vittorio und Stefano, die Aufregung witterten, liefen hinterher.

Es war nicht weit, nur über die Piazza und durch die Via dei Delfini. Von allen Seiten strömten Leute herbei, in Erwartung einer guten Nachricht. Es schien, als wäre ganz Rom auf den Straßen, und die Menschen drängten sich bis hoch auf die Stufen des Vittoriale oder Vittoriano oder der »Schreibmaschine« oder »Hochzeitstorte« – jenes riesige weiße Gebäude mit den Säulenreihen und den Triumphwagen auf dem Dach, das zu Ehren von Vittorio Emanuele II. errichtet worden war. Alle bewegten sich in dieselbe Richtung, wie vom Licht angezogene Motten: Soldaten und Bauern, Matrosen und Matronen, Kinder und alte Männer, Mädchen und Jungen, Faschistenabzeichen, Bänder und Orden, suppenfleckige Krawatten und abgetretene Schuhe, schwarze Hemden und knielange Hosen, Röcke und Nylonstrümpfe, Hüte und Anzüge, dreibeinige Hunde und schreiende Säuglinge. Tom nahm die beiden Jungen an die Hand, um sie nicht zu verlieren, während sie die Hälse reckten und etwas zu sehen versuchten. Oben auf dem berühmten Balkon im ersten Stock des roten Palazzo dröhnten die Lautsprecher blechern, als der Duce erschien, adrett und mit stolz gereckter Brust, und seine Stimme über die Rufe der Menge erhob – *DU-CE! DU-CE! DU-CE!* Nenna sah mit leuchtenden Augen zu Tom, die Brauen verschwörerisch gehoben, dann wandte sie ihr strahlendes Gesicht dem Palazzo und dem Mann zu.

»*Dux, mea lux!*«, schrie eine Frau neben ihnen und reckte die Arme in einer Mischung aus Faschistengruß und Sehnsucht nach einem Geliebten. Führer, mein Licht. »*DUX, MEA LUX!*«

»Ist ja gut, altes Mädchen«, murmelte Tom. Doch die Menschen glühten. Eine Art Stolz und Klarheit erleuchtete sie, alle blickten in dieselbe Richtung, verbunden in gemeinsamer Gewissheit, und alle riefen immer wieder dasselbe, die fortwährende Grundmelodie von *DU-CE! DU-CE! DU-CE!*, und darüber die ekstatischen Schreie *DUX, MEA LUX!*

Alle verstummten, als er zu sprechen begann.

»Schwarzhemden der Revolution!«, rief der Duce. Seine Art war wie immer knapp, freundlich und kraftvoll - entspannt, wie ein Lehrer, der weiß, dass er beliebt ist. »Männer und Frauen Italiens! Hört mir zu.« Und sie hörten ihm zu, als hätte ihr Vater sie zu sich gerufen, um ihnen etwas Wichtiges mitzuteilen. »Hört mir zu. Bald schlägt unserem Vaterland eine feierliche Stunde. Zwanzig Millionen Italiener stehen in diesem Moment auf den Plätzen überall in Italien - zwanzig Millionen Menschen, mit *einem* Herzen.« Beifallsrufe erklangen. »*Einem* Willen.« Wieder Beifallsrufe. »*Einer* Entscheidung. Es ist nicht nur eine Armee, die auf ihr Ziel zumarschiert, sondern ein ganzes Volk von vierundvierzig Millionen Seelen.« Erneuter Beifall. »Ein Volk, dem die schwärzeste Ungerechtigkeit zugefügt werden sollte: uns unseren kleinen Platz an der Sonne zu nehmen. Dreizehn Jahre lang haben wir uns in Geduld geübt - dreizehn Jahre, während derer die Schlinge der Selbstsucht, die unsere natürliche Kraft erstickte, immer enger gezogen wurde! Äthiopien gegenüber haben wir uns vierzig Jahre lang in Geduld geübt - Schluss damit!«

Wellen durchliefen die Menge; das köstliche Gefühl, ein Herz zu sein, ein Wille, unter einem Führer. Tom betrachtete die Gesichter der Leute um ihn herum. Sie waren nicht hysterisch. Sie liebten ihn. *Das ist bestimmt schön*, dachte Tom. *Die Engländer würden für ihren König nicht so in Massen auf die Straße gehen …*

»Das ist alles eure Schuld!«, rief Stefano frech, als die Ansprache beendet war. »England ist so selbstsüchtig! So reich und gierig, und es gönnt Italien seinen Erfolg in Abessinien nicht.«

»Und weißt du auch, warum?«, stimmte Vittorio ein. »Weil England Angst hat! Weil England alt und schwach ist, und Italien ist so jung und stark! Der Duce ist Julius Cäsar, und wir haben euch schon mal erobert!«

»Seid gefälligst still, ihr kleinen Ungeheuer«, rief Tom, zog seine finsterste Miene und kitzelte sie, worauf sie es natürlich abgesehen hatten. Sie waren gerade noch klein genug, dass er sie beide in Schach halten konnte, wenn Nenna ihm half.

»Wir werden es euch schon zeigen!«, riefen die beiden Jungen. »Wir werden es allen zeigen!« Tom schwang sich Stefano auf den Rücken und sprang mit ihm zum Ärger der Leute durch die Menge, die sich allmählich zerstreute, während Vittorio und Nenna sich vor Lachen ausschütteten.

Die beiden Jungen liefen nach Hause, auf ihren eigenen Wegen, zu ihren eigenen Abenteuern, wie wilde Tiere. Nenna wollte noch nicht zurück.

»Komm«, sagte sie und steuerte auf den Fluss zu. »Du reist schon so bald ab, und wir haben uns seit einer Ewigkeit nicht mehr richtig gesehen. Immer die Arbeit – ich habe mich schon gefragt, ob du mir aus dem Weg gehst!« Ihre Augen funkelten, und der nahende Abend hüllte alles in eine dunstige Feuchtigkeit, eine Kühle vom Wasser und den Geruch von sterbendem Laub.

Für Tom sah sie so aus, als wüsste sie alles, verstünde alles und verzieh alles.

Ein schrecklicher Gedanke schoss ihm durch den Kopf: Ich werde sie küssen.

Ich werde sie küssen. Großer Gott, ich werde sie küssen.

Dem zu widerstehen wurde seine größte Verantwortung. Er konnte seine Füße bewegen, in diesem scheinbar so unschuldigen Spaziergang, und er konnte diesem Gedanken widerstehen.

Er küsste sie nicht. Nach wenigen Schritten schlang sie, erfüllt von dem Gedanken, wie sehr er ihr fehlen würde, die Arme um seinen Hals und küsste ihn auf die Wange, schmiegte ihren Kopf an seine Schulter, umarmte ihn fest, wie sie es bei Marinella oder einem geliebten Hund tun würde, und sagte: »Jetzt drück mich doch mal, du bist die ganze Zeit so abweisend.« Und der arme Tom, überwältigt von der Unschuld ihrer Geste, ihres ganzen Wesens, spürte, wie eine vollkommen unvermeidliche, vollkommen unpassende und alles überrollende Woge männlichen Verlangens in ihm aufwallte. Sein Körper konnte nicht anders, als vor Freude zu vibrieren, während sein Kopf schimpfte: *Du hinterhältiger Mistkerl!* Sein Körper jubilierte, hob sich ihr entgegen, und sein Kopf brüllte: *Du darfst das nicht fühlen!* Er versuchte verzweifelt, ihre unvermittelte Nähe gleichzeitig zu genießen und zu ignorieren: den weichen, unwiderstehlichen Druck ihres Busens an seiner Brust; ihre Schenkel – Gott steh ihm bei – an seinen; ihren Atem an seinem Hals. Derweil schwebten seine Hände starr und gespreizt wie Seesterne wenige Zentimeter über ihrem Körper, in dem verzweifelten Bemühen, nicht auf ihrem Rücken zu landen oder gar auf ihrem – *oh Gott* –, und seine Kehle war wie zugeschnürt, so sehr versuchte er, nicht ihren Namen zu keuchen.

Das darf nicht sein –

In dem Moment kam Aldo dazu, tippte Tom auf die Schulter, drehte ihn zu sich um und schlug ihm mit der Faust ins Gesicht.

Tom taumelte. Der Schlag war gut gesetzt.

Nenna schrie: »Papà! Papà, was tust du denn?«

Aldo ging erneut auf Tom zu, die Stirn gesenkt, die Fäuste erhoben, und sagte, ohne sie anzusehen: »Die Frage ist eher, was tust du, *puttana*? Geh nach Hause und sag es deiner Mutter.«

Nenna tobte. Ihre Empörung war großartig. Aus dem reglosen Zentrum seines wirbelnden Kopfes hörte Tom ihre Worte und bewunderte sie. Doch irgendetwas von dem, was sie sagte, bekam er nicht mit, und als es ihm gelang, die Augen wieder zu öffnen, war sie nicht mehr da. Die Hand voller Blut – aus seiner Nase? seinem Mund? – vors Gesicht gepresst, hustete Tom und versuchte zu sagen, das ist es nicht, Aldo, es ist nicht das, was du denkst. Aber etwas in ihm wusste, dass Aldo erkannt hatte, was Nenna nicht erkannt hatte, und dass er recht hatte: Tom stank nach Begierde und war schuldig, und deshalb konnte er nicht zurückschlagen.

»Es ist nicht ihre Schuld«, sagte Tom, worauf Aldo erwiderte: »Natürlich nicht, du nichtsnutziger, geiler Bock«, und dann schlug er erneut zu.

Plötzlich lag Tom auf der Straße, ein Pferd ging an ihm vorbei, klipp-klopp, klipp-klopp, sehr laut, sein Rücken schmerzte, eins seiner Augen war zugeschwollen, und sein Kopf dröhnte. Als er aufblickte, sah er Aldo hin und her schwanken – zwei Aldos und ein paar verschwommene Leute – Männer? Im Schein der Straßenlaterne trennten sie sich wieder in einzelne Gestalten. Aldo und zwei Männer, einer davon mit einem Knüppel in der Hand.

»Ich würde lieber keine Faschistenmädchen angrapschen«, sagte der Mann mit dem Knüppel in übertrieben freundlichem Ton, und Tom packte kalte Angst. Doch Aldo streckte die Hand zu dem Mann aus, als wollte er sagen: »Das wird nicht nötig sein.« Die andere Hand reichte er Tom: ein Hilfsangebot.

Tom beäugte sie misstrauisch und rappelte sich alleine hoch, seine Finger zerbrechlich auf dem Kopfsteinpflaster. Er nahm sein Taschentuch heraus und musste auf einmal an Riley denken: *Würde, Stolz*, dachte er. Er hielt das Taschentuch an seine Nase, holte vorsichtig Luft – durch den Mund – und sagte mit Bedacht: »Es war nicht das, was du denkst, Onkel. Trotzdem werde ich meiner Mutter nichts davon erzählen. Und Nenna hat nichts Falsches getan. Ich hole jetzt meine Tasche, wenn du nichts dagegen hast.« Dann fiel ihm ein Zahn aus dem Mund.

Alle starrten darauf. Tom bückte sich vorsichtig, um ihn aufzuheben: eine unförmige, blutige Perle auf dem schieferschwarzen Pflaster.

»Hm«, sagte er, steckte ihn in die Tasche und richtete sich ebenso vorsichtig wieder auf.

Er schob sich an Aldo vorbei und war versucht, ihm dabei einen respektlosen Schulterstoß zu verpassen, doch er ließ es sein. Sein Kopf tat höllisch weh.

Geh einfach nur zum Haus. Nicht noch mehr riskieren. Schläger mit einem Knüppel! Nicht zu fassen.

Als Tom ins Haus kam, bestand Susanna darauf, sein Gesicht zu säubern, und er ließ es geschehen. Er war immer noch vollkommen überrascht. Aldo war auf ihn losgegangen – *aber wir sind doch miteinander verwandt!*

Während er auf Susannas Anweisung den Mund mit Salzwasser ausspülte, kam ihm langsam ein wichtiger Gedanke: Er holte den Zahn aus der Tasche, säuberte ihn in dem Glas mit Wasser und schob ihn vorsichtig zurück in die Lücke. Irgendjemand – Nadine? – hatte mal gesagt, dass man das so machen sollte. Der Zahn stammte aus dem Oberkiefer; die Schwerkraft war nicht auf seiner Seite. Er presste die Zähne zusammen, um ihn am Platz zu halten, und sagte undeutlich, aber sehr höflich zu Susanna: »Danke für alles, ich muss jetzt gehen.« Er packte seine Sachen zusammen und sagte zu jedem, der in seine Nähe kam, mit zusammengepressten Zähnen: »Nenna hat nichts Schlimmes getan. Aldo hat das falsch verstanden. Nenna hat nichts Schlimmes getan. Es ist nichts Ungehöriges passiert.«

Nenna stand wie ein Geist an der Tür, als er sich zum Gehen wandte. Er sagte zu ihr: »Ich glaube, ich liebe dich. Es tut mir schrecklich leid. Und es ist wirklich eine ganz schlechte Idee, in Abessinien einzumarschieren. Sie haben nämlich nur dreizehn Flugzeuge und vier Piloten. Und einer von ihnen ist Hubert Fauntleroy Julian.«

Es gab einen Nachtzug nach Norden; er stieg einfach ein, der Zug ratterte los, und mit ihm sein Kopf, seine Zähne, seine Gedanken, seine Gefühle. *Ich werde durchgewirbelt,* dachte er. *Aus diesem milchigen Matsch wird ein hübscher Mozzarella der Klarheit hervorgehen. Schmutzige Gedanken werden ausgeschwemmt, und übrig bleiben Inseln guter, solider Intelligenz …*

Er hatte gedacht, es wäre einfach ausgeprägter Nationalismus mit einem Hampelmann auf der Bühne. Aber das war es nicht.

Was denkt sie jetzt wohl?

Dreizehn Flugzeuge! Nicht mal genug für eine Rugby-Mannschaft. Und vier Piloten.

»Ich würde lieber keine Faschistenmädchen angrapschen.«

Dux, mea lux.

Ein volksnaher, charismatischer, gefährlicher, rücksichtsloser Kerl.

Italien aufbauen – zu einem stinkenden Haufen aus Korruption, Gewalt und Falschheit. Macht ist schmutzig – aber so schmutzig? Doch er hatte ja schon von den *squadristi* und ihren brutalen Methoden gehört, wenn jemand bei ihrem Spiel nicht mitmachte.

Matteotti, Matteotti, Matteotti …

Er wusste, dass Mussolini die Demokratie verabscheute (*Das ist, wie wenn zwei Füchse und ein Huhn darüber debattieren, was es zum Abendessen gibt, sagt Riley, dabei ist er selbst überzeugter Demokrat, sogar Sozialist*). Und es war ja nicht so, als hätte er die Gesichter der Schwarzhemden noch nie gesehen.

Aldo! So unnötig –

Ja, es ist alles sehr männlich, nationale Stärke ist gut, Patriotismus ist ein natürlicher Drang. Diese kleinen blauen Häuser sind sehr sauber, die Felder sehr groß –

Sieh hin. Sieh doch mal richtig hin.

In seinem Kopf waren Sümpfe, aus denen er nichts bergen konnte. In unbequemer Haltung schlief er ein, sein Kopf fiel gegen die Rückenlehne, und in seinen Träumen tauchten immer wieder Bilder von Riley, Nenna, Aldo und dem Duce auf.

Irgendwann, irgendwo riss ihn das Gerumpel und Geruckel von Waggons, die an- oder abgehängt wurden, aus dem Schlaf. Er hatte Durst.

Oh Gott! Ich habe Nenna gesagt, dass ich sie liebe!

Das Abteil hatte sich mit jungen Männern gefüllt; kräftige Beine, Reisetaschen, Bartschatten, geräuschvolles Atmen im Schlaf, schlechte Luft. Ein wenig Licht fiel von draußen auf ihre Gesichter. *Sie sind so alt wie ich,* dachte er. *Sie sind da hineingeboren. Für sie ist es normal, sie kennen nichts anderes. Aber für mich gilt das nicht. Ich sollte es besser wissen …*

Jung zu sein ist keine Entschuldigung. Ich habe mir etwas vorgemacht.

In London war er überzeugt gewesen, dass die Engländer die Italiener nicht verstanden. In Rom bekam er meist nur faschistische Zeitungen zu sehen, weil es nichts anderes gab.

Du hast Schuppen auf den Augen gehabt –

Wann merkt man so was?

– und die Schuppen eines jeden sind mit unterschiedlichem Kleber befestigt, und jeder Kleber löst sich in einem unterschiedlichen Moment der Wahrheit. Die Zeit vergeht, eins kommt zum anderen, und früher oder später öffnest du die Augen, du wirst erwachsen und begreifst. Du siehst, wie der Flutsaum gewandert ist, wie Grenzen sich ausgedehnt haben; die Beleuchtung ist verändert, der Blickwinkel ein anderer. Was einst war, ist nicht mehr. Unbemerkt von dir hat eine Wendung stattgefunden, und aus Stärke ist Tyrannei geworden, aus Entschlossenheit Schikane, aus Patriotismus Fremdenfeindlichkeit, aus Selbstachtung Arroganz. Aldo hat einer edelmütig aussehenden kleinen Pflanze Gehorsam ge-

schworen. Er konnte nicht wissen, was für ein menschenverschlingender Urwald aus ihr werden würde.

Würde Aldo sich heute Mussolini verschreiben? Wenn er ihn jetzt zum ersten Mal sähe?

Müßige Frage. Es ist, wie es ist: Onkel Aldo, Nenna und die ganze reizende Familie – Faschisten, durch und durch.

Und du weißt, Tom, was Faschismus ist.

Liebe ich sie?

Er schämte sich zutiefst, dass er das Offensichtliche vor sich selbst verborgen hatte. Auf die feige, schwächende Weise, wie wir Dinge wissen, die wir nicht wissen wollen, hatte er es immer gewusst. Seltsam, diese Schleier, die das Offensichtliche verhüllten, wenn man mittendrin aufwuchs. Und wie kalt es plötzlich war ohne sie.

Er zog die Jacke enger um sich. Draußen hörte er Stimmen rufen, aber er konnte sich nicht erinnern, wohin der Zug fuhr. Die Stelle, wo er mit dem Kopf auf das Pflaster geschlagen war, glühte vor Schmerz. Es schien schon sehr spät zu sein.

Langsam, zögernd fuhr der Zug wieder an.

War es der Knüppel? War es die Tatsache, dass dieser Mann bereit war, ohne jeden Grund mit einer solchen Waffe auf jemanden einzuschlagen, dass die Gewalt und das schnelle Urteil so dicht unter der Oberfläche lagen und einfach so ausbrechen konnten?

Nein, es ist Hubert Fauntleroy Julian.

Es ist beides zusammen. Es ist alles.

Er machte sich keine Vorwürfe, weil er nicht eher erkannt hatte, was da vor sich ging, so wie er auch Kitty keine Vorwürfe machte, die noch ein Kind war, oder Nadine, die eine Frau war. Oder Nenna, die dort hineingeboren war. Oder –

Du kannst nicht erwarten, dass sie es erkennen – oder? Aber wie gehst du jetzt damit um?

Er wusste nicht, wie er sie darauf hinweisen sollte.

Aber ebenso wenig, wie er es nicht tun sollte.

Was ist, wenn es ihnen das Herz bricht?

Doch die Heuchelei brannte ihm unter der Haut. Eine einmal enthüllte Wahrheit konnte nicht mehr ignoriert werden. Auch wenn er sie ignorieren wollte. Was nicht der Fall war.

Ich möchte … den Mut haben, etwas zu unternehmen, und eine Idee, was das sein könnte. Und ich habe weder das eine noch das andere.

Er fürchtete – eine schreckliche Furcht –, dass Nadine es die ganze Zeit über gewusst hatte, sich aber nicht darum scherte.

Dieser Gedanke lähmte ihn noch zusätzlich.

Im Grunde gibt es nur eine Frage, sagte er sich, doch noch während er sie formulierte, sprossen daraus drei weitere, und aus jeder von ihnen sprossen wiederum neue. Er fand einfach keine bequeme Position. Seine Wange lag am kalten Glas der Scheibe. In der Dunkelheit dahinter blickte ihm sein halbes Gesicht entgegen. Er flüsterte sich seine Fragen zu:

Hauptfrage: *Sage ich Aldo, dass der Faschismus ein schrecklicher Fehler und Mussolini ein verdammter Mistkerl ist?*

Nebenfragen:

Sage ich es Nenna?

Werden sie sich überhaupt darum scheren, was ich denke?

Warum will ich es ihnen sagen?

Will ich sie von dieser Liebe zum Duce abbringen?

Was würde ihnen das nützen?

Geht mich das überhaupt etwas an?

Wird Aldo mich anbrüllen?

Wird Nenna mich hassen?

Wird Nenna mich hassen?

Wird Nenna mich hassen?

Ich bin neunzehn Jahre alt, ich studiere, ich sollte imstande sein zu sagen, was ich denke.

Es wird nichts nützen. Sie sind regelrecht … getränkt davon. Nenna ist damit aufgewachsen, für sie ist es normal. Es steckt ihnen im Blut und in den Knochen. Sie haben nichts anderes.

So hatte er Rom nicht verlassen wollen. Es schien ihm schon sehr weit weg. Er fragte sich, ob er je dorthin zurückkehren würde.

Als die jungen Männer in Mailand ausstiegen, blieb auf einem der Sitze ein Heft liegen. Tom starrte eine ganze Weile darauf. Er ahnte, was es war: irgendein rassistisches Drecksblatt von Mussolinis Anhängern.

Seufzend beugte er sich vor, wobei der Schmerz in seinem Mund ihn zusammenzucken ließ, und griff danach. Antisemitisches Gegeifer sprang ihm entgegen. Ihm drehte sich der Magen um.

Aber sie sind doch Juden.

Wie können sie –?

Er begriff es nicht.

Wieder wachte er auf: die Landschaft draußen hügelig, frühmorgendlicher Sonnenschein.

Im Grunde war es ganz einfach. Anfangs hatte es so ausgesehen, als wäre Mussolini Italiens rettender Engel, doch dann hatte sich gezeigt, dass das nicht stimmte. Früher war Mussolini nicht judenfeindlich gewesen, aber nun, da er sich mit Hitler zusammentat, war er es.

Der Fehler, dachte er, *ist, nicht zu erkennen, dass die Dinge sich ändern.* Von da war es nur ein kleiner Sprung zu dem Gedanken: *Ich habe mich verändert.* Oder vielleicht sogar: *Ich verändere mich.*

Die schlimmsten Feinde kommen nicht als Ungeheuer mit Drohgebrüll. Sie kommen als Freunde, die dir helfen, und wenn du in ihrer Schuld stehst, verzeihst du ihnen natürlich. Dann hast du dein Augenmaß verloren.

Ich bin an der Nase herumgeführt worden.

11. KAPITEL

London, Herbst 1935

»ICH BIN IN EINE Schlägerei geraten«, sagte Tom, bevor Nadine oder Riley etwas sagen konnten. »Nichts Dramatisches.«

Sie akzeptierten es, wenn auch mit einem Stirnrunzeln, und dafür war er dankbar.

Später, als Nadine ihm half, für die Universität zu packen, sagte sie leise: »Aldo meinte, du wärst ziemlich überstürzt abgereist.«

Tom hielt einen Moment inne, starrte auf die Gedichtbände in seiner Hand, Tennyson und T. S. Eliot, und schwieg.

»Er hat gesagt, du hättest dich nicht mal richtig verabschiedet. Nenna war ziemlich verletzt.«

Tom blickte kurz zur Decke, dann packte er den Stier bei den Hörnern.

»Hast du dich verabschiedet?«, fragte er. »Bevor du abgereist bist?«

Sie hielt seinem Blick stand und sagte – *Gott sei Dank*, dachte er – nicht: »Was meinst du?« Sie wusste, was er meinte.

»Ich wusste nicht, was ich sagen sollte«, erwiderte sie nach einer Weile. »Ich habe so getan, als würde ich es nicht sehen, oder als wäre es nicht real oder nicht wichtig.«

»Und dann?«, fragte er.

»Dann sah ich es mit Rileys Augen. Ich dachte, was ist, wenn ich es ihm erklären muss? Ich hatte das Gefühl, ich würde ihn belügen.«

Tom hatte sich darauf eingestellt, wütend auf sie zu sein.

Er wollte wütend auf sie sein, schließlich war es in gewisser Weise ihre Schuld, weil sie die Erwachsene war und ihn nicht gewarnt oder es ihm erklärt hatte. Doch sie entwaffnete ihn mit ihrer Offenheit und dem Ausdruck in ihren Augen.

»Und hast du mit Riley darüber gesprochen?«, fragte er.

»Nein.«

»Aber das solltest du«, sagte er. Dann stutzte er. Moralische Zweideutigkeit war ihm neu. »Oder nicht?«

»Ich glaube nicht«, sagte sie. »Ich weiß nicht, wozu das gut sein soll. Er würde sich nur Sorgen machen, unseretwegen.«

»Aber –«, setzte er an und verstummte, weil es nichts zu sagen gab. Es war nicht richtig, aber –

»Manchmal ist etwas einfach nicht richtig, Tom«, sagte sie und legte einen Pullover zusammen. *Ich sollte mich am besten nur um mich selbst kümmern*, dachte er, und dann fragte er sich, woher der Gedanke gekommen war.

Er und Nadine waren in gewisser Weise ertappt worden. Und dann waren sie beide zurückgezuckt, wie Kinder, die bei einem Streich erwischt worden waren, und hatten eine Unschuldsmiene aufgesetzt – *Wer, ich? Nein, ich weiß nichts davon. Du, Nadine? Nein, Tom, ich auch nicht.* Vielleicht hatten sie geglaubt, dass Juden gar nicht wirklich Faschisten sein konnten. Oder dass Faschisten gar nicht so schlimm waren, wie manche Leute dachten. Oder dass italienischer Faschismus etwas ganz anderes war als der Nationalsozialismus in Deutschland.

Auf einmal wollte Tom überhaupt nicht mehr zur Universität gehen. Er wollte raus, fort: laufen, reiten, Motorrad fahren, fliegen. Kämpfen. Er wollte etwas schießen. Er wollte sauber sein und schnell und stark.

»Ich gehe schwimmen«, sagte er. Das grüne Wasser der Serpentine würde ihn halten, fest wie Glas, während er hindurchpflügte.

In der ersten Woche in Cambridge, als er in die Pförtnerloge schlenderte, bemüht, sich so zu fühlen, als wäre das alles vollkommen selbstverständlich für ihn – *ich kenne mich in den Straßen von Rom und London aus, da lasse ich mich doch von Cambridge nicht ins Bockshorn jagen* –, fand er einen Brief in seinem Fach. Beim Anblick ihrer Handschrift durchzuckte ihn freudige Aufregung, und er riss den Umschlag auf, während er die grün-graue Makellosigkeit des Great Court durchquerte, die Mappe mit seinen Büchern über der Schulter.

Caro Masino,
ich habe mir überlegt, vielleicht ist es das Beste, wenn wir die letzten Stunden, als Du hier warst, einfach vergessen. Was Papà getan hat und was Du gesagt hast. Es kommt mir so merkwürdig vor, dass ich mir gar nicht sicher bin, ob es wirklich passiert ist. Aber Du bist nicht hier. Das zumindest ist eine Tatsache. Es tut mir so leid, was Papà getan hat. Ich weiß nicht, was er gedacht hat – na ja, ich weiß natürlich schon, was er gedacht hat, aber nicht so richtig. Ich zeige ihm meinen Zorn, indem ich nicht mit ihm rede, und er mir seinen, indem er mich nicht aus dem Haus lässt. Somit habe ich alle Zeit der Welt, Briefe zu lesen – zum Beispiel von Dir.
Mein Freund, mein Bruder, was auch immer Du bist, du hast eine wichtige Sache ausgesprochen, die Du vielleicht bedauerst oder nicht mehr als wahr empfindest, jetzt, wo Du wieder in England bist, im Land der Kälte –
Papà hat an Zia Nadine geschrieben. Ich glaube nicht, dass er ihr erzählt hat, was er getan hat.
Vielleicht hast Du ja an mich geschrieben, und ein lieber Brief von Dir ist an einer Alpenspitze hängengeblieben und flattert im Wind … Hier ist jedenfalls nichts angekommen.
Es kommt mir vor wie eine Verschwendung des Portos,

den Umschlag nicht bis zum Rand zu füllen, aber ich habe nichts mehr zu sagen, solange ich nicht weiß, was Dir durch den Kopf geht.

Schreib mir!

Alles Liebe,

Nenna

Er blieb einen Moment in dem zugigen gotischen Torbogen stehen und betrachtete den dünnen Bogen Papier mit einem gewissen Respekt. Es gefiel ihm, wie taktvoll und zugleich unumwunden sie sagte, was gesagt werden musste. Er war noch nie einem Mädchen begegnet, das auch nur ansatzweise wie sie war, so menschlich und offen. Aber was bedeutete das? Was konnte es bedeuten, wo doch nur zwei Tage zuvor Mussolinis Truppen – die Truppen ihres Helden – Abessinien angegriffen hatten? Wie im Spott erklang in seinem Kopf die Melodie eines Liedes: *Faccetta nera, bell'abissina …* Kleines schwarzes Gesicht, schöne Abessinierin.

Er hatte mit ihr über diese Lieder gelacht …

Er musste zu einer Sitzung bei seinem Tutor, deshalb legte er einen Schritt zu, als er den Great Court durchquerte. Sein Stundenplan war voll, und ein Kommilitone aus seinem Flügel hatte gesagt, er solle sich mal beim Ruderclub blicken lassen, aber als Allererstes wollte er zur Fliegerstaffel der Universität. *Das hier ist eine andere Welt …*

Er wusste, was er tun sollte. Er sollte ihr einen klaren, ehrlichen Brief schreiben und sagen: Pass auf, Nenna, ich bin kein Faschist, aber du schon, und normalerweise würden politische Differenzen keine große Rolle spielen, aber in diesem Fall sind unsere Prinzipien leider –

Wie aufgeblasen!

Als ich gesehen habe, wie dein Gesicht bei der Versammlung geleuchtet hat, als dieser Hanswurst –

Nein.

Solange du die Ansichten deines Vaters teilst –

Und dann? Es war mittlerweile allgemein bekannt, was

mit Antifaschisten passierte – *du verlierst deine Arbeit, deine* –

Das Problem war nicht Nenna. Das Problem war Italien.

Aber dann …

Die Lösung war ganz einfach! Und was für ein Trottel er war, dass er nicht eher daran gedacht hatte!

Er lief die Stufen hinauf und durch den Flur und wieder hinaus in den Nevile's Court, ohne einen einzigen Blick für die architektonische Schönheit, die die ganze Welt umhaute, um die Rasenfläche herum, durch den Torbogen und in die Bibliothek. An einem trübe beleuchteten Tisch zwischen den Bücherregalen setzte er sich hin und schrieb an sie.

Nenna, meine Liebste,

ich habe eine großartige Idee. Warum kommst Du nicht zum Studium nach England? Es hat Dir hier doch gefallen, oder nicht? Du könntest bei meiner Familie wohnen. Ich wäre natürlich in Cambridge, aber die Trimester sind sehr kurz – oder, warte mal, ja, das ist noch viel besser: Du könntest hierherkommen, hier gibt es auch Colleges für Frauen und Sprachschulen – obwohl Du mittlerweile wahrscheinlich selbst in einer unterrichten könntest – so könntest Du sogar noch Geld verdienen! – und eine Lehrerausbildung und ein Krankenhaus, und in London gibt es auch jede Menge Kurse, Du könntest alles machen, was Du willst. Du könntest nach Weihnachten anfangen. Nadine und Riley finden die Idee ganz toll,

(Er hatte ihnen noch nichts davon gesagt, der Gedanke war ihm eben erst gekommen, aber sie würden die Idee sicher ganz toll finden, sobald er ihnen eine Gelegenheit dazu gab.)

und nur ein Einfaltspinsel wäre anderer Meinung. Und da Du kein Einfaltspinsel bist, wirst Du diesen Plan selbstverständlich genial finden und direkt damit beginnen, ihn in die Tat umzusetzen. Du weißt, was Du zu tun hast!

Ich werde Nadine bitten, Dir Unterlagen von den Colleges usw. zu schicken.

Er rannte wieder hinaus: Innenhöfe, Rasenflächen, Trinity Street, Postamt, Briefkasten. Erledigt. Er lachte laut und atemlos.

Mist. Zu spät für die Tutorensitzung. »Im Great Court wird nicht gelaufen, Sir«, sagte ein Pförtner mit Melone auf dem Kopf und spöttischem Grinsen.

Egal. Es war eine phantastische Idee.

Später schrieb er Riley und Nadine davon. Vor allem Nadine fand den Plan wunderbar und machte sich daran, Informationen über Kurse zusammenzutragen.

Ein zweiter Brief kam. Offenbar hatte Nenna seinen nicht bekommen.

L'isola – 20 ottobre

Tommaso caro,
ich weiß, Papà ist manchmal ein *capoccia grossa*. Liegt es an ihm, dass Du mir nicht mehr schreibst?
Er ist die ganze Zeit beschäftigt, entweder mit der Arbeit in seinen Sümpfen oder mit Feierlichkeiten. Der Duce war da, um eine weitere neue Stadt zu eröffnen. Es ist unglaublich, was sie alles schaffen. Aber falls Du wütend auf Papà bist, denk bitte daran: Ich bin nicht er! Hier sind Jungs, die mir schöne Augen machen. Ich weiß nicht, ob ich auch schöne Augen machen kann, weil ich nicht weiß, ob jemand, den ich mag, Anspruch auf mich erhoben hat – Masino, wenn Du Anspruch auf mich erhoben hast, bitte wiederhole es, damit ich weiß, dass ich richtig gehört habe. Denn so etwas ist nicht nichts. Und falls Du es nicht getan hast, muss ich es auch wissen. Denn wenn Du es getan hast –
Nun ja.

Marinella schickt Dir Grüße und winkt Dir mit ihren kleinen Händchen zu.

Beim Schreiben dieses Briefes weinte Nenna. Jeden Tag nach der Schule in ihrem kleinen Zimmer zu hocken, die weiße Decke und der weiße Boden und ihr dunkles Bett, und draußen die Sonne und die Stimmen und die Leute und der Abend und der Fluss.

Papà stellte sich stur, und Mama verdrehte nur die Augen und sagte ihr, sie solle Geduld haben, es würde ihm irgendwann zu dumm, er würde es vergessen …

So hatte sie nichts anderes zu tun, als ihre Hausaufgaben zu machen und an Tom zu denken.

Doch das änderte gar nichts. Er bedauerte seinen Brief kein bisschen. Alles lag vor ihm wie eine prächtige Landschaft: Sie würde hier sein, er würde sich um sie kümmern, sie respektvoll behandeln und andere Jungs von ihr fernhalten, er würde nicht versuchen, sie zu verführen, und sie könnte auch das Fliegen lernen! Sie würden hart arbeiten und heiraten und ein wunderbares, aufregendes Leben miteinander haben.

Ich bin nicht er! Darüber musste er lachen. Nein, das bist du nicht. Du kannst noch gerettet werden. Ich kann dich retten.

In ihrem nächsten Brief stand:

Tommaso,
Du bist ein Genie. Das ist die beste Idee aller Zeiten. Ich habe Mama gefragt, sie will mit Papà reden. Das wäre so toll! Bitte sag mir, welche Schulen ich anschreiben kann. Ich glaube, ich will tatsächlich Lehrerin werden, Papà sagt, das ist eine gute Arbeit für eine Frau, also sind die Chancen größer, dass er einwilligt. Dann kann ich hier Englisch unterrichten und bei Euch Italienisch – will in England überhaupt jemand Italienisch lernen? Oder ich

> könnte kleine Kinder unterrichten – oder eine richtige *professoressa* werden. Ich bin sehr aufgeregt, und Du bist sehr klug. Danke!
> Deine Einfallspinselin (das Wort musste ich nachschlagen – es gefällt mir sehr) Nenna

Etwas an diesem Brief machte ihn so glücklich, dass er sich die Extravaganz leistete, mit einem Telegramm zu antworten:

> Liebe Einfallspinselin, eins ist klar: Wenn Du hier bist, dürfen Dir keine englischen Jungs Augen machen. Alles Liebe

Als das auf dem Weg war, spürte er ein großes Seufzen; eine neue Weite und Ruhe. Eine Entscheidung war getroffen. Ein Weg lag vor ihm, klar umrissen und gut beleuchtet. Er war glücklich.

In der Zwischenzeit kam er zu seinem Motorrad. Zuerst versuchte er, Riley dazu zu bringen, Peter dazu zu bringen, dass er ihm eins kaufte.

»Verdien dir das Geld oder frag deinen Vater selbst«, sagte Riley.

Gestärkt durch seine neue Unabhängigkeit als Student und Einlader von Frauen (Frauen! Frauen? War Nenna eine Frau?) aus dem Ausland, fragte Tom seinen Vater. Er bat Riley mitzukommen, und Riley lächelte die ganze Zeit, denn es war das erste richtige Gespräch, das Peter und Tom führten, seit – nun, vielleicht das erste überhaupt.

Sie trafen sich zu dritt zum Mittagessen in einem kleinen Restaurant in Kensington. Tom fiel auf, dass er Peter seit Monaten kaum gesehen hatte. Als er hineinging, fühlte er sich einen Moment lang wieder wie der kleine, zornige Junge, der er gewesen war – aber dann – nein, er trug jetzt einen Mantel und war genauso groß wie sein Vater.

Er streckte die Hand aus. »Hallo, Vater«, sagte er. Peter

nahm sie. »Hallo, Tom.« Und beide sahen, wie ähnlich sie sich waren, im Aussehen, im Auftreten, in der Haltung. Tom schluckte. Er hatte seine ganze Kindheit über darauf bestanden, dass er ganz und gar nicht wie sein Vater war und es auch nie sein würde. Aber sein Vater war nüchtern und gepflegt, sein Gesicht offen, sein Blick klar.

»Wie geht es Ihnen, Sir?«, fragte Tom, während die Stühle herausgezogen und die Servietten ausgeschlagen wurden.

»Sehr gut, danke«, sagte Peter mit einem kleinen Lächeln, und etwas Unausgesprochenes und sehr Britisches nahm zwischen ihnen seinen Platz ein. Tom rätselte. War es Männlichkeit? Die schweigende Anerkennung seines Erwachsenseins? Er sah zu Riley, doch der schaute in die Speisekarte.

Während der Suppe und des Hauptgangs herrschten leichte Verlegenheit, Small Talk und gegenseitiges Beobachten vor. Riley sorgte für Gesprächsstoff, indem er von Nadine erzählte und von dem italienischen Mädchen, das hoffentlich nach England kommen und hier studieren würde. Nach dem Steak (Shepherd's Pie für Riley) schien der passende Moment gekommen zu sein, um das Motorrad zur Sprache zu bringen. Peter sah Tom mit seinen hellblauen Augen an und sagte: »Erzähl mir, warum du eins haben willst.« Darauf sagte Tom: »Ich werde es brauchen, um Nenna herumzufahren und um nach Duxford zu kommen, und ich muss nach Duxford, weil ich jetzt ein Offizierskadett bin und fliegen lernen will, und wenn ich nicht fliegen lernen darf, höre ich auf zu studieren. Ich könnte leicht in den Londoner Sümpfen auf die schiefe Bahn geraten, damit hätte ich kein Problem, aber ich nehme mal an, Ihnen wäre das nicht recht. Ich glaube, Abenteuer wären das Beste für mich. Reisen und so. Souks und Tempel – natürlich von oben. Der Himmel und die Sterne. Vielleicht bewerbe ich mich als Kopilot bei Miss Earhart, oder ich fliege die Post von Florida nach Rio. Und falls es Krieg gibt, kann ich zurückkommen und für die Royal Air Force den Heldentod sterben. Was halten Sie davon? Wäre das in Ordnung?«

Er hatte den Kopf ein klein wenig schräg gelegt, herausfordernd und voll Gewissheit, erfüllt von seinen Plänen.

Peter verzog keine Miene. »Ohne Abschluss wird die Royal Air Force dich nicht den Heldentod sterben lassen«, sagte er, was nicht stimmte. »An deiner Stelle würde ich bei den Wissenschaften bleiben.«

»Und das Motorrad?«

Peter sah ihn ein wenig verwirrt an. »Ja«, sagte er. »Natürlich.« Dann, als wäre es ihm eben erst eingefallen: »Aber bau keinen Unfall damit.« Und dann schenkte er seinem Sohn unvermittelt ein warmes, liebevolles Lächeln. Tom schluckte, dann stand er auf, beugte sich über den Tisch, wobei er beinahe Salz und Pfeffer umstieß, schüttelte seinem Vater die Hand und sagte: »Danke, Sir.« Peter hob die andere Hand, als wolle er den Arm seines Sohnes berühren, hielt dann jedoch inne und sagte, ohne Tom anzusehen: »Du kannst jederzeit zu mir kommen und mit mir reden, weißt du. Auch wenn du nichts brauchst. Auch ohne Riley.«

Tom hob halb die Augenbrauen und ließ sie dann wieder sinken, als hätten sie ihn überrascht.

»Danke, Sir«, sagte er erneut und setzte sich wieder.

So schlecht läuft es zwischen uns ja gar nicht, dachte er. *Alles scheint möglich!*

Er feierte das Gefühl, indem er Kitty von der Schule abholte. Sie kam allein heraus, inmitten von Gruppen lachender, selbstbewusster Mädchen, und ihr gesenkter Kopf zeugte von ihrer Einsamkeit unter ihnen, ihrer Sehnsucht, gemocht zu werden, und dem Wunsch, in Ruhe gelassen zu werden, der in dem – vergeblichen – Versuch, sich ein wenig Würde zu bewahren, drum herum gewachsen war. Als Tom ihr von der anderen Straßenseite aus zuwinkte, elegant mit seinem hochgeschlagenen Mantelkragen, wandten sich ihm sämtliche bestrohhuteten und behaarspangten Köpfe zu. Als er das sah, rief er laut: »Kitty, meine Liebe«, schenkte allen sein charmantes Lächeln und beschloss, ihr ein wenig Aufmerksamkeit zukommen zu lassen, so elend, wie sie aussah.

»Heute, mein Herz«, sagte er laut, »darfst du mitkommen und mir helfen, ein Motorrad auszusuchen« – und aus dem Raunen wurden Wellen von Gestaune und Flüstern – Kitty! Die dicke, kleine Kitty Locke!

Morgen bringe ich sie auf dem Motorrad zur Schule, bevor ich nach Cambridge zurückfahre, dachte er.

Natürlich würde sie ihm in Wirklichkeit nicht beim Aussuchen helfen. Er wollte eine BSA Empire Star – die mit dem abnehmbaren elektrischen Scheinwerfer, damit man im Dunkeln nachschauen konnte, falls etwas nicht funktionierte. »Obwohl das bei der nie vorkommt«, sagte er und deutete auf das entsprechende Modell im Ausstellungsraum an der King's Road. »Das ist ein Meisterwerk der Industrie. Siehst du, das steht hier sogar ...«

Immerhin ließ er sie die Farbe seines zweiten Sturzhelms aussuchen. »Soll ich dir ein Geheimnis verraten? Der ist für Nenna. Sie kommt nämlich nach England. Sie wird meine Freundin!«

»Wirklich?«, sagte Kitty. »Das ist ja toll.« Und sie schien es ehrlich so zu meinen, obwohl ihre Stimme melancholisch klang. Er stutzte und sah sie an.

»Freust du dich tatsächlich?«, fragte er. Wie ungewöhnlich, dass er ihre Meinung wissen wollte, dachte er, aber –

»Ja, natürlich!«, sagte sie und schenkte ihm ein strahlendes Lächeln, die blauen Augen voller Wärme. Tom umarmte sie ungeschickt und ertappte sich dabei, wie er ihr durchs Haar strubbelte.

»Tom«, stieß sie plötzlich aus. »Ein paar von den Mädchen in der Schule haben gesagt, ich wäre antisemitisch. Sie haben mein Tagebuch aus meinem Schrank gestohlen und gelesen, und da stand, dass ich froh war, dass Deborah Schwarz nicht mit zu dem Ausflug kommen konnte, weil an dem Tag das Passahfest war. Sie ist Jüdin, aber damit hat es gar nichts zu tun, ich mag sie einfach nur nicht, weil sie versucht hat, mir Eleanor Hardwick wegzunehmen, und Eleanor ist meine einzige Freundin ... wenn man das so nennen kann … und außer mir mag sie keiner so richtig, und Deborah würde sie bestimmt auch nicht lange mögen, deshalb war ich froh, dass sie nicht mitkommen konnte. Ich habe ihnen gesagt, dass ich gar nicht antisemitisch sein kann, weil meine Mutter Jüdin ist, und da haben sie gefragt, warum ich dann nicht zum jüdischen Gebet gehe anstatt zum normalen, und ich wusste nicht, was ich darauf sagen sollte, außer dass Nadine gar nicht meine richtige Mutter ist, aber das wollte ich ihnen nicht erzählen.«

»Willst du, dass ich sie erwürge?«, fragte er. »Mit bloßen Händen? Das kann ich tun, wenn's hilft.«

Sie lächelte.

»Ansonsten kannst du dir, wenn sie anfangen, dich zu ärgern, auch einfach vorstellen, dass sie auf dem Klo sitzen, du weißt schon, und nicht so richtig können … Dann musst du lachen, und damit schlägst du sie in die Flucht.«

Sie lächelte wieder und senkte den Blick. Dankbar.

Er umarmte sie erneut und sagte: »So, Schwesterchen, jetzt probier den mal auf.« Er half ihr, den Riemen des Helms zu schließen. Ihre blonden Haare sträubten sich, und die Spange musste herausgenommen werden. Den ganzen Weg zurück zur Bayswater Road konnte er durch das Leder seiner neuen Jacke und das Dröhnen des Motors Kittys Freude spüren. *Wie wenig es braucht, um sie glücklich zu machen*, dachte er. *Ich werde netter zu ihr sein.*

All das machte Nadines Neuigkeiten umso schwerer zu ertragen. Sie hatte einen Brief von Aldo bekommen. Kommt gar nicht in Frage, hatte er geschrieben. Nenna war zu jung, sie wurde zu Hause gebraucht, es war vollkommen ausgeschlossen, eine absurde Idee. Welcher Vater würde so etwas erlauben – eine Tochter in dem Alter in ein anderes Land gehen zu lassen, weit weg von zu Hause? Er verstand nicht, wie Nadine so etwas auch nur vorschlagen konnte. Kommt nicht in Frage. Und damit basta.

Nennas Briefe waren voller Zorn: die Ungerechtigkeit

ihres Vaters, die Feigheit ihrer Mutter, Vittorios Passivität, die sich auf die Zustimmung beschränkte, dass ihre Eltern unmöglich waren, Stefanos Kommentar »Ich wollte sowieso nicht, dass du gehst«. Toms Briefe waren voll von Nadines Ratschlägen: Hab Geduld, aufgeschoben ist nicht aufgehoben, die Zeit wird kommen. Aber das waren nicht seine wahren Gefühle. Was er fühlte, war völliges Unverständnis. Es war so eine gute Idee! Warum stellte Aldo sich quer?

Tom schrieb nicht an Aldo, um ihn umzustimmen. Er spürte immer noch Aldos Blick vor dem zweiten Schlag. Der Blick, der genau wusste, was Tom wollte. Tom vermutete – nein, er wusste –, dass dies der wahre Grund dafür war, dass Nenna nicht kommen durfte.

Bei dem Gedanken schloss er die Augen und nahm sich vor, sich zu beruhigen. Die Wogen zu glätten. Abzuwarten.

Trinity College, November

Meine liebe Einfallspinselin,
nun dürfen wir unser Abenteuer also noch nicht beginnen. Mach Dir nichts draus. Mit jedem Tag werden wir älter und nähern uns der Zeit, wo wir tun und lassen können, was wir wollen. Beruhige Deinen alten Dad und lass uns abwarten, wie es weitergeht. Offenbar ist alles ziemlich hitzig geworden, also ist es sicher besser, wenn wir erst mal in Deckung gehen …

Die Antwort kam nur wenig später.

Masino,
Papà ist jetzt wirklich wütend auf Dich. Als ich davon sprach, dass wir Dich im Sommer ja sicher wiedersehen, ist ihm der Kragen geplatzt. Am liebsten würde ich meinen Kragen auch platzen lassen, aber was würde das nützen? Er wird immer lauter brüllen als ich. Aber heute war ein glücklicher Tag, die *Giornata della Fede.* Ich war

mit Mama und Zita Seta im Tempel. Dort hat sie ihren goldenen Ehering abgegeben und dafür einen aus patriotischem Stahl bekommen. Danach sind wir zum Vittoriale gegangen, zum Altar des Unbekannten Soldaten. Es war wunderschön! Tausende von Frauen, Chöre und Feuerschalen, und der Erzbischof der Armee hat die Zeremonie geleitet. Es war, als würden alle den Duce heiraten: Mama, die Tanten, Christinnen und Jüdinnen, alte Witwen und junge Bräute – alle vermählten sich mit dem Duce und der Armee, taten ihren Glauben kund und gaben ihre Eheringe. Und alle Ehemänner sahen zu und würdigten es. Papà war allerdings nicht dabei, er war bei der Eröffnung von Pontinia, der vierten neuen Stadt des Agro Pontino. Der Duce hat eine Rede gehalten: »Wir eröffnen Pontinia heute, am Tag des Glaubens, dem Tag, an dem all die fruchtbaren Mütter Italiens am Altar des Vaterlandes oder anderen Denkmälern für die Gefallenen ihre Eheringe geben – aber es ist auch ein Tag, an dem das italienische Volk den Glauben an seine Rechte kundtut, den sicheren und unbesiegbaren Glauben an das Schicksal des Vaterlandes.« Sie waren beide so glücklich, als sie nach Hause kamen, so stolz und voller Freude, dass sie Teil von etwas so Mächtigem und Schöpferischem sind. Wir können uns so glücklich schätzen, dass wir unseren Duce haben.
Ist es nicht clever, dass wir dasselbe Wort – *fede* – für den Glauben und den Ehering haben? Ich frage mich, wer wohl darauf gekommen ist. Wirklich, Masino, ich wünschte, Du hättest dabei sein können. Es war, als wären alle verliebt in ihn und in Italien. Es war so persönlich. Ich stand mit meinen Freundinnen dabei, und wir wünschten uns alle, dass wir verheiratet wären, damit wir auch unsere Ringe geben könnten.

Dieser Brief machte ihn rasend. Er dachte immer wieder: *Die Zeit läuft davon. Ich muss sie in Sicherheit bringen, vor ihm, vor ihnen, vor allem. Bevor es sie noch mehr vergiftet.*

Es schien niemanden zu geben, mit dem er darüber reden konnte. Nadine gegenüber würde er nicht noch einmal davon anfangen. Und Riley durfte auf keinen Fall wissen, wie weit Aldos Liebe zum Faschismus ging. Carmichael? Nein. Kurz kam Kitty ihm als *confidante* in den Sinn, was ihn schmunzeln ließ. Doch ihm fiel niemand ein.

Peter beschloss, dass sie alle zusammen Weihnachten in Locke Hill verbringen würden. Er überlegte, ihnen von Mabel zu erzählen. Bereitete den Boden dafür vor. Dieses Doppelleben – *ich führe wirklich ein Doppelleben*, dachte er, *wie so ein schäbiger Kerl aus der Skandalpresse. Wie konnte es so weit kommen?* – erschöpfte ihn. Er hätte sie auch gerne über Weihnachten dabeigehabt, aber sie wollte nicht. Sie musste bei ihrer Mutter bleiben, und er sollte ruhig Weihnachten mit seinen Kindern und Rileys Familie verbringen. Sie ließ sich nicht davon abbringen. Dennoch freute er sich, alle wiederzusehen, und bedauerte es, als Riley anrief und sagte, es ginge Kitty nicht gut, und sie könnten erst ein paar Tage später nach Locke Hill kommen.

Tom erreichte die Nachricht nicht mehr, und so fand Peter sich drei Tage lang allein mit seinem Sohn wieder.

Tom kam mitten beim Abendessen an.

»Danke, aber ich habe keinen Hunger«, sagte er. Seine Haare waren zerzaust, und er wich Peters Blick aus. »Ich bin ziemlich müde, wenn Sie nichts dagegen haben, gehe ich direkt nach oben.«

Er ist so förmlich. So –

Peter setzte sich wieder an den Tisch, der für zwei gedeckt war, und aß sein Lammkotelett. Er kam sich albern vor. Als Mrs Joyce hereinschaute, hielt er den Blick auf den Teller gesenkt. Er nahm den Knochen und nagte lustlos daran, dann wischte er sich die Hände an der Serviette ab, ging ins Wohnzimmer und ließ sich aufs Sofa fallen. *Gott, ich mache Geräusche wie ein alter Mann, wenn ich aufstehe oder mich hinsetze.* Er nahm den Hörer vom Telefon.

»Mabel?« Sie nahm nicht ab – natürlich, sie war sicher bei der Arbeit. Er las eine Weile, weil er wusste, dass sie ihn anrufen würde, wenn sie nach Hause kam, und das tat sie auch. Er sprach lange mit ihr darüber, wie sehr er sich wünschte, ein besserer Vater für seinen Sohn zu sein, der jetzt fast erwachsen war, und ob es zu spät dafür war, und was er tun könne.

Mabel schwieg lange. »Du tust immer dein Bestes«, sagte sie dann. »Mehr kannst du nicht tun.«

Peter nahm diese lieben Worte mit nach oben in sein Bett.

Tom hörte, wie sein Vater an seinem Zimmer vorbeiging. Er fragte sich, warum Peter so spät noch auf war. Er hatte das Telefon klingeln gehört – nach Mitternacht – und leises Gemurmel im Zimmer unter seinem. Es erinnerte ihn daran, wie er klein gewesen war, die gedämpften Stimmen von Erwachsenen, die sich unten beim Abendessen unterhielten. *Das muss eine sehr alte Erinnerung sein*, dachte er. *Wie alt war ich, als ich dieses Haus verlassen habe – vier?* Er fragte sich, ob das seine früheste Erinnerung war. Er fragte sich, wer seinen Vater um diese Zeit anrief. Er fragte sich, ob er es wirklich wissen wollte und warum er es nicht wusste, und merkte, dass er seinen Vater schlicht und einfach nicht kannte.

Am nächsten Tag musste Peter nach London; er brach zeitig auf und kam abends zurück. Doch an dem Abend traf Tom sich mit einem Freund aus der Nachbarschaft; sie waren schon seit langem verabredet, sagte er, als er ging, und sogar seine Schritte wirkten immer fröhlicher, je weiter er sich vom Haus entfernte. Wieder saß Peter allein am Esstisch und wünschte, er wäre in der Stadt geblieben. Er hätte die Nacht mit ihr verbringen können.

Es war peinlich.

Kaum zu ertragen.

Nein, das war es nicht, was er sich wünschte. Er wünschte sich, sein Junge würde mit ihm gemeinsam zu Abend essen.

Peter hatte vor dem Krieg in Athen ein klapperndes hölzernes Backgammon-Brett gekauft, mit einem Zickzack aus dunklen und hellen Intarsien und vier großen Würfeln. Am dritten Abend zog er es vor dem Abendessen unvermittelt hervor und sagte: »Komm, es ist höchste Zeit, dass ich dir mal was beibringe.«

Tom zuckte leicht zusammen.

»So was machen Väter doch, oder nicht?«, sagte Peter milde. »Ihren Söhnen etwas beibringen?«

Tom hob die Augenbrauen und willigte ein, sich an den Couchtisch im Wohnzimmer zu setzen. Das Feuer war warm, der Sherry trocken. Peter hatte alles vorbereitet.

Er legte das Brett auf den Tisch. Tom sah pflichtschuldig zu, wie die Spielsteine verteilt wurden.

»Wir fangen mit einer Dreierrunde an«, sagte Peter. »Würfel mal – ah! Drei und fünf, sehr gut. Ein klassischer Zug – fünf von hier, drei von dort, und du hast einen Point blockiert, siehst du?«

Er führte seinen Sohn durch das Spiel: »Du gehst so herum, ich so. Lass möglichst keinen Stein allein auf einem Point, sonst schlage ich dich. Am besten ist es, wenn du immer mindestens zwei Steine zusammen hast. Ah! Fünf und sechs, der Lover's Leap – da machst du das hier. Siehst du?«

Tom lächelte. Der Lover's Leap war ein netter Zug.

Das Klackern der Würfel und Steine war beruhigend.

»Ist es Glück oder Geschick?«, fragte Tom.

»Eine perfekte Mischung aus beidem«, sagte Peter.

Tom gewann die ersten beiden Spiele mit Peters Anleitung, die nächsten beiden verlor er, und dann gewann er noch zweimal allein.

»Erstaunlich, wie abwechslungsreich das sein kann«, sagte Tom. »Und wesentlich … lebendiger … als Schach.«

Das Abendessen kam dazwischen.

Nach der Schinkenpastete hob Peter den Kopf, blickte Tom an und sagte: »Erzähl mir, was dich beschäftigt.«

Tom war überrascht und verwirrt, aber Peter sah ihn nur

offen und unverwandt an. Und so antwortete Tom zu seinem eigenen Erstaunen ehrlich, fast ohne nachzudenken, wie unter einem Bann.

Er sagte: »Wenn du ein Mädchen liebst, das üble politische Ansichten hat, aber nur deshalb, weil ihre Familie und ihre Umgebung üble politische Ansichten hat, was machst du dann? Rettest du sie vor sich selbst, oder lässt du sie sitzen?«

Peter spürte, wie eine Last von seiner Seele fiel.

»Wie übel?«, fragte er. »Je übler sie sind, desto mehr musst du das Mädchen retten.«

Er sah, dass Tom diese Antwort nicht erwartet hatte, und schwieg. Vielleicht war er zu anmaßend gewesen.

»Italienische Faschisten«, sagte Tom.

Peter überlegte kurz.

»Die Cousine«, sagte er, und Tom warf den Kopf zurück und nickte.

»Oje.«

»Verstehst du?«, sagte Tom.

Doch Peter freute sich so sehr über Toms Offenheit, dass in seinem Herzen kaum Platz war, gleichzeitig Mitgefühl für das Dilemma seines Sohns zu empfinden.

»Sie wünscht sich, sie wäre verheiratet, damit sie Mussolini ihren Ehering geben kann.«

Peter erinnerte sich an Nennas langes Haar und ihre wachen Augen.

»Warum liebst du sie dann?«, fragte er, und Tom sah ein, dass er ungerecht gewesen war, und sagte: »Natürlich ist sie mehr als das.«

Natürlich, dachte Peter. *Natürlich ist sie mehr als das*, und in dem leuchtenden Augenblick erkannte er, dass sein Sohn in derselben Situation war wie er selbst – er liebte jemanden, den er nicht lieben sollte. Er liebte dort, wo es ein Problem gab.

Aber es ist nicht dasselbe. Es ist nicht falsch, schwarz zu sein. Falsch ist die Art, wie du behandelt wirst. Mabel kann nichts für ihre Hautfarbe. Aber das Mädchen hat sich ent-

schieden, Faschistin zu sein. Bei Mabel ist es der Körper, bei dem Mädchen der Geist. Das ist etwas, worüber man nachdenken sollte.

»Liebe ist nichts, was man leichtfertig abtun sollte«, sagte er, um Zeit zu gewinnen.

»Nein«, sagte Tom.

Auf einmal verspürte Peter den geradezu übermächtigen Wunsch, Tom von Mabel zu erzählen. Doch er tat es nicht. *Das ist Toms Augenblick, um mit mir zu reden. Nicht meiner, um ihn zu übertrumpfen.*

»In deinem Alter war ich ständig verliebt«, sagte er. »Jede Woche in ein anderes Mädchen.«

»Ich habe Nenna wirklich gern«, sagte Tom. »Und sie gehört quasi zur Familie.«

Peter wollte, dass Tom niemals verletzt würde. Das war alles. In dieser Familie hatte es genug Schmerz gegeben. Diese hinreißende Italienerin in den inneren Kreis aufzunehmen würde neuen Schmerz bringen, das war ihm klar. Riley bereitete gerade eine Reihe von Heften vor, über Abessinien, über Mussolinis Politik in Spanien. Er würde kein Faschistenmädchen in der Familie dulden. Obwohl –

»Weiß Riley, dass sie Faschisten sind?«, fragte Peter unvermittelt.

»Um Gottes willen, sag ihm bloß nichts!«, rief Tom aus. »Bitte!«

Peter war überrascht von seiner Heftigkeit, und dann begriff er.

»Weiß Nadine Bescheid?«, fragte er, und Toms Gesichtsausdruck war Antwort genug.

Großer Gott, was für eine Misere. Deshalb ist sie nicht mehr nach Italien gefahren. Und deshalb wollte Tom unbedingt weiter dorthin.

»Ich verstehe dein Dilemma«, sagte er nach einer Weile. »Ich weiß, du magst sie alle sehr, aber für mein Gefühl solltest du besser nichts mehr mit ihnen zu tun haben. Um deiner Familie willen, aber auch um deinetwillen. Wenn sie –

oder Nenna – ihre Ansichten ändern, ist es natürlich etwas anderes. Aber nach meiner Erfahrung müssen die Leute sich selbst ändern.«

Tom sah ihn an.

Peter stieß ein trockenes kleines Lachen aus und dachte – *oh, jetzt werde ich etwas sagen* –, und er tat es. Es sprang aus ihm heraus wie etwas Befreites.

»Du erinnerst dich vielleicht noch, wie viel Mühe sich lauter sehr nette Menschen gegeben haben, um mich zu ändern«, sagte er und sah auf. »Weißt du das noch?«

Die Luft um sie herum und zwischen ihnen verdichtete sich. Sie war auf einmal schwer, als wären Geister, die seit Jahren in den schweren Samtvorhängen verborgen gewesen waren, lautlos hervorgetreten, um ihrem Gespräch aufmerksamer zu lauschen. Peter fühlte sich wie unter Wasser.

»Ich sehe, dass du dich verändert hast«, sagte Tom. Es klang steif. »Und ich weiß, dass es lange gedauert hat.«

»Ich habe mich für andere Menschen verändert«, sagte Peter. »Für dich zum Beispiel. Für deine Mutter« – er schluckte –, »Rose und Riley. Aber diese anderen Menschen haben mich nicht verändert oder mich dazu gebracht, mich zu ändern. Sosehr sie sich auch bemüht haben.«

»Für mich?«, sagte Tom.

»Ja. Und es tut mir leid. Alles.«

Tom sah verwirrt aus.

Es ist zu viel für ihn, dachte Peter.

»Tom«, sagte er. »Wenn du dir diese Fragen stellst, wegen des Mädchens, und auf diese Weise darüber nachdenkst, dann bist du vielleicht schon kurz davor, über diese Liebe die Nase zu rümpfen. Wir können gerne noch mal darüber sprechen, wenn du möchtest, aber jetzt lass uns erst mal unseren Reispudding essen, und dann kannst du mich noch ein bisschen beim Backgammon schlagen.«

»Natürlich«, sagte Tom, immer noch vollkommen perplex. Wie unter Schock blickte er zu Peter und sah ihn zum ersten Mal.

Tom las noch einmal den Brief über die *Giornata della Fede* und dachte über das nach, was Peter gesagt hatte.

Ich denke über das nach, was mein Vater gesagt hat! Wie ungewohnt.

Bekomme ich jetzt einen Vater? Oder so etwas Ähnliches wie einen Vater?

Die Vorstellung berauschte ihn. *Er hat sich entschuldigt. Er hat gesagt, er hat sich geändert, für mich, um meinetwillen.*

Soll ich ihm verzeihen und ihn kennenlernen?

Bin ich schon dabei, ihm zu verzeihen?

Nach Weihnachten, als er wieder in Cambridge war, bekam Tom diesen Brief:

Epifania 1936

Masinuccio mio,

ich lasse mich nicht unterkriegen. Auch wenn Du mir nicht oft genug schreibst, schreibe ich Dir weiter. Hier ist alles beim alten. Papà ist munter und herrisch, Mama ist munter und still, die schrecklichen Jungs sind munter und werden immer größer, und das süße kleine Mädchen ist munter und süß. Nenna ist einigermaßen munter, aber sie vermisst ihren Freund. Wusstest Du, dass *Faccetta Nera* jetzt nicht mehr gesungen werden darf? Sie machen sich Sorgen wegen der »Sklaverei der Liebe« im Text. Und wegen *quando saremo insieme a te* – das wollen sie ändern in *quando saremo vicino a te.* »In deiner Nähe« anstatt »bei dir«. Das ist wegen der Rassenmischung. Sie wollen keine braunen Babys. Warum nicht? Braune Babys sind so hübsch. *Insieme* ist ein sehr intimes Wort! Es klingt wie *inserire*/einführen und *inseminare*/befruchten. Und *inside*/innendrin im Englischen. Und dann das ganze »von der Sonne geküsst« und das Tragen der Schwarzhemden … Ich finde, es klingt wie ein wunderbar romantisches Abenteuer. Bist Du beeindruckt von meinem Englisch? Ich arbeite fleißig daran und lese Dickens.

(Tom, der bei einem Pint Bitter im Eagle saß, dachte: *Ja, ich bin beeindruckt von deinem Englisch.*)

Ich habe noch mal über den Abend Deiner Abreise nachgedacht, als Papà meinte, Du wolltest mich küssen. Bisher dachte ich, dass er sich geirrt hat, aber jetzt … Du wolltest mich wirklich küssen, nicht wahr? Das erkenne ich jetzt.

(Ein Wurm ringelte sich in seinen Eingeweiden. *Warum erkennst du es jetzt? Was ist passiert, dass du jetzt mehr über das Küssen weißt?*)

Na, wie auch immer – 1936 ist da, bisher kalt und feucht, ein neues Jahr – was wird es uns bringen? *La Befana*, die mir, obwohl wir 1.) Atheisten und 2.) Juden sind, immer etwas gebracht hat, hat mir diesmal nichts gebracht. Meine Mutter sagt, weil ich zu alt bin. Vielleicht wird sie – *la Befana*, nicht *la mamma* – mir ja etwas anderes bringen, extra für mich, das zu einem fast erwachsenen Mädchen passt.
Auguri, Masino, obwohl es hart ist, mit Dir zu sprechen, wenn Du nicht antwortest. Ich bin hier.
Nenna

Er schrieb:

Cara Nenna, Einfallspinsalista,
es war mir ernst. Es ist mir ernst. Ich liebe Dich. Küss keinen anderen.

Er schickte es nicht ab.
Hin und her, hü und hott.
Was konnte er ihr geben? *Aldo hat recht: Sie ist zu jung.*

Und ich auch. Und Peter hat auch recht: Sie ist eine törichte Faschistin, vollkommen vernarrt in ihren Daddy, und der ist vollkommen vernarrt in Daddy Duce, und – ach Gott. Ich brauche diese Leute nicht.

Außerdem hatte er reichlich zu tun.

Im Frühjahr 1936 sah Tom in der Wochenschau die Szenen wilden Freudentaumels in Italien, als die italienische Armee in Addis Abeba einmarschierte. Der Duce trat auf seinen Balkon wie ein Hohepriester, der in einem riesigen Tempel verehrt wird. Riley gab Tom Exemplare seiner neuen Hefte, die er mit einem Gefühl von Schmuddeligkeit entgegennahm. Er las Haile Selassies Anklage, dass die Faschisten Giftgas gegen die Zivilbevölkerung eingesetzt hatten. Er nahm mit Überdruss zur Kenntnis, dass im März 1937 in der Schlacht von Guadalajara im Spanischen Bürgerkrieg faschistische italienische Truppen gegen republikanische italienische Brigaden kämpften. Wenig später las er, dass Carlo Rosselli, Anführer des Matteotti-Bataillons und Jude, in Frankreich von einer Faschistenbande ermordet worden war. Er sah, wie der Duce zusammen mit Hitler in Berlin umherstolzierte, die Taube neben der Katze, die die Sahne aufgeschleckt hatte. Er sah Bilder von Florenz mit lauter Hakenkreuzfahnen neben der schönen florentinischen Lilie, und ihm wurde übel, körperlich übel; Cellinis Perseus, der allem zusah, die Augen blind für die Geschichte. *Da wollten wir hinfahren,* dachte er, *und verliebt sein.*

Nein. Vergiss es. Sie will ihren Ehering Mussolini geben. Vergiss das Ganze.

Aber dass jemand sich täuschen lässt, heißt doch nicht, dass nichts Gutes in ihm ist? Dass er nicht mehr dein Freund ist?

Vergiss es.

Wirklich?

Und dann? Willst du ihr schreiben, dass du es vergessen willst?

Er schrieb weniger und kürzer.

Er kaute auf seiner Unterlippe und las noch einmal den Brief über die *Giornata della Fede*.

Er überlegte und dachte nach und entschied sich so und dann wieder anders. Er schrieb einen langen Brief an Aldo und Susanna und schickte ihn ebenfalls nicht ab.

Letzten Endes musste sie sich entscheiden, zwischen ihm und Mussolini. Und weil er wusste, dass sie Mussolini wählen würde, fragte er nicht.

Sie fehlte ihm. Er fühlte sich mies, als hätte er ein Kind in den Händen eines bösen alten Mannes zurückgelassen, die Arme voll blauer Flecke.

VIERTER TEIL

1938

12. KAPITEL

London, Sommer 1938

IM FRÜHJAHR 1938 STARB Betty sanft, geküsst und gesegnet, mit Mabel an ihrer Seite. Mabels Schmerz war bitter und staubig: Ja, natürlich hatte sie gewusst, dass es passieren würde, aber warum gerade jetzt? Jetzt war sie allein, ohne ihre Mutter. Wenn eine alte Frau stirbt, deren Leben sich im Laufe der Jahre unglaublich verbessert hat, dann ist es bei Gott ein Übergang, wenn die Geschichte zusammen mit ihr entschwindet, aber es ist … normal. Doch Mabel hatte nicht weiter darüber nachgedacht. Nun gehörte sie durch den Tod ihrer Mutter einer anderen Generation an. Sie drückte Iris fest an sich und dachte: *Vielleicht ist Gott ja wahr. Auch wenn ich nicht so recht daran glaube, dass Gott für mich wahr ist, kann er bitte für Mama wahr sein?*

Zu ihrer eigenen Überraschung wurde Mabel nach der anfänglichen Trauer auf einmal kühn. Ohne Betty schien es nichts mehr zu geben, was sie zurückhalten konnte. Nichts, weswegen sie höflich oder vorsichtig sein musste. Selbst für Iris, fand sie, konnte Kühnheit nur gut sein. *Sie ist achtzehn Jahre alt!*

Dies war ein Wendepunkt für Mabel, wenn sie es wollte. Und sie wollte es. Die Vergangenheit war vorüber, die Zukunft ein unbekanntes wildes Tier: warum es nicht direkt in Angriff nehmen? Es war, als hätte Betty die althergebrachten Vorstellungen von Scham und Züchtigkeit, davon, sich mit gesenktem Kopf innerhalb einer unsichtbaren Architektur aus Anstand und Furcht zu bewegen, mit sich genommen.

Mabel fühlte sich furchtlos. Jetzt war sie die Mutter – die einzige Mutter. Betty hatte ihre Bürde jahrzehntelang getragen, erst in den Staaten, dann hier in Europa, sie war eine gottesfürchtige Frau gewesen, eine hart arbeitende Frau, und sie hatte sich in alles gefügt, weil sie es musste, um zu überleben. Genau wie Pixy vor ihr. Frauen des neunzehnten Jahrhunderts. *Aber ich gehöre ins zwanzigste Jahrhundert*, flüsterte Mabel sich zu. *Ich habe jetzt die Macht und die Verantwortung. Und ich bin dabei, mich zu befreien. Jetzt, wo mein Mädchen groß und meine Mama fort ist.*

Im Grunde ging es nur um eins. Es war falsch, dass Peter es nicht wusste und dass Iris es nicht wusste. Die Zeiten *hatten* sich geändert, aber sie mussten noch ein wenig mehr geändert werden.

All die Jahre war sie Peters Drei-Tage-die-Woche-Freundin in der schönen Wohnung in Belgravia gewesen. All die Jahre war sie immer wieder in die dunkle kleine Wohnung in Soho zurückgekehrt, wo ihre Mutter und ihre Tochter lebten. All die Jahre hatte sie Peter nichts von ihrem anderen Leben erzählt, und er hatte es akzeptiert. Und achtzehn Jahre lang hatte sie Iris nichts von ihrem Vater erzählt. *Achtzehn Jahre lang!* Sie straffte die Schultern und spürte einen kühlen Lufthauch im Nacken. Schluss mit dem Versteckspiel.

Und so ging sie eines sehr warmen Sommernachmittags mit Iris in ein Café und spendierte ihr ein Eis: Vanille mit Erdbeersirup und einer Kirsche obendrauf. Sie ließ sie zwei Löffelvoll davon essen, dann sagte sie: »Meine Süße, ich muss dir etwas Wichtiges sagen, und ich hoffe, du bist mir nicht böse.« Sie hatte gedacht, sie würde nervös sein, doch das war sie nicht.

Iris blickte auf.

»Ich habe deinen Vater gefunden«, sagte Mabel. Schlicht und einfach. »Ich habe ihn schon vor ein paar Jahren gefunden und ihn im Auge behalten, um sicher zu sein, dass er gut genug für dich ist, und ich glaube, er ist es. Ich möchte, dass du weißt, dass er nichts von deiner Existenz weiß. Er hat dich nicht ignoriert. Er wusste nichts von dir. Ich werde es ihm bald sagen, und wenn er der Mann ist, für den ich ihn halte, werdet ihr zwei euch kennenlernen.«

Iris' Löffel hing in der Luft wie eine Comicfigur über einem Abgrund. Ihre Augen dahinter waren riesig.

»Heute?«, fragte Iris. »Gibt es deshalb das Eis?«

»Nein, nicht heute. Wie ich schon sagte, ich muss vorher noch mit ihm sprechen. Aber ich wollte es zuerst dir sagen.«

Iris' Haar war zurückgestrichen und in Locken gelegt wie das einer erwachsenen jungen Frau, aber ihr Gesicht wirkte plötzlich kindlich.

»Was ist, wenn er mich nicht mag?«, fragte sie ganz leise.

»Das ist nicht wichtig«, sagte Mabel. »Dann ist es sein Pech. Ich glaube, dass er dich mögen wird, aber wenn nicht – nun, da du bisher keinen Vater gehabt hast, weißt du ja, dass du auch ohne zurechtkommst.«

Iris schluckte.

»Ich sollte vielleicht erwähnen, dass du ihm einmal begegnet bist. Als du zu dem großen weißen Haus jenseits des Hyde Parks gekommen bist. Da war ein hochgewachsener Mann, der dir guten Tag gesagt hat.«

Iris erinnerte sich an ihn. Er war so unwirklich gewesen. Der ganze seltsame Ausflug war unwirklich gewesen.

»Dieser weiße Mann?«, fragte sie.

»Mhm.«

»Bist du immer noch da, wenn du nicht zu Hause bist? Oder hast du jetzt einen anderen Freund?«

»Iris!«

»Na ja, woher soll ich das denn wissen, Mumma?« Sie sah ihre Mutter unverwandt an, und Mabel merkte, wie sie rot wurde. »Alles, was ich weiß«, sagte Iris, »ist, dass ich unehelich geboren bin, sonst hast du mir nie etwas erzählt. Also entschuldige bitte, dass ich ein paar Fragen habe, wenn du plötzlich beschließt, mir etwas über mich zu enthüllen. Du hast ihn im Auge behalten? Was soll das heißen, Mumma?«

Mabel brachte kein Wort heraus.

»Heißt das, du bist ab und zu mal hingegangen und hast ihn dir durch die Scheibe angeguckt?« Iris hatte den Löffel weggelegt. »Während du die Hälfte aller Nächte meines Lebens mit einem anderen Mann verbracht hast? Oder mit mehreren? Oder hast du ihn die ganzen Jahre über getestet wie ein Auto? Seit ich ihm begegnet bin? Meinem Vater? Um sicher zu sein, dass er gut genug für mich ist? Und ich durfte ihn nie sehen, nie kennenlernen, um mir eine eigene Meinung zu bilden? Über *meinen* Vater?«

Mabel schloss die Augen. »Ja.«

»Was, ja? Was willst du damit sagen – ist er dein Freund?«

»Ja.«

»Die ganze Zeit über?«

»Ja.«

»Warum hast du mir nichts gesagt?«

»Weil du zu klein warst. Jetzt bist du groß genug.«

Iris sah sie an. Sie kaute an der Haut ihres Daumens.

»Nur damit ich das richtig verstehe«, sagte sie. »Seit damals, als ich dir zu diesem Haus gefolgt bin und ihn gesehen habe, die ganze Zeit über und vielleicht sogar noch länger, habe ich einen Vater gehabt, der ganz in der Nähe wohnte, und du hast dich zwei- oder dreimal in der Woche mit ihm getroffen, hast beinahe mit ihm zusammengelebt, und ich durfte ihn nie sehen, und er hat keine Ahnung, dass es mich gibt?«

»Ich werde es ihm heute Abend sagen«, erwiderte Mabel, »und sehen, was passiert.«

»Nein«, sagte Iris. »Nein, warte mal. Das, was ich eben gesagt habe, stimmt das?«

»Ja.«

»Und jetzt bin ich alt genug, um zu wissen –«

»Ja.«

»– wie du mich hintergangen hast.«

»Ich –«

»Vor allem wenn ein Kind klein ist, braucht es seinen Vater.«

»Ich –«

»Wenn du nicht alles wärst, was ich habe, dann würde ich –«

»Iris –«

Iris griff mit den Fingern in ihr Schälchen und hob den Rest Eiscreme heraus. Einen Moment lang starrte sie ihn an. Dann beugte sie sich vor und schmierte ihn ihrer Mutter ins Gesicht, kreuz und quer, hin und her. »Eiscreme«, sagte sie. »Eiscreme.«

»Iris«, wollte Mabel sagen, doch ihr Mund war verklebt, und sie fing an zu weinen.

Iris nahm ihre Hand weg und stand auf.

»Wusste Grandma davon?«, fragte sie, und Mabel, die sich später oft wünschte, sie wäre so geistesgegenwärtig gewesen zu lügen, sagte: »Ja.«

»Aha«, sagte Iris. »Alle beide. Das ist –«

»Ich mache es wieder gut«, sagte Mabel rasch. »Ich lasse euch beiden ein bisschen Zeit, euch daran zu gewöhnen. Wenn es ihm gefällt, können wir vielleicht zu dritt in der schönen Wohnung leben. Wenn nicht, wie wär's, wenn wir dann nach Paris ziehen?«

»Paris?«, sagte Iris. »Eiscreme und Paris? Kannst du vielleicht auch noch die Zeit zurückdrehen und dich ganz anders verhalten? Denn wenn nicht –«

Mabel wischte sich das Gesicht ab. »Iris –«

Iris schüttelte den Kopf und stand auf. »Tu nichts, Mutter«, sagte sie. »Rede nicht mit ihm. Es läuft nicht mehr nach deiner Nase.« Sie wandte sich zum Gehen. »Ach, wie heißt er eigentlich?«

»Peter Locke«, sagte Mabel.

»Peter Locke«, wiederholte Iris nachdenklich. »Ein Weißer!« Dann sagte sie: »Geh nicht wieder zu der Wohnung«, und verließ das Café.

Iris war wütend, aber es war nicht Wut, die sie vorwärtstrieb, sondern Neugier und ein ganz reiner, unwiderstehlicher Sog.

Er führte sie durch Soho und Mayfair bis zur Hyde Park Corner, über den Kreisverkehr und in das weiße Labyrinth von Belgravia, wo die Häuser größer, die Straßen breiter, die Plätze grüner, die Menschen weniger und ihre Schuhe glänzender waren. Es war eine diskrete Gegend. Die Häuser ließen auf nichts schließen, außer auf Wohlstand, und wenn jemand aus dem Fenster sah, war es ein Dienstbote und keiner von der Sorte, der plauderte oder etwas verriet.

Iris dachte, dass Peter Locke die ganze Zeit in der Wohnung lebte. Er war es, der sie anzog.

Sie wusste nicht, wo die Wohnung war, in welcher Straße, welcher Hausnummer. Sie sahen alle gleich aus. Sie erinnerte sich an … ein schwarzes Gitter hinter ihr, eine Kreuzung zu ihrer Linken, einen blühenden Fliederstrauch, der aber jetzt nicht blühen würde, oder doch? Sie wusste es nicht. Ein kleiner Park, durch Straßen in vier Teile geteilt? Das zweite Haus von der Ecke? Sie ging umher. Dann sah sie etwas, das ihr bekannt vorkam: Eaton Square. Sie lief ihn ab wie ein Spürhund, und als sie an einer Ecke ankam, entdeckte sie über sich zwischen staubigen Blättern die braunen Spitzen verdorrter Fliederblüten. Sie glitt zwischen zwei niedrigen, eleganten Autos hindurch, lehnte sich an das Zaungitter und blickte nach oben. Die Fenster über ihr waren blind und stumm. Er konnte hinter jedem von ihnen sein.

Sie blieb dort und dachte: *Ein Vater hat doch bestimmt eine Arbeit. Oder?* Er war sicher gar nicht zu Hause.

Er wird überrascht sein. Und vielleicht nicht erfreut. Vielleicht sogar wütend.

Sie erinnerte sich, wie er ihr auf der Straße entgegengekommen war. Er war groß. Auch wenn sie damals klein gewesen war, er war wirklich groß. Er hatte eine nette Stimme. *Aber vornehm. Ich bin nicht vornehm.*

Er wird nicht enttäuscht von mir sein, wenn er mich erst mal kennenlernt. Wenn er mir eine Chance gibt. Er wird mich mögen, weil ich ein bisschen so bin wie er. Er wird sich freuen. Glaube ich. Aber er wird überrascht sein und –

Wahrscheinlich ist er bei der Arbeit.

Was ist, wenn er mich nicht mag?

Weiße mögen Schwarze oft nicht.

Aber wenn er mein Dad ist, bin ich zur Hälfte weiß.

Aber so funktioniert es nicht, oder? Das ist keine Mathematik. Keine Bruchrechnung.

Und Grandma hatte es auch gewusst und ihr nichts gesagt. Sie hatten sie außen vor gelassen. Iris hatte ihre Familie immer als die Drei Musketiere gesehen, drei Frauen, die sich umeinander kümmerten. Und jetzt war sie allein. Nicht eine von dreien.

Aber er mag Mumma.

Nach zwei Stunden ging Iris. Sie würde abends wiederkommen. Da kamen Väter nach Hause.

Mabel, die sie aus fünfzig Meter Entfernung beobachtet hatte, folgte ihr, sah, dass sie nach Hause ging, und schlüpfte in eine Telefonzelle.

Peter hatte vorgehabt, an dem Abend zu Mabels Auftritt im Serpentine Room zu kommen, doch sie schlug vor, sich schon vorher zu treffen, vielleicht im John Snow. Er sagte, er hätte nicht zu Mittag gegessen, lass uns zur Abwechslung mal etwas essen gehen.

Beruflich lief es für Mabel deutlich besser. Sie hatte Fans und angenehmere Arbeitszeiten. Sie verkaufte ihre Songs und schrieb auch welche für andere Bands. Manchmal gab sie sogar zu, dass sie von ihr waren, nicht von ihrem Daddy. Sie trat jetzt nur noch vier Abende in der Woche auf. Sie war ein Star. Manchmal tourte sie durchs Land, und sie trat regelmäßig in Paris auf. Meistens mit ihrer eigenen Band, Reginald an der Posaune. Peter war Abend für Abend dabei, nachdem er tagsüber entweder in der Firma gearbeitet oder geschrieben hatte. Sie hatten ihre Routine. Was nicht hieß, dass sie sich langweilte.

So gingen sie zu Sheekey's und aßen Seezunge. Peter sang leise den alten Song: »*The sweetest of fish, when placed on a dish, are soles, are soles, are soles!*«

Sie merkte, dass ihr Herz ungewöhnlich heftig schlug. Aber es hatte keinen Sinn, furchtsam nach vorn zu schauen. Sie hielt nicht einmal inne, um darüber nachzudenken, wovor sie sich fürchtete. Die Wahrheit war die Wahrheit, und der Augenblick war jetzt da. Iris' Zorn machte es nur umso wichtiger.

Er hatte sich gerade eine Gabel voll buttrigem Fisch in den Mund gesteckt, als sie ihm über die weiße Tischdecke ein Foto zuschob. Schwarzweiß, halb gestellt, Iris mit vierzehn in ihrer Schuluniform, wie sie im Park des Soho Square die Hände vor sich ausstreckte und in die Sonne blinzelte. Halbschatten unter den Platanen. Ein bezauberndes Lächeln.

»Hallo«, sagte Peter. »Wer ist das denn?«

»Meine Tochter«, sagte Mabel.

»Deine Tochter!«

»Iris«, sagte sie und beobachtete ihn. Er sah überrascht aus. Nicht schockiert oder entsetzt. Überrascht.

»Ist sie tot?«, fragte er.

»Nein!«, stieß Mabel aus. *Nimm das zurück! Nein, sie ist nicht tot! Nein!*

»Entschuldige«, sagte er. »Aber wo ist sie dann?«

»Sie ist der Grund, warum ich die ganze Zeit so zurückhaltend war«, sagte Mabel.

Sein Blick war verwirrt und offen.

»Ich wollte sie schützen.«

»Vor mir?«, sagte Peter verdutzt.

Mabel sah ihn an, und auf ihrem Gesicht breitete sich ein ängstliches, hoffnungsvolles Lächeln aus.

»Liebling«, sagte sie, »ich bin schon sehr lange eine alleinstehende Mutter. Ich habe ein paar Fehler gemacht, aber ich glaube, das hier ist keiner. Iris ist unsere Tochter. Deine und meine. Ich dachte mir, ihr seid jetzt beide bereit, es zu erfahren. Ich habe ihr heute von dir erzählt. Ich erzähle dir jetzt von ihr. Ich stelle euch einander jederzeit gerne vor.«

Er schwieg. Absolute Stille, untermalt vom Geklirr und Geklapper des Restaurants. Alles, was sie hörte, war das leise Klicken seiner Gedanken, die an ihren Platz fielen.

»Warum um alles in der Welt hast du mir das nicht eher gesagt?«

»Ist das das Wichtigste?«

»Nein. Aber es ist auch nicht unbedeutend.«

Schweigen.

»Wie alt ist sie?«, fragte er.

»Achtzehn.«

»Also schon fast erwachsen!«

»Ja.«

»So eine lange Zeit.«

»Ja.«

»Ich hätte –«

»Was?«

»Ein Vater sein können.«

»Nein«, sagte sie.

»Was, nein?«

»Du hättest kein Vater sein können.«

Er hob das Kinn. Sein Mund zuckte. »Was zum Teufel –«

Sie sagte leise: »Soll ich dich wirklich daran erinnern?« Er schluckte. »Daran, wie es damals war?«

Er wandte den Kopf ab.

»Daran, wie *du* damals warst?«

Ja, er wusste genau, wie er damals gewesen war.

»Ich war eine verdammte Katastrophe«, sagte er. »Keinem zuzumuten, erst recht keiner Frau, die jemanden brauchte, auf den sie sich verlassen konnte. In so einer Situation.«

»Genau. Deshalb habe ich nichts gesagt.«

»Aber so lange!«, rief er aus, so laut, dass die Leute vom Nachbartisch herübersahen, und sie sagte: »Ja, es dauert lange, nicht? Über Dinge hinwegzukommen, ein wenig Vertrauen zu fassen …«

»Ich wünschte, es wäre anders gewesen«, sagte er und hatte plötzlich Angst, er würde anfangen zu weinen.

»Das kann es immer noch sein.«

Sie schwiegen. Atmeten.

»War das der einzige Grund?«, fragte er.

»Genügt das nicht?«, entgegnete sie, doch dann hatte sie Mitleid mit ihm und sagte mit einem komischen kleinen Lachen: »Vielleicht hatte ich Angst?«

»Du bist nicht der Typ Frau, der Angst hat.«

»Peter, du bist eine Ausnahme und ein Wunder. Nicht alle Männer mögen ihre unehelichen Kinder.«

Er zog die Stirn kraus.

»Dann müssen wir heiraten!«, rief er, und sie sagte, ohne nachzudenken: »Oh nein, das habe ich nicht gemeint« – aber er war auf einmal ganz aufgeregt. »Würdest du? Sollen wir? Es wäre – dann kann ich – bitte. Liebling. Bitte. Es ist wirklich unverzeihlich, dass ich dich nicht schon eher gefragt habe. Ich weiß nicht, was ich mir dabei gedacht habe. Bitte! Heirate mich!«

In seinem Überschwang wurde er ein wenig laut, und wieder sahen die Leute von den Nachbartischen herüber. Einige von den jüngeren, die aussahen, als gehörten sie zum Theater, schmunzelten und lachten. Ein älterer Mann blähte die Nasenflügel, wechselte einen Blick mit seiner Frau und wandte sich ab.

Peter riss sich zusammen. Er griff über den Tisch nach ihrer Hand und sagte: »Soll ich auf die Knie gehen? Hier und jetzt? Ich tu's. Oder sag einfach ja. Dann kann ich meiner Tochter als ihr rechtmäßiger Vater gegenübertreten, nicht nur als Erzeuger. Sag ja. Bitte. Heirate mich.«

»Eins nach dem anderen«, sagte sie, ein wenig nervös. Die Stimmung im Saal war ihr peinlich, obwohl Peter nichts davon zu bemerken schien. Sie kannte den Klavierspieler.

»Ich liebe dich, und du machst mich glücklich«, sagte er. »Ich werde immer für dich sorgen. Selbstverständlich kannst du mit deiner Musik weitermachen, wenn du möchtest – wir werden sowieso schrecklich modern sein, warum sollten wir da aufhören? So eine Art Ehemann will ich nicht sein. Meine Kinder werden dich lieben. Und sie auch. Bitte.«

Seine Unschuld erschien ihr beinahe heilig. Wie konnte sie sie zerstören? Er war so, wie die Welt sein sollte.

»Wir würden uns mit Dingen auseinandersetzen müssen, von denen du selbst jetzt kaum weißt, dass sie existieren«, sagte sie.

Ihn heiraten! Was, und dann in dem Haus auf dem Land leben, wo ich noch nie gewesen bin? Mit Engländern vom Land, die in ihrem ganzen englischen Landleben noch nie ein schwarzes Gesicht gesehen haben?

»Mein liebes Mädchen«, sagte er. »Wir sind doch sicher längst über den Punkt hinaus, wo wir uns von so etwas das Leben schwermachen lassen, oder?«

Er hat recht – darum geht es nicht. Es geht um Liebe und Freiheit. Heirate ihn und beweise es. Iris lebt es, in ihrem Fleisch und ihrem Blut. Welche Hoffnung gibt es für sie, wenn du dich nicht einmal traust, es offiziell zu machen?

Sie sah ihn an: fünfzig Jahre alt, diese hellblauen Augen, was er gesehen hatte, was er getan hatte, was er war. Was er durchgemacht hatte, um dahin zu kommen, wo er jetzt war. Wie er sie liebte. Das war seine Reaktion – echte Freude.

Sie beugte sich vor und flüsterte: »Schhh.« Ihre Augen blickten ihn eindringlich an. »Ich werde es tun. Aber lass es uns noch geheim halten. Es gibt Dinge, die wir besprechen müssen. Ich will nicht, dass du dich an etwas bindest, dem du nicht gewachsen bist.« Und er sah sie an und sagte: »Darum geht es nicht. Es geht um dich und mich und darum, dass wir zusammen glücklich sind. Und um unsere Tochter. Wie heißt sie noch gleich?«

»Iris«, sagte sie und lachte.

»Hübscher Name«, sagte er. »Und du willst mich heiraten?«

»Ja«, sagte sie. *Jesus, ja, ich will.*

Da sprang er mit einem Freudenschrei auf und rief nach

Champagner – »Nicht für mich, Liebes, für dich« –, nach dem Hochzeitsmarsch auf dem Klavier, voller Übermut und Liebe und Staunen …

Da im Londoner West End viele Theaterleute unterwegs waren, lachten die meisten anderen Gäste und stimmten ein und freuten sich für sie. Einige waren zweifellos ein wenig schockiert, aber mit angenehmem Schauder. *Wie modern!*, dachten sie. Champagner wurde gebracht. Der Klavierspieler sah lächelnd zu Mabel hinüber. »He, Mabel«, rief er. »Singst du für uns?«

»Du weißt doch, dass ich nicht kann!«, rief sie zurück. »Ich habe nachher einen Auftritt im Serpentine Room!«

»Passiert ja nicht jeden Abend, dass du dich verlobst«, erwiderte der Klavierspieler. »Komm schon, gib dir einen Ruck.« Und da hatte Mabel eine Idee.

Augenrollen, Gelächter. Der Oberkellner machte eine Ansage, und Miss Mabel Zachary flüsterte dem Klavierspieler lächelnd etwas zu. Die ersten Akkorde erklangen. Ihre Stimme jubelte, lachend und kess, und jeder Ton wurde mit einem strahlenden, leuchtenden Lächeln gesungen, so weit wie die Liebe. *»Birds do it«*, sang sie. *»Bees do it. Even educated fleas do it. Let's do it –«*

Der Oberkellner schickte den Laufburschen los, Rosen zu besorgen, und drückte sie Mabel in die Arme. Sie dufteten nach Honig und Glückseligkeit.

Nur zwei Paare standen empört auf und gingen. Mabel bemerkte es; Peter nicht.

Scher dich nicht um sie, dachte Mabel. *Die gehören in die alten Zeiten. Bye-bye, alte Zeiten.*

Nach ihrem Auftritt schickte Mabel Peter allein zurück in die Wohnung und ging zur Lexington Street. Iris saß in Grandmas Sessel in der Küche und schlief. Mabel weckte sie sanft.

»Er ist jetzt in der Wohnung, wenn du ihn sehen willst«, flüsterte sie. »Oder du kannst morgen früh hingehen. Er wartet auf dich. Wenn du möchtest, komme ich mit.« Sie setzte sich auf die Armlehne und wartete darauf, dass Iris sich an sie schmiegte, damit sie den Arm um sie legen konnte und sie wieder zusammen sein würden.

Iris sah zu ihr hoch. »So einfach ist das nicht.«

»Es ist ein Anfang.«

»Vielleicht will ich gar keinen Anfang.«

»Wann immer du bereit bist«, sagte Mabel demütig. Dann fügte sie rasch hinzu: »Ich habe ihm ein Foto von dir gegeben. Er ist so aufgeregt! Er ist überhaupt nicht wütend oder vor den Kopf gestoßen. Er will dich einfach nur kennenlernen und schauen, wie es weitergeht. Er wünscht sich, ich hätte es ihm schon vor Jahren gesagt.«

Iris ließ den Kopf ein wenig nach hinten sinken. »So?«

»Er will uns heiraten«, sagte Mabel. »Wenn du verstehst, was ich meine.«

Iris sah ihrer Mutter in die Augen. »Wirklich?«

»Mmh.«

»Liebst du ihn, Mumma?«

»Schon immer, Süße.«

Iris fielen die Augen zu. »Hab so lange gewartet«, murmelte sie. »Kann auch noch bis morgen warten.«

Im tiefsten Innern will ein Kind seine Eltern. Aber in genau demselben Innern will ein Kind nicht, dass sein Vater plötzlich eine jahrelange Freundin aus dem Hut zaubert. Bei dem Gedanken an Tom und Kitty hatte Mabel ein sehr enges Gefühl in ihrem Brustkorb.

»Was, ihr habt geheiratet?«, rief Riley aus, als Peter ihn anrief.

»Nein!«, sagte Peter. »Sie will mich erst heiraten, wenn ich es allen in meiner Familie gesagt habe und alle einverstanden sind.«

»Ah.«

»Komm, jetzt sei nicht so«, sagte Peter. »Es ist eine wunderbare Neuigkeit, und alle werden sich für uns freuen.«

»Nein, werden sie nicht.«
»Doch, natürlich!«
»Hast du es schon deiner Schwiegermutter gesagt?«
»Riley, sei nicht unfreundlich«, sagte Peter.

Mabel war beunruhigend hilfsbereit – fast so, als wollte sie all die Jahre wiedergutmachen, während derer sie nichts gesagt hatte. Sie wollte dabei sein, wenn Peter und Iris sich zum ersten Mal begegneten, wollte sie einander vorstellen, das Ganze kontrollieren, sie voreinander beschützen.

»Meine Liebe«, sagte Peter. »Ich weiß, du willst nur helfen. Und ich bin sicher, wir werden deine Hilfe brauchen. Aber jetzt möchte ich meine Tochter erst mal alleine kennenlernen.« Er sah, wie ihre Pupillen sich zusammenzogen.

»Unsere Tochter«, sagte er. »Entschuldige.«

Sie lächelte.

Peter traf sich mit Iris am Piccadilly Circus – auf ihren Wunsch hin. Er sah sie in der Mitte des Platzes stehen, unter dem geflügelten grauen Eros. Aufrecht und reglos stand sie inmitten der wirbelnden Menge: ein hochgewachsenes, ruhiges Mädchen, ein wenig schlaksig, kurzes Haar unter einem kleinen Hut, ein geblümtes Kleid, vorne durchgeknöpft, eine Handtasche vor dem Bauch und eine Reisetasche zu ihren Füßen.

Ob sie nervös ist?

Bin ich es?

Er fragte sich, wie er für sie aussah. Hochgewachsen, ein wenig schlaksig, kurzes Haar unter dem Hut. Er lachte und ging auf sie zu.

»Guten Tag«, sagte er. »Ich glaube, das habe ich auch beim letzten Mal zu dir gesagt – obwohl das natürlich alle zur Begrüßung sagen, also ist es wohl nichts Besonderes –, aber es ist immerhin bemerkenswert, dass es das Einzige ist, was ich je zu dir gesagt habe …«

Er wusste nicht weiter.

Ihr Gesicht war länglich, wie das von Mabel, aber knochiger, wie seines, aber hübscher. An den Schläfen hatte sie dieselbe Vertiefung, wie sein Vater sie gehabt hatte, und sie hatte die breiten, mottengleichen Augenbrauen seiner Mutter. Sie sagte: »Na, dann guten Tag!«

»Ich habe einen Plan«, sagte er. »Ich dachte mir, das wäre bei so einem außergewöhnlichen Anlass eine gute Idee. Natürlich müssen wir irgendwo zu Mittag essen. Aber ich dachte, wir könnten vorher vielleicht ins Kino gehen oder ins Museum, wenn es dir lieber ist – zum Beispiel in die National Gallery –, dann haben wir etwas, worüber wir reden können, wenn wir zu schüchtern oder zu aufgeregt sind oder nicht wissen, was wir sagen sollen.«

»Oh, keine Sorge.« Ihr Blick war zugleich humorvoll und sehr direkt. »Ich habe dir eine Menge zu sagen.«

»Gut!«, sagte er mit einem Gefühl von Kühnheit. Sie war wunderbar. Am liebsten hätte er ihren Arm genommen.

»Wir könnten zu Sheekey's gehen«, schlug er vor. »Das ist ein –«

»Oh, ich kenne Sheekey's«, sagte sie. »Ich liebe Sheekey's.«

Du bist mir ein Rätsel, dachte er. Eine Wolke des Staunens umhüllte und durchdrang ihn. *Ich bete dich an.*

»Komm, Poppa«, sagte sie. »Kein Grund, mich anzustarren.« Sie ging los, Richtung St. Martin's Lane. Er starrte sie an.

Sie drehte sich um und nahm seinen Arm. »Na, komm schon«, sagte sie.

Peter war Stammgast bei Sheekey's. Iris ebenfalls, wie sich herausstellte. Der Oberkellner blickte vom einen zur anderen und runzelte fragend die Stirn.

»Piero«, sagte sie. »Das ist mein Daddy.« Pieros Augenbrauen hüpften auf und ab.

»Und das ist meine Tochter Iris«, sagte Peter höflich.

Piero blinzelte, dann fasste er sich wieder.

»Eine Flasche 1909er Krug«, sagte Peter. »Wir sind uns erst ein Mal begegnet.«

Piero nickte und schnippte einen Untergebenen herbei. »Meinen Glückwunsch«, sagte er und fügte mit einem Anflug von Kühnheit hinzu: »Und wird … Madame Zachary Ihnen Gesellschaft leisten?«

Peters Herz pochte weich, aufgeregt, kraftvoll.

»Heute nicht«, sagte er. »Aber grundsätzlich schon.«

Kichernd gingen sie zu ihrem Tisch.

Iris murmelte vertraulich: »Ich glaube, bis jetzt schlagen wir uns sehr gut.«

Ihm kamen vor Dankbarkeit fast die Tränen.

»Ich habe dich von Anfang an gemocht«, sagte sie sachlich. »Seit dem Moment, als ich dich dort auf dem Platz gesehen habe. Ich fand, du sahst aus wie Leslie Howard.«

»Leslie Howard? Ich? Nun ja, vielleicht hast du recht –«

»Und den mag ich, weil er immer den anständigen Kerl spielt.«

»Ja«, sagte Peter, und eine Faust drückte sein Herz zusammen. »Allerdings bin ich wohl nicht so ein anständiger Kerl gewesen.«

»Du warst einfach nicht da.«

»Ich –«, begann er, doch sie sprach weiter.

»War nicht deine Schuld«, sagte sie. Sie hatte eine breite Stirn und kleine Sommersprossen auf den Wangen. »Sondern Mummas.«

»Bitte sei nicht wütend auf sie«, sagte er. »Sie hat getan, was sie für richtig hielt.«

»Aber du bist ein netter Mann«, sagte Iris ruhig. »Und sie wusste, dass ich dich gesehen hatte. Sie hätte mir eher sagen müssen, wer du bist. Ich *bin* wütend.«

»Nun, dann ist das so.«

»Ich glaube nicht, dass es zwischen ihr und mir je wieder so sein wird wie vorher. Sie hat mir etwas ziemlich Großes weggenommen, indem sie uns nichts voneinander gesagt hat.«

»Sie hatte ihre Gründe«, sagte er. »Ich war nicht immer ein netter Mann.« Er sah sie einen Moment unverwandt an, während ihm tausend Dinge durch den Kopf schossen, dann fragte er: »Soll ich dich wie eine Erwachsene behandeln oder wie ein Kind?«

»Ich bin achtzehn«, sagte sie.

»Aber wo fangen wir an?«

»Wir haben schon angefangen. Ich habe vor langer Zeit mit dir angefangen. In der Hinsicht habe ich dir etwas voraus. Ich wusste nicht, wer du warst, aber ich wusste immer, dass es dich geben musste.«

Das war ihm noch gar nicht in den Sinn gekommen. Aber ja, natürlich.

»Und wirst du mir helfen?«, fragte er.

»Sicher«, sagte sie.

»Aber ich bin dein Vater. Ich sollte dir helfen –«

»Das wirst du bestimmt auch. Aber du darfst mich nicht herumkommandieren.«

»Einverstanden«, sagte er. Er hatte das Gefühl, er konnte mit diesem Mädchen über alles reden. Einfach alles! *Sieh sie dir an. Was für ein Geschenk.* Es fühlte sich an, als wäre sie ein Teil von ihm. Er konnte sein Blut in ihren Adern sehen. Was für ein Wunder, dass sie einfach so auftauchte, als fertiger Mensch, so fremd und so vertraut. So sehr wie Mabel, so sehr wie er. Die ganze Zeit über waren sie durch dieses dritte Wesen miteinander verbunden gewesen. So sehr sie selbst. Als er ihr an dem sauberen weißen Tischtuch gegenübersaß, fühlte er es wie ein Sakrament. *Ich werde alles gut und richtig machen.*

Der Champagner wurde gebracht. Die zauberhafte Zeremonie des Ploppens und Staunens und Einschenkens und Anstoßens wurde vollzogen.

»Ich trinke so etwas nicht mehr«, sagte Peter und schob sein Glas ein Stück zur Seite. »Es tut mir nicht gut. Aber ich möchte das Feierliche, Bedeutsame. Hm …« Er wandte kurz den Kopf ab und überlegte. Dann tauchte er rasch den

Zeigefinger in sein Glas, beugte sich vor und berührte damit sanft ihre Stirn und dann seine eigene. »So«, sagte er. »Eine Art Taufe für uns.«

Sie hob ihr Glas. »Ich habe noch nie Champagner getrunken.«

Er lächelte. Es folgte der klassische Ablauf: der erste Schluck, das Kribbeln in der Nase und das Kichern.

»Und jetzt«, sagte er, »sprich mit mir. Erzähl mir was, frag mich was.«

»Ich ziehe zu dir«, sagte sie. »Ich habe meine Sachen mitgebracht.«

Er ließ den Kopf in die Hände sinken.

Dann blickte er wieder auf und sagte: »Feiere die Tatsache, dass du mich gefunden hast, nicht damit, dass du sie verlierst. Tu das nicht.«

Sie presste die Lippen zusammen, das Gesicht hart von ungeweinten Tränen.

»Außerdem«, fuhr er fort, »wollen wir heiraten. Wir alle sozusagen. Du wirst uns beide haben.«

Noch während er es sagte, dachte er an Tom und Kitty. Jetzt waren es drei. Eine Menge Boden, der gutgemacht werden musste.

Etwas höchst Unerwartetes geschah. Mrs Orris, die Mutter von Peters verstorbener Frau Julia, ging in einen Nachtclub.

Julia hatte Nachtclubs sehr gemocht – oder zumindest die Vorstellung davon. In Wirklichkeit waren sie immer außerhalb ihrer Reichweite gewesen: kein Ort, den eine anständige Frau aufsuchen konnte, und somit auch kein Ort, an den Peter sie mitgenommen hätte. Hätte Julia die 1920er Jahre noch erlebt, hätte Peter ein anderes Verhältnis zum Alkohol gehabt, wäre Julia nicht eifersüchtig geworden auf alles, was er tat und was sie nicht verstand, hätte sie vielleicht einen Weg gefunden, ein aufregenderes Leben zu führen und spätabends mit einer Zigarette in einem Halter und einer langen Perlenkette auf ihrem magnolienweißen Rücken Jazz zu hören. Aber Mrs Orris? Niemals würde sich eine solche Frau in einem Nachtclub blicken lassen. Nicht einmal im gefährlichen Alter von einundzwanzig oder fünfunddreißig. Und sie war mittlerweile achtundsiebzig, immer noch die *grande dame*, immer noch mit der Haltung eines Viermasters, der schwerfällig um die 1890er herummanövriert, immer noch mit Pelz und traurigen Hüten ausstaffiert, die schrille Stimme immer noch beschränkt auf Befehlston, Selbstgefälligkeit und Gejammer.

Mrs Orris war eines Tages beim Mittagessen mit einer unbedeutenden Freundin – Antonia – durch den Sohn besagter Freundin zum Schweigen gebracht worden. Er war nach Mrs Orris' Ansicht »einer von der unpassenden Sorte«, was bedeutete, dass er zwar aus einer passablen Familie stammte, sich aber nach dem Krieg dem Automobilgeschäft zugewandt hatte. Er trug Blazer, rauchte in Gegenwart von Frauen, und sein Schnurrbart war etwas überkandidelt. Hätte Mrs Orris gewusst, dass Percy ebenfalls zu dem Mittagessen kommen würde, hätte sie wahrscheinlich abgesagt.

Schon während der Gemüsebrühe konnte Percy es kaum erwarten, Mrs Orris das Neueste zu erzählen. Er gab sein gesamtes Mienenrepertoire zum Besten, von zweifelnd über besorgt bis zu bedauernd, bevor er »das Neueste« zwischen ihnen auf den Tisch warf: Peter Locke lief mit einem schwarzen Mädchen herum! Ja, Percy wusste es aus absolut verlässlicher Quelle. Sie waren häufig in der Öffentlichkeit gesehen worden. In Clubs natürlich, aber offenbar auch … am helllichten Tag.

Antonia bebte fast vor Schadenfreude und begann sofort, bedeutsame Blicke zu werfen. Mrs Orris hörte höflich zu und schluckte.

Am helllichten Tag!

»Nun, vielen Dank«, sagte sie leichthin in Percys Richtung. »Was die Leute sich heutzutage so alles erzählen …«

»Wenn ich von einer äußerst verlässlichen Quelle spreche, Mrs O., dann meine ich meine eigenen Augen.« Er hielt inne und fixierte sie. »Eine Nachtclubsängerin, soweit ich weiß«, sagte er mit wissender und abfälliger Betonung. »Sogar ziemlich bekannt! Ich habe sie im Serpentine Room gesehen.« Er beugte sich ein wenig vor. »Jazz«, sagte er leise. »Sie wissen schon, Saxophon und so weiter.«

Mrs Orris murmelte: »Was Sie nicht sagen!«, und warf Antonia einen typischen Frau-zu-Frau-Blick zu, der so viel besagte wie: »Hat er getrunken? Oh, meine Liebe, das tut mir wirklich leid für dich.«

Percy lehnte sich triumphierend zurück und zündete sich eine Zigarette an. Mrs Orris war immer biestig zu seiner Mutter.

Mrs Orris musterte ihn liebenswürdig. »Mein lieber Percy«, sagte sie. »Wie nett von Ihnen, dass Sie sich meinetwegen Gedanken machen. Aber wissen Sie, ich schere mich schon lange nicht mehr darum, was Peter Locke tut.«

Antonia sah ein wenig schockiert aus. »Aber deine Enkelkinder, Jane«, sagte sie leise.

»Die leben sehr glücklich bei Sir Robert Waveneys Tochter und ihrem Mann, dem Kriegshelden«, sagte Mrs Orris. »Wie du sehr wohl weißt, Antonia.« Diese Version hatte ihr lange Zeit gute Dienste geleistet. Was sollte sie auch mit Kindern anfangen? Es war schlimm genug, dass sie Tommy während des Kriegs hatte nehmen müssen, aber damals war es nicht anders gegangen, man musste ja schließlich seinen Teil beitragen. Tommy und Katherine waren reizende Kinder, und ihr jährliches gemeinsames Mittagessen ließ sich mit Anstand überstehen. Aber Peter war natürlich vollkommen inakzeptabel. Selbst wenn das also stimmen sollte, kümmerte es sie nicht.

Aber es kümmerte sie doch. Die Kinder ihrer verstorbenen Tochter! Und deshalb landete sie mitsamt ihrer Fuchsstola an einem kleinen Tisch am Rand des Serpentine Room, eine Sarsaparilla-Limonade und ein Opernglas vor sich, neben einer Orchidee in einer rosafarbenen Kristallvase. Sie war allein gekommen. Es gab niemanden, den sie auf diese Expedition mitnehmen konnte – *und außerdem*, dachte sie kühn, *wenn man schon gezwungen wird, diese moderne Welt zu betreten, kann man deren Freiheiten ja ebenso gut für sich nutzen.* Offenbar war es mittlerweile akzeptabel, wenn eine Frau alleine ausging. Nun gut. Dann würde sie eben allein ausgehen.

Sie erntete viele neugierige Blicke und das eine oder andere spöttische Kichern. Doch sie teilten sich vor ihr wie die hohe See vor dem Bug der *Queen Mary*.

Sie nahm Platz, trank einen Schluck aus ihrem Glas, hob den Kopf und ließ den Blick durch den Raum wandern. Das Licht war nicht sehr gedämpft, und die Tische standen recht weit auseinander. Die übrigen Gäste sahen vollkommen indiskutabel aus, die Frauen waren halb nackt – aber selbst Mrs Orris wusste, dass es noch viel schlimmer sein könnte. Das hier war kein gemeines, billiges Volk. Der Schmuck war echt, und die Atmosphäre war zwar anrüchig, aber nicht vulgär. Sie erkannte sogar, dass all dies sehr *en vogue* war.

Sie erblickte Peter fast sofort. Er war nicht zu übersehen, so groß und blass, wie ein Reiher. Er saß ein Stück rechts von ihr, zusammen mit – nun ja. Mrs Orris holte tief Luft. Er war tatsächlich mit einem schwarzen Mädchen da. Sie sah so jung aus! Mrs Orris presste die Lippen zusammen und dachte kurz mit – wie sie meinte – liebevollem Mitgefühl: *Dieser Narr! Merkt er denn nicht, wie lächerlich er sich macht?*

Das Mädchen sah nicht wie ein geldgieriges Flittchen aus – nicht dass Mrs Orris gewusst hätte, wie eines aussah – und auch nicht wie eine Nachtclubsängerin. Oder eine Abenteurerin. *Ach, sag's schon: eine Prostituierte. Aber vielleicht gehört es ja dazu, nicht wie eine auszusehen.*

Die beiden unterhielten sich angeregt – das Mädchen beugte sich lachend zu ihm, und Peter sah sie liebevoll an. Entspannt. Glücklich.

Oh, meine arme Julia, dachte Mrs Orris (was sie kein einziges Mal gedacht hatte, als ihre arme Julia noch gelebt hatte). *Wie bist du verraten worden.* Ein mächtiger, fremdartiger Zorn stieg in ihr auf.

Das Licht veränderte sich, die Band spielte einen Tusch. Der Ansager kündigte die Sängerin an.

Mrs Orris war verwirrt. Sie dachte, Peters – Peters – nun ja, dass sie die Sängerin war. Doch das Mädchen blieb neben ihm sitzen und blickte gespannt zur Bühne.

Jemand anders trat ins Scheinwerferlicht. Eine ältere Frau, eine schwärzere Frau, in einem goldenen Kleid und mit einem unverkennbaren Hauch von Glamour. Applaus brandete auf. Mit einem Lächeln winkte die Frau zu Peters Tisch hinüber, und die beiden strahlten zurück. Sie schnippte der Band zu, spielte mit den Schultern und glitt in diese Welt, das Publikum zu ihren Füßen, das begeistert zu ihr aufsah.

Mrs Orris griff nach ihrem Opernglas und sah durch die kreisrunden Linsen das Funkeln und Glitzern von Perlen und enganliegendem goldenem Stoff; dann, weiter oben, das strahlende, sich bewegende Gesicht der Sängerin: eine glückliche Frau, eine Musikerin, professionell, ekstatisch. Die Kreise wanderten weiter: die dunklen Hände, eine gestikulierend und biegsam an ihrer Seite, die andere am Mikrophon; der Mund, die Lippen, geschwungen und geschmeidig, während sie sang und lächelte.

Nun. Sie hatte gesehen, wofür sie hergekommen war. Der Vater ihrer Enkelkinder, nicht nur mit einer, sondern mit zwei schwarzen Frauen; der einen winkte er zu und mit der anderen scherzte er, als wäre es das Normalste von der Welt. Sie merkte, dass ihr Kopf nervös zuckte, und schüttelte ihn. Als sie aufstand und durch den dunklen Raum zum Ausgang ging, fühlte Mrs Orris sich, als wäre sie hundert. Erst später, als sie versuchte, diese kreisrunden Bilder aus ihrem Kopf loszuwerden, fiel ihr auf, dass an der linken Hand der Sängerin, die sie gespreizt hochhielt, während sie sich ins Profil drehte, ein Verlobungsring gewesen war.

Das Tragische ist, dass man als unfreundlicher Mensch keine Freunde hat. Und selbst wenn man welche hat, mögen sie einen nicht, und man selbst traut ihnen nicht. Mrs Orris hatte niemanden, mit dem sie reden konnte. Nicht einmal eine Schoßhundfreundin wie Antonia, deren einziger Zweck darin bestand, Mrs Orris zuzustimmen, kam in dieser Situation in Frage. Es gab absolut niemanden, dem gegenüber Mrs Orris Verletzlichkeit eingestehen konnte.

Sie kehrte nach Berkshire zurück und behandelte ihre Dienstboten noch unfreundlicher als zuvor. Sie starrte aus dem Fenster und dachte, vielleicht der Vikar? Nein. Nicht der Vikar. Die Schande!

Sie war schrecklich, schrecklich wütend. Es konnte einfach nicht sein. Es war unsäglich. War es überhaupt legal?

Wussten die Kinder davon? Wusste überhaupt jemand davon? Die Leute in diesem unsäglichen Club? Fanden sie das in Ordnung? Ein Verlobungsring, für jedermann sichtbar! Was war nur aus dieser Welt geworden?

Sie würde es nicht zulassen.

Sie würde mit Peter sprechen.

Mrs Orris' Einladung, sich auf eine Tasse Tee zu treffen, wurde mit großem Nachdruck ausgesprochen und schien unvermeidlich. Peter verdrehte die Augen und begab sich an dem verabredeten Nachmittag ins Devonshire Street Hotel, das respektable kleine Haus, in dem Mrs Orris wohnte, wenn sie in der Stadt war.

Der Tee war kaum eingeschenkt, da holte sie bereits Luft und legte los. Es war unsäglich. Es war skandalös. Es musste sofort ein Ende haben. Wusste seine Mutter davon? Wussten es die Kinder? Hatte er den Verstand verloren? Sich auch nur eine Sekunde lang vorzustellen, dass so etwas geduldet werden würde! Natürlich war ihr klar, dass die Gesellschaft vor die Hunde gegangen war und sich niemand mehr an die Regeln von Anstand und Moral hielt, aber das ging zu weit. Man konnte doch wohl wenigstens ein Minimum an Respekt gegenüber dem Andenken seiner lieben Frau, ihrer armen, lieben Julia verlangen –

Bei den Worten blickte er auf und starrte sie an.

Er musste doch erkennen, wie grausam und töricht das war, und was es für einen Skandal geben würde, was für eine – hier brach sie ab, die Lippen verzerrt von Abscheu und der Unfähigkeit, die passenden Worte zu finden für seine – seine –

»Sei still«, sagte Peter.

»Du bist zu weit gegangen, Peter. Wenn ich es nicht mit meinen eigenen Augen gesehen hätte –«

»Hör auf. Wovon redest du überhaupt?«

Sie saß einen Moment stumm da.

»Was ist los?«

»Ich habe gehört, du hast vor zu heiraten«, sagte sie.

»Stimmt. Und?«

»Eine Negerin«, sagte sie, und ihre Wimpern begannen hektisch zu flattern. »Eine Sängerin. Eine –«

»Eine Frau«, sagte Peter. »Tja, der Tratsch war offenbar schneller als ich, aber dann weißt du ja nun Bescheid. Das war's dann wohl, oder?« Er stand auf und sah zu einem Kellner, damit er ihm die Rechnung brachte.

»Peter!«, sagte sie in gebieterischem Tonfall.

Er sah auf sie hinunter, dort auf dem zierlichen Hotelsofa, wie ein unappetitliches Bündel, das man auf dem Dachboden gefunden hat.

»Peter!« – nun verzweifelt. »Eine Negerin!«

Er beugte sich zu ihr hinunter. Er konnte nicht anders. »Halt den Mund, du grässliches altes Weib«, sagte er. »Es ist mir völlig egal, was du denkst.«

Sie erbleichte und zuckte zurück, als wäre sie gestochen worden. Er wandte sich ab. *Oh Gott, jetzt habe ich es getan.*

Sie sagte zu ihm: »Setz dich, Peter. Wenn du mit diesem Irrsinn weitermachst, werde ich einen Skandal verursachen, wie du ihn noch nicht erlebt hast.«

»Was für einen Skandal?«, fragte er. »Wir leben nicht

mehr im neunzehnten Jahrhundert. Und nicht in einem Roman von Henry James. Ich bin ein erwachsener Witwer, und Mabel ist eine erwachsene ledige Frau. Daran ist nichts Skandalöses.«

»Oh Peter, du bist so naiv. Du wirst die Hochzeit absagen. Stell dir doch mal die Schlagzeilen vor: Schwarze Jazzsängerin lockt Kriegshelden in die Falle.«

Zorn loderte in ihm hoch.

»Ich mag mir gar nicht vorstellen, wie es für die Kinder wäre«, klagte sie. »Kannst du dir das vorstellen, Peter? In der Schule? Und die arme Nadine Waveney ...«

»Purefoy«, sagte er. »Sie sind seit 1919 verheiratet.«

»Nach allem, was diese Familie für dich getan hat«, fuhr sie fort. »Solche Schande über sie zu bringen. Und über deine Kinder und das Andenken an die arme, liebe Julia – Peter, du wirst diese Hochzeit absagen.«

Er starrte sie an, ernsthaft überrascht. *Aber vielleicht ist das dumm von mir. Vielleicht hätte ich damit rechnen sollen. Vielleicht habe ich unterschätzt, wie sehr manche Leute es genießen, wegen nichts Ärger zu machen.*

»Sonst sorge ich wirklich für einen Skandal«, sagte sie mit ihrem unerträglichen Es-ist-nur-zu-deinem-Besten-Ausdruck im Gesicht.

Er ließ sich wieder auf seinen Stuhl fallen und grinste plötzlich. Ein wölfisches Grinsen. »Ober?«, rief er. »Könnten Sie mir ein Telefon bringen?«

Er fixierte sie und trommelte mit seinen langen Fingern auf den Tisch, bis es gebracht wurde, förmlich auf einem Tablett, das lange schwarze Kabel im Schlepptau. Er nahm den Hörer ab.

»Vermittlung? Die *Times*, bitte«, sagte er. »Vielen Dank.« Er grinste immer noch. »Die Gesellschaftsseite, bitte. Ja, hallo? Ist das die Gesellschaftsseite? Ich habe hier jemanden, der eine Hochzeit vermelden will. Nein, ich glaube für eine Klatschgeschichte – einen Moment, bitte –« Er deckte nur zum Schein die Sprechmuschel ab und fragte laut: »Mrs

Orris, wollen Sie die Hochzeit als Ankündigung veröffentlichen lassen oder als Klatschgeschichte? Sagten Sie nicht etwas von einem Skandal?« Er wandte sich wieder dem Hörer zu. »Ja, hallo. Sie möchte einen Skandal daraus machen. Können Sie dabei behilflich sein? Nein? Wollen Sie nicht vielleicht selbst mit ihr sprechen? Nein? Oje.« Er klang wirklich enttäuscht. »Nun, kann ich Ihnen dann stattdessen den Text für die offizielle Anzeige durchgeben? Gut: Mr Peter Locke von Locke Hill, Sidcup, und Miss Mabel Zachary aus New York und London W1 erlauben sich, ihre Verlobung bekanntzugeben. Die Hochzeit wird im Oktober stattfinden. Ist das so in Ordnung? Wunderbar. Schicken Sie die Rechnung bitte nach Locke Hill. Vielen Dank.«

Sie saß stumm vor ihm. Zerknittert.

»Du bist nicht eingeladen«, sagte er. »Falls deine Enkel dich je wiedersehen wollen, ist das ihre Entscheidung. Leb wohl.«

Er ließ sie zitternd zurück wie einen alten, pelzbehangenen Pudding.

Zornerfüllt ging Peter zum Eaton Square, jeder Schritt ein Knall auf dem Pflaster, die Schultern angespannt, die Augen blind. *Diese verdammte dämliche, bigotte alte Kuh. Fehlte nur noch, dass sie Mabel als Prostituierte bezeichnet hätte. Snobismus und Bigotterie und Rassenvorurteile und Hass und Angst und Dummheit.*

Er schloss die Tür auf und polterte die Treppe hinauf. Iris war in dem Zimmer, das ihre Mutter all die Jahre zuvor für sie vorgesehen hatte, und las.

»Oje«, sagte sie, sprang auf und ging ins Wohnzimmer.

»Iris«, sagte er. »Allmählich begreife ich, wie bösartig die Welt sein kann. Es tut mir leid. Ich – nein, sag nichts –«, und sie schwieg. »Ich weigere mich, Teil davon zu sein, ich weigere mich, dabei mitzumachen. Du weißt, dass deine Mutter und ich heiraten wollen. Und es für dich wiedergutmachen, zumindest für die Zukunft.« Hier lächelte er, und sie lächelte ebenfalls. »Was die Vergangenheit angeht – ich glaube, das kriegen wir hin, einander verzeihen und so weiter, du und ich, deine Mutter und ich. Und du und deine Mutter – das hoffe ich zumindest. Wir alle. Aber das mit dem Schwarz und Weiß … Pass auf. Wir sind einfach wir. Ist das in Ordnung?«

Sie sah ihn an. »Na, das hoffe ich doch. Aber ich kann nur für mich sprechen.«

»Natürlich«, sagte er. »Ich will nur, dass du weißt, wenn dich das irgendwann belastet, wenn es dir weh tut – ich bin da, und wir sind wir.«

»Poppa«, sagte sie, und bei dem Wort lächelte er. »Du weißt aber schon, dass du ein weißer Mann bist, oder?«

»Ja, das weiß ich. Ich will damit nur sagen, falls ich je Position beziehen muss, dann bin ich auf deiner Seite.«

»Gut«, sagte sie.

»Gut«, sagte er ebenfalls, und noch einmal: »Gut.« Er tätschelte ihre Schulter. »Wo ist Mabel?«

»In ihrer Wohnung, nehme ich an«, sagte Iris mit einer gewissen Härte.

Er blickte zu Boden, die Hand noch auf ihrer Schulter.

»Ist schon gut«, sagte Iris. »Wir haben nicht gestritten.«

»So kann es nicht weitergehen, verstehst du?«, sagte er. »Wenn du weiter hart bleibst, gehe ich zu ihr und verbringe die Nacht dort.«

»Von mir aus kann sie herkommen«, sagte Iris und richtete sich auf. »Ich gehe einfach dahin, wo sie nicht ist.«

»So kann es nicht weitergehen«, wiederholte er.

Iris nahm ihr Buch und ging zum Sofa. »Ich kann es nicht ändern. Ich könnte lügen, aber das möchte ich nicht.«

»Der Grund, warum wir heiraten wollten, war, es endlich richtig zu machen, und nun ist es wieder falsch!«

»Tut mir leid«, sagte sie. Ihre Unterlippe schob sich vor wie bei einem kleinen Kind, und er runzelte die Stirn. Wäre es Kitty gewesen, hätte er sie in den Arm genommen, aber diese junge Beinahe-Frau war zu fremd, um sie in den Arm zu nehmen.

Oh Gott, Kitty.

»Du weißt, dass ich vorher schon mal verheiratet war«, sagte er.

»Mhm.«

»Und dass ich Kinder habe.«

»Mhm.«

»Du solltest sie kennenlernen«, sagte er.

Sie sah ihn an, ihr Gesicht nur ein dunkler Umriss vor dem Fenster, so dass er den Ausdruck darin nicht erkennen konnte.

»Sollte ich?«, sagte sie.

»Ja.«

»Wissen sie von mir?«

»Nein«, sagte er. »Und sie wissen auch nichts von deiner Mutter. Ich überlege noch, wie ich es ihnen sagen soll.«

Oh Gott, die Ankündigung in der *Times*. Er musste das rückgängig machen.

»Soll ich es tun?«, fragte Iris trocken. Sie drehte den Kopf ein wenig, so dass Licht darauf fiel, und ihr Lächeln war fein und sanft, als hätte sie schon tausend Jahre gelebt.

»Großer Gott, Kind«, sagte er. »Ich sollte mit dir gar nicht über so etwas reden.«

»Warum nicht?«, fragte sie, und so setzte er sich zu ihr auf das Sofa und merkte, dass er ihr mit seiner langen Hand über den Kopf streicheln konnte. »Wie die Dinge sich verändern, meine Liebe«, sagte er. »Bitte, bitte verzeih deiner Mutter. Lass dir ruhig Zeit, aber bitte tu es.« Sein Blick wanderte in die Ferne, und er sagte: »Ich möchte dir zwei weise Sprüche vom Apollotempel in Delphi mitgeben. Erstens: *Panta rhei*, das bedeutet: Alles fließt, die Dinge ändern sich. Und zweitens: *Gnothi seauton*, das bedeutet: Erkenne dich selbst. Ich nehme an, du hattest kein Griechisch in der Schule.«

»Nein«, sagte sie. »Ich weiß, dass sie lauter Götter hatten. Grandma mochte sie nicht.«

»Sie war wohl sehr gläubig?«

»Das sind wir alle«, sagte Iris. »Außer vielleicht Mumma.«

»Das ist gut«, sagte Peter. »Bleib dabei, so lange du kannst.«

»Was meinst du damit?«

»Wenn du den Glauben verlierst, kann es sein, dass du etwas anderes suchst, um die Lücke zu füllen.«

Wieder fragte sie: »Was meinst du damit?«

Er lächelte sie unvermittelt an. »Es gefällt mir, dass du fragst«, sagte er. »Hättest du Lust, Griechisch zu lernen?«

»Ja«, sagte sie. »Hättest du Lust zu hören, wie ich Klavier spiele?«

»Du spielst Klavier?«

»Sogar ziemlich gut.«

Peter dachte an sein Cello und an die Melodien, die er sich ausgedacht hatte, als er jung gewesen war.

»Gerne«, sagte er.

Mrs Orris nahm ihre Demütigung und machte Gift daraus, zog das Gift auf ihren Füllhalter und schrieb einen Brief. Die *Times* war nicht die einzige Zeitung.

Sehr geehrter Herausgeber,

ich frage mich, ob Ihnen bekannt ist, dass eine schwarze Jazzsängerin namens Mabel Zachary versucht, Peter Locke von Locke Hill, den Kriegshelden und Geschäftsführer von Locke & Locke, der bekannten Anwaltskanzlei, zwecks Heirat in ihre Fänge zu locken? Das wäre vielleicht eine interessante Geschichte für Ihre Gesellschaftsseite.
Mit freundlichen Grüßen,
ein Freund

Aber das genügte nicht. Peter hatte seinen Standpunkt eindeutig klargemacht, aber die Kinder waren etwas anderes. Wenn Peter nicht bereit war, um ihretwillen Vernunft anzunehmen, musste sie direkt mit ihnen sprechen. In der Zwischenzeit würde sie nach Berkshire zurückkehren und ihr Testament ändern.

FÜNFTER TEIL

1938

13. KAPITEL

Soho und Rom, Juli 1938

KITTY WAR – UND DAS fühlte sich höchst ungewohnt an – glücklich.

Warum?, fragte sie sich. *Es lohnt sich, das herauszufinden, für das nächste Mal, wenn ich unglücklich bin. Aber vielleicht ist das so, als würde ich den Schmetterling mit der Nadel aufspießen, eine Freude an mich binden und so dem Leben die Schwingen brechen, anstatt das Glück zu küssen, ehe es entschwebt, und so im Sonnenaufgang der Ewigkeit zu leben.*

Nein, ich will wissen, warum.

Sie war glücklich, weil sie nie wieder in die Schule gehen musste. Nie wieder eine schreckliche Uniform anziehen und sich vorschreiben lassen, was sie zu tun hatte. Am letzten Tag hatte Tom sie mit dem Motorrad abgeholt. Sie hatte ihren Schulrock hochgezogen und sich rittlings auf das Motorrad geschwungen wie eine Boudicca auf der Flucht. Und Tom war ihr Chauffeur gewesen, nicht sie seine Sozia. *Eines Tages werde ich auch ein Motorrad haben*, dachte sie. *Dann fahre ich, wohin ich will, und tue, was ich will.* Sie knatterten davon, durch die Tore des Sommers. Nie wieder würde sie sich mit Mathe oder Physik oder Biologie oder Chemie herumschlagen müssen, außerdem war sie Jahrgangsbeste in Französisch, und sie war eins fünfundsechzig groß, und sie würde diese ganzen Giftziegen nie wiedersehen müssen, außer Susan Westenra natürlich, denn sie, Kitty, hatte bei der Aufführung von *Antigone* – auf Französisch! – Regie geführt, und Susan hatte die Hauptrolle gespielt, und sie waren beide herausragend gewesen.

Sie war glücklich, weil sie nicht studieren würde. Wenn es sein musste, würde sie einen Schreibmaschinenkurs absolvieren – dann arbeiten, Geld verdienen und leben.

Und sie war glücklich, weil sie wieder nach Italien fahren würden.

Es war sehr schwer gewesen, Nadine zu überreden. Wochenlang hatte Kitty es beim Frühstück, beim Mittagessen und beim Tee versucht, und immer hatte es nur nein, nein, nein geheißen. Ohne jeden Grund – oder vielmehr mit einem ganzen Haufen von Gründen, die aber alle unsinnig waren.

»Wir sind nicht eingeladen«, hatte Nadine gesagt.

»Werden wir aber sein, wenn wir uns selbst einladen«, hatte Kitty pfiffig erwidert.

»Vielleicht wollen sie uns nicht bei sich haben.«

»Natürlich wollen sie das.«

»Es ist schon so lange her.«

»Ein Grund mehr hinzufahren!«

»Ich will nicht wieder ohne Riley verreisen.«

»Riley kann doch mitkommen!«

»Nein, kann er nicht.«

»Warum nicht?«

»Das weißt du doch.«

»Nein, weiß ich nicht.«

Kurzes Schweigen, leichtes Stirnrunzeln.

»Er reist nicht gern.«

Triumphierende Miene von Kitty:

»Aber er fährt zu den Filmfestspielen in Venedig! Das ist eine Reise. Sogar nach Italien. Und wenn er mit Mr Hinchcliffe nach Venedig fahren kann, um zuzusehen, wie jemand vielleicht einen Preis bekommt, dann kann er doch wohl auch mit den beiden Frauen, die ihn am meisten lieben, nach Rom fahren, um deine Verwandten kennenzulernen, oder?«

Nadine schwieg, und Kitty jubelte innerlich. Die überraschende Tatsache, dass einer von Hinchcliffes Romanen verfilmt und dieser Film nun wiederum für den Preis nominiert worden war, war die stärkste Waffe in ihrem Arsenal.

»Wir müssen ihn wenigstens fragen! Vielleicht möchte er ja gerne mit! Wir könnten alle zusammen nach Venedig fahren …«

Kitty verstand nicht, warum Nadine sich so stur stellte. Aber Kitty las auch nie die Zeitung und war nicht sehr gut darin, eins und eins zusammenzuzählen.

»Ich will nicht hinfahren«, sagte Nadine.

»Dann fahre ich eben allein!«, entgegnete Kitty. Ihr letzter Pfeil. »Tom ist auch allein gefahren, und ich bin jetzt genauso alt wie er damals.«

Nadine grübelte hin und her.

Sie grübelte darüber nach, was eine Wiederaufnahme der Beziehung zwischen den Familien möglicherweise nach sich ziehen würde. Kitty konnte alles Mögliche aufrühren, wenn sie allein fuhr: die Gefahr, dass Riley herausfand, was Nadine vor ihm verborgen hatte; Toms Schwärmerei für Nenna, die sich zum Glück gelegt hatte und die Nadine auf keinen Fall wiederbelebt wissen wollte; die Zuneigung, die sie, Nadine, für sie alle empfand und die sie notgedrungen unterdrückt hatte, als klar wurde, woher der Wind wehte. *Der arme, liebe Aldo, mein einziger Cousin. Und fast mein einziger lebender Verwandter.*

Wenn sie solche Gedanken hatte, lief sie immer zu ihrem lieben alten Vater, setzte sich neben ihn an den Flügel, küsste seine faltige Wange und vergewisserte sich, dass er keine Eierflecken auf der Krawatte hatte.

Nein, nein, nein.

»Also, ich fahre hin«, sagte Kitty. »Du kannst mich nicht davon abhalten. Warum auch? Ich bin fast achtzehn, und ich will bloß meine Verwandten besuchen. Peter erlaubt es mir bestimmt.« Das sagte sie oft.

Schließlich verlor Nadine die Geduld. »Also gut, meinetwegen! Wir fahren. Du und ich. Während Riley in Venedig ist, und dann treffen wir uns dort mit ihm. Venedig! Wie schön.«

Eigentlich war es gar keine schlechte Lösung. So konnte sie den Besuch zumindest kurz halten; sie konnte ein wenig kontrollieren, was geschah, sie konnte diese liebe, aber gefährlich naive Besserwisserin sowohl vor ihrem eigenen Übermut als auch vor den jungen Römern beschützen, und – sie konnte mit Riley in Venedig sein! Bei der Vorstellung lächelte sie vor Freude.

Das also war der Plan.

An einem heißen Vormittag im Juli, einen Monat nach seinem Universitätsabschluss, ging Tom die Berwick Street entlang und sann darüber nach, was man kontrollieren konnte und was nicht.

Er hatte einen Sommerjob und eine Wohnung in der Meard Street, die er sich mit einem Freund teilte. Aufgrund seiner Begeisterung für das Fliegen und den Journalismus hatte er einen erschreckend schlechten Abschluss gemacht, und so hatte er sich mit einem gedemütigten und zugleich hochnäsigen Achselzucken von den Naturwissenschaften abgewandt und sich einen Job als Nachwuchsreporter beim *Daily Chronicle* gesucht, wobei er sich dort allerdings eher vorkam wie jedermanns Laufbursche. Doch an diesem Tag hatte er frei, und so konnte er nach Herzenslust den Luxus des sommerlichen Stadtlebens genießen. Es war heiß. Heiß und schmuddelig. Und das bedeutete für ihn immer noch nur eins: Rom. Was aber ohnehin in seinen Gedanken war, denn aus irgendeinem unerfindlichen Grund waren Nadine, Kitty und Riley – Riley! – gerade auf dem Weg dorthin.

Zuerst hatte Kitty davon angefangen, dass sie wieder nach Italien wollte. Nun gut. Gab ja keinen Grund, warum sie es nicht tun sollte. Die Tatsache, dass Hitler im Mai dort gewesen war, dass der Duce extra für ihn einen verdammten Bahnhof gebaut und ihn mit dem König im Schlepptau dort empfangen hatte, und dass sie am Vittoriale einen verdammten Kranz abgelegt und im Quirinale Bankette abgehalten hatten, würde vielleicht manch einen davon abhalten, aber Kitty musste ja selbst wissen, was sie tat. Und dass Nadine unter den gegebenen Umständen fand, sie sollte besser mitfahren, war verständlich. Ihr Plan mit dem Treffen in Venedig war gut – doch dann hatte er an diesem Morgen ein Telegramm bekommen: »Riley auf dem Weg nach Rom. Bitte komm, schaffe das nicht allein. Alles Liebe.«

Ich muss arbeiten!

Und, leiser: *Ich fahre nicht nach Rom.*

Es war nicht so, dass er seiner Familie die Schuld an der Situation gab – na ja, Kitty vielleicht schon. Und es war auch nicht so, dass er keine Liebe mehr für Italien und seine italienischen Verwandten empfand, wenn auch erstarrt und weggesperrt. Ein Teil von ihm war immer noch gefangen zwischen seiner Liebe zu ihnen – zu ihr – und seinem Abscheu gegenüber dem Faschismus. Doch nichts von dem, was in den letzten drei Jahren geschehen war, hatte ihm Italien oder sie wieder näher gebracht. Eher im Gegenteil. *Wenn dieser böse Clown weg ist oder meine Verwandten begreifen, was da vor sich geht, dann fahre ich wieder hin.*

Bei dem gut ausgestatteten kleinen Zeitungsladen kaufte er ein paar ausländische Zeitungen, darunter auch das faschistische Schmierblatt *Giornale d'Italia*, um auf dem Laufenden zu sein. Dann schlenderte er weiter zu Gino's Caffè. Kaffee und Zeitungen. Ein sonniger Vormittag in London. *Sei guten Mutes*, sagte er sich – Rileys schöner alter Satz. Er wollte nicht über all das nachdenken. Er wollte einen Kaffee. Und etwas Leckeres zu essen.

Und für eine Weile war er guten Mutes. Doch nach dem Essen schlug er das *Giornale d'Italia* auf. Seite drei trug die Überschrift *Manifesto degli scienziati razzisti.* Er verzog das Gesicht und las, während er seinen Kaffee trank.

»Manifest der rassistischen Wissenschaftler.« Er nahm einen Schluck.

»Erstens: Es gibt menschliche Rassen. Die Existenz der

menschlichen Rassen ist nicht länger eine Abstraktion unseres Geistes, sondern entspricht einer Realität, die materieller Natur und mit unseren Sinnen wahrnehmbar ist … Festzustellen, dass es menschliche Rassen gibt, bedeutet nicht a priori, dass es höhere und niedere Rassen gibt, sondern nur, dass es verschiedene Rassen gibt.«

Ich frage mich, worauf sie hinauswollen, dachte er.

»Zweitens: Es gibt große und kleine Rassen. Es muss festgehalten werden, dass es nicht nur die großen Klassifikationen gibt, die gemeinhin als Rassen bezeichnet werden und die sich anhand weniger Merkmale identifizieren lassen, sondern auch kleinere Klassifikationen (wie zum Beispiel die nordischen Völker, die Mittelmeervölker oder die dinarischen Völker – Serben, Kroaten, Montenegriner), die sich anhand einer größeren Zahl von gemeinsamen Merkmalen identifizieren lassen. Aus biologischer Sicht konstituieren diese Gruppen die wahren Rassen, deren Existenz eine unwiderlegbare Tatsache ist.«

Er verstand beim besten Willen nicht, was das bedeuten sollte, weder auf Italienisch noch auf Englisch. Auf jeden Fall hatte es nichts mit der Biologie zu tun, die er gelernt hatte.

»Drittens: Das Konzept der Rasse ist ein biologisches Konzept. Daher gründet es auf anderen Gesichtspunkten als das Konzept des Volkes oder der Nation, das im Wesentlichen auf historischen, linguistischen und religiösen Gesichtspunkten beruht. Die Unterschiede zwischen Völkern und Nationen basieren auf den Unterschieden zwischen den Rassen. Wenn die Italiener sich von den Franzosen, den Deutschen, den Türken, den Griechen usw. unterscheiden, dann liegt das nicht nur daran, dass sie unterschiedliche Sprachen und eine unterschiedliche Geschichte haben, sondern vor allem daran, dass die rassische Beschaffenheit dieser Völker unterschiedlich ist.«

Aber Italien ist erst seit siebzig Jahren ein vereintes Land – was ist mit der Zeit davor? Und warum sind die Mailänder überwiegend groß und blond und die Sizilianer klein und dunkel? Und was ist mit den Grenzkorrekturen im Norden nach dem Krieg? Was ist mit dem Trentino und Elsaß-Lothringen? Was ist mit Nadine, die halb Französin und halb Engländerin und außerdem noch Jüdin ist? Das ist doch idiotisch vereinfachend.

»Es hat unterschiedliche Anteile unterschiedlicher Rassen gegeben, woraus in sehr alten Zeiten die verschiedenen Völker hervorgegangen sind. Entweder hatte eine Rasse die absolute Herrschaft über die anderen, oder alle haben sich harmonisch miteinander vermischt, oder einzelne Rassen sind abseits der anderen geblieben, ohne sich zu vermischen.«

»Blablabla«, murmelte Tom.

»Viertens: Der größte Teil der heutigen italienischen Bevölkerung ist arischen Ursprungs, und ihre Zivilisation ist arisch …

Fünftens: Der Zustrom großer Menschenmengen in historischen Zeiten ist ein Märchen. Seit der Invasion der Lombarden gab es in Italien keine nennenswerten Völkerbewegungen mehr, die imstande gewesen wären, die rassische Physiognomie der Nation zu beeinflussen … Während in anderen europäischen Nationen die rassische Zusammensetzung sogar in modernen Zeiten beachtlichen Veränderungen unterlag … stammen die vierundvierzig Millionen Italiener der heutigen Zeit zum allergrößten Teil von Familien ab, die seit fast einem Jahrtausend in Italien leben.

Sechstens: Es existiert mittlerweile eine reine ›italienische Rasse‹. Diese Prämisse basiert nicht auf einer Verwechslung des biologischen Rassenkonzepts mit dem historisch-linguistischen Konzept eines Volkes und einer Nation, sondern auf der reinen Verwandtschaft des Blutes, die die Italiener von heute mit den Generationen verbindet, die Italien seit Jahrtausenden bevölkert haben.«

Jahrtausende oder fast ein Jahrtausend? Entscheidet euch.

»Diese alte Reinheit des Blutes ist der höchste Adelstitel der italienischen Nation.«

Er dachte, er hätte sich verlesen. Vielleicht war sein Italienisch doch nicht so gut, wie er gedacht hatte. Es war alles vollkommen unlogisch, selbst wenn man diesen Dingen Glauben schenkte. Er las es erneut, doch es ergab noch immer keinen Sinn.

»Siebtens: Es ist an der Zeit, dass die Italiener sich offen zum Rassismus bekennen.«

Tom schnaubte. Nun, das war klar und deutlich.

»Die gesamte Arbeit, die die italienische Regierung bisher geleistet hat, basiert auf dem Rassismus. In seinen Ansprachen hat unser Führer sehr oft auf das Rassenkonzept verwiesen –«

»Das stimmt doch gar nicht!«, rief Tom aus, so dass Gino, der am Nebentisch das Geschirr abräumte, zu ihm herübersah.

»Spricht der Duce von Rassen? Hat er das je getan?«, fragte Tom.

Gino verzog ein wenig das Gesicht. »Nicht oft. Nicht so wie Hitler.«

»Haben Sie das hier gesehen?«, fragte Tom. »Dieses Manifest?«

Gino warf einen Blick darauf. »Warum überrascht Sie das?« Dann wandte er sich ab und brachte das Geschirr in die Küche. Die Sonne schien warm durch das große Fenster.

Tom las weiter. »Die Frage des Rassismus in Italien sollte aus rein biologischer Sicht betrachtet werden, ohne philosophische oder religiöse Absichten. Der Rassismus in Italien sollte vom Wesen her italienisch sein und sein Ziel arisch-nordisch.«

»Was soll das denn heißen?«, rief er. »Sein Ziel? Das ergibt doch überhaupt keinen Sinn –«

Gino kehrte aus der Küche zurück und kam erneut zu ihm. Er beugte sich hinunter und sagte sanft, mit kummervollem Blick: »Signore, nur ein Tor sucht auf den Seiten des *Giornale d'Italia* nach Sinn.«

Der Blick, den Tom ihm zuwarf, war fast dankbar, und er

las laut auf Italienisch weiter: »Das bedeutet jedoch nicht, in Italien die Theorien des deutschen Rassismus einzuführen oder zu behaupten, dass die Italiener und die Skandinavier gleich sind. Den Italienern soll lediglich ein physisches und vor allem ein psychologisches Modell der menschlichen Rasse vorgestellt werden, das sich in seinen rein europäischen Wesensmerkmalen vollständig von den nichteuropäischen Rassen unterscheidet, was bedeutet, dass der Italiener zu einem Ideal überlegenen Selbstbewusstseins und größerer Verantwortung erhoben wird.

Achtens: Es muss eine klare Unterscheidung getroffen werden zwischen den Europäern des westlichen Mittelmeerraums einerseits und den Orientalen und den Afrikanern andererseits. Aus diesem Grund sind jene Theorien als gefährlich anzusehen, die davon ausgehen, dass einige europäische Völker afrikanischer Abstammung sind, und die von einer gemeinsamen Mittelmeerrasse sprechen, die sogar die semitischen und hamitischen Völker Nordafrikas einschließt, wodurch vollkommen unzulässige Beziehungen und ideologische Sympathien geschaffen werden.«

Eine Unterscheidung treffen! Eine Unterscheidung erfinden, trifft's wohl eher. Diese sogenannten Wissenschaftler faseln absoluten Unsinn.

»Neuntens: Die Juden gehören nicht zur italienischen Rasse. Von den Semiten, die im Verlauf der Jahrhunderte den geweihten Boden unseres Landes betreten haben, ist im Allgemeinen nichts übrig geblieben.«

Hier unterbrach er seinen gleichmäßigen, wütenden Lesefluss.

»Oh«, sagte er. »Oh.«

»Cos'è adesso?«, fragte Gino. Was ist denn jetzt wieder?

»Gli ebrei non appartengono alla razza italiana«, wiederholte Tom.

»Na und?«, sagte Gino, ohne seine Arbeit zu unterbrechen. »Warum sollten sie? Solange sie hart arbeiten und die Sprache sprechen, ist das doch egal.«

Tom lächelte.

»Auch die arabische Besatzung Siziliens …«, fuhr er, nun wieder leise, fort. Doch die Einzelheiten verschwammen und vermischten sich. Sie waren nicht wichtig. »… hat, abgesehen von der Erinnerung an ein paar Namen, keinerlei Spuren hinterlassen; im Übrigen verlief der Prozess der Assimilation in Italien allgemein sehr schnell. Die Juden sind das einzige Volk, das sich in Italien nie assimiliert hat … blablabla … Eine Verbindung ist nur mit europäischen Rassen zulässig, wobei man in diesem Fall nicht von einer wirklichen Vermischung sprechen kann, da diese Rassen dieselbe Abstammung haben … Der rein europäische Charakter der Italiener würde durch die Vermischung mit jedweder nichteuropäischen Rasse verändert, da diese Trägerin einer Zivilisation ist, die von der jahrtausendealten Zivilisation der Arier abweicht …«

Juden sind also keine Italiener oder auch nur Europäer, und eine Verbindung – was ist damit gemeint? Heirat? Familie – ist nur mit anderen europäischen Rassen zulässig – was für ein hässliches kleines Wort. Nadine ist also nicht zulässig? Und die Fiores sind keine Italiener? Nach zweitausend Jahren?

All das war nebensächlich. *Wenn man die menschliche Rasse erst mal auf diese Weise aufgeteilt hat, in irgendein beliebiges Wir und Die, dann ist man nur noch einen Schritt davon entfernt zu sagen, dass Die gar keine Menschen sind.*

Einen Moment lang saß er dort im Sonnenschein, der durch Ginos Fenster hereinfiel, und spürte die Wärme auf der Seite seines Gesichts und seiner Schulter, während der Kaffee vor ihm kalt wurde. Vor seinem inneren Auge sah er die Piazza Venezia, einen kleinen Mann und Tausende von Gesichtern, alle zu ihm erhoben, als wäre er die Sonne, die auf sie schien, die für sie alles möglich machte. Ein riesiges Feld von Sonnenblumen, erfüllt von unkritischer Anbetung dieser falschen Sonne. Und die Sonne wiederum erfüllt von kranker Anbetung einer noch größeren falschen Sonne.

Wir sollten doch selbst denken, oder nicht? Wir sind keine

Kinder in einem schrecklichen Waisenhaus, die herumkommandiert und zu blindem Gehorsam erzogen werden. Oder?

Gino ließ ihn ein paar Anrufe tätigen, darunter auch einen an die Zeitung. Nadine und Kitty waren mit dem Auto unterwegs und machten gerade einen Zwischenstopp in Paris. Wenn er noch an diesem Abend mit dem Zug losfuhr, konnte er leicht vor ihnen in Rom sein. Und jetzt erschien es ihm absolut notwendig hinzufahren. Nur ein Wurm würde jetzt nicht hinfahren. Es könnte sich sogar als wunderbare Gelegenheit erweisen.

Er machte sich auf den Weg zur U-Bahn.

Als er an der Ecke Lexington Street vorbeikam, sah er eine Familie: Mann, Frau, Mädchen. Sein Blick blieb an ihnen hängen, weil die Gestalt des Mannes der von Peter ähnelte und ihn auf den Gedanken brachte, dass er Peter wohl über seine Reisepläne informieren sollte. Dann sah er, dass es tatsächlich Peter war. Dann sah er, dass er es nicht sein konnte, denn als die drei in die Sonne traten, zeigte sich, dass die beiden Frauen – das Mädchen war schon fast erwachsen – schwarz waren. Dann sah er, dass es wirklich und wahrhaftig Peter war.

Sie gingen in entspannter, heiterer Vertrautheit, und ein Strahl aus Überraschung, Unglauben und schlechtem Gewissen ließ ihn mitten in der Bewegung erstarren. *Warum? Wer?* Und: *Du bist da in etwas hineingestolpert. Stolpere wieder heraus.*

Er starrte sie an, unfähig, den Blick von ihnen abzuwenden. Dann schaute das Mädchen plötzlich in seine Richtung. Er duckte sich hastig in eine Nebenstraße, doch er war nicht schnell genug: Ihr Blick fiel auf ihn, fixierte ihn. Es war nur ein kurzer Moment, doch die Botschaft war klar: Ich sehe dich.

Er drehte sich um und ging eilig davon, den Kopf gesenkt. Das Pflaster war warm, und die schmale Straße stank. Los, weiter.

Es war nicht so, dass er vergaß, was er gesehen hatte. Er konnte es nur einfach nicht glauben. Ganz schön viel los in letzter Zeit.

Tom ging nicht zum Haus der Fiores, als er in Rom ankam, sondern zu Carmichael, der mittlerweile im britischen Konsulat arbeitete.

»Ah, du bist wieder da«, sagte Carmichael in einem, wie Tom fand, ziemlich wissenden Tonfall. »Gut.«

»Wie meinst du das?«, fragte Tom.

»Na ja, bist du hier, um Italien vor sich selbst zu retten? Oder deine hübsche Cousine vor ihrem faschistischen Geburtsrecht?«

»Reib's mir nicht noch unter die Nase, alter Knabe«, sagte Tom. »Ich weiß, warum ich hier bin, ich habe nur noch keine Ahnung, wie ich es anstellen soll.«

Sie trafen sich zum Abendessen in einem kleinen Restaurant am Campo dei Fiori. Carmichael brachte einen Freund mit, Michele Bertolini, einen stillen, gut gekleideten jungen Mann, der im Vatikan arbeitete. Sehr leise und eindringlich erzählte dieser Mann Tom von seinem Onkel in Florenz. Die Geschichte war kurz und blutig. Der Onkel war ein bekannter Antifaschist. Er war entführt und zusammengeschlagen worden, und man hatte ihm das Augenlicht genommen. Seine Freunde hatten ihn gerettet, in einem Karren auf kleinen Nebenstraßen zur Küste gebracht und in ein Schiff nach Sardinien verfrachtet. Seither hatte niemand mehr etwas von ihm gehört.

Tom schluckte. Bertolini hielt seine dunklen Augen gesenkt, und seine schmalen Finger lagen auf dem Tischrand. *Es ist hier*, dachte Tom. *Es ist real. Sieh hin.*

»War das eine offizielle Strafe für etwas?«, fragte er.

Bertolini hob seinen schweren Blick und sagte: »Ich fürchte, so funktioniert das hier zurzeit nicht. Jedenfalls nicht, wenn man die richtigen Freunde und die richtigen Parolen hat.«

Es gab noch mehr Geschichten, und Tom lauschte aufmerksam. Verschiedene Adressen wurden erwähnt, Gegenden, in die man besser nicht ohne das Parteiabzeichen am Jackenaufschlag ging, Dinge, die man sagen oder nicht sagen sollte.

»Ich weiß ja nicht, wie es bei dir in der Schule war«, sagte Carmichael. »Aber es ist ungefähr so wie in der Schule, nur ohne Direx. Alles wird von dem fiesen großen Jungen und seiner Bande bestimmt, und du kommst da nie wieder raus.«

»Mein Onkel hat es fast genauso beschrieben«, sagte Tom. »Nur meinte er, der Duce wäre der Anführer einer Bande, die so mächtig ist, dass alle anderen Banden aufhören, sich zu bekämpfen, und das wäre etwas Gutes. Die Leute können sich einfach um ihre Angelegenheiten kümmern. Und deshalb lieben ihn alle.«

»Denkst du das auch?«, fragte Carmichael.

»Nein. Aber ich verstehe, warum sie es tun. Sonst müssten sie nämlich zugeben, dass der Mann, an den sie glauben, der alles für sie gerichtet hat, ein Ungeheuer ist.«

Bertolini und Carmichael sahen ihn an, und alle drei schwiegen.

»Und«, fragte Carmichael dann, »wohnst du wieder bei deinem Onkel?«

»Nein!«, sagte Tom. »Nein. Ich …«

Ihr Blick war ungewöhnlich eindringlich. Carmichael beugte sich vor und sagte, ganz freundlich: »Denn du wirst dich entscheiden müssen.« Und in dem Moment begriff Tom schlagartig, dass es real war, dass es wirklich losging, dass es größer war als seine Ängste, größer als seine Familie, und dass er Geduld brauchen würde. Er schloss für einen Moment die Augen und dachte nach. *Es ist klar. Es geht um richtig und falsch. Es ist ganz einfach. Aber es wird nicht leicht sein.*

Er sah sie an und lächelte. »Na dann!«, sagte er. »Johnny, Michele – morgen kommt meine Familie aus London hier an, mein sozialistischer, pazifistischer Kriegsheld-Pa, meine ziemlich unpolitische Ma und meine alberne kleine Schwester. Meine Verwandten hier in Rom sind jüdische Faschisten, die jetzt von demselben Mann bedroht werden, dem sie ihr Leben gewidmet haben. Tut mir leid, wenn ich dramatisch klinge, aber wie soll ich mich da entscheiden?«

Ohne zu zögern, sagte Bertolini: »Du kehrst ihnen den Rücken zu. Sie sind Faschisten.«

»Sie sind meine Verwandten«, sagte Tom. »Das verstehst du nicht.«

Bertolini senkte kurz seinen traurigen, gelehrten Blick und sagte dann leise: »Doch, das verstehe ich.«

Tom sah ihn an, sein Gesicht verriet nichts.

»Du kehrst ihnen den Rücken zu«, wiederholte Bertolini.

»Das kann ich nicht«, sagte Tom.

Bertolinis Mund verhärtete sich eine Spur. »Wenn *ich* das kann«, sagte er – und dann verstummte er, als könne er nicht mehr sprechen.

»Oh«, sagte Tom. Hilflosigkeit wallte in ihm auf. *Wirklich?*, dachte er. *Aber* –

»Ich werde zu ihnen gehen«, sagte er, »und ihnen die Augen öffnen.«

»Na, dann viel Glück«, sagte Carmichael. »Du musst ja nur gegen zwanzig Jahre solide, erstklassige Propaganda anreden.«

Nachdem Bertolini gegangen war, erzählte Johnny Tom, dass zwei von Bertolinis Brüdern in das Verschwinden seines Onkels verwickelt waren. Tom verzog das Gesicht. »Aber ich muss es doch wenigstens versuchen, oder nicht?«

»Ob du es musst oder nicht, ist nicht die Frage«, sagte Carmichael. »Du wirst es tun. Und du wirst dich trotzdem auf eine Seite stellen müssen.«

»Ich stehe auf der Seite der Menschlichkeit, Johnny«, sagte Tom.

»Dann beeil dich.«

Er verbrachte die Nacht bei Johnny, schlaflos, und ging zeitig zur Insel. Verlegen stand er auf der anderen Seite der Piazza und sah zu, wie sie herauskamen und begannen, ihre Sachen in ein kleines grünes Auto zu packen: Aldo, Susanna und zwei schlaksige Halbwüchsige mit weichem, dunklem Flaum auf der Oberlippe. *Die kleinen Jungs*, dachte er. Von Nenna keine Spur. *Na gut*, dachte er und wollte gerade losgehen, ein kühnes *Buongiorno!* auf den Lippen –

Eine Stimme hinter ihm. »He, Masino.«

Er fuhr herum, und da war sie, ein fragendes Lächeln auf dem Gesicht, die kleine Marinella an der Hand. Ihm schoss noch durch den Sinn: *Das habe ich wohl nicht richtig durchdacht*, dann brach ein kurzes, aber tödliches Drama in seinem Innern aus. Sein Herz klopfte hilflos und panisch, während seine unerschütterlichen englischen Manieren hastig dafür sorgten, dass sein Gesicht lächelte, seine Hand ausgestreckt wurde und sein Mund sagte: »Freut mich, dich wiederzusehen, Nenna.«

Jesses, wie schön. Nicht sie – obwohl sie es war –, sondern dass sie da war.

Sie starrte ihn verdattert an. »Freut mich auch, dich zu sehen, Tom«, sagte sie dann, mit einer komischen kleinen Betonung auf seinem englischen Namen. Sehr höflich.

Ich bin ein Idiot, dachte er. *Nenna. Nenna.*

Später würde er sich an diesen Augenblick erinnern und wissen: Er hätte sie küssen, mit ihr über die Mauer und in ein wartendes Boot springen und sie den Fluss hinunter zum Meer bringen sollen, fort von hier und heimwärts, in Sicherheit – sie, und Marinella auch.

Alle freuten sich, ihn zu sehen. Die Zeit löste sich auf, vergangene Beleidigungen waren vergessen, und alles war Freude und Willkommen. Und alle waren beschäftigt: Es wurde gepackt, geschleppt, zugezogen, abgeschlossen, vergessen, erinnert, geräumt und wieder umgeräumt. Er hatte sie just in dem Moment erwischt, als sie zum See aufbrachen. Die Jungs würden mit dem Bus fahren; natürlich war im Auto Platz für Tom! Selbstverständlich! Die ganze Zeit über spürte er auf dem Rücksitz Nennas Bein an seinem, während Aldo laut vom Weinanbau erzählte. Außerhalb der Stadt waren die Straßen in furchtbarem Zustand, und dann bestand Aldo darauf, bei der Haltestelle zu warten und die Jungs mitzunehmen, was arges Gedränge auf dem Rücksitz mit sich brachte, und darauf, die beiden abwechselnd fahren zu lassen, was eine Menge Debatten, Anweisungen, Schreckens- und Freudenschreie auslöste, bis Nenna und Susanna schließlich genug hatten und sagten, sie würden das letzte Stück mit Marinella zu Fuß gehen. Daraufhin sagte Tom, er werde sie natürlich begleiten, und so ging auch er zu Fuß, an Nennas Seite.

Die schreckliche Förmlichkeit, die ihn auf der Piazza gelähmt hatte, wollte nicht weichen. Er sah verstohlen zu ihr hinüber. Sie war groß und hübsch, eleganter als zuvor, obwohl ihre ungebärdige Mähne sich noch immer der Kontrolle, in die sie sie gezwungen hatte, zu entwinden versuchte. Ihre Haut wirkte fahl, und ihre Hände waren rau, aber ihre bernsteinfarbenen Augen funkelten humorvoll. Sie freute sich, ihn zu sehen. Sie neckte ihn, weil er so lange nicht da gewesen war, warf ihm vor, wie gutaussehend er geworden war – und dennoch konnte er nicht normal mit ihr reden. Er hatte einen roten Kopf.

Soll ich einfach damit herausplatzen? Diesen goldenen Morgen mit der Nachricht ruinieren, dass ihre Regierung sie nicht haben will? Je ruhiger die dunklen Hügel und der blaue Himmel um sie herum waren, das leise Rascheln der Bambushalme am Fluss, desto nervöser wurde er. Er ertappte sich sogar bei der Frage, was sie denn jetzt mache.

»Ich will Lehrerin werden!«, sagte sie. »Je nachdem, wie gut ich bin, entweder Grundschule oder am liebsten Geschichte. Ich habe die Prüfungsergebnisse noch nicht, aber ich habe meinen alten Lehrer aus der Schule gefragt, und er meinte: ›Frauen können nicht Geschichte unterrichten.‹ Darauf sagte ich, ich wäre ziemlich sicher, dass ich das könnte, und ich würde hart arbeiten. Und da sagte er: ›Nein, du verstehst nicht – das verstößt gegen das Gesetz.‹«

»Es verstößt gegen das Gesetz, dass Frauen Geschichte unterrichten?«, fragte Tom ungläubig.

»Ja.«

»Warum?«

»Weil Frauen hysterisch und ungenau sind und sich von ihren Gefühlen beeinflussen lassen. Geschichte muss rein und auf die Fakten beschränkt sein. Da ist kein Raum für Debatten und Diskussionen.«

»Aha.«

»Genau das hat er gesagt. Vollkommen ruhig! Und da musste ich an die hysterischen, ständig debattierenden Freunde meines Vaters denken, an all die Männer, die in den Cafés und auf den Straßen brüllen und streiten. Und an meine stille Mutter.«

»Aber –«

»Das habe ich auch gesagt. Aber. Und mein Lehrer meinte: ›Nichts aber.‹«

Sie sah zu ihm hinüber.

»Das fand ich falsch«, sagte sie.

»Es *ist* falsch«, sagte er.

»Aber was soll's. Es gibt immer einen Weg. Vielleicht werde ich den Kindern in der Grundschule ein wenig Geschichte beibringen …«

»Aber Nenna, das ist nicht fair und nicht richtig« – worauf sie lachte und sagte: »Ach, du bist so süß.« Er dachte daran, dass er Geduld brauchen würde, und so lachte er ebenfalls und erwiderte: »Ich meinte es eher in einem revolutionären Sinn, *Fiore*.«

»Fiore!«, sagte sie. »Sprichst du mich jetzt mit meinem Nachnamen an wie die Jungs an euren Privatschulen? Oder nennst du mich Blume?«

»Beides«, sagte er. »Ich gebe meinem Respekt für deinen reinen, auf Fakten beschränkten männlichen Intellekt Ausdruck und meiner Bewunderung für deine Schönheit.« Da lachte sie auch, und es war ein bisschen mehr wie in alten Zeiten, nur dass es natürlich nicht mehr so war.

Als sie beim See ankamen, waren wieder alle beschäftigt: auspacken, kochen, fegen, die schmalen Metallbetten beziehen. Bei all diesem Treiben fand sich keine Gelegenheit. Er wusste nicht, ob sie das Manifest schon gesehen hatten. Sie mussten es gesehen haben! Aber wenn dem so war, wie konnten sie dann einfach so sorglos weitermachen? Ihnen musste doch klar sein, was das bedeutete. Doch sie machten einfach weiter, als ob nichts wäre. Die Familie umgab etwas Unsichtbares, eine Dichte, an die er sich nicht erinnern und die er nicht durchbrechen konnte. Es war, als wären sie alle in Umlaufbahnen umeinander gefangen und als wäre der Raum darum unsichtbar abgeteilt. Ihr ganzes Universum war durch eine Membran geschützt, und er war außerhalb davon. Seine Worte und seine Anwesenheit stießen sanft dagegen, hinterließen aber keinen Abdruck. Tom konnte die Erklärung, die er sich zurechtgelegt hatte, nicht loswerden. Seine Entschlossenheit, die seit der Grenze ins Wanken geraten und dann von Carmichael und Bertolini wieder gestärkt worden war, schwächelte erneut. Geduld, sagte er sich noch einmal.

Während er Wassereimer vom Brunnen zur Küche schleppte, dachte er an die Fledermäuse, die sich in ihren kühlen, dunklen Ecken versteckt hielten, und an weichbäuchige Echsen, die genüsslich in der heißen Sonne lagen. Hier hatte er vor vielen Jahren beschlossen, Naturwissenschaftler zu werden. Und vielleicht würde er das auch noch tun. Er hatte ein Angebot bekommen, im September nach Palermo zu gehen, um einem Freund seines Tutors bei der Katalogisierung von Käfern zu helfen.

Vor dem Mittagessen gingen sie, ein Handtuch um die Schultern, den unbefestigten Weg hinunter zum See, um sich den Staub und Schweiß der Reise vom Körper zu waschen. Marinella hüpfte vorneweg, und ihre kleinen Füße machten schmatzende Geräusche, als sie zu der Wiese mit ihren grasbewachsenen Bewässerungsgräben kamen. Nostalgie überkam ihn, und er fühlte sich einen Moment lang hilflos. Wie konnte er diese Vollkommenheit zerstören?

Weil sie nicht vollkommen ist. Sie sieht nur so aus.

Kann ich sie nicht weiter so aussehen lassen? Bis jemand anders sie zerstört oder sie sich selbst?

Aldo sah prächtig aus mit seiner welken Krone aus Seealgen, als er nach dem Mittagessen unter der mit Wein bewachsenen Pergola einen florentinischen Zigarillo rauchte.

»An den Florentinern sind nur drei Dinge gut«, sagte er und griff nach seinem Hut, weil die Sonne herumkam. »Ihre Zigarren, ihre Hüte und ihr Italienisch. Ach, und ihre Steaks.«

»Und ihre Maler«, sagte Nenna.

»Und ihre Architekten«, murmelte Susanna.

»Und ihre TRIPPA!«, rief Aldo plötzlich laut zu Nenna, wobei nicht klar war, ob er sie erschrecken oder zum Lachen bringen wollte. Es war ein alter Scherz zwischen ihnen: Als sie klein gewesen war, hatte sie schon bei der Erwähnung florentinischer Kutteln losgekreischt, denn es gab nichts auf der Welt, was ekliger war, so zäh und gummiartig und mit einer Tomatensauce zubereitet, die mit allem anderen lecker gewesen wäre, auf den Kutteln aber aussah wie Blut …

»Kutteln, Kutteln, Kutteln …«, wiederholte er in einem komischen Singsang und wackelte mit seinen Augenbrauen, und Nenna belohnte ihn mit einem Schrei und ging zu ihm und legte ihm die Arme um den Hals. Tom erinnerte sich, wie sie früher als Kind immer bei ihrem Vater auf dem Schoß gesessen, sich in seinem Mantel versteckt und sich an seinen Hals geschmiegt hatte. Aldo hatte sie immer hochgehoben und unter dem Arm getragen wie ein Paket. Sie schien sich zu wünschen, dass er es immer noch könnte.

»Papà«, sagte Nenna innig. Seine Anwesenheit hier am

See war ein Luxus. Sie schmiegte ihre Wange an seinen Kopf und sagte erneut: »Papà.«

Tom beobachtete das Ganze schweigend.

Ein Teil von ihm wünschte sich, er wäre noch ein kleiner Junge, der dachte, wenn Aldo meinte, dass alles in Ordnung war, dann war auch alles in Ordnung.

Aber das stimmt nicht.

Als er Nenna ansah, die ihren Vater ebenso liebte wie ihr Vater den Duce, erkannte er den Weg, der vor ihm lag. *Ich werde nicht lügen.*

14. KAPITEL

Bracciano, Sommer 1938

ES MACHT NICHTS, DACHTE Nenna. *Es ist lange her, und es war nur ein kurzer Augenblick.* Seither hatten ihr mehrere Jungen gesagt, dass sie sie liebten – Himmel, in Rom brauchte man nur die Straße entlangzugehen und wurde schon wie ein Wunder gefeiert. Nenna hatte gedacht, dass es bei einem englischen Jungen, einem Cousin, vielleicht etwas anderes bedeutete, und als er plötzlich aufgetaucht war, unerwartet, älter, ja, da war ein kleines Flackern … aufgeflackert … Sie war ziemlich überrascht gewesen.

Es war nicht so, dass sie ihn vergessen hatte. Sie hatte ihn in einen besonderen, sentimentalen Winkel ihres Herzens gepackt: *Mein wunderschöner großer Cousin, den ich nicht mehr sehe, seit Papà ihn verschreckt hat. Mein zarter blonder englischer Cousin, in die Flucht geschlagen von ein bisschen großem italienischem Drama, das innerhalb von ein paar Tagen vorbei war. Mein lieber Cousin, der aufgehört hat, mir zu schreiben – oder habe ich aufgehört, ihm zu schreiben? Tja, und die Zeit vergeht, andere Dinge passieren … und so ist er einfach nur der erste Junge, der gesagt hat, dass er mich liebt. Es war süß. Wir waren noch Kinder.*

Und nun war er auf einmal da: ihr Cousin, der nicht kommen wollte, obwohl die anderen kamen, und der dann völlig unerwartet doch kam. Ihr Cousin, der größer und älter war und sich sehr merkwürdig benahm. Jetzt sah er überhaupt nicht mehr süß aus. Sie hatte zu ihm hinübergesehen, unten am See, als er sich das Hemd über den Kopf gezogen hatte.

Als die Engländer am Spätnachmittag mit ihrem Auto angekommen waren, hatte Tom dagestanden wie ein Polizist und beobachtet, wie Aldo herauskam, groß und fröhlich, mit hochgekrempelten Hemdsärmeln, um den Mann seiner Cousine kennenzulernen. *Il famoso* Riley ließ sich anstrahlen und die Hand schütteln und dann umarmen und auf beide Wangen küssen. Er ließ Aldos Freundlichkeit gelassen über sich ergehen, hob nur die Augenbrauen und sah recht angetan aus.

Warum ist Tom so nervös?, fragte sie sich. *Er sieht aus, als würde er jeden Moment damit rechnen, dass sie aufeinander losgehen.*

Aldo schlug vor, schwimmen zu gehen und einen kleinen Spaziergang zu machen, nun, da die Nachmittagshitze nachließ, und Riley meinte, das sei eine ausgezeichnete Idee.

Nadine sieht auch nervös aus.

Kitty war die Einzige, die glücklich und entspannt wirkte. Sie begrüßte Nenna mit einer stürmischen Umarmung und hatte ihr ein Postkartenbuch aus Paris mitgebracht. »Es kam nur das in Frage oder Parfüm«, sagte sie. »Und Parfüm konnte ich mir nicht leisten, außerdem hätte es dir bestimmt nicht gefallen. Es hat regelrecht gestunken. Los, komm, bring mir wieder Italienisch bei, ich habe alles vergessen, außer *scheletro* und Mozzarella« – doch dann war sie ganz hingerissen von Vittorio und Stefano, und die beiden nahmen sie mit, um ihr ihr Zimmer zu zeigen und den Fluss und ihre Fahrräder.

Zum Abendessen kam ein russischer Pianist mit seiner Frau, einer amerikanischen Erbin, aus Rom zu ihnen, mit einem grotesken kleinen Hund, der ein Glöckchen um den Hals und blaue Bänder im Fell hatte. Die beiden lachten und scherzten über die ländliche Idylle, zu der auch ein Plumpsklo in einem Mimosendickicht gehörte, und sie hatten noch einen Freund mitgebracht, einen englischen Künstler namens Mann. Nenna war dankbar für diese Fremden. Die so lange erwartete Begegnung zwischen Riley und Aldo gab allem solch eine Bedeutsamkeit, dass diese Verdünnung, diese schützende Gegenwart von anderen, denen gegenüber man höflich sein musste, willkommen war. Alles war wie ein Ritual: das Zu-Tisch-Gehen, die Bemerkungen über die Wärme des Abends, das Weiterreichen der Teller und das Einschenken des Weins, das Essen, die Komplimente über die Speisen, der Trinkspruch auf Riley, der nun endlich die weite Reise auf sich genommen hatte, um die Verwandten seiner Frau kennenzulernen. Die Scherze über die Sprache, die höflichen Bemerkungen über das Reisen, die Witzeleien über den Hund. Der Bach gurgelte unsichtbar in seinem schmalen Felsbett am Ende der verdorrten Rasenfläche; Grillen zirpten, Hände schlugen nach Mücken, Susanna holte die Zitronellakerzen und das Geraniumöl. Nenna spielte ihre Rolle, durchaus mit Freude, aber wachsam.

Während sie die Artischocken aßen, fragte der Künstler: »Was halten Sie von dem Krieg?«

»Welcher Krieg?«, fragte der Russe. »Der in Spanien?«

»Der, der kommen wird«, sagte der Künstler und blickte sich in der Runde um, als wäre er überrascht, dass irgendjemand an etwas anderes denken konnte.

»Ach, ihr Engländer«, erwiderte der Russe. »Bei euch geht es immer um Krieg.«

Schweigen breitete sich aus, und über den Tisch hinweg entstand ein regelrechter Tumult von Blicken: Nadine sah zu Riley, Riley zu Aldo, Nenna zu Tom. Sie war selbst überrascht, wie sehr sie sich wünschte, er würde glücklich aussehen – und glücklich sein.

Dann hob Vittorio den Kopf, blickte kurz in die Runde und verkündete, wohl wissend, dass er für Unruhe sorgen würde: »Tom hat versucht, nach Spanien abzuhauen. Das hat Kitty mir erzählt.«

»Vittorio!«, kreischte Kitty, entsetzt, dass er ihr Vertrauen missbraucht hatte, und auch Nenna warf ihm einen finsteren Blick zu, wobei sie sah, wie er Kitty einen halb entschuldigenden Kuss zupustete.

»Nun ja«, sagte Tom rasch.

Und dann versuchten die Erwachsenen, nicht zu Aldo zu schauen, außer Mann, der für einen Künstler ziemlich unsensibel war. »Gut gemacht!«, verkündete er im Tonfall eines Menschen, der nie in Gesellschaft von Leuten war, die anderer Meinung waren als er. »Wie weit sind Sie gekommen? Warum sind Sie umgekehrt?«

Tom starrte eine Weile auf sein Brotstück, dann hob er das Kinn, als hätte er eine Entscheidung getroffen, und sagte: »Ich bin nirgendwohin gekommen. Ich habe darüber nachgedacht, und Riley hat es mir ausgeredet.«

Susanna stand abrupt auf. Nenna sah, dass ihre Mutter wollte, dass sie es ihr gleichtat, um den peinlichen Moment zu unterbrechen, aber sie tat es nicht.

»Wirklich?«, sagte Aldo, und das Wort blieb in der Luft hängen.

Tom nickte.

»Auf welcher Seite wolltest du denn kämpfen?«, fragte Aldo nach einer Weile. Der Russe lehnte sich zurück. Riley beugte sich vor. Kitty blickte zu Nenna, dann stand sie auf, bewunderte den Mond und meinte, es wäre doch schön, einen Spaziergang in seinem bezaubernden Licht zu machen.

»Was für eine gute Idee«, sagte die Erbin, aber es war zu spät, denn Tom holte lächelnd Luft und sagte rasch (*bevor er es wieder hinunterschlucken konnte*, dachte Nenna): »Auf der der Brigaden, Onkel. Tut mir leid.« Und da war es passiert. Alle wussten, dass die faschistischen Truppen für die Republikaner kämpften.

Schweigen lastete über dem Tisch.

»Was ist denn?«, fragte Mann.

»Die Brigaden sind doch international, nicht wahr?«, sagte Nenna. »Viele Italiener kämpfen für die Brigaden …«

»Comunisti«, sagte Aldo. Sein Englisch war vergessen. *»Anarchici. Questi Garibaldini e Matteottini …«* Susanna legte die Hand auf seinen Arm. *»Comunisti«*, sagte er erneut und blickte vorwurfsvoll in die Runde. *»Anarchici.«*

»Sie sind nicht mehr die Feinde, Onkel«, sagte Tom ruhig. »Die Dinge ändern sich.«

Da legte sich ein Schatten über den Tisch und alle, die dort saßen, wie eine Decke. Nenna dachte an Kaninchen, die kreuz und quer über eine Wiese rannten und in ihren Bau flüchteten, wenn sich ein solcher Schatten näherte. Tom - oder seine Worte - schienen dieser Schatten zu sein. Nenna fing seinen Blick auf, als er den Kopf hob. Er wirkte hilflos. *Was tust du da? Was tust du?*

Aldo, groß und gutaussehend, die Unterarme auf den Tisch gelegt, die Hände wie zum Himmel geöffnet, fixierte Tom, der im Vergleich zu ihm schmal und jung aussah. Nenna schloss kurz die Augen – *der Zorn kommt* –, dann öffnete sie sie wieder. *Nein, wir haben Gäste. Es wird nichts passieren. Marinella ist da, Mama ist dort* – ein automatischer rascher Blick, ob sie in Sicherheit waren –, *aber wir haben Gäste.*

In Aldos Augen türmten sich Wolken auf.

Und zogen vorbei.

»Du hast also Leidenschaft im Herzen!«, rief er. »Du glaubst an etwas! Und du bist bereit, dafür zu kämpfen! Komm her!« Er stand auf und umarmte Tom, und Nenna dachte: *Gott sei Dank.* Sie schluckte und sah nicht zu ihrer Mutter, während Aldo Tom beglückwünschte, ihn sanft zurechtwies und erneut in die Arme schloss.

»Aber –«

Nenna merkte, wie der Geist der Erleichterung über den Tisch hinwegschwebte. Sie kannte ihn gut.

»Was ist mit Tom?«, fragte Nenna Kitty, als sie die Teller in die Küche trugen und die öligen Reste der Mahlzeit in den Mülleimer warfen.

Kitty verdrehte die Augen. »Keine Ahnung. Mich darfst du da nicht fragen. Anscheinend hält er sich für erwachsen oder so was. Ihn beschäftigt alles Mögliche, aber ich bin die Letzte, der er etwas erzählt.«

Nenna überließ es den anderen aufzuräumen und holte

den Grappa und die Gläser für die Männer. Sie wollte wieder nach draußen. Vorsichtig trug sie das Tablett auf die Terrasse, atmete die Nachtluft ein, lauschte auf die schwebenden Stimmen. Die Gäste aus Rom brachen auf, hinter den Zypressen ging der Mond auf, und die Zikaden sangen voller Hingabe. Sie stellte das Tablett ab, schenkte ein und reichte die Gläser herum.

Riley saß jetzt neben Tom. Gerade als Nenna sich an das dunkle Ende des Tisches setzte, sagte Riley, das kleine Glas in der Hand: »Du bist also Faschist, Aldo?«

»Natürlich«, erwiderte dieser.

»Warum?«

Nenna lächelte. *Warum!*

Einen Moment lang sah Aldo verwirrt aus, dann lachte er. »Was sollte ich denn sonst sein?«, fragte er. »Italien ist faschistisch. Ich bin Italiener. Also bin ich Faschist.«

»Machst du dir deswegen keine Sorgen?«, fragte Riley.

Sie lauschte interessiert. Das fragten die Leute sonst nie.

»Warum? Ah – ja, ich verstehe. Du findest, wir sollten abstimmen können, die Wahl haben, so wie ihr. Aber wir hatten die Wahl! Wir haben sie immer noch! Ich kann mich dafür entscheiden, Bomben zu werfen und um mich zu schlagen und Ärger zu machen – oder ich kann mich entscheiden, hart für Italien zu arbeiten. Für mich ist das eine leichte Entscheidung. Vor zwanzig Jahren, in der roten Zeit, hatten wir die Wahl, Italien nach dem Krieg in Schande auseinanderfallen zu lassen oder unter einem starken Führer zusammenzustehen.« Er sah Riley mit hochgezogenen Brauen und breitem Lächeln an und wartete auf ein verstehendes Nicken. Doch Rileys Miene war verschlossen.

»Ich bin ein praktischer Mann«, sagte Aldo. »Ich ziehe es vor zu bauen. Weißt du, was mein Traum ist? Schöne Häuser, in denen Menschen leben können. Solide gebaut, mit Schindeldach, Platz für einen Gemüsegarten, gemeinschaftlichen Olivenhainen, einem Krankenhaus, einer hübschen Piazza, einem sicheren Abstellplatz für die Fahrräder, kleinen Schulen, Strom für alle, fließend Wasser in der Küche. Genau das bauen wir jetzt im Agro Pontino.« Wieder wartete er auf eine Reaktion, auf das Leuchten selbstverständlicher Zustimmung, und da auch diesmal nichts kam, fuhr er fort: »Lassen Anarchisten mich so etwas bauen? Nein. Haben Kommunisten das Geld, um so etwas zu bauen? Nein. Wir brauchen Organisation, Einigkeit und Disziplin – und die haben wir!«

Noch immer hörte Riley schweigend zu. Tom ebenso. *Aber Tom weiß das alles*, dachte Nenna. *Er kennt Papà.*

»Du solltest mal mitkommen«, sagte Aldo. »Sieh dir unsere Landgewinnung an, unsere schönen neuen Städte: Littoria und Sabaudia und Pontinia und Aprilia. Vier schöne neue Städte seit 1930. Sieh dir an, was Faschismus ist. Was er schafft.« Sein Gesicht strahlte vor Stolz.

»Und das ist alles?«, fragte Riley milde, und Aldo lächelte ebenso milde zurück und sagte: »Dafür ist der Faschismus da.«

»Hast du nicht das Gefühl, dass er sich verändert hat?«

Worauf will er hinaus?

»Ich glaube, eins von den Dingen, die Riley meint«, fiel Tom unvermittelt und hastig ein, »ist, dass die Regierung vor kurzem verkündet hat, Juden wären keine Italiener.«

Nenna hob ruckartig den Kopf.

Was?

Vorsichtig lehnte sie sich weiter in den Schatten zurück. *Papà? Was hat das zu bedeuten?*

Aldo wandte sich freundlich zu Tom. »Ein Versehen.«

»Ein Versehen?!«, rief Tom aus.

»Ach, du leidenschaftlicher Junge!«, sagte Aldo. »Ja, ein Versehen. Der Duce wird es schon richten. Komm her!« Und zum zweiten Mal stand er auf, umarmte Tom und klopfte ihm auf die Schulter.

Tom entzog sich ihm wie ein Mann, der merkt, dass seine kleinen Pfeile nichts ausrichten, und sich nach einer stärkeren Waffe umsieht.

»Mussolini hat sich mit Hitler verbündet«, sagte er. »Macht dir die Judenpolitik der Nazis keine Sorgen?« Seine Worte waren sorgfältig gewählt und bedeutungsschwer.

Papà?

Aldo brauchte einen Moment, um sie aufzunehmen, dann sah er Tom unverwandt an und sagte überrascht: »Was? Nein, natürlich nicht. Du denkst –? Oh nein, mein Junge, die Lage der italienischen Juden ist eine völlig andere als die der deutschen. Wir sind nicht polnischer oder litauischer Abstammung oder was auch immer – wir sind Italiener! Seit zweitausend Jahren! Wir sind keine umherziehenden Juden. Wir sind keine Zionisten, die von einem anderen Land träumen, dem wir treuer verbunden sind! Wir sind die treuesten Bürger – treuer als die Nichtjuden, weil wir unsere Loyalität immer wieder unter Beweis stellen mussten, und sie nicht. Wusstest du«, fragte er mit einem Zwinkern, »dass die Hälfte der Italiener glaubt, in Italien gäbe es gar keine Juden, weil wir uns so gut angepasst haben?«

»Aber du hast doch sicher das *Manifesto degli scienziati razzisti* gelesen«, sagte Tom.

Das was?

»Ach, Tommaso, Mussolini ist immer ein Freund der Juden gewesen – Finzi! Ovazza! –, weil wir hart arbeiten und gute Menschen sind.«

Tom blickte zu Riley.

»Wir haben jüdische Marineoffiziere!«, fuhr Aldo fort. »Hast du so etwas schon mal gesehen? Juden auf Schiffen! Das, mein Freund, ist Assimilation ...«

Riley lächelte.

»Aber es ist bestätigt worden«, sagte Tom. »Sie haben die Namen der Wissenschaftler veröffentlicht.«

»Wir sind so sicher wie gute, moderne Häuser«, sagte Aldo, und Nenna lächelte in der Dunkelheit über seine Großzügigkeit, die Großzügigkeit des Mannes, der recht hat und der liebenswürdig und gastfreundlich ist. Susanna kam heraus und fragte, ob jemand noch einen Kaffee wollte, denn sie würde jetzt zu Bett gehen.

»So sicher wie gute, moderne Häuser«, wiederholte Aldo. »Hier – trinkt noch einen Grappa.« Er schenkte ein und lachte voller Gutmütigkeit und in der Gewissheit, dass er recht hatte. Vittorio und Stefano kamen heraus, um gute Nacht zu sagen. Einen Augenblick lang sah Aldo aus wie ein perfekter Patriarch, ohne jeden Fehler. Nenna entspannte sich.

Doch Tom ließ nicht locker. »Hat Susanna es gesehen? Nenna? Die Jungs?«

»Tommaso«, sagte Aldo freundlich. »Ein Mann belastet Frauen und Kinder nicht mit jeder Kleinigkeit.«

Oh, dachte Nenna. *Oh.*

Niemand wollte noch einen Grappa. Nenna zog sich zurück, als die Männer aufstanden und einander eine gute Nacht wünschten. Während der Nacht war sie ein wenig unruhig, doch als sie morgens aufwachte, beschloss sie, dass sie sich wegen dieses Manifests keine Sorgen machen würde, was auch immer darin stand. Papà sagte, es hätte nichts zu bedeuten.

Vittorio hatte das Manifest gesehen. Sein Freund Orazio, ein muskulöser junger *squadristi* von vierundzwanzig Jahren, der ihm Wein und Zigaretten gab und ihn seinen Freunden vorstellte, hatte es ihm in Rom gezeigt, während einer ihrer ausgedehnten Siestas in der leeren Wohnung von Orazios Vater. Daran gewöhnt, die Aussagen älterer Männer nicht zu hinterfragen, machte Vittorio sich keine Gedanken darüber. Dafür war das Leben zu schön.

»Das ändert nichts«, sagte Orazio und tippte Vittorio zärtlich auf die Nasenspitze. »Wir müssen nur ein bisschen vorsichtiger sein. Aber wir können weitermachen«, fügte er mit einem Lächeln hinzu, und er machte weiter, küsste Vittorios rote Lippen, zog ihm Hemd und Hose aus und erfreute sich an der wohlgestalten jungen faschistischen Männlichkeit, die sich darunter verbarg.

Tom konnte in dieser Nacht nicht schlafen. Aus eigenem Antrieb die Wahrheit auszusprechen war – belebend. Er beschloss, im Dunkeln zum See hinunterzugehen, allein in der warmen Luft. Die Blumen auf der Wiese hatten ihre Blütenkelche für die Nacht geschlossen.

Tom brauchte von Aldo keine Vorträge darüber, was Faschismus war und was er bedeutete. Das wusste er. Jeder schönen neuen Stadt mit ihrem Rathaus in der Form eines M standen Tausende von barfüßigen Kindern gegenüber, die in den Armenvierteln Hunger litten. Und die Wochenschauberichte über den verdammten Duce, der mit nacktem Oberkörper so tat, als würde er säen oder ernten, waren ebenso wenig wahr wie die Behauptung, die Abessinier sehnten sich nach römischer Herrschaft. In Wirklichkeit waren die Abessinier mit Senfgas attackiert und niedergemetzelt und vergewaltigt worden, und man hatte ihre Dörfer in Brand gesetzt. *Es stimmt einfach nicht, das ist das Problem. Es ist nicht WAHR. Es ist eine riesengroße Lüge, und sie schauen immer noch zu ihm auf wie Sonnenblumen.*

Er dachte an Bertolinis Onkel und an die leise, drängende, entmutigte Art, wie Bertolini die Geschichte erzählt hatte. Er erinnerte sich an den Knüppel in der Hand von Aldos Freund, drei Jahre zuvor.

Das Dumme war, er hatte angenommen, dass Riley etwas Bedeutsames sagen würde, etwas, das alles hier verändern würde. Etwas, das dafür sorgte, dass er, Tom, nicht derjenige sein musste, der es sagte. Aber er hatte sich geirrt. Er dachte: *Wir warten und beobachten und hoffen, dass sich ohne unser Zutun etwas ändert, und bevor wir wissen, wie uns geschieht, stecken wir bis zum Hals drin und können uns nicht mehr bewegen …*

Auf dem schwarzen Sand zog er seine Schuhe aus und trat in das spiegelglatte dunkle Wasser. Kleine Kreise bildeten sich und wanderten über die Oberfläche des Sees, immer weiter, bis sie unsichtbar wurden oder verebbten. Hinter ihm schwappten winzige Wellen ans Ufer. Keine Glühwürmchen, dafür war es schon zu spät im Jahr. Irgendwo in den Bäumen rief eine Eule, leise und seltsam: »Quilp! Quilp!«

Es war schon seit langem klar, dass es irgendwann passieren würde, dachte er. *Aber keiner wollte es, und wir haben uns alle so lange solche Mühe gegeben so zu tun, als würde es nicht existieren – aber jetzt ist die Bombe abgeworfen worden, und sie wird bald explodieren. Aldo hat sich entschieden, nicht zum Angriff überzugehen, aber er ist nicht der Einzige hier.*

Am nächsten Morgen ging Tom denselben Weg mit Riley, über die Wiese hinunter zum See, die Sonne warm auf ihren Schultern, Wegwarten um ihre Knöchel. Es war für ihn die erste Gelegenheit, Riley zu fragen, ob er das Manifest gelesen hatte.

»Welches Manifest?«, fragte Riley geistesabwesend.

»Das, worüber wir gestern Abend gesprochen haben«, sagte Tom. »Die Erklärung der Faschisten, dass die Juden keine Italiener sind und dass es keine Rassenmischung geben darf.«

»Faschisten«, sagte Riley, und die ruhige, aber präzise Art, wie er das Wort aussprach, ließ Tom innehalten.

Einen Moment lang schwieg er, dann sagte er: »Ich hätte es dir eher erzählen sollen.«

»Ja, das hättest du.«

Tom senkte schuldbewusst den Kopf.

Nach einer Weile sagte Riley: »All die Jahre habt ihr den Mund gehalten. Warum hat keiner von euch mit mir darüber geredet?«

Tom öffnete den Mund – und schloss ihn wieder.

»Ich habe Bücher über die Gefahren eines totalitären Regimes veröffentlicht, Tom. Eine Biographie über Mussolini und die Wurzeln des italienischen Faschismus. Darüber, wie gefährlich er für Europa ist.«

»Weil … weil sie es schon immer waren«, sagte Tom. »Und anfangs habe ich es gar nicht begriffen, da war ich noch zu jung. Und weil der Faschismus hier ganz anders ist als in England – hier ist er mir immer wie etwas Normales und Gutes präsentiert worden, es ging nur um weiße Söckchen und Turnen und Eisenbahnen. Und weil ich keine Unruhe stiften wollte – Nadine mochte ihn sehr, und Nenna war wie eine Schwester für Kitty und mich, und Vittorio und Stefano waren kleine Brüder. Und weil es mit allem anderen Italienischen verbunden war, was wir so lieben.«

Riley fragte: »Sind das Gründe? Oder Ausreden?«

»Gründe, glaube ich«, sagte Tom. Und bohrte nach: »Warum hast du ihn gestern Abend nicht mehr herausgefordert? Du hast angefangen, aber dann – warum hast du nichts von der Gewalt gesagt? Von der Diktatur? Mussolini hat zugegeben, dass er Matteotti damals hat ermorden lassen, aber niemand hat ihn dafür zur Rechenschaft gezogen; sie stoßen den Völkerbund täglich vor den Kopf; der Einmarsch in Abessinien; sie haben sich mit Hitler verbündet; und die Schwarzhemden schlagen jeden zusammen, der anderer Meinung ist als sie. Warum hast du nichts zu der grotesken Reichsbildung gesagt? Ich verstehe nicht, warum du ihn so leicht davonkommen lassen hast. Mir kann er den Mund verbieten, weil er in mir immer noch den Jungen sieht, aber bei dir würde er das niemals wagen –«

»Wie, soll ich jetzt etwa dagegen angehen?«

»Du bist wütend«, sagte Tom.

»Ja.«

Tom biss sich auf die Unterlippe.

Eine Lerche stieg über der Wiese auf und ließ ihren zauberhaften Gesang erklingen. Die braunen Pferde standen immer noch bis zu den Fesseln im spiegelglatten Wasser. Die Blätter der Pappeln erzitterten, und in den samtigen Falten der Hügel in der Ferne lag noch der tiefe Schatten der Nacht.

»Es ist viel zu schön für all das, nicht?«, murmelte Riley. »Unterschiedliche Arten von Juden und unterschiedliche Arten von Faschisten. Überall Unterteilung, Unterscheidung.

Ist es richtig, gegenüber bestimmten Juden antisemitisch zu sein? Sind bestimmte Arten von Faschismus in Ordnung?«

»Nein! Aber ich dachte wirklich, dass der Faschismus gut für Italien ist. Für die Einheit – für die Stärke –«

»Was nützt dir Stärke, wenn du nicht frei bist?«, fragte Riley.

Tom sah ihn an.

»Stimmt«, sagte er. »Aber ich habe es erst vor ein paar Jahren richtig begriffen. Deshalb wollte ich nicht wieder hierherkommen.«

Schweigen.

»Ich wollte Nadine und Kitty nicht beunruhigen«, sagte Tom. »Und dich auch nicht. Ich hoffte, es würde sich von selbst erledigen. Wenn ich gewusst hätte, dass du mitkommst, hätte ich es dir gesagt.«

»Tja«, sagte Riley.

Schweigend gingen sie weiter durch Klee und Gräser, *mentuccia* und Kamille, leuchtend grün und feucht dank der Bewässerungskanäle, die frühmorgens geöffnet worden waren. Tom hätte sich am liebsten mitten hineingelegt, wie er es früher getan hatte, und alles betrachtet: die kleinen hellgrünen Kleeblätter, die schmalen Grasspeere und die winzigen Blüten, die vom klaren, kalten Wasser hin und her gewirbelt wurden. Er streckte die Hand aus und zupfte eine filigrane weiße Dolde aus einem Büschel Wilder Möhre. *Mit einem dunklen Punkt in der Mitte, wie ein Blutstropfen. Und diese hübsche Blume sieht genauso aus wie Schierling, und Kitty kriegt davon Ausschlag.*

Nach einer Weile sagte Riley: »Tut mir leid, dass ich dir nicht zur Seite gestanden habe. Aber all die Gründe, die du genannt hast, sind auch meine Gründe.« Er kämpfte mit einigen der Konsonanten, die für ihn wohl immer schwierig bleiben würden.

Tom wandte den Blick von Rileys Verletzlichkeit ab. Er erwartete so viel von ihm. Er wollte, dass Riley über Nacht regelte, womit er selbst seit drei Jahren rang. Mal ganz abgesehen von dem, was Riley seit über zwanzig Jahren jeden Tag regelte, und zwar so geschickt, dass diejenigen, die ihn am meisten liebten und ihm am meisten hätten helfen sollen, es gar nicht mehr wahrnahmen.

Wenn ein Krieg kommt, dachte Tom, *wird es meiner sein. Nicht Rileys.*

»Wie geht es jetzt weiter?«, fragte er.

»Für uns? Oder … im größeren Rahmen?«

»Beides«, sagte Tom. Weit hinter ihnen hörte er die Stimmen von Kitty, Marinella und den Jungs, die Aldos Kanu hinter sich herzogen.

»Ich weiß es nicht«, sagte Riley. »Es gibt so viele Möglichkeiten, wie etwas falsch laufen kann. Aber wir müssen uns, so gut es geht, an das halten, was richtig ist.«

»Aber – kannst du denn hierbleiben, wenn du weißt, dass er ein Faschist ist?«

»Ich glaube, wir können zu unseren Überzeugungen stehen, ohne selbstgerecht zu sein«, sagte Riley. »Er ist ein Mann, kein Regime.«

»Aber …«, sagte Tom.

»Wolltest du, dass ich dich davor rette? Das würde ich gerne tun, aber ihr liebt ihn doch alle, oder nicht?«

Tom lachte. »Ja.« Dann: »Hätte ich den Mund halten sollen?«

»Nein«, sagte Riley.

»Wirst du mit Nadine darüber reden?«

Riley ging weiter. »Noch nicht. Du weißt ja, sie ist unpolitisch –«

»Man kann gar nicht unpolitisch sein«, entgegnete Tom hitzig, und Riley lächelte.

»Nun, ich sehe das genauso«, sagte er. »Aber Nadine nicht, und sie hat das Recht dazu. Genau das unterscheidet uns von den Faschisten.«

»Du weißt, dass das nicht genügt.«

»Ja«, sagte Riley. »Weißt du, das Einzige, was mir dazu einfällt, ist, einen Wutanfall zu kriegen, und ich glaube nicht, dass das hilft. Hier geht eine Menge vor sich. Du musst dir überlegen, was geschehen soll.«

Sie kamen zu dem schmalen Streifen schwarzen Sands, der sich deutlich vom grünen Rand der Wiese abhob, und ließen ihre Handtücher fallen.

»Sie müssen ermuntert werden, nach London zu kommen«, sagte Riley. »Ich glaube, das ist deine Aufgabe.«

Tom warf ihm einen Blick zu, dann lief er platschend und spritzend ins Wasser, dass die kleinen Fische davonstoben, warf sich kopfüber hinein und tauchte auf die Lücke im leuchtend grünen Schilf zu.

Als er wieder auftauchte, sich auf den Rücken drehte und zum Ufer sah, war Riley oben auf der Wiese und half den anderen mit dem Kanu. Dafür stand Nenna auf dem Sand und schaute zu ihm herüber.

Tom schüttelte sich das Wasser aus den Haaren und schwamm langsam zurück.

»Wegen gestern«, sagte sie, als er sich verlegen im flachen Wasser aufrichtete.

Sie wollte nur, dass er sich entschuldigte. *Entschuldige dich*, dachte sie, *und sag, dass das alles Unsinn war.*

»Was genau?«, fragte er knapp, ohne sie anzusehen, und bückte sich nach seinem Handtuch. Sie beobachtete ihn, die perlweiße Haut über den langen, schlanken Muskeln an seinen Armen und seinem Rücken, die Wassertropfen, die an ihm herunterrannen, als er sich bewegte. Sein Körper entwaffnete sie für einen Moment.

Sie reichte ihm sein Hemd und wartete, während er es anzog und zuknöpfte. Seine Haare standen kreuz und quer. Sie gingen die Wiese hinauf.

»Besser?«, fragte er, und in seinen hellblauen Augen lag etwas, das sie schlucken und kurz die Zähne zusammenbeißen ließ. Dann fragte sie: »Bist du Antifaschist?«

»Ja«, sagte er ziemlich unbekümmert.

Sie konnte es nicht fassen. *Was für ein Irrsinn! Sind alle*

Engländer so? Einfach sagen, was man will, ohne über die Folgen nachzudenken?

Ein Stück weiter ging Riley vorbei, das Kanu über dem Kopf, und lachte mit Kitty und den anderen. Nenna hörte, wie ihre Füße auf der nassen Wiese platschten. »Dann sind wir keine Freunde«, sagte sie schlicht und mit trauriger Stimme.

Er blieb stehen. »Was?«, sagte er, und sie schüttelte den Kopf über seine Fassungslosigkeit.

»Warum bist du so überrascht?«, sagte sie. »Du bist gegen unser ganzes Leben. Sprich nicht mehr darüber. Ich möchte nicht, dass dir etwas zustößt, also behalte das für dich, um deiner Sicherheit willen. Und komm nicht wieder hierher.« Sie wandte sich ab, um weiterzugehen, doch er hielt sie am Arm fest, und das Gefühl, das diese Berührung auslöste, verwirrte sie.

»Nenna!«, sagte er.

»Du bist Antifaschist. Wir sind Faschisten. Also bist du gegen uns. Wir sind nicht gegen dich. Das hast du dir selbst eingebrockt.«

»Nenna, ich bin nicht gegen dich! Ich könnte niemals gegen dich sein! Ich bin gegen Mussolini! Und Mussolini ist gegen die Juden! Was bedeutet – und das ist nun wirklich nicht schwer zu verstehen –, dass ER gegen dich ist.«

»Psst!«, machte sie nervös.

»Nenna! Warum versuchst du, mich zum Schweigen zu bringen, hier, mitten auf dem Land, weit weg von allem? Das ist doch albern.«

»Du kannst so nicht mit mir reden«, sagte sie. »Und du darfst es auch nicht. Die Leute mögen das nicht. Du wirst Ärger bekommen, und dann bekommen wir auch Ärger.«

Da lachte Tom. »Siehst du?«, sagte er. »Genau das ist es. Die Schwarzhemden kommen und verprügeln mich? Genau deshalb bin ich Antifaschist, Nenna. ANTIFASCHIST! ANTIFASCHIST!« Er brüllte es laut, auf Englisch und auf Italienisch.

Sie starrte ihn mit versteinerter Miene an. *Er hat den Verstand verloren.*

»Und du behauptest, du wärst politisch«, sagte sie. »Ist das deine Politik?«

»Ja!«, sagte er. »Das Recht, auf einer Wiese laut rufen zu können, was ich denke. Genau darum geht es.«

»Dann sind wir keine Freunde.«

»Aber –«, sagte er. »Oder ist da kein Platz für ein Aber?«

»Tommaso, wir leben in der Wirklichkeit.«

»Und was weißt du von der Wirklichkeit?«, fragte er. »Weißt du, was hier vorgeht? In welcher Version der Wirklichkeit lebst du, Nenna?«

Sie funkelte ihn wütend an. »Bring kein Unglück über uns.«

»Ich bin es nicht«, sagte er. »Wirklich, glaub mir. Hast du das Manifest der rassistischen Wissenschaftler gesehen? Hast du gelesen, was darin steht?«

»Ich weiß nicht, wovon du redest«, sagte sie, aber sie wusste, was sie am Abend zuvor gehört hatte. Sie wollte, dass er den Mund hielt.

»Das solltest du aber«, entgegnete er.

»Ich weiß nicht, wovon du redest«, sagte sie erneut.

»Nun, dann solltest du –« Doch sie marschierte davon. Schwärme von Grashüpfern sprangen unter ihren Schritten zur Seite. Sie wollte sie nicht verletzen, aber sie wollte einfach nicht mehr zuhören.

»Nenna!«, rief er. »Was denken deine Freunde? Hast du mit ihnen geredet?«

Aber du bist zu ihm gegangen, weil du Klarheit wolltest.

»Nenna!«

Nein, ich will, dass er still ist.

Sie marschierte immer weiter, die Wiese hinauf und die Straße entlang, am Haus, am Kuhstall und am Bauernhof vorbei und immer weiter bergauf, am Weinkeller und am Pfirsichgarten und am *orto* vorbei, bis sie oben im Wald war, umgeben von dämmrigem Schatten, totem Laub und gedämpfter Stille. Dann sank sie hilflos zusammen und weinte ihre Verwirrung hinaus, bis ihr alles weh tat und sie sich übergeben musste.

»Das ist wie mit den Sandwiches und den Pullovern«, sagte Kitty später zu Tom. Nenna war mit Aldo und den Jungs irgendwohin gegangen, und die beiden saßen auf der Terrasse und spielten *scopa.* »Du musst sie *tramezzini* nennen und – ach, das andere habe ich vergessen. Und Benny Goodman ist anscheinend Beniamino Buonuomo. Alles muss italienisch sein. Außer für Juden. Und man darf Leute nicht aus Höflichkeit mit *lei* anreden, weil es süßlich und weibisch ist, gegenüber einem Mann die weibliche Form zu benutzen, und außerdem altmodisch, wo doch jetzt alles NEU sein muss.«

»Nenna spricht nicht mehr mit mir«, sagte er und nahm eine Karte. Es war die beste im Spiel, die *sette bello,* aber Kitty sah, dass er es gar nicht merkte.

»Das dachte ich mir schon. Sie hat mich gefragt, ob ich auch antifaschistisch bin.«

»Was hast du geantwortet?«

»Dass ich mich nicht für Politik interessiere, und da hat sie mich umarmt.«

»Aber du bist doch gegen die Faschisten, oder?«, fragte er beunruhigt.

»Natürlich!«, sagte Kitty lächelnd. »Aber ich bin auch gegen Streitereien in der Familie und gegen Auseinandersetzungen mit den Leuten, bei denen ich zu Gast bin. Außerdem würde es Nadine verletzen. Ich weiß, das ist Heuchelei, aber wir sollten praktisch denken.«

»Das reicht aber nicht«, sagte Tom.

»Schon klar, aber die Menschen sind eben, wie sie sind. Du kannst sie nicht ändern. *Eccoci qua* – So ist es nun mal.« *War es wirklich so?* Doch er hörte gar nicht zu. Hatte er ihr je zugehört? Sie starrte ihn versuchshalber unverwandt an, aber er bemerkte es nicht und blickte nicht einmal auf. *Der Kerl macht mich wahnsinnig,* dachte sie, doch dann ermahnte sie sich: *Reg dich nicht über ihn auf. Es hat keinen Zweck, etwas von ihm zu wollen. Tom gibt es dir nicht.*

Aber er ist mein Bruder – er ist meine richtige Familie …

Wenn sie Tom betrachtete, sah sie, wie ihre Eltern sich in ihm vereinten: Julias große Augen, genau die gleichen wie auf den Fotos, und Peters träge Eleganz, aber jung und gesund. Etwas in ihr wollte immer noch weinen, wenn sie Tom anschaute. Er sah so aus, wie es ausgesehen hätte, wenn zwischen Peter und Julia alles gutgegangen wäre. Aber trotzdem wirkte er nie glücklich.

»Hör mal«, sagte er, während er die Karten neu austeilte. »Ich komme nicht mit euch nach London zurück. Ich bleibe erst mal hier. Ich muss ihr die Augen öffnen …«

»Der italienischen Bevölkerung?«, fragte Kitty mit leisem Spott. »Oder nur Nenna?«

Da sah er sie an. »Ich wünschte, ich könnte beide retten«, sagte er mit einer Mischung aus Demut und Überheblichkeit, die sie wütend machte.

»Kann ich dann dein Motorrad haben?«, fragte sie leichthin. *Die italienische Bevölkerung retten! Nicht zu fassen.*

»Nein«, sagte er.

Später dachte sie über alles nach.

Es war nicht so, dass sie Italien nicht mochte. Italien war natürlich großartig, *blablabla, das kennen wir alles, und Rom erst, meine Güte.* Sie und Nadine waren für einen Tag mit dem Zug dorthin gefahren: die Blumenstände überall und die vielen gutaussehenden Männer in ihren weißen Anzügen und die schönen Pferdekutschen und die Komplimente – ach, die vielen Komplimente … Ja, sie wusste, dass sie sich verändert hatte, das hässliche Entlein war verschwunden, und jetzt war da eine Art Schwan, aber einfach eine Straße entlangzugehen und zu erleben, wie all diese gutaussehenden, fröhlichen Männer ihr auf diese unschuldige, altmodische Weise das Geschenk ihrer Bewunderung machten, das war einfach bezaubernd. Sie wusste, dass sie nichts tun und nicht aufdringlich werden würden. Außer manche älteren Männer in den Cafés. Sie hatten sich in ein Café an der Piazza Navona gesetzt, und dann waren lauter schreckliche alte Lebemänner mit Fliege aufgetaucht, die sie unbedingt zu einem Getränk einladen wollten. Zum Glück hatte Johnny Carmichael sie galant gerettet; er war genau in dem Moment aufgetaucht, als ein besonders widerwärtiger alter Kerl seine Hand auf Kittys Knie gelegt hatte, obwohl Nadine dabei gewesen war! Und hinterher hatte Nadine erzählt, er hätte seine andere Hand auf *ihrem* Knie gehabt!

Aber nein, diesen Sommer sah sie, wie sich die Dinge in Italien für sie verändert hatten. Tom hatte alles für sich beansprucht. Er hatte das Land für sich beansprucht, als er vor drei Jahren Nenna als »sein Mädchen« beansprucht hatte, und jetzt gehörte beides ihm, Italien und Nenna, wie so vieles andere auch – und Italien und Nenna interessierten sich nicht für Kitty, und sie konnte nichts daran ändern. Sie wollte es auch gar nicht. Sie hatte ihren Stolz. Und ihr Selbstbewusstsein war noch nicht so stark, dass sie es wagte, Dinge oder Menschen für sich zu beanspruchen. Außerdem waren die Faschisten mittlerweile einfach unerträglich, überall machten sie sich wichtig. Nein, Italien war absurd, und Tom war besessen. Sie würde sich anderswo umsehen.

Dennoch schauderte ihr ein wenig bei dem Gedanken, nach London zurückzukehren. *Was um alles in der Welt soll ich da tun?*

Ich werde mir eine Leidenschaft zulegen, dachte sie. *Ich werde … meinen Wünschen ein Ziel geben. Und ich werde eine Liebesaffäre haben. Es wäre ein Jammer, keine zu haben. Ich suche mir irgendwo eine Stelle, wo lauter faszinierende Männer sind und wo ich etwas Faszinierendes mache, ich ziehe mit ein paar Freundinnen in eine Wohnung, und …*

Aber sie hatte keine Ausbildung. *Egal. Ich habe meinen Schulabschluss, ich werde einfach – ich –*

Ich werde selbstbewusst, dachte sie. *Genau, das mache ich. Schließlich muss man sich doch nur dazu entschließen, oder? Ich werde den Schalter umlegen. Ich bin nicht dumm. Ich bin nicht hässlich. Ich kaufe mir dieses Buch, wo drinsteht, wie man Freunde gewinnt und Menschen beeinflusst. Vera und Jennifer sind nicht mehr da, um mir das Leben schwerzumachen – ich gehe zurück und finde etwas Wichtiges und stürze mich hinein.*

In ihrem Hinterkopf tauchte der Gedanke auf: *Und wenn es Krieg gibt …*

Krieg ist leidenschaftlich und wichtig. Krieg ist faszinierend. Im Krieg sind lauter Männer. Peter und Julia hatten ihren Krieg, und Riley und Nadine auch. Tante Rose hat im Krieg ihre Berufung gefunden. Krieg ist groß. Sie schloss einen Moment die Augen und schämte sich ein bisschen, weil es so klang, als sehnte sie sich nach dem Krieg, aber so war es nicht. Es war eher: *Wenn der Krieg kommt, werde ich meinen Platz darin finden, und er wird mich formen.*

Später an dem Nachmittag saß Nenna auf der Terrasse und besserte ein Kleid aus, als sie spürte, wie Tom sanft ihren Arm berührte. »Erinnerst du dich noch an den Abend«, fragte er, »als wir die Spinne gesehen haben, die das Glühwürmchen fraß?«

»Ja«, sagte sie.

»Wie es immer weiter aufleuchtete, und wie hübsch wir das fanden, obwohl es bei lebendigem Leib gefressen wurde?«

»Ja.«

»Und wenn wir nicht die Taschenlampe geholt und genau hingeschaut hätten, hätten wir es nicht gewusst.«

»Ja.«

Er legte ihr die zerknitterte Ausgabe des *Giornale d'Italia* auf den Tisch.

»Seite drei«, sagte er. »Lies es. Bitte.«

Sie warf einen Blick darauf.

»Ist das das Manifest, von dem du gestern gesprochen hast?«, fragte sie.

Er sah sie verwirrt an, und sie sagte gereizt: »Ich war dabei, Tom, als ihr Männer euch nach dem Essen unterhalten habt. Ich habe gehört, was du gesagt hast! ›Macht dir die Judenpolitik der Nazis keine Sorgen?‹« Sie sagte es auf Englisch und ahmte seinen Akzent nach.

»Und, macht sie dir keine Sorgen?«, fragte er.

»Nein!«, rief sie aufgebracht. »Das ist die Politik der Nazis, nicht die der Faschisten!«

Manchmal ist er so schwer von Begriff.

»Du machst dir keine Sorgen um die Juden in Deutschland und Österreich?«

»Doch, natürlich, aber was soll ich da unternehmen?«, entgegnete sie. »Ich dachte, wir reden über hier.«

»Lies es«, sagte er, und weil ihr Vater es gelesen und als unwichtig abgetan hatte, verzog sie das Gesicht und las. Es war die Art von Text, die Leute – Politiker, Männer – verfassten, wenn sie eigentlich nichts zu sagen hatten. Sie las ihn ruhig. Doch dann, am Ende, entfuhr ihr ein Schrei.

Das kann nicht sein. Da hat jemand einen Fehler gemacht – die Zeitung oder die Wissenschaftler oder –

»Und?«, fragte Tom nach einer angemessenen Pause.

»Nun ja«, sagte Nenna. Sie spürte die Anspannung in ihrer Stimme. »Aber das stimmt doch nicht, oder?«

»Nein, das stimmt nicht. Es gibt nur eine menschliche Rasse. Mit vielen Variationen.«

»Nicht das, ich weiß, dass das nicht stimmt – ich meine das über uns. Wir haben noch denselben Namen, den wir in Israel hatten. Unsere zwei Namen – Elia nach dem Propheten aus der Thora und Fiore nach dem Geschäft unserer Familie. Die meisten Leute arbeiteten in der Tuchherstellung, aber wir haben Blumen verkauft. Famiglia Fiore. Es stimmt nicht, dass nichts von uns geblieben ist. Wir sind doch hier!«, rief sie aus. »Ich bin hier!« Sie klopfte mit der Hand auf ihren Unterarm.

»Natürlich bist du hier«, sagte Tom.

»Ich bin eine *Giovane Fascista.* Ich war eine *Piccola Ita-*

liana und eine *Giovane Italiana*«, sagte sie, zu schnell. »Ich war während der Schulzeit bei jeder Parade, in meinem kleinen Umhang und den Schuhen. Und es war sterbenslangweilig. Ich war bei den Turnvorführungen. Du hast mich gesehen! Papà war in der Armee! Sein Blut hat das Trentino erobert! Und jetzt behaupten sie, wir wären keine Italiener?«

»Nenna«, sagte Tom.

Sie spürte, wie etwas Seltsames mit ihrem Atem geschah – es war, als würde er vor ihr weglaufen, einen Hügel hinunter, wie Füße, die jeden Moment stolpern konnten –

»Hat meine Mutter nicht bei der *Giornata della fede* ihren Ehering hergegeben? Während des Krieges waren fünfzig jüdische Generäle in der Armee. Der jüngste und der älteste Empfänger der *Medaglia d'Oro* – beides Juden! Luigi Luzatti, italienischer Premierminister, 1910 – Jude! Ettore Ovazza, Herausgeber einer Zeitung, ein Faschist der ersten Stunde, genau wie Papà – Jude! Ernesto Nathan, Bürgermeister von Rom, 1907 bis 1913 – Jude! Sieben Juden unter den Tausend, die mit Garibaldi marschiert sind! Zweihundertfünfzig Juden beim Marsch auf Rom 1922!«

»Nenna …«

»Ich verstehe das nicht. Warum schreiben sie so etwas? Dass wir keine Italiener sind?«

»Weil die Faschisten solche Sachen glauben«, sagte Tom.

»Das ist nicht wahr! Der Duce ist nie gegen Juden gewesen. Er hat eine jüdische Geliebte! La Sarfatti! Sie war eine Inspiration für den Faschismus –« Sie brach ab.

Was für ein Unsinn!

Sie holte tief Luft und spürte, wie das Lächeln auf ihr Gesicht zurückkehrte.

»Es ist ein Missverständnis«, sagte sie. »Sie meinen nicht uns, sondern die ausländischen Juden. Natürlich kann nicht jeder, der will, Italiener werden. Papà wird das klären. Bestimmt ist er schon dabei.«

Ruhe breitete sich in ihr aus. *Natürlich. Natürlich.*

»Nenna!«, rief er. »Steht in dem Manifest, dass es verschiedene Arten von Juden gibt? Hast du je gehört, dass ein Faschist so etwas gesagt hat? Warum sollte sie das kümmern? Selbst wenn es ihnen klar wäre? Und Nenna, es ist egal, was der Duce früher gesagt hat. Er ist jetzt mit Hitler verbündet, und er sagt das, was Hitler hören will. Der Duce hat eingewilligt, sich dem Nationalsozialismus anzuschließen. Verstehst du das?«

Sie warf ihm einen Blick zu und griff wieder nach ihrem Nähzeug.

»Nenna, selbst wenn es um eine andere Art von Juden ginge, dann wäre es doch trotzdem nicht in Ordnung!«

Ihr Mund war so angespannt, dass sie kaum sprechen konnte. Ihr Kiefer schmerzte, als sie die Worte ausstieß.

»Papà wird das klären«, sagte sie. Sie schüttelte den Stoff des Kleides aus; Efeublätter in zwei verschiedenen Grüntönen auf hellgelber Baumwolle. »Außerdem würden wir jederzeit lieber Italiener sein als Juden, wenn wir uns entscheiden müssten.«

»Nenna.«

Sie starrte auf die Naht in der Taille, wo der Rock ausgerissen war.

Tom warf die Hände in die Luft und stapfte davon.

Sie hatte das Gefühl, gewonnen zu haben. Sie legte das Kleid hin, ging ins Haus und übergab sich erneut.

Tom wollte mit Riley nach Bracciano, um sich die Wochenschau anzusehen – beziehungsweise die Propagandastreifen der LUCE.

»Komm doch mit«, sagte er freundlich in Gegenwart aller zu Nenna. Doch sie lehnte nur sehr kühl ab, ohne ihn anzusehen, und ging zu ihrer Mutter.

Auf der Leinwand sah man Hitler mit schnellen Schritten gehen; dazu verkündete der Kommentator, dass der Faschistendolch, der an einer kleinen Silberkette von seinem Gürtel hing, ein Geschenk von Mussolini war. Wieder zeigten sie

Bilder von Hitlers Italienbesuch im Mai, bei dem er geschworen hatte, dass die Alpen immer eine unüberwindliche nationale Grenze sein würden. Die Militärkapelle spielte *Deutschland, Deutschland über alles* und *Giovinezza* vor einer stillen, ernsten Menge, und die Scheinwerfer leuchteten auf die runden weißen Mützen der Matrosen, so dass sie aussahen wie lauter Vollmonde. Tom zupfte im Dunkeln an seiner Unterlippe und spürte, wie der Atem seine Brust hob und senkte.

Hinterher ging er zum Hotel, und nach einigem Hin und Her mit dem Nachtportier, einem missgelaunten jungen Mann mit schiefen Zähnen und einer flachen Mütze, die auf seinem zu stark geölten Haar herumrutschte, gelang es ihm, in der Auslandsabteilung seiner Zeitung in London anzurufen. Zum Glück nahm Vernon ab, der Tom gut leiden konnte. Vernon hörte sich an, was Tom zu sagen hatte, und meinte, er werde sehen, was er tun könne. Tom sagte, er werde in der Zwischenzeit Unterlagen zusammentragen und sich am kommenden Nachmittag wieder melden.

Auf dem Rückweg fragte Tom: »Wird es hier so sein wie in Deutschland? Werden die Leute ausreisen müssen?«, und bevor Riley antworten konnte, sagte er: »Wenn ja, müssen wir ihnen helfen. Auch Aldo.«

Riley sah ihn an. »Glaubst du, es gibt Krieg?«

»Glaubst du es?«, entgegnete Tom, und er sah etwas in Rileys grauen Augen aufflackern – Trauer, Leere, Angst.

»Riley?«

Riley blinzelte und sah Tom an. Nach kurzem Nachdenken sagte er: »Verzeih mir, Tom, aber ich werde es mit einer Allegorie versuchen. Erinnerst du dich an die Jungfrau mit dem Kind von Masaccio in der National Gallery?«

Tom schüttelte den Kopf. »Na gut«, sagte Riley. »Georges de la Tour. Caravaggio!«

An diese Maler erinnerte sich Tom – das wunderbare Chiaroscuro, die tiefen Schatten und die schimmernden Punkte von Helligkeit und Licht.

»Sie verwenden eine einzige Lichtquelle«, sagte Riley, »um diese starken Kontraste hervorzurufen.«

»Und?«

»Faschisten und Nazis tun genau dasselbe.«

»Ah!«, rief Tom aus. »Die Sonnenblumen!«

»Genau«, sagte Riley. »Normalerweise wirft alles, was uns etwas bedeutet, ein eigenes Licht auf die menschliche Existenz, und wir müssen mit diesem vielschichtigen Licht umgehen, mit wechselnden Schatten, mit Dingen, die sichtbar und wieder unsichtbar werden, mit Feinheiten und Nuancen; wir setzen unser eigenes Bild zusammen, und es verändert sich immer wieder … Aber wenn du nur eine einzige Lichtquelle gelten lässt und alle anderen ausschaltest – Geschichte, Bildung, die Erfahrungen anderer Menschen, Wissenschaft –, dann wird aus deinem Hell und Dunkel Schwarz und Weiß. Das tun die Menschen in unruhigen Zeiten. Sie glauben, jemand, der klar und stark ist, würde sie retten, und sie bräuchten keine Verantwortung für sich selbst zu übernehmen.«

So viel hatte Tom noch nie von Riley gehört. Er wagte kaum zu atmen, um den Augenblick nicht zu zerstören.

»Es scheint sicherer zu sein – dort das Falsche, hier das Richtige. Aber es kann nicht funktionieren. Weil es nicht wahr ist.«

Tom dachte: *Wenn du dich auf etwas einlässt, das dein Gewissen, deine Urteilsfähigkeit und deine Sichtweise beherrscht, dann verlierst du deine Vielschichtigkeit. Und die menschliche Natur neigt zu Vielschichtigkeit. Und Veränderung. Und Chaos. Also verlierst du deine Menschlichkeit.*

»Deshalb glaube ich«, sagte Riley, »dass es in der Tat Krieg geben wird. Und die Ironie dabei ist, dass der Krieg seinerseits alles auf Schwarz und Weiß reduziert. Wir sind wir, die anderen sind der Feind. Das ist sehr erfrischend. Für eine Weile.«

Tom war überrascht. »War das für dich so?«, wagte er zu fragen. »Damals?«

»Auf einer Ebene, ja. Sobald man sich hineingestürzt hatte, war es sehr einfach.«

»Aber wieso erfrischend?«

»Dieses ganze verdammte Hin und Her, dieser ganze moralische Blödsinn!«, entfuhr es Riley.

»Aber du kannst doch nicht wollen –«

»Ich will nichts von dem, was zurzeit im Angebot ist«, sagte Riley. »Ich will, dass alle sich beruhigen, damit wir uns um die Probleme kümmern können, die wir bereits haben. Armut und Krankheit und Ungerechtigkeit und so weiter. Um ehrlich zu sein, wünsche ich mir einen verräterischen Nazi mit einer silbernen Kugel für Hitler.«

»Würde das denn ausreichen?«

Riley lachte sein schiefes Harlekinlachen. »Offensichtlich nicht. Wie es aussieht, brauchen wir jetzt auch einen verräterischen italienischen Faschisten.«

»Ich habe Nenna das rassistische Manifest gezeigt«, sagte Tom.

»Und hat sie es verstanden?«

»Es ist doch klar genug.«

»Ja, für Nadine und mich schon«, sagte Riley. »Lieber Gott. Bloß gut, dass du nicht wirklich unser Sohn bist, was?«

Tom wusste nicht, was er darauf erwidern sollte. *Scherze machen? Darüber?*

»Entschuldige«, sagte Riley. »Bei dieser Mischung aus Unerträglichem und Idiotischem hilft manchmal nur das …«

Er sah zerknirscht aus. Er sah auf einmal schrecklich aus.

»Aldo meinte gestern Abend, es wäre ein Versehen«, sagte Tom. »Aber es ist bestätigt worden, mit Namen – trotzdem schweigen alle. Anscheinend denkt er, als Gründungsmitglied der Faschisten hätte er einen gewissen Einfluss. Nenna sagt natürlich auch, es wäre ein Versehen, und selbst wenn nicht, dann sind nicht Juden wie sie gemeint, sondern ausländische Juden.«

»Und findet sie es dann in Ordnung?«

»Ich hoffe nicht!«, sagte Tom. Dann: »Nein, das glaube

ich nicht. Ich glaube, sie plappert nur nach, was sie zu Hause gelernt hat. Und ihr kommen erste Zweifel. Ich bearbeite sie. Und deshalb redet sie nicht mehr mit mir. Und die Ironie dabei ist, dass es in Italien ohnehin nur so wenige Juden gibt.«

Riley ging in die Küche, um sich den Mund auszuspülen. Er war perplex. *Gründungsmitglied der Faschisten?*, dachte er. *Also nicht bloß Mitläufer. Sie sind richtige, bis ins Mark überzeugte Faschisten.*

Nadine stand mit einer Kaffeekanne am Herd. Er sah zu ihr hinüber, und bevor er sich bremsen konnte, sagte er: »Ich wünschte, du hättest es mir eher erzählt.«

Nadine sah ihn verwirrt an.

»Dass die Familie faschistisch ist«, sagte er. »Alles hier.« Er deutete auf den Raum, das Ganze.

Sie schwieg einen Moment. »Ja, ich wünschte auch, ich hätte es getan. Es tut mir leid. Du siehst es, aber du willst es nicht sehen, und dann ist es zu spät.«

Sie versteht nicht, dachte er. *Sie erkennt nicht* … Er zündete sich eine Zigarette an und nahm einen kleinen Zichorienkaffee. *Ich an Aldos Stelle würde mit meiner ganzen Familie fortgehen. Nach Amerika oder Australien oder England. Und zwar sofort.*

»Wo ist Aldo überhaupt?«, fragte Nadine.

»In Rom. Wahrscheinlich hält er Mussolini Vorträge über die jeweiligen Verdienste der verschiedenen Arten von Juden.«

»Sechshundertdreizehn«, sagte Nadine.

»Was?«

»So viele verschiedene Arten von Juden gibt es. Das Bild des Granatapfels: sechshundertdreizehn Kerne, und doch sind wir alle eine Frucht.«

Er lächelte. »Woher weißt du das?«

»Keine Ahnung«, sagte sie. »Das weiß ich schon, solange ich denken kann. Wahrscheinlich hat meine Mutter es mir erzählt. Ah! Ja, genau – das ist die Anzahl der Mitzwot. Der Gebote in der Thora.«

»Hat Jacqueline sich an die Thora gehalten?«

»Absolut nicht. Aber ich nehme an, sie hat das gelernt, als sie jung war.«

Auf Nadines Gesicht lag ein Ausdruck von Trauer, nicht wegen des Verlusts ihrer Mutter, sondern weil sie sie zu deren Lebzeiten nie wirklich gehabt hatte.

»Eine Frucht«, sagte Riley. »Schönes Bild.«

Sie schwiegen einen Moment.

»Aber wenn sie die Gefahr nicht sehen«, sagte sie, »oder nicht daran glauben, was kann man dann tun?«

»Weiter darüber reden«, sagte er.

15. KAPITEL

Bracciano, Sommer 1938

ES GIBT EIN GEFÜHL, das in einem loyalen Menschen aufsteigt, wenn das Objekt seiner Loyalität seinerseits illoyal wird. Es kann sich körperlich äußern: ein gewisser Mangel an Verlässlichkeit in den Gelenken, eine unterschwellige Nervosität. Unsicherheit macht sich breit, wenn das, worauf man sich verlassen hat, einem nicht länger wohlgesinnt ist. Der Geist entwickelt eine eigene Form von Übelkeit – Schwindel; schwache Knöchel, die umknicken und einen zu Fall bringen; ein Glas, das einem aus der Hand rutscht; wütendes Gebrüll anlässlich einer unbedeutenden Provokation. Bei manchen sind diese Gefühle unmittelbar, bewusst und klar. Bei anderen sind sie stets gefolgt von einer Phalanx aus Unglauben, Unwillen, Widerstreben, Selbstsucht und Blindheit. So war es bei Aldo. Aldos Ergebenheit war so vollständig, dass nichts, was der Angebetete tat, sie erschüttern konnte.

Dux, mea lux. Von Anfang an. Vom Elend des Kriegs und dem Chaos, das darauf folgte, bis zu den funkelnden Straßen von Littoria heute; von den gefährlichen Säufern und Streikenden und Übeltätern von 1919 bis zu den starken, gehorsamen Heerscharen von Männern, die in langen Reihen schwitzten und schufteten, die italienischen Boden bewegten, um italienische Felder für italienische Familien zu erschaffen – er sah es jeden Tag. Jeden Tag. Menschliches Glück und harte Arbeit. Flussläufe wurden begradigt, Gräben ausgehoben, Meter um Meter von Gestrüpp befreit,

Zentner um Zentner Schlamm ausgehoben. Graben und werfen, graben und werfen. Wie der Boden, so die Männer, und wie die Männer, so das Land. Erlöst durch Arbeit und Gemeinschaft. Das Symbolträchtige daran erfüllte ihn mit Freude: Wie die Erde, so die Herzen und die Gedanken.

Ein Mann hat all das Wirklichkeit werden lassen. Ein Mann hat uns in Form gebracht.

Er lächelte, während er mit einer braunen Papiertüte voller Pfirsiche aus Bracciano die staubige Straße am See entlang ging. Er dachte an ein Glas Bier und daran, wie eines Tages all die Gräben fleißig ihre Arbeit tun würden; alle Straßen würden befestigt sein, alle würden ein kleines Auto haben, und es würde in Rom keine Esel mehr geben ... Die Natur beherrscht. Die Mücken vertrieben. Keine Malaria mehr. Niemand würde mehr Eicheln und Frösche essen und jung sterben müssen. Obwohl er Frösche sogar sehr gern aß. Gebraten mit ein wenig Zitrone – köstlich.

Wie schön es in der Kühle des Abends war, wenn die Fliegen und Wespen verschwunden waren. Der Bach, der neben der Straße plätscherte, der hohe Himmel, der sich gerade violett zu färben begann. Körperliche Ertüchtigung war in sich selbst eine patriotische Tätigkeit – obwohl das nicht der Grund dafür war, dass er zu Fuß ging. An seinen Tagen harter Arbeit schenkten ihm diese Spaziergänge eine kurze Zeit des Friedens, in der er Dankbarkeit übte für alles, was das Leben ihm beschert hatte, und über seine Mitzwot nachdachte, auch wenn er immer leugnen würde, ein religiöser Mensch zu sein.

In letzter Zeit hatte er all die Gründe gesammelt, weshalb der Duce ihn, Aldo Elia Fiore, lieben musste.

> Mein Kriegsdienst. Erstens habe ich mich freiwillig gemeldet; ich habe nicht gewartet, bis sie mich gerufen haben, ich war glücklich und stolz, in den Bergen mein italienisch-jüdisches Blut für Italien zu vergießen, und glaub mir, Junge, die Berge waren genauso hart wie die Gräben,

in denen Tommasos Ersatz-Papà seine Stimme und sein gutes Aussehen verloren hat. Wir haben für die Existenz unseres Landes gekämpft. Der Duce versteht das, und er wird es niemals vergessen. Und zweitens habe ich einen Orden bekommen. Nein, ich werde dir nicht erzählen, was ich getan habe. Die Erinnerung meiner Freunde genügt mir. Sie wissen Bescheid, und das reicht. Es war gut genug für meine befehlshabenden Offiziere. Ich bin nicht desertiert. Ich habe meine *Medaglia di Bronzo* bekommen.

Ich war schon 1919 Mitglied bei den Faschisten. 1919!

Ich war beim Marsch auf Rom dabei. Natürlich musste ich nicht sehr weit marschieren – aber ich war dabei. Sie haben mir den Schal gegeben.

Meine Arbeit – er begrüßt mich, wenn ich bei der Arbeit in der Gruppe um ihn herum bin. Er kennt mich. Das hat er selbst gesagt. Er hat gesagt: »He, Sie kenne ich doch. Sie sind immer noch hier? Guter Mann. Gute Arbeit.«

Und wie oft bin ich in der Menge vor dem Palazzo Venezia und lausche seinen großartigen Ansprachen? Er sieht mich – ich weiß, dass er mich sieht. Er weiß, wer ich bin und was ich getan habe. Ich war bei sämtlichen Eröffnungen der neuen Städte dabei: Littoria, Sabaudia, Aprilia, Pontinia.
Meine Kinder. Vier sind nicht sehr viele, aber sie sind gut und stark, und sie dienen, wie sie es sollen. Nenna mit ihrem Umhang und ihrem Barett!

Vier Kinder, vier Städte. Was für eine hübsche Symmetrie! *Vielleicht sollten wir noch eins bekommen, für Pomezia.* Er hatte mit Susanna nie darüber gesprochen, aber in seinem Herzen wünschte er, sie hätten die Kinder nach den Städten benannt. Natürlich passten die Daten nicht zusammen.

Aber Fernanda Littoria Elia Fiore. Was für ein Name! Marinella Pontinia … che bella.

Die Kilometer weißen Betons, mit denen die mühsam errungenen neuen Kanäle ausgegossen worden waren; das Netzwerk neuer Straßen, leicht gewölbt und asphaltiert und wasserdicht, gesäumt von jungen Bäumen; die unzähligen Hektar Land, auf denen Weizen und Mais und Rüben angebaut wurden; die Weinberge und Olivenhaine. Bäume und Felder, Gräben und Städte, Piazzas und Fußballfelder, Rathäuser und Postämter, Schulen und Krankenhäuser, Pariser Grün gegen die Malaria und Chinin für alle. Die sechs prächtigen, riesigen Pumpen, so groß wie Flugzeuge.

So viel Arbeit. So viel erreicht. Und nächstes Jahr Pomezia! Es gab noch so viel zu tun.

Er versuchte etwas zu finden, das nicht in Ordnung war. Seine Füße schmerzten ein wenig in den Stiefeln – die Zehen, die im Winter 1917/18 abgefroren waren. Aber er bemerkte es kaum noch. *Was wissen die Jungs schon? Sie denken, dass man etwas aufbauen kann ohne ein wenig Zerstörung, Disziplin und Entscheidungskraft. Eine Frittata machen, ohne Eier zu zerschlagen. Diese Kinder … Aber dieser Mann, der berühmte Riley … Gut, dass er Engländer ist und bald nach Hause fährt. Nicht die Sorte, die man als Cousin haben will. Nicht hier und nicht jetzt.*

Er war froh, aus Rom fort zu sein. Im Laden von Di Veroli hatte es eine merkwürdige Szene gegeben. Stille, als er eintrat. Ein paar von den jüngeren Männern hatten ihn seltsam angesehen, und der alte Seta – nicht der von nebenan, sondern dessen Bruder, Danieles Vater –, der offensichtlich wütend über irgendetwas war, hatte gesagt: »Ah, da kommt er ja. He, Aldo, eine Frage: Du sagst, du bist kein Jude, und der Duce sagt, du bist kein Italiener – was bist du denn dann? Hast du mal darüber nachgedacht? So groß ist die Auswahl ja nicht, oder?« Aldo hatte natürlich gelacht und war auf den alten Tor zugegangen, um ihn zu umarmen, aber Seta hatte gesagt: »Das ist nicht witzig«, als hätte er eine Kröte fallen lassen. Die anderen Männer hatten eine Wand aus Kälte um ihn errichtet, so dass Aldo nichts anderes übriggeblieben war, als mit einer Handbewegung, die so viel bedeutete wie »Ihr seid ja alle verrückt«, den Laden zu verlassen. Ihm war ein wenig flau gewesen, als er wieder in den Sonnenschein hinausgetreten war.

Deshalb war er froh, mit seiner Familie hier draußen zu sein, weit weg von alldem, diesem Pessimismus, dieser Erwartung von Unterdrückung. Sein Vater hatte ihn davor gewarnt: *Typisch jüdisch, wie wir uns selbst niederdrücken … Lass dich da nicht hineinziehen! Sei der Mann, der sich davon befreit.* Ja, es war besser, spazieren zu gehen und zu schwimmen und diese prächtigen Bäume zu sehen, zuzuschauen, wie Susanna zusammen mit den Bauersfrauen ihren eigenen Ricotta machte, der große Kupferkessel über dem Feuer, die kleinen Körbe mit weißem Käse, die zum Abkühlen aufgestellt wurden. Es war besser, Aale im Eimer nach Hause zu tragen, mit den Jungs auf die Jagd zu gehen, mit Marinella *sedia sediola* zu spielen, sie immer schneller auf seinen Knien zu wippen und so zu tun, als würde er sie aus dem Fenster fliegen lassen.

Aldo kam lächelnd in die Küche, gerade rechtzeitig zum Abendessen. Nenna lief zu ihm wie ein verängstigter Hund, der Rettung witterte, bevor er auch nur die Tüte mit den Pfirsichen abstellen konnte. Er legte seinen starken Arm um ihre Schultern.

»Was ist denn los?«, fragte er, überrascht über ihre plötzliche Innigkeit. »Was ist, *bambina*?« Auf ihrem Gesicht breitete sich der rosige Hauch der Erleichterung aus.

»Ich habe die Zeitung gesehen, Papà«, rief sie.

»Hast du dir Sorgen gemacht?«, fragte Aldo. »Das brauchst du nicht. Oh, komm her.« Er stellte die Tüte auf den Tisch und schloss sie in seine Arme, ganz väterliche Liebe, froh über diesen Moment mit seiner Großen, die nur noch so selten Trost bei ihm suchte. »Irgendwelche Dummköpfe behaupten, es käme vom Ministero della Cultura Popolare, mit der Einwilligung des Duce. Aber das kann schließlich nicht sein, oder? Ich habe an ihn geschrieben, und seine Antwort wird alles erklären. Er schreibt sicher bald zurück. Ich habe auch telefoniert. Alle wissen, dass es Unsinn ist, irgendein dummes Missverständnis. Faschismus ist Einheit, nicht wahr, *tesoro*? Gemeinsamkeit und Gleichheit. Für den Slowenen und den Araber, den Juden und den Libyer, den Sizilianer und den Venezianer – wir alle sind gleich im großen Reich, nicht wahr?«

Seine Stimme war sanft und zärtlich, und er sah über ihren Kopf hinweg zu Susanna, um auch ihr Gewissheit zu geben.

»Das hat der Duce immer gesagt«, murmelte er. »Er wird alles richtigstellen. Es ist nur eine dumme Beleidigung, ein Versehen. Es hat nichts zu bedeuten.« Er roch ihr frisch gewaschenes Haar, und sein Herz weitete sich vor Liebe zu seiner Tochter, seiner bezaubernden Erstgeborenen. Wofür hatte er gelitten, wenn nicht für die Sicherheit dieses Mädchens?

»Ich habe ihm gesagt – willst du wissen, was ich geschrieben habe?« Sie nickte. »Ich habe geschrieben, dass ich natürlich in keiner Weise an ihm zweifle, im Gegenteil, dass mich gerade mein unerschütterlicher Glaube an ihn überzeugt, dass ihm selbst daran gelegen sein wird, deine törichten Ängste zu beruhigen. Denn der Duce ist wie ein zweiter Vater für dich, weise und liebevoll. So wie ich! Und deshalb wissen wir, dass er zurückschreiben wird! Aber wir wissen auch, dass er sehr viel zu tun hat.«

Susanna werkelte herum, hackte Zwiebeln und warf sie ins heiße Öl, dass ihr Duft die Küche erfüllte. Die Jungs stritten darüber, wer den Tisch decken sollte; Tom nahm die Teller, das Brot und das Salz. Im Radio sang Louis Armstrong die letzten Takte von *On the Sunny Side of the Street*. »Und das war der beliebte italienische Musiker Luigi Fortebraccia«, verkündete der Ansager ungerührt.

»Was?«, rief Tom ungläubig.

»Was ist?«, fragte Susanna.

»Habt ihr das gehört? Luigi Fortebraccia? Er ist doch kein Italiener. Er ist Amerikaner. Louis Armstrong. Ein schwarzer Amerikaner.«

Nenna nahm den Kopf von Aldos Schulter und sah zu Tom.

»Es ist ein Versehen, Masino«, sagte Aldo freundlich. »Es ist alles nur ein Versehen.«

Einen Moment lang sah Tom so aus, als würde er die Teller auf den Boden werfen oder fluchen oder –

»Ach ja?«, sagte er und ging mit stocksteifem Rücken hinaus auf die Terrasse.

Aldo blickte von seiner Frau zu seiner Tochter, zuckte die Achseln und verzog das Gesicht: Verrückter Junge!

Es war Susanna, die beschloss, dass die Engländer noch länger in Bracciano bleiben sollten. »Bitte fahrt noch nicht«, sagte sie zu Nadine. »Ich freue mich so, dass ihr hier seid.« In ihrer Stimme lag etwas – was war es? ein Hauch von Anspannung? –, das Nadine einen Moment innehalten ließ.

»Was ist, Susanna?«, fragte sie, doch weder ihr rudimentäres Italienisch noch Susannas wenige Worte Englisch reichten aus. Doch allein die Tatsache, dass Susanna so selten sprach, gab ihrer Äußerung Gewicht. Bitte fahrt noch nicht. Es konnte Höflichkeit sein, aber auch Verzweiflung. Nadine lächelte und fragte: »Soll ich Nenna holen, damit sie übersetzt?« Sie wies mit einer Geste nach draußen, doch Susanna schüttelte den Kopf. *»Non è niente«*, sagte sie, und Nadine wusste, was das bedeutete: »Es ist nichts.« Obwohl es ja genaugenommen »Es ist nicht nichts« hieß, dachte sie. *Hm.*

Später sprach sie mit Riley darüber.

»Na ja, sie sind alle etwas durcheinander«, sagte er. »Vielleicht sieht sie Dinge, die ihr Mann mit seinen Scheuklappen nicht sieht.«

»Kannst du nicht mit ihr reden?«, schlug Nadine vor, obwohl sie schon ahnte –

Riley sah sie an. *Ist das dein Ernst?*

Sie wusste es nicht. Vielleicht war es *niente.*

Als Aldo sie erblickte, rief er: »Freut mich sehr, dass ihr länger bleibt! Bleibt, so lange ihr wollt! Jederzeit!«

»Er ist eine Art Ungeheuer, nicht?«, flüsterte Riley Nadine zu.

Sie sah ihn nur an.

»Entschuldige«, sagte er.

Als einige Tage später die offizielle Erklärung kam, dass Mussolini voll und ganz hinter dem neuen rassistischen Manifest stand, machte Toms Herz einen Satz. *Jetzt*, dachte er. *Das ist der Augenblick.*

Doch es änderte nicht das Geringste an Aldos Einstellung. Ohne zu zögern sagte er: »Nun, er meint nicht uns, die italienischen Juden. Er meint die ausländischen Juden. Selbstverständlich meint er nicht die, die von Anfang an – vom Marsch auf Rom an! – Faschisten waren. Diese Journalisten!«, rief er fröhlich. »Kein Gespür für Details, keine geschichtlichen Kenntnisse!« Dann, zu Riley gewandt: »Und ihr denkt anscheinend, nur weil jemand etwas gesagt hat, würde auch etwas passieren! Was für ein rührender Glaube. Ihr Engländer nehmt alles so wörtlich. Gar nichts passiert! Das hier ist nicht Deutschland – gut, wir schaffen es, die Eisenbahn auf Vordermann zu bringen, aber das bedeutet nicht, dass die Leute sich an irgendwelche Regeln halten. Soll ich euch mal von der Viperinvasion erzählen? Vor Jahren – Susanna, Nenna, ihr erinnert euch? – gab es auf einmal überall Vipern, eine richtige Plage. Daraufhin setzte der Bürgermeister eine Belohnung aus, fünf Lire für jede tote Viper, die man ihm brachte – und die halbe Nachbarschaft fing über Nacht an, Vipern zu züchten. Ein Mann in Trevignano hat sich damit genug Geld für eine neue Bar verdient. Bauern sind schlau, und das sind alle anderen auch. Warum sollten sie ihre Zeit mit so etwas verschwenden? Der italienische Faschist hat Besseres zu tun, als seine Nachbarn zu hassen … Er ist zu stolz dafür. Tommaso, siehst du hier irgendjemanden, der sich an diese Regeln hält? Nein. Also« – er senkte die Stimme zu einem Flüstern – »würdest du bitte aufhören, Nenna Angst zu machen? Ich muss arbeiten gehen und möchte bei meiner Rückkehr keine hysterischen Szenen erleben. Dieser Jude hat nämlich den Auftrag der Regierung, eine weitere Stadt fertigzustellen.«

Aldo wusste nicht, was sie alle taten, während er arbeitete. Hoffentlich auf seine Kosten jede Menge Essen verdrücken. Abends tranken sie Wein und spielten *scopa*, und an *Ferragosto* gingen sie alle zur *festa*. Das Feuerwerk war in dem Jahr großartig, und Aldo kaufte für alle Nusskrokant, scharfkantig und süß im Mund.

»Das ist doch ein christliches Fest, oder?«, fragte Tom, als die Heilige Mutter Gottes auf den Schultern ihrer bäuerlichen Verehrer schwankend durch die Straßen getragen wurde.

»Der Aufstieg der Jungfrau Maria in den Himmel«, sagte Aldo und fragte sich, warum Tom amüsiert lächelte.

Nach *Ferragosto*, als die Sternschnuppen von San Lorenzo den Nachthimmel erfüllten, kehrten sie alle nach Rom zurück, und für die Engländer war es Zeit, nach London zurückzufahren. Der Abschied war überwiegend herzlich, es wurden keine Erklärungen gemacht, und während der letzten Woche hatte es keinen Streit gegeben. Aldo war zufrieden. Nur eine Sache wurde gesagt, die ihn ärgerte.

Die Engländer saßen abfahrbereit in ihrem Auto, da beugte sich Nadine aus dem Fenster wie eine Königin von ihrem Balkon und sagte mit liebevoller Förmlichkeit zu Aldo und Susanna: »Wir wollten euch noch sagen – wir alle –, wenn ihr irgendwann nach London kommen wollt, aus welchem Grund auch immer, seid ihr herzlich willkommen. *Se vuoi, venite a Londra.*« Sie wollte, dass Susanna sie verstand. »Wir würden uns freuen, eure Gastgeber zu sein und euch zu helfen.«

Das ist ja nett von ihr, dachte Aldo und erwiderte fröhlich: »Ah, aber wie sollte es dazu kommen, wenn es wirklich Krieg gibt?«

»Ich meine«, sagte Nadine, »wenn ihr wegen des Krieges … weil ihr Juden seid …«

»Herrje!«, rief er laut in gespieltem Zorn. »Jetzt fängst du auch noch an! Ich dachte, du wärst die Vernünftige, Schwesterherz! Natürlich werden wir euch bald einmal besuchen, und wir werden nach Brighton fahren und uns über euer grässliches englisches Meer und das schlechte Essen beschweren. Und jetzt ab mit euch, bevor mir die Tränen kommen. Tommaso, steig ein, *vai*!«

»Oh, ich fahre nicht mit«, sagte Tom. »Ich bleibe noch ein bisschen. Ich habe noch etwas zu erledigen.«

Alle starrten ihn an.

»Du bist ein Glückspilz«, sagte Kitty, die hinter Nadine aus dem Fenster spähte. »Mach's gut!«

Aldo zog eine besonders mitfühlende Miene, schlug die Hacken zusammen und hob die Hand zum römischen Gruß – woraufhin alle im Auto erstarrten. Kittys Hand zuckte, aber sie erwiderte den Gruß nicht. Nadine lächelte gezwungen, während Riley, der am Steuer saß, ein bitteres Lachen ausstieß. Er sah Aldo an, ein richtiger Blick, Auge in Auge, dann fuhr er los.

»Meine Freunde«, sagte Aldo lächelnd.

»*Arrivederci!*«, rief Nadine und winkte aus dem offenen Fenster, und er sah, dass ihr Gesicht plötzlich totenbleich war.

»Aldo!«, rief sie und beugte sich so weit hinaus, dass sie beinahe ihren Hut verloren hätte. »Aldo! *Arrivederci!* Ich meine es ernst!«

16. KAPITEL

Rom, September–November 1938

DIE ATMOSPHÄRE VON ROM umhüllte Tom rasch: ungebärdig, lärmend, aufregend. Es war immer noch unglaublich heiß. Wäsche hing schlaff an den Balkonen und quer über die Straßen; selbst die fleischigsten Geranienblätter wurden an den Rändern ein wenig braun und brüchig; Esel duckten sich mittags in jeden Hauch von Schatten und sehnten sich nach dem Herbst. Die Frauen waren unerträglich schön, und das Haus war zu klein für die erwachsenen Kinder und den unausgesprochenen Konflikt in seinem Innern. All das machte ihn nervös. Das einstige Ghetto war stiller, vorsichtig. Dunkeläugige Mädchen lächelten einfältig zu den harten jungen Burschen hinauf, an deren Arm sie hingen; die Ladenbesitzer kamen nicht mehr so oft nach draußen, wie er es in Erinnerung hatte. Überhaupt schienen weniger Leute unterwegs zu sein.

Am Tag, bevor die Familie nach London zurückgefahren war, hatte Tom mit Riley auf der niedrigen Flussmauer gesessen. Er hatte zu ihm gesagt: »Die Leute von der Zeitung meinen, sie können mich hier gebrauchen. Ich werde mein Italienisch noch mal richtig aufpolieren, bevor ich nach Palermo gehe. Es ist wirklich albern, dass ich in den Zeiten so beschränkt bin. Ich bewege mich praktisch nur im Präsens, wie ein Buddhist …«

»Bist du sicher?«, hatte Riley gefragt, und Tom hatte nur mit »Ja« antworten können, obwohl er ahnte, dass Riley der Plan nicht gefiel.

»Es ist doch eine gute Idee«, sagte Tom. »Die Redaktion ist sehr froh darüber – ihr Korrespondent hier ist sehr politisch, und sie wollen ein bisschen mehr Gesellschaftliches. Ich schreibe Momentaufnahmen aus dem täglichen Leben und solche Sachen. Was der Mann auf der Straße denkt. Sie sagen, ich kann dafür auch ein Pseudonym benutzen.« (Das war nicht die ganze Wahrheit. Sein Artikel »Armando, der faschistische Jude aus Rom« war bei der Auslandsredaktion sehr gut angekommen und auch bereits gedruckt worden.) »Sie zahlen nicht viel, und es gibt keine Garantie, ob es weitergeht, wenn ich nach der Zeit in Palermo wieder nach Hause zurückfahre«, sagte er. Aber so hatte er das Gefühl, er konnte wenigstens etwas tun.

»Und was ist der wirkliche Grund dafür, dass du hierbleiben willst?«

»Das«, sagte Tom. »Und ich will sie dazu bringen, nach London zu kommen.«

Riley sah hinüber zum Lichtschein von Trastevere.

»Liebst du sie?«, fragte er.

»Großer Gott, Riley! Natürlich nicht. Wir reden kaum miteinander.«

»Genau deshalb frage ich«, sagte Riley trocken.

»Wie könnte ich ein Mädchen lieben, das für Mussolini schwärmt?«, entgegnete Tom mit einem gespielten Lachen.

Riley sah ihn an.

»Du musst nicht dein ganzes Leben lang dasselbe Mädchen lieben«, sagte er.

»Ich liebe sie nicht!« Toms Gesicht war knallrot, das spürte er selbst, und alles, was er jetzt noch sagen konnte, würde es nur schlimmer machen. »Sie ist wie eine Schwester für mich. Und ich bin für sie verantwortlich.«

»Aber sie scheint nichts von dem anzunehmen, was du ihr sagst.«

»Nun, vielleicht irren wir uns ja!«, sagte Tom. »Vielleicht ist alles nicht so schlimm, wie es scheint. Aber ich muss es trotzdem versuchen, oder nicht?«

Riley lächelte.

»Ja, das musst du wohl«, sagte er. »Aber wenn es nicht funktioniert, dann gib auf und komm nach Hause. Setz dir eine Frist.«

Er musste es also versuchen. Er meldete sich bei der *Prefettura* und fand einen Tutor mit ausgezeichneten Kenntnissen des unregelmäßigen Konjunktivs und des Futur II. Er lernte, er schrieb, er freundete sich mit ein paar jungen Kollegen bei Reuters an, er reichte Geschichten ein. Er wohnte wieder bei Johnny, besuchte seine Verwandten aber regelmäßig und verbrachte ein bisschen mehr Zeit mit Stefano und Vittorio. Der Sommer verglühte in den Herbst, etwas, das Tom in Italien noch nie erlebt hatte. Es hatte etwas Wirkliches, außerhalb der Ferienzeit hier zu sein. Er versuchte sich daran festzuhalten, denn nahezu alles andere erschien ihm zerbrechlich und künstlich. Ja, der Herbst fühlte sich echter an: Er arbeitete und kaufte sich Socken und ein Sakko, wie ein richtiger Mann. Er hob Zigaretten an seine Lippen, spürte die Festigkeit der Kaffeetassen aus Porzellan. Atmete ein, atmete aus. Er ließ Nenna ihn ignorieren, und er wartete.

Ende September war er überrascht, als Susanna ihn vor dem Abendessen anwies, Äpfel in Honig zu tauchen.

»Heute ist Rosch ha-Schana«, sagte sie. »Hast du den Schofar nicht gehört? Und nicht gesehen, wie die Leute ihre Taschen in den Fluss geleert haben? Äpfel und Honig, *polpettine* aus Hähnchenfleisch mit Sellerie. Frohes neues Jahr! Und für Jom Kippur habe ich eine Meeräsche bestellt.«

»Ich dachte, ihr wärt nicht auf diese Art jüdisch«, sagte er.

»Manche Dinge muss man nicht ändern«, erwiderte sie. »Alle mögen *polpettine*. Und Kuchen. Ich habe *sfratti* gemacht.«

»Die sind wie Stöcke geformt«, sagte Nenna kühl. »Um Juden damit zu schlagen. Das ist ein alter Brauch.« Sie war zuvor mit Susanna auf dem Friedhof gewesen und hatte Steine auf die Gräber von Aldos Vorfahren gelegt.

Manchmal überkam ihn ein Gefühl großer Hilflosigkeit, weil er rein gar nichts tun konnte. Aus einer solchen Situation heraus hatte er das Sakko gekauft. Da Tweed nicht zu bekommen war, nahm er einen eigentümlichen Ersatz aus Korsika. Der September in Rom war denkbar weit weg gewesen von der herbstlichen Kälte, die der Ostwind über das flache Land nach Cambridge trug, aber ab Oktober brachten die Abende eine Feuchtigkeit, die einem bis in die Knochen drang, und es wurde immer früher dunkel.

Ein paar Tage nach Rosch ha-Schana kam Nenna zu Johnnys Wohnung, um Tom eine Zeitung unter die Nase zu halten.

»Na, was sagst du dazu?«, rief sie. »Kein Krieg! Das steht hier. Der Duce hat einen Frieden ausgehandelt – gerade rechtzeitig vor Jom Kippur. Siehst du? Ein ehrenhafter Friede, sagt euer Chamberlain.«

»Dann lass uns ausgehen und feiern«, sagte Tom, doch sie wollte nicht. Sie war nur gekommen, um ihre Neuigkeit loszuwerden.

Als Johnny an dem Abend nach Hause kam, sagte er mit einer Mischung aus Verlegenheit und Zorn zu Tom: »Du kannst nicht hierbleiben, alter Knabe, wenn du dauernd bei ihnen bist und sie dich hier besuchen. Das ist gefährlich.«

»Woher weißt du überhaupt, dass sie hier war?«, fragte Tom.

»Genau darum geht es«, erwiderte Carmichael.

»Willst du, dass ich ausziehe?«

»Ich will, dass du dich entscheidest.«

»Du weißt, auf welcher Seite ich stehe, Johnny.«

»Dann verhalte dich entsprechend.«

Ein ehrenhafter Friede. Der Seufzer der Erleichterung fuhr wie ein Wind über Europa, und einen Moment lang gestattete auch Tom es sich auszuatmen. Doch wenig später erfolgten die ersten Maßnahmen, um die im Manifest der rassistischen Wissenschaftler veröffentlichten Theorien umzusetzen. *Als hätte die Friedensvereinbarung ihnen die Erlaubnis gegeben,* dachte er. Die stete Zustimmung von allen Seiten machte den Duce kühn. Tom glaubte nicht an diesen Frieden. An seine Existenz. *Das ist kein Frieden. Das ist ein Patt.*

An dem Tag, als die nächste Ansprache erfolgte, ging er auf die Insel, um Nenna aufzufangen, falls sie ihn ließ. Sie kam weinend, verwirrt, ratlos zurück: Die neuen Gesetze sagten, dass Juden nicht mehr zur Schule gehen durften. Und sie durften auch nicht in einer italienischen Lehranstalt arbeiten, ganz gleich in welcher Position, von der Grundschule bis zur Universität. »Papà!«, rief sie erneut, und wieder sagte Aldo seine Litanei auf. Die Worte waren mittlerweile abgenutzt, aber für sie immer noch so tröstlich wie ein Kinderreim. Diesmal gab es einen neuen Vers: »Wir sind *discriminati*! Das hat der Duce gesagt. Siehst du, ich hatte recht. Weil ich im Krieg verwundet wurde und zu den allerersten Faschisten gehöre, gilt das alles für uns natürlich nicht! Außerdem sind die Frauen schon dabei, eine jüdische Schule zu gründen. Dort kannst du unterrichten. Alles ist in Ordnung, meine Kleine. Du musst Vertrauen haben.«

»Aber wo soll ich studieren?«, fragte sie, und Aldo erwiderte, sie solle sich gedulden, er werde das klären, er müsse nur ein paar Briefe schreiben, und natürlich werde sie weiter studieren – und so geduldete sie sich. Ein paar von ihren jüdischen Freundinnen, die sich bereits eingeschrieben hatten, bekamen die Nachricht, dass sie bleiben konnten. Wer nicht eingeschrieben war, wurde nicht zugelassen. Sie wartete. Aber nicht lange. Im Oktober kam die *Erklärung über die Rasse*, die die ganze Familie ignorierte. Sie hatte nichts mit ihnen zu tun. Schließlich waren sie ja *discriminati*.

Tom stand daneben und sah ungläubig zu, wie sie wiederum die Augen verschloss und sich in die Arme ihres Vaters flüchtete.

Dann blickte sie zu ihm und sagte: »Was ist? Deine Besserwisseraugen sind schon wieder ganz voll. Was ist es diesmal?«

»Es ist also in Ordnung, andere jüdische Kinder aus der Schule zu werfen?«, fragte er. »Wenn ihr Vater nicht verwundet worden ist oder wenn sie erst dreihundert Jahre hier leben und nicht zweitausend? Hauptsache, du bist nicht betroffen?«

Sie wurde sehr blass. »Natürlich nicht. Aber so ist nun mal die Welt. Die wirkliche Welt.«

»Dein Kopf ist vergiftet«, sagte er, und sie fing an zu zittern.

»Ich habe nichts von alldem getan«, sagte sie.

»Eben.«

Er ertappte sich dabei, wie er Erwachsene beobachtete, richtige Erwachsene, Männer und Frauen in den Vierzigern oder darüber. *Alle diese Leute haben Krieg erlebt, und sie machen einfach mit ihrem Alltag weiter.* Und auch jüngere: *Ihre Eltern waren dabei, auf die eine oder andere Weise – reden sie darüber? Was hat man ihnen erzählt?* Im englischen Buchladen fand er Ausgaben von *Im Westen nichts Neues* und *Strich drunter!* und las sie beide. *Oh, Dad,* dachte er immer wieder. Nur das. *Oh, Dad. Damals warst du jünger als ich jetzt.* Er merkte, dass er damit sowohl Peter als auch Riley meinte, und irgendwie auch Aldo.

Er hatte sich angewöhnt, die ausländischen Zeitungen in der Nachrichtenagentur zu lesen, denn anderswo bekam man sie nicht, und die italienische Presse kannte nur Faschismus und Kriegslüsternheit. Nichts sah gut aus. Gar nichts.

Am 11. November – dem Jahrestag des Waffenstillstands von 1918 – schlug Tom die *Washington Post* auf und las: »Größte Welle judenfeindlicher Gewalt seit der Machtübernahme von Adolf Hitler 1933 fegt durch Nazi-Deutschland«. Der Diplomat, auf den ein paar Tage zuvor in Paris geschossen worden war, war gestorben. Tom las über die Ausschreitungen, zu denen es »als Folge davon« überall in Deutschland und Österreich gekommen war. Die Hitlerjugend, die Gestapo und die SS hatten Synagogen zerstört, jüdische Geschäfte und Fabriken geplündert, zertrümmert und in Brand gesetzt, und Tausende von Juden ermordet oder gefangen genommen.

Er griff nach einer anderen Zeitung: »Den ganzen Nachmittag und Abend regierte in Berlin die Lynchjustiz, und Horden von Randalierern gaben sich einer Orgie der Zerstörung hin. Ich habe im Lauf der letzten fünf Jahre mehrere judenfeindliche Ausbrüche in Deutschland erlebt, aber niemals etwas so Widerwärtiges wie das hier. Selbst sonst ganz normale, anständige Menschen waren vollkommen unter dem Bann von Rassenhass und Hysterie. Ich habe elegant gekleidete Damen gesehen, die in die Hände klatschten und vor Schadenfreude jubelten, und respektable Mütter der Mittelschicht, die ihre Säuglinge hochhielten, damit sie den ›Spaß‹ besser sehen konnten.«

Unter seiner Haut begann sich eine wachsende Hitze auszubreiten. Eine allumfassende körperliche Schwäche lähmte ihn, begleitet von Fragen, auf die es keine Antwort gab: *Was tue ich dagegen? Wie kann ich das aufhalten? Wie kann ich diese Menschen finden und sie zu ihren Familien zurückbringen? Wie kann ich diese Frauen zur Vernunft bringen, diese Säuglinge trösten, diese Toten begraben und diese Gebäude wieder aufbauen? Wie kann ich überhaupt irgendetwas tun?*

Er wusste ganz genau, was er tun konnte. Er konnte wie der junge Grynszpan, der den Diplomaten erschossen hatte, dorthin fahren und diesem Ungeheuer eine silberne Kugel in den Kopf jagen ... oder er konnte direkt losziehen und versuchen, Mussolini zu erschießen – was ihm vermutlich misslingen würde.

Ich bin auch nicht besser als Nenna, dachte er. *Es wird Krieg geben. Hitler wird immer dreister, weil er glaubt, dass ihn niemand aufhalten kann. Mussolini wird immer dreister, weil er Hitler verehrt. Aber wenn Chamberlain kein Machtwort gesprochen hat, als es um die Tschechen im Sudetenland ging, warum sollte er es bei den Juden tun? Noch dazu bei den deutschen Juden? Tja, aber dann wird Chamberlain gehen müssen, denn mittlerweile ist der Zorn zu groß.*

Ob Aldo das hier liest, am anderen Ende der Stadt, bei seinem Pseudokaffee? Wird es ihm die Augen öffnen? Wird Susanna endlich den Mund aufmachen? Und Vittorio und Stefano? Und Nenna?

Werde ich es tun?

In der Zeitung war ein Foto von Grynszpan in einem billigen Anzug und einem hellen Mantel, das Haar mit Brillantine nach hinten gekämmt, wie ein Erwachsener. Er wirkte völlig verängstigt zwischen den französischen Polizisten. Er hatte im gleichen Arrondissement gewohnt wie Nadines Familie und war deutlich jünger als Tom. Seine Geschichte wurde während der folgenden Tage und Wochen in allen möglichen Zeitungen und Zeitschriften aufgegriffen. Tom las alles, was er finden konnte. Herschel war ein junger Immigrant aus dem Osten, kein alteingesessener Sepharde wie Nadines Familie – die falsche Art Jude aus Aldos Sicht. Er war 1921 in Hannover geboren, als Sohn eines polnischen Schneiders, von dessen sechs Kindern drei gestorben waren. Herschel war gescheit, aber faul, mit einem guten Gedächtnis und einem hitzigen Temperament. Er war dunkel, kränklich, religiös und stolz. An jenem Sonntag hatte er einen großen Streit mit seinem Onkel Abraham, genannt Albert, aus dem Maison Albert an der Rue des Petites Ecuries. Herschels Papiere waren abgelaufen. Papiere waren sehr wichtig, aber niemand war bereit, ihm welche auszustellen. Er war kein Deutscher, obwohl er in Deutschland geboren war, er durfte aber auch kein Pole sein, obwohl seine Eltern Polen waren, und obwohl er in Paris lebte, konnte er auch kein Franzose sein, weil Frankreich ihn nicht haben wollte. Ohne Papiere musste er das Land verlassen, aber niemand – auch nicht das Land, aus dem er gekommen war – wollte ihn aufnehmen. Außerdem brauchte er Geld; ohne Geld durfte er weder Frankreich verlassen noch irgendwo anders einreisen. Doch selbst wenn jemand bereit gewesen wäre, ihm welches zu schicken, durfte es nicht eingeführt werden. Was immer er versuchte, er konnte x nur tun, wenn y erfüllt war, aber y war »Leuten seiner Art« verboten.

Paris erschien Tom viel näher als Deutschland oder Polen oder die Tschechoslowakei. Die Franzosen waren Nachbarn; die Deutschen waren der alte Feind. Von den Franzosen erwartete man Besseres. *Und es liegt genau zwischen Rom und London. Zwischen hier und zu Hause.*

Herschel war im *chambre de bonne* der Wohnung untergeschlüpft, die Abraham verlassen hatte, weil es für die Familie zu gefährlich gewesen war, dort zu bleiben, es sei denn, sie hätten den Jungen hinausgeworfen – und das konnten sie nicht. *Warum nicht?*, fragte sich Tom. Er betrachtete das Foto erneut und dachte: *Na ja, schau ihn dir an, fünfzig Kilo, wenn überhaupt, stell dir vor, wie verletzlich und wütend er gewesen sein muss, mit seinen langen Wimpern und dem Magengeschwür und dem Am-Sabbat-arbeite-ich-nicht und dem Vier-Tage-um-Frankreich-zu-verlassen. Der Onkel hätte schon sehr hartherzig sein müssen, um ihn vor die Tür zu setzen.* Dann war eine Postkarte von seiner Schwester Berta aus Zbąszyń an der polnischen Grenze gekommen: Herschels Familie war ohne alles aus ihrem Haus in Hannover gerissen und dorthin gebracht worden – zusammen mit Tausenden anderen waren sie den Polen aufgezwungen worden, bevor das Gesetz geändert werden konnte, mitten im Wald und ohne etwas zu essen. Dann hatte Berta noch geschrieben: *Könnt ihr uns Geld schicken?*, es aber wieder durchgestrichen, weil ihr wohl klar gewesen war, dass sie es nicht konnten.

So war Herschel davongestürmt, sein Freund Nathan war ihm gefolgt, um ihn zu beruhigen, und sie hatten den Tag zusammen verbracht, bis Nathan nach Hause musste. Anschließend ging Herschel ins *Tout va bien*, um etwas zu essen. Als Abraham und sein Bruder später dort nach ihm suchten, sagte der Kellner, Herschel habe das Restaurant vor einer Stunde verlassen. Er war zu einem kleinen Hotel am Boulevard Strasbourg gegangen. Die Angestellten dort erinnerten sich an ihn, weil er so jung gewesen war. Das Licht in seinem Zimmer hatte bis spät in die Nacht gebrannt. An jenem Montag trank er schwarzen Kaffee, rauchte eine Zigarette, und dann ging er los und kaufte die Pistole. Als er in der deutschen Botschaft vorsprach, sagte man ihm, er sei hier falsch, er müsse sich an das Konsulat wenden. Herschel – sicher so daran gewöhnt, immer am falschen Platz zu sein, daran, dass ein durch und durch richtiger Platz allein durch seine Gegenwart zu einem falschen wurde – ignorierte den Hinweis und beharrte auf seinem Anliegen, so dass der Beamte ihn schließlich zu Ernst vom Rath hinaufschickte; sollte der sich um ihn kümmern. Herschel schoss fünf Mal auf Ernst vom Rath.

Symbolisch, sinnlos, verrückt, grandios, dachte Tom. Und das Ergebnis! Fünf Schüsse in Paris; Tausende von Menschen in Deutschland und Österreich. Der Tag, an dem vom Rath starb, zwei Tage nach den Schüssen, war der fünfundzwanzigste Jahrestag der Gründung der Nationalsozialistischen Partei, an dem zahlreiche Abendessen und Feierlichkeiten abgehalten wurden. Deshalb war es, als die Nachricht eintraf, für die Anführer der Nazis ein Leichtes, sich gegenseitig anzurufen und diesen spontanen patriotischen Gegenschlag zu organisieren. Den »die Juden« sich nach ihrer Logik selbst zuzuschreiben hatten.

Tom ging an dem Abend zur Insel und legte die Zeitung dort auf den Tisch, wo sie jeder von ihnen sehen konnte. Als er sah, dass sie verschwunden war, schöpfte er Hoffnung – doch Susanna hatte sie genommen, um damit ein Feuer im Ofen anzuzünden. *Es geht einfach weiter*, dachte er. *Bis es geschieht – was immer »es« ist –, gibt es keinen Beweis, dass es geschehen wird, und jedes Mal, wenn etwas geschieht, werden die Torpfosten ein Stück weitergerückt … Himmel, das alles hat sich schon lange zusammengebraut.*

In der Nacht träumte Tom von Herschel Grynszpans Schwester Berta. Er stellte sie sich in einem verlassenen Pferdestall in Zbąszyń vor; sie saß auf den Betonstufen, um dem muffigen, feuchten Stroh zu entkommen, dessen Geruch ihre Kleider durchtränkte, die einzigen Kleider, die sie hatte – nicht schön nach zwei Wochen, aber sie hatten keine Möglichkeit gehabt, etwas mitzunehmen, nur ein wenig Proviant, den sie inzwischen aufgegessen hatten, und das Bargeld, das ihnen an der Grenze abgenommen worden war … Als er aufwachte, fragte er sich, ob sie überhaupt wusste, was ihr Bruder in Gang gesetzt hatte.

Bei einem Glas Rotwein in einer schummrigen *bottega* sagte Johnny Carmichael, dass etwa elftausend Menschen an einen Ort namens Buchenwald gebracht worden waren, und in den drei Tagen nach der Kristallnacht waren noch mal elftausend dort angekommen und in einen separaten, mit Stacheldraht abgetrennten Bereich gesperrt worden.

»Sie entfernen systematisch alle aktiven Mitglieder und Offiziere anderer Parteien und alle sonstigen Leute, die sie in ihrer neuen Weltordnung nicht haben wollen, aus dem öffentlichen Leben. Sie klassifizieren sie: Die politisch aktiven kriegen ein rotes Dreieck, die Verbrecher ein grünes, und die Arbeitsscheuen – also Zigeuner und alle, die sich weigern umzuziehen, um in den Munitionsfabriken zu arbeiten – ein schwarzes. Leute, die sich weigern umzuziehen! Die Bibelforscher kriegen lila, und Homosexuelle rosa.«

»Was soll das werden?«, fragte Tom. »Die Entfernung der Unerwünschten aus der idealen Gesellschaft – politische Verfolgung als Gesellschaftsplanung?«

»Sie bezeichnen es als Staatsplanung zugunsten der Gemeinschaft«, sagte Johnny. »Mittels Zwangsarbeit, allerdings ist wohl nicht klar, wofür. Vielleicht um das Lager auf- und auszubauen. Erst dachten sie, es wäre als Kriegsgefangenenlager oder riesiges Krankenhaus gedacht.«

»Wenigstens war das im Agro Pontino keine Zwangsarbeit«, sagte Tom.

»Nein, aber sie haben Leute herbeordert, ihnen kaum Lohn gezahlt und alles zerstört, damit sie ihr gesellschaftliches Experiment auf einer leeren Leinwand beginnen konnten. Was ist mit den Leuten, die vorher da gelebt haben? Sie werden dir erzählen, dass es keine gegeben hat. Was ist mit den Leuten aus der Gegend? Von denen hat keiner etwas von dem Land angeboten bekommen. Das ist alles an vorbildliche Faschisten aus dem Norden gegangen.«

»Aber es ging doch darum, den Kriegsveteranen ein Zuhause zu geben.«

»Manchen davon«, sagte Johnny. »Aber ja, die Nazis sind schlimmer, und nicht nur deshalb, weil sie effizienter sind. Es könnte auch um Arbeitspolitik gehen: künftige Arbeitslager, in denen Menschen aus eroberten Gebieten wie Sklaven schuften müssen. Das ist nicht neu. Schon die Spartaner haben das gemacht, mit den Heloten. Auf diese Weise würden die anderen Rassen vernichtet, moralisch, spirituell, ökonomisch und physisch, und dann könnte Deutschland ganz Europa bevölkern und schließlich die Welt.«

»Das denkst du dir aus«, sagte Tom ein wenig nervös.

»Nein, keineswegs. Das ist der Drei-Stufen-Krieg der Nazis. Erstens: Deutschland beherrschen. Zweitens: Europa beherrschen. Drittens: die Welt beherrschen. Und während jeder Phase Männer zu Grausamkeit im großen Maßstab ausbilden, damit die nächste Phase umgesetzt werden kann.«

Tom schwieg.

»Tom, glaubst du wirklich, ich denke mir das aus? Denn wenn das so ist, wenn du einfach so dasitzen und das sagen kannst, dann musst du von hier verschwinden. Das ist mein Ernst.«

Wirklich?

»Keiner ist glücklich darüber, dass du hier bist. Du bist

ein Risiko für uns und, um ehrlich zu sein, auch für deine italienischen Verwandten. Wenn du mich fragst, solltest du nach London zurückgehen.«

»Ich gehe nicht nach London zurück.«

»Falsche Antwort.« Johnny warf ihm einen Seitenblick zu. »Die richtige Antwort wäre gewesen: ›Nein, natürlich hasse ich die Nazis und die Faschisten.‹ Du bewegst dich ziemlich in der Grauzone, Tom.« Johnny lachte kurz, dann wurde er wieder ernst. »Genau genommen wäre es besser, wenn du zu deinen Faschisten zurückgehen würdest. Oder irgendwo anders hin. Hauptsache, du verschwindest von hier. Und zwar bis spätestens Ende der Woche.«

Oh.

Mist Mist Mist Mist Mist.

Nicht, dass er es Johnny verübelte. Johnny hatte recht. Er konnte aus voller Überzeugung sagen, dass er den Faschismus hasste, aber er hasste nicht alle Faschisten, oder? Nein. Natürlich nicht.

Er zog in ein kleines Hotel, das er sich nicht leisten konnte, und dachte an Chamberlain und dessen Vereinbarung, die »den Wunsch unserer beiden Völker symbolisiert, niemals wieder Krieg gegeneinander zu führen«. Er dachte an Riley und Peter. Er dachte an Nenna und Aldo und Susanna und Marinella und die Jungs und daran, dass Europa zu einer Art Sumpf wurde, gefährlich und trügerisch. Aber voll echter Menschen, so echt wie er selbst, die alle ihr Leben lebten und litten. Manche mehr als andere. Er hatte den Eindruck, dass zurzeit einfach viel zu viel passierte, und alles war ineinander verknäuelt wie ein Gewirr aus Schlangen, das nicht so aussah, als könnte man es entwirren. Vor langer Zeit hatte Peter den Kindern einmal vom gordischen Knoten erzählt. Tom dachte an saubere Schwerter und gewaltige Kanonen und das Urteil Salomos. Diese Dinge erschienen ihm gut.

Was macht man eigentlich, fragte er sich, *wenn das, was*

passiert, weniger Sinn ergibt, als das, was nicht passiert? Wenn die Wirklichkeit den Weg des Surrealen nimmt?

Er hatte reichlich Zeit, vor sich hin zu grübeln. *Aber ich muss stark sein ...* Er begann, in den Parks und Gärten zu trainieren. Der Herbst leuchtete rotblättrig in der tiefstehenden Sonne. Sein Körper wollte und brauchte etwas. *Johnny hat recht. Ich sollte einfach nach Hause fahren.* Aber er konnte es nicht. Er hatte Rileys Rat vergessen: sich eine Frist zu setzen.

Nur wenige Tage nach der Kristallnacht kam eine neue Ankündigung. Neue Gesetze zum Schutz der Rasse. Sie sperrten Juden den Zugang zu nahezu allem, was ein Mensch sich wünschen oder erwarten konnte, vom Besitz eines Radios bis zum Recht auf Arbeit, sie beschränkten die Möglichkeit des Grundbesitzes, verboten Mischehen und das Schalten von Zeitungsannoncen, entzogen ausländischen Juden das Aufenthaltsrecht und italienischen Juden das Bürgerrecht. Sie umfassten sämtliche Bereiche des normalen Lebens. Und sie waren hinreichend vertraut, aus Deutschland.

Und wieder ging Tom sofort zur Insel und suchte nach der Möglichkeit eines Risses, durch den endlich Vernunft in ihren Kopf eindringen konnte. *Vielleicht diesmal – ja, ganz bestimmt. Der Entzug des Bürgerrechts?*

Doch nein. Beim Abendessen lächelte Aldo mit frisch poliertem Charisma und sagte: »Keine Sorge, meine Lieben. Er meint nicht uns! Der Duce wird uns niemals im Stich lassen.«

Tom fragte sich, ob Aldo womöglich den Verstand verloren hatte.

Die Jungs und Susanna starrten auf ihre Teller. Tom konnte beinahe sehen, wie die zarten Rauchschleier ihrer unausgesprochenen Ängste aufstiegen, wie magnetisch angezogen zu Aldo trieben und sich im Glanz seiner Zuversicht auflösten. *Genau deshalb sind starke Führer so attraktiv*, dachte er.

Leute wie ich sitzen da und grübeln und rationalisieren und fürchten und berücksichtigen und versuchen, eine Lösung zu finden, während jemand wie Aldo oder der Duce breit lächelt und sagt: »Aber es ist doch alles in bester Ordnung! Es gibt kein Problem!« Natürlich finden die Leute das toll. So können sie die Verantwortung abgeben. Aber es ist eine Lüge. Diese Führer sind wie Psychopathen – sie sehen nicht über den Moment hinaus. Sie haben keine dauerhafte Beziehung zur Realität. Eine Lichtquelle …

»Aber ihr dürft nicht mal mehr im Telefonbuch stehen«, sagte Tom. »Im Telefonbuch!«

»Ach, mein lieber Junge«, sagte Aldo mit liebenswürdigem Spott. »Natürlich stehen wir im Telefonbuch – als ob sie sich die Mühe machen würden, neue zu drucken. Es wird alles gut.«

»Und warum sind die Orvietos dann fortgegangen?«, fragte Susanna unvermittelt. »Und die Setas? Warum lassen die Leute sich aus dem Verzeichnis der Union löschen?«

»Welche Union?«

»Die der jüdischen Gemeinden Italiens«, sagte sie. »Die Leute wollen nicht mehr Juden sein.«

»Feiglinge!«, sagte Aldo. »Zu konvertieren! Keinerlei Vertrauen, diese Leute.«

Tom hoffte, dass Susanna noch mehr sagen würde, doch sie warf ihm nur einen Blick zu, zog sich wieder zurück und schwieg.

»Selbst die Definition, wer ein Jude ist, haben sie geändert«, sagte er. »Die Regeln sind so kompliziert, dass wahrscheinlich niemand weiß, ob sie auf ihn zutreffen oder nicht.«

»Wie bei der römischen Aristokratie!«, rief Aldo lachend.

»Du weißt, dass viele das Land verlassen.«

»Feiglinge und Trottel verlassen das Land«, entgegnete Aldo ungeduldig. »Und natürlich ausländische Juden. Wir haben nichts zu befürchten. Das sind nur die Überreaktionen von Leuten, die …«

Himmelherrgott noch mal!

»Papà«, sagte Nenna. »Selbst wenn es uns nicht betrifft, es betrifft andere.« Und das war vielleicht der Moment.

Aldo sah sie verwirrt an.

Tom beugte sich seitlich zu Nenna und murmelte leise: »Du kannst fortgehen. Komm nach London.«

Sie sah ihn entgeistert an, und ihr Blick kreiste wie ein Raubvogel um den Tisch: ihre Brüder, ihre Schwester, ihr Vater, ihre Mutter. »Nein!«, sagte sie. »Auf keinen Fall!«

»Auf keinen Fall was?«, fragte Aldo.

»Ich lade euch alle ein, nach London zu kommen«, sagte Tom. Leise. Klar. Selbst Aldo konnte das nicht als Urlaubseinladung missverstehen.

Doch Aldo lächelte nur mit leiser Verwunderung. »Warum?«

Tom sah ihn unverwandt an. *Sei mutig und höflich. Sei ehrlich.* »Viele würden es für klug halten. Unter den Umständen.«

Aldo beugte sich vor, funkelte ihn wütend an und schlug mit der Faust auf den Tisch. »Und damit beweisen sie, dass sie keine Italiener sind!«, donnerte er. »Und auch nicht würdig, welche zu sein. Selbstverständlich werden wir unser Land nicht verlassen. Das wird sich alles –«

»Herrgott noch mal, Aldo!«, rief Tom aus.

Susanna lächelte nervös.

Tom starrte sie an. *Wie kann sie immer noch so tun, als würde sie ihm glauben? Sind sie denn alle völlig verrückt?*

»Eure Rechte werden massiv eingeschränkt«, sagte er, mühsam beherrscht. »Selbst in Deutschland dürfen die Juden noch zur Schule gehen. Nichts hat sich hier im Lauf des letzten Jahres verbessert. Vielleicht verbieten sie euch als Nächstes die Ausreise.«

»Warum sollten wir ausreisen wollen?«, fragte Aldo gutmütig und streckte die Arme aus, die Handflächen nach oben. »Masino, bitte. Beleidige uns nicht!«

Tom ergriff unter dem Tisch Nennas Handgelenk und umklammerte es so fest, dass es ihr beinahe weh tun musste, bis sie den Kopf zu ihm wandte.

Ich ertrage das nicht, dachte er. Er lächelte still und drückte einen Knopf in seinem Innern, um das Ganze in Gang zu setzen.

»Aldo«, sagte er. »Verzeih mir, aber du irrst dich.« Ein kaltes Kribbeln lief seine Arme hinunter.

»Mein Junge«, sagte Aldo lächelnd.

»Lass das. Du machst dir etwas vor. Sie vertrauen dir alle, weil du in vielerlei Hinsicht ein wunderbarer Mann bist, aber du irrst dich, und es ist äußerst wichtig, dass du den Tatsachen ins Gesicht siehst.«

»Sprich nicht so mit mir, Masino, noch dazu an meinem Tisch.«

Tom musterte Aldo, suchte nach einem Anzeichen von Zweifel in seinem Blick. Doch da war nichts.

»Du hast dich täuschen lassen, Aldo, und du gestehst es dir nicht mal selbst ein. Sprich *du* nicht so mit deiner Familie, lüg sie nicht an.«

»Tommaso!« Aldo sprang auf.

»Sind alle anderen Juden, die Italien verlassen, Trottel?«, rief Tom nervös. »Und nur du bist klug?« *Mist, ich werde laut. Ach, was soll's – dann wird jetzt eben gebrüllt.* »Du *weißt*, was in Deutschland vor sich geht, Aldo. Und sag mir – sag deiner Frau und deinen Kindern: Hat der Duce auf deinen Brief geantwortet? In all den Monaten? Hat er gesagt, keine Sorge, Aldo, alles ist in Ordnung? Nein, hat er nicht. Nenna, hat er? Nein. Und selbst wenn er geantwortet hätte, warum solltest du – oder irgendwer von euch – ihm glauben? Er sagt, was immer ihm nützlich erscheint! Er ist jederzeit bereit, dich und alle anderen italienischen Juden zu opfern, um sich bei Hitler anzubiedern …«

Er begann sich zu verhaspeln, aber das war egal, denn Aldo brüllte nun seinerseits, Susanna weinte, die Jungs sprangen auf, ein Stuhl kippte um, und es wurde alles hoffnungslos.

»Ich habe euch sehr gern«, rief Tom. »Euch alle, und ich will, dass ihr in Sicherheit seid!«

Nenna starrte ihn an, das Gesicht wie gelähmt vor Schreck, als hätte jemand die Zeit angehalten.

»Ihr seid alle verdammte Idioten, töricht und geblendet vom Scheinwerferlicht, und *du*, Aldo –«

»Du Ratte«, sagte Aldo. »Du warst unser Gast, unser Freund, gehörtest zur Familie. Wie ein eigener Sohn. Aber du bist eine dreckige, schleimige kleine Ratte.«

Zehn Tage später kamen zwei Polizisten zu dem kleinen Hotel; große Kerle in eleganten Mänteln. Ihnen war zu Ohren gekommen, dass dort ein ausländischer Jude ohne Aufenthaltsgenehmigung wohnte.

»Das bin dann wohl ich«, sagte Tom freundlich: eins fünfundachtzig, blond, kornblumenblaue Augen mit tiefen Schatten darunter und unausgeschlafenes Aussehen. Er lächelte und verstärkte seinen englischen Akzent. »Kommen Sie doch herein. Tee?«

Ob Tom bei der jüdischen Familie Elia Fiore gewohnt habe?

Ja, hatte er, allerdings war das schon eine Weile her.

Ob er mit ihnen verwandt sei? Ein Neffe vielleicht?

Tom fing an zu lachen.

Der größere von den beiden Männern hielt Toms Papiere zwischen Daumen und Zeigefinger.

»Nicht blutsverwandt«, sagte Tom.

Sie überlegten, was das heißen könnte.

Er dachte gar nicht daran, es ihnen zu erklären. Er stand lächelnd da, während sie leise miteinander sprachen und ab und an zu ihm herübersahen.

Sie wiesen ihn an, ihnen Bescheid zu geben, falls er den Aufenthaltsort wechselte.

»Aber natürlich«, sagte Tom. »Vielen Dank auch.« Er musste ohnehin nach Palermo. Er schloss die Tür und atmete flach.

Jemand hat sie hierher geschickt, dachte er. *Weil ich in gewisser Weise ein ausländischer Jude bin.*

Es war ein sehr unangenehmes Gefühl.

Ich bin ein frei geborener Engländer, dachte er. *Das hier ist das zwanzigste Jahrhundert. Und selbst wenn ich ein ausländischer Jude wäre, wäre es immer noch das zwanzigste Jahrhundert.*

Er hatte einen diffusen Nachgeschmack in seinem englischen Mund, die Ahnung einer möglichen Zukunft, eines Paralleluniversums, das ihm auf einmal gefährlich nahe kam. *Sie wollen nur wissen, wer ich bin und wo ich bin. Sie werden mir nichts tun* … Und noch während er sich sagte, *natürlich nicht, das ist doch Unsinn*, hörte er die Worte mit Aldos Stimme, und er spürte Aldos Ausrede: Sie meinen nicht mich. Und er spürte seine eigene Entgegnung: *Ach, und damit ist es in Ordnung, ja?*

Und Nenna hatte etwas Ähnliches gesagt. Selbst wenn es uns nicht betrifft, es betrifft andere.

Bertolinis Onkel.

Tom hatte nichts getan, was die schlechte Behandlung durch die Faschisten rechtfertigte.

Vielleicht wird es allmählich Zeit dafür.

Am darauffolgenden Tag kam ein Brief von der Universität, in dem man ihm mitteilte, da er der jüdischen Rasse angehöre, könnten sie ihm nach den neuen Gesetzen die provisorische Stelle nicht mehr anbieten.

Selbst ich!, dachte er. *Ich bin weder Jude noch Italiener, aber ich stehe auf irgendeiner Liste.*

Und da begriff er, dass er derjenige war, der gehen musste.

Aber ohne die Familie? Ohne Nenna?

Nein.

Er spürte Bertolini auf.

»Was kann ich tun?«, fragte er. »Gibt es irgendwen, der mich gebrauchen kann?« Doch Bertolini sagte freundlich, aber entschieden nein. »Du bist zu groß, zu blond, zu englisch. Du bist zu sichtbar. Deine Verwandten sind Faschisten der ersten Stunde.«

»Aber …«

»Man kennt dich«, sagte Bertolini. »Davon abgesehen weiß ich auch nicht, wo du helfen könntest. Und bitte mach jetzt keinen Blödsinn. Die falschen Leute werden dich hören, und die richtigen Leute werden dich für einen Trottel halten.«

Ich sollte nach Hause fahren, dachte Tom. *Mein eigenes Land kann mich bestimmt gebrauchen.*

Oder ich sollte ihn erschießen. Eine Krise provozieren und den Schutt fallen lassen, wo er will.

Ganz kurz dachte er: *Komm schon, Krieg, beeil dich. Lass uns loslegen.*

Er ging zu Johnny ins Konsulat.

»Es tut mir leid«, sagte er. »Natürlich bin ich auf eurer Seite. Ich halte mich von ihnen fern, aber ich brauche dich als Freund. Und ich nehme sie mit. Ist das in Ordnung? Sag mir, wie kann eine italienische Staatsbürgerin – na ja, einstige Staatsbürgerin – nach England einreisen?«

Johnny fütterte ihn erleichtert mit Informationen, bis er begriff, dass die besagte einstige Staatsbürgerin gar nicht die Absicht hatte, fortzugehen.

»Also gut«, sagte Tom. »Kannst du mir wenigstens eine Bescheinigung oder einen offiziellen Brief geben, in dem steht, dass ich kein Jude bin? Die haben sich nämlich in den Kopf gesetzt, ich wäre einer.«

»Tom«, sagte Johnny. »Beruhige dich.«

Mitte Dezember, an einem trüben Morgen, wie er ihn sich in Rom niemals hatte vorstellen können, ging Tom erneut auf die Insel und klopfte an die Tür.

Susanna öffnete ihm.

»Ich bin gekommen, um Lebewohl zu sagen«, erklärte

er ihr. Er sagte *addio* - mit Gott -, nicht *arrivederci* - bis wir uns wiedersehen. Schmal und blass stand er in der Eingangshalle. »Und ich wollte noch ein letztes Mal sagen: Bitte kommt mit. Wenn ihr sagt, dass ihr mitkommt, bleibe ich noch und organisiere alles. Ich tue, was ich kann. Die Jungs«, sagte er. »Marinella. Und Aldo.«

Susanna küsste ihn auf beide Wangen und seufzte leise. »*Buon viaggio*«, sagte sie. »Aldo wird niemals zustimmen!« Als wäre es ein kleiner Scherz, Aldo und seine Marotten ... »Nächsten Sommer am See!«, sagte sie auf Englisch, ihr alter Abschiedsgruß am Ende der Ferien, und ihre Augen füllten sich mit Tränen.

Hinter ihr kam Nenna die Treppe herunter, eine dunkle Gestalt auf den weißen Marmorstufen. Sie nahm ihren Mantel vom Haken hinter der Tür.

»Ich begleite dich zum Bahnhof«, sagte sie. Er sah sie überrascht an, griff nach seinem Koffer und sagte spontan und unüberlegt: »Nimm deinen Pass mit. Wir können dir am Bahnhof eine Fahrkarte kaufen, und Kleider dann in London.«

»Masino«, sagte sie warnend und schüttelte den Kopf. Aber sie gingen zusammen hinaus, über die Brücke und in das alte Ghetto. Es war warm und kalt zugleich, ein eigentümlich schlüpfriges Wetter. Er konnte ihren Mantel riechen: Lanital.

»Nenna, hast du das mit den Übergriffen in Deutschland und Österreich gelesen? Nun, da Mussolini Hitler nacheifert, schreitet er schneller voran, als Hitler es getan hat. Er hat Gesetze erlassen, die euch praktisch ein eigenes Leben verbieten. Dein Vater ...«

»... ist ein guter Mann«, sagte sie, ziemlich leise.

»Aber er irrt sich, was das angeht«, sagte Tom. »Genau genommen irrt er sich in fast allem, was die Welt im Großen und Ganzen angeht. Und du bist alt genug, um dir die Welt mit eigenen Augen anzusehen, Nenna. Es geht nicht nur darum, dass er dich liebt und du ihn.«

Sie blieb einen Moment stehen, an der Ecke vor der Piazza Mattei. Die steinernen Schildkröten und der Springbrunnen schimmerten und spielten, als wäre es ein sonniger Sommertag vor langer Zeit.

»Für mich fühlt es sich so an«, sagte sie, »als wäre ich in einem Garten aufgewachsen, in dem ich auch gepflanzt wurde, und jetzt willst du, dass ich hochklettere und über die Gartenmauer schaue.«

»Ja, genau das will ich. Weil du ohnehin weiter wächst und bald hinüberschauen kannst, und selbst wenn es nicht so wäre, die Mauer wird einstürzen. Oder –« Er suchte nach einem weiteren Bild, etwas Biblischem, die Vertreibung aus dem Paradies …

Doch das war nicht nötig. Sie wusste es. Es war in ihrem Gesicht, ihrem Blick. Er betrachtete sie genauer. Ihre Wangen waren schmaler, ihre Augen dunkler. Ihr Mund hatte eine Form, die er noch nie an ihr gesehen hatte.

Er war unendlich erleichtert.

»Dann komm mit«, sagte er. »Bitte.« Sein Blick fing ihren und hielt ihn fest. Es schien Jahre her zu sein, dass sie einander wirklich angesehen hatten.

»Ich weiß, dass er gerecht ist und freundlich und gut«, sagte sie. »Ich verstehe alles. Und dennoch …«

Sie weinte. Natürlich. Er dachte: *Sie liebt ihn so, wie ich Riley liebe. Wenn ich mir vorstelle, dass Riley vor meinen Augen zerbricht …* Bei dem Gedanken wurde ihm ganz schwach.

»Ich habe schreckliche Angst«, sagte sie leise.

Er schloss sie in seine Arme. Wie oft musste sie der Wahrheit ins Gesicht gesehen und sich von ihr abgewandt haben. Schließlich war sie intelligent. Er selbst hatte die Wahrheit ja auch ignoriert und war ihr aus dem Weg gegangen, indem er sich einfach von ihnen ferngehalten hatte. *Ich war ein Feigling,* dachte er. *Ich habe sie im Stich gelassen.*

Er hatte immer gewusst, dass er nie so stark und so mutig sein würde wie Riley, weder auf dem Schlachtfeld noch in dem Leben danach. Niemand konnte das. Bisher hatte er angenommen, dass er das auch nie unter Beweis stellen müssen würde – doch nun sah alles anders aus. Und jetzt, mit einem weinenden Mädchen in seinen Armen, fühlte er sich stark.

»Ich habe von ihm geträumt«, sagte sie. »Ich sehe ihn in einer schimmernden Rüstung, mit goldenem Schild in der Hand, und dann bilden sich auf einmal Rostflecken darauf, als würde etwas das Metall von innen auffressen. Ich möchte es berühren, traue mich aber nicht, weil ich Angst habe, dass noch Schlimmeres dahinter ist, wie eine vermoderte Mauer hinter einer vermoderten Tapete. Wenn ich die Rüstung berühre, wird sie zerfallen, und der Körper darin wird vermodert sein.«

»Oje«, sagte er.

»Ich habe immer gedacht, es wäre richtig, sich auf die Seite der Starken zu stellen, die Regierung zu unterstützen. Vor allem wenn man eine Familie hat! Wie hätte er sonst arbeiten und seinen Lebensunterhalt verdienen können? Nur ein – ein Dummkopf würde sich gegen die Gesellschaft stellen.«

»Das kommt auf die Gesellschaft an«, sagte er, und sie sah zu ihm auf und fragte leise: »Wie ist England?«

»Bei uns gibt es Wahlen«, sagte er. »Die Leute lachen auf der Straße über Faschisten. Es gibt alle möglichen Sachen, die schieflaufen, aber du kannst über alles frei deine Meinung sagen.«

»Masino, ich kann mit niemandem über diese Dinge reden.«

Und als sie das sagte, dort auf der Straße, unter freiem Himmel, begleitet vom Rattern von Rädern über Kopfsteinpflaster und dem Pfiff eines Polizisten, traf ihn die Erkenntnis wie der Tritt eines Pferdes. *Sie kann es nicht. Sie kann es wirklich nicht.*

Beide schwiegen, aber er hoffte, sie würde weitersprechen. »Du kannst mit mir reden«, sagte er.

»Du gehst fort.«

»Dann komm mit.«

»Ich kann nicht«, sagte sie. »Nicht jetzt.«

»Später wird es schwieriger sein«, sagte er.

Sie schüttelte den Kopf und stieß ein schwaches Lachen aus. »Ach, ich kann meine Familie nicht verlassen. Gar nicht mal so sehr meinen Vater, aber meine Mutter! Und die Jungs – und Marinella!«

»Vielleicht folgen sie dir ja eher, wenn du mitkommst«, sagte er, doch schon während er es aussprach, sah er, wie der Vorschlag unter dem Gewicht seiner eigenen Unwahrscheinlichkeit zusammenbrach. Aber Nenna nahm ihn ohnehin nicht zur Kenntnis. »Alles wird gut«, rief sie aus. »*Attesismo!*«

»Was heißt das?«

»Abwarten«, sagte sie. »Eine römische Spezialität. Und eine jüdische.«

»Aber das kannst du nicht!«, rief er aus.

»Ich muss. Und jetzt geh. Sonst verpasst du deinen Zug.«

»Aber –«, sagte er.

Und dann holte das Gesetz des nicht zu verpassenden Zuges sie ein, die obligatorische Fortführung der Normalität. Sie mussten sich verabschieden, und so taten sie es, *denn wo kämen wir hin, wenn jemand bei dem Versuch, das Leben eines Menschen, den er liebt, in eine andere Richtung zu lenken, seinen Zug verpassen würde*, dachte er, während er den Bahnsteig entlangging – und dann machte er plötzlich kehrt, denn ihm wurde schlagartig klar, dass er, verdammt noch mal, selbst entscheiden konnte, was er tun wollte, was er für richtig hielt. *Wir sind alle Schlafwandler*, dachte er. *Wacht auf! WACHT AUF!* Und er ging zurück, über den Bahnsteig, durch die Halle, aus dem hohen steinernen Eingangstor und über die Straße zu der Straßenbahnhaltestelle. Dort stand sie auf dem Gehweg, klein und allein.

»Nenna«, sagte er und berührte sie am Arm.

»Ich dachte, du wärst fort!«

»Da ist noch etwas«, sagte er.

Sie lächelte ihn verwirrt an, und das allein hatte etwas von einer Verliebten. *Aber ich bin nicht in sie verliebt …*

»Heirate mich.«

Sie wandte misstrauisch den Kopf ab.

»Du liebst mich doch nicht«, sagte sie.

»Ich – es wird alles einfacher machen. Später, wenn ich dich hole. Es wird uns einen Anspruch auf dich geben. Und auf Marinella. Falls du deine Meinung änderst.«

Sie schüttelte den Kopf.

»Du bist doch schon dabei, sie zu ändern«, sagte er. »Siehst du das denn nicht?«

Sie weigerte sich, es zuzugeben.

»Und natürlich liebe ich dich«, sagte er.

»Aber nicht wie Mann und Frau«, sagte sie.

Will sie das? Geht es ihr darum? Soll ich – darf ich?

Sie ist ein Fisch am Köder, ich darf sie nicht verscheuchen –

»Wir müssen ja nicht wie Mann und Frau zusammen sein«, sagte er. »Aber wo finden wir einen Beamten, der uns bescheinigt, dass wir Bruder und Schwester sind? Sogar Blutsbrüder? Hier, Nenna.« Er hielt seinen Finger mit der feinen hellen Narbe hoch. »Siehst du?« Sie lächelte und tat es ihm gleich.

»Ganz gleich, was passiert«, sagte er. »Aber das hilft uns leider nicht bei der Grenzpolizei oder bei den Schwarzhemden.«

Er ließ ihr einen Moment Zeit. Dann sagte er: »Einverstanden?«

»Ich denke darüber nach«, sagte sie. »Wenn du darauf bestehst. Obwohl ich es verrückt finde. Ich denke darüber nach.«

Aus einem Café rief er Johnny an, der sich bereit erklärte zu versuchen, eine Kopie von Toms Geburtsurkunde und eine *nulla osta* für ihn zu organisieren – eine Erklärung, dass es keinen gesetzlichen Hinderungsgrund gab, warum Tom nicht heiraten sollte. »Aber sie werden euch nicht verheiraten, alter Knabe«, sagte Johnny. »Nicht, wenn sie Jüdin ist.«

»Genau deshalb bitte ich dich doch darum«, sagte Tom. »Ich will sie ja nur heiraten, weil sie Jüdin ist.« Er wusste, dass er zu lange gewartet hatte; das Netz, dem zu entkommen er Nenna helfen wollte, hatte sich bereits lautlos um sie geschlossen.

»Willkommen im modernen Europa«, sagte Carmichael, und Tom dachte, *verdammt, ich bin ein Idiot.* Wieder musste er an Herschel Grynszpan denken, jünger als er, den sie in den Wahnsinn getrieben hatten.

»Aber sie denken doch, ich wäre Jude«, sagte er. »Ich bin auf irgendeiner Liste – neulich war die Polizei bei mir. Gib mir einen Schrieb, dass ich Jude bin, und dann heiraten wir damit.«

»Das letzte Mal, als du hier warst, wolltest du einen Schrieb, dass du kein Jude bist«, sagte Johnny. »Entscheide dich mal!«

»Oder können wir nicht unter britischer Flagge heiraten? Kann der Botschafter uns nicht trauen?«

»Ich fürchte, die Botschaft kann nicht unbegrenzt für dich lügen«, entgegnete Johnny.

»Dann lass uns überlegen, welche Variante die beste ist, und bei der bleiben wir«, sagte Tom. »Hallo? Bist du noch dran?« Er drückte den Hörer fester ans Ohr. »Johnny, sie ist dabei, ihre Meinung zu ändern. Sie versteht noch nicht ganz, was vor sich geht. Ich habe Angst um ihre Sicherheit, wenn sie hierbleibt. Sie ist meine Cousine.«

»Das habe ich begriffen, alter Knabe. Ich bin ja kein Volltrottel. Aber dir ist ja wohl klar, dass sie, wenn du sie mit nach England nimmst und es Krieg gibt, wahrscheinlich früher oder später interniert wird, weil sie Italienerin ist, oder?«

Tom schüttelte den Kopf. *Egal, wo man hinschaut …*

»Könnte Reverend Harkness uns helfen? Von der All Saints Church?«

»Das ist eine christliche Kirche!«, sagte Johnny. »Dann müsste sie konvertieren. Was vermutlich nicht der Sinn der Sache ist. Außerdem müsste die Heirat trotzdem unter einem Landesgesetz erfolgen.«

»Aber wenn wir weder in der einen Religion noch in der anderen kirchlich heiraten können, dann müssen wir standesamtlich heiraten, und eine standesamtliche Trauung unter italienischem Gesetz muss nach italienischem Gesetz erfolgen.«

»Stimmt.«

»Also müssen wir unter britischem Gesetz heiraten.«

»Ich schaue, was wir tun können.«

Bevor er auflegte, fragte Tom: »Kommt so was eigentlich öfter vor?«

»Du bist der Erste!«, sagte Johnny.

Tom lehnte sich an die Mauer unten beim gelben Fluss und wartete auf sie.

»Es wird etwas länger dauern, als ich dachte«, sagte er zu ihr. »Wegen Weihnachten. Und wegen des neuen Gesetzes …«

»Welches neue Gesetz?«

»*Pubblicazioni di matrimonio*«, sagte er. Das Schlagwort des Tages und eines, das er am liebsten nie gehört hätte. Einundzwanzig Tage! Er hatte Angst, dass sie ihre Meinung ändern würde. Er hatte gedacht – *was? Dass es reicht, ein paar Flaschen guten Prosecco für die Beamten zu besorgen und fünf weiße Rosen vom Sizilianer auf der Brücke?*

Ja, so ähnlich hatte er es sich vorgestellt.

Am Tag vor Heiligabend sagte Johnny, er könne die *nulla osta* und eine Kopie von Toms Geburtsurkunde »irgendwann im neuen Jahr« besorgen. »Aber wir können dir keine Bescheinigung ausstellen, dass du Jude bist, erstens weil du es nicht bist, und zweitens weil die Regierung Seiner Majestät die Glaubenszugehörigkeit der Leute nicht mehr als ihre Zuständigkeit ansieht, deshalb stellen wir keine Papiere mehr aus, auf denen sie draufsteht«, sagte er. »Du könntest versuchen, die italienische Staatsbürgerschaft zu beantragen und zu sagen, du wärst Jude, aber ich vermute mal, das ist nicht unbedingt dein Plan, oder?«

»Nein«, sagte Tom. »Außerdem entziehen sie Juden gerade die Staatsbürgerschaft, anstatt sie ihnen zu geben.«

»Wenn du den Kapitän eines Schiffes auftreibst, der außerdem Friedensrichter oder Standesbeamter ist, könntet ihr auf See heiraten. Aber ich habe schon herumgefragt, und anscheinend gibt es momentan niemanden in Rom, auf den das zutrifft.«

»Nein«, sagte Tom.

»Wenn du dem Vikar etwas vorlügst, könntet ihr euch zumindest kirchlich trauen lassen – Reverend Harkness ist ein netter Kerl, und ich bezweifle, dass er am Aussehen eine römische Jüdin von einer römischen Christin unterscheiden kann. Wäre Nenna bereit, sich als Christin auszugeben? Es wäre natürlich nicht legal, aber immerhin besser als nichts, und ihr könntet es später zu Hause nachholen. Aber wir können in Italien nun mal leider nicht nach britischem Gesetz handeln.«

Es ist so eine simple Sache, dachte Tom. *Ich will einfach nur heiraten.*

»Aber lass den Kopf nicht hängen. Das interessiert mich jetzt – es gibt bestimmt einen Weg. Das Einfachste wäre natürlich, wenn du sie dazu kriegen könntest, mit nach England zu kommen …«

Tom lachte resigniert.

Es war nicht machbar, und selbst wenn es machbar wäre, dann würde es nicht schnell genug gehen, und selbst wenn es schnell genug ginge, wäre es nach dem italienischen Gesetz ungültig.

Tom kaufte trotzdem zwei Flaschen guten Prosecco und fünf weiße Rosen von dem Sizilianer auf der Brücke. Eine der beiden Flaschen gab er Johnny, als Dank für seine Bemühungen, was ihm im Gegenzug eine Einladung zum Weihnachtsessen eintrug, und die Rosen gab er Nenna, mit der er sich in einem Café hinter der Piazza Navona traf.

»Wir können nur in England heiraten«, sagte er. »Wir haben alle Möglichkeiten überprüft. Hier geht es nicht.« Er schämte sich. Er hatte seine großartige, edelmütige Geste in die Tat umsetzen wollen und darauf gesetzt, dass England eine rasche, männliche Lösung für dieses wachsende Chaos bereithatte.

»Wir können also nicht heiraten«, sagte sie mit trauriger Miene, die Rosen in der Hand. Einen Moment lang erschien es ihr absurd. Tom und Nenna! Sie hatten ohnehin nie vorgehabt zu heiraten. Ihre Entscheidung war aus rein praktischen Gründen gefallen, und dennoch machte es ihnen etwas aus.

Er sah sie an. »Es tut mir leid«, sagte er, doch das erschien ihm selbst armselig. »Johnny forscht noch weiter«, fügte er hastig hinzu. »Aber wenn du mitkämst, wenn du mit mir nach England kommen würdest –«

»Willst du, dass wir Mann und Frau sind?«, fragte sie.

»Ich will, dass du in Sicherheit bist.«

»Aber du liebst mich nicht?« Sie sah ihn ernst und unverwandt an.

»Nein! Himmel, nein«, sagte er automatisch. Und war verwirrt. Denn –

Gott, lüge ich etwa?

»*Du* liebst *mich* nicht, stimmt's?«, fragte er lächelnd. *Wir reden über Liebe!*

»Nein«, erwiderte sie leichthin. »Ich habe dich gern, aber ich liebe dich nicht.« Und beide nickten ernst, zutiefst überzeugt von dieser künstlichen Unterscheidung, die den jungen Leuten so wichtig ist. Ihre Blicke trafen sich, beide bemühten sich, möglichst vernünftig auszusehen, dann merkten sie plötzlich, dass ihnen das Ganze schrecklich peinlich war, und schauten weg.

»Aber ich wollte sicher sein«, sagte sie. »Und zwar deshalb.« Sie lächelte wieder und hielt ihm etwas hin. Ein zusammengefaltetes Stück Papier.

Er faltete es auseinander und las. Darauf stand, dass am 1. September 1938 die Heirat zwischen Thomas Ellington Locke aus London, britischer Staatsbürger, und Fernanda Fabia Elia Fiore aus Rom, italienische Staatsbürgerin, vollzogen wurde, und zwar in der Gemeinde Santa Ippolita in Puglia. Es war mit Stempel und Unterschrift und Siegel versehen und sah sehr offiziell aus. Und es war rückdatiert.

»Puglia!«, rief er aus.

»Weit weg von jeder Grenze, die wir möglicherweise passieren«, sagte sie.

»Großer Gott. Aber wie –«

Sie beugte sich vor und flüsterte: »Wenn man ein Mädchen daran hindert, irgendetwas zu tun, muss es sich eine Beschäftigung suchen.«

Er begriff es immer noch nicht.

»Du hast mir die Augen geöffnet, Masino«, sagte sie. »Und jetzt sind sie offen. Manchmal brauchen Leute Papiere, die sie nicht haben. Meine Handschrift ist – flexibel. Und mein Freund Tullio hat eine kleine Druckerpresse.«

Er staunte.

»Das heißt, wir sind, hm, verheiratet?«, fragte er. Bei dem Wort verspürte er ein erregtes Kribbeln. *Sposati.*

Sie lachte. »Freust du dich?«

Ja, das tat er.

»Nun denn«, sagte er. »Blumen« – er deutete auf die Rosen – »und Prosecco. Herzlichen Glückwunsch, Liebling.« *Wie hat sie das gemacht? Wie hat sie sich so schnell vom Lämmchen ihres Vaters in eine Urkundenfälscherin verwandelt? Sieh sie dir an! Wie sie sich freut!*

»Auch dir herzlichen Glückwunsch«, sagte sie, sah ihm direkt in die Augen und beugte sich über den Tisch, um ihm einen Kuss zu geben – und als sie das tat und er ihr Haar, ihre Wange spürte, wie kaltes silbriges Wasser auf seiner

Haut, prickelnd und funkelnd, da wollte er, dass sie ihn küsste. Er wollte sie küssen.

Er drehte seinen Kopf, fing ihren Kuss mit seinen Lippen auf – überraschte sie. Und auf einmal war alles ganz anders.

Als sie sich voneinander lösten, sagte sie vorsichtig: »Aber wir lieben uns nicht.«

»Nein«, sagte er. »Seltsam.«

Sie sahen sich an.

»Seltsam«, sagte er erneut. »Verwirrend. Oder vielleicht einfach –«

Er schüttelte den Kopf, als hätte er nasse Haare, und sah sie an.

»Ich weiß nicht«, sagte sie. »Ich –«

Das ist es, dachte er. *Das ist zumindest etwas.*

»Komm«, sagte er, und als sie das Café verlassen hatten, umfasste er ihr Gesicht und küsste sie richtig. Richtig richtig. Und so lange, dass ein Witzbold im Vorbeigehen irgendetwas Unverständliches auf Romanaccio rief.

Nenna löste sich von ihm.

»Ah!«, sagte sie. Tom sagte ebenfalls »ah«, in sehr überraschtem Ton, und dann wandten sie sich seitwärts, und er nahm ihren Arm. Brüderlich. Die Straße schien plötzlich zu schmal für sie.

Sie gingen zusammen. Nach einer Weile mussten sie ihre Arme lösen.

»Tja«, sagte er und grinste, »wenn wir jetzt verheiratet sind, musst du mir gehorchen. Komm mit nach London.«

»Und Marinella?«

»Nimm sie mit.«

»Was ist mit meinen Eltern?«, fragte sie, und ihre Augen glänzten feucht.

Aber jetzt war es anders. Warum? Nichts war passiert. Nur eine Urkundenfälschung und ein überraschender Kuss. Und natürlich ihre Anerkennung der Wahrheit.

Beide hatten das Gefühl, alles wäre möglich. Sie waren ein Team. Endlich wieder beide auf derselben Seite.

Sein Lächeln war so breit wie Engelsflügel.

»Wer behält die Urkunde?«, fragte er.

»Oh, die kannst du behalten«, sagte sie. »Ich habe zwei gemacht.«

Er faltete sein Exemplar zusammen und steckte es in seine Innentasche. »Damit hast du gleich gegen mehrere von Mussolinis Gesetzen verstoßen«, sagte er sanft. »Ähm …« Er wollte fragen, wollte sicher sein, wusste aber nicht, wie.

Sie sah ihn an. »Du willst wissen, warum? Was in mir vorgeht? Frag einfach, Engländer, frag mich. Ich sage es dir: Verbitterung. Ratlosigkeit. Zorn. Loyalität. Verwirrung. Aber ein für alle Mal: Ich habe den Kopf aus dem Sand gezogen. Siehst du, er rieselt mir hinter den Ohren hinunter. Ich habe« – sie schloss die Augen einen Moment, um den Worten Gewicht zu verleihen – »den Duce aus meinem Herzen gerissen. Ich hasse ihn und das, was er meiner Familie und meinem Land angetan hat. Ich habe Angst vor ihm. Ich würde mit dir kommen, Tommaso, glaub mir! Aber nun, da ich begriffen habe, kann ich meine Familie nicht mit ihm allein lassen. Was für eine Ironie, hm? Das, was du mir enthüllt hast, macht es mir unmöglich, mit dir fortzugehen, wie du es möchtest. Du hättest mich einfach verführen sollen, ohne von der Politik anzufangen.«

»Das hätte ich wahrscheinlich auch getan«, sagte er. »Wenn alles anders gewesen wäre.« Dann lachten sie eine ganze Weile über das »wenn alles anders gewesen wäre«.

Später stellte er sie Johnny vor, der zwar skeptisch, aber auf ihrer Seite war.

»Sie ist aufgewacht, Johnny«, sagte Tom.

»Sie ist im Faschismus geboren und aufgewachsen«, erwiderte er. »Glaubst du, das ändert sich einfach so über Nacht? Wegen deiner schönen blauen Augen?«

»Es war nicht über Nacht«, murmelte Tom. »Im Gegenteil, es hat Jahre gedauert. Aber jetzt will ich sie erst mal nach England kriegen, und dann kümmern wir uns von dort aus um den Rest der Familie.« Doch er wusste, dass es ihm auch vorher nicht gelungen war, ihnen von dort aus zu helfen. Und es wurde nicht leichter.

Er würde sie überzeugen. Es würde nur ein wenig dauern. *Geduld.*

Als er Nenna durch die verlassenen, dunklen Straßen zurück zur Insel brachte, schwieg er lange. Er spürte das Echo anderer, fremder Leben hinter den geschlossenen Fensterläden. Ab und an erklang eine Stimme; ein Hund kläffte; ein Lichtstrahl fiel herab, wenn jemand einen Vorhang zurechtrückte. Oben zwischen den hohen Häusern jagten Wolken am Mond vorbei, und ein kalter Nieselregen setzte ein. Er legte den Arm um sie, und das Kopfsteinpflaster zu ihren Füßen begann zu glänzen.

Schließlich fragte er leise, ohne stehen zu bleiben: »Und, Nenna, bist du mein Mädchen?«

Für den Rest seines Lebens würde er bedauern, dass er sich nicht zu ihr umgedreht und ihren Gesichtsausdruck gesehen hatte. Sie blieb stehen, sah ihn an, und auf einmal weinte sie und trat nach ihm und schlug mit den Fäusten auf seine Brust wie ein Mädchen in einem Stummfilm, obwohl sie alles andere als stumm war, sie schluchzte und wimmerte, und er musste sie in seine Arme nehmen und halten, bis sie sich beruhigte und in den Stoff seines Mantels murmelte: »Du Idiot. Du Idiot.«

»Ist das ein Ja?«, fragte er.

»Ja«, sagte sie. »Ich war schon immer dein Mädchen. Dummer Kerl.«

Als sie weitergingen, reichten die Engelsflügel bis zu seinen Füßen.

In der Nacht konnte sie nicht schlafen. Sie ließ die Fensterläden offen, und das Mondlicht fiel auf ihr Bett und hüllte sie ein. *Ich gebe auf*, sagte sie zum Mond. *Wie kann ich eine solche Entscheidung treffen?*

Den Mond scherte es nicht.

Gegen drei Uhr morgens huschte ein Gedanke durch Nennas Kopf wie ein Wasserläufer über einen ruhigen, dunklen Teich. *Du hasst nicht nur Mussolini, sondern auch deinen Vater. Und vielleicht auch deine Mutter. Weil sie dich nicht beschützt haben. Und deine Brüder, weil sie nicht die Augen aufgemacht haben. Sollen sie alle verrotten, bevor sie dich mit ihrer Angst und Dummheit töten.*

Tom ist der Einzige, der immer wieder zurückgekommen ist, um dir zu helfen.

Auf der anderen Seite des Zimmers wimmerte Marinella im Schlaf.

Ich kann sie mitnehmen.

Leider blieb ihnen keine Zeit. Offenbar war jemand auf Toms Artikel im *Chronicle* aufmerksam geworden. Er, seine ausländische Herkunft, seine antifaschistische Einstellung, sein Pseudonym – in ihren Augen eine falsche Identität – und sein mutmaßliches Judentum waren identifiziert und als unerwünscht eingestuft worden. Die beiden Polizisten – der Himmel wusste, welcher der zahllosen Einheiten sie angehörten – kamen erneut zu ihm und forderten ihn als Ausländer, Jude – *ha! welche Ironie* – und Verbreiter von Lügen über den Duce auf, das Land zu verlassen. Mit dem nächsten Zug.

Sein erster Gedanke galt seiner eigenen Dummheit. *Damit hätte ich rechnen müssen. Denk an Bertolinis Onkel.*

Der Große schlenderte durch sein Zimmer, betrachtete die Dinge darin, nahm einige in die Hand und stellte sie auf eine dezent beleidigende Weise wieder hin. Tom war so überrascht über das plötzliche Auftauchen dieser Männer in seinem Zimmer und die Dinge, die sie sagten und taten, und gleichzeitig so erleichtert, dass sie ihn nicht zusammenschlugen oder die Treppe hinunterschleppten, dass er sich nicht einmal entscheiden konnte, ob er darauf bestehen sollte, dass er seine Frau mitnehmen durfte. *Wenn ich das tue, richte ich damit ihre Aufmerksamkeit auf sie und die*

Familie? Was ist, wenn sie immer noch nein sagt? Was ist, wenn sie die Druckerpresse ihres Freundes finden – was ist, wenn sie bereits in Gefahr ist? Und sie deshalb zu mir gekommen sind? Die Fragen wirbelten durch seinen Kopf; er konnte keine davon lange genug festhalten, um sie richtig zu betrachten, und ein Teil von ihm dachte immer noch, *das ist doch Unsinn, so etwas passiert nicht, jedenfalls nicht anständigen Engländern, die nichts verbrochen haben …*

Und so, dachte er, *breitet es sich aus. Jeden Tag ein Stück weiter.*

Sie erlaubten ihm, in das Café zu gehen, um Johnny anzurufen und ihm kurz zu schildern, was los war.

»Versuch, ihr Bescheid zu sagen«, bat er. »Sag ihr, ich komme wieder.«

Dann brachten sie ihn zum Zug nach Norden, setzten sich zu ihm, stiegen mit ihm in Mailand um.

Ihre Mitreisenden gingen seiner Begleitung aus dem Weg, wandten den Blick ab und setzten sich möglichst weit weg. An der Grenze standen dieselben Leute mit ihm in der Schlange: Familien und Paare, kleine Koffer, Mäntel, Atemwolken, die in der Luft hingen. Es war kalt; die Berge in der Ferne waren schneebedeckt. Er wollte gerade aufrücken, da fasste ihn der Kleine am Arm, führte ihn um die Ecke des Gebäudes und schlug ihn schnell und kraftvoll zu Boden.

Tom fragte sich noch, wie er dort gelandet war, da ging es richtig los, Faustschläge in die Rippen, ein Schlag auf den Hinterkopf, ein Tritt in den Rücken und einer in den Bauch. Schmerz, Übelkeit, Reglosigkeit – dann traten die beiden Männer einen Schritt zurück.

»Beim nächsten Mal gibt's noch mehr«, sagte der Große. Der Kleine schob etwas in seine Manteltasche, und Tom fiel das Wort für »Knüppel« wieder ein: *manganello.*

»Zeig die blauen Flecke deiner Mutter«, sagte der Kleine. »Und jetzt komm!« Er seufzte ungeduldig, als Tom sich mühsam aufrichtete und mit der Übelkeit rang.

»Da entlang!«, sagte der Kleine. Der Große reichte ihm mit spöttischem Grinsen seinen Hut, und Tom stellte sich wieder in die Schlange, fast als wäre nichts geschehen.

»Kannst jederzeit einen Nachschlag haben«, rief der Große, und Tom begriff, dass es für die beiden gar nichts war. Absolut gar nichts. Ein wenig Unterhaltung bei einem langweiligen Auftrag. Er hob den Kopf und biss die Zähne zusammen. *Ich habe noch viel zu lernen. Selbstdisziplin. Geduld. Wie und wann körperlicher Mut angezeigt ist.*

Er dankte dem Schläger für seinen Hut und setzte ihn schräg auf, wie ein Gangster. Er klopfte sich nicht den Schmutz ab. Er gab beiden die Hand, die Augen so blau und so klar, wie es nur ging. »Danke für die Begleitung«, sagte er. »Ich komme jetzt allein zurecht. Auf Wiedersehen – bis zum nächsten Mal. *Arrivederci.*« Und dann trat er in die Menge vor dem Schalter, wo jemand sagte: »Alle Besitzer eines österreichischen Passes, die kein Einreisevisum für die Schweiz vorlegen können, werden zurückgewiesen«, und: »Diese Pässe wurden nach dem 15. August 1938 ausgestellt …«, als würde das erklären, warum die Familien, die hier standen, nicht weiterreisen konnten. Ein Beamter fragte um Rat: »Soll ich die Polizei anrufen?« Tom hörte, wie sein Vorgesetzter murmelte: »Wenn der Pass nur ein Jahr gültig ist, ist der Besitzer vermutlich Jude.«

Er blickte sich nicht um, und seine Begleiter folgten ihm nicht. Er meinte, ein leises Lachen zu hören, war jedoch vollauf damit beschäftigt, trotz ein oder zwei vermutlich gebrochenen Rippen Luft zu kriegen.

Als er an die Reihe kam, starrte die Mutter der Familie, die vor ihm gestanden hatte, auf das Dokument, das man ihr zurückgegeben hatte. »Abgewiesen«, stand darauf, und daneben war ein Stempel »COMO«, durchgestrichen.

Tom hatte kein Visum, aber sein Pass war alt und britisch und er groß und blond, und seine zwei Gefährten hatten ganz sicher ein Prozedere, um unerwünschte Ausländer loszuwerden. Nachdem er abgefertigt worden war, wollte er noch einmal zu der Frau gehen, um sie zu fragen, wohin sie jetzt gehen und was sie tun würden, doch er wurde samt seinem Koffer vorwärts geschoben und zum Zoll verwiesen. Die Schlafanzughose wäre wohl am besten als Verband geeignet, überlegte er. Er lächelte höflich. Was sollte man in dieser Situation auch anderes tun?

Für Aldo war die Sache klar. Wenn jemand der Einheit schadete, nun, dann war es wie im Krieg. Oder wie bei Matteotti. Man behält und schützt niemanden, der die Brigade verrät, sondern man wird ihn los. *Umso besser, dass die Orvietos und die Setas fort sind. Verflucht seien all die Feiglinge, die mich beleidigen. Sollen sie doch verschwinden. Ohne sie sind wir besser dran.*

Tommaso, ich bin kein Dummkopf. Du kannst nicht unbegrenzt Ärger in meinem Haus schüren, ohne dass ich dich rauswerfe. Glaubst du, ich weiß nicht, was du tust, wenn du von der Kristallnacht redest, vom Krieg, von Pässen, von Hitler? Meinst du, ich hätte nicht gemerkt, wie du meine Autorität untergräbst, den Duce beleidigst und versuchst, den Zusammenhalt zu zerstören, der uns stark macht?

Und, Tommaso, glaubst du, ich kenne meine Tochter nicht? Meinst du, ich sehe nicht, wie sie um dich kreist? Im Sommer hat sie dich gehasst, und jetzt kommt sie mit dir nach Hause, strahlend und lachend wie der Vollmond? Glaubst du, ich bin blind?

Weiße Rosen, Tommaso? Ich bitte dich.

Er gab zu, dass es ehrenhafter gewesen wäre, Tom höchstpersönlich aus dem Land zu werfen; ihm eine Tracht Prügel zu verpassen und ihn bis zur Grenze zu schleifen. Doch er erinnerte sich an die Szene am Fluss und an Nennas Gesichtsausdruck an dem Abend. Nein, er musste dafür sorgen, dass es jemand anders tat. Er konnte nicht zulassen, dass Nenna ihn noch einmal so ansah. Das wäre kontraproduktiv.

Dein ganzes Gerede über den Ärger, der kommen wird, Tommaso – nun, dieser Ärger zumindest wird nicht kom-

men. Wenn es Krieg gibt, muss ganz klar sein, auf welcher Seite wir stehen. Rede du nur von Juden, die in Gefahr sind! Unser Zusammenhalt und unser Duce sind unsere Stärke und unser Schutz, ein für alle Mal. Und mein Mädchen wird keinen Jungen lieben, der auf der anderen Seite steht. Du wirst uns nicht auseinanderreißen, Tommaso, und es wird kein Romeo und Julia geben.

SECHSTER TEIL

1938

17. KAPITEL

London, Herbst 1938

SOBALD NADINE NACH DEM Sommer in Italien zurück in London war, setzte sie sich aufs Bett und rief Rose und Peter an, um sie für Sonntag zum Mittagessen einzuladen. Ihr größtes Glück war es, alle um einen Tisch zu haben. Sie wusste instinktiv, wer dabei sein sollte, und war einen Moment unruhig, weil Tom fehlen würde. Angesichts der merkwürdigen Vorfälle in Rom erschien es ihr umso wichtiger, die Familie beisammenzuhaben. All das machte sie müde. Aber vielleicht lag es auch nur daran, dass sie vierzig war. Oder daran, dass sie akzeptieren musste, dass dies ihr Leben war, dass mehr nicht kommen würde.

Im Grunde machte es ihr gar nicht so viel aus, dass sie kein eigenes Kind haben würde. Irgendwie hatte es gepasst, vor allem auch wegen Kitty und Tom. Es hatte so viel gegeben, das auf den richtigen Weg gebracht werden musste, dass sie lange Zeit gar keinen Gedanken darauf verwendet hatte, etwas Neues hinzuzufügen. Aber es hatte immer die Möglichkeit gegeben – oder zumindest hatten sie gedacht, dass es die Möglichkeit gab. Die Ärzte hatten gesagt, es gäbe Dinge, die sie tun könnten … doch sie und Riley hatten nicht gewollt, dass etwas getan wurde. Sie hatten nicht einmal mit den Ärzten reden wollen. Im Rückblick betrachtet, war das vielleicht ein Fehler. Und mit vierzig – tja, sie musste sich wohl damit abfinden, dass das winzige tote Baby, dieses halb geformte Wesen, das nicht in ihr bleiben wollte – oder konnte –, ihr einziges Baby bleiben würde. Bei der Erinnerung daran zog sich ihr Bauch zusammen. *Wie er es immer getan hat und immer tun wird.*

Nun ja.

Halb so schlimm!, dachte sie, und im gleichen Moment hatte sie ein schlechtes Gewissen. Trotzdem. Que sera sera *und so weiter.*

Zum Glück war Kitty dieses Wochenende bei einer Freundin. Nadine meinte es nicht böse, aber Kitty war launischer, als ein neunzehnjähriges Mädchen sein sollte, und selbst mit allem guten Willen schwer zu ertragen.

Als sie mit Peter sprach, sagte er: »Kannst du Riley ans Telefon holen?«

Nadine zögerte immer noch jedes Mal. Obwohl es natürlich Rileys Sache war. Schließlich war es nur Peter.

Als sie Riley den Hörer übergab, konnte sie zwar nicht verstehen, was Peter sagte – nicht dass sie es versucht hätte –, aber sie hörte die Lebendigkeit, die plötzliche Wärme und Begeisterung, als Riley ein »Ja! Natürlich!« in Peters Wortfluss warf.

»Worum ging es denn?«, fragte Nadine, als Riley grinsend auflegte.

»Er hat gesagt: ›Hör mal, Mabel und ich haben uns verlobt, das ist deine Schuld, und ich bin überglücklich. Meinst du, ich könnte Nadine fragen, ob ich Mabel am Sonntag mitbringen darf?‹«

»Verlobt?«, sagte Nadine. »Mabel?«

»Ja«, sagte Riley.

»Wer ist sie denn?«

»Eine Sängerin.«

»Kennst du sie?«

»Ja.«

»Und wieso ist es deine Schuld?«

»Weil ich ihm dazu geraten habe. Sie ist eine wunderbare Frau.«

Nadine verstand das alles nicht.

»Du wusstest also davon?«

»Ja.«

»Und du hast mir nichts gesagt?« Sie sah ihn verwirrt an.

»Ich wollte sein Vertrauen nicht missbrauchen«, sagte Riley sanft.

»Aber die Kinder!«, wandte sie ein.

»Ist das nicht seine Sache?«

»Das ist nicht dein Ernst!«

»Habe ich etwas falsch gemacht?«, fragte Riley.

»Riley – mein Schatz –, Peter will eine Sängerin heiraten! Was für eine Sängerin? ›Sie ist eine wunderbare Frau‹?« Nadine ließ sich aufs Bett sinken. »Liebster, du hättest es mir sagen sollen. Wer ist sie?«

»Eine amerikanische Jazzsängerin.«

Offenbar hatte Nadine die Augenbrauen hochgezogen –

»In einem der besseren Clubs«, sagte Riley trocken. »Eine respektable Frau und eine professionelle Musikerin, keine Sorge.«

»Ich bin nicht spießig!«, sagte Nadine. »Aber Peter ist ein guter Fang. Jede … Frau von zweifelhaftem Ruf würde ihn haben wollen. Der Gedanke muss dir doch auch gekommen sein.«

»Er liebt sie«, sagte Riley. »Mabel ist das Beste, was ihm passieren konnte. Sie werden unsere Freundschaft brauchen. Also, unseren Segen haben sie, in Ordnung?«

»Natürlich«, sagte sie, doch als sie das Zimmer verließ, kam ihr ein neuer Gedanke. *Kitty kommt Sonntag zurück. Ob sie Bescheid weiß? Vielleicht hat Peter es ihr erzählt – vielleicht aber auch nicht. Soll ich ihn fragen? Soll ich es ihr sagen?* Sie erinnerte sich daran, wie sie Tom auf den Küchentisch gesetzt hatte, um ihm zu sagen, dass Julia tot war. Sie hatte nicht gewusst, ob es ihre Aufgabe war oder nicht, hatte sich dann aber für Ersteres entschieden. *Natürlich – denn das ist doch die Aufgabe einer Frau in der Familie, nicht? Alle Lücken zu füllen und alle Zuständigkeiten zu übernehmen. Selbst in einer guten Ehe wie unserer.*

Sie versuchte, die Telefonnummer des Hauses herauszubekommen, wo Kitty übers Wochenende hingefahren war. »Es ist in Wolvercote«, sagte sie der Vermittlung. »Der Name müsste Thomson sein. Nein, den Vornamen weiß ich nicht. Wolvercote in Oxford.« Doch sie hatte kein Glück. *Nun, eigentlich ist es ja auch Peters Aufgabe, es ihr zu sagen*, dachte sie. Aber sie war sich nicht sicher.

Riley hatte vergessen, ihr zu sagen, dass Peter vielleicht noch jemand weiteres mitbringen würde. Und dass Mabel schwarz war. Und einige andere Dinge, die hilfreich gewesen wären, um die Familie auf diese überraschenden neuen Mitglieder vorzubereiten.

Es war noch warm genug, um im Garten zu essen, und in Anbetracht der Kommunikationsversäumnisse zuvor begann das Essen gut. In den Tagen davor hatten Rose und Nadine mehrfach telefoniert. Nein, Peter hatte Rose nichts gesagt.

»Was?«, hatte Rose ausgerufen. »Ich hatte ja keine Ahnung! Eine Verlobte! Eine Jazzsängerin!« Und dann hatte sie leise gefragt: »Sie ist aber doch hoffentlich kein billiges Nachtclubflittchen, oder?« – was Nadine ein wenig das schlechte Gewissen nahm, weil sie dasselbe gedacht hatte.

»Nein, das glaube ich nicht«, erwiderte sie. »Sie hat Schallplatten aufgenommen! Anscheinend ist sie geradezu berühmt. Und Riley kennt sie! Und mag sie!«

Als Rose ankam, sahen sie und Nadine sich mit großen Augen an, um sich zu vergewissern, dass ihnen dasselbe durch den Kopf ging – *meine Güte, wie sie wohl ist? Wir sollten besser ein Auge auf Kitty haben* –, und trotz ihres Alters kicherten sie. Beide freuten sich von ganzem Herzen für Peter, und beide vertrauten darauf, dass er diesmal eine gute Wahl getroffen hatte. Und wenn Riley sie mochte, musste sie ja –

Doch als Mabel dann kam und schwarz war und ein schwarzes Mädchen mitbrachte, sahen sie sich mit noch größeren Augen an. Einen Moment lang schien alles auf surreale Weise stillzustehen – und in dem Moment erkannte Nadine, dass die Gelassenheit, mit der Mabel wartete, den Kopf leicht zur Seite geneigt, bis ihre Gastgeberinnen sich gefasst hatten, dieselbe war, mit der Riley wartete, bis die Leute den Anblick seiner Narben verdaut hatten; eine Gelassenheit, die sagte: Ich weiß, ich bin für Sie nicht normal. Sie wissen nicht, wie Sie mit jemandem wie mir umgehen sollen. Lassen Sie sich ruhig Zeit.

Nadine dachte: *Diese Frau muss ständig damit klarkommen, wie sie gesehen wird und welche Schlüsse die Leute daraus ziehen, genau wie Riley* – und so eilte sie auf Mabel zu, ergriff ihre Hände mit ehrlicher, herzlicher Wärme und rief: »Sie sind also der Grund, dass er so glücklich ist, nach allem, was –« Und dann kam sie sich ein wenig töricht vor, aber auf nette Weise, und es war ihr nicht peinlich. *Plapper ruhig weiter*, dachte sie. *Obwohl – vielleicht ist es ihr unangenehm? Nein, so sieht sie nicht aus.* Ein Jammer, dass so etwas überhaupt denkbar war.

Danach übernahmen Höflichkeit und guter Charakter das Ruder, und niemand sagte oder tat etwas Gedankenloses, das er hinterher bedauerte. Falls Rose überrascht war, dass Peter eine Schwarze liebte, so ließ sie sich kaum etwas anmerken. Dass sie neugierig waren, was die schüchterne, hoch aufgeschossene Tochter anging, die kaum jünger war als Kitty, war nur natürlich. Nach der Hautfarbe war die Tochter nur eine weitere Überraschung. Peter, der Gute, schien kaum zu bemerken, wie ungewöhnlich die Situation war, und Nadine wechselte einen Blick mit Rose: *Er ist so weltfremd!* Mabel, die es gewohnt war aufzufallen, legte eine ruhige Liebenswürdigkeit an den Tag und bot amüsante Bemerkungen, ehrliche Antworten und eine angemessen zurückgenommene Version des Charmes, mit dem sie sonst ihr Publikum verzauberte. Und Rose und Nadine waren sofort verzaubert. Iris, würdevoll und mädchenhaft, sagte nur sehr wenig. Ihr Blick lag, wie Nadine bemerkte, fast die ganze Zeit auf Peter. Und natürlich waren alle so beschäftigt mit dem Kennenlernen, dass keinem der Gastgeber auffiel, dass die Tochter kein einziges Mal mit ihrer Mutter sprach und sich auch nicht neben sie gesetzt hatte, und dass die Blicke, die die Mutter ihrer Tochter zuwarf, etwas anderes waren als die ganz normale Sorge einer Mutter, wenn ihre Tochter zum ersten Mal bei fremden Leuten war.

Kitty kam kurz vor dem Braten in recht sportlicher Aufmachung hereingeschneit; sie war früher von ihrem Ausflug zurückgekehrt, weil sie Sehnsucht nach ihrem Vater hatte.

Sie sprang regelrecht auf ihn zu und umschlang seinen Kopf mit ihren Armen. Dann blickte sie mit besitzergreifendem Lächeln auf und musterte die Gäste. »Hallo«, sagte sie fröhlich. »Ich bin Kitty. Und wer seid ihr?« In Wirklichkeit war sie ganz aus dem Häuschen. Eine schöne, glamouröse schwarze Frau beim sonntäglichen Mittagessen, und noch dazu mit einem jungen Mädchen! Sie fragte sich, ob sie vielleicht ein soziologisches Buch für Riley schrieb. *Einführung in die britische Gesellschaft und Kultur für neu zugezogene Afrikaner* oder so was. Obwohl sie für eine Intellektuelle ziemlich schick angezogen war.

»Meine Liebe«, sagte Peter. »Das ist Mabel Zachary, und das ist Iris.« Kitty streckte die Hand quer über den Tisch und sagte: »Guten Tag. Sehr erfreut.« Mabel und Iris mussten halb aufstehen und sich ein wenig verrenken. Mabel erwiderte leicht amüsiert: »Danke, ebenfalls«, während Iris nur schüchtern »Hallo« sagte. Kittys Erstaunen wuchs – die Frau war Amerikanerin!

Plötzlich schlug Rose nach einem schnellen Blick zu Peter mit der Gabel an ihr Glas und stand auf.

»Liebe Familie, liebe Gäste«, sagte sie. »Dies ist eine ganz besondere Zusammenkunft, Peter möchte uns allen nämlich etwas sagen.«

Peter blickte auf. »Möchte ich das?«

»Ja«, sagte Rose.

»Moment«, rief Kitty. »Ich suche mir nur schnell einen

Platz. Das klingt spannend!« Sie zog sich einen Stuhl heraus und setzte sich, die Ellbogen auf dem Tisch und das Kinn in die Hände gestützt.

»Natürlich.« Peter räusperte sich und stand ebenfalls auf. »Meine liebe Familie«, sagte er. »Kitty, Rose, Nadine und unser lieber Tom *in absentia.* Ich habe eine erstaunlich gute Nachricht für euch. Diese bezaubernde Frau, Mabel« – er blickte zu ihr, ebenso wie Kitty, und beide sahen den Ausdruck von bezaubernder Verlegenheit und schüchternem Stolz auf ihrem Gesicht – »hat zu meiner Überraschung eingewilligt, meine Frau zu werden.«

Kitty schrie auf. Sie hatte es nicht vorgehabt, es passierte einfach. Sie schlug sich sofort die Hand vor den Mund und murmelte: »Entschuldigung.«

»Und bevor ihr jetzt alle euren Gefühlen freien Lauf lasst«, fuhr Peter fort und überlegte hastig, denn Roses strenger Blick, Nadines stille, flehentliche Miene und Kittys Schrei machten ihm schlagartig bewusst, dass nahezu alle, die er liebte, vor ihm saßen, und die meisten von ihnen wussten nichts, und das Ganze war schon ziemlich außergewöhnlich – er hätte vorher in Ruhe darüber nachdenken sollen –, »möchte ich euch jemanden vorstellen.«

Er brach plötzlich ab. *Soll ich wirklich?*

Zu spät.

»Jemanden, den ich selbst erst seit ein paar Monaten kenne – übrigens müsst ihr wissen, ich kenne Mabel schon fast zwanzig Jahre«, sagte er, und einen Moment lang sah es so aus, als würde er die Fassung verlieren. *Vielleicht wäre das sogar das Beste,* dachte er, doch dann verstummte er erneut und sah sie alle an, wie sie mit großen Augen zu ihm hochschauten. Nur Mabel blickte auf den Tisch, mit diesem kleinen gutmütigen Lächeln, das sie immer aufsetzte, wenn sie darauf wartete, dass andere etwas begriffen, das sie schon seit ewigen Zeiten verstanden hatte. Dann hob sie den Kopf und zwinkerte ihm zu.

Er nahm allen Mut zusammen.

»Das ist Iris«, sagte er hilflos. »Sie ist meine Tochter.«

Danach gab er ihnen keine Pause, kein Komma oder Semikolon, in deren Schutz sie, halb informiert, eine Entscheidung treffen oder eine Haltung einnehmen konnten – er sprach direkt weiter: »Ich wusste nichts von ihr. Mabel hatte ihre Gründe, mir nichts zu sagen. Kitty, meine Liebe, das ist deine Schwester – Iris, das ist Kitty. Rose, Nadine, Riley – das ist Iris. Iris, das ist meine Familie.« Doch niemand hörte ihm mehr zu, denn bei der Vorstellung hatten Iris und Kitty sich angesehen, und unter der elektrisierenden Macht des Blickes zwischen Kitty und Iris verstummte alles. Kitty hob das Kinn, warf den Kopf zurück und starrte sie mit funkelnden blauen Augen an.

»Und wusstest du von mir, Iris?«, fragte Kitty.

»Ich habe es vor zwei Wochen erfahren«, erwiderte Iris.

Kittys Augenbrauen wanderten nach oben. »Vor zwei Wochen?« Sie atmete schwer und musterte die anderen am Tisch. »Donnerwetter. Nun, es gibt ja auch keinen Grund, warum ich es zur selben Zeit erfahren sollte wie du.«

»Kitty«, sagte Nadine.

»Seltsame Art, mit so was umzugehen. Möchte uns vielleicht sonst noch jemand etwas sagen? Gibt es noch mehr Kinder, die plötzlich aus dem Hut gezaubert werden? Ich sollte mittlerweile ja an überraschende Ergänzungen und merkwürdige Arrangements gewöhnt sein.«

»Kitty«, sagte Nadine erneut.

»Ja, Nadine, stell dich ruhig auf ihre Seite«, sagte Kitty. »Wir wissen doch alle, dass du dich schon seit Jahren nicht mehr für mich interessierst.«

»Jetzt mach aber mal halblang«, sagte Peter, und Rose sagte: »Liebes«, und Kitty zog eine Miene, die klar und deutlich verkündete: *Seht ihr, was ich meine?*

Iris senkte den Kopf.

»Es ist nicht, weil du schwarz bist«, sagte Kitty zu ihr. »Das darfst du nicht denken. Es ist, weil mir niemand etwas gesagt hat. Ich finde es ziemlich demütigend, solche Sachen vor aller Augen serviert zu bekommen. Und ich glaube, ein paar von euch können das verstehen.«

Ihr Gesicht zuckte ein wenig; sie spürte es. »Nun ja«, sagte sie mit einem brüchigen Lächeln.

»Niemand wusste davon, Liebes«, sagte Nadine. »Ich jedenfalls nicht. Ich – oh, Iris.« Sie lächelte voller Wärme und Herzlichkeit, um das Mädchen in diesem überaus schwierigen Moment willkommen zu heißen.

Riley, der sie beobachtete, sah, wie Nadines Wunsch, es allen recht zu machen, sie wieder einmal zerriss, weil die Bedürfnisse gegensätzlich waren und Kitty Nadines Freundlichkeit Iris gegenüber als Grausamkeit ihr selbst gegenüber interpretieren würde.

»Ich wusste es auch nicht«, sagte Rose ruhig.

»Und ich auch nicht«, sagte Riley.

Kitty zog eine Grimasse. »Na, dann mache ich mich ja offensichtlich lächerlich. Beachtet sie gar nicht, das ist bloß die lächerliche Kitty mit ihren lächerlichen Gefühlen …«, sagte sie, obwohl sie wusste, dass sie sich damit nur noch lächerlicher machte.

Schließlich stand Riley auf und ging erst zu Mabel herum, um sie zu umarmen, dann zu Iris. »Stör dich nicht an meinem Gesicht«, sagte er leise zu ihr. Nadine und Rose gaben Iris die Hand und nahmen gleichzeitig auch die von Kitty.

Dann setzten sich alle wieder hin. Nadine rückte ein wenig, damit Kitty neben Peter sitzen konnte. Sie reihten sie ein, ihren Schock, ihre Fassungslosigkeit und ihr schlechtes Benehmen. Rose tätschelte ihr Knie. Riley zwinkerte ihr zu. Sie dachte: *Ich weiß, sie meinen es gut, aber ich darf nicht fühlen, was ich fühle. Sie lieben mich nicht. Sie dulden mich nur.*

Sie setzte sich steif und aufrecht hin und achtete darauf, mit ihrer Schulter nicht die ihres Vaters zu berühren, damit er verstand, wie verletzt sie war und was sie fühlte.

Was sie fühlte?

Kitty, die sich auf ihr Zimmer zurückgezogen hatte, war verbittert. Sie zündete sich eine Zigarette an und wandte sich zum Spiegel, um ihre Haare zu frisieren. Im Rahmen des Spiegels klemmte eine Postkarte, die sie vor Jahren auf dem Flohmarkt an der Porta Portese erstanden hatte: die sepiafarbene Fotografie einer tragischen Frau, die sich, eine Blume in der Hand, an ein Fenster lehnte, und darunter in schnörkeliger Schrift der Satz *Tutta la mia vita fu amore e dolore.* Mein ganzes Leben war Liebe und Schmerz. Früher hatte sie gedacht, Liebe und Schmerz wären glamourös – *wann geht es los? Liebe, Abenteuer, Leid?* – und sich vor allem nach Erfahrung gesehnt.

Als Kind hatte sie oft Listen von all den Dingen gemacht, die sie liebte. Shepherd's Pie. Mummy, obwohl sie tot ist. Daddy, obwohl ich ihn seit drei Wochen nicht gesehen habe. Tom, obwohl er gemein zu mir ist. Nenna, obwohl sie so weit weg ist. Schokolade. Max, den Hund, obwohl der auch tot ist. Nadine und Riley, obwohl sie mich eigentlich gar nicht mögen und viel lieber ein eigenes Kind hätten. Daddy, obwohl er jemand Neues heiratet und, wie sich herausgestellt hat, DIE GANZE ZEIT ÜBER noch eine Tochter gehabt hat.

Diese andere Tochter …

Iris …

Und ihre Mutter.

Wie nett von dir, Daddy, dass du nicht nur die ganze Zeit über noch eine Tochter gehabt hast, sondern obendrein eine, die eine Mutter hat. Eine nette, schöne, feinfühlige, zärtliche Mutter, ganz für sich allein.

Iris. Sie heißt Iris. Mit ihrer Mabel.

Kitty summte und betrachtete ihre Fingernägel. Es brannte immer noch, und das Brennen wurde stärker. Es war nicht der Schock, dass er ihr das einfach so vor allen anderen gesagt hatte. Es war der unglaubliche, unverzeihliche Betrug. Das Mädchen war achtzehn. Kitty hatte sie nach ihrem Geburtstag fragen wollen, sich dann aber zurückgehalten.

Nun, ich bin ebenso damenhaft erzogen worden wie alle anderen, aber ich bin ja nicht dumm. Sie wusste nicht, ob die anderen einfach zu blöd waren, um es zu bemerken. Oder ob es ihnen tatsächlich egal war. Dieses Mädchen war gezeugt worden, als Mummy noch lebte. Ihr Vater war mit dieser Frau nicht nur zusammen gewesen, während Mummy noch lebte, sondern sogar in dem Jahr, als sie starb. Tom behauptete, Mummy sei schlecht gewesen, aber vielleicht hatte Daddy sie schlecht gemacht. Vielleicht war sie überhaupt nicht schlecht gewesen. *Aber es ist ziemlich schlecht, mit jemandem ein Baby zu machen, wenn man schon eine Frau und Kinder hat, oder nicht?*

Und wenn es ihm gut genug ging, um mit einer Frau, die nicht Mummy war, ein Baby zu machen, wozu dann dieses ganze Drama, dieser riesige Schatten, der über allem hing, als wir klein waren – Daddy hockt immer in seinem Arbeitszimmer oder in seinem Häuschen, Daddy kommt nicht heraus, Daddy macht nicht mit, lasst Daddy in Ruhe, Daddy riecht komisch, Daddy brüllt, Daddy ist vom Krieg versehrt, nicht alle Wunden sind sichtbar? 1919 muss es ihm doch gut gegangen sein, oder? Wie hätte er es sonst geschafft, diese tolle Frau dazu zu kriegen, mit ihm ins Bett zu gehen?

Und sie ist noch gar nicht alt. Damals muss sie sehr jung gewesen sein.

Und die ganze Zeit über hat es dieses Mädchen gegeben – auch wenn Daddy nichts davon gewusst hat, diese Frau hat es gewusst.

Sie ging alles durch, was sie wusste und was sie vermutete. *Sie müssen sich doch schon länger getroffen haben. Wie kann er nichts von Iris gewusst haben? Wie kann man eine Frau heiraten wollen und nicht mal wissen, dass sie ein Kind hat? Das Ganze ist absurd. Vielleicht hat er sie beide die ganze Zeit über gekannt, all die Jahre. Mein ganzes Leben lang.*

Das alles führte zu einer ganz einfachen und zugleich sehr schwierigen Wahrheit: *Vielleicht lügt er.*

Sie sah sich im Spiegel an und zog eine böse Grimasse. Das sah gut aus mit dem Lippenstift.

Was liebe ich jetzt?

Nichts und niemanden von der Liste, denn sie lieben mich nicht. Somit hatte sie Liebe und Schmerz, wenn auch nicht in der erwarteten Form.

Sie sog die Wangen ein, als sie an ihrer Zigarette zog, und imitierte einen glamourösen amerikanischen Star.

Ich könnte nach New York gehen, dachte sie. *Oder vielleicht nach Hollywood und Schauspielerin werden.* Obwohl allein der Gedanke, Schauspielerin zu werden, bereits ein Eingeständnis war, dass sie keine Ahnung hatte, wer sie war oder was sie tun sollte. Sie probierte Rollen aus, die Rolle von jemandem, der sein Geld damit verdient, Rollen auszuprobieren … Sie versuchte, sich selbst ehrlich zu sehen: *Du bist mit der Schule fertig, du hast ein paar Prüfungen bestanden, du warst heilfroh, diesen Ort zu verlassen, wo du dich immer irgendwie unterlegen gefühlt hast, und du hast Maschineschreiben gelernt. Ein Großteil deiner Aufmerksamkeit dreht sich darum, nichts zu essen. Auch wenn du im Grunde keine Pläne hast, Dicksein gehört jedenfalls nicht dazu.*

Sie war es leid, gekränkt zu sein. *Was bin ich dann? Was bin ich?*

Hungrig, dachte sie.

Wer weiß schon, was passiert? Niemand von uns. Nimm Rileys Gesicht oder Mummys Tod oder die vielen Veränderungen, die Daddy durchgemacht hat. Niemand weiß es. Alles kann passieren. Zum Beispiel dieser Krieg. Die Leute denken anscheinend, nur weil ich jung und weiblich bin, habe ich keine Ahnung und bekomme nichts mit.

Im Grunde fühlte sie sich wie ein Tisch mit lauter wackeligen Beinen. Sie hatte mal irgendwo gelesen, dass Vertrauen eine Entscheidung war, und hatte darüber nachgedacht. Sie glaubte nicht, dass es stimmte. *Vertrauen ist ein Instinkt*, dachte sie. *Man kann jemandem vertrauen, obwohl man ihn nicht mag, und man kann Leuten misstrauen, obwohl man sie liebt. Ich glaube, ich habe mich dazu gebracht, Daddy zu vertrauen – obwohl mir alle davon abgeraten haben. Ich vertraue Tom. Glaube ich zumindest.* Sie wollte so gerne mit Tom reden. Alle anderen zerrissen sich förmlich, um diese verdammte Hochzeit gut zu finden – *weil sie nicht wollen, dass irgendjemand denkt, sie hätten ein Problem damit, dass die Frau schwarz ist,* dachte sie, aber sie wusste, dass das gehässig war. Wahrscheinlich mochten sie sie. *Daddy ist so glücklich, dass es schon peinlich ist, und wahrscheinlich ist sie eine sehr nette Frau. Ich habe ja keine Ahnung.*

Kitty hatte seit dem Mittagessen weder mit Iris noch mit Mabel gesprochen. Sie hatte sich ihnen nicht genähert, und umgekehrt ebenso wenig. Sie kam sich vor wie die Erste Frau in einer Geschichte aus *Tausendundeiner Nacht*: Sie wurde respektiert, sie hatte Macht und Status – aber die neue Frau hatte die Aufmerksamkeit des Sultans. Obwohl Kitty gar nicht wusste, ob Iris Peters Aufmerksamkeit hatte. Sie wusste nicht, wie sie lebten. Sie wollte es auch nicht wissen. Sie wollte mit ihnen nichts zu tun haben. Oder vielmehr wollte sie, dass die anderen auf sie zukamen.

Und wo war Tom überhaupt? Keine Briefe, keine Antwort auf Briefe.

Lieber Tom,
wo steckst Du, und kannst Du bitte mal zurückschreiben? Ich weiß, dass Du auf dem Laufenden bist, ich meine, was die Familienangelegenheiten angeht, nicht den Krieg – obwohl Dir ja sicher klar ist, dass es angesichts des drohenden Krieges eine gute Idee wäre, nach Hause zu kommen, oder? Nadine hat mir gesagt, dass sie Dir geschrieben hat, und ich kann mir nicht vorstellen, dass Daddy vor lauter Liebeswirren vergessen hat, seinem einzigen Sohn – zumindest soweit wir wissen – mitzuteilen, dass er eine schwarze Jazzsängerin heiraten will, mit der er eine fast erwachsene Tochter hat. Obwohl – zuzutrauen wäre es ihm. Schließlich hat er uns vorher ja auch nichts

davon erzählt. Wer weiß, vielleicht hat er auch irgendwo ein japanisches Kind und eins aus Borneo. Oder Alaska. Wir könnten Sammelbildchen von ihnen machen, in der jeweiligen Nationaltracht. Bitte komm nach Hause. Ich habe den ganzen Haufen hier satt. Für Dich ist es ja sicher schön, in Italien zu sein und mit alldem nichts zu tun zu haben, aber so muss ich ganz alleine damit klarkommen, und ich brauche jemanden, dem ich schreckliche Sachen sagen kann, weil die anderen sich alle wie Heilige aufführen. KOMMST DU ZUR HOCHZEIT? BITTE KOMM. Ich habe überhaupt keine Lust dazu, aber ich werde wohl hingehen müssen, denn obwohl ich das alles ziemlich seltsam finde, will ich nicht diejenige sein, die deswegen ein Riesentheater veranstaltet. Na ja, im Grunde natürlich schon, aber – ach, mein lieber und einziger Bruder, es wäre alles viel leichter, wenn Du dabei wärst. Ich schicke das jetzt ab, damit es heute noch rausgeht. RUF AN, wenn Du es irgendwie schaffst. Und KOMM ZURÜCK.
Deine Schwester Kitty

Sie ging zu der Hochzeit, aber ohne Tom. Standesamt in Westminster, und praktisch im engsten Familienkreis. Nadine hatte gemeint, sie sollten in der Kirche heiraten, schließlich war Peter Witwer und Mabel ledig, aber Kitty fand es gut, dass es im kleinen Kreis stattfand. Was wollte Nadine denn? Männer aus Peters Kanzlei, zu der er so gut wie nie ging, Granny auf dem Kriegspfad und lauter Jazzmusiker, die sich fehl am Platz fühlten? Großer Gott. Wie sich zeigte, war Granny gar nicht dabei, und das war vermutlich auch gut so.

Alle wirkten restlos glücklich. Nicht mal so sehr wegen der Hochzeit, sondern vor lauter Erleichterung wegen der Ansprache des Premierministers. Ehrenhafter Friede – kein Krieg! Alle sprachen darüber: Können wir uns darauf verlassen? Wird es wirklich so sein? Ist die Vereinbarung stark genug, um zu bestehen? Aber heute lasst uns einfach glücklich sein. Es war, als würden sie sich selbst den Befehl dazu erteilen. Kitty verstand es nicht. *Wenn etwas so groß ist, was nützt es da, eine Meinung zu haben? Ganz zu schweigen von Wünschen … Die Politiker tun ohnehin, was sie für richtig halten.*

Gott sei Dank trug Mabel kein Brautkleid, sondern ein schlichtes Kleid aus cremefarbenem Satin mit ein paar Lilien und einem kleinen Hut auf den kurzen, geölten Locken. Iris zog sich an, als wäre sie unsichtbar, fand Kitty. Sie lächelte Iris zu, so gut sie es über sich brachte, und ging rasch weiter, um Rose und Nadine flüchtig zu umarmen, die sich immer noch brav Mühe gaben, alles nett zu machen. *Tut mir leid, ihr Lieben, dass ich mich nicht nett fühle.* Aber sie wusste, dass das nicht Iris' Schuld war. Dieser Widerspruch bereitete ihr Kopfzerbrechen. Iris hatte ein intelligentes Gesicht. *Wie mag es sich wohl anfühlen, schwarz zu sein?*, dachte Kitty. Die einzigen Schwarzen, die sie bisher kannte, waren Wilde in Baströckchen aus Zeitschriften und amerikanische Sklaven aus früheren Zeiten. Iris jedoch redete wie alle anderen und war auch genauso angezogen. *Ich hasse sie.*

Und Peter? Peter, der ein Stück entfernt stand, sah so glücklich aus, dass sie ihn nicht anschauen konnte, weil sie Angst hatte zu verbrennen. Sie sprach nicht mit ihm, sondern setzte sich nur ein wenig abseits hin, benommen vom Duft der Lilien, und dachte an die Zeiten zurück, als sie Peters einzige Freundin gewesen war, als sie ihm einen Strauß Butterblumen in das feuchte kleine Haus im Wald gebracht und ihm die Pantoffeln vor das Kaminfeuer gestellt hatte. Sie wusste nicht, ob er sich überhaupt noch daran erinnerte.

Hinterher, als alle das Standesamt verließen, kam ein Mann mit einer Kamera herbeigelaufen, machte ein paar Fotos und schnappte sich dann Kitty. »Sie sind die Tochter, nicht?« Da sie annahm, dass er der offizielle Fotograf war, sagte sie ja. »Miss Kitty Locke?«, fragte er. »Wie finden Sie's, dass Ihr Dad 'ne Schokobraut heiratet?«

»Wer sind Sie?«, fragte sie, und er sagte, er sei Smithers

oder so ähnlich von der *Mail*, womit sie ebenso wenig anfangen konnte wie mit seinen Manieren.

»Sieht aus, als hätte sie 'nen guten Fang gemacht. Irgendein Kommentar?«, sagte er. »Und wer ist die Kleine – das Niggermädchen?«

Mit einem Mal glitt irgendetwas in Kitty in eine Art Schachmatt-Position. In diese Situation gezwungen zu werden war eine unerträgliche weitere Beleidigung, ausgelöst durch das Verhalten ihres Vaters. Die Art, wie dieser Mann sprach, und die Story, auf die er es abgesehen hatte, war eine noch unerträglichere Beleidigung für Mabel und Iris. Somit war sie gezwungen, sich auf ihre Seite zu stellen. Es nicht zu tun wäre die unerträglichste Beleidigung überhaupt.

»Verschwinden Sie«, sagte sie zu ihm. »Sie sind widerwärtig.«

»Schon gut!« Er grinste herablassend, als wäre sie verrückt, dann ging er. Ein Stück weiter blieb er stehen, zündete sich eine Zigarette an und blickte noch einmal zu ihr.

Was für ein schrecklicher Kerl. Giftiger Zorn stieg in ihr auf. *Wie kann er es wagen?*

Wie können sie alle es wagen! Warum kümmert sich keiner um mich?

Sie bebte.

Eltern sollten sich um einen kümmern. Dazu sind sie da. Julia konnte es nie. Peter hat es nie getan.

Peter und Mabel standen oben auf der Treppe, glamourös, kosmopolitisch und strahlend. Ein magisches, leuchtendes Netz umspannte sie, band sie zusammen und schloss alle anderen aus. Ein Lächeln, Hoffnung, Erleichterung, Überzeugung. *Sieh ihn dir an*, dachte sie, und sie sah ihn sich an und wusste mit absoluter Sicherheit, dass sie für niemanden je der wichtigste Mensch auf der Welt gewesen war. Sie wandte sich ab, um sich eine Zigarette anzuzünden – *ja, ganz recht, ich werde auf der Straße rauchen!* – und so sah sie nicht, wie Iris auf das glückliche Paar zuging, ihrem Vater einen Kuss gab und seine Hände ergriff, während sie ihre Mutter ignorierte. Und sie sah auch nicht, wie Peters Gesicht sich anspannte und Mabels in sich zusammenfiel, als Iris weiterging. Sie war zu sehr damit beschäftigt, sich zu wünschen, Tom wäre da. Er würde vor ihr auftauchen und fragen: »Alles in Ordnung, altes Mädchen?«, und den Reporter fortjagen. Er würde eine Grimasse ziehen oder einen Scherz machen, und alles wäre gleich viel besser. Da Tom nicht da war, konnte sie sich nach Belieben ausmalen, dass er tun würde, was immer sie sich ausmalte. Nämlich alles, was für sie gut und richtig war. *In Wirklichkeit liebt Tom mich von ganzem Herzen. Er kann es in der Öffentlichkeit nur nicht zeigen, weil es ihm peinlich wäre, deshalb muss er mich aufziehen oder ignorieren oder quälen. Im tiefsten Innern,* dachte sie, *sind wir einander untrennbar verbunden, weil wir denselben Verlust erlitten haben. Wenn es hart auf hart kommt, halten wir zusammen.*

Sie war so in ihre Gedankenwelt versunken, dass sie nicht merkte, was für ein merkwürdiges Gesicht sie dabei machte, so als hätte sie Schmerzen oder wäre dabei, verrückt zu werden.

Ach ja? Tom und ich sind untrennbar verbunden?

Er ist nicht für die Hochzeit zurückgekommen, oder?

Du bringst immer noch Butterblumen zu Leuten, denen das ziemlich egal ist, Kitty …

Sie hatte bereits beschlossen, nicht zum anschließenden Empfang zu gehen. Wenn jemand ihren Arm genommen und gesagt hätte: »Komm mit uns, Kitty«, wäre sie natürlich mitgegangen, voller Freude, erwünscht zu sein – aber ohne das, nein. So schlich sie sich kleinmütig davon und war überrascht, als eine behandschuhte Hand sie energisch am Arm fasste. Erleichtert schaute sie auf – und erblickte ihre Großmutter, Mrs Orris.

»Granny«, rief sie aus. »Ich habe dich gar nicht gesehen – ich wusste nicht, dass du dabei bist!«

»Ich bin nicht dabei, meine Liebe«, erwiderte Mrs Orris. »Ich käme nicht im Traum darauf, dabei zu sein. Aber ich wollte zu dir, weil ich wusste, wie sehr dich das mitnehmen würde.«

»Oh!«, war alles, was Kitty herausbrachte, denn bisher hatte ihre Großmutter nie irgendwelche Anzeichen von Einfühlungsvermögen oder Mitgefühl oder auch nur Interesse gezeigt.

»Ich habe mich gefragt, wie es dir geht«, sagte Mrs Orris mit wachem Blick.

»Nun ja, ehrlich gesagt, bin ich ziemlich durcheinander«, erwiderte Kitty. Womit sie nicht nur die Hochzeit meinte, sondern auch den grässlichen Reporter.

»Natürlich bist du das«, sagte Mrs Orris. »Komm, wir trinken jetzt erst mal einen Tee.«

Mrs Orris – Granny – beugte sich vor, aufmerksam und großzügig. Es gab Kuchen und Fragen. Sie wollte wissen, wie es Tom ging, nahm seine Abwesenheit als Missbilligung der Verbindung und lud Kitty ein, bei ihr zu wohnen.

»In Berkshire?«, rief Kitty entsetzt aus.

Aber nein, Mrs Orris hatte sich vor kurzem ein kleines Haus in Kensington gekauft, wo sie etwa die Hälfte der Zeit wohnte. Dort war Platz genug für Kitty und auch für Tom.

»An alldem ist der Krieg schuld«, sagte sie. »Wenn der Krieg nicht gewesen wäre, wäre Julia nicht in diesem Zustand gewesen, so erschöpft vom Leiden, dass sie ihre Kraft verloren hat. Sie wäre nie gestorben. Peter wäre nicht so schwierig gewesen, und Tom hätte zu Hause bleiben können. Alles wäre vollkommen normal gewesen.«

Sie betupfte sich die Augen mit einem Taschentuch, und Kitty dachte: *Du bist mein Fleisch und Blut. Du bist die Mutter meiner Mutter …*

Mrs Orris hatte die Szene oben an der Treppe beobachtet. »Hast du gesehen? Das Mädchen hat nicht mal seiner eigenen Mutter gratuliert. Ist wahrscheinlich in einem Stall aufgezogen worden. Oder in einem Jazzclub! Oder die Mutter ist ein wahres Ungeheuer, was natürlich durchaus sein kann.«

Kitty lächelte.

Keiner von beiden fiel auf, dass sie ihrerseits ihrem Schwiegersohn beziehungsweise Vater nicht gratuliert hatten.

»Was hieltest du davon, in die Gesellschaft eingeführt zu werden?«, fragte Mrs. Orris. »Als Debütantin. Ich glaube, das sollte zu machen sein. Mrs Purefoy ist sicher zu beschäftigt, um an so etwas zu denken. Dabei ist es gerade in solchen Zeiten so wichtig zu tun, was man kann.«

Doch Kitty brauchte diese Austen'schen Überredungskünste gar nicht – sie war bereits überzeugt. Ihr Vater würde es schrecklich finden.

Ein paar Wochen nach der Hochzeit überraschte Kitty Nadine und Riley beim Tee.

»Ich habe eine Stelle«, sagte sie nüchtern. »Als Schreibkraft im Außenministerium. Und da ich ja nun eigenes Geld verdiene und so weiter, dachte ich mir, ich ziehe besser aus.«

»Willst du bei Peter und Mabel wohnen?«, fragte Nadine. Sie sah vollkommen überrascht aus.

»Nein, natürlich nicht! Warum sollte ich?«

»Weil er dein Vater ist und sie deine Stiefmutter«, sagte Nadine. »Warum nicht?«

»Ich werde weiter in London wohnen, Nadine«, sagte Kitty.

»Dafür bist du zu jung! Du kannst nicht einfach –«

»Ich habe ein neues Zuhause, und ich stelle ebenfalls alle vor vollendete Tatsachen. Du kannst es Dad sagen. Wenn ich mich mit seiner Frau und seiner Tochter abfinden muss, dann muss er sich damit abfinden, dass ich ab jetzt bei Granny wohne.«

Sie dankte den beiden mit sachlichen Worten für alles, was sie für sie getan hatten, gab ihnen lächelnd einen Kuss und versprach, sie bald zu besuchen. Und dann ging sie. Es hatte absolut keinen Sinn, weiter hier herumzusitzen und diese unbefriedigende Kindheit zu verlängern. Bald würde die Lage ernst werden, das konnte sie spüren, auch wenn Chamberlain und alle anderen nichts davon merkten. Dieser

Frieden, diese Atempause – sie glaubte nicht daran. Es war Zeit, sich ins Leben zu stürzen, so viel Spaß zu haben wie nur möglich und dafür zu sorgen, dass sie erwachsen war, wenn das, was da auf sie zurollte, kam. *Der Krieg wird mich formen.*

Doch wohin sie auch ging, was sie auch tat, eins ließ sie nicht los: die Tochter, die eine Mutter ganz für sich hatte.

18. KAPITEL

Como, Januar 1939

ALS DER AUGENBLICK KAM, stieg Tom nicht wieder in den Zug. Er konnte es nicht. Nachdem er die Formalitäten hinter sich gebracht hatte, ging er eine kleine Straße hinauf, um einen Ort zu finden, wo er sich ausruhen konnte. Sein ganzer Oberkörper war steif und zusammengekrümmt vor Schmerz. Er blickte zurück nach Italien. Ihm fiel auf, dass die Stromkabel des Oberleitungsbusses an der Grenze endeten. *Was nun?*, dachte er. *Was nun?* Er war nur noch halb bei Bewusstsein, als er bei einer Pension ankam und sich in den tristen kleinen Aufenthaltsraum setzte. Er hatte keine Schweizer Franken, aber als die junge Frau sein erschöpftes Gesicht sah, nahm sie seine Lire und brachte ihm einen Kaffee. Echten Kaffee! Der köstliche Geschmacksschock weckte seine Lebensgeister, und er lächelte. Die junge Frau sah es, und sie plauderten ein wenig. Es tat gut. Er merkte, wie die Anspannung sich löste, und fragte sie nach ihrem Namen. Elise. Danke, Elise. Können Sie mir helfen?

Sie konnte.

Sie holte Verbandszeug, sagte, er solle seinen Schlafanzug schonen. Sie legte ihm einen festen Verband an, und er ahnte, dass sie es nicht zum ersten Mal tat. »Diese elenden Faschisten«, sagte sie, und er freute sich, diese Worte aus dem Mund einer Fremden zu hören. Er nahm sich ein Zimmer, legte sich hin und dachte nach.

Nach Hause? Er wollte nicht nach Hause.

Hier wollte er aber auch nicht bleiben.

Dann also zurück nach Italien, zurück zu Nenna.

Zurück nach Italien?

Bertolinis Onkel.

Das würden sie mit einem Engländer nicht machen.

Ach ja, bist du dir da sicher?

Das ist illegal und gefährlich. Und wozu überhaupt?

Um Nenna zu holen. Nenna, die du geküsst hast. Nenna, die in deinem Herzen explodiert ist. Nenna, die schon immer die Eine gewesen ist, die du liebst und die dich liebt.

Unten lief das Radio, und die Musik schwebte zusammen mit dem Geruch nach Möbelpolitur die Treppe herauf. Eine Frau sang davon, wie sie mit einem Zug gefahren war und an dich gedacht hatte. Peter wüsste sicher, wie die Band hieß und wer die Sängerin war. Es war eine warme, fröhliche Stimme und eine muntere Melodie mit ganz traurigen Worten, unterlegt mit einer Wehmut, die einen im Innersten berührte ... *I peeped through the crack, looked at the track, the one going back to you. And what did I do? I thought about you ...*

Nenna Nenna Nenna.

Wenn er nicht aufpasste und die Flut in Schach hielt, ging er in den Gedanken an sie unter.

Er hatte schon andere Mädchen geküsst. Er hatte auch schon eine Affäre mit einer lebenslustigen jungen Barfrau in Cambridge gehabt, worauf er nicht gerade stolz war. Die Schwester eines Kommilitonen hatte ihn beim Tanzen auf eine Weise in die Mangel genommen, die er höchst erregend gefunden hatte, und die ihm zugleich entsetzlich peinlich gewesen war. An Liebe war er nicht interessiert gewesen, die Macht der Erregung jedoch hatte ihn erschreckt. Er hatte nichts Falsches tun wollen, vor allem nicht mit Nenna. Aber jetzt wollte er sehr gerne etwas Falsches tun, und nur mit Nenna.

Nun, da er weit weg von ihr war, konnte er sich gestatten, daran zu denken. Andererseits auch wieder nicht, weil –

Oh Gott.

Er verstand es nicht. *Das ist alles so –*

Am besten konzentrierte er sich einfach darauf, sie zu retten.

Aber ich habe nichts mehr, was ich vorbringen kann. Ich brauche mehr Beweise oder Munition oder was auch immer …

Ihm kam der Gedanke, dass er vielleicht versuchen könnte – *ah, das ist doch mal eine Idee, möglicherweise sogar eine machbare: ein britischer Pass auf ihren Namen, ausgestellt auf der Grundlage der Heiratsurkunde! Ob das klappt?*

Hm.

Er schrieb ihr. Was konnte er auch sonst tun? Er war erschöpft und benommen von den Schmerztabletten, die Elise ihm gebracht hatte.

Meine liebe Nenna,
weiß der Himmel, was Du denkst. Mir geht es so weit gut. Sie haben mich rausgeworfen, und ich hocke jetzt auf einer Alp und blicke abwechselnd zurück und nach vorn. Um ehrlich zu sein, weiß ich im Moment nicht weiter. Aber meine Liebste – Du bist doch meine Liebste, nicht wahr? Gut. Meine Liebste, ich werde nach Hause fahren und eine Lösung finden. Hab keine Angst. Alles wird gut. Mein Herz ist heute Abend ganz voll. Und es ist kein Zweifel darin.
Masino

Er schlief schlecht in dieser Nacht in der Pension. Sein Körper schmerzte, und in seinem Kopf wirbelten immer wieder dieselben Dinge herum. *Was braucht es, damit sie begreift, in welcher Gefahr sie sind? Die Stiefel auf dem Pflaster und das Pochen an der Tür?* Bilder von Herschel Grynszpan, blass in seinem hellen Mantel, und Gavrilo Princip, nachdem er Erzherzog Ferdinand erschossen hatte. Mit den tiefen dunklen Ringen unter den Augen sahen sie zehn Jahre älter aus, als sie waren. *So alt wie ich oder jünger.* Gedanken an Riley mit achtzehn und zweiundzwanzig. Und am Ende: Gedanken an sie, Bilder von ihr, Erinnerungen an sie, Angst um sie, Verlangen nach ihr.

Jedes Mal, wenn er sich bewegte, überrollte ihn der Schmerz. Zweimal wachte er voller Panik auf und musste sein Geld zählen, bevor er wieder in einen unruhigen Schlaf sank, um von ihr zu träumen.

Bei Tagesanbruch schaute er aus dem kleinen Fenster, riss es weit auf, um die frische Luft zu atmen, und sah die Eisenbahnlinie, die sich in beiden Richtungen zwischen den schneebedeckten Bergen hindurchschlängelte. Es war kalt hier oben. Er ging zu seinem Koffer, um einen Pullover herauszuholen. Als er ihn aufklappte, lag auf den hineingestopften Hemden und zerlesenen Büchern ein Stapel Briefe, mit einer Schnur zusammengebunden. Sie waren an ihn adressiert. Jeder einzelne war geöffnet und vermutlich gelesen worden.

Er hatte sie nicht dort hineingelegt. Er hatte sie auch nicht zusammengebunden. Er hatte sie noch nie zuvor gesehen.

Tom starrte auf das kleine Bündel. *Wie nett vom Duce*, dachte er verbittert, *dass er mir meine Post zurückgibt.*

Er löste die Schnur. Die Schrift auf dem obersten Brief kannte er: sein Vater.

Nachdem er den Brief gelesen hatte, saß Tom ein paar Minuten reglos da. Dann las er ihn erneut.

Sieh mal an!, dachte er. *Und wir denken immer, wenn wir fort sind, passiert nichts.*

Verheiratet!

Und eine Tochter!

Sein erstes erkennbares Gefühl – und darauf war er stolz – war Freude. Ein kleiner, aber eindeutiger warmer Funken der Freude. Das war doch mal eine vollkommen unerwartete positive Neuigkeit. Peter hatte etwas Normales und Gutes getan, was die Vermutung nahelegte, dass er glücklich war.

Was für eine Vorstellung! Peter, glücklich! Aber er hatte auch etwas höchst Ungewöhnliches getan. Ein uneheliches Kind? Und eine Jazzsängerin?

Aber was für eine Jazzsängerin würde Peter heiraten?

Tom stellte sich ein Flittchen vor, frech und kokett und *boop-boop-a-doop*. Dann einen lasziven Lana-Turner-Verschnitt in schimmerndem Satin mit einem Gefolge von Gangstern. Dann ein großäugiges Vorstadtdummchen, das die Hand auf Peters Arm legte und sagte: »Komm, Schatz.« Dann Ethel Merman. Sie musste schon ziemlich alt sein, schließlich war Peter mittlerweile um die fünfzig. Nun ja. Gut. Ein Vater mit einer neuen Frau war vermutlich ein glücklicher Vater mit jemandem, der sich um ihn kümmerte.

Und eine Tochter!

Ein Brief von Nadine klärte einige seiner Fragen. Sie war Amerikanerin, eine großartige Sängerin – sie waren alle zu einem ihrer Auftritte gegangen – sogar Grandpa war mit in den Nachtclub gekommen, er war begeistert gewesen und hatte ihr erzählt, dass Rachmaninow ein großer Fan von Art Tatum war, und sie in die Albert Hall eingeladen –, und außerdem war sie schwarz –

Tom stockte. Schwarz!

Gerade als er dachte, dass er Peter nie zugetraut hätte, so modern zu sein, erinnerte er sich an die Familie, die er an der Ecke Lexington Street gesehen hatte. Er schloss die Augen und versuchte, das Bild wieder heraufzubeschwören – die drei Gestalten, ihre Vertrautheit, das Mädchen, das ihn angesehen hatte.

Seine Schwester.

Er dachte – *ahh*. Und dann: *guter alter Dad!*

Er hätte gerne gewusst, wie alt sie war, diese Mabel, und wie sie aus der Nähe aussah. Er erinnerte sich an andere aus der Schallplattensammlung seines Vaters: Billie Holiday, Mildred Bailey, Josephine Baker.

Oktober! *Dann sind sie jetzt schon verheiratet.*

Ich habe eine schwarze Stiefmutter. Es war so überraschend, ohne die Möglichkeit, die Frau anzusehen und sich eine Meinung zu bilden, dass ihm ein wenig schwindelig wurde. *Zieht sie zu ihm nach Locke Hill? Eine Amerikanerin wäre schon seltsam genug für die Leute da draußen. Selbst Londoner gelten in Sidcup schon als exotisch. Was werden die Dienstboten denken? Was wird Granny denken!* Bei dem Gedanken musste er laut lachen.

Falls Nenna und ich wirklich heiraten, könnten wir bei der Hochzeit die amüsante Geschichte erzählen, dass wir »geheiratet« haben, um den Faschisten zu entkommen, und zwar genau zu der Zeit, als auch mein Vater geheiratet hat.

Moment mal. Ich habe eine schwarze Schwester.

Heiliger Strohsack.

Vielleicht hatte Mussolini davon erfahren, und das war der Grund, weshalb man ihn aus dem Land geworfen hatte. *Himmel, jetzt bin ich durch meine Familienbande nicht nur Jude, sondern auch schwarz. Obwohl ich weder das eine noch das andere bin. An uns werden die sich mit ihren Rassengesetzen noch die Zähne ausbeißen.*

Andererseits ist sie biologisch gesehen zur Hälfte weiß. Hmm.

Seine Rippen taten höllisch weh. Aber bei jedem Schmerz, den er in seinem Leben gespürt hatte, war da immer der Gedanke an Riley gewesen. *Reiß dich zusammen, du Idiot,* dachte er.

Das war der einzige Brief von Peter. Ein ganzer Stapel war von Kitty, verwirrt und voller Zorn. Er überflog sie kurz, konnte damit aber nicht viel anfangen. Er lehnte sich zurück und schloss die Augen, fühlte sich jedoch so weit weg von ihnen, dass es ihm schwerfiel, sich ihre Gesichter ohne Verzerrungen ins Gedächtnis zu rufen. Und dann diese neuen Leute. Diese neue Schwester. *Nimm das, Benito! Nimm das, Adolf! Das beste englische Blut, die Lockes von Locke Hill, vermischt mit dem einer schwarzen Amerikanerin, sprich: dem Blut einstiger Sklaven – sprich: möglicherweise dem Blut einer afrikanischen Königsfamilie. Und denkt nur an den*

Genpool! Da liegen diese Eugeniker nämlich immer falsch. Blut muss sich mischen. Seht euch doch die bleichsüchtigen alten Aristokraten an, mit ihrer ewigen Inzucht – Unterkiefer, so riesig, dass sie kaum essen können, Bluterkrankheit und was nicht alles. Ein Schuss frisches Blut von einem anderen Kontinent kann da nur förderlich sein.

Erstaunlich, wie Dinge sich in dieser Welt bewegen und verändern können, manchmal sogar zum Besseren. Er wollte diese neuen Familienmitglieder kennenlernen und ihre Geschichte hören.

Peter, du alter Hund.

Meine dritte Mutter!

Er kaufte eine Briefmarke und bedankte sich höflich bei Elise, als er ging. Vielleicht bildete er sich das nur ein, aber sie schien ein wenig zu bedauern, dass er so bald schon wieder abreiste, deshalb steckte er die Karte der Pension ein und sagte, er komme gerne wieder, wenn er in der Gegend sei. »Wer weiß!«, sagte er, und sie hob die Augenbrauen zum Zeichen, dass in diesen ungewissen Zeiten alles möglich war.

Langsam ging er zum Bahnhof zurück, den Koffer in der Hand. Der Schmerz war nicht weiter schlimm, solange er sich ermahnte: *Reiß dich zusammen. Reiß dich zusammen.* Auf dem Vorplatz warf er den Brief an Nenna ein. Sein Atem bildete Wölkchen in der Luft. *Sie ist ganz alleine, sie erkennt allmählich die Gefahr, aber niemand hilft ihr. So lange versuche ich schon, ihr die Augen zu öffnen, und erst jetzt, nachdem sie mich rausgeworfen haben, fängt sie an zu sehen.*

Es machte ihn nervös.

Riley würde wissen, was zu tun war. London würde wissen, was zu tun war. London würde auf seiner Seite sein.

Im Zug las er die französischen Zeitungen, die nach monatelanger Lektüre der italienischen Zeitungen ziemlich erhellend waren. Jede ratternde Umdrehung der Räder brachte ihn seinem Zuhause näher, der Wirklichkeit, der Unmöglichkeit oder was immer ihnen bevorstand, aber noch nicht eingetreten war.

Es wird passieren. Es wird Krieg geben.

Er war voller Wünsche. Zappeliger, gereizter Wünsche. Was nun? Was nun? Mit jedem Tag, der verging, würde es schwieriger werden.

Ich werde zurückkehren. Sobald ich kann, egal wie. Dann tu es doch. Los. Spring aus dem Zug.

Nein, ich werde mit einem britischen Pass für sie und Visa für den Rest der Familie zurückkehren. Riley kann Aldo eine Arbeit besorgen. Susanna kann – ach, ich weiß auch nicht. Irgendwas.

Oder habe ich Angst zurückzukehren? Angst, dass sie niemals ja sagen wird? Angst, dass die squadristi *mich zusammenschlagen, mir eins mit dem* manganello *überziehen?*

Denn ich werde mit Angst zu tun haben, bevor das alles vorbei ist. Ganz sicher.

Als Riley so alt war wie ich, hatte er seinen Krieg schon hinter sich.

Im Zug schrieb er ihr erneut, einen langen Brief mit verwackelter Schrift, und er schickte ihn sofort ab, als er in London ankam. Er endete:

> Die Sache ist die: Ich liebe Dich, und diese Situation ist unerträglich. Fürs Erste haben mich Gewalt und das Gesetz (!) rausgeworfen, aber nur Gott weiß – wenn überhaupt –, was noch passiert, und so ist zumindest theoretisch alles möglich. Wenn ich an Deinen Mut denke, mein bezauberndes Mädchen, und an Deine Lage, dann denke ich vor allem an die Stärke in Dir. Alles, was Du all die Jahre Deinem Vater gewidmet hast, all die Leidenschaft und Kraft, die Du in den falschen Glauben gesteckt hast, wird Dir jetzt helfen, wenn Du Dich umwendest. Glaub daran. Hab keine Angst. Ich bin überzeugt, dass

Dein Vater Vernunft annimmt, und wenn er es nicht kann, dann wirst Du es erkennen und selbst über Dein Leben entscheiden. Du bist nicht nur ihre Tochter. Du bist auch ein eigenständiger, außergewöhnlicher Mensch. Diese Umstände, die Dich gefangen halten, sind nicht alles, was Du bist. Und falls das nicht reicht: Nenna, meine alte Freundin, meine neue Liebe, ich brauche Dich ebenso sehr wie sie. Ich kann nicht in diesen Krieg ziehen, wenn Du dort drüben bist. Du gehörst hierher. Nicht der Geburt nach, aber Deinem Herzen nach, das gerecht ist und sich nicht länger täuschen lässt. Weißt Du noch, wie Du von dem Garten gesprochen hast, in dem Du gepflanzt worden bist? Es ist Zeit, den vergifteten Garten zu verlassen. Ich könnte verrückt werden, wenn ich mir das bildlich vorstelle – Ranken, die sich um Deine Knöchel schlingen, Kriechpflanzen, die Dich an den Boden fesseln, ein zähes Dickicht, aus dem Du Dich nicht befreien kannst – Liebste, ich weiß. Glaub mir, ich weiß, wie das ist. Sag mir, dass Du es trotzdem tust. Zur Not mit der Machete. Nenna, der Onkel von meinem Freund B. wurde von seinen eigenen Verwandten verraten. In diesen Zeiten ist es nicht mehr möglich, die Familie über alles zu stellen, und das ist weder Deine Schuld noch die von irgendeinem anderen anständigen Menschen. Aber Du musst etwas tun. Die Seiten formieren sich, und Du kannst nicht auf der Seite der Gewalttätigen, der Ungerechten, der Judenhasser und der Lügner sein. Du bist es nicht, das weiß ich.
Liebste. Komm.

In London wartete sein altes Leben. Wenn er wollte, würde es mehr oder weniger genauso sein wie zuvor – *wenn ich Italien vergesse, könnte ich einfach wieder zur Arbeit gehen und meiner Nase folgen.*

Aber meine Nase will mich zu ihr führen.

Unfassbar, dass ich sie da zurückgelassen habe –

Er begann wieder bei der Zeitung zu arbeiten.

Eines dunklen, ungemütlichen Abends, als der Regen im Schein der Straßenlaternen schräg auf die geduckten Mäntel prasselte, die ihm eilig zu entkommen versuchten, holte Peter Tom von der Arbeit ab, um ihn mit Mabel bekannt zu machen. Der Serpentine Room war eine Oase der Wärme und der Zuflucht, und Toms Verdacht, Mabel hätte es vielleicht nur auf Peters Geld abgesehen, löste sich sofort in Luft auf, als sie auf die Bühne trat und lässig und professionell ihrem Pianisten zuschnippte. Beim Anblick der starken Arme, der grünen Pailletten und des entspannten Lächelns beugte Tom sich zur Seite und flüsterte: »Wahnsinn, Dad!« Peter wirkte aufgeregt und ein wenig nervös – wartete er auf Zustimmung? *Auf meine Zustimmung?*, fragte sich Tom. *Das ist mal was Neues.* Er hielt sie noch eine Weile zurück. Sie wirkte auf ihn interessant und unabhängig, und sie sang wunderbar, auf eine Weise, die einen im Innersten berührte und etwas veränderte.

Als der zweite Song endete, beugte er sich zu Peter und sagte über das Stimmengewirr des Nachtclubs hinweg: »Sie ist phantastisch.«

Peter strahlte wie ein kleiner Junge. »Ja, nicht?«

Als Nächstes sang sie eigenartigerweise *I Thought About You.* Und Tom dachte an Nenna. In der kurzen Stille, nachdem sie geendet hatte, beugte er sich erneut zur Seite.

»Dad«, sagte er. »Ich heirate auch unstandesgemäß.«

Peter zog die Augenbrauen hoch.

»Nenna«, sagte Tom. »Ich werde es tun. Papiere, Pässe, Petitionen an das Innenministerium.«

»Nun, dann helfe ich dir, so gut ich kann«, sagte Peter, und während der nächsten paar Songs hatten beide die gleiche kleine Furche auf der Stirn, während die Komplikationen in ihrem Privatleben sich auf sie herabsenkten, umhertrieben und sich schließlich auflösten wie Morgennebel.

Später, als sie bei Sheekey's Seezunge aßen, erzählte Tom Mabel, wie er sie an der Ecke Lexington Street gesehen hatte.

»Ich habe dich auch gesehen«, sagte Mabel. »Einen Moment lang dachte ich, du wärst Peter. Aber Peter stand ja direkt neben mir.«

Er hatte mitbekommen, dass die Beziehung zwischen Iris und ihrer Mutter irgendwie kompliziert war, aber sein eigenes Vorgehen war ganz einfach. Er rief an, Iris sagte, komm zum Tee, und er ging hin.

Sie war groß und nervös und bot ihm sofort Kuchen an, als sie ihm die Tür der Wohnung am Eaton Square öffnete.

»Wohnst du alleine hier?«, fragte er, während er sich umsah, doch da sie ein wenig rot wurde, sagte er: »Entschuldige, geht mich ja nichts an«, zog den Mantel aus, ging ins Wohnzimmer und setzte sich. Gasfeuer, Bücher, Klavier.

»Tja!«, sagte sie.

»Oh Gott«, sagte er. »War Kitty schrecklich zu dir?« – woraufhin Iris lachte, ein einziger knapper Laut.

»Sie ist so eine –«, sagte Tom. »Jedenfalls manchmal. Stachelig und empfindlich zugleich. Aber keine Sorge, innendrin ist sie butterweich. Sie dreht sich nur immer um sich selbst – und es ist ansteckend! Wir reden über sie, dabei sollte ich eigentlich sagen: Großer Gott, ich habe noch eine Schwester! Und du solltest sagen: Ich habe einen Bruder, und dann sollten wir uns gegenseitig bestaunen.«

»Ich staune ja«, sagte Iris.

»Ich auch. Findest du mich in Ordnung? Ich hoffe es. Ist ja sicher ein ziemlicher Schock.«

»Du siehst ganz in Ordnung aus«, sagte sie vorsichtig.

»Du auch«, sagte er.

Schweigen.

»Ist das alles?«, fragte sie. »Dass wir uns beide ganz in Ordnung finden?«

»Na ja, wir könnten auch den Kuchen essen.«

Da fing sie an zu lachen. Ihr bis dahin recht starres Gesicht geriet in Bewegung, und sie gefiel ihm.

»Du bist genau wie mein – dein Vater«, sagte sie. »Unser Vater.«

»Unsinn«, entgegnete Tom – und stutzte. *Sie gehört zur Familie. Sie ist neu, aber auch alt. Das ist sehr, sehr seltsam.*

»Meinst du wirklich?«, fragte er.

»Oh ja.« Ihr Lächeln wurde wackelig. Sie schluckte und sagte: »Tee. Wie wär's … mit einem Tee?«

Er hatte das Gefühl, dass sie Freunde werden könnten. Wenn er ihr einfach irgendwo begegnet wäre, hätte er sie kennenlernen wollen. *Na, Gott sei Dank, das ist doch schon mal was!*

Nadine und Rose belagerten ihn, und Mrs Orris hinterließ dauernd Nachrichten. Kitty versuchte ebenfalls, ihn zu erreichen, aber es war ziemlich kompliziert. Letzten Endes trafen sie sich in der American Bar des Savoy.

»Wie kommt's, dass du bei Granny wohnst?«, fragte er. »Alle sind ganz durcheinander wegen dir.«

»Geschieht ihnen recht«, sagte Kitty. Sie hatte einen sehr schicken kleinen Hut auf dem Kopf.

»Weshalb?«

Sie warf ihm einen verzweifelten Blick zu. »Wegen allem! Daddy hat einfach – ach, verdammt, Tom, du verschwindest monatelang, und dann schneist du einfach wieder hier herein und –«

»Habe ich irgendwas nicht mitgekriegt?«, fragte er. »Dad hat geheiratet, und er ist glücklich. Wo liegt das Problem?«

Kitty funkelte ihn an. »Er hat uns alle angelogen – uns, unsere Mutter, alle. Er ist seit Jahren mit dieser Frau zusammen –«

»Das interessiert mich nicht«, sagte Tom. »Tut mir leid, Kitty, aber was zählt, ist das Hier und Jetzt. Ihm ist es fast sein ganzes Leben lang dreckig gegangen, da sollten wir es ihm gönnen, wenn er ausnahmsweise mal glücklich ist. Wenn es dir Spaß macht, bleib ruhig noch ein bisschen bei Granny, aber ehrlich gesagt, glaube ich nicht, dass irgendwer begriffen hat, dass es ein Protest gegen die neue Mrs L. sein soll.«

Sie runzelte die Stirn.

»Ach, komm schon, Kit, du bist doch nicht plötzlich rassistisch geworden, oder?«

»Das ist es nicht!«, rief sie empört.

»Na, dann solltest du zusehen, dass du wieder nach Hause ziehst, bevor jemand auf die Idee kommt. Ist es wegen des Geldes? Hast du Angst, dass er ihnen alles vererbt? Das kann er nicht – ich bin immer noch der älteste Sohn.«

»Schönen Dank auch, Tom, aber ich bin weder rassistisch noch geldgierig.«

»Worum geht es denn dann?«

»Ich dachte, du hättest vielleicht auch Lust, dort zu wohnen«, sagte sie leise.

»Was, bei dem Dinosaurier?«, schnaubte er. »So weit kommt's noch. Ich fühle mich bei Riley und Nadine sehr wohl, jedenfalls fürs Erste. Außerdem bin ich sowieso kaum da.«

Kitty zog die Augenbrauen hoch und nahm eine Zigarette heraus. Sie wartete darauf, dass Tom ihr Feuer gab, und hielt ihre Nasenflügel ein wenig gebläht.

»Und was sagst du zu Iris?«, fragte sie.

»Nettes Mädchen«, erwiderte er. »Ich finde, wir sollten mal alle zusammen tanzen gehen, um das Eis zu brechen. Was meinst du?«

Kitty stieß Rauch durch die Nase aus, eine beabsichtigte Geste, Drachenatem. Er wusste genau, was sie dachte: *Typisch! Für mich interessiert sich wieder mal keiner.* Die alte »Arme kleine Kitty«-Leier.

»Wie wär's Freitagabend? Iris und ich gehen auf jeden Fall«, log er aus einer Eingebung heraus, weil er wusste, dass er sie damit am Haken hatte. »Vielleicht bringe ich noch ein paar Freunde mit. Johnny ist gerade in der Stadt. Erst hören wir uns Mabel an, und dann gehen wir irgendwohin. Das wird bestimmt nett. Komm schon, Kits, du hast doch auch Lust dazu …«

Er lächelte sie an, und sie schmolz ein wenig, und er

war froh zu sehen, dass er sie immer noch zum Schmelzen bringen konnte und sie immer noch versuchte, es sich nicht anmerken zu lassen.

Iris fand die Idee, tanzen zu gehen, großartig, wollte aber lieber eine andere Sängerin hören, ob sie etwas dagegen hätten?

Nun ja, Tom hatte seinen Freunden versprochen, ihnen seine neue Stiefmutter zu zeigen – das war ja gerade der Sinn des Ganzen.

»Meinetwegen«, sagte Iris, und Tom hörte, wie sie ihre Erwartungen herunterschraubte. Später rief er Peter an.

»Kommen Iris und ihre Mutter nicht miteinander aus?«, fragte er rundheraus.

»Iris nimmt es Mabel übel, dass sie und ich uns die ganze Zeit über kannten und sie ihr nichts von mir erzählt hat«, sagte Peter. »Du weißt ja, wie Mädchen sein können, wenn sie sich ausgeschlossen fühlen.«

»Und ob«, sagte Tom. »Kitty ist stocksauer wegen Iris. Ich versuche, mit den beiden auszugehen, als großer Bruder.«

»Soll ich mitkommen?«, fragte Peter.

»Um Himmels willen, bloß nicht«, sagte Tom.

Die Freunde waren Johnny Carmichael und Vernon von der Zeitung, geschniegelt, bester Laune und hin- und hergerissen zwischen Flirten und Debattieren über die europäische Politik. Kitty, die natürlich nicht hatte widerstehen können, erschien in einer Wolke aus rosafarbenem Chiffon. Iris wirkte schlank und elegant in einem weißen Kleid von ihrer Mutter, das enger und länger gemacht worden war; ihr Haar war geölt, und sie trug eine Blume hinter dem Ohr. Sofort kam Kitty sich dick vor. Iris traute sich kaum zu atmen, schließlich war es das erste Mal, dass sie mit Leuten in ihrem Alter ausging. Die Jungs machten große Augen und entschieden sich ganz klar fürs Flirten.

Der Serpentine Room war gut besucht: Glitzern, Rauch,

Parfüm und Lachen, schwingender Satin und eilende Kellner. Sie hatten einen Tisch mit einer Samtbank ziemlich weit vorne; es war der Tisch, an dem Iris vorher oft mit Peter gesessen hatte. Mabel wusste, dass sie kamen, und man bemühte sich sehr um sie.

Sie tranken Cocktails und rauchten (bis auf Iris), Carmichael unterhielt sie mit unanständigen Geschichten aus der Botschaft in Rom, und Kitty kreischte vor Lachen. Vernon konnte den Blick nicht von Iris lassen und stellte ihr so viele Fragen, dass es schon fast wie ein Verhör klang. Bei »Was war dein Lieblingsfach in der Schule?« riss Tom der Geduldsfaden, und er forderte sie zum Tanzen auf. Sie glitten über das Parkett. Die Musik war leicht und instrumental; alles wartete darauf, dass Mabel herauskam und den Club unter Strom setzte.

Während er Iris im Arm hielt, musste Tom sich ins Gedächtnis rufen, dass sie seine Schwester war. Er ertappte sich dabei, wie er sie ansah und ihre Haut unter seinen Fingern spürte. *Mein Fleisch und Blut. Und doch so anders!* Er betrachtete ihre Hand, ihre Fingerspitzen auf seinem Handrücken.

»Suchst du nach Ähnlichkeiten?«, fragte sie und lehnte sich ein wenig zurück, um ihm in die Augen zu sehen.

»Groß«, sagte er. »Schlank.« Weiter kam er nicht. Nicht blond, nicht knochig, keine blauen Augen, kein schmaler Mund, kein weiches blondes Haar, keine dunklen Ringe unter den Augen.

»Intelligent«, sagte sie. »Musikalisch. Ein bisschen verklemmt und launisch. Eine Schwäche für Griechisch und Latein.« Ihre Lippen verzogen sich zu einem leisen Lächeln, und es war – tatsächlich! – dasselbe charmante Lächeln, das Peter hatte – und er selbst auch.

Er lächelte auf dieselbe Weise, und er sah, dass sie es erkannte. Einen Moment lang standen sie dort, die Arme umeinander gelegt, untermalt von den traurigen Klängen von *Melancholy Baby,* und sahen sich nur an und lächelten.

»Ich wünschte, wir hätten dich schon früher gekannt«, sagte er schlicht, und ihre Augen füllten sich mit Tränen. Er drückte ihre Hand auf brüderlich-tröstende Weise, und sie blinzelte, so dass sie sich die Nase pudern gehen musste. Er drückte ihre Hand noch einmal, dann kehrte er zum Tisch zurück.

»Bezauberndes Mädchen, unsere neue Schwester«, sagte er, und Kitty lächelte höflich.

»Soviel ich weiß, spricht sie nicht mit ihrer Mutter«, sagte sie. »Stellt euch das mal vor, all die Jahre ohne Vater, und in dem Moment, wo sie einen kriegt, spricht sie nicht mehr mit ihrer Mutter! Nicht mal bei der Hochzeit. Ganz schön blöd.«

Johnny versetzte ihr unter dem Tisch einen Tritt, und Tom sagte warnend: »Kitty!«, doch Iris stand bereits hinter ihr und hatte genug gehört.

»Ich habe meine Tasche vergessen«, sagte sie ausdruckslos, und Vernon fand sie und reichte sie ihr. Sie wandte sich zum Gehen, stocksteif, und Tom holte Luft, um eine vernichtende Bemerkung vom Stapel zu lassen, da drehte Iris sich noch einmal um und blickte von oben auf Kittys Kopf herab. »Soviel *ich* weiß, sprichst du nicht mit deinem Vater«, sagte sie ruhig und durchaus nicht unfreundlich. »Du hast ihn dein ganzes Leben lang gehabt, aber kaum dass er ein wenig Glück findet, kehrst du ihm den Rücken zu und sorgst dafür, dass er immer noch etwas hat, worüber er unglücklich sein kann. Hast nicht mal bei seiner eigenen Hochzeit mit ihm geredet. Nimmst ihn wohl für selbstverständlich.«

Kitty drehte sich nicht um. Ihr Blick war auf den Tisch geheftet: die kleine Vase mit den Nelken, die Kerze, die Cocktailgläser, die im gedämpften Licht glänzten, der Aschenbecher mit Carmichaels brennender Zigarette. Der Augenblick hing in der Luft.

»Tja«, sagte Kitty und begann, hektisch auf der Samtbank nach ihrer Tasche zu suchen. »Bleib du ruhig hier und hör dir an, wie deine Mutter singt. Ist bestimmt nett. Ich glaube, ich –«

»Herrgott noch mal, Kitty, jetzt –«, begann Tom, doch Johnny nahm Kitty unvermittelt beim Arm und sagte: »Komm, Schatz, das ist unser Foxtrott!« – was natürlich Unsinn war, denn es war kein Foxtrott, und sie war nicht sein Schatz, aber er zog sie vom Tisch fort auf die Tanzfläche, und einen Augenblick später hielt er sie in seinen Armen, in der vertrauten Sicherheit englischer Allerweltstanzschritte, ihr Gesicht an seiner Schulter verborgen, ihre Tränen ungehört und ungesehen.

»Du bist ein bezauberndes Mädchen, Kitty«, sagte er leise. »Manchmal ein bisschen töricht … aber ganz bezaubernd.«

Kitty blickte auf. Ihr Mund war zusammengepresst. »Danke, Johnny«, sagte sie. »Aber ich mag es nicht, wenn man mich herablassend behandelt.« Sie löste sich von ihm, ging zum Tisch zurück und griff nach ihrer Tasche. Ihre Absätze fühlten sich gefährlich wackelig an. Sie verabschiedete sich knapp von Vernon und sagte zu Iris: »Aber ich habe doch recht, oder? Du hast wenigstens noch eine Mutter.« Sie warf Tom einen vernichtenden Blick zu, drehte sich um und kämpfte sich durch die Menge.

Beinahe hätte sie Iris' Entgegnung nicht mehr mitbekommen. »Ja, klar, Süße, wir haben beide *recht*« – als wäre Rechthaben das mindeste.

Tom sah zu seinen Freunden und verdrehte die Augen. Vernon meinte: »Solltest du nicht …?«, doch Johnny eilte ihr bereits hinterher. Die Musiker hatten ihre Instrumente sinken lassen, aber sie erhoben sie erneut, als der Pianist sich zum Mikrophon beugte und verkündete: »Und jetzt, meine Damen und Herren – ach, muss ich überhaupt noch mehr sagen? Die Frau, deretwegen wir alle hier sind: unsere magische, malerische, zauberhafte, zartbittere – Mabel Zachary!«

Sie kam auf die Bühne und ließ ihr träges Lächeln und den Blick ihrer dunklen Augen durch den Raum gleiten, und kaum jemand wusste, dass sie nach Iris Ausschau hielten.

Bevor der Song begann, bevor Mabel sie entdeckt hatte, beugte Tom sich zu Iris.

»Ich weiß nicht, worum es zwischen euch geht«, sagte er ruhig und entschlossen, »aber ich bin froh, dass ich euch beide habe, und ich wünschte, ihr würdet euch wieder vertragen.«

»Kitty hat klar und deutlich –«, begann Iris.

»Nicht Kitty«, unterbrach Tom sie. Er wies mit dem Kopf zur Bühne. »Ich fände es schön, wenn Mabel meine Mutter wäre und du meine Schwester. Zwei neue Traumfrauen in der Familie … Dad glücklich … Alles im Garten in bester Ordnung.« Einen Moment stutzte er. *Alles im Garten in bester Ordnung* – wo kam das denn jetzt her?

Er riss sich zusammen und sah Iris ein wenig verlegen an. »Findest du nicht auch?«

Die Band begann zu spielen, einen leise swingenden Rhythmus.

Iris sah Tom an und verdrehte die Augen, und Mabel fing an zu singen: *When they begin … the Beguine … it brings back the sound of music so tender …*

Iris unterdrückte ein kleines Lachen.

»Was ist denn so komisch?«, fragte er.

It brings back a night of tropical splendour …

»Das war mein Schlaflied«, flüsterte Iris. Tom blickte zu Mabel und bemerkte ein Erkennen in ihren Augen, als sie sah, wie Iris lächelte und sprach.

It brings back a memory evergreen … Mabels Stimme schlängelte sich zwischen den Samtsitzen hindurch wie Zigarettenrauch und hüllte jeden einzelnen Gast im Saal ein, seine Vergangenheit und seine Zukunft, vor allem aber Iris und Tom.

Johnny holte Kitty ein, als sie gerade nach draußen trat.

»Tut mir leid«, sagte sie zitternd. So ein Londoner Winterabend war doch ziemlich frisch. Sie spürte bereits, wie die Kälte des Pflasters durch die dünnen Sohlen ihrer Schuhe drang. »Seltsame Zeiten!«, rief sie munter. »Große Gefühle!« Sie verzog das Gesicht zu einer amüsiert-ironischen Grimasse wie ein verrücktes Mädchen in einer romantischen Komödie. *Myrna Loy,* dachte sie. *Obwohl Myrna Loy nie so dämliche Ausbrüche hingelegt hat.*

»Bus?«, fragte er. »Oder noch was trinken?«

Sie schlug ihren Mantelkragen hoch.

»Beides«, sagte sie und sah ihn an. »Erst was trinken.«

Er wies die Richtung, und sie gingen die Straße hinunter. Dann blieb sie stehen, drehte sich zu ihm und legte die Stirn einen Moment an seine Schulter, als wäre sie zutiefst erschöpft. Sein Mantel roch nach kalter Wolle und einem anderen Leben.

»Sie hat recht«, sagte sie, und ihr Gesicht verzog sich erneut, unsichtbar.

»Wie gemein von ihr«, sagte er. »Aber gut erkannt. Komm, wir besorgen uns etwas Stärkendes, und dann kannst du mir alles erzählen. Suppe und Schokolade, oder lieber was Hochprozentiges?«

Sie sah ihn an. *Wenn ich denke, nette Augen, heißt das dann, dass ich ihn nicht attraktiv finde?*

»Was Hochprozentiges!«, sagte sie kläglich. »Aber nur ein Glas. Wie spät ist es? Schrecklich spät? Weil ich wohl mal mit meinem Vater reden sollte. Nicht jetzt natürlich. Aber gleich morgen früh.« Wieder stiegen ihr die Tränen in die Augen, und sie dachte kurz, dass sie bestimmt ganz schrecklich aussah, doch das war nicht wichtig, weil sie ehrlich und aufrichtig zu jemandem war, zu einem Mann, einem attraktiven Mann, und das war ziemlich großartig. Und sie würde Peter verzeihen. Und Iris vielleicht auch. War ja nicht ihre Schuld. Und das war auch ziemlich großartig.

»Braves Mädchen!«, sagte Johnny. »Oh! Tut mir leid – war das herablassend?«

»Ja«, sagte sie und lächelte.

19. KAPITEL

Rom und London, Januar–September 1939

Rom, Januar 1939

Mein lieber Masino,
ich brauche nur zwei Buchstaben auszutauschen, dann wird daraus mein lieber *marito*, Masino *mio marito* … Ich kann immer noch lachen, Tom, mein Ehemann.
Aber ich lache nicht, denn ich habe Deine Briefe bekommen. Wie kann ich Dir sagen, wie viel Kraft mir Deine Worte geben? Deine Worte, Deine Bewunderung, Deine Ermutigung, Dein Glaube, Deine Liebe – Du liebst mich! –, all das weckt noch mehr desselben in mir. Ich möchte alles wissen, traue mich aber nicht zu fragen. Ist sie dauerhaft, diese Abreise? Ich werde zur Botschaft gehen und mit JC sprechen, wenn er noch da ist. Ich spreche mit Papà – oder versuche es zumindest –, immer wieder, um ihn mürbe zu machen. Ich bin wie Wassertropfen auf einem Stein, und es wird tausend Jahre dauern. Er ist die Fontana di Papà, ich bin die Acqua Figlia, eines Tages werden Touristen kommen, um uns zu besichtigen. Masino, ich erinnere mich an den vergifteten Garten, und ich verstehe das mit Deiner Machete, aber aber aber. Es ist mein eigenes Herz, das in den Ranken gefangen ist, mein eigenes Blut in dem Dickicht. Ich lache nicht. Ich weiß noch, wie Du auf der Wiese gestanden und Deine Meinung gen Himmel gerufen hast. Jetzt bin ich nicht mal mehr sicher, ob etwas auf Papier geschrieben werden kann. Wird es

Krieg geben? Bei Dir klingt es unausweichlich. Niemand hier will Krieg – oder nur die dummen jungen Männer, die denken, das wäre ruhmreich. Ich sehe die kleine Stellina mit ihnen herumlaufen, sie hängt an ihrem Arm wie eine hübsche Handtasche und macht ihnen schöne Augen … Mein erster Kuss, mein zweiter und mein dritter. Du weißt, wovon ich spreche. Masino *mio,* wenn Du etwas weißt, was ich nicht weiß, dann schreib mir bitte und erzähl es mir. Ich habe das Gefühl, nur Wissen ist real, nur an Wahrheit kann ich mich festhalten. Und beides ist schwer zu finden, vor allem seit mir klargeworden ist, dass ich sie nicht beurteilen kann, es nie gekonnt habe. Ja, ich habe mich geirrt, mein ganzes Leben lang. Ja! Tom – Du denkst, ich bin stark, aber in mir ist eine Schwäche, ausgelöst durch diesen Irrtum. Ich halte auf der Straße inne, oder bevor ich etwas sage, und denke: Bist du sicher? Das bin ich nicht gewohnt. Ich weiß nicht mehr, wie ich Dinge einschätzen soll. Und jetzt ist eine schreckliche Zeit, um das zu lernen – hier, wo alles wirr oder falsch oder gelogen ist. Du wirst meine *Bocca della Verità* sein, ich werde meine Hand in deinen Mund stecken, und Du wirst mich beißen, wenn ich Fehler mache.
Ich kann immer noch nicht sagen, dass ich es tun werde – Du weißt, welches ES ich meine –, ohne die anderen. Ich bin jetzt die Einzige, die noch Geld verdient. Wovon sollen sie leben?

Die Einzelheiten konnte sie ihm nicht schildern. Schließlich wusste man nicht, wer welche Briefe las. Sie hatte von Tullio falsche Papiere mit einem nichtjüdischen Namen bekommen und ging jeden Tag eine Stunde zu Fuß zur Arbeit, als Putzfrau in einem Palazzo am anderen Ende der Stadt, wo niemand sie kannte. Sie wischte Marmorböden in hohen, dämmrigen Räumen, das stete Hin und Her des Mopps, Staubpartikel im Sonnenlicht, das durch die Fensterläden hereinfiel, steinerne Stufen und dunkle Ölgemälde.

Das Geld gab sie ihrer Mutter. Ihre richtigen Papiere bewahrte sie in ihrer anderen Tasche auf, für den Fall, dass sie auf dem Heimweg in ihrem Viertel kontrolliert wurde, und sie war überzeugt, dass sie sich eines Tages durch etwas so Dummes, wie die falschen Papiere herauszuholen, aus dieser unerträglichen Situation befreien würde. Sie hatte sich ihre Geschichte schon zurechtgelegt: *Oh ja, die habe ich auf der Straße gefunden. Ich wollte sie gerade bei der Polizei abgeben.* Sie ging verschiedene Routen durch und überlegte, welche Polizeiwache wo war, damit sie sagen konnte, sie sei auf dem Weg zu einer bestimmten, falls jemand nachfragte. *Aber warum gehen Sie nicht zu der hinter Ihnen, Signorina? Oh, ich wusste gar nicht, dass da eine ist – danke! Dann gehe ich dorthin.* Das »Danke« war eine gute Idee. *Schließlich bin ich ja auch Faschistin. Und diesen Jungs in den schwarzen Hemden dankbar, dass sie so gut auf mich aufpassen.* Sie trug immer ihr Parteiabzeichen. Jemand hatte gesagt, Juden dürften nicht länger in der Partei sein. Das hatte sie gar nicht gewusst. *Und wie lange noch, bis ich daneben ein gelbes Abzeichen tragen muss?* Nun, da sie die Augen geöffnet hatte, lernte sie schnell.

Ein paar von ihren Freunden waren gegangen. Andere machten weiter wie zuvor. Die Bessergestellten waren ausnahmsweise schlechter gestellt – die Posten ihrer Väter waren offizieller und damit auch offizieller beendet. Die ärmeren Leute auf der Piazza versuchten zurechtzukommen, wie sie es immer getan hatten.

Aber das war nichts, was sie schreiben konnte. Ihre Briefe an Tom entwickelten eine seltsame eigene Sprache, eine Mischung aus Englisch, Französisch, Romanaccio, Italienisch und Wörtern aus ihrer Kindheit. Keine Namen; der Duce hieß *il pischello* (ein römisches Wort für Junge), und sie unterzeichnete mit »Deine kleine Schwester«.

Sie fuhr fort:

Mama hat die guten Bettbezüge verkauft. Manchmal wünschte ich, ich wäre eine richtige Jüdin, dann könnte ich Trost bei Gott suchen. Ich schwöre Dir, wenn unsere Freunde und Nachbarn aus der Synagoge kommen, sehen sie munterer aus als beim Hineingehen - aber leider kommt niemand von den Bergen zu uns, wie es in dem Psalm heißt. Oder falls doch, dann sind es nicht die Leute, die wir sehen wollen.

Wenn es irgendetwas gibt, was Du für uns alle tun kannst, sag mir Bescheid, und ich werde gehorchen.

Dalla tua sorellina

Tom las den Brief im Büro, wo er wieder seine ursprüngliche Arbeit machte. Die Zeitung war von seinen italienischen Abenteuern nicht sonderlich beeindruckt gewesen. Offenbar musste man einen gewissen Status haben, bevor man dafür bewundert wurde, dass man in Schwierigkeiten geraten war. Sogar Vaughan grinste ein wenig, als Tom wieder auf seinen alten Posten verwiesen wurde - im Magistrate's Court herumlungern, Däumchen drehen und die Ohren aufsperren, wer von der Auslandsredaktion in den Ruhestand ging, befördert oder entlassen wurde. Nach Feierabend besuchte er einen Französischkurs für Fortgeschrittene, der in einer Grundschule abgehalten wurde. Er saß auf einem grotesk niedrigen Stuhl an einem ebenso niedrigen Tisch, neben dem seine knochigen Knie in die Luft ragten, und eins davon wippte ständig auf und ab, ein Zeichen der nervösen Energie, die zu seinem ständigen Begleiter geworden war.

Wieder in London zu sein machte es ihm vollkommen unerträglich, nicht in Italien zu sein. In der Sicherheit hier wurde der Drang, dort zu sein und gegen das, was dort geschah, anzukämpfen, von Tag zu Tag stärker. Der Zorn wurde stärker. Die Angst wurde stärker. Er konnte das Böse, das sich zusammenbraute, riechen. Allmählich fühlte er sich … bereit.

Februar 1939

Carissima,
es gefällt mir, dass Du noch lachen kannst – eine großartige Antwort auf all das. Aber ich habe nur eins zu sagen: KOMM. KOMM. KOMM. Du siehst, ich sage es dreimal. Ich werde es so oft sagen, wie es nötig ist. KOMM. Sag zumindest, dass Du kommst. Ich bereite einiges vor. Bitte schick mir UMGEHEND zwei kleine Passfotos von Dir, mit der Unterschrift eines Rechtsanwalts auf der Rückseite, dass Du es wirklich bist, und eine Kopie deiner Geburtsurkunde. Sobald ich Dich HIER bei mir habe, kann ich anfangen, mich um die anderen zu kümmern. Mit etwas Glück können alle kommen. Ich füge ein Schreiben von Rileys Verlag bei, mit einem Stellenangebot. Aldo kann als Übersetzer arbeiten, Susanna wird leider unsere Köchin sein müssen. Das, zusammen mit der Heirat wird vielleicht ausreichen, was die Visa angeht. Ich sage »vielleicht«, weil bereits so viele Leute hergekommen sind und es bald nur noch Stehplätze gibt. Aber ich tue, was ich kann.
Ja, die Zeitung hat beschlossen, mich nicht wieder nach Rom zu schicken, wegen meines Rauswurfs, meiner mangelnden Erfahrung im politischen Bereich, meiner Jugend usw. Aber das ist nicht so schlimm, denn wenn ich mich hier auf den Papierkram konzentrieren kann, stehen die Chancen besser, alles zu einem guten Ende zu bringen. Es braucht Zeit. Zeit! Ich schlafe nicht sonderlich gut. *Forza, sorella mia, forza e pazienza.*
Liebling. Komm. Jetzt, wo alles so polarisierend ist. Du musst hier sein, unter derselben Lichtquelle wie ich. KOMM KOMM KOMM. SAG, DASS DU KOMMST.

Februar 1939

Masino *mio*,
falls es Dir gelingt, durch die Wiederholung des Wortes die Tatsache aus der Welt zu schaffen, dass ich eine Familie habe, dann wiederhole es, sooft Du willst, dann hat es einen Sinn. (Obwohl es dann nicht nötig wäre – ich wäre längst bei Dir.) Aber kann Wiederholung Tatsachen verändern? Nein. Also, wie wäre es damit: Falls ich jemals kommen kann, dann komme ich. Wegen der Fotos: Die jüdischen Anwälte sind bereits fort, und die übrigen tanzen, wie alle hier, auf heißen Kohlen, was uns angeht. Aber ich finde bestimmt einen alten Säufer, der es macht. Oder irgendeine andere Lösung. Brauchst Du keine Fotos von den anderen? Die Jungs und Marinella kriege ich bestimmt dazu, aber bei Mama und Papà bin ich mir nicht so sicher ... Aber vielleicht hoffst Du ja immer noch, dass ich sie aufgebe.
Es gibt nicht viel zu erzählen. Ich bin müde. Gestern habe ich zum ersten Mal seit langer Zeit wieder mit unserem Freund von der Piazza gesungen. Meine Stimme quietschte wie eine alte Tür. Ich muss bei der Arbeit singen, wie ein Hausmädchen bei Rossini.
Ich sollte Dir viel mehr zu sagen haben. Das hier ist ja kaum das Geld für eine Briefmarke wert. Mein Kopf und mein Herz sind so voll, Masino, und trotzdem bin ich bereits erschöpft – aber das willst du sicher gar nicht wissen. Ich habe aufgehört zu lesen. Es gibt mittlerweile so viele Gründe – religiöse, biologische, politische, und alle widersprüchlich –, warum ich weniger wert bin als andere, dass ich nichts mehr begreife. Ich sehe, wie meine alten Schulfreunde sich dem anschließen, Leute, die wir unser ganzes Leben lang gekannt haben. Es gibt eine Theorie, dass dahinter Neid steht – dass alles nur geschieht, weil wir intelligenter sind als andere. Aber ich bin nicht intelligent genug, um es zu verstehen. Oder liegt

es daran, dass wir reich sind? Ein internationales Netz von Bankleuten, die die Welt beherrschen? Aber ich habe nicht einmal Geld genug, um einen Anwalt zu bezirzen, damit er seine Unterschrift auf ein Foto setzt. Oder vielleicht sind wir auch eine kommunistische Verschwörung, ein internationales Netz von Sozialisten, die die Welt beherrschen. Siehst du nicht, dass ich die Welt beherrsche? Neulich habe ich eine Studentenzeitung gelesen, darin waren alle Orte aufgelistet, von denen wir verjagt werden sollen (Cafés, Schulen, Gärten, Schwimmbäder, Straßen, Hügel), und dort war vom »bürgerlichen Tod« die Rede, auf uns bezogen. Bürgerlicher Tod?

Papà betrachtet jetzt alles als eine Prüfung seines faschistischen Glaubens. So wie Gott Hiob geprüft hat, prüft *il pischello* meinen Papà. Das Rückgrat des Faschismus ist Gehorsam gegenüber den Autoritäten, und so gehorcht Papà weiter. Treu und eifrig schließt er sich von allem aus, wie es *il pischello* in seinen Gesetzen vorschreibt. Er willigt ein, die Bibliothek nicht länger zu benutzen, wenn es *il pischello* so will. Er arbeitet nicht mehr, weil *il pischello* nicht will, dass er weiter arbeitet. Für seinen geliebten *pischello* wird er edelmütig in den bürgerlichen Tod schreiten. Sein Stolz ist unerschütterlich. Er wird niemals seine Meinung ändern. Er könnte sich ebenso gut das Leben nehmen. Schließlich ist es das, was *il pischello* will. Er hat zu mir gesagt – Du kannst dir ja vorstellen, wie er redet – er hat mich gefragt: Wie definierst du den Glauben? Der Glaube ist das, was sich über alle rationalen Zweifel erhebt. Er erhebt sich so weit über alle rationalen Zweifel, dass er fliegt. Er ist der Ikarus des rationalen Zweifels. Er ist so irrational, dass er uns alle opfern wird. Er könnte sich genauso gut selbst den Hintern versohlen. Er wird sich beim Henker bedanken, ihm dabei helfen, die Schlinge um seinen Kopf zu legen, ihn dazu beglückwünschen, dass er die Welt von einem weiteren üblen Juden befreit. Mein Papà.

Es tut mir so leid. Du weißt, was ich meine. Und ich bin so wütend.
Niemand hat Mitgefühl. Mitgefühl ist unitalienisch. Es ist schwach, altmodisch, unpatriotisch und steht unter Strafe. Und trotzdem kommt Papà gelegentlich immer noch mit dem alten Klischee: Wenn *il pischello* davon wüsste, würde er selbstverständlich etwas dagegen tun … Unser *pischello* ist ein guter *pischello*, es ist nur zu unserem Besten, dass er so hart zu uns ist; seine Untergebenen betrügen ihn, *sie* sind korrupt / gewalttätig / unfähig, nicht er; wenn er die Möglichkeit, die Information, die Was-auch-immer hätte, wäre er der Erste, der alles wiedergutmachen, unsere Probleme lösen, unsere Briefe beantworten würde … In Turin knieten alte Bäuerinnen vor ihm auf dem Boden, als er vorbeiging. Selbst wenn ich nicht aus dem Kino verbannt wäre, und selbst wenn ich es mir leisten könnte hinzugehen, würde ich es nicht tun. Wenn ich die Wochenschauen sehe, wird mir übel.
Euer englischer *pischello* war hier, aber das weißt Du sicher. Er hatte einen Schirm dabei; *il pischello italiano* findet Schirme unmännlich, deshalb glaubt er, dass die Engländer niemals in einen Krieg eintreten würden. Er hat vergessen, dass sie beim letzten dabei waren und sich gar nicht so übel geschlagen haben.
Mach's gut.
Tua sorella

Nenna schrieb diesen Brief am Küchentisch. Sie hörte, wie ihr Vater im Nebenzimmer leise mit sich selbst sprach und mit Papieren raschelte. Bevor sie nach oben ging, schaute sie kurz bei ihm hinein. Wie sie vermutet hatte, stand er über seinen Schreibtisch gebeugt, versunken in die glatte weiße Fläche einiger Pläne. Seine Ärmel waren hochgekrempelt, und seine Unterarme wirkten stark im Schein der Lampe, die Hände auf der ledernen Oberfläche abgestützt. Dann und wann gab er ein leises, bewunderndes Lachen von sich oder beugte sich weiter hinunter, um lächelnd ein Detail zu betrachten.

Er blickte auf, und sein Lächeln vertiefte sich, als er ihr zurief: *»Buona notte, amore!«*

»Buona notte, Papà«, murmelte sie.

Tom und Kitty saßen wieder in der American Bar des Savoy. Anderswo wollte sie sich nicht mehr mit ihm treffen.

»Wie kannst du dir das leisten?«, fragte Tom. »Mit deinem Sekretärinnengehalt?«

»Das ist eine Investition«, erwiderte sie. »Ich muss die richtige Sorte Männer kennenlernen und mich in interessanten Kreisen bewegen. Was ist los? Du bist ja ganz grün im Gesicht.«

»Ist Carmichael etwa nicht richtig und interessant genug für dich?

»Johnny ist äußerst charmant«, sagte sie. »Und das weißt du auch. Lenk nicht vom Thema ab.«

Tom grinste. Kitty gab die geheimnisvolle Frau, auf amüsante Weise – sie hatte es fast raus, aber durch die Zigaretten und die flotten Sprüche schimmerte immer noch etwas Unschuldiges.

»Äußerst charmant!«, sagte er. »Ich schätze mal, das ist positiv. Ich werde ihm erzählen, dass du das gesagt hast.«

»Nein, das wirst du nicht. Also, warum bist du so grün? Und könntest du bitte aufhören, ständig mit dem Knie zu wippen, das ist eine grässliche Angewohnheit.«

»Bin ich grün?«, fragte er, und sie bedachte ihn mit einem sehr direkten, sehr vertrauten Blick, mit dem sie ihn früher immer angesehen hatte, wenn er zu weit gegangen war, wenn sie ahnte, dass es Ärger geben würde; es war ein Blick, in dem zugleich Stolz lag und ein *Ich bitte dich, Tom* – der Blick eines Mädchens, das ihn sehr gut kannte und sich um ihn sorgte.

Er lächelte.

»Ich bin verliebt«, sagte er. »Wirklich und wahrhaftig.«

Sie quiekte und sprang auf und winkte dem Kellner, um Champagner zu bestellen. »In wen? Kenne ich sie? Tom, das ist ja wunderbar.«

»Es ist Nenna«, sagte er. »Ich bin in Nenna verliebt.«

Kitty setzte sich wieder.

»Aber –«

»Eben.«

Drei Stunden lang saßen Tom und Kitty da und tranken und redeten, und als Tom nach Hause kam, schrieb er:

Nenna,
es gibt etwas, das ich Dir sagen muss, und bei all dem Gerede über Bürokratie und Papiere und Familie weiß ich nicht mehr, ob ich es wirklich deutlich genug gemacht habe. Mit mir ist etwas passiert, und ich glaube nicht, dass es je wieder rückgängig gemacht werden kann, ganz gleich, was die Zukunft bringt. Ich habe mich in Dich verliebt. Ich liebe Dich. Ich liebe alles an Dir, ich liebe Dein Herz und Deine Seele. Nimm diese Tatsache und behalte sie bei Dir und mach damit, was Du willst. Ich bin Dein und werde es immer sein.
Tom

Nenna weinte, als sie es las.

Da ist er – da ist er.

Als sie an dem Abend in ihrem bootartigen Bett lag, schrieb sie mit der Nadel ihres Zirkels seinen Namen, Masino, auf die weiche Haut ihres Unterarms. Die Kratzer waren zart und weiß wie der Flaum einer Feder. Sie drückte ein wenig stärker, und entlang der perlweißen Kratzer erschienen kleine rubinrote Perlen. Es sah alles so sauber und schön aus. Es tat weh. Sie drückte noch ein wenig stärker und lächelte.

In der Nacht träumte sie zum ersten Mal seit Jahren wieder, dass die Insel sich losriss und davonsegelte.

Am nächsten Morgen las sie seinen Brief noch einmal und dann bei jeder Gelegenheit. Die jubelnde Freude, mit der er sie erfüllte, machte sie auf einmal kühn gegenüber ihrem Vater, als sie bei Tisch saßen.

»Ich habe heute Gelsomina gesehen«, sagte sie. »Sie gehen auch weg, wusstest du das? Nach Amerika. New York!«

Er reagierte sofort, wie auf Knopfdruck.

»Wenn du so mit mir redest«, brüllte Aldo, schlug mit der Faust auf den Tisch und blickte zum Himmel, »dann bist du wie diese missionierenden Christen, du versuchst, mich gegen meinen Willen zu bekehren. Ich lasse mich nicht bekehren! Begreifst du überhaupt, wie sehr dein Versuch mich verletzt? Der Duce ist mein Führer, egal, wie sehr du mich piesackst.«

Rund um den Tisch duckten sich die Familienmitglieder, schweigende, dunkle Köpfe, die zurückzuckten wie Schnecken vor dem Salz. *Aber ich habe ein Schneckenhaus,* dachte Nenna, *und so kann es nicht weitergehen.* Sie wollte ihn eigentlich nicht vor seinen Söhnen und seiner Frau herausfordern, aber beim Essen war die einzige Gelegenheit, mit ihm zu sprechen. Sonst war er nie zu Hause, als würde er weiter zur Arbeit gehen – *aber was für eine Arbeit? Ist er auf wundersame Weise als einziger Jude in Italien nicht entlassen worden?* Sie wussten es nicht. Er sprach nicht darüber. Susanna fragte nicht. Aber das Gesetz verbot ihm zu arbeiten.

»Glaubst du, ich kenne die Geschichte nicht?«, fuhr er fort. Er pumpte sich auf, das vertraute rhythmische Aufblasen seiner Selbstsicherheit, seiner Überzeugung, alles besser zu wissen, seiner gerechtfertigten Empörung. »Du erzählst mir was von Freiheit und Gefangenschaft – bist du mit dem Schmutz des Ghettos unter deinen Fingernägeln aufgewachsen? Was weißt du von Venedig und Triest und Napoleon? Was weißt du von Pius VII., von der Inquisition? Fließt die Angst der Generationen in deinen Adern stärker als in meinen?«

Nein. Aber ich sehe, dass du Angst hast, dass du die Angst geerbt hast, es aber nicht zugeben kannst.

»Weiß ich nichts von dem Dank, den wir den Fürsten des Hauses Este schulden? Oder von der Doppelzüngigkeit der Spanier, die uns aus Spanien vertrieben, aber in Mailand geduldet haben, unter spanischer Herrschaft – und uns dann erneut vertrieben haben –«

Es war die Art von blindem, proklamierendem Gebrüll, bei der jede Antwort zwecklos und unmöglich war.

Ja, Papà, du weißt so viel – warum willst du dann das hier nicht wissen? Das Eine, das du unbedingt wissen solltest?

»Frag deine Mutter nach den Juden von Mantua!«

So, jetzt schlägt er seine Serviette aus – abgenutzt und blank vom langen Gebrauch und zahllosen Wäschen –, sie knallt wie eine Fahne im Wind, dann legt er sie auf seine Brust und steckt die Enden in seinen Kragen. Wie er es immer tut. Und jetzt die Hände auf den Tisch.

»Ja, ich bin Römer«, sagte er mit strenger Miene, die Ellbogen auswärts gedreht. »Aber ich weiß auch, was anderswo geschehen ist. Und vor allem weiß ich, dass Rom unseren Retter hervorgebracht hat, einen Retter, der sich ohne eigenes Verschulden, aufgrund der Umstände, gegen diese ausländischen Juden stellen musste, die Italien nicht treu verbunden sind – er versteht, dass unser Land sie sich nicht leisten kann, obwohl er sie mit der Großzügigkeit seines Herzens dulden würde, wenn er nur könnte, aber ein Land ist nun mal nicht unendlich groß, es wäre töricht, ja, sogar unmoralisch, jeden hereinzulassen, der in unser schönes Land will –«

Er sieht nicht, dass seine ganze Familie sich vor ihm duckt. Er weiß nicht, dass seine Söhne sich hinter seinem Rücken über ihn lustig machen. Dass Marinella zusammenzuckt, wenn er laut wird. Wir, die wir ihn lieben, hassen ihn. Papà.

»Nein«, sagte er, »Benito Mussolini ist unser Mann, unser Führer. Er liebt uns, er wird uns beschützen. Seht euch doch um! Er hat uns nichts Böses getan! Oder? Da sind unsere

Teller, da ist das Dach über unserem Kopf, da ist das Essen auf unserem Tisch.«

Aldo breitete die Arme aus. Niemand blickte auf. Marinella schien ganz in ihr Stück Brot versunken, sie sprach leise damit und sang ihm etwas vor.

»Wenn wir ihm den Rücken kehren«, fuhr er etwas ruhiger fort, »werden wir dann nicht seinen Zorn wecken? Wird er uns dann nicht bestrafen, uns seine Wut spüren lassen, uns hinauswerfen, wie es jeder Vater tun würde, wenn seine Kinder sich gegen ihn wenden?«

In Nennas Kopf breitete sich eine mächtige Hitze aus.

»Ist es das, was ein Vater tut?«, fragte sie.

Susanna schloss die Augen. Die Brüder blickten verstohlen zwischen Vater und Schwester hin und her.

»Wenn ein Kind seinen Vater beleidigt, bestraft er es«, sagte Aldo voller Überzeugung.

»Was ist, wenn der Vater es falsch versteht?«, entgegnete Nenna und sah ihn unverwandt an.

»Ach, Nenna«, sagte er mit seinem einnehmenden Lächeln. »Ein Vater weiß es am besten.«

»Was ist, wenn der Vater sich irrt?«, beharrte sie.

»Welcher Vater irrt sich denn?«, fragte er ungläubig und gutmütig, denn er liebte seine kluge Tochter – und sie musste beinahe lächeln, weil seine beharrliche Blindheit so anpassungsfähig war, dass sie fast glaubte, er wüsste wirklich nicht, wovon sie sprachen. »Der Duce irrt sich nicht!«, sagte er. »Welchen Vater meinst du?«

»Du willst es nicht sehen«, sagte sie, »weil du Angst hast –«

»Angst!«, rief er. »Und das sagst du einem Helden von Caporetto?«

»Wir haben bei Caporetto verloren. Auf demütigende Weise, wegen schlechter Führung und falscher Loyalität. Das sage ich einem Juden, der seinen Feind nicht als solchen erkennen will.« Und dann holte sie tief Luft und fügte in sein schockiertes Schweigen hinzu: »Und einem Vater, der nicht sehen will, dass seine Tochter recht hat.«

Stille.

Dann fragte er: »Was ist das?«

»Eine liebende Tochter, die die Wahrheit sagt«, antwortete sie.

»Keiner Schlange Zahn so grimmig schmerzt wie eines Kindes Undank«, zitierte er *König Lear.* »Das ist nicht Wahrheit, das ist Respektlosigkeit.«

»Es ist Wahrheit, wie ich sie sehe, wie sie mir gezeigt wurde. Und Papà, merkst du nicht, dass alle anderen meiner Meinung sind?«

»Du denkst also, ich hätte Angst und würde mich irren.«

»Ja.«

»Du respektierst mich nicht«, sagte er. »Dann geh. Los, geh! Geh!«

»Aber du hast recht, Angst zu haben«, fuhr sie fort. »Nur ein Narr hätte keine Angst. Ich wünschte nur, du würdest danach handeln.«

Sie redeten aneinander vorbei; keiner hörte wirklich, was der andere sagte. Wie weit und tief so ein Graben plötzlich sein konnte …

»Geh!«, brüllte er.

Susanna presste die Hand vor den Mund. »Papà«, sagte Vittorio. Susanna stieß ihn an und bedeutete ihm mit einem Blick, den Tisch zu verlassen.

»Nein«, sagte Aldo. »Das ist ihre Schwester. Sie sollen hierbleiben.«

»Du willst nicht, dass ich gehe.« Nenna hob den Kopf und sah ihm in die Augen, *die schönen, großen braunen Augen meines Vaters.* Sie wusste, dass es stimmte. Ihre Stimme zitterte; ihre Kehle war so eng, dass sich die Worte kaum hindurchkämpfen konnten. *Aber du musst es sagen.*

»Keiner Schlange Zahn so grimmig schmerzt«, wiederholte er. Seine Miene war verschlossen.

»Und was ist mit Stefano?«, fragte sie. »Und mit Vittorio? Mama? Marinella? Sollen sie auch gehen?« Alle blickten auf.

Ich glaube, ich muss spucken.

NEIN.

Spuck Worte aus. Los – lass es raus. Alles.

»Oder sollen sie alle hierbleiben, voller Angst vor deiner Blindheit, ›beschützt‹ von dem Mann, der ihnen verbietet, ein Radio zu besitzen, zu arbeiten, zu lernen; der Hitler verehrt, den Mann, der Juden ermordet, der sie – uns! – aus seinem Land wirft, ohne einen Ort, an den sie gehen können, der ihnen alles raubt, was sie besitzen, und sie erniedrigt. Was haben diese Menschen Hitler getan, abgesehen davon, dass sie Juden sind? Weiß Hitler und kümmert es ihn, wo die Großeltern eines Juden gelebt haben? Dieser herrschsüchtige neue Freund von Mussolini, weiß er und kümmert es ihn, dass die Juden schon vor Jesus Christus in Rom waren? Sind diese Menschen, die er hinauswirft, eine internationale kommunistische Verschwörung? Oder sind es Menschen, die jetzt kein Zuhause mehr haben? Genau das wird uns auch passieren, Papà. Das wird Marinella und Mama passieren. Mir ist das egal, ich kann gehen. Ich bin jung und stark und erwachsen – ich kann gehen. Die Jungs auch, sie sind Jungs und fast erwachsen. Wir können in Scheunen schlafen und lügen und etwas zu essen stehlen. Aber Mama. Und Marinella. Marinella, Papà. Wie können sie Essen stehlen und auf der Straße schlafen?«

Er versuchte, sie niederzureden, gegen sie anzureden, und schließlich verstummte sie. Die Jungs starrten nervös zwischen ihnen hin und her.

»Und du!«, rief sie. »Was ist mit dir? Du wirst alt sein!«

»Kind«, sagte er. »Beruhige dich. Hör zu. Erinnerst du dich an das Leben von Edgardo Mortara? Nein, hör mir zu. Ein jüdischer Junge aus Bologna wurde illegal getauft –«

»Was redest du denn da? Es wird Krieg geben, Papà! Italien wird auf der Seite des Judenmörders stehen, wegen deinem Mussolini!«

»Sei still. Ich erzähle dir etwas sehr Wichtiges – er wurde illegal getauft, von einer christlichen Dienstmagd, die behauptete, er sei todkrank, und er wurde seinen liebenden Eltern weggenommen und vom Papst höchstpersönlich adoptiert, weil ein Katholik nicht von Juden großgezogen werden darf, und so war er durch diesen Akt, der ohne seine oder irgendjemandes Zustimmung vollzogen wurde, katholisch, und das ist noch nicht mal neunzig Jahre her –«

Die Familie verstummte angesichts dieser Flut, verfiel in die Apathie derjenigen, die es gewohnt sind, in Grund und Boden geredet zu werden.

»Papà –«, murmelte Nenna.

»Der Junge lebt noch – er ist jetzt ein katholischer Priester in einer Abtei in Belgien, von allen verachtet wegen seiner unablässigen Bemühungen, Juden zum Katholizismus zu bekehren. Aber jetzt passt auf: Der Papst – Pius IX. – bot den Eltern an, den Jungen zurückzubekommen, sofern sie bereit wären zu konvertieren – aber sie weigerten sich. Sie weigerten sich! Was für eine Dummheit! Hör mir zu, mein störrisches Kind. Die einzige Möglichkeit, mit dieser Welt zurechtzukommen, besteht darin, auf jedwede Religion und jedweden Aberglauben zu verzichten und auf Stärke und klare, moderne Prinzipien zu vertrauen. Und genau das tue ich. Verfang dich nicht in den Netzen des Glaubens, mein liebes Mädchen. Moderne Prinzipien, wie sie der Faschismus bietet – das ist der Weg. Der Duce hat selbst gesagt, die Priester wären schwarze Flecken auf der Menschlichkeit; er selbst hat gesagt, dass sie sich irren, wenn sie den Juden die Schuld am Tod Jesu geben; er selbst hat gesagt, dass die italienischen Juden im letzten Krieg tapfer und großzügig ihr Blut vergossen haben – hier, da steht es –«

»Es waren die Römer, die Jesus getötet haben«, sagte Nenna. »Er hat unter Pontius Pilatus gelitten. Pilatus war Römer.«

»Kümmere dich nicht um irgendwelche religiösen Machenschaften. Lass die Finger davon!«

Was soll ich darauf sagen? Wir, die wir trotz unserer Verachtung für jede Form von Religion so stolz auf unser Judentum sind, sollen jetzt behaupten, wir hätten mit dem Juden-

tum nichts zu tun? Und selbst wenn – als ob das diejenigen, die uns hassen, kümmern würde!

»Papà, nur ein Verrückter begegnet der Welt, als wäre sie so, wie er sie gerne hätte. Ich glaube nicht an Wasser, deshalb werde ich nicht ertrinken. Ich glaube nicht an dein Recht, mich zu köpfen, deshalb ignoriere ich deine Guillotine. Ich habe dir vor zwanzig Jahren Treue geschworen, deshalb sehe ich nicht, dass du mich jetzt betrügst.«

Er saß mit versteinerter Miene da.

»Papà, bitte! Kein anständiger Mensch, ob Jude oder nicht, kann das, was die Nazis tun, für richtig halten. Nichtjuden auf der ganzen Welt verurteilen sie – aber wir sind Juden! Wir sind nicht nur Zeugen, wir sind Opfer! Da ist kein Raum für Zweifel. Du liebst deinen Mussolini, als wäre er ein Gott. Du bist blind, wenn du ihn betrachtest.«

»Blind?«

»Ja, blind. Mach die Augen auf, Papà. Wir können fortgehen, wenn du mitkommst. Oder willst du, dass wir uns treu und ergeben an deiner Seite zusammenrollen wie Hunde bei ihrem Herrn und das Schicksal erdulden, dem deine Torheit uns ausliefert, weil wir dich lieben?«

Er holte tief Luft und atmete aus und holte erneut tief Luft.

Er ist ein Vulkan. Bricht er gleich aus, oder ist sein Feuer erloschen?

»Weil wir dich lieben«, sagte er schließlich mühsam, »werden wir dich nicht aus dem Haus werfen, aber nur wenn du den *Mund hältst*« – er wurde wieder laut – »und uns mit deiner respektlosen ›Wahrheit‹ verschonst. Wir sind eine loyale faschistische Familie. Ich lasse nicht zu, dass dein Gefasel uns in Gefahr bringt. Wenn du gehen willst, wenn du deiner Mutter und mir das Herz brechen willst, wenn du deine Zukunft ruinieren und dich und deine Familie Gott weiß welchen Gefahren aussetzen willst – nun, du bist neunzehn Jahre alt und weißt anscheinend alles besser, also wirst du sicher glücklich werden. Geh nur! Wenn es das ist, was du willst.«

Nenna ließ den Blick um den Tisch schweifen. Die Jungs saßen stumm da. Susanna hielt die Hände gefaltet, als würde sie beten. Und daneben, in ihrem Kinderstuhl, ein aufgeweichtes Stück Brot in den Händen, Marinella. Drei Jahre alt, dicke Bäckchen, die großen Augen auf Nenna gerichtet. *Ich bin alt genug, um ihre Mutter zu sein*, dachte Nenna. *Marinella Marinella Marinella.*

»Du gibst also zu, dass Gefahr droht?«, fragte sie mit hoch erhobenem Kopf und festem Blick. »An einem sicheren und zivilisierten Ort können Leute frei sagen, was sie denken. Es gibt keinen Grund, in Angst vor Willkür zu leben.«

»Willkür!«, sagte er. »Hört euch an, wie sie redet ... Du klingst wie dein englischer Tommaso.«

»Du hast mich so erzogen«, erwiderte sie. »Damit ich Italien Ruhm bringen kann. Und das werde ich auch. Das werde ich.«

Susanna schüttelte den Kopf.

»Ich habe diese Leute, diesen Jungen geliebt, ich habe ihm vertraut«, sagte Aldo. »Er hat dir das Gehirn gewaschen.«

»Es braucht keine Gehirnwäsche, um zu sehen, was geschieht, Papà. Man muss nur die Augen öffnen.«

»Hört sie euch an!«, sagte Aldo, beinahe amüsiert. »Das hat er dir in den Kopf gepflanzt. Dieser englische Junge.« Er fixierte sie eine Weile, dann fragte er: »Was hat er sonst noch in dich reingepflanzt? Was hat er sonst noch geöffnet, hm?«

Es war vollkommen klar, was er meinte.

Nenna wandte das Gesicht ab. Dann sah sie ihn wieder an und fauchte: »Diesen Schmutz habe ich aus deinem Mund nicht gehört, Vater. Ich habe das nicht gehört.«

Ihr Vater lehnte sich ein wenig zurück und starrte sie mit rotem Gesicht und leicht verächtlicher Miene an. »Seht sie euch an«, sagte er. »Jetzt wissen wir Bescheid.«

Susanna weinte. Stefano weinte. Vittorio kaute auf seiner Lippe. Marinella wimmerte leise.

»Siehst du, was du angerichtet hast?«, sagte Aldo.

Sie ging nicht. Immer mehr Familien taten es, jeder, der genug Geld hatte oder einen Cousin in London oder einen Sohn in Amerika. *Wir haben Cousins in London. Wir haben ein bisschen Geld. Wir können Sachen verkaufen. Wir können immer noch gehen …*

Die Leute, die blieben, machten weiter: verkauften ihr Gemüse, nähten Kleider, gingen in die Synagoge, saßen auf den Stufen vor ihrem Haus. Würden sie gehen, wenn sie es könnten? War es stiller geworden? Oder bildete sie sich das nur ein? Das Viertel war von einem leichten, unbeweglichen, undurchdringlichen Schleier bedeckt: *Attesismo.* Abwarten.

Oder war es still, weil niemand mit ihr sprach? *Weil ich das Faschistenmädchen bin?*

Es war, als hätte sie nie zuvor Scham empfunden.

Aber ich werde geliebt. Tommaso will mich bei sich haben, in London.

Aber meine Mutter! Meine süße kleine Marinella – meine dummen Brüder, die ich so liebe.

Nach dem Streit mit Aldo bekam Nenna keine Briefe mehr von Tom. Sie warf ihrem Vater vor, er hätte sie konfisziert, und es krachte, dass die Fetzen flogen, bis Marinella sich duckte und Nenna eine Ohrfeige bekam. Dann gab sie ihrer Mutter die Schuld, musste ihr jedoch glauben, als diese es leugnete. Sie verbrachte viele schlaflose Nächte mit dem Gedanken, dass sie womöglich von der OVRA abgefangen worden waren, der Geheimpolizei des Duce, so geheim, dass niemand wusste, wofür die Abkürzung stand. Sie hatte Angst, dass die OVRA mitten in der Nacht kommen und die ganze Familie abholen würde. Sie versuchte sich zu erinnern, was sie geschrieben hatte. Ihren albernen Versuch einer Geheimsprache würde halb Rom durchschauen – jeder, der lesen konnte, der Romanaccio verstand, der Englisch konnte. Jede Nacht rechnete sie damit, dass die *squadristi* an die Tür klopften. Andererseits – die OVRA hatte bestimmt Besseres zu tun. Aber sie hatten auch den Mann geholt, der sich gefragt hatte – nur gefragt! – warum Ciano, der Schwiegersohn des *pischello*, so viel Zeit zum Golfspielen hatte.

»Tom hat das Interesse an dir verloren, mein Herz«, sagte Aldo. »So sind Männer manchmal. Vergiss ihn. Du bist jung. Und du hast deinen Papà!« Er streckte die Arme aus, und sie ging zu ihm, legte den Kopf an seine Brust und sagte: »Es tut mir leid, Papà. Es tut mir so leid.« Und er strich ihr über den Kopf.

Wie der Duce immer wieder sagte: Dies war keine Zeit für Gefühle. Sie mussten hart und stark sein.

Stefano, sechzehn Jahre alt, blieb während der Auseinandersetzungen wie festgeklebt auf seinem Stuhl sitzen. Ein Mann läuft nicht weg. Ein Mann hält stand. Ein Mann hat keine Angst vor Frauen. Ein Mann respektiert seinen Vater. Er begriff nicht, was los war, aber eines wusste er: Tom war die Ursache für all den Streit und die Angst im Haus. Die Briefe mit dem englischen Poststempel waren das Gift. Ein Mann muss Verantwortung übernehmen und seine Familie beschützen. Deshalb stahl Stefano die Briefe.

Dann wurde ihm mulmig zumute, aber er wusste nicht, was er mit ihnen machen sollte. Eine Weile bewahrte er sie in seinen Schulbüchern auf, aber Susanna unterrichtete die Jungen jetzt selbst, deshalb war das nicht sicher. Als Nenna traurig wurde und mit immer weniger Hoffnung nach der Post sah, bekam er ein schlechtes Gewissen. Er wünschte, er hätte nie damit angefangen, er wünschte, er könnte sie einfach zurücklegen, er überlegte, ob er sie in den Fluss werfen oder zurückschicken sollte. Sie lauerten dort wie eine Schlange in einer Kiste. Doch selbst er wusste, dass die Engländer schwache, lasterhafte Menschen waren, die Italien verachteten. Er musste seine Schwester beschützen, ob sie es wollte oder nicht.

Er sprach nicht mit Vittorio darüber. Vittorio machte zu Hause kaum noch den Mund auf und war oft weg. Stefano fühlte sich draußen nicht wohl. Die *squadristi*, die überall mit ihrem *passo romano* umhermarschierten, machten ihn nervös. Vittorio unterhielt sich sogar mit ihnen! Was für ein Mut! Aber Vittorio war nicht da. Er hatte ihre Eltern überredet, ihn zum Fischen nach Catania fahren zu lassen. So viel zum Thema Unterricht zu Hause!

Plötzlich hatte Stefano eine Eingebung – ein Weg aus seiner Sackgasse, der ihm sowohl ehrenhaft wie auch praktisch erschien: Er steckte die gesammelten Briefe und alle, die noch kamen, in die *Bocca della Verità.* Sollte der große, runde, mondgesichtige Mund der Wahrheit sie verschlingen.

Da sie keine Briefe mehr bekam, brachte Nenna es nicht über sich, welche zu schreiben. Die Worte von Toms letztem Brief brannten in ihrer Erinnerung: *Ich liebe Dich. Ich liebe alles an Dir, ich liebe Dein Herz und Deine Seele. Nimm diese Tatsache und behalte sie bei Dir und mach damit, was Du willst. Ich bin Dein und werde es immer sein.*

Sie wusste nicht, was sie tun sollte. Sie ging erneut zur Botschaft, aber Johnny Carmichael war nicht mehr dort, und was sollte sie einem von den anderen erzählen? *Mein englischer Freund schreibt mir nicht mehr, Sie müssen dem König von England Bescheid sagen, damit er etwas unternimmt –?* Als sie unverrichteter Dinge wieder nach Hause ging, dachte sie, wenn Johnny da gewesen wäre, hätte sie ihn, wenn es nötig gewesen wäre, auch auf Knien angefleht.

Manchmal ging es nur um Sicherheit. Dann wieder ging es um das Küssen: Verlangen durchbohrte sie, und sie fühlte sich wie ein vom Speer getroffenes Tier, reglos, mit aufgerissenem Mund, verzweifelt. *Er hat mich verlassen. Er hat eine andere kennengelernt. Er hat mich aufgegeben, weil ich mich immer wieder gesträubt habe. Er hat es nicht ernst gemeint, er hat das nur gesagt, weil er mich gernhat und weil er dachte, dann würde ich nach England kommen … Er liebt mich nicht.*

Die Faschisten haben ihn in England gefunden und ihm etwas angetan. Sie haben schon Leute in Frankreich getötet, warum also nicht in England?

Er ist krank.

Er hatte einen Unfall.

Und: *Wer würde mich denn überhaupt lieben, ein dummes jüdisches Faschistenmädchen? Alle werden mich hassen. Die Juden, weil ich Faschistin war. Die Faschisten, weil ich Jüdin bin. Tom, weil ich dumm bin und ihn enttäuscht habe. Ich habe aus mir ein Nichts gemacht. Ein Nichts.*

War. Vergangenheitsform. Einen Wechsel, den ich schon eher hätte vornehmen sollen. Ich habe mir das alles selbst zuzuschreiben.

Jeder Tag war heiß und schwierig, und es wurde mit jedem Tag schwieriger. Weniger Geld, weniger Möglichkeiten, welches zu verdienen, weniger zu essen. Susanna wurde sichtlich dünner, weil sie jedes bisschen Essen den Jungs und Marinella gab. Nenna, die das bemerkte, lehnte das größere Stück Brot, den ein wenig volleren Teller Suppe ab.

Aldo sagte nichts dazu. Seine Hemdkragen wurden blank, er nannte Nenna dickköpfig und wich selbst kein Jota von seinen Überzeugungen ab. *Er klammert sich an einen brüchigen Ast*, dachte sie. *Und ich bin keinen Deut besser, ich klammere mich an ihn.* Abend um Abend saß er bei offenem Fenster da und ging die Pläne für Pomezia durch. Abend um Abend saß sie am anderen Ende des Hauses und dachte an Tom. Sie hasste ihn. Aber jedes Mal, wenn ein Mann sie ansah, auf der Straße oder bei Freunden, tauchten blaue Augen vor ihr auf, blaue Augen und weiße Rosen und seine Stimme in ihrem Ohr. *Bist du mein Mädchen, Nenna?*

Ich war schon immer dein Mädchen.

Und dann die Abruptheit, mit der er verschwunden war, gerade in dem Moment, als sie –

Und dann weinte sie und weinte, weil sie seine Lippen spüren konnte, seine feste, schmale Brust an ihren Brüsten, den Augenblick, als sie es beide überrascht spürten, diese – diese plötzliche Hitze, dieser Hunger – dass ihre jahrelange spielerische Zuneigung so schlagartig auflodern konnte – sie wollte, dass er zurückkam und es zu Ende brachte – oder in Gang setzte – dass er tat, was ein Mann mit einer Frau tat …

Seit ihr Vater diese Anspielung gemacht hatte –

Sie hasste ihren Vater noch mehr als Tom.

Sie betete ihn an, sie war verrückt nach ihm, sie würde alles für ihn tun.

Und dann seine Briefe, sein Versprechen, dass Hilfe kommen würde, immer noch kommen könnte, dass sie Visa bekämen, eine Arbeit für Aldo, dass es möglich war, dass er sie liebte.

Selbst da noch.

Und dann keine Briefe mehr. Nichts.

Also bin ich jetzt an der Reihe, dachte sie. *Ich muss versuchen, das wiedergutzumachen.*

Sie ging zu Tullio und wartete bei seiner Mutter, bis er nach Hause kam. Sie gingen zusammen spazieren. »Ich will helfen«, sagte sie. »Wenn meine Handschrift oder mein unschuldiges Aussehen oder irgendetwas sonst von Nutzen sein kann, stehe ich dir und deinen Freunden zur Verfügung.«

Tullio sah sie mit resignierter Miene an. »Die Tochter von Aldo Fiore? Ich glaube kaum. Die Jungs waren schon alles andere als glücklich, als ich die Urkunden für dich gemacht habe.«

»Ich habe mich verändert«, sagte sie. »Meine Augen sind jetzt geöffnet.«

»Das glaube ich dir sogar«, sagte er. »Trotzdem.« Er zuckte die Achseln und wandte sich ab, ließ sie mitten auf der Straße stehen.

Es dauerte eine Weile, bis Tom merkte, dass keine Briefe mehr von ihr kamen. Er las ihre alten – diejenigen, die er besonders mochte, die letzten – und er schrieb ihr, kurze Nachrichten, wenn er wenig Zeit hatte, längere, romantische Briefe am Ende seiner langen, anstrengenden Tage.

Als ihm auffiel, dass es zehn Tage her war, seit er einen

von ihr bekommen hatte, machte er sich zunächst keine großen Sorgen. Es lag sicher an der Post. Er schrieb an Bertolini und bat ihn, mal bei Nenna vorbeizuschauen und nachzufragen, ob es ihr gut ging. Als er darauf keine Antwort erhielt und der Brief drei Wochen später mit dem Vermerk »Adressat unbekannt« zurückkam, schrieb er an Susanna, doch auch von ihr hörte er nichts. Er überlegte, wen er noch in Rom kannte, der vertrauenswürdig war, dem er schreiben konnte, der noch dort war und den er mit seinem Brief nicht in Gefahr brachte.

Er rief Johnny an. »Kennst du jemanden in der Botschaft in Rom, der nett ist? Ich muss wissen, dass es ihr gut geht.«

Johnny sagte: »Ich kümmere mich darum.«

Ein weiterer Brief kam auf der Insel an. Ein offizieller, aus Sizilien. Aldo öffnete ihn vor dem Abendessen; die Pasta kochte; Stefano las, Nenna deckte den Tisch.

»Wir informieren Sie hiermit, dass Vittorio Elia Fiore, wohnhaft in Rom, verhaftet wurde … zusammen mit anderen Männern … beim Tanzen … eine sexuelle Verirrung, die die Moral verletzt und verheerend für die öffentliche Gesundheit und die Stärkung der Rasse ist … ein Übel, das an der Wurzel ausgerissen werden muss.«

Vittorio Elia Fiore, wohnhaft in Rom, war angeklagt und für schuldig befunden worden und befand sich jetzt zusammen mit den anderen Verurteilten in der Verbannung auf der Insel San Domino.

Ungläubig las Aldo vor, was dort stand.

Susannas Knie gaben nach, sie sackte zu Boden, weinte und heulte, schlug sich ins Gesicht und zerrte an ihrem Haar.

»Eine Schwuchtel?«, sagte Aldo und stand auf. »Mein Sohn ist eine Schwuchtel? Das kann nicht sein.«

Nenna riss ihm den Brief aus der Hand und las.

»Stimmt das?«, rief Aldo. »Susanna, du bist seine Mutter – stimmt das?«

Heulend schüttelte sie den Kopf.

»Dieser Dreckskerl«, sagte er. »Fischen! In Catania! Mit diesem miesen kleinen Orazio – dabei ist der ein *squadristo*! Geschieht ihnen recht, diesen Perversen. Wenn der Duce –«

Da riss Susanna sich aus ihrem Klagetaumel und stürzte sich auf ihren Mann. Sie warf den Kopf zurück, starrte ihn an und verpasste ihm eine Ohrfeige. Sie zerkratzte ihm das Gesicht und spuckte ihn an.

»Du«, fauchte sie, »du bist der Dreckskerl. Und du bist ein Idiot. DU bist der Dreckskerl.«

Verdattert berührte Aldo sein Gesicht.

»Nenna«, sagte Susanna. »Geh nach England. Nimm Marinella mit. Such dir jüdische Leute, such dir eine Synagoge. Dein Tom hilft dir vielleicht, aber such dir Juden. Juden müssen einander helfen. Hörst du, Aldo? Erinnerst du dich? Juden müssen einander helfen! Das ist Gesetz. Ich werde nach San Domino fahren, und dein Dreckskerl von Vater kann von mir aus in der Hölle schmoren.«

Nenna wandte sich ihm zu. Tränen rannen über sein Gesicht, langsamer, als dieser Moment es verdient hatte.

»Verstehst du nicht, Nenna?«, fragte Susanna. »Er hat alles verloren. Alles aufgegeben.«

»Das hast du auch«, sagte Aldo ganz leise.

»Ja, aber wenigstens für einen Mann, den ich kannte«, entgegnete Susanna. »Für dich. Von Frauen wird erwartet, dass sie für einen Mann alles aufgeben. Von einem Mann nicht.«

Nenna stand schweigend da.

»Er hat das Judentum aufgegeben, für Benito Mussolini. Er hat Gott aufgegeben. Für einen Mann. Für ein goldenes Kalb.«

An dem Abend dachte Nenna, das Brechen von Susannas Dämmen bedeute Erleichterung, Klärung, Veränderung – sogar die Möglichkeit einer Verbesserung. Sie saß mit Stefano oben; sie spielten *scopa* und taten so, als lauschten sie nicht auf die Stimmen, die von unten heraufklangen, auf das Brüllen und das Weinen.

Stefano fragte leise: »Was hat Vittorio getan? Was ist eine Schwuchtel?«

Nenna sah ihn an. »Das kannst du ihn selbst fragen, wenn er zurückkommt.«

»Wird er denn zurückkommen?«

Es war ein Gefühl, als würde sie jemand im Nacken greifen. »Das ist nicht wie Mord«, sagte sie, aber etwas Besseres fiel ihr nicht ein.

Endlich wurde es unten still.

»Komm«, sagte sie zu Stefano, und sie gingen vorsichtig die Treppe hinunter.

Bestimmt hat Papà auf Mama gehört, dachte sie. *Jetzt wird alles anders.*

Doch Aldo saß allein da.

»Wo ist Mama?«, fragte Stefano.

»Weggegangen«, sagte Aldo lächelnd.

»Wohin?«, fragte Nenna.

»Oh, sie kommt bald wieder«, sagte Aldo, immer noch lächelnd.

Solange Nenna sich erinnern konnte, war Susanna noch nie abends allein aus dem Haus gegangen. Als sie Aldo ansah, begriff Nenna, dass alles zusammengebrochen war.

»Wohin?«, brüllte sie.

»Oh, einfach nur – sie kommt zurück.«

»Es ist spät, Papà. Was soll das heißen?«

»Sie kommt zurück«, sagte er leichthin.

Sie hat uns verlassen. Sie hat Papà verlassen.

»Will sie zu Vittorio? Was hat sie gesagt? Was hat sie gesagt!«

Aldo saß da und lächelte. Da hatte Nenna das Gefühl, als hätte ihr jemand alle Strippen durchgeschnitten. Ihre Mutter fort, ihr Bruder im Gefängnis, ihr Liebster weit weg und ohne ein Wort, zwei Geschwister, um die sie sich kümmern musste, und ihr Vater –

»Komm«, sagte sie zu Stefano, und zusammen liefen sie hinaus in die Nacht. Zur Straßenbahnhaltestelle, zum Bahnhof, laufend, keuchend, fragend. Keine Spur. Es war zwei Uhr nachts, als sie zurückkamen, und Stefano kämpfte mit den Tränen.

Nenna sah nach Marinella, die tief und fest schlief, wie ein Engel. Sie sah nach ihrem Vater, der angezogen auf dem Bett lag wie ein Toter und leise atmete. Sein Haar wirkte ein wenig dünner. Sie berührte seine Hand. Er regte sich nicht.

In den Tagen danach, während sie auf die Rückkehr ihrer Mutter wartete (obwohl sie vorgab, es nicht zu tun), hob sie die Augen und blickte hinaus in die restliche Welt, wo noch weit gewichtigere Dinge geschahen. Am 23. August unterzeichneten Russland und Deutschland einen Nichtangriffspakt. Am 26. August machte Belgien mobil. Am 27. August verlangte Hitler Danzig und den polnischen Korridor. Am 28. August machten die Niederlande mobil. Die Schachfiguren waren auf dem Brett, die Zutaten für die Explosion aufgereiht.

Sie ging zu Aldo, der in seinem Anzug am Küchentisch saß, die Aktentasche an seinen Stuhl gelehnt, die Locken schlaff von der Hitze. Er las ein Buch und weinte. Marinella saß neben ihm auf dem Boden und spielte mit einer kleinen Schale getrockneter Bohnen. Als sie Nenna erblickte, sprang sie auf und umarmte sie.

Nenna nahm sie hoch und berichtete ihm, das Kind schwer auf ihrer Hüfte, die Neuigkeiten. Er sah kurz zu ihr auf, machte »Hm« und zuckte die Achseln, ohne das Buch wegzulegen. Dieser Anblick – das Buch, der Anzug, die Tränen, der Blick, der sofort wieder auf die Seite wanderte – machte ihr klar, dass ihr Vater dabei war, den Verstand zu verlieren.

»Wo ist Mama?«, fragte Marinella.

»Die ist zu Vittorio gefahren«, sagte Nenna. »Keine Sorge, du hast ja mich.« Sie lächelte sie an. »Hier. Falte die Kleider zusammen.« Während Marinella faltete, schrieb Nenna einen Brief.

28. August 1939

Lieber Masino,
ich habe so lange nichts von Dir gehört. Hast Du mich aufgegeben? Ich könnte es Dir nicht verübeln. Aber hier wird alles immer schlimmer, und ich muss Dich noch einmal bitten, uns zu helfen.
Tommaso, ich weiß nicht, wie ich es schreiben soll. Vittorio ist in der Verbannung. Mit anderen Worten: im Gefängnis. Auf einer Insel. Er war mit einigen Männern zusammen. Es ist ein spezielles Gefängnis für solche Männer, um die »anständigen Leute« vor ihnen zu schützen. Sein Freund ist Faschist, aber was sie getan haben, war offenbar nicht faschistisch, denn er ist auch dort. Also behandelt das Gesetz wenigstens, was das angeht, alle gleich. Ich habe keine Worte außer diesen, und die sind nicht gut genug. Mama hat Papà geohrfeigt. Nicht nur draußen ist Krieg, auch drinnen. Sie ist nach Termoli gefahren, so nah, wie sie an San Domino herankommen konnte (dort ist Vittorio). Ich weiß nicht, was sie hofft, dort ausrichten zu können. Stefano sagt gar nichts, kein Wort. Er will zur Armee, aber selbst wenn sie Sechzehnjährige nehmen (was ich bezweifle), nehmen sie ganz sicher keine Juden. Du fragst Dich vielleicht, was Papà macht. Mein Liebster, er verliert den Verstand. Er schaut den ganzen Tag in Karten und Pläne und lächelt über alles, und gleichzeitig weint er. Es gibt keinen jüdischen Arzt mehr, der nach ihm sehen könnte. Aber die Juden sprechen ohnehin nicht mehr mit uns. Also koche ich und versuche, das Haus zusammenzuhalten. Marinella ist

Sie hielt inne und überlegte eine Weile, was sie über Marinella sagen könnte. Schließlich strich sie es durch.

Mein Liebster, hast Du die Fotos bekommen? Sie sind nicht sehr gut. Ich war bei der Botschaft. Als ich Carmichael erwähnte, sagte der Mann dort, er würde ihn kennen, und gab mir fünfzig Lire. Wenn er Carmichael oder Dich nach dem Geld fragt, weißt Du also, dass ich Deine Hilfe brauche. Aber als ich noch mal dorthin ging, war er nicht mehr da.

Ich weiß, Du hattest Ideen, aber ich weiß nicht, was daraus geworden ist. Aber die Lage wird nicht besser. Bald werden wir auf beiden Seiten verlieren: Die Italiener sind Feinde der Engländer, die Juden sind Feinde der Nazis. Was wird dann aus uns? Ich habe keine Ahnung. Ich kann nur hoffen, dass der Krieg sie so beschäftigt hält, dass sie keine Zeit haben, uns zu quälen. Ich muss noch einmal die alberne Frage stellen – hast Du meine Briefe überhaupt bekommen? Ich verstehe nicht, warum keine Antwort von Dir kommt. Bitte. Es tut mir leid, dass ich so lange nicht auf Dich hören wollte. Ist es das?

Bitte hilf uns jetzt.

Mein Liebster, ich liebe Dich. Liebst du mich?

Nenna

Der Brief war voller Tränenflecke, und ihr gefiel nicht, was sie geschrieben hatte und wie sie es geschrieben hatte, aber es gab kein Papier mehr.

»Stefano, pass auf deine Schwester auf«, sagte sie, als sie das Haus verließ, um den Brief einzuwerfen.

Er sah erst sie an, dann den Umschlag.

»Was hat Vittorio getan?«, fragte er.

»Ich weiß es nicht«, sagte sie. »Es ist auch nicht wichtig. Mittlerweile ist alles falsch, was ein Jude tut.«

»An wen hast du geschrieben?«

»An Tommaso. Ich gehe nach England.«

»Was ist mit mir?«, fragte Stefano.

»Du kannst mitkommen«, sagte sie und kniff ihn in die Wange.

»Nein, das habe ich nicht verdient.«

»Ach, mein Lieber, es ist nicht deine Schuld. Das Ganze

ist viel größer als wir. Gut, dass du jetzt lernen kannst, klar zu sehen.«

»Nein«, sagte er mit entschlossener Miene. »Das meine ich nicht. Ich habe deine Briefe gestohlen. Eine ganze Menge. Aus England. Ich habe sie in die *Bocca della Verità* geworfen. Ich wünschte, ich hätte es nicht getan, aber ich wusste nicht, wie ich –«

Sie schlug ihm mit solcher Kraft ins Gesicht, dass er zurücktaumelte.

Sie schloss die Augen und presste die Lippen zusammen, um nichts Unverzeihliches zu sagen.

Als sie die Augen wieder öffnete, war er fort; Schritte auf der Piazza, dann nichts.

Marinella sah zu ihr hoch.

»Stefano!«, rief Nenna und lief los, Marinella hinter ihr her. »Stefano!« Der Name hallte über das Kopfsteinpflaster und zwischen den gelben und grauen Häusern hindurch, die sich über dem Fluss erhoben. Nichts.

»Wohin ist er gelaufen?«, brüllte sie Marinella an. Die Kleine hob zitternd ihren Arm, um die Richtung zu zeigen, und fing an zu weinen. Nenna nahm sie auf den Arm, tröstete sie und lief mit ihr die Straße hinunter. Sie schaute erst zur einen Brücke, dann zur anderen. Nichts.

»Der taucht schon wieder auf«, sagte sie zu Marinella. »Komm!«

Sie warf den Brief in den Kasten. Dann packte sie erneut die Wut, und sie stürmte den Lungotevere hinunter und zur Kirche Santa Maria in Cosmedin, wo das runde alte Steingesicht von der Wand starrte. Sie blieb kurz davor stehen und sah es herausfordernd an – *ich habe Jesus nicht getötet* –, dann strich sie sich das Haar glatt und machte sich auf die Suche nach einem Geistlichen.

Nein, er wusste nichts von irgendwelchen Briefen. Die Signorina konnte aber gerne noch einmal vorbeikommen. Wie war der Name? *Poverina*. Von ihrem *fidanzato*?

Sie konnte sehen, dass sie ihm leidtat, dass er sie für ein

wenig einfältig hielt, und dass ihm ihr jüdischer Name aufgefallen war.

»Vielen Dank«, sagte sie. »Ich komme wieder. Es ist wichtig.«

»Die Briefe gibt es wirklich«, sagte Marinella. »Und Tom auch.« Sie lächelte den Geistlichen an, und er segnete sie, ohne nachzudenken.

Einen Moment stand Nenna ratlos vor der hässlichen Kirche, Marinella an ihrer Seite. Dann kam ihr plötzlich eine Idee, und sie lief zum Postamt. Sie zählte ihre Münzen. Ihr Telegramm lautete: KOMME MIT MARINELLA. ALLE ANDEREN VERRÜCKT ODER FORT. STEFANO HAT BRIEFE GESTOHLEN. HOL UNS HIER RAUS. ICH LIEBE DICH.

Später, als Marinella schlief, Stefano immer noch nicht zurück war und Aldo mit leisem Lachen über eine Landkarte gebeugt dasaß, ging Nenna noch einmal hinaus. In dem Kleid mit dem Efeumuster, das sie besaß, seit sie fünfzehn war, und trotz der Ermahnungen ihrer Mutter, sie solle sich nicht auf Stein setzen, weil das den Stoff so abnutzte, setzte sie sich auf ihre Lieblingssäule im Forum Romanum, die von Generationen von Hinterteilen blank gesessen war, und fragte die Geister von Rom und den Gott Israels, was sie tun sollte, und sie weinte.

20. KAPITEL

London, Sommer–Herbst 1939

ZWEIMAL IM MONAT TRAF Nadine sich mit Rose in den Räumen hinter deren Praxis zum Tee. Dort unterhielten sie sich. Nicht über Tom und Kitty, und auch nicht über Peter und Riley. Nach einem kurzen Austausch darüber, ob es allen gut ging, wurde das Thema verbannt. Sie sprachen über Politik, Kunst, Literatur, Musik und über Entwicklungen in der Medizin und in der Sozial- und Gesundheitspolitik. Natürlich überlappten sich diese Themen gelegentlich mit Dingen aus dem privaten Bereich. Beispielsweise interessierten die beiden Frauen sich viel mehr für die Beziehungen unter den Rassen, seit Mabel und Iris dazugekommen waren, und natürlich kamen sie von der Frauenfrage stets zu Kitty, die nicht mehr bei ihrer Großmutter wohnte, sondern mit ein paar Mädchen zusammengezogen war – was um alles in der Welt hatte sie bloß vor? Ereignisse im Ausland führten zu Nenna und der römischen Familie, und wenn es um den möglicherweise bevorstehenden Krieg ging – und darum ging es immer öfter –, dann kamen sie natürlich auf Tom und manchmal auch auf Riley. Aber an diesem Tag hatte Rose einen Artikel gelesen, in dem es darum ging, ob ein Mädchen ein eigenes Teeservice besitzen sollte, oder ob das einen unerwünschten Eindruck von Unabhängigkeit vermittelte.

»Hast du das gelesen?«, fragte Rose, während sie den Tee aus ihrer eigenen Kanne in ihre eigenen Tassen schenkte. »Wirklich drollig. Ich musste an Kitty in ihrer Wohnung denken.«

»Ich finde das albern«, sagte Nadine. »Als hätten wir keine anderen Sorgen. Aber ich bin froh, dass Kitty arbeitet. Es ist besser für ein Mädchen, wenn es nicht immer nur mit sich selbst beschäftigt ist.«

»Du meinst, so wie wir in dem Alter?«, sagte Rose und sah sie an, und sofort waren sie wieder beim Thema, dem unausweichlichen Thema, das hinter jeder Ecke lauerte, hinter jeder harmlosen Bemerkung.

»Ha!«, sagte Nadine mit leiser Verbitterung. »Um Himmels willen.« Sie schwieg einen Moment. »Aber wenn man sich die Welt anschaut …«

»Es wird nicht so sein wie für uns«, sagte Rose. »Selbst wenn es so weit kommt. Es wird keine Schützengräben geben.«

Nadine sah ein Bild vor sich: wie sie nach dieser grauenhaften Nacht in Étaples aus dem Graben nach oben geschaut und Mandelblüten vor dem blassen flandrischen Himmel erblickt hatte.

»Wirklich nicht?« Sie versuchte sich Kitty vorzustellen, die gepflegte kleine Kitty im Chaos und Schlamm und Entsetzen eines ausgebombten Schützengrabens … Sie verspürte eine leise Übelkeit. *Warum sind wir immer wieder so machtlos?* »Versprichst du es mir?«, fragte sie mit einem schwachen Lächeln.

»Flugzeuge«, sagte Rose. »Es wird ganz anders sein.«

»Wenn«, sagte Nadine.

»Ja, wenn.«

Nach einem angemessenen kurzen Schweigen sprang Nadine auf und stieß ein frustriertes Stöhnen aus. »Ach, Rose«, sagte sie. »Glaubst du –« Doch Rose unterbrach sie.

»Ich kämpfe hier meinen eigenen kleinen Krieg«, sagte sie. »Gegen Masern und Grippe und Polio und Rachitis und Syphilis und Suff und blaue Augen. Ich weiß es nicht. Wir können nichts dagegen tun, und falls doch, werden sie es uns sicher mitteilen.«

»Meinst du, wir müssen noch mal ran?« Nadine war jetzt

zweiundvierzig, eine starke und fähige Frau. Rose war fünfzig, auf dem Höhepunkt ihres Wissens und Könnens.

»Nein!«, sagte Rose. »Du hast Kinder und einen Mann, und ich behandle immer noch die Versehrten aus dem letzten Krieg.«

»Der letzte Krieg«, sagte Nadine. »Früher hieß er einfach nur der Krieg.«

Rose lachte, ein kurzes, bitteres Lachen. »Nadine, denk an deine Technik. Mach dich nicht verrückt wegen irgendetwas, wenn du nichts dagegen tun kannst. Und wenn du etwas dagegen tun kannst, dann tu es und hör auf, dich verrückt zu machen. Was gibt's Neues von Tom?«

»Er fliegt«, sagte Nadine und blickte nach oben. »Als könnte er es nicht erwarten! Er hat sich bei der Royal Air Force als Freiwilliger gemeldet, über die Flugstaffel der Universität. Genaueres weiß ich nicht. Ich kann und will nicht zuhören, wenn er darüber spricht. Er sieht Peter jeden Tag ähnlicher, nur mit Julias Wangenknochen und ihren großen Augen … Er könnte genauso gut ein großes Banner mit der Aufschrift ›Opfert mich‹ tragen. Flugzeuge, Rose! Flugzeuge und Bomben und Waffen in der Luft! Und menschliche Körper!«

Rose betrachtete sie liebevoll, und Nadine schüttelte kurz den Kopf, um die Bilder zu verscheuchen.

»Genug davon. Wie geht es dir?«, fragte Nadine.

Rose lief rot an und setzte zu einer Antwort an, blieb dann jedoch stumm.

»Was ist?«

Rose holte tief Luft. »Oh Gott«, sagte sie, und dann: »Nadine, ich werde heiraten. Lach nicht.«

Doch Nadine lachte, und Rose lachte ebenfalls. Er war Kardiologe. Sie kannte ihn schon seit einer Weile. Ein Witwer ohne Kinder. Er wollte nicht, dass sie ihre Arbeit aufgab. Er hieß George Mackesson. Er spielte Geige und las gerne Thackeray. Sie hatte ihn sehr gern. Sie würden in Bloomsbury leben, in der Nähe seines Krankenhauses. Sie würde sich einer Praxis in der Gegend anschließen, vielleicht in Camden.

»Bist du glücklich?«

»Sehr.«

Nadine war ebenfalls glücklich. Was für ein Lichtblick in diesen dunklen Zeiten.

Mabel und Iris versuchten ihr Bestes in Locke Hill.

Mabel hatte sich bereits schwergetan, bevor Iris eingewilligt hatte, auch dorthin zu kommen. Zuzusehen, wie ihre Tochter nun ebenfalls mit den … Begrenzungen kämpfte, von denen sie gehofft hatte, dass sie sich auflösen würden, war noch schlimmer.

Anfangs hatte sie die Zähne zusammengebissen und sich gesagt, dass sie es wenigstens versuchen musste. *Die Natur,* hatte sie gedacht. *Der wunderbare Flügel. Der schöne Garten. Jede Menge Platz. Hm, Spaziergänge.* Und vor allem Peters Gefühl, zu Hause zu sein.

Kurz vor dem letzten Weihnachtsfest hatten Mabel und Nadine zusammen Geschenke gekauft. Als sie aus einem Handschuhgeschäft traten (grünes Leder für Iris, hellblaues für Kitty), fragte Nadine: »Ist es immer so?« Worauf Mabel entgegnete: »Das hängt davon ab, wie es deiner Meinung nach war.«

»Peinlich berührt und leicht panisch«, sagte Nadine. »Die Verkäuferin, nicht du. Mit einem Unterton von Respektlosigkeit.«

»Schließlich weiß ich ja nicht, wie es ist, wenn ich nicht da bin«, erklärte Mabel.

Nadine, die noch nie die einzige weiße Frau in einem Raum voller Schwarzer gewesen war, dachte darüber nach.

»Weißt du, was ich anstrengend finde?«, sagte Mabel plötzlich. »Für alle der Anfängerkurs zu sein. Immer wieder auf meine Hautfarbe angesprochen zu werden. Oder angeschaut zu werden und zu wissen, dass sie über meine Hautfarbe nachdenken, aber absichtlich nichts sagen. Oder nicht angeschaut zu werden, weil meine Hautfarbe sie zu sehr verwirrt, um mich auch nur zur Kenntnis zu nehmen.«

Nadine wollte sagen, dass es ihr leidtat, aber es erschien ihr unpassend. »Komm, wir trinken einen Tee«, schlug sie vor und führte Mabel zu ihrem Lieblingscafé. Ja, die Kellnerin sah sie zweifelnd an, und ja, Mabel und Nadine starrten zurück, bis sie den Blick senkte.

»Neulich war ich bei einem Abendessen«, erzählte Nadine, »und da sagte eine Frau zu mir, in Europa sei ja kein Jude mehr sicher – und dann hielt sie inne, als ihr klarwurde, was sie gesagt hatte, und entschuldigte sich bei mir. Im ersten Moment wusste ich nicht, warum. Ich dachte: Oh, weiß sie, dass ich in Italien jüdische Verwandte habe? Und dann erst begriff ich, dass sie mich meinte. Bisher war ich nie eine ›Jüdin‹. Das interessierte keinen Menschen. Aber jetzt bin ich anscheinend schon immer Jüdin gewesen. Allmählich denke ich, schön, ich gehe in eine Synagoge und schaue mir das alles mal an. Aber im Grunde finde ich das absurd. Ich fange doch jetzt nicht auf einmal an, gläubig zu werden. Aber dieser Antisemitismus – hätte ich den ohne meine italienischen Verwandten überhaupt bemerkt? Stell dir mal vor, Mabel, ich lese eines Morgens in der *Times*, dass ich keine Engländerin bin, dass meine Ehe ungültig ist, dass die Ehe meiner Eltern ungültig ist, dass meine Kinder unrein sind, dass ich keine christlichen Dienstboten haben und nicht arbeiten darf …«

Mabel sah sie an.

»Es stimmt aber. In Europa *ist* kein Jude mehr sicher.«

»Dasselbe gilt offenbar für Homosexuelle und Zigeuner – wärest du in Europa denn sicher?«

Mabel sah sie ungerührt an. »Unter italienischer Herrschaft dürften wir beide nicht mal denselben Bus nehmen. Und Peter würde fünf Jahre Gefängnis bekommen, weil er mit mir zusammen ist.«

Nadine sah sie fassungslos an. »Bist du sicher?«

»Nun ja, vielleicht gilt das nur in Äthiopien. Vielleicht haben sie verschiedene Rechtssysteme bei sich zu Hause und in den Ländern, die sie besetzt haben. So wie sie eins für die herrschende Klasse haben und eins für alle anderen.«

»Woher weißt du das alles?«, fragte Nadine.

»London ist eine Stadt, in die viele Menschen kommen«, sagte Mabel. »Und wenn sie hier sind, reden sie miteinander.«

»Bist du denn in London sicher?« Nadine hatte das Gefühl, dass sich unter ihr ein Abgrund auftat. *So viel, was ich nicht weiß, was ich nicht gesehen habe.*

»Man kann sich manchmal sicher fühlen«, sagte Mabel. »Aber man ist es nie.«

Nadine sah sie an, und eine Welle von Traurigkeit überrollte sie.

»So etwas kann sich gegen jeden richten, nicht?«, sagte sie. »Es gibt keine Logik. Als Nächstes sind es vielleicht alte Leute. Oder Einbeinige. Also muss man dagegen kämpfen … Und wenn es wirklich Krieg gibt, dann müssen wir wieder um alle Angst haben, die ganze Zeit … Der einzige Trost ist das Wissen, dass ohnehin niemand von uns je wirklich sicher ist, im Krieg wie im Frieden, denn wir können alle krank oder von einem Auto überfahren werden. Aber der Gedanke ist so entmutigend, dass man ihn besser für sich behält, um die anderen nicht auch noch verrückt zu machen. Also muss man lächeln und tapfer sein und einen verdammten Tee kochen …«

»Ja«, sagte Mabel milde.

Nadine sah sie an und grinste. »Entschuldige.«

Mabel hob die Hand in einer Geste, die alles umfasste: Verständnis, Zuneigung, Verzeihen und Humor. Es erinnerte Nadine an Rose.

Beide tranken einen Schluck; ein Zeichen der Zäsur, der Erleichterung.

»Wenn es wirklich Krieg gibt«, begann Nadine, unterbrach sich jedoch selbst. »Wo warst du im letzten Krieg?«

»Da war ich noch ein Kind«, sagte Mabel. »In London, und auf Tournee durchs Land mit Mama.«

Sie sprachen eine Weile darüber und über Nadines Kriegserlebnisse, und beide erkannten, was für eine außergewöhnliche Frau die andere war, und bestellten noch einen Tee.

»Fühlst du dich denn als Jüdin?«, fragte Mabel.

»Nein. Lange Zeit wusste ich kaum, dass ich eine bin. Ich frage mich, ob meine Mutter das mit Absicht gemacht hat.«

Mabel lächelte matt. »Die Möglichkeit habe ich bei Iris nicht.«

»Aber würdest du es tun, wenn du es könntest?«

»Nein. Das wäre eine Lüge. Das Problem ist nicht, was wir sind, sondern wie wir behandelt werden. Aber vielleicht ändert sich die Welt ja.«

»So etwas habe ich nie erlebt«, sagte Nadine. »Wahrscheinlich, weil es nicht zu sehen ist. Niemand wusste, dass ich Jüdin bin. Irgendwie habe ich das Gefühl, ich enttäusche die Seite …«

»Kommt darauf an, auf welcher Seite du stehst«, sagte Mabel. »Und was deiner Meinung nach die Seiten sind. Und wessen Geometrie du akzeptierst.«

»Du meinst moralische und gesellschaftliche Geometrie?«

»Ich bin auf der Seite der Freundlichen«, sagte Mabel.

»Und der Ehrlichen«, sagte Nadine.

»Und der hart Arbeitenden.«

»Und der Friedliebenden –«

»Jetzt landen wir gleich bei der Bibel«, sagte Mabel.

»Aber ich *bin* auf der Seite der Friedliebenden«, sagte Nadine, und Mabel rief aus: »Nadine, warum fallen die Leute darauf herein? Auf diese Banden von großen Jungs?«

»Weil sie dazugehören wollen, schätze ich. Es ist einfacher, sich dazugehörig zu fühlen, wenn man mit dem Finger auf jemanden zeigen und sagen kann: ›Der gehört nicht dazu.‹«

»In den Staaten«, sagte Mabel, »brauchen die armen Weißen die armen Schwarzen, damit sie sich irgendwem überlegen fühlen können.«

»Hm«, sagte Nadine. »Ich glaube wirklich nicht, dass ich mich irgendwem überlegen fühlen muss.«

»Da kannst du dich glücklich schätzen. Das kommt daher, dass du alles hast, was du brauchst.«

»Ja«, sagte Nadine. »Das habe ich.« Und wieder wallte diese Traurigkeit in ihr auf, und sie fing an zu weinen, und dann erzählte sie Mabel von Aldo und Nenna und den anderen, von Toms Versuch, ihnen zu helfen, und davon, wie die Politik des Antisemitismus auf einmal sehr persönlich geworden war.

»Süße«, sagte Mabel, und bei dieser Anrede musste Nadine noch mehr weinen, weil sie so mütterlich klang, obwohl Mabel jünger war als sie. »Ich weiß. Und die Leute sagen immer, Politik interessiert sie nicht, als würde die Politik sich dann auch nicht für sie interessieren.«

»Sie sind Faschisten und Juden«, sagte Nadine. »Sie werden von allen angefeindet … Wir haben sie zu uns eingeladen, und ich bin stolz auf das, was du vorhin gesagt hast, dass London eine Stadt ist, in die Menschen kommen können. Riley meint, dass er Aldo Arbeit besorgen kann, und wohnen können sie bei uns –«

»Nur wenn du das Haus in ein Internierungslager umwandelst«, sagte Mabel.

»Siehst du? Genau das meine ich! Mussolini behauptet, sie wären keine Italiener, weil sie Juden sind, aber die britische Regierung wird das nicht akzeptieren, die wird sagen, sie sind Italiener und damit Faschisten – und sie *sind* Faschisten.«

Das überraschte Mabel. Nadine versuchte, es ihr zu erklären.

»Unterm Strich ist es alles derselbe Unsinn«, sagte sie. »Surrealer Unsinn. Nach den faschistischen Gesetzen darf es mich gar nicht geben. Mabel, wenn es Krieg gibt, gehst du dann zurück nach Amerika?«

»Nein!«, sagte Mabel. »Weißt du, was die amerikanischen Gesetze mir alles verbieten? Als Erstes schon mal, mit meinem Mann verheiratet zu sein.«

Nadine spielte mit ihrem Teelöffel. »Hast du nicht manchmal das Gefühl, du solltest da drüben sein und kämpfen?«

Mabel sah sie entgeistert an. »Hast du etwa vor, in Naziland für die Juden zu kämpfen?«

»Na ja, vielleicht sollte ich –«

»Hör auf«, sagte Mabel. »Wenn der Kampf kommt, machen wir mit. Aber ich glaube kaum, dass zwei nicht mehr ganz junge Frauen einen solchen Kampf beginnen können. Wir kämpfen weiter unsere kleinen Kämpfe und verbreiten die Botschaft. Außerdem fühle ich mich nicht mehr als Amerikanerin. Und nach allem, was ich weiß, stammt mein Blut von überall her. In Amerika wäre ich die dreisteste Sorte von Schwarzen – die, die nicht nur weggehen, sondern auch noch Erfolg haben. Ich gehe erst zurück, wenn ich in der Carnegie Hall auftrete. Und ich werde nie in der Carnegie Hall auftreten.«

»Deine Stimme klingt jetzt amerikanischer«, sagte Nadine.

»Ja, das passiert, wenn ich entspannt bin«, erwiderte Mabel. »Oder aufgeregt.«

Am Weihnachtsmorgen gingen sie alle zusammen den mit Raureif überzogenen Weg hinauf zur Kirche. Sie sangen Seite an Seite, und Nadine lächelte, als sie sah, dass Peter, Mabel, Kitty und Iris bei dem herzergreifenden Akkord der letzten Zeile von *Hark, the Herald Angels Sing* alle feuchte Augen bekamen.

Hinterher legte Kitty eine Handvoll Christrosen auf Julias Grab, das mittlerweile mit Moos bewachsen war, und Mabel hielt fest Peters Hand.

Im neuen Jahr kam Iris zu ihrer Mutter zurück, kleinlaut, einsam und, nach dem Abend mit Tom im Serpentine, verzeihend. Die gewaltige Erleichterung, die darauf folgte, schien genug Energie freizusetzen, um dieses neue Leben hier draußen zu bewältigen. Sie hatten immer noch die Wohnung in Belgravia. Die in der Lexington Street hatten sie aufgegeben, und mit ihr das Leben, das dazugehörte. Sie waren nicht mehr drei Generationen schwarzer Frauen, die Musik machten und in die Kirche gingen. Sie waren die exotische (wie sie dieses Wort hassen lernten), musikalische Frau und Tochter eines englischen Gentlemans, und Augenbrauen wanderten in die Höhe, wenn sie einen Raum betraten.

Iris hatte gehofft, sofort mit der Ausbildung am Royal College of Music beginnen zu können – sie würde dann mit dem Zug in die Stadt fahren und in der Wohnung übernachten –, doch wie sich zeigte, war das nicht möglich. *Wenn ich eher offen dafür gewesen wäre*, fragte sich Mabel, *hätte sie dann schon die ganze Zeit auf diesem hohen Niveau lernen können?* Sie musste an Thornton denken und an die Vergangenheit, die großartige, erfüllte Vergangenheit ... Nein, sie bedauerte nichts. Nach ein paar gescheiterten Versuchen hatten sie in Sidcup eine Klavierlehrerin gefunden, eine ältere Frau, die großen Wert auf Technik legte. Sir Robert hatte sie ihnen vermittelt, und Mabel begriff sehr schnell, dass die Frau nur aufgrund dieser Verbindung bereit gewesen war, Iris als Schülerin zu nehmen. Mabel überlegte, ob ihm das bewusst war, aber sie mochte ihn nicht fragen. Iris arbeitete fleißig: Sie lauschte, lernte, spielte. Sir Robert ging mit ihr in Konzerte und schickte ihr Eintrittskarten. Ab und zu fanden Mabel und Peter die beiden über eine Partitur gebeugt vor: Debussy, Rachmaninow, die Süße geteilter Begeisterung und Konzentration.

Mrs Bax, Julias einstige Bridgepartnerin, kam mit zwei Freundinnen zu Besuch. Sie starrten Mabel und Iris unverwandt an, als wären sie Tiere im Zoo, und fragten, ob sie Iris' Haar anfassen durften. »Fehlt nur noch, dass sie sich Notizen machen«, flüsterte Iris ihrer Mutter zu, als die beiden unter dem Vorwand, Mrs Joyce zu suchen, das Wohnzimmer verlassen hatten. Mabel lachte, und auch Iris fing an zu kichern, doch dann sagte sie, sie würde nicht wieder da reingehen, um sich anglotzen zu lassen und Stoff für den Klatsch mit den Damen aus der Nachbarschaft zu liefern, »von denen die Hälfte wahrscheinlich selbst gerne Peter geheiratet hätte«.

Mrs Joyce, die unterdessen dazugekommen war, betrachtete sie angesichts dieser Bemerkung mit neuem Respekt, und später ging Iris zu ihr in die Küche und erklärte ihr, wie öde es für Schwarze war, wenn dauernd über ihr Schwarzsein geredet wurde.

»Mal ganz abgesehen von der Tatsache«, fügte sie hinzu, »dass ich zur Hälfte weiß bin. Und ich bin eine Tochter dieses Hauses. Peters Tochter.«

(An dem Abend sagte Mrs Joyce zu Mr Joyce, dass sie ganz froh über das Gespräch war. Sie hatte sich ein wenig Sorgen gemacht, wie sie sich verhalten sollte, schließlich war man ja nicht daran gewöhnt, dass Kinder von vor ewigen Zeiten plötzlich ausgewachsen vor einem standen und präsentiert wurden, als hätten sie schon immer im Haus gelebt, und obendrein noch, nun ja, unehelich – und dann doch wieder nicht, aber natürlich hatte das Mädchen – Iris – recht. Die Eltern waren jetzt verheiratet, und Mr Peter hatte alles in Ordnung gebracht, auch wenn die neue Mrs Peter keine, nun ja, Engländerin war.)

Wie sich herausstellte, war das ländliche England im Frühling und Sommer wirklich schön, und der Garten war wirklich bezaubernd, und Nadine kam mit Riley zu Besuch, und Kitty schaute auch ein paarmal vorbei. Doch als Iris weinend mit dem Rad vom Klavierunterricht zurückkam, weil die Lehrerin gesagt hatte, sie könne sie nicht länger unterrichten, da die Eltern anderer Schülerinnen sich beschwert hätten, und das am gleichen Tag, als die Verkäuferin im Kurzwarenladen Mabel zum wiederholten Mal einfach ignoriert hatte – sie hatte sie nicht einmal begrüßt und eine Kundin nach der anderen bedient, und keine einzige von ihnen hatte gesagt: »Oh, ich glaube, die Dame dort ist vor mir dran« –, da knirschte die sonst so geduldige Mabel mit den Zähnen, schleuderte ein paar Kissen gegen Peters Cello, das immer noch in der Ecke des prächtigen Wohnzimmers stand, und rief, jetzt hätte sie endgültig genug.

»Können wir bitte, bitte wieder zurück in die Stadt gehen«, sagte sie zu Peter. »Ich kriege das mit der schwarzen englischen Lady vom Land einfach nicht hin. Bitte!«

Und er sagte: »Natürlich, meine Liebe, natürlich.«

Später meinte er: »Wenn das so weitergeht, brauchen sie das Haus ohnehin noch vor Jahresende als Militärkrankenhaus«, aber er hatte ihre Bedürfnisse anerkannt, und das war es, was zählte.

21. KAPITEL

Norfolk, September 1939

RILEY SAH ZU, WIE die Wochen dieses seltsamen Sommers dahinschwanden. Er las ständig die Zeitungen und nahm alles auf: Die Tschechoslowakei im Frühjahr, das Ende der Kämpfe in Spanien, Mussolini und Hitler, die ihren »Stahlpakt« unterzeichneten. Ursprünglich sollte er »Blutpakt« heißen. *Großer Gott, was ist nur los mit diesen Leuten?*

Seine Gedanken wanderten zu Aldo. Ging es ihm um Blut und Stahl? *Natürlich nicht. Aldo ist Nadines Fleisch und Blut.* Fleisch und Blut war ein Pakt, den Riley verstand. Fleisch und Blut oder Blut und Stahl … *Eigentlich keine schwierige Wahl, sollte man meinen.*

Ihm fiel auf, dass sogar Babys eigene kleine Gasmasken bekamen. Evakuierungspläne wurden aufgestellt. Das Land kauerte an der Startlinie und wartete auf das Signal, das nicht kam.

Allen fiel es schwer, sich zu konzentrieren, ihre Ängste und Wünsche und Meinungen jagten hin und her, stießen gegeneinander, prallten voneinander ab. Krieg oder kein Krieg. Die Auf-sie-mit-Gebrüll, die Nie-Wieder. Die jungen Leute, die keine Ahnung hatten, die Pragmatischen und die, die immer noch so waren wie Peter früher. Er nahm an, dass es welche gab, die immer noch so waren wie Peter früher – in ihren Schuppen, ihren Pubs, ihren Hinterzimmern, ihren Straßenecken, schweigend, wie gelähmt, auch zwanzig Jahre danach. Nicht allen war es gelungen, innerhalb von Peters symbolischen zehn Jahren zu heilen. *Und jetzt, noch mal zehn Jahre später, sind wir wieder so weit.* Er wollte kein Baby mit Gasmaske sehen.

Er ertappte sich dabei, dass er häufiger an seiner Schiene herumfingerte, sie herausnahm und wieder einsetzte. Sie drückte. *Die Anspannung*, dachte er. Eines Tages kam Nadine herein, als er sie herausgenommen hatte. Er stand vor dem Spiegel und starrte auf die Lücke. Sie nahm ihm die Schiene aus der Hand, legte sie hin und küsste ihn.

Es machte ihn wirklich nervös, und die Tatsache, dass es ihn nervös machte, machte ihn wiederum nervös, auf eine etwas andere Art.

Nadine hatte den Familienurlaub organisiert. Zwei Wochen Ruhe und Erholung in einem Hotel an der Küste von Norfolk, Ende August. Sie konnten spazieren gehen, baden oder segeln, wenn sie wollten. Kitty hatte eingewilligt, für ein paar Tage dazuzukommen – sie hatten sie seit Monaten kaum gesehen. Er und Nadine freuten sich, dass sie kam. Es war Riley sehr wichtig, alle und alles im Blick zu behalten. Seit der Kristallnacht hielt er seine Frau fester.

Ein paar Tage vor dem Aufbruch nach Norfolk unterzeichneten die Nazis und die Sowjets einen Nichtangriffspakt. *Tja, das war's*, dachte Riley. *Jetzt braucht Hitler vor nichts mehr Angst zu haben. Er wird munter weiter herumtrampeln …*

Er verbrachte viel Zeit in der Hotelbibliothek, las und stellte sich Fragen, die die Zeitungen nicht beantworteten. *Was wird passieren? Was wird aus Tom? Was wird aus Kitty?* Er dachte daran, wie sie beim letzten Mal alle überzeugt gewesen waren, dass es schnell gehen würde, und wie schnell diejenigen, die gedacht hatten, dass es schnell gehen würde, tot gewesen waren. Die Worte »beim letzten Mal« bekamen für ihn ein Eigenleben. *Beim letzten Mal*, dachte er, *war es der Krieg, der alle Kriege beenden würde.* Dann dachte er, dass er sich besser auf das Praktische konzentrieren sollte. Was machte ein Verleger im Krieg? *Bestimmt wird das Papier rationiert werden – aber es wird Informationen geben, die verbreitet werden sollen, Propaganda – das kann ich machen.*

Als Nadine ihn aufforderte, doch mal an die frische Luft zu gehen, tat er es. Manchmal setzte er sich am windigen Strand in einen Liegestuhl und kämpfte mit seiner Zeitung. *Es ist alles markiert, wie Bojen im Meer, eine beleuchtete Landebahn. Der Weg ist vorgezeichnet. Daran kann man nichts ändern.*

Kitty kam einen Tag später, in einem kleinen offenen Flitzer, der mit quietschenden Bremsen vor dem Hotel hielt. Am Steuer saß Johnny Carmichael. Sie sah aus, als wäre sie vollkommen hingerissen von sich selbst, als sie auf die Veranda stürmte, wo sie gerade Tee tranken: mit rosigen Wangen, windzerzaustem Haar (trotz Schal) und überzeugt von ihrem eigenen Erwachsensein.

»Ihr Lieben«, sagte sie. »Ich hoffe, es macht euch nichts aus, dass ich Johnny mitgebracht habe. Tom kennt ihn, und er ist ein echter Schatz. Er hat natürlich ein eigenes Zimmer gebucht, und er fährt euch gerne in seinem phantastischen Auto spazieren.«

Riley musste sich das Lachen verkneifen – die gute Kitty. Er gab Carmichael die Hand und fragte sich, wie er sich wohl fühlte. *Ein Verehrer! Nun, er sieht immerhin wie ein Gentleman aus.* Als Tom von einem Spaziergang in den Dünen zurückkam, freute er sich sehr über Carmichaels Anwesenheit, und damit stieg der Besucher noch in Rileys Ansehen.

Doch die Freude hielt nicht lange an. Kitty hatte die Post aus der Bayswater Road mitgebracht. »Ich glaube, das hier ist von Nenna!«, sagte sie.

Als Tom den Umschlag entgegennahm, zitterte seine Hand.

»Du hast lange nichts von ihnen gehört«, sagte Nadine. Tom starrte ihn nur an.

»Soll ich?«, fragte sie, und er ließ zu, dass sie ihm den Umschlag abnahm. Sie riss ihn auf und gab ihm den dünnen Bogen.

Riley konnte die Tränenflecken sehen. *Oh*, dachte er, und Carmichael sagte: »Alter Knabe –«

Tom hob den Kopf und blickte in die Runde. »Ich lese es euch vor«, sagte er, und jemand fragte: »Oh, Tom, bist du sicher?«, doch er erwiderte: »Es betrifft uns alle, oder nicht?«, und dann waren alle still, und er las vor.

Lieber Masino,

ich habe so lange nichts von Dir gehört. Hast Du mich aufgegeben? Ich könnte es Dir nicht verübeln. Aber hier wird alles immer schlimmer, und ich muss Dich noch einmal bitten, uns zu helfen.

Tommaso, ich weiß nicht, wie ich es schreiben soll. Vittorio ist in der Verbannung. Mit anderen Worten: im Gefängnis. Auf einer Insel. Er war

Hier brach Tom ab und überflog die nächsten paar Zeilen. Er schwieg einen Moment und schluckte, bevor er weiterlas:

Ich habe keine Worte außer diesen, und die sind nicht gut genug. Mama hat Papà geohrfeigt. Nicht nur draußen ist Krieg, auch drinnen. Sie ist nach Termoli gefahren, so nah, wie sie an San Domino herankommen konnte (dort ist Vittorio). Ich weiß nicht, was sie hofft, dort ausrichten zu können. Stefano sagt gar nichts, kein Wort. Er will zur Armee, aber selbst wenn sie Sechzehnjährige nehmen (was ich bezweifle), nehmen sie ganz sicher keine Juden. Du fragst Dich vielleicht, was Papà macht. Mein Liebster, er verliert den Verstand. Er schaut den ganzen Tag in Karten und Pläne und lächelt über alles, und gleichzeitig weint er. Es gibt keinen jüdischen Arzt mehr, der nach ihm sehen könnte. Aber die Juden sprechen ohnehin nicht mehr mit uns. Also koche ich und versuche, das Haus zusammenzuhalten.

Hast Du die Fotos bekommen? Sie sind nicht sehr gut. Ich war bei der Botschaft. Als ich Carmichael erwähnte, sagte der Mann dort, er würde ihn kennen, und gab mir fünfzig Lire. Wenn er Carmichael oder Dich nach dem Geld fragt, weißt Du also, dass ich Deine Hilfe brauche. Aber als ich noch mal dorthin ging, war er nicht mehr da.

Ich weiß, Du hattest Ideen, aber ich weiß nicht, was daraus geworden ist. Aber die Lage wird nicht besser. Bald werden wir auf beiden Seiten verlieren: Die Italiener sind Feinde der Engländer, die Juden sind Feinde der Nazis. Was wird dann aus uns? Ich habe keine Ahnung. Ich kann nur hoffen, dass der Krieg sie so beschäftigt hält, dass sie keine Zeit haben, uns zu quälen. Ich muss noch einmal die alberne Frage stellen – hast Du meine Briefe überhaupt gekriegt? Ich verstehe nicht, warum keine Antwort von Dir kommt. Bitte. Es tut mir leid, dass ich so lange nicht auf Dich hören wollte. Ist es das?

Bitte hilf uns jetzt.

Nenna

»Ist es zu spät?«, fragte Riley.

»Es war immer schon zu spät«, sagte Carmichael. »Tut mir leid, Tom. Zumindest für Fiore. Bei den Kindern können wir es zumindest versuchen. Haben sie Pässe?«

»Nenna ja. Aber ich glaube, Marinella und Stefano nicht.«

»Die kann nur ihr Vater beantragen.«

»Oh Gott!«, stieß Tom aus und wandte sich ab.

Nenna, Nenna, Nenna. Toms Beine wollten ihn nicht richtig tragen. Er hatte versucht, in Rom anzurufen, aber es hatte nicht geklappt. Nur langes, leeres Rauschen, aufgespannt in Raum und Entfernung. Es klang nicht so, als würde das Telefon überhaupt klingeln. Er sah es vor sich, schwarz und gedrungen auf der Kommode in der Eingangshalle. Vielleicht würde Aldo abnehmen, oder Stefano. *Sie hat solchen Kummer und solche Sorgen –*

Morgen früh würde er in der römischen Botschaft anrufen; er würde nach London zurückfahren, mit Carmichael, und sie könnten einen richtigen Plan machen. Jetzt, wo sie bereit war – endlich, Gott sei Dank! –, konnten sie ihr Geld und Papiere schicken.

Sie saßen im Hotelrestaurant um einen Tisch mit einer leicht schmuddeligen Decke und warteten auf das Mittagessen. Alle waren angespannt: Tom hatte den ganzen Vormittag am Telefon verbracht, um Telegramme aufzugeben, und zappelte vor Ungeduld, in die Stadt zurückzukommen; Nadine hatte gegen seinen Willen darauf bestanden, dass er noch etwas aß, bevor er sich auf den Weg machte; und Kitty versuchte, ihre Enttäuschung darüber zu verbergen, dass Carmichael mit ihm fuhr. Auf der Karte stand, dass es Hühnchen mit heller Sauce und Zitronen-Karamell-Torte geben sollte. Riley überlegte gerade, dass er das Hühnchen vielleicht schaffen würde, als der Hotelbesitzer hereinkam und sich geräuschvoll räusperte, um etwas anzusagen.

»Meine Damen und Herren, bitte entschuldigen Sie die Störung, aber wir möchten Sie darüber informieren, dass wir soeben im Radio gehört haben, dass Hitler in Polen einmarschiert ist.«

Rileys Herz schien in sich zusammenzufallen, zu schmelzen und sich aufzulösen.

Hörbares Luftschnappen. Stille und Gemurmel schwappten durch den Raum. »Was?«, sagte jemand schrill. »Was?«

»Ist es jetzt so weit?«, fragte Nadine.

Tom stand auf; seine lange, blasse Gestalt wirkte wie ein Geist.

»Tom«, sagte Riley und verstummte. Nadine streckte ihre Hand aus.

Tom berührte sie sanft, als er an ihr vorbei zur Telefonkammer ging. Carmichael stand ebenfalls auf und folgte ihm. In Toms Auge glomm ein Funke. »Jäger oder Bomber?«, fragte er Kitty im Vorbeigehen.

»Jäger«, sagte Kitty. »So, wie ich dich kenne.«

»Ich weiß nicht«, sagte Tom. »Mal abwarten.«

»Und ich?«, fragte Carmichael.

»Geheimdienst natürlich.«

Kitty war genauso blass und kühn wie ihr Bruder. *Papierkinder*, dachte Riley, *und meine, obwohl ich sie nicht verdient habe. Und jetzt werde ich sie verlieren.* Er sah Tom nach. *Sie wissen es nicht. Wie auch? Und alle, die es mal wussten, haben es vergessen. Alle haben es vergessen.*

Nadine stand auf. Einen Moment lang starrte sie in die Richtung, in die Tom verschwunden war, dann sah sie zu Riley. Es war ein verzweifelter Blick; in ihren Augen lag ein Flehen und zugleich das Wissen, dass sie nicht flehen durften. Sie schüttelte den Kopf.

»Vielleicht kommt es ja nicht so weit«, sagte sie. »Vielleicht –«

»Aber das alles geht schon so lange«, sagte Riley.

»Wie in Amerika, wo die Leute Tag und Nacht tanzen, wochenlang, um zehn Dollar zu gewinnen, und dann fallen sie vor Erschöpfung um ...«

»Nadine«, sagte er hilflos. »Wir können nicht viel dagegen tun.«

»Sind wir wieder da, wo wir waren? Geht alles wieder von vorne los?«

»Der Premierminister wird sich dazu äußern«, sagte Riley. »Es muss nicht so kommen.« Er glaubte es selbst nicht.

Eine halbe Stunde später kam Tom zurück. »Ich musste zwanzig Minuten anstehen, und dann war nicht mal eine verdammte Vermittlung zu kriegen«, sagte er. »So kann man doch keinen Krieg führen. Vielleicht sollte ich mich als Telefoningenieur freiwillig melden – die brauchen sie offensichtlich. Was wirst du tun, Kitty?«

»Ich bin doch schon im Außenministerium, Tom«, sagte Kitty. »Ich schaue mal, was sie mit mir vorhaben. Was haben die Frauen in eurem Krieg gemacht, Riley? Krankenschwester und Sekretärin, nehme ich an. Vielleicht lassen sie uns diesmal ja auch Autos und Motorräder fahren.«

Diesmal.

»Oh, wir sind auch damals schon Motorrad gefahren«, sagte Nadine.

Natürlich, dachte Riley. *Natürlich wird Kitty mutig sein und zurechtkommen, weil Nadine ihr Vorbild war und nicht ihre arme Mutter. Und Tom wird mutig sein und zurechtkommen, weil das Vorbild von Peters Rückkehr ins Leben stärker ist als das seiner Schwäche. Sie werden sich freiwillig melden und dorthin gehen, wo man sie diesmal hinschickt, und sie werden ihren Teil tun, was immer der sein mag. Sie werden sich bemühen, so gut zu sein wie wir, und vielleicht zerschießt es ihnen auch das Gesicht oder den Verstand, und dann werden sie ihr Leben damit zubringen zu versuchen, so gut damit zurechtzukommen, wie wir es getan haben. Besser als wir.*

Kinder, dachte er. *Kinder. Sie wissen nichts. Sie waren nirgends. Oh Gott.*

»Vielleicht gehe ich auch zur Armee«, sagte Kitty und grinste verwegen, obwohl sie sich gewiss nicht so fühlte. *Ihnen muss doch klar sein …* »Wenn ich dann ein Motorrad kriege. Meine Pflicht tun und so.«

Aber Frauen sind damals auch umgekommen, ob mit oder ohne Motorrad. Splittergräben voller Krankenschwestern im Bombenhagel der Gothaer; Spanische Grippe, Infektionen, Syphilis, der Untergang der Marquette …

Riley blickte auf und sah, wie Nadine Tom und Kitty beobachtete. *Was sieht sie, wenn sie die beiden anschaut? Ihr Lebenswerk, das zerstört zu werden droht? Sind wir wirklich so dumm?*

Er suchte in seinem Innern nach dem Mut, den er früher gehabt hatte. *Er muss doch irgendwo sein. Wo ist er nur? Ist er verschwunden, weil ich ihn jetzt nicht mehr brauche, sondern die beiden?* Sein Herz schlug schnell und leicht wie das Flattern eines Vogels.

Tom und Kitty saßen hellwach und stark auf ihren Stühlen. *Nicht unser Krieg. Euer Krieg*, dachte Riley. *Seht euch an, so schön. Euer Krieg, den wir nicht verhindern konnten.*

Kitty fragte: »Und was machen wir mit Nenna?«

»Alles, was möglich ist«, sagte Tom und stand wieder auf, und Riley konnte kaum die Tränen zurückhalten.

Der restliche Tag war ein Durcheinander aus Frustration und Unentschiedenheit. Johnnys Auto sprang nicht an, die Telefonleitungen waren überlastet, Tom konnte niemanden erreichen, Kitty beschloss, dass sie auch zurück wollte, es war kein Taxi zu bekommen, um nach Norwich zum Bahnhof zu gelangen, alle wollten irgendwohin, kamen aber nicht weg, und änderten immer wieder ihre Pläne, bis Nadine am Nachmittag alle zum Tee um einen Tisch versammelte und sagte: »Schluss jetzt. Es nützt überhaupt nichts, weiter hin und her zu rennen. Tom, du kannst morgen noch mal versuchen, sie zu erreichen. Vielleicht kommt ja doch alles anders ... Geh raus an die frische Luft«, sagte sie, als wäre er zwölf. »Bewegung tut dir gut. Und uns auch. Kitty? Riley?«

»Dürfen wir denn?«, fragte Kitty.

»Noch sind wir nicht im Krieg«, sagte Tom. »Und selbst wenn, hier werden sie nicht angreifen. Eher in Thanet oder irgendwo in der Gegend.«

»Aber das scheint jemand anders zu sehen – unten am Strand liegen schon Rollen mit Stacheldraht.«

»Ich glaube, der ist eher für Zäune gedacht, Liebes«, sagte Nadine.

»Sie werden aus der Luft kommen«, sagte Tom. »Tausende von Fallschirmspringern.« Da stand Riley auf und ging, niedergedrückt von Müdigkeit, Zorn und Trauer, zur Treppe. Im Vorbeigehen strich er sanft über Nadines Schulter, als wolle er sagen: »Du brauchst nicht hinter mir her zu kommen.«

Die anderen blickten nach Osten, als könnten sich die Flugzeuge und Truppentransporter der Nazis bereits am Horizont zusammenrotten.

Letzten Endes machten Tom und Riley einen Spaziergang. Als sie bei den Marschen ankamen, war es ein schöner

Abend: Der Himmel wölbte sich hoch und tiefblau, die Sonne hinter ihnen im Westen schien sanft und golden auf das von Saphiren gesprenkelte Watt, und die schimmernden Priele kräuselten sich lautlos, als die Flut kam und sie füllte. Hier und da war ein Vogel.

Tom ging ein wenig vor Riley auf den letzten Dünenzug vor dem offenen Meer zu, und Riley konnte seinen unbedeckten blonden Kopf sehen, *ohne eine verdammte Uniform und ohne eine verdammte Mütze, Gott sei Dank.* Seine Stiefel waren schwer vom nassen Sand, als er vorwärts stapfte. Irgendwo zur Linken, nicht weit von ihnen, erklangen Schüsse. Ein Wilderer? Plötzlich flog ein Milan mit einem Warnschrei auf, und in der Ferne am Strand pfiff jemand nach seinem Hund. Riley hörte den Hund bellen, dann erhob sich der laute, klagende Ton der Flutsirene und übertönte das Gebell.

Als die Sirene erklang und die Gestalt vor ihm die Düne hinaufzulaufen begann, war auf einmal alles schrecklich klar. Der Sand knirschte unter seinen Füßen, und Korditgeruch hing in der Luft. Tom kämpfte sich mit seinen langen Armen und Beinen nach oben, er hatte nicht einmal einen Helm auf, und schlagartig sah Riley seinen Sohn gekreuzigt auf dem Schutzwall im Niemandsland, und all die anderen tapferen Jungs rannten zu ihm; er sah Stacheldraht und zerfetzte Glieder, das Geschützfeuer dahinter, und er sah, wie erneut der Himmel einstürzte.

Riley dachte: *Ich könnte ihn jetzt erschießen. Es würde so viel Zeit und Ärger sparen.*

Er schüttelte sich den Kopf frei. *Schluss damit.* Er wartete einen Moment.

Das Gewehr eines Wilderers. Eine Flutsirene.

Beinahe hätte er gelacht. *Abdrücken, damit er sich drücken kann.*

Das ist Vergangenheit. Das ist Vergangenheit. Was jetzt kommt, ist –

Auf dem Rückweg kehrten sie in ein Pub ein, und es war eine alberne Kleinigkeit, die alles ins Rollen brachte. An der Bar stand ein Mann in einer unvorteilhaften Jacke mit ein paar anderen Männern, alle rotgesichtig, vermutlich weil sie schon ein paar Stunden hier waren, und alle redeten von nichts anderem als dem bevorstehenden Krieg. Krieg, Krieg, Krieg, sagten sie, mit hochgezogenen Brauen und uninformiertem Draufgängertum, *eine Art vorzeitiger Samenerguss*, dachte Riley – nun, dieser Mann jedenfalls sagte: »Wir sollten auf Hitlers Seite stehen. Er kann zwar seine Finger nicht bei sich behalten, wenn es um andere Länder geht, aber er hat ein paar gute Ideen. Und er hat recht, was die Juden angeht!«

Riley wandte sich ruhig zu ihm und sagte ziemlich deutlich und hörbar traurig: »Meine Frau ist Jüdin.«

Der Mann sah ihn mit verächtlicher Miene an, die sich prompt in ein verwirrtes »Was ist denn mit deinem Gesicht?« verwandelte, dann folgte ein irritiertes Schnauben, und in einer Art diffuser Rechtfertigung tippte er sich vielsagend mit dem Finger an die Schläfe. Einer von seinen Freunden sagte: »Lass gut sein, George«, aber Tom war bereits aufgesprungen, und George, betrunken, schwerfällig, und alt genug, um zu wissen, wohin so etwas führte, erst recht in einem Pub, sagte: »Oh, aber ich stehe dazu!« Und als er sah, wie groß und jung und wütend Tom war, schlug er blindlings drauflos, wobei er zwar Tom verfehlte, aber Riley einen harten Faustschlag gegen das Kinn verpasste.

Das Knacken von Knochen, der dumpfe Aufprall von Fleisch auf Fleisch, ein Schmerzensschrei. Blut und Zähne. Und die Schiene, die sich halb löste und seltsam fremd aus seinem armen Mund hing. Er spürte es. Sie war hinüber.

»Was zum Henker ist das?«, fragte der Mann.

Riley hatte sich auf die Zunge gebissen. Oh, dieser Geschmack seines eigenen Blutes im Mund!

Ein paar von den Männern hielten Tom auf Abstand. Er ließ den Kopf sinken, und als er ihn wieder hob, war er ruhig. Er sah die Männer um sich herum an und sagte mit einer Kopfbewegung in Georges Richtung: »Na, jetzt wisst ihr ja, auf welcher Seite er steht. Schlägt einen Kriegshelden von Ypern und Passchendaele zusammen, weil der eine jüdische Frau hat.«

Riley versuchte, etwas zu sagen, versuchte, über seinen Versuch, etwas zu sagen, zu lächeln, schluckte ein wenig Blut und dachte kurz an die seltsame Wirkung, die das eigene Blut auf die Ausscheidungen hatte, wenn man genug davon schluckte. Er dachte: *Es ist wirklich nicht meine Schuld. Nadine kann nicht wütend auf mich sein, es ist nicht wie in Wigan*, und dann musste er an Ainsworth denken, und er seufzte aus tiefster Seele.

Es tat verdammt weh.

Tom brachte Riley zurück und stützte ihn, während Riley sich ein sauberes Geschirrtuch aus dem Pub unter das Gesicht hielt. Die Besitzerin des Pubs hatte den Arzt rufen wollen, doch Tom hatte gesagt, nein, seine Mutter sei Krankenschwester, sie würden zum Hotel zurückgehen. Natürlich dachte Riley an seinen langen Marsch bei Zonnebeke.

Kitty lief auf Riley zu, um ihn zu umarmen, und blieb entsetzt stehen. Er stand verwirrt da. Er hatte sich zurückverwandelt: *der verwundete Riley, der nichts tut. Soll sich jemand anders kümmern.* Seine grauen Augen leerten sich vor Schmerz. Er sagte nichts und lächelte auch nicht sein kleines, schiefes Lächeln.

Nadine wurde ein wenig schwindelig, als sie ihn erblickte, das Tuch unterm Kinn, den Ausdruck in seinem Gesicht. Aber sie dachte: *Gott sei Dank. Gott sei Dank sind wir an einem friedlichen Ort, wir haben ein Auto, es gibt Benzin, wir sind nicht sehr weit von London weg, es ist zwanzig Jahre später, es gibt nicht Tausende wie ihn, wir haben Mr Gillies in seiner sauberen, ordentlichen Praxis, es gibt nicht dieses Chaos, diesen Dreck, diese …* Sie hatte keine Lust, weiter darüber nachzudenken, was es nicht gab. Sie schickte Kitty los, den Erste-Hilfe-Kasten des Hotels zu holen, ließ zu, dass ein Arzt gerufen wurde, aber nur, um Riley ein wenig Morphium zu geben, und säuberte vorsichtig die Wunde. Offenbar wollte er die Schiene ganz herausnehmen, aber sie konnte die beschädigte Seite nicht lange genug in der richtigen Position halten, und schon allein wenn er seinen Finger in den Mund steckte, schnappte er vor Schmerz nach Luft. Sie befürchtete, dass der Knochen auf beiden Seiten gebrochen war. Tom sagte, der Schlag sei von links gekommen; möglicherweise war die Schiene gegen die rechte Kieferseite gestoßen und … nun ja. Es blutete ziemlich stark.

Tom rief alle an, die ihm einfielen, um Gillies' private Telefonnummer herauszubekommen. Es war immer noch schwer, eine Verbindung zu kriegen, und einen Moment lang hatte er den unlogischen Gedanken, dass er doch durchkommen müsste, weil der bevorstehende Krieg nur Anrufe betreffen sollte, die mit dem bevorstehenden Krieg zu tun hatten. Letzten Endes fuhren sie einfach in die Dunkelheit los, Tom am Steuer, Kitty mit einer Taschenlampe über die Karte gebeugt, und Nadine, die Riley auf dem Rücksitz aufrecht hielt. Es war nach Mitternacht, als sie zu Hause ankamen, und Tom musste Riley halb hineintragen.

»Es gab irgendeine Auseinandersetzung«, sagte Nadine. »Ich war nicht dabei.« Sie war noch nie zuvor mit Riley bei Gillies gewesen. Es war früh, die Praxis noch geschlossen. Sie hatte nicht geschlafen.

Riley zog seinen Verband zur Seite und spuckte Blut in eine Nierenschale. Er bat mit Gesten um Papier und Stift, und Gillies gab sie ihm, während er die beiden beobachtete.

Tut mir schrecklich leid. Meine Schuld. Habe mich an einem Antisemiten gestoßen.

Nadine trat vor, nahm ihm den Zettel mit einer sanften Berührung ab und gab ihn Gillies, der ihn las.

Riley lehnte sich unvermittelt zurück und blickte zwischen den beiden hin und her. Sein Gesicht war weiß wie die Wand.

»Dann schauen wir uns das mal an«, sagte Gillies, und Nadine trat zur Seite und ließ die beiden tun, was sie zu tun hatten. Riley legte dem Kopf nach hinten. Gillies wusch sich die Hände, löste den Verband, schaute, tastete, murmelte.

»Die Schiene ist hin«, sagte er. »Und das ist gut so. Ich versuche schon seit Jahren, ihn von dem Ding zu befreien.«

»Was soll das heißen?«, fragte Nadine.

»Ich will ihm stattdessen ein Knochenstück einsetzen«, sagte Gillies. »Aus einer Rippe oder einem Schienbein. Viel robuster und langlebiger. Dieser Kiefer ist wie der Vertrag von Versailles – es war immer klar, dass er nicht halten würde, und es ist ein Wunder, dass er überhaupt so lange gehalten hat.«

Sie verstand nicht.

»Wir können diese Behandlung abschließen«, erklärte Gillies. »Und tun, was wir schon 1919 hätten tun sollen.«

»Was? Wieso?«

»Er hat mich nicht gelassen«, sagte Gillies, und als er ihr verwirrtes Gesicht sah, fügte er hinzu: »Tut mir leid. Sie wussten nichts davon?«

»Nein«, sagte sie. »Ich dachte, es wäre abgeschlossen.« Sie blickte zu Riley. Sie hoffte, dass ihre Miene nicht vorwurfsvoll aussah, aber sicher war sie nicht. Er wirkte so hilflos, wie er da auf dem Stuhl saß, mit nacktem Hals und hängendem Mund. *Ich weiß, dass er in besten Händen ist.* »Die besten Ärzte und Schwestern« – woher kannte sie das noch? – ach ja, die Feldpostkarte. »Ich bin am … leicht/schwer verwundet worden … bitte ausfüllen … Ich bin jetzt gut untergebracht, und die besten Ärzte und Schwestern kümmern sich um mich.«

Als sie ihn ansah, dachte sie: *Ich werde dich immer beschützen und lieben, ganz gleich, was passiert. Jetzt, damals, in alle Ewigkeit.*

»Nun«, sagte Gillies. »Wir werden Ihnen jetzt ein Bett besorgen, und ich versuche, Sie morgen einzuschieben. Es sieht nicht allzu kompliziert aus. Keine Sorge!« Sein Lächeln war eine leuchtende Fahne des Selbstvertrauens. »Wir sind darin jetzt viel besser als früher.«

Riley machte ein Geräusch, das Nadine seit Jahren nicht mehr gehört hatte: das Geräusch eines bitteren Lachens durch eine Wunde.

Der Premierminister sprach im Radio. Er teilte dem Land mit, dass der britische Botschafter in Berlin der deutschen Regierung ein Ultimatum gestellt hatte. Wenn diese nicht bis elf Uhr einwilligte, ihre Truppen umgehend aus Polen zurückzuziehen, stünden die beiden Länder im Krieg. Der Premierminister fuhr fort, eine solche Erklärung sei jedoch nicht erfolgt, und somit befänden sich England und Deutschland nunmehr im Krieg. Er sagte: Es ist ein bitterer Schlag. Bis zum letzten Moment wäre es immer noch möglich gewesen, zwischen Deutschland und Polen eine friedliche und ehrenhafte Einigung zu erzielen, doch Hitler wollte es nicht. Er sagte: Sein Vorgehen zeigt, dass dieser Mann niemals aufhören wird, seinen Willen mit Gewalt durchzusetzen. Deshalb kann er auch nur mit Gewalt daran gehindert werden. Er sagte: Niemand kann sich auf das Wort des deutschen Herrschers verlassen, kein Land und kein Mensch kann sich sicher fühlen, und diese Situation ist nicht länger hinzunehmen. Er sagte, er sei entschlossen, dem ein Ende zu machen. Er sagte: Tragen Sie Ihren Teil dazu bei. Er sagte: Ruhe und Mut. Er sagte: Möge Gott Sie alle segnen, und ich bin sicher, das Recht wird siegen.

Riley hörte die Rede in Gillies' Praxis. Obwohl die Praxis sonntags eigentlich geschlossen war, hatte Gillies ihn eingeladen, sie sich dort anzuhören. Während die Worte kamen, spürte Riley noch etwas in seinem Gesicht, das ihm von damals vertraut war: ein Gefühl des Duckens, des Abgeschnittenseins, einen hingenommenen und unausgesprochenen Groll. *Da haben wir's. Die Freiheit war nur eine Fata Morgana. Jetzt gibt es wieder nur Befehle, Gehorsam und Angst. Werden sie mich haben wollen? Vielleicht in zehn Jahren, wenn sie alle anderen verbraucht haben. Nein – mit dem Teil des Ganzen will ich nichts zu tun haben. Ich werde hierbleiben, während andere gehen – die Jungen –*

»Tja«, sagte Gillies.

Riley schnaubte.

»Was halten Sie davon?«

Er schrieb:

Was soll man dazu sagen?

Gillies schwieg eine Weile. »Ich finde, es war nett vom Schicksal, dass es uns diese glücklichen Jahre geschenkt hat, bevor es das Licht wieder ausgemacht und den Vorhang zugezogen hat. Obwohl sich für manche der Vorhang natürlich nie geöffnet hat.«

Riley schrieb:

Wir wussten doch immer, dass wir wieder gegen sie kämpfen müssen.

Gillies starrte vor sich hin. Dann schüttelte er sich, las den Zettel, räusperte sich und sagte: »Ein Grund mehr, Sie endlich zusammenzuflicken. Vielleicht brauchen wir den Platz bald.«

Rileys Wangen verspannten sich ein wenig, und er bedeckte das Gesicht mit den Händen. *Ich habe keine andere Wahl,* dachte er. *Gillies wird ein Stück Knochen aus meinem Bein schneiden und mein Gesicht erneut auseinandernehmen, um es einzusetzen und zu beenden, was er angefangen hat.* Er musste beinahe lachen. *Ja, bringen wir's hinter uns, bevor die Massen kommen.*

Später blickte er aus dem Fenster. Die hohen, mit weißem Stuck verzierten Backsteinhäuser des West End standen da, wie sie es seit Generationen getan hatten, rote Geranien in den Blumenkästen, farbenfroh lackierte Haustüren und gepflegte Eisengitter. *Die werden sie früher oder später abmontieren, um sie zu Waffen zu verarbeiten …* Über den Straßen hing eine angespannte Stille, ein Gefühl schrecklicher Wichtigkeit. Von den Leuten, die unten vorbeigingen, stieg der Drang auf, etwas zu tun, ohne zu wissen, was das sein könnte. Vor dem Pub an der Straßenecke standen Männer und unterhielten sich gedämpft. Frauen klackerten nervös vorbei, die Schultern unter ihren Jacken angespannt, und die Einkaufstaschen schlugen gegen ihre Beine, während sie nach Hause eilten.

Sie sind alle bereit, beim Startschuss loszurennen, dachte Riley – *aber wenn sie zur Seite blicken, sehen sie, dass sie allein an der Linie hocken. Es sollte etwas passieren, aber bis jetzt passiert nichts. Sie werden sich alle bereitmachen, mit ihren neuen Socken und Gasmasken und Evakuierungsplänen. Liebe Jungs und Mädchen, in diesem Schuljahr werden wir gegen die Deutschen kämpfen … Sie sind schon in allen anderen Ländern einmarschiert, und jetzt werden sie hier einmarschieren.*

Aber keine Sorge. Wie Gillies schon sagte: »Wir sind darin jetzt viel besser als früher.«

Peter und Mabel waren in Locke Hill. Mrs Joyce, die gerade beim Bügeln war und Radio hörte, kam aus der Wäschekammer gestürzt und rief sie. Sie standen alle um das Bügelbrett herum. Am Ende sahen die Frauen Peter mit einem hilflosen Gesichtsausdruck an, den er unwiderstehlich fand. Er sagte: »Nun ja, wir wussten ja, dass es so kommen würde.« Und Mabel sagte: »Wussten wir das?«, denn für sie war es nicht so klar gewesen.

»In gewisser Weise«, sagte Peter.

Iris starrte auf einen kleinen Haufen Tennisbälle und fragte sich, ob sie wohl trotzdem aufs Royal College gehen konnte. An diesen Moment würde sie sich für den Rest ihres Lebens erinnern.

Rose schaute nach dem Gottesdienst auf eine Tasse Tee beim Vikar vorbei. Er war noch recht jung und sah sie mit einem leicht fragenden Blick an, und sie dachte: *Ich bin eine Veteranin.*

»Ich weiß es nicht«, sagte sie, bevor er fragen konnte. »Ich nehme an, es wird alles sehr anders sein. Wir werden ja nicht einfach alle an die Westfront oder ans Mittelmeer oder nach Ägypten zurückkehren. Ich habe keine Ahnung, was das bedeutet.«

Später, als sie mit Mr Mackesson und einem Glas Sherry in ihrem Wohnzimmer saß, sagte er: »Bomben, das bedeutet es. Wir werden alle hier genauso gebraucht werden wie an der Front.« Rose blinzelte ziemlich viel, und er streckte die Arme aus, und sie ging zu ihm und lehnte sich an ihn, ihr Kopf auf seiner Tweedschulter und sein Arm um ihren Rücken, und wenn sie ehrlich war, dachte sie nicht an den Krieg, sondern an die Liebe. *Warum habe ich das nicht schon eher zugelassen? Warum habe ich mich davor geschützt, es mir versagt? Hätte ich das hier mit jemand anderem schon vor fünfundzwanzig Jahren haben können?*

Und dann: *Nein. Weil er es ist. Er ist derjenige für mich. Und wie viel leichter wird es sein, das alles durchzustehen, mit ihm an meiner Seite.*

Kitty war in ihrer Wohnung und wurde durch Johnnys Anruf geweckt. Als er es ihr sagte, fühlte sie sich erst bestätigt, dann flau und dann aufgeregt, und sie rief ihre Zimmergenossinnen herbei, um ihnen die Neuigkeit mitzuteilen. Cynthia stürzte zum Fenster, um zu sehen, ob die Welt sich sichtbar verändert hatte. Ada meinte, sie solle da weggehen, sie sei noch im Morgenmantel, und die Leute würden sie sehen. Dann zündete sie sich eine Zigarette an und versuchte, gelangweilt auszusehen. Cynthia brach in Tränen aus.

Nenna weinte und weinte, als die Nachricht Rom erreichte; sie konnte gar nicht mehr aufhören zu weinen. Sie hörte Aldos Stimme sagen: »Liebes, Italien ist doch nicht im Krieg. Es ist Deutschland, mit dem England kämpfen will.« Und sie brüllte ihn an, obwohl er gar nicht da zu sein schien. »Blut und Stahl, Papà – das wolltest du doch. Jetzt hast du es. Wir werden alle sterben.«

Du kannst deinen Vater nicht im Stich lassen … flüsterte sie. Dann schloss sie die Augen, spuckte dreimal und traf ihre Entscheidung. Die Männer konnten tun, was sie wollten – Papà, Vittorio, sogar Stefano, der nicht zurückgekommen war; seine Freunde sagten, er sei in Neapel. *Neapel! Warum?* Sie verstand es nicht. *Das alles haben Männer angerichtet – zur Hölle mit ihnen.* Blut und Stahl würden sie von ihnen trennen, ob sie sie liebten oder sich um sie sorgten oder auch nur an sie erinnerten oder nicht. Sie mussten selbst sehen, wie sie zurechtkamen.

Und Tom? Eine Flut von Erinnerungen wallte in ihrem Herzen auf, bis ganz zum Anfang: Tom und sie als Kinder am Fluss; wie sie ihn in der Kirche gefragt hatte, ob sie Jesus getötet hatte, und wie er die Worte aufgeschrieben hatte, um sie nachzuschlagen. Wie er auf der Wiese gestanden und gebrüllt hatte, die Sonne auf seinem blonden Schopf. Sein Gesicht, als sie ihm die Heiratsurkunde gezeigt hatte – seine Stimme, als er gegen ihren Vater angebrüllt hatte – die Hartnäckigkeit, mit der er so lange versucht hatte, sie zu retten, trotz all ihrer Gegenwehr. Seine Küsse. Und jetzt sollte er auf einmal der Feind sein, und sie sollte auf der Seite der Italiener sein, die mit den Nazis kämpften. *So ein Irrsinn! So ein grauenvoller Irrsinn!*

Die Welt erschien ihr plötzlich sehr klein. Die einzige machbare Lösung war wohl, das, was einem wichtig war, auf beherrschbare Größe zusammenzuschrumpfen. *Meine Mutter und meine kleine Schwester. Etwas zu essen für sie auftreiben, sie trösten, für ihre Sicherheit sorgen. Marinella und Mama. Das ist das Wichtigste.* Und das bedeutete Marinella, denn ihre Mutter war nicht von ihrer Hafenwache bei Vittorio zurückgekommen. *Also: Nicht auffallen. Arbeiten. Marinella. Das müsste zu schaffen sein.*

Und England? Sie wusste es nicht. Sie wartete auf Antwort. er musste ihren Brief, ihr Telegramm inzwischen bekommen haben.

Am nächsten Tag kam ein Telegramm: GEH JEDEN TAG ZUR BOTSCHAFT. FRAG NACH CARMICHAEL. NIMM PÄSSE MIT. LIEBE DICH. TOM

Marinella hatte keinen Pass. Aldo würde unterschreiben müssen, damit sie einen bekam. *Pah.* Dann musste Tullio ihr eben einen machen. Sie würde alles versuchen.

Und sie würde hingehen. Jeden Tag.

Aldo war in Pomezia. Nur zum Schauen. Es sah wunderschön aus. Er war schon ein paarmal hierhergekommen. An einem Abend hatte er den Duce auf seiner Moto Guzzi gesehen. Er hatte das Dröhnen gehört, das Knattern des großen V-Motors, das über die Ebene hallte, unverkennbar. Er war hinter ihm hergelaufen, wie ein Trottel. Er wollte ihn einfach nur von Angesicht zu Angesicht fragen, sich vergewissern; vielleicht konnte der Duce ihm ja ungefähr sagen, wann er alles wieder rückgängig machen und ihn zurückholen würde. Er würde ihm sagen, dass er die Zeit gut nutzte, lernte, sich über alles informiert hielt. Er war ziemlich sicher, was der Plan war: zu Deutschland halten, und wenn sie gemeinsam den Krieg gewonnen hatten, konnte alles wieder so werden wie zuvor.

Überall saßen Leute, auf den Brücken und den niedrigen Mauern und am Ufer, für die abendliche *passeggiata.* Sie starrten ihn an.

Er hatte mitgeholfen, diese fünf Städte zu bauen, und die Kanäle, die sie überhaupt erst möglich machten und ihnen ein starkes Fundament gaben, und die Straßen, die sie miteinander verbanden. Die Fahne der neuen Stadt sollte rot und blau sein, für die Erde und das Meer. An diesem Nachmittag sah er drei Männer, die er kannte: einen Traktorfahrer, der winkte und ihm einen Gruß zurief; einen Vorarbeiter, der verlegen wirkte und die Stirn runzelte; und, auf der anderen Seite eines strahlend weißen Kanals voll schlammigem Wasser, einen alten Mann, den er seit Jahren nicht mehr gesehen hatte, dünn und in abgewetzten Kleidern. Dann fiel es ihm ein: Es war Olivieri, einer der Brüder, die ihm damals, ganz zu Anfang, immer Frösche verkauft hatten. Aldo rief fröhlich zu ihm hinüber. Olivieri spähte zu ihm, hob die Hand zu einem wissenden, matten Gruß und ging weiter. Es war keine Brücke in der Nähe, sonst wäre Aldo zu ihm gegangen, um sich mit ihm zu unterhalten.

Nadine war zu Hause, allein, und dabei, eine Tasche mit Sachen für Riley zu packen. Sie lauschte aufmerksam der Ansprache des Premierministers, und als diese zu Ende war, atmete sie dreimal tief durch. Die Anspannung löste sich aus ihren Schultern. *Also gut. Was ist jetzt zu tun?*

Sie würde mit Mrs Kenton sprechen und sie daran erinnern, dass seit neunhundert Jahren kein ausländischer Soldat in England eingefallen war. Und sie würde mit ihrem Vater sprechen und Rose anrufen. Dann weiter wie geplant. Sie würde Riley seine Sachen bringen. Die Operation war für den nächsten Morgen angesetzt, und er würde ein paar Wochen in der Klinik bleiben. Danach würde sie ihn zu Hause weiter pflegen. Alles, was sie dafür brauchte, war bereits bestellt. Sie würden ihm einen Schlauch durch die Nase in den Magen legen, mit einer kleinen Pumpe; damit konnte er Brühe, Suppe, Eier und Sahne zu sich nehmen, ohne den Mund zu benutzen.

Sie fragte sich, wie schnell die Rationierung kommen würde. *Wird das eine längere Sache? Es fühlt sich so an, als würde es länger dauern.* Sie würden ihr Anweisungen geben: Rezepte und Mengen für eine ausgewogene Ernährung. Die Pumpe würde er selbst bedienen. So hatte er in der Zeit, bis alles verheilt war, ein wenig Beschäftigung.

Viel zu tun. Viel zu tun.

Wir kämpfen alle unsere eigenen Schlachten neben dieser großen. Wie groß wird sie wohl?

Noch ein tiefer Atemzug.

Es wird hart, sehr hart. Aber wir wissen, was zu tun ist. Also tu es.

Tom saß mit einem Päckchen Papieren und Bargeld in einem Zug nach Süden. In seiner Tasche waren vier Rückfahrkarten, und in seinem Kopf kreiste unablässig ein Lied: »*Lucciola, lucciola, vien' da me, io ti darò el pan del re …*« Sein Herz ratterte ebenso laut wie der Zug, während er die tausend Meilen fuhr. Er schob alle Gedanken beiseite und schlief wie ein erschöpftes Kind nach einer langen Krankheit. Er wachte auf, aß etwas, Waggons wurden an- und abgekoppelt, er stieg aus einem Zug und in einen anderen. Tag wurde zu Nacht und wieder zu Tag. Und dann tauchte der Petersdom vor seinem Fenster auf und verschwand wieder. Tom stand auf, reckte sich und überprüfte noch einmal die Abfahrtszeit des Zugs zurück nach London am gleichen Nachmittag.

Er fuhr direkt zur Insel und wies den Taxifahrer an zu warten. Die Haustür stand offen, und von der Piazza fiel warmes Spätsommerlicht herein. Nenna war in der Küche und verlas Kichererbsen. Marinella saß am Tisch. Aldo sang im Nebenzimmer leise vor sich hin.

Tom ging als Erstes zu Marinella und sagte: »Geh und hol eine Tasche und pack dein Lieblingsbuch und Lieblingsspielzeug hinein. Und ein paar Kleider.«

Nenna drehte sich um.

»Du auch«, sagte er. »Jetzt gleich.«

Sie gehorchten. Nenna bewegte sich wie in Trance, als würde sie durch Nebel waten. Er nahm sie nicht in die Arme, küsste sie nicht. Er hörte, wie sie leise mit Marinella sprach.

»Pässe!«, rief er die Treppe hinauf. »Und alles Wertvolle. Wenn du es nicht mitnehmen kannst, versteck es.«

Na dann.

Er trat in das Arbeitszimmer. Aldo saß mit starrem Blick da und summte vor sich hin.

»Kommst du mit?«, fragte Tom.

»Tommaso!«, rief Aldo in einer Art freudiger Überraschung, und Tom fragte: »Wenn ich versuche, dich in ein Taxi zu verfrachten, kommst du dann mit?«

»Mitkommen? Wohin?« Aldos Tonfall – ein mattes Echo seiner früheren Jovialität – versetzte Tom einen Stich, und ihm wurde flau.

»Oder schlägst du mich dann wieder?«

»Tommaso!«, sagte Aldo erneut mit dümmlichem Lächeln und leerem Blick.

»Hier ist deine Fahrkarte«, sagte Tom. »Und ein Visum und ein Brief mit einem Stellenangebot. Hol deinen Pass und komm mit uns.«

Aldo saß einfach nur da.

Nenna und Marinella erschienen in der Tür.

»Papà?«, sagte Nenna ganz sanft, und da verzog Aldo das Gesicht, stand auf und sagte: »Ich gehe was trinken.«

»Papà!«, rief Nenna, und Tom dachte: *Wenn sie noch einmal so nach ihrem Vater ruft –*

»Nenna«, sagte er. »Er wird dir keine vernünftige Antwort geben.«

Ihre Augen flackerten.

»Kommst du, Marinella?« Er hielt ihr seine Hand hin, und sie ergriff sie. Dann wandte sie den Kopf und sah zu Nenna hoch.

Marinella und ihr kleiner Koffer.

Er nahm Nennas Koffer und fragte: »Habt ihr alles?«

Der Taxifahrer half ihnen, die Sachen ins Auto zu packen. Marinella kletterte auf den Rücksitz. Nenna zögerte. Er bot ihr nicht seine Hand. *Es ist deine Entscheidung*, dachte er, doch er sagte nichts. Er wagte es nicht.

Dann stieg sie ein.

Triumph? Noch nicht.

Er drehte sich um und rief: »Aldo?« Doch Aldo war nicht mehr da.

»Die Schlüssel«, sagte er zu Nenna, zog die Haustür zu und schloss sie ab. Dann schrieb er, dagegen gelehnt, eine

Nachricht auf ein Stück Papier, die er nebenan bei den Setas einwerfen wollte.

»Die sind fort«, sagte Nenna. Er sah zu ihr hinüber und ging ein Haus weiter.

Nenna saß wie erstarrt da, als er neben ihr in das Taxi stieg.

»Rück mal«, sagte er, und sie tat es.

»Zur britischen Botschaft«, sagte Tom zum Fahrer, dann zog er den Kopf ein, als wolle er allem ausweichen, was Nenna sagen oder tun könnte, als wolle er sich vor ihrer Fähigkeit verstecken, alles noch zu ändern.

»Wohin fahren wir?«, fragte Marinella.

Jetzt muss ich so tun, als wäre alles ein großes Abenteuer, dachte er.

»So weit weg, wie es geht«, sagte er und lächelte.

Als sie auf ihren Plätzen saßen, hielt er den Atem an, bis der Zug sich schnaufend und ruckelnd in Bewegung setzte und aus dem Bahnhof rollte.

Als sie Civitavecchia hinter sich gelassen hatten, fing Nenna an zu weinen. Er legte den Arm um sie und konnte ihr Beben nicht von dem des Zuges unterscheiden. Marinella sprang von ihrem Sitz, tätschelte Nennas Arm und fragte immer wieder mit trauriger Stimme: »Nenna, Nenna, was ist?«, bis Tom zu ihr sagte: »Marinella, Süße, es ist alles in Ordnung. Es ist schwierig, aber es ist in Ordnung.« Einige Zeit später spürte er, wie Nenna einschlief, und er hielt sie fest in seinem Arm. Marinella rollte sich, so gut es ging, auf der anderen Seite zusammen, halb an Nenna gelehnt, und alle drei versuchten, trotz der harten Sitze und der störenden Armlehnen eine halbwegs bequeme Position zu finden.

Er war zu unruhig, um zu schlafen. Vor seinem inneren Auge sah er die Grenze: die Berge, die Warteschlangen, die Beamten, die Kabel des Oberleitungsbusses, die dort aufhörten, wo die Schweiz begann. Muskulöse Schenkel und widerwärtige Zeitschriften. Ein Stempel »COMO«, durchgestrichen. Und hinter alldem die Erinnerung an klares, kaltes Wasser, wilde Erdbeeren auf einer steil ansteigenden grünen Wiese, ein Adler, der am Himmel kreiste. Doch irgendwo hinter Mailand schlief auch er ein, und der Zug ratterte weiter und trug sie auf die Berge zu und in die Nacht.

DANKSAGUNG

Mein Dank gilt

Charlotte Horton, für ihre geduldige, unermüdliche Italien-Hilfe in allen Bereichen;

Derek Johns, für zwanzig Jahre erstklassige Agenturarbeit;

Natasha Fairweather, dafür, dass sie mich so nahtlos übernommen hat;

Alexander Stille – ohne sein außergewöhnlich interessantes Buch *Benevolence and Betrayal* hätten die Figuren nicht diesen Weg genommen oder auch nur existiert;

Milton Gendel, Anna Gendel und Monica Incisa della Rochetta für Rom, damals und heute, die Insel, die Piazza Mattei, das Haus und die Geschichte des kleinen Zimmers;

Armando und Lina Olivieri, Renzo und Roberto sowie Angelo;

Elisa Sesti, für einiges, was sie gesagt hat, und dafür, dass ich mir ihr Haar leihen durfte;

Don Alessandro und Donna Amelia Odescalchi und Don Francesco Massimo-Lancelotti, für Vigna Grande;

Sergio Bertelli, für Trevignano;

Ilaria Tarasconi, für echte italienische Grammatik und Kultur;

meinen großartigen Verlagsleuten: Katie Espiner, Suzie Dooré, Cassie Browne, Louisa Joyner, Charlotte Cray, Ann Bissell und allen anderen von Borough Press;

Andy Ryan und der Look Left Look Right Theatre Company, Mimi Poskett, Oliver Payne, Katie Lyons und Magdalene Mills, deren Ideen, wie *Eins wollt ich dir noch sagen* bei CityRead 2014 präsentiert werden könnte, direkt zu einer Szene in diesem Buch führten;

Isabel Adomakoh Young, meiner ersten Leserin;

Robert Lockhart, der es wieder einmal geschafft hat, so viel beizusteuern, obwohl er tot ist;

Mum und Dad, dito;

Michel Faber, dafür, dass er so was einfach gut kann.